HEYNE <

Das Buch

Vor hundert Jahren breitete sich der so genannte »Puls«, eine mysteriöse Energiewelle, mit rasender Geschwindigkeit im Weltall aus. Manche Planeten blieben davon völlig unberührt, andere wurden ins Chaos gestürzt. Jane Kamalis Job ist es, im Auftrag des Ordens der Legitimierten von Planet zu Planet zu reisen und dort die begabtesten Kinder für den Wiederaufbau des Universums zu rekrutieren. Doch gerade als sie die junge Esa, einen telekinetisch begabten, miesepetrigen Teenager, aufgespürt hat, geht etwas schief, und plötzlich steckt Jane mitten in einem intergalaktischen Krieg – den ihr Orden versehentlich selbst ausgelöst hat ...

Der Autor

Drew Williams ist Buchhändler in Birmingham, Alabama, seit er sechzehn ist, da an dem Tag, als er gerade auf Arbeitssuche war, eine Stelle frei wurde. Abgesehen davon, dass er mit seinen Kollegen darüber streiten muss, ob »Moby Dick« brillant oder schrecklich ist, macht es ihm am meisten Spaß, als Buchhändler neue Autoren zu entdecken und sie mit seinen Kunden zu teilen. »Sternenpuls« ist sein erster Science-Fiction-Roman.

DREW WILLIAMS

STERNEN PULS

ROMAN

Deutsche Übersetzung
von Norbert Stöbe

WILHELM HEYNE VERLAG
MÜNCHEN

Titel der englischen Originalausgabe:
THE STARS NOW UNCLAIMED
Deutsche Übersetzung von Norbert Stöbe

MIX
Papier aus verantwortungsvollen Quellen
FSC® C014496

Verlagsgruppe Random House FSC®-N001967

Deutsche Erstausgabe 03/2020
Redaktion: Lars Zwickies

Printed in Germany
Umschlaggestaltung: DAS ILLUSTRAT, München, unter Verwendung
eines Motivs von iStockphoto / Grandeduc
Satz: GGP Media GmbH, Pößneck
Druck und Bindung: GGP Media GmbH, Pößneck
ISBN 978-3-453-31988-2

www.diezukunft.de

Für Sara

ERSTER AKT

1

Scheherazade hatte mich auf dem höchsten Punkt einer verrosteten, halb verfallenen Raffinerie abgesetzt. Um mich herum erstreckte sich der scheinbar endlose Himmel dieser neuen Welt, ein helles, sienafarbenes Tuch, das die Sterne verbarg. Ich beobachtete, wie Schaz in den Orbit zurückflog – nun, »beobachten« ist ein starkes Wort in Anbetracht dessen, dass all ihre Stealth-Systeme auf Hochtouren liefen, aber ich bemerkte immerhin das verräterische Aufblitzen der Triebwerke –, dann schulterte ich das Gewehr und kletterte nach unten. Am stark verrosteten Metall fand ich Halt.

Es ist erstaunlich, wie selbstverständlich einem diese Dinge werden: das Klettern, Springen und Balancieren, meine ich. Auf einer Welt, die nicht vom Puls betroffen war, wäre nichts davon nötig gewesen – ich wäre mit Antigravstiefeln oder einem Jetpack ausgerüstet oder einfach auf den Feldern ausgestiegen. Um von einem hundert Meter hohen Gebäude zum Boden hinunterzugelangen, hätte ich lediglich einen Knopf drücken und mich fallen lassen müssen, bis ich sanft gelandet wäre.

Ohne all diese nützlichen Errungenschaften war es körperlich deutlich anstrengender – das Klettern, Springen und Balancieren –, doch das machte mir nichts aus. Es war wie Fitnesstraining und erinnerte mich daran, dass dieser ganze Unsinn auf der Welt, zu der ich hinabkletterte, nichts bedeutete. Meine Reflexe und körperlichen Fähigkeiten würden für mein Überleben ebenso wichtig sein wie meine wenigen technischen Geräte, die der Nachpulsstrahlung widerstanden.

Als ich vom Turm hinuntergeklettert war, schwitzte ich ordentlich und hatte mich auf die harte Tour mit den physikalischen Gegebenheiten dieses Planeten vertraut gemacht. Ich wusste nun über Dinge wie die Launen der Schwerkraft und die Atmosphäre Bescheid. Die Werte der meisten Terraformwelten lagen innerhalb eines bestimmten Bereichs – doch es ist erstaunlich, wie stark sich selbst kleine Unterschiede summieren können, wenn man körperlich gefordert ist. Ein Hauch mehr Sauerstoff in der Luft als gewohnt, eine um ein Prozent höhere oder niedrigere Schwerkraft, und plötzlich werden alle Normen über den Haufen geworfen. Man muss sich neu anpassen.

Um wieder zu Atem zu kommen, setzte ich mich im Schatten des Raffinerieturms auf den Boden und überprüfte meine Ausrüstung. Nichts war beschädigt, und es gab keinerlei Anzeichen dafür, dass die Strahlung schneller anstieg als angenommen. Ja, ich hatte hier einen Auftrag auszuführen, wollte aber unbedingt vermeiden, dass in einem ungünstigen Moment irgendein Gerät ausfiel und ich *getötet* wurde. Das hätte niemandem genützt.

Während der große Metallturm über mir im Wind ächzte, redete ich mir ein, dass ich ganze Arbeit leistete. An manchen Tagen gelang mir das besser als an anderen.

Sobald ich mich von der kleinen Kletterpartie erholt hatte, schulterte ich wieder mein Gewehr – eine solide Waffe mit Schwarzpulverpatronen, wie sie auf allen Nachpulswelten verwendet wurde, stark genug, um mit technisch fortschrittlicheren Waffen auf Welten mit noch weitgehend intakter Technik mitzuhalten, und primitiv genug, um auf rückschrittlicheren Welten wie dieser nicht unnötig aufzufallen –, dann setzte ich mich auf der mit mutiertem Gras bestandenen Ebene in Bewegung.

Diese Welt war sehr hübsch; das musste man denen, die sie entworfen hatten, lassen. Der Himmel hatte eine angenehme orange-pinkfarbene Tönung, die gegen Abend zu Indigoblau überging. Eine perfekte Ergänzung der importierten Pflanzenarten, hauptsächlich lange grüne oder violette Gräser und ein paar große Bäume, die überwiegend von Tyll stammten und dicke braune und graue Stämme hatten, auf denen azurblaue Wedel schwankten. Dort, wo kein Gras wuchs, erstreckten sich zumeist große Weizenfelder – auch der Weizen stammte von den Tyll –, was den Nachforschungen entsprach, die ich durchgeführt hatte, bevor Scheherazade mich absetzte.

Im Zuge der Recherche hatte ich zudem erfahren, dass diese Welt vor ein paar Hundert Jahren einem Terraforming unterzogen worden war, um sie landwirtschaftlich zu nutzen; von den Sektenkriegen war sie kaum in Mitleidenschaft gezogen worden, weshalb es mich ein wenig überraschte, dass der Puls den Planeten in technischer Hinsicht fast auf null zurückgeworfen hatte – auf ein Niveau vor der Entwicklung der elektrischen Beleuchtung.

Begreifen zu wollen, *warum* der Puls gerade diese Auswirkungen gehabt hatte, war jedoch vergeblich: Ich hatte schon Systeme besucht, in denen ein Planet verschont geblieben war, während ein anderer auf ein Level vor der Entwicklung des Weltraumflugs zurückgefallen war, wohingegen man auf dem Mond derselben Welt wieder beim Verbrennungsmotor gelandet war. Es gab keine plausible Erklärung, nicht einmal innerhalb eines einzelnen Systems – die Wirkung des Pulses war völlig zufällig, und nach einer verborgenen Absicht darin zu suchen war in etwa so, als wollte man in Wettermustern das Antlitz Gottes entdecken.

Das wusste ich, weil ich einer der Idioten war, die den Puls überhaupt erst von der Kette gelassen hatten. Deshalb war ich hier: Ich wollte versuchen, meine Fehler wiedergutzumachen. Natürlich nur im allerkleinsten Rahmen. Ich war nur eine Frau, und das Universum war sehr, sehr groß. Außerdem hatte ich viele Fehler begangen.

2

Ich marschierte weiter. Vor mir lag eine ziemlich weite Strecke.

Da der Puls diese Welt härter getroffen hatte als andere – die Atmosphäre war dermaßen mit Strahlung aufgeladen, dass alle elektrischen Systeme innerhalb von Stunden durchbrannten, sogar noch schneller, wenn man sie ausgiebig benutzte –, war das Gehen die einzig mögliche Art der Fortbewegung. Es war einer der Gründe, warum ich mich von Scheherazade – so heißt mein Raumschiff – auf dem Raffinerieturm hatte absetzen lassen: damit sie nicht landen musste. Dabei hätte sie sich schwere Schäden zugezogen, selbst in der kurzen Zeit, die ich zum Aussteigen gebraucht hätte.

Es gab noch einen zweiten Grund, weshalb ich mich so weit vom Zielgebiet entfernt hatte absetzen lassen. Ich wollte verhindern, dass wir beim Anflug bemerkt wurden. Es war vermutlich einige Generationen her, dass diese Welt Besuch aus der fernen Galaxis bekommen hatte; sie gehörte zu einem fast vergessenen Sternsystem in einem fast vergessenen Winkel eines herrenlosen, weitgehend unbeachteten Raumbereichs. Ich wollte nicht, dass die Einheimischen mich als Erlöser betrachteten, der gekommen war, um ihre pulsverseuchte Welt zu retten und sie in eine friedvolle Zeit zurückzuführen, die es nie gegeben hatte. Zudem war es weit wahrscheinlicher, dass man mich für einen Dämon halten würde, der zu Ende bringen wollte, was der Puls begonnen hatte. Man weiß nie, was einen auf den Welten, die so weit zurückgeworfen wurden, erwartet; deshalb geht man besser kein Risiko ein.

Welten wie diese – auch die, die für einen bestimmten Zweck entworfen wurden, wie zum Beispiel die Landwirtschaft – waren für Fahrzeuge wie Hochgeschwindigkeitsbahnen und Unterlicht-Orbitalshuttles optimiert, nicht für Fußgänger. Das bedeutete, dass eine längere Wanderung vor mir lag. Da ich einen weiten Flug im Hyperraum hinter mir hatte und dementsprechend lange in Scheherazades Innerem eingesperrt gewesen war, machte es mir nichts aus, mir die Beine zu vertreten.

Da ich meine Wanderung hier draußen in der Provinz begann, würde ich Gelegenheit bekommen, die einheimische Bevölkerung kennenzulernen, bevor sie auf mich aufmerksam wurde. Und diesmal begann alles mit einem Schrei. Aus irgendeinem Grund war das oft der Fall.

Der Schrei durchschnitt die Stille über den offenen Feldern. Schrill, durchdringend, ein Ausdruck von Angst, Schmerz und Verwirrung. Ein Kind.

Ich rannte los. Nach all den Jahren passiert das noch immer ganz automatisch. Man sollte eigentlich meinen, dass man gegen anderer Leute Hilferufe immun wäre, wenn man ohnmächtig zuschauen musste, wie der Puls das Universum *auffraß*. Aber das stimmt nicht. Was man *im Großen* ignorieren kann – den Tod von Milliarden Menschen –, indem man sich einredet, das ist zu mächtig und man kann nichts dagegen tun, lässt sich im Kleinen, wenn es um eine einzelne Person geht, der man tatsächlich helfen kann, nicht so leicht übersehen.

Die gleiche Logik hatte man vorgeschoben, als der Puls entwickelt wurde. Nur weil die Sache *schiefging*, hieß das nicht, dass das Argument unvernünftig gewesen wäre.

Auf einer Anhöhe wurde ich langsamer und teilte das Gras mit dem Gewehr, das ich von der Schulter genommen hatte, als ich den Schrei hörte. Am Fuß der Anhöhe war ein primitiver Wagen – vermutlich auf dem technologischen Stand dieser Welt, zusammengezimmert aus Holz und Nägeln, die Räder mit Eisenbändern verstärkt – zum Stehen gekommen, vor allem deshalb, weil jemand die Zugtiere erschossen hatte.

Ich kannte diese Spezies nicht, wenngleich Körperbau und Größe darauf hindeuteten, dass ihre Vorbilder von Wulf stammten. Aber darauf kam es auch nicht an – es hatte zu dem Zeitpunkt, da der Puls aufgetreten war, offenbar ausreichend viele davon auf diesem Planeten gegeben, um Viehzucht damit zu betreiben. Wichtiger waren im Moment die Familie, die vorne auf dem Wagen saß, und die bewaffneten Männer, die sie umzingelt hatten.

Auf allen Welten gibt es Männer mit Waffen. Daran konnte nicht einmal der Puls etwas ändern.

3

Von der Anhöhe aus – verborgen im hohen violetten Gras – zählte ich die Angreifer. Drei Menschen, zwei Wulfer – interessant, dass die Zusammenarbeit zwischen den Spezies nach dem Puls zumindest unter Banditen florierte. Fünf insgesamt. Nicht zu viele, um sie aus dem Hinterhalt zu erledigen.

Noch vor einigen Jahren, bevor alles zum Teufel ging, hätte ich an diesem Punkt eine Güterabwägung vorgenommen. War der Schutz von drei Menschenleben, nämlich der Familie auf dem Wagen, es wert, fünf anderen das Leben zu nehmen? Ich verfügte hier über keine juristischen oder moralischen Befugnisse – es stand mir nicht zu, mich in die Angelegenheiten dieser Leute einzumischen. Im Universum gab es Billionen und Aberbillionen intelligente Wesen; weshalb sollte ich mich auf acht von ihnen einlassen? Ständig wurden Leute geboren und starben, viele davon eines gewaltsamen Todes; für mich zählte eigentlich nur, ob diese Leute hier die Erfüllung meines Auftrags beeinflussen würden.

Ich schlug mir diesen ganzen Unsinn aus dem Kopf; in dem Moment, als das Kind geschrien hatte, wusste ich, was ich tun musste. Die Fragen, die ich mir nun stellte, waren anderer Natur – welcher der Männer würde als Erster schießen oder schneller reagieren als die anderen? Von welcher Waffe ging die größte

Gefahr für mich aus, welcher Mann würde auf die Familie schießen, wenn er unter Feuer genommen wurde, und wer würde in Panik geraten, sich ducken oder flüchten? Kurz gesagt: Wer würde als Erster sterben und wer als Letzter?

Mittels Gedankenbefehl schaltete ich mein Head-up-Display ein – ein weiteres passives Gerät, das mir einen Vorteil verschaffte – und markierte alle fünf Angreifer mit einem roten Halo um den Kopf. Selbst wenn sie versuchen sollten, in Deckung zu gehen – dort unten lagen ein paar größere Felsbrocken, die sie vermutlich ansteuern würden –, könnten mir die Halos weiterhin ihre Position verraten. Ich legte mich langsam auf den Bauch und schaute durchs Visier.

Ich war zu weit entfernt, um zu verstehen, was geredet wurde. Doch es waren bereits Schüsse gefallen, die Waffen angelegt, die Zugtiere tot. Es interessierte mich nicht, ob die Männer vorhatten, die Familie am Leben zu lassen, wenn alles nach Plan verlief; sie hatten ihr Schicksal in dem Moment besiegelt, als sie ihre Waffe auf ein Kind richteten.

Ich eröffnete das Feuer.

Die erste Kugel traf den Anführer in die Schläfe. Ein Mann weniger. Die zweite traf einen der Wulfer direkt in die Schnauze; tödlich war die Verletzung vermutlich nicht, doch starker Schmerz macht einen Wulfer zum Berserker, ein physiologisches Relikt aus der Zeit, als sie noch Alpharaubtiere auf einer Welt mit vielen anderen Alpharaubtieren waren. Nützlich im Zweikampf, nicht aber bei einem Feuergefecht.

Die dritte Kugel traf einen Menschen in den Rücken, der mit dem Gewehr auf die Familie gezielt hatte. Drei von ihnen ausgeschaltet in weniger als drei Sekunden. Ich verfügte durchaus über gewisse Talente.

Der vierte und der fünfte Angreifer – die beiden Letzten – versteckten sich hinter den Felsen und versuchten herauszubekommen, wer zum Teufel da auf sie schoss. Doch der Mann und die Frau auf dem Wagen hielten inzwischen Waffen in ihren Händen, sodass die beiden Strauchdiebe nun von allen Seiten unter Feuer genommen wurden. Ich zielte weiterhin auf ihre Position, während der Mann vom Wagen abstieg, gemächlich zum Versteck des ersten Angreifers ging und zweimal seine Pistole abfeuerte – einen alten Revolver, der noch größer war als der, den ich an der Hüfte trug. Der rote Halo, der die Position des Banditen markierte, erlosch. Dem fünften Angreifer erging es ebenso, obwohl er sein Gewehr wegwarf und sich zu ergeben versuchte.

Als wir uns den Puls ausgedacht hatten, waren wir keinen Moment lang davon ausgegangen, dass er *alle* Gewalt aus dem Universum ausmerzen würde – wir hofften lediglich, er werde sie reduzieren. In gewisser Hinsicht hatte es funktioniert. Aber die Gewalt ist uns allen eingeschrieben, sie ist tief in uns verwurzelt. Versetzt man Menschen einen Schubs – indem man zum Beispiel ihre Familie bedroht –, werden sie sogar *sich selbst* schaden, nur um einen zur Rechenschaft zu ziehen. Machte ich dem Familienvater dort unten einen Vorwurf daraus, dass er den Mann tötete, der kaltblütig sein Kind mit der Waffe bedroht hatte? Das tat ich nicht. Ich hatte selbst schon Schlimmeres getan.

Da wir gerade davon sprechen: Der verletzte Wulfer kroch immer noch über den Boden und versuchte sich davonzumachen, sein dichter Pelz war von dem Blut durchtränkt, das aus seiner zerfetzten Schnauze strömte. Allein das Adrenalin hielt ihn in Bewegung. Der Farmer lud nach; ich jagte dem Wulfer eigenhändig eine Kugel in den Schädel, direkt zwischen seine blutunterlaufenen Augen. Kaltblütig, mag sein, aber auch praktisch – mit seiner Verletzung hätte er in Anbetracht des Stands der medizinischen Versorgung auf dieser Welt ohnehin nicht lange überlebt.

Fünf tot. Erledigt.

Der Farmer beschirmte die Augen mit der Hand und schaute die Anhöhe hoch, ungefähr in meine Richtung. Ich richtete mich langsam aus dem wogenden Gras auf. Das Gewehr hielt ich weit vor mich, mit einer universellen Geste, die bedeutete: Ich werde nicht auf dich schießen. Der Mann nickte, winkte mich mit der freien sechsfingrigen Hand zu sich und schob den Revolver ins Holster.

Anscheinend hatte ich einen neuen Freund gewonnen.

4

Ich stieg den Hang hinunter und teilte das Gras mit dem Gewehr in meiner Hand, aber ohne auf jemanden zu zielen. Der freundliche Einheimische war ein Tyll, was nicht verwunderlich war, da siebzig Prozent der Anhänger dieser Sekte, die den Planeten vor dem Puls kontrolliert hatte, Tyll gewesen waren.

Für menschliche Augen wirkten Tyll reptilisch; sie waren hochgewachsen und hatten grünliche Schuppen, standen aber der terranischen Flora in genetischer Hinsicht näher als der Fauna. Wie bei den meisten Tyll verlieh das hohlwangige Gesicht des Farmers ihm einen mürrischen Ausdruck, wozu auch die breiten, schwarzen Pupillen beitrugen, die das Auge weitgehend ausfüllten. Dabei sind die Tyll gar nicht mürrisch veranlagt; doch bisweilen zieht man eben falsche Schlüsse, wenn man versucht, in dem Gesicht eines Nichtmenschen einen »menschlichen« Ausdruck zu lesen. Tatsächlich sind Tyll eher fröhliche Wesen, jedenfalls in kultureller Hinsicht.

Dieser spezielle Tyll hatte jedoch keinen Grund für gute Laune. Er begrüßte mich mit einem höflichen, wenn auch zurückhaltenden Kopfnicken, dann legte er die Hand auf die harte Platte, die seinen Kopf anstelle von Haar bedeckte. »Danke für deine Unterstützung«, sagte er tonlos. Falls es ihn erstaunte, dass ihm eine Frau zu Hilfe gekommen war, so ließ er es sich nicht anmerken. Das bedeutete, dass meine Verkleidung – eine ausgewaschene Fliegerjacke und graue Militärkleidung einer Sekte, die fernab dieser Raumregion beheimatet war, alles aus der Zeit vor dem Puls – überzeugend wirkte und dass meine körperliche Erscheinung – kupferfarbene Haut, pechschwarzes Haar – nicht untypisch für die Menschen dieses Planeten war.

Er spuckte Schleim ins Gras neben seinen toten Lasttieren. »Die Siedlungsverwaltung behauptet, man hätte alle Banditen aus diesem Gebiet vertrieben. Du siehst ja, was deren Aussage wert ist.«

»Kommt ihr drei allein zurecht?«, fragte ich. Ich hätte es besser unterlassen sollen, denn ich hatte keine Ahnung, was ich erwidern würde, wenn er mich bitten sollte, ihm zu helfen. Doch ich gefiel mir in der Rolle einer Person, die anderen half und *Gutes* tat. Das war ich nicht immer gewesen, doch ich bemühte mich.

Er nickte verdrießlich. »Bis zu unserer Farm ist es nicht weit«, entgegnete er. »Wir wollten gerade … wollten etwas ausliefern …« Er trat neben dem Rad des Wagens, den seine Tiere nicht mehr ziehen konnten, gegen den Boden. Vermutlich war in den Holzfächern auf der Ladefläche der Ernteüberschuss eines Jahres verstaut, und jetzt würde er es nicht mehr schaffen, ihn rechtzeitig zum Markt zu schaffen, bevor alles verdarb.

»Wo geht es zur Siedlung?«, fragte ich. Er zeigte über den Hügel hinweg, ungefähr in die Richtung, in die der Wagen unterwegs gewesen war. Ich nickte, beschirmte die Augen mit der Hand und blickte zum Horizont. Der Wald wurde dort dichter, die schweren blauen Wedel verschmolzen zu einem Baumkronendach. Mehr konnte ich nicht erkennen.

»Ich suche nach irgendeiner Art von Zivilisation«, sagte ich in beiläufigem Ton. Auf Welten wie dieser gab es viele Herumtreiber, die ihren Lebensunterhalt mit der Waffe bestritten; ich hatte mich absichtlich so gekleidet, dass ich in diese Kategorie passte. Ich wollte nicht den Eindruck erwecken, ein bestimmtes Ziel zu haben. »Wenn ich dort ankomme, soll ich dann jemandem Bescheid geben, dass er nach dir sieht oder dir ein paar Zugtiere bringt?«

Seine gespaltene Zunge schnellte hervor – die Tyll-Version aufgerissener Augen. »Das ist ein sehr großzügiges Angebot«, sagte er. »Eigentlich kann ich dich nicht darum bitten – du hast uns bereits das Leben gerettet.«

Ich grinste und achtete darauf, meine Zähne zu zeigen. »So großzügig ist es gar nicht, denn ich beanspruche dafür einen Teil deines Erlöses«, erwiderte ich. Ich hatte keine Ahnung, welche Währung hier galt – vermutlich gestampfte Kronkorken oder etwas anderes, das überall sonst vollkommen wertlos war –, doch viele Leute werden misstrauisch, wenn man für eine Gefälligkeit keine Gegenleistung einfordert.

Aus seiner Brust kam ein Grollen; er überlegte. »Ich glaube, wir bekommen kein besseres Angebot«, sagte er und nickte. »Danke.« Er reichte mir die Hand.

Es war eine interessante Geste – das Händeschütteln war eine Eigenart der Menschen, jedoch während des sogenannten goldenen Zeitalters der kulturellen Übertragung und der Durchmischung von anderen Völkern übernommen worden. In den nachfolgenden schlechten Jahren hatten viele Sekten sich auf ihre »Identität« besonnen und versucht, den Makel volksfremder Interaktionen aus ihrer Gesellschaft auszumerzen.

Die Daten, die ich an Bord von Scheherazade studiert hatte, deuteten darauf hin, dass die Tyll auf diesem Planeten vor dem Puls einer solchen Sekte angehört hatten. Offenbar hatten die ungefähr hundert Jahre, die sie zusammen mit Menschen und ein paar anderen Spezies auf einer Welt des Schwarzpulverzeitalters gefangen gewesen waren, eine ideologische Neuorientierung herbeigeführt, und das Händeschütteln war erneut üblich geworden. Nichts ist beständiger als der Wandel.

Jedenfalls schüttelte ich ihm die Hand. »Gibt es jemand Bestimmten im Dorf, mit dem ich sprechen soll?«, fragte ich.

»Ja – frag nach Marza.« Er nickte. Das Kopfnicken stellt übrigens keine kulturelle Übernahme dar, sondern ist bei zweibeinigen Spezies recht weit verbreitet. Das gilt erstaunlicherweise auch für das Lächeln und das Lachen. Die meisten Zweifüßer kommunizieren Zustimmung auf die gleiche Weise. Für Meinungsverschiedenheiten gilt das Gleiche – sie gehen für gewöhnlich mit Gewalt einher. »Er wird mir Tiere schicken, zu seinem … Preis.« Die Aussicht, dass sein Gewinn geschmälert werden würde, bedrückte den Farmer offenbar, aber, hey – es war immer noch besser als tot zu sein.

»Marza. Merk ich mir. Also dann – bleib schön im Schatten.« Ich nickte. »Ich sage deinem Freund Bescheid.«

»Noch einmal – wir stehen in deiner Schuld.«

»Ich tue nur meine Pflicht.«

Er legte den Kopf in den Nacken, typisch für einen Tyll. »Pflicht?«, wiederholte er.

Ich zuckte mit den Schultern. »Nur so eine Redewendung.« Solche Fehler musste ich in Zukunft vermeiden.

5

Als ich durchs hohe Gras in die Richtung des Waldes am Rand der Weizenfelder marschierte, wie der Farmer es mir geraten hatte, ging ich in Gedanken meine Optionen durch. Ich wusste, dass ich mich in dem Gebiet aufhielt, in dem sich das Gesuchte befand, forschte aber immer noch nach der Nadel im Heuhaufen. Mein HUD würde das Ziel anzeigen, sobald es in Sichtweite war – es hatte eine spezielle Signatur –, doch das war auch schon alles. Ich war vor allem auf mein Gespür angewiesen, das leider nicht gerade zu meinen hervorstechendsten Eigenschaften zählte.

Nachdem ich etwa eine Stunde lang durch den Tyll-Wald marschiert war, lichteten sich die Bäume und gaben die Sicht auf den Zielort im Tal frei. Wie es typisch für Welten wie diese war, hatte man die Siedlung rund um eine alte Militäranlage errichtet. Ärmliche Holzhütten und imposantere Steinhäuser umgaben die funktionsunfähigen Luftabwehrbatterien, eine riesige Antiorbitalkanone und die umliegenden Lagerhäuser.

Je weiter eine Welt in technologischer Hinsicht zurückgeworfen wurde, desto größer war die Wahrscheinlichkeit, dass deren Bevölkerungszentren in der Nähe der Relikte aus der Vergangenheit lagen. Dafür gibt es verschiedene Gründe, vor allem psychologische und militärische, doch in diesem Fall waren die meisten praktischer Natur: Das Gebiet lag in Küstennähe und wurde Scheherazades Analyse der hiesigen Wettermuster zufolge während der zwei alljährlichen Monsunzeiten überschwemmt. Das war zweifellos ein Segen für die Landwirtschaft, doch da fortschrittliche Bautechniken nach dem Puls in Vergessenheit geraten waren, taten die Einheimischen gut daran, das zu nutzen, was noch erhalten war. Die Geschützbatterien waren in der Lage, einem Bombardement mit Megatonnen Sprengkraft zu widerstehen, und boten einen besseren Schutz vor den sintflutartigen Regengüssen als alles, was die Einheimischen zu bauen imstande waren.

Die Sonne erhob sich gerade über dem wogenden Gras, und die Militäranlage, welche die umliegende Siedlung winzig erscheinen ließ, bot einen imposanten Anblick. Ich schätzte die Einwohnerzahl auf etwa zwanzigtausend, und von meiner Position auf der Hügelkette aus gewann ich den Eindruck, dass die Bevölkerung einen repräsentativen Querschnitt der auf dieser Welt vertretenen Spezies darstellte. Das bedeutete, dass zumindest die Bewohner dieses Gebiets die Sektiererei der Kriegszeit überwunden hatten.

Frieden durch zwangsweise Entwaffnung. Das war ursprünglich das Ziel des Pulses gewesen. Leider hatte er nur in seltenen Fällen die gewünschte Wirkung gehabt.

Ich ging den Hang hinunter. Das Gewehr hatte ich geschultert und ließ die Hände herunter hängen. Die Siedlung machte zwar einen friedlichen Eindruck, doch wenn hier Straßenräuber eine Gefahr darstellten, gab es bestimmt Wachposten, die nicht zögern würden, eine Fremde zu erschießen, die sich mit schussbereiter Waffe näherte.

Niemand hielt mich auf, als ich den Basar am Rand der Siedlung erreichte. Die Einheimischen verhökerten hier ihre Waren, und der arme Tyll-Farmer, dem ich begegnet war, hatte vermutlich das Gleiche vorgehabt. Bei einer Verkäuferin – einer Tyll, die dicken, blättrigen Eintopf feilbot – erkundigte ich mich nach Marza. Sie schickte mich zu einer Kneipe, die in einem ehemaligen Lagerschuppen untergebracht war. Selbst wenn die Leute auf ein technisches Niveau vor der Erfindung der Elektrizität zurückgeworfen wurden, fanden sie doch immer einen Weg, Alkohol zu destillieren.

In der schummrigen Bar wurden verschiedene Getränke serviert, die in Kreideschrift an der Wand aufgelistet waren. Die Karte war nach Spezies unterteilt. Ein Mensch und ein Tyll konnten in etwa das Gleiche trinken, erzielten damit eine ähnliche Wirkung und hatten aufgrund ihrer unterschiedlichen Geschmacksknospen lediglich unterschiedliche Vorlieben, vertrugen aber keine Getränke, die ein Wulfer bevorzugte. Die Getränke anderer Spezies – beispielsweise die der Reint oder der Vyriat – waren hingegen für sie tödlich. Die meisten der siebzehn Spezies, aus denen die galaktische Bevölkerung zusammengesetzt war, wiesen gewisse biologische Gemeinsamkeiten auf. Dazu zählten eine Biologie auf Kohlenstoffbasis und ein bestimmter benötigter Sauerstoffgehalt der Luft. Doch es war dennoch wichtig, die Unterschiede im Auge zu behalten.

Bei der Barfrau, einer zotteligen, hundeartigen Wulferin, erkundigte ich mich nach Marza; sie schaute kaum vom Glas hoch, das sie gerade spülte, und blickte zu einem Mann, der an einem Tisch in der Ecke saß und mit anderen Gästen plauderte. Ich ging zu ihm und berichtete ihm vom Missgeschick seines Freundes, worauf er mir dankte und mir als Lohn für meine Dienste ein paar quadratische Metallstücke reichte – vermutlich die hiesige Währung. Ich ging wieder zurück auf die Straße.

Wie soll man ein einzelnes Menschenkind in einer Siedlung mit Hunderten von Kindern finden? Zumal in einer Siedlung mit kaum vorhandenen Speziesschranken? Verstehen Sie mich nicht falsch, ich war hocherfreut darüber, dass es hier so friedlich und gesittet zuging, doch es erschwerte meinen Job – hätte es ein Menschenviertel gegeben, hätte ich die Suche einengen können.

Die Abwesenheit von Rassenschranken bedeutete, dass ich für meine Suche zwei Ansatzpunkte hatte. Ich könnte herausfinden, welche Religion sich in den vergangenen hundert Jahren entwickelt hatte, denn solange man seine Fragen entsprechend formulierte, stellten Priester wertvolle Informationsquellen dar. Und wenn mich das nicht weiterbrachte, könnte ich nach einem Waisenhaus suchen. Dies war nicht das erste Kind, das ich rekrutiert hatte, und aus irgendeinem Grund setzten die Gaben, über die sie verfügten und die bestätigten, dass sie das waren, wofür wir sie hielten, anscheinend einen tragischen oder traumatischen Hintergrund voraus.

Ein Mann, der die merkwürdigen Lasttiere vermietete, die ich bereits in totem Zustand gesehen hatte, verwies mich auf einen Tempel. Dort also würde ich mit der Suche beginnen.

Religion war auch schon vor dem Puls eine seltsame Sache gewesen. Die Vermischung von siebzehn unterschiedlichen Spezies sowie die nachfolgenden sektiererischen Aufspaltungen hatten unterschiedliche Vorstellungen auf manchmal merkwürdige und unerwartete Weise aufeinanderprallen lassen und zur Entstehung neuer Religionen geführt, die sich wiederum aufspalteten. In der Folge des Pulses – ein aus Sicht der Leute beispielloses und vollkommen unerklärliches kosmologisches Ereignis, das über sie kam wie ein Gottesurteil – waren alle möglichen bizarren Sekten und Glaubensrichtungen entstanden. Viele davon waren apokalyptischer Natur, und auch hier war es ganz ähnlich.

Die »Kirche«, sofern es sich um eine handelte, war unter einer längst verstummten Anti-Raumschiff-Kanone errichtet worden. Die Waffe diente als Dach, was bedeutete, dass während der

Messe vermutlich Wasser vom nackten Metall auf die Köpfe der Betenden tröpfelte, doch vermutlich gehörte die Läuterung durch das Abwasser des Krieges zu ihrem Glaubenssystem. Ich schaute mir die Mittagsmesse vom Eingang aus an und überlegte, wie sie den Puls wohl in ihren Glauben integriert haben mochten.

Die Priesterin war eine Barische. Damit hatte ich nicht gerechnet. Zum einen hatte es auf dieser Welt nicht viele Angehörige dieser Maschinenrasse gegeben; zum anderen neigten die Barischen mehr als andere Spezies dazu, unter sich zu bleiben, eine Folge der grundlegenden physiologischen Unterschiede zwischen ihnen und den biologischen Spezies und der ziemlich abscheulichen Art und Weise, wie man sie vor dem Puls behandelt hatte.

Barische waren speziell. Sie waren alles, was noch von einer Vorläuferrasse übrig geblieben war, die einst den Kosmos dominiert hatte – noch bevor die Vertreter aller anderen Spezies, die sich inzwischen über das All ausgebreitet hatten, überhaupt das Feuer entdeckten. Wer auch immer diese Wesen gewesen sein mochten, man bezeichnete sie im Allgemeinen als »die Vorläufer«, sie waren verschwunden. Überdauert hatten nur ihre Helfer, herrenlos gewordene KI-Wesen: die Barischen. Man hatte sogar die kollektiven Datenbanken der Spezies gelöscht und alle Spuren und Hinweise darauf, wer ihre Schöpfer gewesen waren und weshalb sie die Barischen erschaffen hatten, getilgt.

All das war für mich im Moment nicht wichtig. Doch der Puls hatte die Systeme der Barischen intakt gelassen, was bedeutete, dass die Priesterin nicht nur wesentlich älter war als ich, sondern auch über schärfere Sinne und empfindlichere Sensoren verfügte als die meisten Einheimischen, denen ich begegnen würde. Wenn jemand erkennen würde, dass ich von einem anderen Planeten stammte, dann sie.

Ich sage »sie«, weil ich es so gewohnt bin; Barische sind eingeschlechtlich.

Die Barische beendete ihre Predigt – das übliche apokalyptische Gerede, »dies ist das Ende aller Zeiten, und bald wird der Puls wiederkehren und über unsere Taten urteilen«, das ich bereits auf Dutzenden Welten gehört hatte; was sie *falsch* aufgefasst hatte und wie sie zu diesen Schlussfolgerungen gelangt war, war beinahe ebenso aufschlussreich wie das, was sie *richtig* verstanden hatte. Als die Gläubigen herauskamen, machte ich ihnen Platz. Ich überlegte kurz, mich ihnen anzuschließen, denn eine Unterhaltung mit einer Barischen barg ein hohes Risiko. Doch ich brauchte dringend Informationen, und die Kirche war ein guter Start, deshalb verdrängte ich den Impuls. Es wurde Zeit, mir eine Dosis Religion abzuholen.

6

Die Priesterin musterte mich, als ich mich ihr näherte. Auf ihrer Metallhaut spiegelte sich das Licht der im Tempel verteilten Kerzen. Wie die meisten Barischen war sie groß und kantig und stand unglaublich *reglos* vor dem Altar – im Unterschied zu organischen Spezies verlagerten Barische nicht ständig ihr Gewicht, bewegten nicht die Schultern, lehnten sich nicht irgendwo an und nestelten auch nicht mit den Fingern. Und wie bei den meisten Barischen war ihre »Haut«, die metallische Verkleidung des Chassis, an manchen Stellen mit gröberen Materialien geflickt, und man hatte die komplexen Originallegierungen mit Legierungen von Kupfer und Messing verschweißt. Zwar hatten die Barischen den Puls intakt und funktionstüchtig überstanden, doch das galt nicht für ihre Wartungseinrichtungen. Und wenn ihre Komponenten beschädigt wurden, mussten sie sie mit dem ersetzen, was verfügbar war.

»Eine Außenweltlerin«, sagte sie ohne jegliche Betonung. »Interessant.«

Na gut. So viel zur Geheimhaltung.

»Wenn du mich fragst, ob ich eine Botschaft der Götter überbringe …« Ich schüttelte den Kopf. »Dann muss ich sagen, das ist nicht mein Ding.«

»Nein, das hatte ich nicht vor.« Sie legte den Kopf schief, und das Licht in ihren Augen veränderte sich, als sie andere Sensoren einschaltete. Ich hatte keine Ahnung, was sie da scannte. Eine Unterhaltung mit einer Barischen verläuft bisweilen etwas … *invasiv*, da sie mehr Informationen aufnehmen als organische Wesen und sie so mühelos und unbewusst verarbeiten, wie wir atmen. Doch was immer sie tat, sie gab ein klickendes Geräusch von sich, als sie damit fertig war. Die barische Version eines menschlichen »Hm«. »Rechthaber«, sagte sie.

Für eine Barische war das ein Gedankensprung. Es war ein *korrekter* Sprung, aber trotzdem. Sie sagte damit nicht, dass sie sich beurteilt fühlte oder dass ich sie beurteilen würde; »Rechthaber« war die umgangssprachliche Bezeichnung für meine spezielle Sekte – vielmehr war sie das vor dem Puls gewesen. Wir waren damals nicht sehr bekannt gewesen, und so war es uns auch recht. War es noch immer.

Schließlich waren wir für die größte Katastrophe verantwortlich, die das Universum jemals heimgesucht hatte. Wenn man ein solches Geheimnis verbirgt, lädt man andere nicht zum genauen Hinschauen ein. Und ja – ich bin mir bewusst, dass die Bezeichnung nach dieser speziellen Tat nicht einer gewissen Ironie entbehrt.

Der volle Name der Sekte lautete übrigens »Die Legitimierten und Bußfertigen«. Klingt das nicht besser? Ich finde schon.

»Du wirkst nicht überrascht«, sagte ich.

»Noch während des Krieges hat deine Sekte ständig ihre Nasen – und ihre Schnauzen, Mäuler und Rüssel – in Dinge gesteckt, die sie nichts angingen«, erwiderte sie. »Wie sollte es mich da wundern, dass ihr das nach dem Puls immer noch fertigbringt? Nein. Ich bin nicht überrascht.«

»Du bist keine Einheimische«, erklärte ich mit Nachdruck. Sie hatte mich bereits verwirrt, denn dass sie mich als Rechthaber identifiziert hatte, bedeutete, dass sie zumindest vor dem Puls gut informiert gewesen sein musste. Also konnte ich nicht davon ausgehen, dass sie – wie die meisten Leute auf Welten wie dieser – glauben würde, dass der Puls *alle* Planeten der Galaxis auf die gleiche technologische Stufe zurückgeworfen hatte. Wie viel sie tatsächlich wusste oder was sie hier machte – auf diese Fragen gab es keine einfache Antwort, und deshalb würde ich mein Blatt noch sorgfältiger verdeckt halten müssen als üblich.

Gleichwohl wollte ich auch nicht den Eindruck erwecken, ich würde ihr ausweichen – das hätte sie womöglich verärgert, und das wollte ich unbedingt vermeiden. Wenn es ihnen in den Kram passt, tun die Barischen zwar gerne so, als ginge es bei ihnen immerzu logisch und vernünftig zu, aber ganz ehrlich, sie können richtig sauer werden, und wenn das passiert, sollte man auf Abstand gehen. In ihrem Zorn bauen sie gottverdammte *Ferienhäuser*, die sie immer dann aufsuchen, wenn sie nostalgisch werden. Barische sind nachtragend wie kaum jemand anders, und da sie aufgrund ihrer Bauweise doppelt so kräftig sind wie der stärkste Mensch, der je das Licht der Welt erblickt hat, kann ihr Groll üble Folgen haben.

»Kennst du den Grund?«, stellte sie die beinahe rituelle Frage. »Weißt du, was den Puls verursacht hat?«

Die Frage sollte mich überrumpeln, und das wäre ihr beinahe auch gelungen. Ich musste gut aufpassen – in Anbetracht all der Sensordaten, die sie sammelte, konnte sie möglicherweise erkennen, wann ich log. Vielleicht aber auch nicht: Im Gegensatz zur öffentlichen Meinung gibt es so etwas wie einen universellen Lügendetektor nicht. Selbst innerhalb ein und derselben Spezies gibt es große Unterschiede bei den Anzeichen und physiologischen Veränderungen, die mit einer Lüge einhergehen.

Die Barische aber *sah* mit ihren Sensoren, Scannern und sonstigen Gerätschaften mehr als die meisten; sie sammelte haufenweise physiologische Daten, weshalb sie besser als andere Spezies beurteilen konnte, ob ich aufrichtig war oder nicht.

Deshalb entschied ich mich für Option B: eine Ausflucht. »Die Ursache des Pulses interessiert mich nicht«, sagte ich. »Ich will dazu beitragen, dass dergleichen nicht noch einmal passiert.« Das stimmte in gewisser Weise, so wie es der Wahrheit entspricht, zu sagen »Ich habe das letzte Brötchen auf dem Tisch nicht gegessen«, wenn man es sich in die Tasche gesteckt hat. Außerdem passte es prima zu dem Pech und dem Schwefel, die sie gerade eben gepredigt hatte: Auf vorgefasste Meinungen einzugehen ist stets nützlich, wenn man jemandem etwas weismachen möchte.

»Und das macht den Besuch eines Ortes der Andacht nötig?«, fragte sie.

Ich schüttelte den Kopf. »Ich bin hier, weil man an Orten der Andacht leicht an Informationen herankommt«, entgegnete ich wahrheitsgemäß. »Ich suche jemanden, und du kannst mir vielleicht bei der Suche helfen.«

Sie legte den Kopf schief, und das Licht in ihren Augen veränderte sich erneut. »Wen?«, fragte sie.

Ich nickte. »Ein Menschenkind«, sagte ich. »Ein vierzehnjähriges Mädchen.«

»Also gezeugt beim Erscheinen der Meteoriten …«

Ich nickte erneut. Ich wollte nicht darüber reden; es hätte uns näher an Themen herangeführt, über die ich nicht mit ihr sprechen wollte. Außerdem war ich mit dem Mädchen, nach dem ich suchte, nicht verwandt – es gab zwar eine Beziehung zwischen uns, doch sie war nicht kausaler Natur. »Sie dürfte durch ihre besonders Tüchtigkeit aufgefallen sein. Durch spezielle Fähigkeiten.«

Die Barische musterte mich mit schmalen Augen, was mit einem leisen Surren der Gesichtsservos einherging. Sie überlegte einen Moment – in Anbetracht der hohen Informationsverarbeitungsgeschwindigkeit der Barischen bedeutete dies, dass sie sich für die Antwort eine Ewigkeit Zeit nahm. »Ich glaube, ich kenne die gesuchte Person«, sagte sie.

7

Die Barische geleitete mich durch die Stadt, fort von den großen Geschützen und dem Markt, in Richtung der Randbezirke. Sie sagte mir, sie heiße Alexi54328, aber ich könne sie »Predigerin« nennen. Ich hatte keine Ahnung, weshalb sie mir ihren Namen nannte, wenn sie nicht wollte, dass ich ihn verwendete. Barische waren seltsame Geschöpfe.

Die Bewohner dieser Siedlung, wie immer sie auch heißen mochte, grüßten sie freundlich, was mich eigentlich nicht überraschte. Da sie alt genug war, um sich an die Zeit vor dem Puls zu erinnern, wäre sie als Barische auch dann Gegenstand von Verehrung gewesen, wenn sie kein religiöses Amt ausgeübt hätte.

»Wohin gehen wir?«, fragte ich. Wir befanden uns in einem stark heruntergekommenen Viertel: mehr natürliches Holz, geborsten und verblasst, weniger stabile Steingebäude. Den meisten Häusern mangelte es an den bunten Farben, von denen die besseren Viertel geprägt waren.

»Zum Waisenhaus«, antwortete sie, womit sie meine Vermutung bestätigte. Aus irgendeinem Grund waren die Kinder, die ich ausfindig machen sollte, stets Waisen. Vielleicht wurden ihre Fähigkeiten durch Stress und Traumata aktiviert, oder aber das

Universum hatte einen Sinn für schwarzen Humor. Oder die für Geschichtenerzähler typische Vorliebe für Pathos. Ich hatte mir nie viel aus Religion gemacht – meine Erziehung hatte mich dem Konzept des Glaubens dauerhaft entfremdet –, doch bisweilen sah ich im Lauf der Ereignisse etwas anderes wirken als die Hand des Zufalls, selbst wenn diese Hand eine obszöne Geste in meine Richtung machte.

»Ihre Eltern?«, fragte ich.

»Sind vor Jahren bei einem Raubüberfall ums Leben gekommen. Kurz nach ihrer Geburt.« Vor Jahren – das passte nicht zu meiner Theorie von einem aktivierenden Trauma. Ich hatte das Mädchen erst seit einigen Monaten auf dem Radar – seit ihre Fähigkeiten sich manifestiert hatten. Es musste einen anderen Auslöser geben …

Mein Gedankengang geriet ins Stocken, als plötzlich der Boden schwankte, so als setzte gerade ein Erdbeben ein. Das aber war ausgeschlossen. Ich hatte mir die Scans angesehen; der ganze Planet war tektonisch stabil, ein weiteres Überbleibsel der Terraforming-Technologie, die vor dem Puls weit verbreitet gewesen war. Und doch war es mein erster Gedanke.

Mein *zweiter* Gedanke war, dass ein Raumschiff in den Orbit eingetreten war, groß und schnell genug, um massive Turbulenzen auszulösen. Diese Erklärung aber verwarf ich ebenso schnell wie die Erdbeben-Theorie, denn wer wäre schon so verrückt gewesen, mit einem Schiff in eine von der Pulsstrahlung verseuchte Atmosphäre einzudringen?

Wie sich herausstellte, hätte ich die Idee nicht so schnell verwerfen sollen. Es gibt immer jemanden, der leichtsinnig genug ist, zu glauben, er könne dem Puls die Stirn bieten. Sie irren sich immer, aber trotzdem.

Es war ein Raumschiff.

Ein *großes* Schiff.

Es dröhnte durch die obere Atmosphäre, rüttelnd und bebend, als stünde es unter schwerem Beschuss. Es war nicht nur *groß*, es war gewaltig, doppelt so groß wie die Siedlung: ein Schlachtschiff, kantig, mit Geschütztürmen und klotzigen Vorsprüngen, so groß, dass es die Mittagssonne verdunkelte und die ganze Siedlung in Schatten hüllte, während die Stadt vom Ächzen und Heulen der überlasteten Schiffsmaschinerie widerhallte. Ein solches Schiff hätte niemals in eine Gravitationssenke eintreten dürfen, von einer pulsgeschädigten Atmosphäre ganz zu schweigen.

Die Menschen auf der Straße blickten nach oben, mit offenem Mund oder schreiend. Abgesehen von langlebigen Spezies wie den Barischen, waren für die meisten seit dem Puls Generationen vergangen. Ein Schlachtschiff aus dem Orbit herabstürzen zu sehen, war für sie in etwa so, als würden sich die Götter ihrer Großeltern – an die sie nur halb glaubten – auf einmal unmittelbar vor ihnen manifestieren. Zwar müsste dies im Grunde ein Moment der Klarheit und Ekstase sein, doch in Wahrheit macht man sich wohl eher vor Angst in die Hose. Das war jedenfalls die vorherrschende Reaktion um mich herum, und ich konnte es den Leuten nicht verdenken. Das Schwanken des Bodens machte es auch nicht besser.

Ich selbst war auch nicht wirklich angetan, doch das hatte weniger mit dem Auftauchen des Raumschiffs zu tun – ich hatte gewusst, dass es *möglich* war, wenn auch nicht wahrscheinlich –, sondern eher mit dem großen Emblem, das an der Seite des Schiffs unter den Erschütterungen, die sich durch den Rumpf fortpflanzten, erzitterte: eine vierfingrige Faust, halb geschlossen um einen stilisierten Stern.

Die Pax. Die verfluchten Pax.

An der Unterseite des Raumschiffs öffneten sich Schlitze; Betäubungsdrohnen fielen heraus wie Insektenschwärme, bereit, sich auf alles mit einer Wärmesignatur zu stürzen und Stromschläge und milde Neurotoxine auszuteilen. Sie würden in der gepulsten Atmosphäre nicht lange durchhalten, doch das war auch nicht nötig – es gab viele Einheimische in der Nähe, viele Wärmesignaturen, die sie sich vorknöpfen konnten.

Wir strahlten ebenfalls Wärme ab. Ich schaltete meinen Intentionsschirm ein, packte die Predigerin um die Hüfte und zog sie so dicht an mich, dass sie ebenfalls vom Schutzschirm erfasst wurde. Gerade noch rechtzeitig: eine schlanke Drohne hielt direkt auf uns zu. Sie flog dicht über den Boden hinweg wie eine Libelle, von unserer Wärme angezogen wie eine Motte vom Feuer.

Eine Motte, die auf einmal explodierte. Mein Schutzschirm hielt den Stromschlag und die Toxine ab, nicht aber die Druckwelle; sie verteilte sich nicht über den ganzen Körper, sondern hob mich und die Predigerin von den Beinen und schleuderte uns gegen eine Hüttenwand. Als wir uns aus den Holztrümmern aufrappelten, herrschte Chaos.

Es rührte nur teilweise von den Betäubungsdrohnen her. Die Pax hatten es ebenfalls auf das Mädchen abgesehen – diesem Ziel hatten sie ihre Taktik untergeordnet. Sonst hätten sie keine Betäubungsdrohnen eingesetzt, sondern mit Energiekanonen alles in Schutt und Asche gelegt. Als ich meinte, sie seien leichtsinnig gewesen, war das nicht nur so dahingesagt – offenbar hatten sie sich nicht überlegt, was passieren würde, wenn sie ein der Pulsstrahlung ausgesetztes Schlachtschiff unmittelbar über besiedeltem Gebiet parkten.

Metallplatten und Trümmerteile wurden vom Schiffsrumpf abgerissen, dem die Strahlung mit aller Macht zusetzte. Wie ich bereits sagte, je fortschrittlicher und je *aktiver* die Technologie, desto stärker die Wirkung der Strahlung – und das galt umso mehr für ein Stück Technik von dieser Größe. Scheherazade hätte es in großer Höhe etwa eine Stunde lang ohne schwere Schäden in der Atmosphäre aushalten können, doch sie war klein, auch nach für Personenraumschiffe geltenden Maßstäben. Das Schlachtschiff aber war so groß wie eine gottverdammte Stadt und bereits tiefer gesunken als Schaz an dem Punkt, wo sie mich auf dem Raffinerieturm abgesetzt hatte. Das Ding hielt sich erst seit ein paar Minuten in der Atmosphäre auf, wäre jedoch selbst dann verloren gewesen, wenn es sich unverzüglich entfernt hätte.

Den Pax war das offensichtlich egal. Ich meine, es hätte ihnen nicht egal sein *sollen* – Schlachtschiffe waren scheißteuer. Für den Preis eines solchen Schiffes konnte man einen ganzen terrageformten Mond kaufen, wenn einem dessen Zustand nichts ausmachte – das Desinteresse der Pax für den materiellen Zustand des Schiffes war jedoch unübersehbar, denn wie gesagt: Sie hatten es tief *in eine gepulste Atmosphäre* hineingeflogen.

Ihre Soldaten sprangen bereits aus den Hangars und seilten sich entweder ab oder schwebten mit ihrer Antigravausrüstung herunter, wobei sie sich stillschweigend darauf verließen, dass die Technik lange genug durchhalten würde, um sie unbeschadet aufsetzen zu lassen. Es funktionierte nicht bei allen – einige stürzten ab und prallten auf den Boden –, doch es klappte bei genug Kämpfern, dass die Einheimischen, die nicht den Betäubungsdrohnen zum Opfer gefallen waren, voller Panik flohen.

Währenddessen richteten die vom Schiff abfallenden Trümmer – von den herabstürzenden Soldaten ganz zu schweigen – Verwüstungen in der Siedlung an. Es würde den Pax nicht gelingen, das Mädchen lebend zu ergreifen, wenn sie es unter ein paar Tonnen Trümmern begruben oder wenn es bei der Explosion einer Gasleitung verbrannte; auf dieser Welt gab es zwar keine Elektrizität, doch sie war auch keine technologische Wüste, und an manchen Stellen war es aufgrund der herabstürzenden Trümmer bereits zu Explosionen und Bränden gekommen. Aber wie ich schon sagte – die Pax waren nicht besonders schlau.

Ausgerechnet die Sekte der Pax war vom Puls verschont worden. Vor dem Puls waren sie eine von Hunderten anderen Gruppierungen gewesen. Sie hatten die Herrschaft über die gesamte Galaxis angestrebt, waren ihrem Ziel jedoch nicht näher gekommen als Dutzende anderer Sekten auch. Die Galaxis war groß; sie erobern zu wollen, war lachhaft unpraktisch, aber manche Durchgeknallte versuchten es trotzdem.

Jetzt aber, nur weil sie das unverschämte Glück gehabt hatten, dass die Mehrheit ihrer eroberten Welten vom Puls verschont worden war, waren sie so ziemlich der einzige Akteur, der willens war, alles, was ihm in die Quere kam, gewaltsam zu erobern – zum Teufel mit der Pulsstrahlung. Die meisten anderen, die das Gleiche vor dem Puls versucht hatten – und die Expansion der Pax auf diese Weise eingedämmt hatten – verfügten entweder nicht über die erforderlichen Mittel oder waren zu sehr vom Überlebenskampf in Anspruch genommen, um sich darum zu scheren, was anderswo geschah.

Wie hatten die Pax das Mädchen überhaupt ausfindig gemacht? Wie hatten sie von ihr erfahren? Unsere Informationen beruhten nicht auf Hörensagen, sondern stammten aus einer sicheren Quelle, und es war *ausgeschlossen*, dass sie kompromittiert worden war.

Eine Frage für später. Ich zog die Predigerin auf die Beine. Wir mussten uns auf die Socken machen.

8

In der kleinen Stadt herrschte verständlicherweise Chaos. Für die meisten Bewohner waren Wesen von anderen Welten bloß eine große Erzählung, und jetzt fielen diese halb mythischen Kreaturen auf einmal in Kampfanzügen und mit Schockern und großen beschissenen Gewehren vom Himmel, eine Invasionstruppe aus dem Nichts. Selbst ihr baufälliges Raumschiff war ein Statement: diesem Gegner war der Rückweg versperrt. Diesen Kampf konnten die Einheimischen nicht gewinnen – weil sie keine geeigneten Waffen hatten, aber auch aus psychologischen Gründen. Sie waren es gewohnt, kleine Gruppen von Räubern abzuwehren. Die Pax mochten zwar leichtsinnig sein, doch ihre Sturmtruppen befolgten Befehle; das war Teil ihrer Kultur.

Die Soldaten suchten nach einem Menschenmädchen, deshalb bekam jeder, der dieser Beschreibung nur halbwegs nahe kam, das unfreundliche Ende eines Lähmstocks zu spüren. Alle anderen machten mit dem noch unfreundlicheren Ende eines Gewehrs Bekanntschaft. Immer mehr ihrer Energiewaffen verweigerten den Dienst, auch wenn sie dem Einfluss der Pulsstrahlung etwas langsamer erlagen als das Schiff, doch die meisten Soldaten hatten außerdem Seitenwaffen dabei, die eher dem Stand der hiesigen Technik entsprachen.

Trotzdem wehrten sich die Einheimischen oder versuchten es wenigstens; dieser Planet war schließlich kein Paradies, und die meisten trugen ständig Waffen bei sich. Es fielen jede Menge Schüsse. Die Pax unterschieden sich deutlich von den Einheimischen, zum einen wegen ihrer technisch fortschrittlichen Ausrüstung, aber vor allem aufgrund ihrer voluminösen Kampfanzüge, die es unmöglich machten, zu erkennen, welche Spezies darunter verborgen war. Das gehörte zur Philosophie der Pax, die sich mit dem Slogan »Pax zuerst, alle anderen nie« zusammenfassen ließ. Beide Seiten erlitten schwere Verluste, es war ein regelrechtes Blutbad. Doch die Pax ließen nicht locker, obwohl das Raumschiff über ihren Köpfen auseinanderfiel. Wenn es in der oberen Atmosphäre keine Shuttles für die Abholung der Überlebenden gab, mussten sie hierbleiben, egal, ob sie das Mädchen fanden oder nicht.

Ich achtete darauf, dass die Predigerin innerhalb meines Intentionsschirms blieb – ihr Chassis oder vielmehr die noch vorhandenen Originalteile kamen mit dem Beschuss durch kleinkalibrige Waffen zwar besser zurecht als meine matschigen Organe, doch ein Treffer mit einem Energiegewehr hätte ihr Ende bedeutet. So praktisch Intentionsschirme auch sein mögen, ihre größte Schwäche lässt sich direkt aus ihrem Namen ableiten: Sie decken nur etwa ein Viertel der Körperfläche ab, deshalb muss man *wissen*, woher der Schuss kommt, bevor man ihn abblocken kann. Die Steuerung ist unmittelbar mit dem Gehirnstamm des Benutzers verbunden.

Beim Kampf Mann gegen Mann oder bei Auseinandersetzungen mit kleineren Gruppen war das eine gute Sache, doch bei einem solchen Riesendurcheinander konnte man ebenso leicht von einem Querschläger am Hinterkopf getroffen werden wie von jemandem, der bewusst auf einen zielte. Ich verwendete den Intentionsschirm, weil die Steuerung die meiste Zeit über inaktiv war und er deshalb von der Pulsstrahlung kaum in Mitleidenschaft gezogen wurde, doch er hatte eindeutig seine Schwächen.

Der Angriff der Pax hatte die Predigerin nicht aus der Fassung gebracht. Oder vielleicht doch, und möglicherweise hatte sie sich in einem Bruchteil der üblichen Zeit von dem Schock erholt. Barische verarbeiteten Informationen ausgesprochen schnell. Jedenfalls geleitete sie mich durch Nebengassen und durch verfallene Gebäude, um den Kampfhandlungen auszuweichen. Wo das nicht möglich war, setzte ich das Gewehr ein. Es machte mir nichts aus; ich fand es irgendwie tröstlich, Pax zu töten. Zum Teufel mit denen.

Indem wir uns durch das heruntergekommene Viertel schlichen, das sich allmählich in eine Trümmerlandschaft verwandelte, gelangten wir zum Waisenhaus. Das heißt, zu dem, was vom Waisenhaus übrig war. Man konnte erkennen, dass jemand – entweder mitfühlende Siedlungsbewohner oder wahrscheinlich eher die Kinder – versucht hatte, das Gebäude in Schuss zu halten; es war sauberer als die umliegenden Häuser, und es gab sogar freundlich wirkende Wandmalereien, die Kinder verschiedener Spezies bei der gemeinschaftlichen Hausarbeit und anderen Tätigkeiten zeigten. Doch das war Vergangenheit.

Jetzt lag es in Trümmern, denn ein Lasergeschützturm des über uns schwebenden Schlachtschiffs hatte es unter sich begraben. Das obere Stockwerk war gefährlich geneigt, und der obere Teil des Gebäudes – das, was davon *übrig* war –, drohte über dem unteren Teil, in dem irgendwo ein Feuer ausgebrochen war, einzustürzen. Vielleicht war eine undichte Gasleitung der Grund, oder es war einfach nur Pech, denn in Zeiten wie diesen kam es immer zu Bränden.

Im Gebäude hörten wir Kinder schreien. Unabhängig davon, ob sich das Mädchen darin aufhielt – oder ob sie überhaupt noch am Leben war –, musste man darauf einfach reagieren.

Zusammen mit der Predigerin suchte ich in den Trümmern nach einem Eingang, wobei wir darauf achteten, dem Feuer nicht zu nahe zu kommen – auch Barische konnten schmelzen. Schließlich kletterten wir durch ein Fenster im Erdgeschoss.

Alle Kinder drängten sich in einem großen Raum zusammen, der möglicherweise als Speisesaal gedient hatte. Das erste Stockwerk drohte über ihnen einzustürzen. Oder vielmehr war es bereits eingestürzt, und irgendetwas hielt es zurück – eine unsichtbare Kraft, so als wäre ein Netz über den Köpfen der Kinder gespannt, das mehrere Tonnen Baumaterialien und Schutt von ihnen abhielt.

Unmittelbar unter dem Netz stand eine junge Frau, vor Anstrengung zitternd und schwitzend, mit erhobenen Händen, so als stemme sie den ganzen Schutt allein mit ihrer Körperkraft. Ihr dunkelhäutiges Gesicht war von Blut und Dreck verschmiert, doch ihre Augen blitzten, als wäre sie entschlossen, ewig in dieser Haltung zu verharren, wenn es sein musste, um zu verhindern, dass die Kinder unter Tonnen von Schutt begraben wurden.

Telekinese. Eine der Gaben, nach der ich Ausschau hielt – eine der selteneren, um genau zu sein. Mein HUD markierte ihre Gestalt und bestätigte meine Vermutung: Ich hatte das Mädchen gefunden.

9

Die Predigerin und ich machten uns daran, die Kinder nach draußen zu bringen.

Wir liefen geduckt zu ihnen, schnappten sie und schleppten sie auf die Straße. Das Mädchen nahm uns kaum wahr, denn sie war voll und ganz damit beschäftigt zu verhindern, dass uns das Gebäude auf den Kopf fiel. Als wir mindestens die Hälfte der Kinder nach draußen gebracht hatten, fiel mir auf, dass sie von der Straße verschwanden. Man sollte eigentlich erwarten, dass Kinder nach einem solchen Ereignis wie angewurzelt stehen blieben und heulend darauf warteten, dass jemand ihnen sagte, was sie tun sollten. Doch diese Kinder stürmten einfach los, ohne abzuwarten, dass ein Erwachsener auftauchte und ihnen half.

Ich hatte keine Ahnung, wohin die Kinder gingen, aber solange sie nicht von herabfallenden Trümmern zerschmettert wurden, war es vermutlich ein besserer Ort als der alte, deshalb machte ich einfach weiter. Als wir das letzte Kind ins Freie gebracht hatten, folgte uns das Mädchen. Sie bewegte sich langsam, den Kopf abgewendet, noch immer darauf konzentriert, die Trümmer allein mit ihrer Geisteskraft in der Schwebe zu halten.

Als das Gebäude endlich hinter ihr lang, wäre sie beinahe zusammengebrochen. Ich schirmte sie instinktiv mit meinem

Körper ab. Die Trümmer stürzten herab und prallten vom Intentionsschirm ab, der meinen Rücken schützte. Als der Staub sich legte, sah ich, dass die Predigerin das Gleiche getan hatte – sie hatte sich auf ein Knie niedergelassen, und die Trümmer waren um sie herum gestürzt. Ein Metallkörper hatte eindeutig seine Vorteile.

Das Mädchen löste sich von mir und musterte mich von oben bis unten, was in Anbetracht der Tatsache, dass ich sie soeben aus einem einstürzenden Gebäude gerettet hatte, nicht unbedingt ein Vertrauensbeweis war. »Komm mit«, sagte sie schließlich und wischte sich das Blut ab, das aus einem Nasenloch rann – eine Nachwirkung der Überanstrengung. »Da geht's lang.«

Sie rannte in die Mündung der gegenüberliegenden Gasse und verschwand.

Ich folgte ihr fluchend. Das war das Problem beim Kinderhüten: Man wusste nie, was sie im nächsten Moment tun würden. Ein Erwachsener, der während eines Angriffs vom Himmel ein Gebäude mittels Telekinese am Einsturz gehindert hatte, hätte vielleicht eine Erklärung verlangt. Sie rannte einfach los.

Im halb verschütteten Metallbelag der Gasse war ein Rost hochgeklappt – eine Konstruktion aus der Zeit vor dem Puls. Ich ließ mich hinunter fallen, die Predigerin folgte meinem Beispiel. Unten war es stockdunkel, allein durch den Rost drang ein wenig Licht herein.

Ich erhöhte die Empfindlichkeit meines HUD, worauf das Schwarz zu Grau wurde. Ja – ein Wartungstunnel. In der Anfangszeit der Besiedlung war er anscheinend als Lager benutzt worden und dann in Vergessenheit geraten. Das Mädchen lief schnell und *leise* den Gang entlang. Ich folgte ihr.

»Wir müssen aus der Stadt verschwinden«, sagte ich und zog wegen der Deckenrohre den Kopf ein.

»Was du nicht sagst!«, entgegnete sie. »Die Gänge führen unter den Kanonen durch bis zur anderen Seite der Siedlung. Sie sind nicht mehr in Gebrauch.«

»Wie zum Teufel kannst du hier *sehen*?«, sagte ich. Ohne das HUD wäre ich so blind wie eine Fledermaus gewesen.

»Ich brauche nichts zu sehen«, erwiderte sie mit kühler Herablassung. »Ich kenne den Weg.«

Die anderen Kinder hatten vermutlich denselben Weg genommen; gedämpftes Fußgetrappel war zu hören, irgendwo vor uns im Labyrinth der Gänge. Sie waren nicht so leise wie das Mädchen, vielleicht lag es auch an ihrer Panik.

Immer wieder knallte es dumpf, wenn ein Trümmerteil vom Raumschiff der Pax herabfiel. Dann regnete Staub von der Decke und tanzte durchs HUD. Die Schüsse wurden von den Stahlwänden zunächst gedämpft, dann wurden sie lauter, bis sie auf einmal von vorne kamen.

»Warte«, zischte ich dem Mädchen zu. Ich wusste nicht, ob sie auf mich hörte oder ob sie die Schüsse ebenfalls wahrgenommen hatte – den scharfen Knall ballistischer Waffen, nicht das laute Summen eines Energiegewehrs –, jedenfalls blieb sie stehen.

Unmittelbar vor uns lag eine Tür; dahinter wurde gekämpft. Offenbar hatten auch ein paar Pax-Soldaten den Weg hierher gefunden. Ich wusste nicht, ob sie irgendwelche Geräte hatten, mit denen sie das Mädchen orten konnten, oder ob ihre Suche sie hierhergeführt hatte. Jedenfalls mussten wir an ihnen vorbei – das Mädchen hatte die Tür zielstrebig angesteuert.

Schlechte Bedingungen, zu wenig Platz für mein Gewehr. Ich fuhr mit Daumen und Zeigefinger an meiner rechten Hand und am Arm hoch, als würde ich mir einen unsichtbaren Handschuh überstreifen, dann klopfte ich in schnellem Rhythmus auf meine Knöchel; das Gleiche wiederholte ich in einem anderen Rhythmus an der linken Hand, wodurch ich meine Implantate aktivierte. »Bleib hinter mir«, flüsterte ich dem Mädchen zu. Sie grinste mich an – ich bezweifelte, dass dies Zustimmung signalisierte.

Ich legte das Ohr an die Tür und hörte die Stimmen der Pax, die leicht zu identifizieren waren, da sie aufgrund der Filtermasken alle den gleichen elektronisch verzerrten Tonfall hatten. Das Gewehrfeuer hatte aufgehört: Sie verhörten jemanden. Vermutlich eins der Kinder. Mist.

Ich riss die Tür auf und stürmte durch die Öffnung.

Drei Pax-Soldaten, einer von ihnen hielt ein Kind beim Arm. Ihn nahm ich mir als Erstes vor und versetzte ihm mit den Knöcheln der rechten Hand drei schnelle, kräftige Hiebe auf den unteren Brustkasten. Ich brauchte nicht fest zuzuschlagen, denn die Implantate vervielfachten die ausgeübte Kraft, sodass der Körperpanzer der Zielperson und die darunterliegenden Rippen sich in Mus verwandelten. Er ließ das Kind los, und ich nahm mir den nächsten Soldaten vor, der sich auf mich stürzen wollte; seine Seitenwaffe steckte im Holster. Ich wich seitlich aus und versetzte ihm mit der Linken einen Haken gegen den Kiefer. Zwischen meinen Knöcheln und seinem Kinn sprühten Funken, dann plumpste er wie ein Mehlsack auf den Boden.

Der dritte Soldat griff mich ebenfalls an. Er war gut ausgebildet und hatte schnelle Reflexe, und vielleicht hätten ich die Attacke parieren können, vielleicht auch nicht, doch das alles zählte auf einmal nicht mehr: Die Vorwärtsbewegung des Pax-Angreifers kehrte sich so schnell um, wie sie eingesetzt hatte. Einen Moment lang verharrte er regungslos und wehrte sich gegen die unsichtbare Kraft, die ihn ergriffen hatte, dann wurde er rückwärts geschleudert und dellte die Stahlwald so stark ein, dass nur noch seine zuckenden Füße zu sehen waren.

Ich wandte mich um und musterte das Mädchen. Sie grinste erneut und senkte die Hand. Die wenigen telekinetisch begabten Kinder, die ich getroffen hatte, wären trotz ihrer Ausbildung nach dem, was sie heute geleistet hatte, völlig platt gewesen. Dieses Mädchen aber war noch immer topfit, von dem schwachen Nasenbluten einmal abgesehen. »Du kannst kämpfen«, sagte sie, als hätte ich das nicht gewusst.

»Trotzdem danke für die Unterstützung«, erwiderte ich.

»Und du bist nicht von hier.«

»Nein, ist sie nicht«, sagte die Predigerin, die uns in den Lagerraum gefolgt war. Vermutlich fiel ihr die Orientierung im Dunkeln ebenso leicht wie mir – die Barischen verfügten über Nachtsichtimplantate, die ganz ähnlich funktionierten wie die, die mir bei fünf zweistündigen Operationen eingepflanzt worden waren. »Du musst sie begleiten, Kind«, sagte sie zu dem Mädchen.

Das Mädchen zog eine Schnute. Sie war vierzehn und wünschte jeden, der ihr Vorschriften machen wollte, zum Teufel. Die Barischen mochten klug sein, aber von Psychologie hatten sie keinen Schimmer.

Ich kniete vor dem Mädchen nieder, bevor sie etwas sagen konnte. »Hör zu«, sagte ich. »Ich kann von hier verschwinden. Nicht nur aus der Stadt – von dieser *Welt*. Ich bringe dich zu einem besseren Ort, wo die Technik noch funktioniert und wo der Puls nicht alles zerstört hat. Dieser Ort wartet auf dich, du brauchst nur mit mir zu kommen. Wenn du hierbleibst«, ich wies mit dem Kinn zur bebenden Decke, »wird es bald nicht mehr genug geben, wofür es sich zu bleiben lohnt.«

Sie schaute in die Richtung, in die das andere Mädchen verschwunden war, vermutlich nicht wegen des Kindes, sondern um meinem Blick auszuweichen. Sie guckte angestrengt, erwog offenbar, diesem Weg zu folgen – einem Weg, der nirgendwohin führte und den sie würde allein beschreiten müssen –, dann nickte sie langsam. »Ja«, sagte sie. »Diese Welt geht sowieso zum Teufel.«

Damit war das geregelt.

10

Der Pax, dessen Rippen ich in Mus verwandelt hatte, lag leise stöhnend am Boden. Die Priesterin ging zu dem sich krümmenden Soldaten hinüber, setzte ihm den Fuß auf den Hals und presste ihn mit ihrem ganzen beträchtlichen Gewicht gegen die Wirbelsäule.

Der Grundsatz »Leben ist heilig« galt anscheinend nicht für ihre Kirche.

»Brutal«, sagte das Mädchen, zwischen Bewunderung und Abscheu schwankend.

»Es hat gelitten«, erwiderte die Predigerin in einem Ton, der selbst für eine Barische als gefühllos gelten musste. »Außerdem war es ein Pax.«

»Es – *er* – war unser Gegner. Hat er es deshalb verdient, dass man ihm den Hals bricht? Obwohl er bereits kampfunfähig war?«

»So darfst du das nicht sehen. Hätten *seine* Kameraden ihn gefunden, hätten sie ihn mitgenommen und irgendwann, wenn sie gerade Zeit gehabt hätten, zu Tode geprügelt. Zum Vergnügen. Nur deshalb, weil er schwach genug gewesen ist, um sich so schwer verletzen zu lassen. Die Pax geben niemandem eine zweite Chance.«

Ich musterte die Predigerin erneut. Mein HUD verwandelte den Schimmer in ihren Augen in gleißendes Licht. Sie war älter als der Puls – das wusste ich bereits. Doch auch schon davor hatte es Tausende Sekten gegeben, vielleicht sogar Hunderttausende, und Religionen, Unternehmen und Regierungen hatten sich um die Vorherrschaft in der Galaxis gestritten. Manche hatten um ganze Sektoren gekämpft, andere um Städte oder Kontinente auf einsamen Welten. Wie groß war die Wahrscheinlichkeit, dass die Predigerin sich mit den Sitten und Gebräuchen ausgerechnet dieser Sekte auskannte, die zu dem Zeitpunkt, als der Puls aktiv geworden war, nur eine mittlere bis kleinere Rolle gespielt hatte?

Das Mädchen jedenfalls hatte die kleine Ansprache der Predigerin nicht besonders gut aufgenommen. »Das ist … total krank«, sagte sie erschüttert. Das aus dem Nichts aufgetauchte Schlachtschiff hatte sie nicht aus der Fassung gebracht, ebenso wenig das über ihrem Kopf einstürzende Gebäude oder die kleine Auseinandersetzung in der Dunkelheit des Tunnels. Doch das Barbarentum der Pax ließ ihre Stimme beben. Hm.

»Wie kommen wir zum nächsten Ausgang?«, lenkte ich das Gespräch in eine weniger morbide Richtung.

Sie hielt an, orientierte sich in dem dunklen Raum – die unweigerliche Folge eines jeden Kampfes. Dann zeigte sie in eine Richtung. »Dort lang«, sagte sie und überließ der Frau mit der *Waffe* endlich die Führung.

Ich duckte mich unter herabhängenden Kabeln hindurch, die sich durch die heutigen Erschütterungen oder schon vor Jahren gelöst hatten, und betrat den Gang, auf den sie gezeigt hatte. Dem Kompass meines HUD zufolge gingen wir nach Westen, was gut war – das Schlachtschiff der Pax hatte die Stadt und noch einiges mehr abgedeckt, doch die Mehrheit der Soldaten schien sich in den östlich gelegenen Vierteln aufzuhalten.

Ich versuchte Scheherazade anzufunken, bekam aber keine Verbindung. Das wunderte mich nicht; ich war mir nicht sicher, ob auf diesem speziellen Planeten tatsächlich Krieg geführt worden war, doch es gehörte zur Standardprozedur, Antiorbitalwaffen abzuschirmen. Die Wände waren vermutlich ein riesiger Faradaykäfig.

Wir gingen im Dunkeln weiter. Über unseren Köpfen bebte noch immer die Erde. Wie viel mochte von dem Schlachtschiff jetzt noch übrig sein? Die Pulsstrahlung ist unerbittlich und wird umso heftiger, je mehr man sich dagegen sträubt. Aber ein Raumschiff dieser Größe konnte Zehntausende Soldaten befördern – oder auch Hunderttausende, wenn die Pax es mit Infanterie vollgepackt hatten, weil sie wussten, dass es in der strahlenverseuchten Atmosphäre auseinanderfallen würde.

»Also, was sind das für Leute?«, fragte das Mädchen. »Du hast gesagt, das wären Pax, richtig? Was wollen sie von uns?«

»Pax ist der Name ihrer Sekte«, antwortete ich im Gehen. »Und sie wollen die ganze Galaxis erobern. Das wird ihnen nicht gelingen, denn es gibt verdammt viele, die dasselbe wollen, aus welchem Grund auch immer. Aber solange sie glauben, ihr wärt ein Hindernis auf dem Weg zu ihrem unerreichbaren Ziel, können sie euch das Leben schwer machen.«

»Klingt so, als würde es bald hoch hergehen«, murmelte sie. »Aber du hast meine Frage nicht beantwortet. Du hast mir gesagt, was sie im Allgemeinen wollen, aber nicht, weshalb sie *hier* sind.«

»Das stimmt«, sagte ich und hoffte, sie würde es dabei belassen.

»Es hat mit mir zu tun, habe ich recht?« Sie sagte das nicht besonders leise, aber ihre Stimme klang gedämpft. Das ist das Problem mit Halbwüchsigen: Sie halten sich für den Mittelpunkt des Universums. Wenn sich herausstellt, dass sie möglicherweise tatsächlich von unermesslichem Wert sind, reagieren sie auf unvorhersehbare Weise.

»Es gibt viele Gründe, weshalb sie hier sind«, sagte ich. »Aber du hast recht – einer davon bist du.«

»Dann ist es also meine Schuld«, sagte sie. Ich hatte gehofft, sie würde diesen Schluss nicht ziehen. »All die vielen Menschen, die dort oben sterben …«

»Würden die Pax nicht die Leute dort oben töten, würden sie woanders töten«, sagte ich eindringlich. »Töten ist eben das, was sie tun. Du hast die Arschlöcher nicht erfunden, Mädchen, und du hast die Pax auch nicht zu Arschlöchern gemacht.«

»Aber sie würden die Leute woanders umbringen, nicht hier.« Sie schob trotzig den Unterkiefer vor, als wäre sie entschlossen, die ganze Verantwortung auf ihre mageren Schultern zu nehmen. Auf ihren Wangen zeichneten sich in der Nachtsichtdarstellung des HUD seltsame Reflexe ab; sie weinte. Nicht heftig, bloß ein bisschen. »Sie töten dort oben womöglich alle Leute, die ich kannte, und da sagst du, das würde nichts bedeuten, weil sie eben so sind?«

»Ich wollte damit nur sagen, dass es nicht deine Schuld ist.« Ich seufzte. »Wenn du dir die Verantwortung für die Taten sämtlicher Arschlöcher im Universum aufládst, wirst du unter der Last all der Schuldgefühle zusammenbrechen. Wir sind für unsere eigenen Taten verantwortlich, und die Pax sind für die Pax verantwortlich. Niemand sonst.«

»Aber wenn sie nicht …«

»Sie sind aufgrund von Umständen hier, die sich deiner Kontrolle entziehen, Kind«, warf die Predigerin ein und legte tröstend die Hand auf ihre Schulter. »Du bist nicht verantwortlich für etwas, worauf du keinen Einfluss hast.«

Sie schüttelte die Hand der Predigerin ab, sagte aber nichts. Das war gut; mit den Nachwehen dieser speziellen Enthüllung konnten wir uns später befassen, und zwar hoffentlich an Bord von Scheherazade und nicht hier unten, wo die Gefahr bestand, dass wir erschossen wurden. Wenn sie sich bis dahin in ihren Schuldgefühlen suhlen wollte, würde sie vielleicht weniger impulsiv reagieren und nicht irgendwelche Dummheiten machen. Oder aber sie würde *erst recht* Dummheiten machen; was wusste ich schon von Halbwüchsigen? Schließlich war es fast zwei Jahrhunderte her, dass ich selbst eine gewesen war.

Der Boden stieg allmählich wieder an, und die Kampfgeräusche wurden leiser und gingen in ein dumpfes Tosen über. »Lassen wir die Siedlung hinter uns?«, fragte ich das Mädchen.

Sie hob jäh den Kopf; offenbar hatte sie darüber nachgedacht, dass sie Schuld an allem habe und wie furchtbar das alles sei. »Ja«, antwortete sie und fuhr sich mit der Hand über die Wange. »Bald müssten wir zu einem weiteren Gitter kommen, nur noch ein kleines Stück …«

»Ich sehe es.« Wegen das Tageslichts, das durch den Rost fiel, strahlte er im HUD wie eine Laterne, als wir um die nächste Ecke bogen. Ich schaltete den Restlichtverstärker aus, griff zum Gitter hoch und schob es zur Seite. Dann lauschte ich, hörte aber nichts Ungewöhnliches – abgesehen von den Geräuschen der irgendwo hinter uns einstürzenden Stadt natürlich.

Ich zwängte mich durch die Öffnung, dann zog ich das Mädchen zu mir hoch. Die Predigerin kletterte ohne Hilfe heraus; ich hätte es auch gar nicht geschafft, sie hochzuziehen. Wir betraten eine Grasfläche auf einer Anhöhe oberhalb des Tals. Der Wind brachte das pink- und purpurfarbene Meer zwischen uns und dem am Talboden tobenden Krieg sachte zum Wogen. Das Mädchen aber betrachtete die schöne Umgebung nicht – sie war davon ihr Leben lang umgeben gewesen. Stattdessen blickte sie zurück auf ihr Zuhause.

Ich konnte es ihr nicht verdenken – es war ein höllischer Anblick.

11

Vom Schlachtschiff der Pax war nicht mehr viel übrig. Es schwebte über der zerstörten Stadt fast gleichauf mit der Antiorbitalkanone, als wäre es ein Spiegelbild der brennenden Siedlung – kaputte Türme und umfassende Zerstörung hier wie dort, Flammen flackerten in Gebäuden und leckten an Schotts, während das Schlachtschiff Metall abwarf wie eine sich häutende Schlange.

Rauch und Staub stiegen von der Verwüstung auf, hervorgerufen vom zeitlupenhaften Verfall des Raumers und den Pax-Soldaten, die in den Häusern im Umkreis der gewaltigen schweigenden Kanonen wüteten. Ursprünglich waren die Waffen gebaut worden, um einen solchen Angriff abzuwehren – jetzt waren sie nur noch Orientierungspunkte, stille Zeugen des Angriffs der Pax.

Als die Sonne hinter der brennenden Siedlung unterging, färbte sich der Himmel indigofarben, und die sich durch die Stadt fressenden Flammen – und die durch Lücken in der Panzerung des Schlachtschiffs sichtbaren Explosionsblitze – vermischten sich mit dem verblassenden Tageslicht. Plötzlich war der laute Knall einer Explosion zu hören. Das Raumschiff bekam Schlagseite und sank langsam tiefer, da es sich nicht mehr in der Luft halten konnte. Es prallte auf die Antiorbitalwaffe, ein zeitlupenhafter Absturz, der seine Zerstörung nur noch beschleunigte.

»Die Pax müssen gewusst haben, dass es dazu kommen würde, nicht wahr?«, sagte die Predigerin mit unsicherer Stimme – eine Seltenheit bei den Barischen. »Deshalb haben sie bestimmt auch vor Eintritt in die Atmosphäre den Fusionsreaktor abgestellt, oder?«

Ich zuckte mit den Schultern, ohne den Blick von der Siedlung abzuwenden. »Sie haben keinerlei Bordwaffen abgefeuert, das ist ein gutes Zeichen«, sagte ich. »Aber wenn ich eine Einschätzung darüber abgeben soll, ob der Einsatz klug geplant wurde … nun. Das werde ich nicht tun.«

»Aber wenn sie den Reaktor nicht abgestellt haben, und das Schiff fällt auseinander …«

»Ja. Wir sollten aufbrechen.«

»Was passiert dann?«, fragte das Mädchen, während es zwischen uns hin und her blickte. Ihr musste es merkwürdig vorkommen, dass diese beiden bizarren Wesen – das eine kannte sie immerhin, das andere war für sie ein großes Geheimnis – über ein so apokalyptisches Ereignis sprachen, als wäre es etwas ganz Alltägliches. »Was passiert, wenn sie den … dieses Fusionsding nicht abgeschaltet haben?«

»Du meinst den Fusionsreaktor«, verbesserte ich sie. »Daher bezieht das Raumschiff seine Energie. Und wenn sie ihn nicht abgeschaltet haben, gerät er früher oder später in einen kritischen Zustand. Dann entsteht in ein paar Stunden ein neuer Krater auf der Planetenoberfläche. Wir müssen aufbrechen«, wiederholte ich und wandte mich ab.

Das Mädchen, welches das schwankende Gras kaum überragte, betrachtete weiterhin die brennende Stadt – ihr Zuhause. »Heute Morgen beim Aufwachen habe ich mir gedacht, ich könnte mir Arbeit in einer Kneipe suchen«, sagte sie mit stockender Stimme. »Ich räume da manchmal auf. Ich … ich wusste ja nicht …«

»Niemand rechnet damit, dass sich sein Leben ändert«, sagte die Predigerin. »Aber es passiert.« Sie legte der Kleinen die Hand auf die Schulter und drehte sie sanft, aber bestimmt herum, bis sie dem Ort der Zerstörung den Rücken zuwendete. »Selbst wenn der Reaktor nicht instabil wird, werden die Pax nach uns suchen. Komm.«

»Und setz deine … Gaben nicht ein«, fügte ich hinzu. »Damit machst du sie nur auf dich aufmerksam.«

»Ich weiß.« Sie nickte. Ihre Stimme klang mürrischer als man es von einem Mädchen ihres Alters erwarten sollte.

Wir marschierten durch das Gras, das im Mondschein einen schwachen, nahezu irisierenden Schimmer abgab. Die idyllische Landschaft stimmte mich melancholisch, als wir uns vom Zuhause des Mädchens entfernten, von ihrer Vergangenheit, die bereits in Flammen stand.

Ich tippte auf den implantierten Comm-Sender unter meinem Kinn und öffnete einen verschlüsselten Kanal zu Scheherazade. »Ich nehme an, du hast bereits bemerkt, dass wir Gesellschaft bekommen haben«, sagte ich.

»Oh, die war nicht zu übersehen, Boss«, antwortete sie. Ich werde Scheherezade weiterhin als »sie« bezeichnen, auch wenn JackDoes, unser Reint-Techniker, bei meinem letzten Besuch im Sanktum auf die lustige Idee kam, der Stimme eine Modifikation einzuprogrammieren, die sich zeitverzögert aktiviert hatte und ihr die Intonation eines kultivierten Tyll-Aristokraten einer längst vergangenen Zeit verlieh. Zufällig war diese Stimme männlich. Weder Scheherazade noch ich fanden den kleinen Scherz sonderlich amüsant, und ich hatte immer noch vor, Jack-Does bei meinem nächsten Besuch auf irgendeinem Balkon in die Mangel zu nehmen und ihn ein Weilchen vom Geländer baumeln zu lassen.

»Wird die Abholung kompliziert?«

»Zweifellos. Im Orbit kreisen zwei weitere Schlachtschiffe. Vermutlich haben sie vor, widerstandsfähige Shuttles abzusetzen, sobald der Stoßtrupp das Gesuchte gefunden hat. Übrigens gehe ich davon aus, dass damit unser Mädchen gemeint ist.«

»Eine sichere Annahme«, bestätigte ich.

»Sind wir ihnen einen Schritt voraus?«

»Sind wir.«

»Gut gemacht, Boss.«

»Danke. Wir befinden uns derzeit westlich des Schlachtschiffs. Wie weit müssen wir noch gehen, bis *du* herunterkommen und uns unbemerkt auflesen kannst?«

»Kommt drauf an, Ma'am. Diese Einschätzung musst du vornehmen – je länger wir warten, desto weiter kommt ihr, und je weiter ihr kommt, desto weiter bin ich vom Suchraster entfernt, was bedeutet, dass meine Stealth-Systeme den gegnerischen Scans länger standhalten werden. Andererseits …«

»… andererseits besteht die Gefahr, dass die Pax Verstärkung bekommen, und umso größer wird die Wahrscheinlichkeit, dass wir am Boden noch mehr Probleme bekommen werden.«

»Wir stecken in einer Zwickmühle, und wie es aussieht, haben sie sich auf einen längeren Aufenthalt eingestellt. Drei Schlachtschiffe, Boss, von denen eins das Opferlamm spielt, Furcht und Schrecken und all das. Das ist eine große Machtdemonstration, selbst nach den Maßstäben der Pax.«

Ich runzelte die Stirn. Das ergab einen gewissen Sinn, wenn sie nach dem Mädchen suchten – die Pax waren genau wie wir auf der Suche nach paranormal begabten Kindern, wenn auch aus ganz anderen Gründen. *Sie* hatten es auf Kämpfer abgesehen und wollten die Kinder zu Elitesoldaten formen. Wir wollten sie für einen ganz anderen Zweck ausbilden, einen weniger blutrünstigen. Rettung statt Zerstörung.

Aber hier nach dem Mädchen zu suchen und dieses System außerdem noch zu *erobern* war nicht unbedingt das Gleiche. Selbst nach den Maßstäben der Pax war das ziemlich extremes Verhalten. Ich bezweifelte nicht, dass sie dazu in der Lage waren, und zwar ohne große Mühe, doch es versprach ihnen kaum einen Vorteil: Die Strahlungssignatur des Pulses hatte dieses System in technischer Hinsicht so weit zurückgeworfen, dass hier keine industrielle Fertigung möglich war. Die Bevölkerung war so ziemlich das einzige lohnende Gut; man konnte sie zwingen, für die Pax zu kämpfen, doch diese Ressource gab es auch auf Welten, für die es noch andere Verwendungen gab.

»Das sieht nicht gut aus, Boss«, bestätigte Scheherazade meine Einschätzung.

»Ja. Check die Karten und schlag mir ein paar geeignete Aufnahmepunkte vor.«

»Wird erledigt.«

»Führst du Selbstgespräche?«, fragte das Mädchen.

Ich setzte zu einer Antwort an, dann seufzte ich. »Wie heißt du, Kind?«, entgegnete ich.

Sie schluckte. »Esa«, antwortete sie.

»Also, Esa«, sagte ich, »wenn wir es schaffen, von diesem Felsbrocken wegzukommen, wirst du viele Dinge sehen und hören, auf die du dir keinen Reim machen kannst. Du solltest dich entsprechend wappnen.«

»Aber mit wem hast du geredet?«, hakte sie nach. »Und wie hast du das angestellt?«

»Mit Scheherazade, meinem Schiff. Sie ist über uns im Orbit und versteckt sich vor den Pax-Soldaten, die über dieser Welt in Wartestellung sind.«

»Dein Schiff kann *sprechen*?« Aus irgendeinem Grund beeindruckte sie das mehr als das Raumschiff an sich oder die Nachricht, dass weitere Pax-Schiffe im Orbit warteten.

»Ja, das kann sie.«

»Kann sie uns hier herausholen?«

»Das, Esa, wird sich zeigen.«

12

Ich hatte gehofft, Esas kleiner Trick mit dem Wartungstunnel – durch den wir uns aus der Stadt geschlichen hatten, bevor die Pax sie abriegeln konnten, und zwar nur mit minimaler Feindberührung – hätte uns zumindest einen kleinen Vorsprung verschafft. Doch dem war nicht so. Wer auch immer bei den Pax das Kommando hatte, war offenbar dumm genug, ein Schlachtschiff als Truppentransporter zu verschwenden – zugegebenermaßen ein imposanter Truppentransporter –, hatte aber dennoch die Schlauheit besessen, ein paar Soldaten zu befehlen, sich gleich nach dem Absetzen außerhalb der Siedlung zu verteilen, anstatt sich an der Unterwerfung der Stadt zu beteiligen.

Das bedeutete, dass wir den Pax-Truppen, die sich vor uns befanden, ausweichen und gleichzeitig die sich von hinten nähernden Soldaten im Auge behalten mussten. Und das wiederum bedeutete, dass wir nicht ganz so schnell vorankamen, wie ich es mir erhofft hatte.

Die gute Nachricht – für uns, nicht für die Pax oder die Einheimischen – lautete, dass der Raubüberfall, dessen Zeuge ich heute Morgen geworden war, kein isoliertes Ereignis darstellte; im wogenden irisierenden Gras waren mehrere Banditenlager versteckt, und deren Bewohner lauerten nicht nur den Farmern auf, die ihre Waren zum Markt brachten, sondern auch den Pax-Soldaten. Die ausgefallenen Außenweltlergüter, die sie dabei anstelle von Getreide und Geld erbeuteten, würden wegen der Invasion vermutlich bald wertlos werden, doch so weit dachten die Banditen nicht voraus.

Und so wichen wir den Pax aus und die Pax den Hinterhalten der Banditen, und währenddessen wurde es recht kalt; wir brauchten einen Unterschlupf, und zwar möglichst schnell. Es war zwar nicht so kalt, dass ich mich unwohl fühlte, doch Esa war erschöpft, und auch ich würde nicht mehr lange durchhalten. Notfalls hätte ich zwar weitermarschieren können, doch ich will nicht lügen: Es kam mir ganz gelegen, mit dem Scanner meines HUD eine natürliche Höhle zu suchen und zu verkünden, dass wir den Marsch durch das schimmernde Gras und die Ansammlungen bläulicher Bäume vorerst unterbrechen und uns ausruhen würden.

Die Höhle hatte Räubern als Unterschlupf gedient, war aber – den Einschusslöchern in dem Zeug, das sie zurückgelassen hatten, nach zu schließen – ziemlich überstürzt geräumt worden. Vielleicht hatte die Siedlungsmiliz versucht, das Gebiet zu säubern, oder aber es war aus ökonomischen Gründen zum Streit mit einer anderen Bande gekommen. Uns konnte es egal sein – sie waren schon lange weg.

Die Predigerin übernahm freiwillig die Wache – Barische schliefen nicht, sondern schalteten bloß in periodischen Abständen ihre verschiedenen Systeme ab, um einen Dauerbetrieb zu vermeiden. Doch ihre Sinne waren nie völlig funktionslos. Der Zustand hatte größere Ähnlichkeit mit Meditation als mit Schlaf, deshalb war die Predigerin perfekt dafür geeignet, die von der Höhlenmündung aus einsehbare Umgebung im Auge zu behalten.

Ich deckte Esa mit meiner Jacke zu; sie erhob keine Einwände. Ich nehme an, Waisen sind es gewohnt, anderer Leute abgelegte

Sachen zu tragen. Ich hatte eigentlich erwartet, dass sie auf der Stelle einschlafen würde – es war ein langer Tag gewesen. Doch die Neugier von Halbwüchsigen sollte man nicht unterschätzen.

»Wie ist es da so?«, fragte sie leise. »Dort oben?«

»Ganz anders«, sagte ich, schloss die Augen und versuchte, es mir auf dem Felsboden der Höhle bequem zu machen.

»Inwiefern anders?«

»Nicht bloß anders als hier, sondern grundlegend anders. Das hier ist nicht die einzige Welt, die vom Puls getroffen wurde, Esa. Fast alle sind betroffen, einige mehr, andere weniger. Manche von ihnen nutzten die Gelegenheit, überwanden ihren Hass und versuchten, eine Utopie zu verwirklichen; andere – die meisten – sind zu lebensfeindlichen Wüsten geworden, wo das Recht des Stärkeren gilt.«

»Aber an anderen Orten gibt es Raumschiffe … wie deines. Die Menschen von dort können ihre Welt *verlassen*, wenn sie möchten. Woanders ein neues Leben anfangen.«

»Einige. Nicht viele. Und auch auf den Welten, die noch über höher entwickelte Technologie verfügen, gibt es Probleme. Nicht jeder kann sich ein Raumschiff *leisten*, selbst wenn es bei ihnen noch funktionsfähige Schiffe gibt. Es war ein langer Tag, Esa, und morgen wird es noch anstrengender; schlaf jetzt.«

»*Du* kannst dir ein Schiff leisten. Bist du reich?«

»Ich habe mein Schiff von … der Organisation bekommen, für die ich arbeite und die mich beauftragt hat, nach dir zu suchen. Ich könnte mir keins leisten.«

»Bezahlt dich die Organisation nicht gut?«

»Ich mache das nicht für Geld. Schlaf jetzt.«

»Warum machst du es dann?«

»Weil ich vor sehr langer Zeit etwas sehr Schlimmes getan habe; etwas, das ich nicht ungeschehen machen kann. Ich finde, ich sollte zumindest versuchen, ein bisschen davon wiedergutzumachen. Nach Kindern wie dir zu suchen – das ist wichtig. Die Gründe können dir die Leute, zu denen ich dich bringe, besser erklären als ich. Ich eigne mich zum Kämpfen und Fliegen, das ist auch schon alles; also kann ich auch für eine gute Sache kämpfen.«

Das philosophische Konzept der Wiedergutmachung interessierte Esa nicht besonders. »Dann bist du also arm. So wie ich.«

»Ich komme zurecht.«

»Das sagen arme Leute immer. Meistens ist es gelogen.«

»Esa.«

»Ja?«

»Schlaf. Jetzt.«

Sie seufzte – dieses sehr spezielle Halbwüchsigenseufzen, inbrünstig und theatralisch –, dann wälzte sie sich auf den Rücken. »Weshalb sind die Pax hinter mir her?«

»Darüber reden wir später.«

»Liegt es an meiner tele… telekin… daran, dass ich Dinge allein mit Willenskraft bewegen kann?«

»Ich verspreche dir, Mädchen, dass ich dir alles so gut wie möglich erklären werde, wenn wir an Bord meines Schiffes sind und einen schön langweiligen Hyperraumflug antreten. Im Moment ist dein gottverdammter Schlaf wichtiger.«

»Was bedeutet Hyperraum?«

»Esa, wenn du nicht aufhörst zu reden, bitte ich die Predigerin, dir ein Beruhigungsmittel zu spritzen.«

»Kannst du das?«, fragte sie die Barische und setzte sich auf ihrem provisorischen Bett – einer freien Stelle am Höhlenboden – ein wenig auf.

Die Predigerin nickte. »Ich habe ein Erste-Hilfe-Set installiert«, sagte sie. »Dazu gehört auch ein Beruhigungsmittel.«

»Cool. Das wusste ich nicht.«

»Jetzt weißt du es.«

»Mal herhören: nicht reden, machen. Schlafen. Jetzt. Vor uns liegt ein langer Tag, an dem man vermutlich auf uns schießen wird.«

»Oh. Das klingt übel.«

»Ja. Wenn wir müde sind, sieht es für uns noch übler aus.«

Ein weiterer schwerer Seufzer. »Einverstanden.« Eine Pause. »Gute Nacht.«

»Gute Nacht.«

»Schlaf gut.«

»Du auch.«

»Lass mich nicht …«

»Esa. Halt endlich den Mund, verdammt noch mal.«

Sie kicherte, wie alle Halbwüchsigen, die sich über einen Fluch amüsieren – nach allem, was sie heute erlebt hatte, konnte sie noch immer kichern, das fasste ich als gutes Zeichen auf –, dann wälzte sie sich auf die Seite und schlief endlich ein.

Kurz darauf folgte ich ihrem Beispiel.

13

Am Morgen, als das Mädchen noch schlief, nahm ich erneut mit Scheherazade Kontakt auf. Die gute Nachricht: Sie hatte einen geeigneten Ort gefunden, an dem sie uns abholen konnte – einen alten Aussichtsturm, weit genug entfernt vom Suchraster der Pax, um herunterzukommen und uns aufzunehmen, und doch so hoch, dass der Antrieb in der strahlenverseuchten Umgebung nicht durchschmoren würde.

Die schlechte Nachricht: Der Turm war zwei Tagesmärsche entfernt, und wenn wir dort angekommen wären, würden wir drei weitere Tage warten müssen, bis die Umlaufbahnen der Pax-Schiffe so günstig lagen, dass Schaz uns herausholen konnte. Die etwas bessere Nachricht lautete: Vorher würde sich ein kleines Loch im Suchraster öffnen, groß genug, um Ausrüstung abzusetzen. Das war ein wenig riskant – Scheherazade verfügte über gute Prognose-Algorithmen, doch sie waren nicht perfekt, und es bestand die Möglichkeit, dass die Pax den Abwurf bemerken, seine Flugbahn berechnen und auf diese Weise unseren Aufenthaltsort bestimmen würden. doch es war immerhin besser als nichts.

»Mach es«, sagte ich. »Ich gebe dir Bescheid, sobald wir vor Ort sind.«

»Ein Abwurf?«, sagte die Predigerin. Sie hatte natürlich mitgehört – vermutlich hatte sie sogar Schaz' Gesprächsanteil mitbekommen, obwohl es sich lediglich um eine Stimme in meinem Kopf handelte. »Ist das klug?«

»Besser als die Alternative«, meinte ich achselzuckend. »Auf dem hoch gelegenen Gelände und mit den Abwehrgeräten aus dem Abwurf können wir uns die Pax wenigstens vom Leib halten, falls sie uns aufspüren sollten. Wenn sie uns finden und wir ohne zusätzliche Ausrüstung dastehen, sieht es zappenduster für uns aus.«

»Außerdem benötigt ihr Nahrung.« Barische verfügten über einen internen Fusionsakku, der nahezu alles in nutzbare Energie verwandelte, was die Umgebung zu bieten hatte – Sonnenlicht, kinetische Energie, sogar Hintergrundstrahlung. Der Puls war so entworfen worden, dass sie davon verschont blieben; wir wollten Kriege beenden, aber keinen Völkermord begehen. Damit will ich sagen, dass die Predigerin nichts essen musste, Esa und ich hingegen schon.

Ich nickte. Ich hatte ein paar Proteinriegel dabei, die ausreichen sollten, um zu Fuß zum Aussichtsturm zu gelangen, ohne unterwegs zu verhungern. Doch insgesamt mussten wir fünf Tage lang ausharren. Auch ohne einen Abwurf würden wir überleben, wären aber zum Ende hin zu nichts mehr zu gebrauchen. »Ja, wir brauchen Nahrung«, pflichtete ich ihr bei.

»Du hast mir nicht gesagt, *weshalb* du nach ihr gesucht hast«, sagte die Barische mit Blick auf die über dem Grasland aufgehende Sonne. Das irisierende Licht der Flora wurde von warmem Sonnenschein verdrängt, während der Himmel sich orange färbte. »Ich kann mir denken, was die Pax antreibt – würden sie das, was immer das Mädchen zur Telekinese befähigt, für ihre Soldaten nutzbar machen, wären sie unbesiegbar. Aber ich habe nicht den Eindruck, dass ihr eine Armee aufstellen wollt.«

»Vertrau mir – sie ist bei uns besser aufgehoben als bei denen.«

»Dann behauptest du also, dein Handeln sei, wie sagt man noch gleich, *legitim*?« Sie lächelte leicht über ihre Formulierung.

»Das könnte man so sagen, ja.«

»Und weshalb hast du *mich* noch nicht vertrieben? Ich bezweifle, dass dein Auftrag beinhaltet, gestrandete barische Predigerinnen aufzulesen.«

»Du bist durchaus nützlich. Es könnte sein, dass du eine Waffe abfeuern musst, bevor das alles vorbei ist.«

»Dann willst du mich also nicht mit auf dein Schiff nehmen.«

»Du willst deine Schäfchen im Stich lassen?«

»Meine Schäfchen.« Sie deutete zum Horizont, zu den Trümmern der Stadt, die sich unter der Antiorbitalkanone erstreckte. »Ich habe keine Ahnung, ob überhaupt etwas übrig bleibt. Religion war nur ein Mittel, um sie zu unterrichten und zu erziehen. Alle glauben, der Puls sei Vergangenheit, dabei wissen wir nicht mal, *woher* er kam. Sollte er erneut auftreten, müssen sie vorbereitet sein.«

Ich verspürte einen Anflug schlechten Gewissens, doch das war nichts Neues für mich. Ich wusste genau, woher der Puls gekommen war und dass sie sich zu Recht sorgten. Ich unterdrückte die Anwandlung. »Dann möchtest du also mitkommen«, sagte ich nachdrücklich.

»Ich fühle mich für das Mädchen verantwortlich. Außerdem habe ich nach Kräften mitgeholfen, die Waisen zu ernähren, zu kleiden und Schaden von ihnen fernzuhalten. Und ich habe dir gesagt, wo sie zu finden ist. Du hast gewiss recht – was immer ihr mit ihr vorhabt, wird freundlicher sein als das, was die Pax beabsichtigen. Das heißt aber nicht, dass ihr gute Absichten hegt.« Sie musterte mich aufmerksam – nicht weil sie auf meine Antwort so erpicht gewesen wäre, sondern weil sie sehen wollte, wie ich sie formulierte und warum. »Ja, du hast recht, ich würde gern mit euch kommen. Wenn du einverstanden bist.«

Ich seufzte. »Predigerin, wenn du uns hilfst, von diesem Felsbrocken zu verschwinden, bringe ich dich bis zum nächsten Planetensystem der Barischen. Aber ob das eine Welt mit weitgehend funktionierender Technik, eine Raumstation mit einer Niederlassung der Barischen oder ein Felsbrocken wie dieser hier sein wird, nur mit mehr Barischen, kann ich nicht sagen.«

»Aber du willst mich nicht zu *deinem* Zielort mitnehmen.«

Ich schüttelte den Kopf.

»Also gut.« Die Predigerin nickte und brach die Musterung ab. »Ich verstehe.«

»Ich verstehe« war nicht gleichbedeutend mit »ich bin einverstanden«, und das war uns beiden bewusst. Wir wussten auch, dass für mich unter den gegebenen Umständen nicht mehr drin war. Ich hatte nicht gelogen – wenn es dazu kam, dass wir den Aussichtsturm gegen die Pax verteidigen mussten, wäre ich auf ihre bewaffnete Unterstützung angewiesen. Ich bezweifelte, dass sie früher einmal Soldatin gewesen war; der Unterschied war auch bei den Barischen deutlich zu erkennen, obwohl sie Maschinenwesen waren. Ich hatte gekämpft, sie nicht. Aber sie verfügte über die Reflexe, die Sinne und die Körperkraft der Barischen. Sie war ein Aktivposten, den ich unbedingt nutzen musste. Auch wenn dies bedeutete, sie irgendwo auszusetzen, anstatt sie auf der Welt zurückzulassen, die sie immerhin kannte.

Klingt das grausam? Vielleicht war es das. Aber meine Arbeit schließt ein gewisses Maß an Berechnung mit ein. Mein Ziel war es, das Mädchen zum Sanktum zu bringen. Nur darauf kam es an. Alles andere zählte nicht.

Ein leises Geräusch im Hintergrund: Esa erwachte. Ich drehte mich um – und sah, dass bei ihr die Erinnerung an den Vortag nach und nach wieder lebendig wurde. Unterschiedliche

Regungen wanderten über ihr Gesicht: Angst, Entsetzen, Erregung, Trauer. Die Predigerin und ich schwiegen, während sie mit sich rang, um sich dem neuen Tag zu stellen. Seit dem letzten Aufwachen hatte sich ihr Leben grundlegend verändert.

»Na gut«, sagte sie. »Ihr beide seid schon wach, schön für euch. Können wir aufbrechen?«

14

Wir marschierten meistens in den Stunden vor und nach der Morgen- und Abenddämmerung. In Anbetracht der Kürze der Tage auf diesem Planeten legten wir auf diese Weise eine erstaunlich weite Strecke zurück – höchstens anderthalb Stunden, nachdem die Sonne ihren Zenit erreicht hatte, verdunkelte der Himmel sich bereits wieder. Wie ich bereits sagte, dauert der Tag-Nacht-Zyklus auf *vielen* terrageformten Welten ungefähr vierundzwanzig Stunden; diese Welt gehörte nicht dazu.

Ich hatte Esa noch einmal eingeschärft, keinen Gebrauch von ihren paranormalen Gaben zu machen. Man weiß nie, wer einen beobachtet. Das heißt, in diesem Fall wussten wir es genau.

Die Felder mit genmodifiziertem Tyll-Weizen erstreckten sich um uns herum, und ein schwacher Wind wehte darüber hinweg, als das Tageslicht verblasste. Vielleicht war diese Welt einmal dafür bestimmt gewesen, *andere* Welten zu ernähren, und das pinkfarbene Gras und die grünen und violetten Wedel hatten auf Dutzenden anderen Planeten als Nahrung dienen sollen. Doch eben diese Bestimmung – die landwirtschaftliche Beschaffenheit der Welt – hatte sie im Krieg zum Schlachtfeld oder zumindest zum Ziel gemacht. Jetzt gingen von der Agrarlandschaft mit ihren Weizenfeldern und Grasflächen ganz andere Gefahren aus: In jeder Mulde konnte ein Hinterhalt verborgen sein, jedes Wäldchen bedeutete Gefahr.

In der Ferne waren Schüsse zu hören; die Pax führten noch immer gegen die Einheimischen Krieg, aus welchem Grund auch immer – entweder weil sie nach dem Mädchen suchten, oder weil sie Arschlöcher waren –, doch je weiter wir uns von der Stadt und den Nachschub-Ressourcen der Pax entfernten, desto ausgewogener erschienen die Kräfteverhältnisse.

Schließlich verließen sich die Menschen, die hier draußen lebten, anders als die Stadtbewohner nicht auf ihre schiere Anzahl oder hohe Schutzmauern; sie waren entweder bewaffnet und darauf vorbereitet, mit den Übergriffen der Banditen fertig zu werden, oder sie waren selber Banditen. Gegen die Pax zu kämpfen war für sie nicht grundlegend anders als der Kampf gegen jeden anderen, zumal der Puls den technischen Vorteil der Pax inzwischen sicherlich aufgezehrt hatte.

Dank der scharfen Sinne der Predigerin und meiner kurzen Unterhaltungen mit Scheherazade, die von dem Mond aus, auf dem sie sich versteckte, eifrig die Planetenoberfläche scannte, gelang es uns, einer Begegnung mit den Pax aus dem Weg zu gehen. Mehrmals mussten wir die Richtung ändern, doch der Zeitverlust und die längere Wegstrecke waren im Vergleich zu einem Feuergefecht, das noch mehr Pax hätte auf uns aufmerksam machen können, das kleinere Übel.

Esa schwieg die meiste Zeit über, denn sie hatte genug damit zu tun, mit ihren Kollegen Schritt zu halten. Wenn wir eine Rast einlegten, bombardierte sie uns mit Fragen: Woher kommen die Pax? Wie sieht es auf anderen Welten aus? Na gut, dann eben auf den Welten, die du besucht hast? Wie sieht es auf der Welt aus, auf der du groß geworden bist? Wo hast du gelernt, zu kämpfen? Werde *ich* kämpfen lernen? Wo hast du gelernt, ein Raumschiff zu fliegen? Wieso hast du dem Schiff ausgerechnet diesen Namen gegeben? Wieso willst du mir *deinen* Namen nicht sagen?

Die Predigerin lachte bei der letzten Frage. Sie wusste, dass ich sie nicht beantworten würde.

Esa begriff recht schnell, dass ich umso bereitwilliger antwortete, je allgemeiner ihre Fragen gehalten waren. Ich wollte ihr nichts über das Sanktum erzählen; alles, was ich ihr hätte sagen können, wäre, ob wissentlich oder unbewusst, subjektiv gefärbt, und ich wollte, dass sie die Entscheidung, die ihr abverlangt werden würde, unbeeinflusst traf. Deshalb redete ich auch nicht über das, was sie dort erwartete.

Ich sprach nicht über mich selbst, weil ich das nicht gern mache. Aus ähnlichen Gründen verschwieg ich ihr meinen Namen. Als wir diese kleine Aufgabe übernommen hatten, hatte man uns zudem eingeschärft, wir sollten verhindern, dass die Kinder eine zu enge Bindung zu uns entwickelten. Wir waren Hirten, und sobald wir unseren jeweiligen Schützling abgeliefert hatten, machten wir uns auf die Suche nach einem anderen verlorenen Schaf. Unsere Schützlinge schlossen sich entweder dem Sanktum an oder suchten ihr Glück in der Galaxis, doch die Wahrscheinlichkeit, dass wir uns jemals wiedersahen, war gering. Ich gehörte den Legitimierten an, doch ich besuchte das Sanktum nur selten – immer nur kurz, um meine »Fracht« abzusetzen, dann machte ich mich auch schon wieder auf die Suche.

Wir waren nicht ihre Eltern; wir waren nicht ihre Beschützer; wir waren nicht ihre Freunde. Was mich betraf, waren sie fühlende Pakete, die wir auslieferten, und was *sie* betraf, verkörperten wir den Willen des Sanktums, der Legitimierten. Wir sollten keine speziellen Charaktermerkmale aufweisen.

Für mich war das nie ein Thema gewesen – normalerweise fiel es mir eher schwer, Nähe zu anderen Menschen herzustellen, als sie zu vermeiden. Deshalb war die Gefahr, dass ich ungewollt eine Beziehung aufbaute, nicht besonders groß. Schließlich verstand Esa den Wink mit dem Zaunpfahl und gelangte zu dem Schluss, dass es lohnendere Themen gab.

Irgendwann kam der Aussichtsturm in Sichtweite.

Esa beschirmte mit der Hand die Augen und musterte das weit entfernte Gebäude. Es ragte wie eine Spindel aus den umliegenden Feldern auf und wurde von einer breiten Plattform gekrönt – keine Vorgebäude, keine Leitungen, und die Straßen, die einmal dorthin geführt haben mussten, waren von Unkraut überwuchert. Da waren nur die wogenden Wedel und das Gitterwerk des Turms, der sachte schwankend zum sienafarbenen Himmel aufragte. »Das … macht keinen besonders stabilen Eindruck«, sagte Esa, die bemerkt hatte, dass das Gebilde ein wenig schief war. »Meinst du nicht auch?«

Ich zuckte mit den Schultern. »Der Turm hat während des Krieges zahlreiche Bombardierungen, den Puls und wer weiß was sonst noch alles überstanden. Ich glaube, er hält einiges aus.«

»Hm.« Esa wandte sich an die Predigerin. »Hältst *du* ihn für stabil?«

»Ruhig, Kind«, sagte die Predigerin lächelnd. »Wir werden nur ein paar Tage lang dort sein, und dann wird ein komplettes Raumschiff auf der Plattform landen. Vermutlich unter dem Feuer der Pax.«

Esa runzelte die Stirn. »Für eine religiöse Führungspersönlichkeit bist du jedenfalls ziemlich schlecht darin, Trost zu spenden.«

»Ja, das wurde bereits erwähnt.«

Wir marschierten ins letzte Tal hinunter und durchquerten die offene Landschaft vor dem Turm.

Er war tatsächlich hoch, höher als erwartet. Ich hatte keine Ahnung, welchen Zweck er während des Krieges erfüllt haben mochte – er war so hoch, dass mir auf Anhieb keine sinnvolle Verwendung dafür einfiel. Er ragte mindestens dreißig Stockwerke hoch auf, nichts weiter als ein Treppenschacht aus Metall, umschlossen von Laufgängen und dem Stahlgitter. Ein kleiner Bunker war alles, was auf der Plattform an der Spitze zu finden war. Vielleicht hatte er als Ausguck gedient, wenngleich ich nicht wusste, wonach man hier hätte Ausschau halten sollen.

Das Gute daran war, dass wir von dort oben kilometerweit würden sehen können – ringsumher gab es nichts als Gras und im Wind wogenden Weizen. Nicht einmal eines der kleinen himmelblauen Wäldchen, an denen wir unterwegs vorbeigekommen waren, störte die Horizontlinie. Selbst wenn Schaz keine Ausrüstung abwerfen würde, könnte ich den Turm mit meinem Gewehr eine ganze Weile lang halten.

Vorausgesetzt, die Pax hatten keine schwere Munition dabei und jagten den Turm nicht in die Luft. Da sie das Mädchen lebend ergreifen wollten, war das allerdings unwahrscheinlich.

»Sehr hoch«, sagte Esa, während sie zur Turmspitze aufblickte

»Das stimmt«, sagte die Predigerin.

»Und wir müssen die vielen Stufen hochsteigen.«

»Das müssen wir allerdings. Immerhin ist hochsteigen etwas anderes als marschieren, was wir die letzten beiden Tage über getan haben.«

»Ich habe so etwas noch nie gesehen.«

»Hast du überhaupt schon mal Relikte aus dem Krieg gesehen, von den Waffen in deiner Heimatstadt abgesehen?«

»... nein.«

»Dann wundert mich das nicht.«

»Also schön, meine Damen«, seufzte ich und öffnete das Gitter am Fuß des Turms. »Wir beginnen mit dem Aufstieg.«

15

Es war ein weiter Weg nach oben. Stufe um Stufe stiegen wir in die Höhe. Ich checkte von den Plattformen aus die Lage, prägte mir die Engstellen ein. Es war eine gute Stellung. Vorausgesetzt, sie hatten genug Zeit, würden die Pax uns ausräuchern können, doch sie würden dafür einen hohen Preis zahlen müssen. Natürlich nur unter der Voraussetzung, dass sie das Mädchen unbedingt lebend ergreifen wollten – sollten sie jedoch zu dem Schluss gelangen, dass es an der Zeit wäre, ihre Verluste zu begrenzen und den Turm zu sprengen, waren wir am Arsch.

Schließlich gelangten wir japsend zum Ende der Treppe. Eine Tür führte in den Bunker. Im Lauf der Jahre war er von Plünderern leergeräumt worden; in dem Betongebäude war nicht mal ein festgeschraubter Tisch übrig geblieben. Esa legte sich auf den Boden und schlief auf der Stelle ein. Ich konnte es ihr nicht verdenken. Die Predigerin und ich gingen wieder nach draußen, ließen die zur Landeplattform und zum Dach hochführende Leiter links liegen und traten an den Rand der Aussichtsplattform, die um den Betonbunker herumführte und etwa dessen doppelte Fläche einnahm.

Die Barische blickte zum Horizont. »Siehst du was?«, fragte ich, denn ich wusste, dass sie viel bessere Augen hatte als ich, trotz meiner Implantate und der Upgrades, die ich auf meinem HUD installiert hatte.

Sie schüttelte den Kopf. »Ehrlich gesagt, bereitet mir das ein wenig Sorge«, sagte sie. »Die ganze Zeit über wurde in der weiteren Umgebung mit kleinkalibrigen Waffen gefeuert. Manchmal war das Gewehrfeuer sehr weit entfernt, aber immer gegenwärtig. Jetzt nehme ich nichts mehr wahr.«

»Entweder die Einheimischen haben die Pax zurückgeschlagen …«

»… oder die Pax haben den Widerstand gebrochen. Das würde bedeuten, dass sie die Suche nach uns intensivieren werden. Mittlerweile wissen sie bestimmt, dass Esa nicht mehr in der Stadt ist.« Sie schaute mich an. »Du hast sie vom Orbit aus getrackt. Du musst … das ist eine ziemlich große Welt. Es war bestimmt kein Zufall, dass du sie nach dem Absetzen so schnell gefunden hast.«

»Du weißt nicht, wie lange ich gesucht habe.«

»Da deine Kleidung noch kosmische Reststrahlung abgibt, kann es nicht lange gedauert haben. Eher Tage als Monate.«

Ich nickte. »Ich habe sie vom Orbit aus getrackt«, räumte ich ein. »Wenn sie ihre … Gaben einsetzt, gibt sie gutartige Strahlung ab. Ich weiß nicht, wie empfindlich die Sensoren der Pax sind – ich schätze aber, sie sind schwächer als die von Scheherazade, denn die sind speziell auf diese Aufgabe zugeschnitten. Aber trotzdem. Wir haben sie vom Orbit aus bis auf ein paar Quadratkilometer genau geortet. Wenn die Sensoren der Pax nur *halb* so gut sind, könnten sie ihren Aufenthaltsort ungefähr bestimmen, und hier draußen gibt es nicht viel mehr als diesen Turm.«

»Aber sie können sie nur dann orten, wenn sie ihre Gabe einsetzt. Deshalb hast du es ihr verboten. Weshalb wollen die Legitimierten sie noch mal haben?«

Ich schüttelte den Kopf. »Das gehört nicht zu unserer Absprache.«

Sie blickte wieder zum Horizont. »Noch nicht.«

»Noch nicht.«

Unsere Unterhaltung war damit anscheinend beendet. Ich entfernte mich ein Stück und gab mich der Illusion des Alleinseins hin, dann funkte ich Schaz an. Ja, das Risiko, dass die Pax im Orbit mitbekamen, wie sie die Ausrüstung aussandte, war nicht von der Hand zu weisen. Doch ich war bereit, es einzugehen.

Scheherazade bestätigte, dass die Sendung startklar war; es würde aber noch einen Tag dauern, bis das Fenster im Überwachungsraster der Pax groß genug wäre, um sie loszuschicken. Ich holte eine Schnur aus der Tasche, stieg die Leiter hoch, kletterte aufs Bunkerdach und markierte einen Teil der Landeplattform.

»Was machst du da?«, fragte Esa, die ihr Nickerchen beendet hatte.

»Tritt nicht in die Markierung hinein«, sagte ich.

»Warum nicht?«

»Wenn du von der tonnenschweren Ausrüstung zerquetscht würdest, gäbe es keine Verwendung mehr für diese Ausrüstung.«

Sie schnitt eine Grimasse. »Ich muss mal aufs Klo.«

Ich schüttelte den Kopf. »Hier gibt es kein Klo.«

»Und was soll ich deiner Meinung nach tun?«

»Na ja, du kannst die Leiter wieder hinuntersteigen …«

»Kommt nicht in Frage.«

»… oder du gehst an die Seite.«

»Igitt.«

»Das sind die Optionen. Mir ist es egal, was du machst, solange du dich dabei nicht umbringst. Wir werden ein paar Tage hier oben sein – also stell dich drauf ein.« Das brachte mir ein weiteres gedehntes Halbwüchsigenseufzen ein, dann entfernte sie sich, um sich zu erleichtern. Ich hob die Vergrößerung meines HUD an und musterte erneut die Umgebung. Hier gab es wirklich nichts Bemerkenswertes – nur das wogende hohe Gras. Wir würden die Pax schon sehen, wenn sie sich noch Kilometer von uns entfernt befanden.

Aber vielleicht waren wir ihnen ja entwischt. Vielleicht würden sie gar nicht auftauchen. Vielleicht würden wir uns bloß ein paar Tage lang hier oben verstecken, dann würde Schaz uns abholen kommen, und ich hätte einen Teil des begrenzten Ausrüstungsmaterials des Sanktums für die Errichtung eines Verteidigungspostens verschwendet.

Das war zwar unwahrscheinlich, doch es war nicht verboten, zu hoffen. Natürlich hielt die Hoffnung nicht lange vor; kurz darauf meldete sich Schaz. »Ich habe eine Truppenbewegung geortet, Boss«, sagte Scheherazade. »Sie nähern sich in großer Zahl von der Stadt her. Mindestens eine Kompanie.«

»Das muss nicht heißen, dass sie in unsere Richtung kommen werden.« Ich kratzte mich am Kinn. »Vielleicht haben sie die Stadt ja befriedet und wollen jetzt die im Umkreis postierten Truppen verstärken.«

»Das wäre möglich. Aber ist es auch wahrscheinlich?«

»Nicht besonders. Sie suchen nach uns.«

»Der Abwurf erfolgt in vierundzwanzig Stunden. Selbst wenn sie euren Aufenthaltsort kennen und ohne Pause marschieren sollten, werden sie euch bis dahin nicht erreichen.«

»Dann belassen wir's dabei.«

»Ich werde eine Weile Funkstille wahren; ihr Suchraster wird bald meine Position erfassen, und ich muss etliche Systeme abschalten.«

»Verstanden. Danke, Schaz.«

»Keine Ursache, Boss.«

Ich tippte auf den Knubbel zwischen Kiefer und Ohr und schaltete das Comm damit ab. Das Implantat war nützlich auf Welten wie dieser, wo der Puls die eingepflanzte Hardware wahrscheinlich nicht braten würde. Aber es zu benutzen kam mir immer irgendwie seltsam vor, so als würde ich Schaz im Kopf hören und nicht mit dem Ohr.

Wieder allein mit meinen Gedanken, schaute ich auf die Weizenfelder und das Gras hinaus, ein pinkfarbenes und grünes Wogen, das sich bis zur schon wieder untergehenden Sonne erstreckte. Früher oder später würden die Pax über diese Hügel anmarschiert kommen. Schaz konnte so optimistisch sein, wie sie wollte – ich wusste, dass sie uns auf den Fersen waren. Meine Hoffnung beschränkte sich darauf, dass wir bereit sein würden, wenn sie auftauchten, und dass ich sie so lange würde aufhalten können, bis Schaz uns von diesem verdammten Planeten abholte.

Schönheit hin oder her, allmählich wurde ich der wogenden pink- und purpurfarbenen Felder und des fernen Gewehrfeuers, das untrennbar mit ihnen verbunden schien, überdrüssig.

16

Der Abwurf erfolgte am nächsten Tag exakt zur vereinbarten Zeit. Für den Fall, dass das zusätzliche Gewicht die Decke des Bunkers zum Einsturz bringen sollte, stiegen wir alle drei ein paar Treppenabsätze nach unten. Ich glaubte zwar nicht, dass es dazu kommen würde – die Ladung war mit Antigrav-Kompensatoren und einem Fallschirm zur Verlangsamung der Fallgeschwindigkeit ausgerüstet. Doch ich wollte es nicht darauf ankommen lassen, denn es war nicht auszuschließen, dass die Kompensatoren aufgrund der Pulsstrahlung gleich nach der Aktivierung durchbrennen würden.

Die Ladung setzte mit einem dumpfen Knall auf, der Turm knackte bedrohlich und schwankte eine Weile.

»Cool«, sagte Esa und schaute nach oben, als könne sie durch die Decke sehen. Sie löste die Hand, die sie um das Treppengeländer gekrampft hatte. »Schauen wir uns mal die Beute an.«

»Also, Beute ist es wohl nicht, denn sie gehört ja bereits unserer Freundin«, sagte die Predigerin und nickte in meine Richtung, setzte sich dann aber ebenfalls in Bewegung.

»Egal. Schauen wir uns die Spielsachen an. Und den Proviant. Ich habe genug von Proteinriegeln.«

Ich hätte erwidern können, dass sie froh sein solle, überhaupt etwas zu essen zu haben, doch ich tat es nicht. Auch ich war die Proteinriegel leid.

Wir stiegen die Treppe hoch und kletterten über die halb kaputte Leiter aufs Dach des Bunkers. Der Abwurf, bestehend aus zwei schweren Kisten, qualmte noch ein wenig. Die Betondecke hatte Risse bekommen, die aber nur oberflächlich waren.

Ich öffnete das mechanische Schloss – eine Konstruktion mit drehbaren Zahlenringen, der der Puls nichts anhaben konnte – und klappte die Kisten auf.

Schaz hatte in den vergangenen Tagen natürlich den Turm gescannt und war das Inventar der Ausrüstungspakete durchgegangen. Wir hatten etwa ein Dutzend davon im Frachtraum, zusammengestellt für verschiedene Klimazonen und unterschiedliche Situationen. Ihre Auswahl enttäuschte mich nicht.

Zwei extrem leistungsfähige Gaussgewehre, welche die Munition mit elektromagnetischen Spulen beschleunigten und präzise Schüsse auf weite Entfernungen ermöglichten; eine Automatikkanone für die Schulter, geladen mit Schrotmunition für den Nahkampf; eine Abschussvorrichtung mit sechs Boden-Luft-Raketen; fünf Erkundungsdrohnen; ein halbautomatischer Granatwerfer mit mehreren Trommeln unterschiedlicher Munition; verschiedene Werkzeuge, Komponenten und Geräte, mit denen ich einfache Lowtech-Fallen bauen konnte. Und außerdem Proviant.

Das alles musste erst noch zusammengesetzt werden, natürlich mit Ausnahme der Nahrung – Einmannpackungen, aber immerhin besser als die Proteinriegel. Allerdings würden wir auch nur noch ein paar Tage ausharren müssen. Selbst wenn die Pax den Abwurf bemerkt hatten, würde es eine Weile dauern, bis sie einen Spähtrupp zusammengestellt hätten.

Die Predigerin betrachtete das Kriegswerkzeug, dann blickte

sie mich an und zog eine mechanische Braue hoch. »Was bist du noch gleich?«, sagte sie. »Der offizielle Babysitter der Legitimierten?«

»Ich helfe paranormal begabten Kindern«, antwortete ich achselzuckend und wühlte in der Kiste. »Manchmal braucht man eben Unterstützung.«

»Blödsinn. Das ist keine Grundausstattung für Diplomaten und auch kein Überlebenskit für Sozialarbeiter. Das ist eine Basisausrüstung für Kämpfer. Und zwar nicht für einfache Infanteristen. Das ist Spezialausrüstung. Mit diesen Waffen könnte man eine kontinentale *Regierung* stürzen.«

»Ja, wenn es nötig wäre, könnte ich das tun.«

»Ich sag's noch einmal: Du bist keine Babysitterin. Ich weiß nicht, was du bist, aber *das* jedenfalls nicht.«

»Und du bist keine Predigerin«, entgegnete ich und schaute sie an. »Willst du noch mehr solche Fragen stellen?«

Sie wandte sich achselzuckend ab. Um Esas Fragen zuvorzukommen – sie hatte unsere Unterhaltung interessiert verfolgt –, warf ich ihr eine Ration zu, dann fischte ich mir selbst eine aus der Kiste. Mein Schachzug war erfolgreich. Esa entfernte eilig die Verpackung und biss ein großes Stück ab. Sie begann augenblicklich zu husten, als hätte sie Wasser in die Lunge bekommen. »Was zum Teufel ist das?«, japste sie. »Das ist scharf … richtig scharf.«

Ich warf ihr eine Flasche Wasser zu. »Tut mir leid«, sagte ich. »Bei den Rationen gibt es nur drei Kategorien – scharf, mild und geschmacklos. Ich bevorzuge die mit Geschmack.«

»Das schmeckt aber nur *scharf*.«

»Wenigstens schmeckt es nicht nach nichts.«

Die Predigerin hatte sich neben die Kisten gekniet und untersuchte eins der Gaussgewehre. Diese Waffen waren unglaublich schwer – ich konnte sie nur im Liegen mithilfe des dazugehörigen Stativs abfeuern oder indem ich den Lauf irgendwo abstützte –, sie aber hob das Gewehr mühelos hoch und machte sich mit der Handhabung vertraut. »Kennst du dich damit aus?«, fragte ich, den Mund voller würzigem … was auch immer. Vielleicht etwas Fischartiges.

»Ja, ich bin mit der Bauweise vertraut«, bestätigte sie.

»Was für eine Predigerin bist du eigentlich?« Angesichts meiner eigenen Bemerkung musterte Esa sie argwöhnisch.

»Ich fühle mich deiner Sicherheit und deinem Wohlergehen verpflichtet.«

»Ah. Cool.«

Mit einer geschmeidigen Bewegung nahm die Predigerin die Zielvorrichtung ab und schaute durchs Visier. Ich hob eine Braue und legte meine Ration beiseite. »Du verfügst über eine eigene Zieloptik«, sagte ich. Es war nicht als Frage gemeint. Wenn sie die Zielvorrichtung entfernte, dann deswegen, weil sie nicht darauf angewiesen war.

»Ja.«

»Aber du hast nicht im Krieg gekämpft.« Das *war* eine Frage, wenngleich ich nicht mit einer Antwort rechnete.

»Nicht an vorderster Front.«

Mehr würde ich vermutlich nicht in Erfahrung bringen. »Traust du dir zu, das Gewehr abzufeuern und gleichzeitig die Automatik zu tragen?«, fragte ich.

»Ich dachte, die würdest du Esa geben wollen«, erwiderte sie.

Ich lachte. »Predigerin, ich glaube, du solltest mal deine Datenbanken durchforsten. Das Ding wiegt mindestens sechzig Pfund. Selbst ich könnte mich mit dem Teil auf der Schulter kaum noch bewegen.«

»Ich wette, ich könnte es tragen.« Esa musterte mich stirnrunzelnd. Offenbar hörte sie es nicht gern, wenn man sie für eine bestimmte Aufgabe für untauglich erklärte.

»Probier's ruhig.« Ich machte mich mit gespielter Gleichgültigkeit wieder über meine Mahlzeit her.

Mit entschlossener Miene kniete sie neben den Kisten nieder und versuchte, das Gewehr anzulegen. Ich bot ihr keine Hilfe an. Und das musste ich ihr lassen – sie schaffte es tatsächlich, das Ding zu schultern, und hätte sich *beinahe* aufgerichtet, bevor sie unter dem Gewicht auf dem Bunkerdach zusammensackte. »Okay«, schnaufte sie. »Das sollte dann wohl eher die Predigerin übernehmen.«

Die Barische schulterte die Waffe einhändig, denn ihr machte das Gewicht nichts aus.

»Wie lange werden all diese Geräte der Pulsstrahlung standhalten können?«, fragte die Priesterin.

Ich hob die freie Hand und schwenkte sie vor und zurück. In der anderen Hand hielt ich die Notration. »Das Zeug wird nicht kaputtgehen, bevor wir es einsetzen«, sagte ich. »Wie es anschließend läuft, kann niemand vorhersagen. Das hängt davon ab, wie viel Ausrüstung die Pax mit zur Party bringen. Wenn sie ebenfalls gut ausgerüstet sind, teilt sich die lokale Strahlung zwischen uns auf, und der Vorgang wird verlangsamt.«

»Eine grobe Schätzung?«, sagte sie.

»Je schneller wir feuern, desto eher gehen die Gaussgewehre kaputt. Zwei Magazine pro Waffe, wenn nur wir diese hübschen Spielzeuge haben, fünf, wenn die Pax auch welche mitbringen.«

»Und der Rest?«

»Der Granatwerfer kommt ohne exotische Technik aus – es braucht Technik für die Fertigung, nicht aber für den Betrieb. Die Automatikwaffe hat auch keine besonderen Komponenten, mit Ausnahme der Computerchips in den Sensoren, deshalb sollte sie eine Weile durchhalten. Außerdem hoffe ich, dass sie erst dann eingesetzt wird, wenn der Kampf schon eine Weile andauert.«

»Denn das würde bedeuten, dass sie in Schussweite sind, und das hieße, sie sind bereits auf den Turm, wenn nicht gar auf die Plattform geklettert.«

»Richtig. Die Maschinengewehre werden länger durchhalten, sie sind gegen Pulsstrahlung gehärtet. Ich meine, sie werden nicht ewig feuern, aber es würde mich nicht wundern, wenn uns die Munition ausgeht, bevor die Strahlung sie unbrauchbar macht. Die Drohnen werden es nach dem Einschalten nicht lange machen, aber solange wir sie nacheinander losschicken, werden sie ihre Aufgabe erfüllen.«

»Und das da?« Die Predigerin blickte die Abschussvorrichtung für die Boden-Luft-Raketen an, ein kompaktes Gerät, aber auch ein brutal wirkendes Stück Technik.

Ich zuckte mit den Schultern. »Das werde ich nur ein paarmal abfeuern können – vielleicht dreimal, wenn die Abschüsse dicht aufeinanderfolgen. Aber wenn ich diesen bösen Buben drei Mal in rascher Folge abfeuere, ist die Kacke auch am Dampfen.«

»Glaubst du, die Pax verfügen über Fluggerät? Das würde der hohen Strahlung nicht lange standhalten.«

»Sie haben ein Schlachtschiff geopfert, bloß um die Kanonenstadt einzunehmen. Ich glaube schon, dass sie ein paar Kanonenboote verheizen könnten, wenn die Lage für sie brenzlig wird und sie den Eindruck gewinnen, wir könnten jeden Moment von hier verschwinden.«

Esa beobachtete uns und tat so, als wäre ihr das alles gleichgültig, doch sie hatte wieder aufgehört zu essen. »Wie schlimm wird es eigentlich werden?«, fragte sie, darum bemüht, sich die Angst nicht anmerken zu lassen. Bislang hatte sie kaum Gelegenheit gehabt, sich zu fürchten – Scheiße war passiert, und ihr Überlebensinstinkt hatte eingesetzt. Jetzt aber hatte sie Zeit zum Nachdenken, und die Schlussfolgerungen, die sie aus den Waffen zog, die Schaz mir geschickt hatte, gefielen ihr nicht.

Ich zuckte mit den Schultern. »Vielleicht kriegen die Pax ja gar nicht mit, dass wir hier sind«, rief ich ihr in Erinnerung. »In zwei Tagen sind wir weg.«

»Und wenn doch?«

»Dann wird es schlimm.«

Sie nickte. »Denke ich auch.«

17

Ich platzierte zwei vollautomatische MGs auf verschiedenen Treppenabsätzen – das eine so weit unten, dass es anrückende Pax unter Feuer nehmen konnte, das andere ein paar Absätze unterhalb des Bunkers, sodass es nach *unten* feuern konnte, wenn die Pax die Treppe hochstürmen sollten.

Die dritte Abwehrwaffe platzierte ich am Rand der Aussichtsplattform. Die Felder lagen nun fast außerhalb ihrer maximalen Reichweite, also musste ich mich an den Innereien zu schaffen machen und die Komponente deaktivieren, die ein Abfeuern bei zu geringer Trefferquote verhinderte. Doch ich hatte es nicht auf möglichst viele Tote abgesehen, sondern wollte den Gegner lediglich in Schach halten.

Die beiden Gaussgewehre überließ ich der Predigerin – wenn ihre Zieloptik tatsächlich so gut war, wie sie behauptet hatte, waren sie bei ihr in guten Händen. Außerdem konnte sie sich trotz des hohen Gewichts besser bewegen und schneller die Position wechseln als ich. Den Raketenwerfer setzte ich im Bunker zusammen und ließ ihn am Eingang stehen, und die Predigerin hatte bereits die automatische Schussvorrichtung angelegt. Den Granatwerfer stellte ich an der mutmaßlichen ersten Schussposition auf, hinter einer hüfthohen Mauer, die ausreichend

Deckung bieten würde. Jetzt musste ich nur noch die Treppe und die umliegenden Felder mit Sprengfallen präparieren.

Ich verbuddelte eilig ein paar Minen auf den Feldern. Wenn die Pax sich langsam näherten, würden sie sie vermutlich entdecken, doch ich vermutete, dass sie rennen würden, da wir sie von oben unter Feuer nehmen würden.

Die Treppe stellte mich vor eine schwierigere Aufgabe – Sprengstoff durfte ich nicht einsetzen, denn der hätte die Stabilität des Turms gefährdet, und es würde uns nichts nützen, wenn wir ein halbes Dutzend Pax mit einer Bombe töteten, die den ganzen Scheißturm zum Einsturz bringen würde. Stattdessen entschied ich mich für Minen mit Druck- und Schneidwirkung – sie würden jeweils nur einen Soldaten ausschalten, aber den Vormarsch der anderen hoffentlich verlangsamen, da sie nach weiteren Fallen Ausschau halten müssten.

Unter den MGs brachte ich ein paar Brandsätze an; Explosionen hätten den Turm gefährdet, doch ein Feuer würde ihm nichts anhaben, denn er bestand aus feuerfestem Material. Das bedeutete jedoch auch, dass die Brände schnell wieder erlöschen würden. Alles hat seine Vor- und Nachteile.

Die Vorbereitungen nahmen den größten Teil des zweiten Tages auf dem Turm in Anspruch. Als es zum zweiten Mal Abend wurde, waren wir so gut vorbereitet wie möglich.

Bei Einbruch der Dunkelheit nahm ich Esa beiseite. Sie hatte mir bei der Arbeit interessiert zugeschaut – zu aufgeregt, um sich ernsthaft zu fürchten, aber zu verängstigt, um richtig aufgeregt zu sein. »Ist alles vorbereitet?«, fragte sie mich.

Ich nickte. »Mehr können wir nicht tun. Hör mal, Esa, wenn es so weit ist, möchte ich, dass du im Bunker bleibst.«

Sie musterte mich finster. »Scheiß drauf«, erwiderte sie. »Wir sind nur zu dritt; ihr werdet mich *brauchen*. Außerdem kann ich Sachen mit Geisteskraft bewegen, schon vergessen?«

»Das kannst du, aber es setzt dir zu; ich hab's selbst gesehen.«

»Erschossen zu werden setzt einem auch zu.« Der Punkt ging an sie.

»Bleib im Bunker«, wiederholte ich. »Du kannst mit Telekinese nicht mehr ausrichten als die Predigerin und ich mit Kugeln. Wenn sie bis zum Eingang am Ende der Treppe gelangen sollten, bist du unsere erste Verteidigungslinie.« Wenn das passierte, würden auch noch ein paar andere üble Sachen geschehen, aber wenigstens würde sie sich in der Zwischenzeit nützlich fühlen. »Für den Fall, dass sie uns so nahe kommen sollten – hier.« Ich griff hinter meinen Rücken, zog meine Waffe aus dem Holster und fasste sie beim Lauf.

Es war ein schweres Ding, massiv und alt, ein primitiver Revolver Kaliber .45. Vermutlich würde sie auf den Hintern plumpsen, wenn sie ihn zum ersten Mal abfeuerte, doch er war immerhin besser als nichts – ich schleppte ihn mit, weil er unabhängig von der jeweiligen Strahlungsintensität auf *jeder* Welt funktionierte. Außerdem war er ein Geschenk gewesen.

Ich reichte ihr die Waffe. Sie verzog erneut das Gesicht und weigerte sich, sie entgegenzunehmen. »Ich kann Sachen mit *Geisteskraft* bewegen«, wiederholte sie. »Wozu brauche ich da eine Waffe?«

»Weil Telekinese Konzentration erfordert; zum Schießen brauchst du nur deine Reflexe. Außerdem erregt deine Gabe Aufmerksamkeit. Nimm ihn einfach. Vielleicht musst du ihn ja gar nicht einsetzen.«

Sie leckte sich über die Lippen, nickte, nahm die Waffe behutsam entgegen und wog sie in der Hand. Ich hatte keine Ahnung, ob sie schon einmal jemanden getötet hatte – sie hatte zwar im Tunnel unter der Stadt einen Pax-Soldaten durch die Wand geschleudert, doch das bedeutete nicht unbedingt, dass sie ihn *getötet* hatte. Jedenfalls nicht mit Absicht.

»Der hat einen höllischen Rückstoß«, warnte ich sie.

»Verstanden.«

»Ziel niemals auf mich. Auch nicht auf die Predigerin.«

»Verstanden.«

»Um zu schießen, zieht man den Hammer zurück und …«

»Ich weiß, wie ein beschissener Revolver funktioniert.«

»In Ordnung. Noch was, Esa.«

»Ja?«

»Verlier ihn nicht. Er hat einen großen Erinnerungswert für mich.«

»Eine *Waffe* mit Erinnerungswert? Das … ist irgendwie pervers.«

»Danke.«

»Schon gut. So.« Sie hielt noch immer den schweren Revolver in ihren Händen, blickte aber nicht mehr die Waffe an und schaute auch nicht über die Betonwände des Bunkers hinweg – stattdessen fixierte sie mich.

»Ja?«, sagte ich, wohl wissend, was als Nächstes kommen würde.

»Wieso ich?«, fragte sie. Eine Frage, die mir schon viele Halbwüchsige gestellt hatten.

Ich gab ihnen immer die Antwort, die sie hören wollten, aber wenn sie sie gehört hatten, wollten sie es am liebsten ungeschehen machen. »Weil du etwas Besonderes bist«, sagte ich.

Sie lächelte schief und neigte die Waffe in einer Hand. »Ich kann Dinge mit Geisteskraft bewegen. Das ist ziemlich ungewöhnlich, ich weiß. Aber ich meine …« Sie hörte auf, mit der Waffe herumzuspielen, und umfasste sie wieder mit beiden Händen.

»Du willst wissen, warum«, sagte ich, setzte mich ihr gegenüber und lehnte mich an die Betonwand; das würde jetzt eine Weile dauern. »Dir geht es nicht um das *Wie*, sondern ums *Warum*.«

Sie nickte. »Das Wie interessiert mich nicht; – ich kann es halt. Es passiert einfach, meistens dann, wenn ich sauer werde. Ich dachte immer, die Frage nach dem Wie wäre …« Sie hielt inne, suchte nach Worten. »Ich meine, weshalb ist deine Haut etwas heller als meine? Weshalb ist dein Haar glatt und meins lockig?« Sie zuckte mit den Schultern. »Ich weiß es nicht, es ist eben so, habe ich recht? Liegt wohl an den Genen.«

»Nicht nur.«

»Die Hautfarbe ist nicht genetisch bedingt?«

»Sei kein Klugscheißer. Ich wollte sagen, deine Gabe hat keine genetische Ursache.«

»Und du weißt, woher sie kommt?« In ihrer Stimme schwang etwas mit, das sie tief in ihrem Innern verborgen hatte. Vielleicht Hoffnung. Oder Angst. Beide Regungen äußern sich ganz ähnlich.

»In gewisser Weise, ja.«

»Das klingt nicht wie ein Ja.«

»Mag sein, aber es ist auch kein Nein. Die Leute, für die ich arbeite – Wissenschaftler, die sich seit hundert Jahren mit jungen Leuten wie dir beschäftigen – glauben, dass deine Fähigkeiten eine Art … Nebenwirkung sind.«

»Eine Nebenwirkung wovon?«

»Vom Puls.«

Sie starrte mich lange an, als versuchte sie herauszubekommen, ob ich scherzte oder es ernst meinte. Schließlich lachte sie. »Klar. An allem ist der Puls schuld, nicht wahr? Das Vieh wird krank? Das kommt vom Puls, der beeinflusst irgendwie den Erdboden. Dein großer Zeh kriegt eine Beule? Das muss ja dann wohl …«

Ich hob die Hand, um sie zum Schweigen zu bringen, und seufzte. Ich hatte sie verstanden. Eigentlich hätte ich nach meinen vielen Einsätzen besser darin sein sollen, aber tatsächlich lief es bei jedem Kind anders. Manche kamen von Welten mit nahezu intakter Technik; andere, so wie Esa, von Welten wie dieser, wo man sich kaum noch an das Zeitalter der Raumfahrt erinnern konnte. Andere Welten hatte es noch schlimmer erwischt, und sie waren in einen quasi feudalen Zustand zurückgefallen, der einem Albtraum entsprungen zu sein schien.

Keiner wollte mir glauben, wenn ich behauptete, dass ihre Gaben – egal, wie viel Chaos sie im Leben der Kinder angerichtet haben mochten – von dem Schlimmsten herrührten, das in der Galaxis jemals geschehen war, jedenfalls was sie betraf.

»Ich fange noch mal neu an«, sagte ich. »Was du über den Puls zu wissen glaubst, ist Folgendes: Vor hundert Jahren war in der ganzen Galaxis die gleiche Technik verfügbar. Konnte ein Raumschiff von der einen Welt abheben, konnte es auf einer anderen wieder landen, und wenn etwas auf der einen Welt funktionierte, galt das auch für die nächste. Es sei denn, es war in der Zwischenzeit kaputtgegangen. Ja?«

»Richtig.« Sie nickte und blinzelte andächtig, nach meiner Ansicht eine zutiefst unaufrichtige Vorstellung.

Ich redete trotzdem weiter. »Dann trat der Puls auf und warf deine Welt – und viele andere Welten wie deine, genau genommen die meisten Welten in der Galaxis – um ein paar Tausend Jahre zurück auf einen Zustand vor der Erfindung der Raumfahrt und auch der Elektrizität.«

»Also, ich weiß nicht genau, was Elektrizität ist«, räumte sie ein und vergaß für einen Moment die Besserwisserei. »Hat was mit Blitzen zu tun, und dann kann man Nahrung ohne Feuer zubereiten?«

»So ungefähr.« Ich zuckte mit den Schultern. »Und so denkt der größte Teil der Galaxis darüber. Es haut auch ungefähr hin, entspricht aber nicht ganz der Wahrheit.«

»Und du kennst die Wahrheit.«

»Allerdings. Bist du bereit?«

»Nein.« Sie grinste. »Okay, ich bin bereit.«

Ich lachte nicht über ihren kleinen Scherz. Ich glaube, ich hatte sie ein bisschen aus der Fassung gebracht. Gut. Das war meine Absicht gewesen. Ich wollte ihre unbedingte Aufmerksamkeit. Pax hin oder her, das hier würde sie für den Rest ihres Lebens prägen, ob sie wollte oder nicht.

»Der Puls war keine einmalige Erscheinung«, sagte ich. »Alle glauben, es sei passiert und damit abgeschlossen, und jetzt müssten wir mit den Nachwirkungen leben. Manche glauben, die Strahlung, die einen großen Teil der Technik unterdrückt, werde mit der Zeit nachlassen, und dann könnten wir mit dem Wiederaufbau beginnen.«

»Falls wir das überhaupt wollen«, warf die Predigerin ein. Sie lehnte am Bunkereingang und hörte mir zu.

»Falls wir das überhaupt wollen«, wiederholte ich und nickte. »Vor dem Puls war die Galaxis … kein guter Ort.«

»Nicht gut?« Esa hob eine Braue. »Wie ich es sehe, haben alle ständig versucht, sich gegenseitig umzubringen.«

»Eine ziemlich treffende Zusammenfassung.«

»Was meinst du damit, der Puls sei keine einmalige Erscheinung gewesen?«, fragte die Predigerin. Und das war tatsächlich der springende Punkt bei der ganzen Sache.

»Wie ich schon sagte: Der Puls war nicht irgendwann aus und vorbei, wie alle glauben. Er setzte ein und löschte den größten Teil der Technik aus, deshalb glauben alle, er habe aufgehört.«

»Du behauptest etwas anderes.«

»Ich sage, es passiert noch immer. Ja, er hat sich in der Galaxis ausgebreitet, und zwar bis über die Grenzen des bekannten Raums hinaus – aber er ist immer noch wirksam. Er wird immer noch stärker und intensiver.«

»Ja, aber er ist doch nach außen gerichtet, oder?«, sagte Esa. »Also wen kümmert's – er entfernt sich von uns.«

»Nein, tut er nicht.« Ich schüttelte den Kopf. »Die Auswärtsbewegung wurde gestoppt. Früher oder später kehrt er zurück. Wir wissen nicht, wie viel Zeit uns noch bleibt – es könnten Jahre, Jahrzehnte oder Jahrhunderte sein –, aber wir *wissen*, dass es dazu kommen wird. Es ist noch nicht vorbei.«

»Wisst ihr, was dann passieren wird?«, fragte Esa nachdenklich. Endlich hatte sie begriffen, worum es ging, nämlich um die Auswirkungen, welche die Rückkehr des Pulses haben könnte. »Werden die weniger betroffenen Welten dann … so wie meine sein?«

Ich schüttelte den Kopf. »Das wissen wir nicht.«

»Werden die Welten dann so weit zurückgeworfen, dass wir nicht mal mehr Feuer machen können?«

»Das wissen wir nicht.«

»Aber es *könnte* so kommen. Oder noch schlimmer werden.«

Ich nickte. »Ja, es könnte schlimmer werden.«

Sie verzog das Gesicht. »Na, großartig.«

»Ja, das sind keine schönen Aussichten.«

»Und was hat das alles mit mir zu tun?«

»Es hat sehr viel mit dir zu tun.«

»Weil ich meine Fähigkeiten … dem Puls verdanke.«

Ich nickte. »Du gehörst der sogenannten ›nächsten Generation‹ an.«

»Der nächsten Generation wonach?«

»Nach dem Puls.«

»Aber das stimmt nicht. Ich gehöre der … der *vierten* Generation nach dem Puls an.«

»Das ist bloß so ein Name. Es ist … nicht wichtig.«

»Weil Reetha nicht so lange leben wie Menschen, gehören einige schon der *achten* Generation nach dem Puls an. Würde man auch bei einer jungen Reetha, die … anders ist, so wie ich … von der ›nächsten Generation‹ sprechen?«

»Auch das ist unwichtig. Die ersten Kinder wie du wurden gleich nach dem Puls geboren, daher die Bezeichnung. Wichtig ist, dass die verbliebene Pulsstrahlung dich irgendwie verändert hat. Deshalb verfügst du über bestimmte Gaben. Deshalb bist du … anders.«

Jetzt erst ließ sie sich gedanklich darauf ein. »Das heißt also, dass vor mir … vor der nächsten Generation, vor dem Puls … keine Kinder wie ich geboren wurden.«

»Hast du schon mal von welchen gehört? War in den Geschichten vom Goldenen Zeitalter oder von der Ära der Sekten, die dir zu Ohren gekommen sind, jemals von Telekinese, Telepathie oder der Fähigkeit die Rede, mittels Willenskraft Masse, Dichte oder *Gravitation* zu verändern?«

»Das gibt es alles?«

Ich schnippte mit den Fingern. »Konzentrier dich«, sagte ich. »Ja, Esa, es stimmt: Vor dem Puls gab es keine Kinder wie dich.«

»Und du glaubst, das liegt an der Strahlung.« Die Predigerin musterte mich skeptisch.

»Ja.« Ich nickte. »Das glaube ich allerdings – das glauben *wir*, die Legitimierten. Ich kann das nicht gut vermitteln – ich befasse mich nicht mit Wissenschaft –, aber ja, so ist es. Es wurden keine Kinder wie du geboren, Esa, nicht vor dem Puls. Dann trat der Puls auf, und plötzlich gab es sie, und ihre Geburt ging einher mit einem Anstieg der Pulsstrahlung in ihrer Umgebung. Das ist eine Korrelation *und* eine Kausalbeziehung, beides zugleich. Wir haben zahllose Studien zur Aufnahme von Pulsstrahlung durchgeführt, an Kindern wie dir, und ja, es *gibt* eine genetische Komponente, aber hauptsächlich hat der Puls dies möglich gemacht. Und zwar nicht nur bei Menschenkindern. Alle Spezies waren betroffen, mit Ausnahme der …« Ich verstummte; die Predigerin wusste, wen ich meinte, und sie wusste, dass ich es wusste, doch ich wollte es nicht aussprechen.

»Es gibt keine jungen Barischen, die über solche Gaben verfügen«, erklärte sie sachlich. »Nicht mehr.«

Ich nickte. »Die Legitimierten jedenfalls …«

»Das ist die Sekte, für die du arbeitest«, sagte Esa.

»Ja.«

»Aber waren die Sekten vor dem Puls nicht die *Bösen*?«, fragte sie. »Waren das nicht die Leute, die sich gegenseitig umbringen wollten?«

»Das … ist ein vager Sammelbegriff, so wie ›Regierung‹ oder ›Organisation‹. Es gibt gute Regierungen und schlechte. Bei den Sekten war … ist es das Gleiche. Die Pax sind eine Sekte, und ja – das sind böse Leute. Aber es gibt Hunderttausende Sekten, Esa, und manche sind gut und manche schlecht, und die meisten … liegen irgendwo dazwischen. Die Legitimierten, das ist der Name der Sekte, der ich angehöre.«

»Und was *bedeutet* der Name? Legitimiert *wofür*?«

Ich seufzte. »Das ist ein alter Name; er bedeutet nichts mehr. Die Sache ist die: Wir haben irgendwann angefangen, Kinder mit besonderen Gaben zu untersuchen, wie sie nach dem Puls aufgetaucht sind, und indem wir untersuchten, wie ihre Gaben auf die Pulsstrahlung ihrer Heimatwelt reagierten, haben wir herausgefunden, dass es … eine Art Verbindung gibt. Nicht bloß zwischen der nächsten Generation …«

»Trotzdem ein blöder Name«, nörgelte Esa, hörte mir aber trotzdem weiter aufmerksam zu.

»Nicht bloß zwischen der nächsten Generation und dem Puls«, fuhr ich fort, »sondern auch zwischen der nächsten Generation und der *Rückkehr* des Pulses, beziehungsweise der Kraft, die … den Puls durchs Universum bewegt. Beide sind irgendwie miteinander verbunden. So hängt das alles zusammen.«

»Auf welche Weise?«

»Werde konkret«, setzte die Predigerin entschieden hinzu.

»Das kann ich nicht«, entgegnete ich und versuchte, meine Verärgerung zu unterdrücken. »Sieh mich an, Predigerin – sehe ich so aus, als würde ich normalerweise in einem Laborkittel herumlaufen? Ich weiß nur das, was die Wissenschaftler mir sagen. Und sie sagen mir, dass es eine Verbindung zwischen den Kindern, dem Puls und dessen Rückkehr gibt. Glaubst du etwa, ich lüge?«

Sie schüttelte stumm den Kopf.

»Glaubst du, was ich sage, ist falsch?«

»Nein«, erwiderte sie leise. Es hatte sie nicht überrascht, dass der Puls zurückkehren könnte; sie wunderte sich lediglich darüber, dass ich es wusste. Diese Tatsache merkte ich mir.

»Na schön.« Ich wandte mich wieder an Esa. »Als wir herausgefunden hatten, dass der Puls zurückkehren würde, wurde uns klar, dass wir ein Mittel zur … Abwehr bräuchten. Ein Bollwerk. Einen Schutzschirm.«

»Einen Schutzschirm?«, wiederholte die Predigerin. »Einen Schutzschirm für die ganze Galaxis? Oder bloß für die, die ihr für würdig erachtet?«

»Wir werden so viele schützen wie möglich«, antwortete ich ruhig. »Das werden vermutlich nicht alle sein.«

Esa hatte inzwischen entschieden, welche neue Information für sie die wichtigste war; sie hatte die Waffe weggelegt und musterte mich unverwandt. »Und du glaubst, Kinder wie ich könnten euch helfen, Menschen zu beschützen. Dass sie den Puls eindämmen könnten. Dass sie einen Schutzschirm bilden könnten.«

»Eine Art Barrikade, richtig. Stell dir den Puls als eine Art Welle vor. Im Moment entfernt sie sich und weicht ins Meer zurück …«

»Ich habe das Meer noch nie gesehen.«

»Aber du weißt, was das ist, oder?«

»Klar!«

»Also, im Moment entfernt sich der Puls, und Kinder wie *ihr* bleiben am Strand zurück. In einem oder in zehn Jahren wird die Welle zurückkehren, stärker als zuvor. Die Legitimierten versuchen die nächste Generation auszubilden, damit sie einen Damm gegen die Welle bilden können. Und je mehr Kinder wir haben und je stärker sie sind, desto widerstandsfähiger wird der Damm. Desto mehr Dämme können wir errichten. Desto mehr Sonnensysteme können wir schützen. Der Puls hat dich zu dem gemacht, was du bist, Esa. Ihm verdankst du deine Gaben. Wir wollen lediglich dafür sorgen, dass sie dafür eingesetzt werden, die Galaxis gegen die Rückkehr der größten Bedrohung aller Zeiten zu verteidigen.«

Esa schlug die Augen nieder. »Du sagst, ich verdanke meine Gaben dem Puls«, wiederholte sie leise und blickte auf ihre Hände. Beim ersten Mal hatte es sich spöttisch angehört, wie ein Scherz. Jetzt schwang etwas anderes in ihrer Stimme mit. Sie hatte endlich verstanden. »Du sagst, er hat mich zu dem gemacht, was ich bin.«

Ich konnte nachvollziehen, dass es ihr schwerfiel, sich damit abzufinden. »Du bist nicht allein«, sagte ich. »Was der Puls mit dir gemacht hat, hat er auch mit anderen gemacht. Es gibt noch andere Kinder im Sanktum, die trainiert und vorbereitet werden …«

Sie hob abwehrend die Hand. »Du brauchst mir das nicht schmackhaft zu machen«, sagte sie. »Ihr oder die Pax – also, die Leute, die einen Damm gegen die Rückkehr des Pulses errichten wollen, sind mir lieber als die, die schwer bewaffnet vom Himmel fallen und auf alles schießen, was sich bewegt.«

Ich lächelte kurz, denn endlich zeigte sie sich pragmatisch. »Eine kluge Wahl«, sagte ich.

Sie hielt den Revolver hoch. »Aber du glaubst trotzdem, ich würde den brauchen.«

Ich richtete mich auf und streckte mich. »Der Ursprung deiner Gabe ändert nichts daran, dass die Pax hinter uns her sind. Ja. Den wirst du vielleicht brauchen.«

Während sie den Revolver untersuchte – und die Predigerin mir hinterherstarrte – ging ich zum Rand der Aussichtsplattform und schaute auf die Felder hinaus. Jetzt wusste sie es. Ich war nicht gekommen, um sie zu retten.

Ich war gekommen, um alle anderen zu retten.

Schaz meldete sich und unterbrach meinen Gedankengang. »Es steht jetzt fest«, sagte sie. »Sie sind zu euch unterwegs.«

Richtig. Die Pax. Bei dem ganzen Gerede über den Puls und dessen Rückkehr hatte ich die im Moment viel größere Gefahr beinahe vergessen.

»Kommen sie gut voran?«, sagte ich und blickte zum Horizont, als könnte ich die sich nähernden Pax-Soldaten tatsächlich *sehen*. Doch das konnte ich nicht – sie waren noch etliche Kilometer entfernt. Ich schaute woanders hin.

»Ich würde sagen, sie haben es eilig, Ma'am«, sagte Schaz.

»Verstanden. Ist dein Zeitfenster noch immer offen?«

»Hier oben hat sich nichts verändert. Wenn du willst, kann ich versuchen, euch etwas früher abzuholen, aber die Wahrscheinlichkeit, dass sie mich abschießen, bevor ich die Atmosphäre erreicht habe, liegt bei fünfzig zu fünfzig.«

»Wir warten.«

»Viel Glück, Boss. Bis bald. Scheherazade, Ende.« Sie kappte die Verbindung, und in meinem Kopf rauschte es einen Moment lang, dann setzte Stille ein. Ich blickte weiter in die Ferne und beobachtete, wie das Gras allmählich zu leuchten begann. Ich hatte die Sprengfallen angebracht; ich hatte Esa vorbereitet, so gut es ging.

Jetzt blieb uns nichts weiter übrig, als abzuwarten, wer uns als Erster erreichen würde – Scheherazade oder die Pax.

18

Die Pax waren schneller.

Natürlich. Als am Horizont der Morgen dämmerte, überquerten die ersten Kundschafter den Hügelkamm und marschierten durchs hohe Gras. Es waren nur wenige, doch sie bewegten sich zielstrebig, als würden sie nach etwas Bestimmtem suchen. Und der Turm war das einzige Auffällige im Umkreis von mehreren Kilometern.

»Glaubst du, sie wissen, dass wir hier sind?«, fragte die Predigerin, während sie über den Lauf des angelegten Gewehrs hinwegspähte.

»Wahrscheinlich«, sagte ich. Auch ich hatte die Waffe angelegt, obwohl die Pax sich noch außerhalb der Schussweite befanden.

»Soll ich sie erschießen?«

Ich schüttelte den Kopf. »Vergeude keine Munition. Kundschafter, die nicht zurückkehren, verraten ebenso viel über den Gegner wie die, die ausführlich Meldung erstatten.«

»Ist das ein Sprichwort?«

»Im Krieg habe ich viele schreckliche Sprüche gelernt.«

Es war aus der Entfernung schwer zu erkennen, doch ich hatte den Eindruck, die Pax zeigten zum Turm. Auch das war für mich keine Überraschung. Nur der Turm kam als unser Aufenthaltsort in Frage. Offenbar gab es Meinungsverschiedenheiten – vielleicht wollte ein Soldat näher herangehen, um die Lage besser auszukundschaften und vielleicht eine Beförderung herauszuschlagen, und die anderen beiden wollten sich zurückziehen und vorerst in Sicherheit bringen. Auch unter den fanatischen Pax waren welche mit ausgeprägtem Überlebenstrieb.

Schließlich setzten sich die beiden Angsthasen durch, indem sie dem Abweichler mit seinem eigenen Gewehr auf den Kopf schlugen. Sie ließen ihn einfach liegen und zogen sich zurück.

Ich hätte sie ausschalten können – oder jedenfalls die Predigerin bitten können, sie zu erschießen –, doch es wäre sinnlos gewesen: Wie ich bereits gesagt hatte, würde ein vermisster Kundschaftertrupp ebenso viel Aufschluss über unseren Aufenthaltsort geben wie eine ordentliche Meldung, und ich wollte nicht, dass die Pax erfuhren, womit sie es zu tun hatten. Das Schussgeräusch eines Gaussgewehrs ist schließlich … charakteristisch. Ich wollte, dass sie nicht mal ahnten, aus welcher Entfernung man sie unter Feuer nehmen würde.

»Das war's dann also«, sagte die Predigerin, die den Rückzug der Kundschafter verfolgte. »Jetzt haben wir bei denen einen gut.« Als die beiden Pax-Soldaten verschwunden waren, blickte sie mich an. »Wie lange noch bis zum Eintreffen deines Schiffs?«

Ich sah aufs HUD, auf den quadratischen Timer, der vor sich hinzählte. »Noch vier Stunden, dreiundzwanzig Minuten«, antwortete ich. »In ungefähr einem Tageszyklus.«

»Wann, schätzt du, werden die Pax hier sein, in zwei Stunden?«

»Könnte hinhauen.«

»Zwei Stunden sind eine lange Zeit, wenn man einen Gegner aufhalten muss.«

Ich zuckte mit den Schultern. »Deshalb haben wir ja die Todesfallen gestellt.«

»Todesfallen. Im Unterschied zu den üblichen Schmusebärfallen.«

»Ist das wirklich der passende Moment für semantische Spitzfindigkeiten? Menschen kommen durch solche Fallen um, Predigerin. Wie soll ich sie also sonst nennen?«

»Ich glaube, einfach nur ›Fallen‹ wäre ausreichend.«

Wir verlegten uns wieder aufs Warten und musterten die Felder durch die Visiere unserer Waffen.

Schließlich tauchten die ersten Pax-Soldaten auf dem Hügelkamm auf, perfekt aufgereiht für ein Werbevideo – falls die Pax ihre Rekruten überhaupt mittels Propaganda anwarben, anstatt sie gewaltsam auszuheben. Es war so dämlich, sich offen zu zeigen, wenn man im Begriff war, einen höher postierten Gegner anzugreifen, dass mir der Finger am Abzug zuckte. Am liebsten hätte ich sie aus Prinzip abgeknallt, andererseits wollte ich sie näher heranlocken, bevor das Sterben begann.

Sie marschierten in Paradeformation auf den Turm zu. Falls es sie beunruhigte, dass man sie auf diesem verlassenen Planeten quasi ausgesetzt hatte, so hatte die Marschfähigkeit zumindest dieser Stechschrittfans jedenfalls nicht darunter gelitten. Schon als Soldat hatte ich ausgefallene Marschformationen verabscheut. Ebenso gut konnte man sich eine Zielscheibe auf die herausgestreckte Brust malen.

Die Predigerin hatte das Gewehr erneut angelegt. »Ich nehme an, du möchtest, dass ich zuerst auf die Offiziere schieße«, sagte sie.

»Wenn sie blöd genug sind, im Kampfeinsatz Rangabzeichen zu tragen, haben sie's auch verdient, als Erste zu sterben.«

»Ich erinnere mich an die Zeit, als Kriege noch ehrenhaft gekämpft wurden«, seufzte sie.

»Tatsächlich?«

»Nein. Eigentlich nicht. Wann soll ich die Party eröffnen?«

»Warte, bis sie sich innerhalb meiner Schussweite befinden. Sobald du mit dem dicken Schießeisen unter deinem Arm loslegst, werden sie sich in alle Richtungen zerstreuen; dann möchte ich die ausschalten, die aufs Minenfeld zulaufen.«

»Man sollte doch eigentlich meinen, du müsstest dir wegen denen keine Sorgen – reicht es denn nicht aus, dass sie in ein Minenfeld rennen?«

»Schon, aber ich möchte das Überraschungsmoment nicht an irgendwelchen Nachzüglern verpuffen lassen.«

»Ah. Ein blutrünstiger Gedankengang.«

»Ich mag diese Arbeit nicht, Predigerin, aber ich bin richtig gut darin.« Ich musterte die sich nähernden Soldaten, aber sie waren noch nicht dort angelangt, wo ich sie haben wollte, deshalb redete ich weiter. »Ich mache das schon sehr lange, was dir eigentlich zu denken geben sollte, und ich habe bis jetzt *überlebt*, was dir noch mehr zu denken geben sollte. Die Pax wollen sich die Galaxis unterwerfen und jeden töten, der sich ihnen in den Weg stellt. Zum Teufel mit den Pax. Ich würde doppelt so viele Pax – *Tausende* Pax – töten, um das Mädchen dorthin zu bringen, wo sie hingehört.«

Die Predigerin schwieg einen Moment, während sie den Blick weiter auf ihr Ziel richtete. »Jeden«, sagte sie schließlich.

»Was?«

»Jeden, der sich ihnen in den Weg stellt.«

Ich seufzte; die Soldaten befanden sich endlich in Schussweite. »Feuer das Scheißgewehr ab«, sagte ich.

Sie tat es.

19

Es ist so eine Sache mit Gaussgewehren; es sind bloß Gewehre. Der Unterschied zwischen der Waffe der Predigerin und meiner war, dass *mein* Gewehr die Kugel mit der Explosionskraft des Schwarzpulvers durch den Lauf und vom Lauf zum Ziel beförderte, während das Gaussgewehr den gleichen Effekt mit einer Reihe von Magnetspulen erzielte. Die Spulen beschleunigten die Kugel auf eine so hohe Geschwindigkeit, dass sie das Ziel beim Aufprall nicht durchdrang, sondern zum Explodieren brachte. Der zweite Unterschied bestand darin, dass das Projektil sich deutlich schneller als der Schall bewegte und das Ziel praktisch im selben Moment erreichte, in dem es aus dem Lauf austrat.

Das hatte zur Folge, dass die Pax friedlich durchs hüfthohe Feld auf ein Gebäude zumarschierten, von dem Gegenwehr zu erwarten war oder auch nicht – also ein ganz normaler Tag für die Pax-Armee –, als plötzlich einer ihrer Leutnants explodierte. Es hatte keine Vorwarnung, keinerlei Hinweis gegeben; eben noch war alles in Ordnung gewesen, dann galt das plötzlich nicht mehr, und die Soldaten und ihre Helmvisiere waren mit den Überresten ihres Leutnants beschmiert.

Sie gerieten in Panik und rannten los, einige in die Richtung, aus der sie gekommen waren, die meisten aber *nach vorn*, in die

Richtung, die sie zuvor eingeschlagen hatten. Etwas anderes war auch nicht zu erwarten gewesen. Es gab keinerlei Deckung, keinen Ort, um in Stellung zu gehen, bloß achthundert Meter offenes Gelände zwischen ihnen und dem Turm, und auf einmal wurden sie unter Feuer genommen. Auch die Konditionierung der Pax hat ihre Grenzen.

Ich eröffnete das Feuer und wählte meine Ziele aus dem reichhaltigen verfügbaren Angebot aus. Es war mir ziemlich egal, *wo* ich sie traf; Hauptsache, sie brachen zusammen – ein blutender, schreiender verletzter Soldat war ebenso gut wie ein toter oder vielleicht sogar noch besser, denn er vergrößerte das Chaos. Auf diese Entfernung war ein tödlicher Schuss sowieso nicht mit Sicherheit möglich, deshalb zielte ich einfach auf den Haupttrupp und feuerte jeweils Zwei-Schuss-Salven ab.

Die Predigerin feuerte noch immer – ich sah sie im Augenwinkel, und das war ein unheimlicher Anblick, denn sie hielt sich von der Hüfte abwärts vollkommen steif, während ihr Oberkörper jedes Mal herumschwenkte, wenn sie ein neues Ziel anvisierte und abdrückte. Sie verschoss ihre Munition fast so schnell wie ich meine, obwohl ihre Waffe bedeutend komplizierter und das Zielen und Feuern mit ihr wesentlich schwieriger war.

Wir luden beide nach. Ich schaltete eine der Drohnen ein und ließ sie über die Gegner hinwegsegeln, die auf dem Feld umherirrten, das sich in eine Todeszone verwandelt hatte. Unsere Deckung war ziemlich gut – wir waren hoch postiert und hockten hinter hüfthohen Mauern –, doch die Gegner waren zahlreich. Die meisten verwendeten ballistische Gewehre. Ihre modernen Energiewaffen waren entweder leer oder von der Strahlung in der Atmosphäre zerstört worden. Mein Intentionsschutzschirm war aktiv, und die wenigen Kugeln, die uns nahe kamen, prallten vom Rand des Feldes ab, das die Wucht eines jeden Treffers so weit dämpfte, dass er nur als sanfter Druck und nicht als Schlag mit dem Vorschlaghammer wahrnehmbar war. Ziemlich schnell aber wurde es immer schwieriger, auf die Schüsse zu reagieren.

Die Drohne markierte die Ziele in meinem HUD – sie zeichneten sich auf dem Feld ab wie ein Glühwürmchenschwarm – und zeigte am unteren Rand meines Gesichtsfeldes eine Warnmeldung an, als sie eine spezielle Beobachtung machte. Einer der Trupps im vorderen Bereich der Streitmacht setzte fortschrittliche Technologie ein: eine Verschanzungsdrohne.

Ein kluger Schachzug – die Strahlung würde das Ding durchbrennen lassen, aber vermutlich erst dann, wenn es den Graben ausgehoben hatte. Es war typisch für die Pax, dass sie zwar manchmal klug vorgingen, aber immer auf die gleiche Art und Weise. Ich hatte geahnt, dass sie Verschanzungsdrohnen mitbringen würden, und entsprechend vorgesorgt. Später würde sich der Graben noch zu ihrem Nachteil auswirken.

Vorerst aber feuerten die Predigerin und ich weiter auf die Pax auf dem Feld und bespritzten die pinken, purpurroten und grünen Grashalme mit dem Blut der verschiedenen Spezies, die hinter den Pax-Kampfanzügen verborgen waren. Einige Pax – die weiter hinten befindlichen – versuchten immer noch, sich über den Hügelkamm zurückzuziehen, doch die meisten stürmten weiter vor und versuchten, den Gegenangriff durch ihre schiere Überzahl ins Leere laufen zu lassen. Auf diesen Moment war eine Menge Ausbildungszeit verwandt worden – man hatte ihnen eingetrichtert (und sie hatten es selbst erlebt), dass sie eine Kugel zwischen die Augen abbekommen würden, wenn sie wegliefen anstatt vorzurücken. Ich hatte gewusst, dass es so kommen würde, und entsprechend vorgeplant.

Einige Pax waren mit Antigravstiefeln ausgerüstet. Sie einzusetzen war riskant – es bestand die Gefahr, dass sie aufgrund der Strahlung durchbrannten, bevor sie die Spitze des Turms erreichten, und dann stünde ihnen ein langer Sturz in die Tiefe bevor. Doch offenbar hielten sie es für aussichtsreicher, es zu versuchen, als auf dem Feld zu sterben. Wenn sie schon ausgefeilte Technik zugeteilt bekommen hatten, wollten sie sie offenbar zumindest ausprobieren, bevor sie erschossen wurden.

Als sie über ihre sterbenden Kameraden aufstiegen, wurden sie jedoch zu Zielscheiben, das war das Problem. Die Predigerin knallte sie ab wie Tontauben. Ich beobachtete sogar, wie sie mit einem Schuss *zwei* Soldaten auf einmal ausschaltete. Von wegen Predigerin.

Währenddessen wühlte die Verschanzungsdrohne den Boden um, schleuderte Dreck und Gras in die Luft. Die Pax strömten in den Graben, der immer länger und tiefer wurde – was durchaus nicht ohne Risiko war, denn die Drohne konnte mühelos ein Bein abschneiden. Doch vom Turm aus erschossen zu werden, war schließlich auch nicht angenehm. Die meisten vorrückenden Soldaten versuchten, in den Graben hinein und aus dem tödlichen Kugelhagel heraus zu kommen.

Ich ließ das Gewehr einen Moment lang ruhen und betätigte den Funkzünder an meinem Gürtel.

Ich hatte nicht nur die Turmtreppe mit Brandsätzen präpariert, sondern auch die Felder. Seit ich auf diesem Planeten gelandet war, hatte es nicht geregnet, und es gab eine Menge vertrocknetes Gras. Die hübschen purpurroten, pinken und grünen Gewächse waren knochentrocken. Die Pax hatten mit ihren Verschanzungsdrohnen eine hübsche kleine Feuerschneise angelegt, und das war gut, denn Grasfeuer breiten sich verdammt schnell aus.

Eine beträchtlichen Anzahl Soldaten verbrannte in der Feuerwand bei lebendigem Leib.

Ich schaltete noch ein paar Pax mit dem Gewehr aus – die Predigerin setzte gerade ein neues Magazin ein, zwei leere lagen neben ihr –, dann legte ich meine Hauptwaffe weg und hob den Granatwerfer hoch. Dank der mordsmäßigen Feuerwand standen wir nicht mehr unter Beschuss, deshalb konnte ich mir Zeit lassen und die bogenförmige Flugbahn im HUD exakt planen, eine hellgrüne Linie, die vom Lauf zum gewünschten Ziel führte – genau in die Mitte des Grabens.

Mit einem dumpfen Geräusch spuckte der Werfer eine Granate nach der anderen aus. Ich spürte den Rückschlag an meiner Schulter. Inzwischen war meine erste Aufklärungsdrohne aufgrund der Strahlung verschmort, deshalb wusste ich nicht genau, wie viele Pax sich in dem Graben drängten, doch es waren viele. Ich verschoss die Granaten auf die größten Ansammlungen roter Glühwürmchen, die ich finden konnte.

Die Pax kamen zu dem Schluss, dass sie den Graben doch nicht mochten.

Sie kletterten heraus, einige liefen sogar ins Feuer hinein, und ich nahm mir wieder das Gewehr vor, nachdem ich eine weitere Drohne losgeschickt hatte. Vorerst knöpfte ich mir die weiter hinten befindlichen Soldaten vor – ich wollte, dass möglichst viele in der Nähe des Turms zusammengedrängt waren, wenn ich die nächste Phase einläutete.

Jetzt gelangten sie in die Reichweite des neben uns postierten MGs, das mit einem lauten Knattern das Feuer eröffnete, sodass ich froh darüber war, dass mein Comm-Implantat über ausfahrbare Ohrverschlüsse verfügte. Die Pax-Konditionierung hielt stand; die meisten liefen einfach durch den Kugelhagel hindurch. Doch es gerieten auch ausreichend viele ins Stocken, sodass ich trotz des Rauchs, der vom brennenden Gras aufstieg, genügend Ziele zur Auswahl hatte.

Die vordersten Pax waren dem Turm inzwischen so nahe gekommen, dass wir sie nicht mehr unter Feuer nehmen konnten, da sie von der Plattform verdeckt wurden. Das war in Ordnung;

wir hatten gewusst, dass es so kommen würde. Für diesen Fall hatten wir die Minenfelder und die automatischen MGs auf der Treppe vorbereitet.

Bislang lief es für die Pax gar nicht gut.

20

»Das erste Gewehr ist hinüber«, sagte die Predigerin und schleuderte das rauchende Gaussgewehr weg. Ich nickte und lud meine Waffe nach; damit hatte ich gerechnet. Abgesehen von der Verschanzungsdrohne, einer Handvoll Antigravstiefeln und ein paar Energiewaffen setzten die Pax keine fortschrittliche Technik ein, weshalb die Pulsstrahlung sich auf unsere Ausrüstung konzentrierte. Das war nicht ideal, doch wir hatten gewusst, dass es so kommen könnte.

Die Predigerin griff gerade nach ihrem zweiten Gewehr, als plötzlich ein Pax-Soldat über dem Rand der Aussichtsplattform auftauchte. Offenbar hatte er sich die Antigravstiefel für den Moment aufgespart, da er unbemerkt aufsteigen konnte, und er hatte das Glück, dass die Predigerin und ich in diesem Moment gerade beide unbewaffnet waren. Allerdings reichte sein Glück nicht aus, denn die Autokanone auf der Schulter der Predigerin war noch geladen: Sie schaltete sich brüllend ein und zerteilte den Soldaten in zwei Hälften.

Die obere Hälfte plumpste aufs Schlachtfeld hinunter, die untere Hälfte schwebte immer höher empor, da die Antigravstiefel sich nicht sofort darauf einstellten, dass sie nur noch das halbe Gewicht zu kompensieren hatten. Wir starrten sie mit aufgerissenen Augen an. Wenn so etwas passiert, fehlen einem die Worte; in der Schlacht sieht man den merkwürdigsten Scheiß, Dinge, die einem niemand glaubt, der sie nicht selbst gesehen hat.

Schließlich griffen wir wortlos zu unseren Waffen und feuerten weiter über den Rand der Plattform hinweg. Vielleicht würden wir niemals über diesen grotesken Moment sprechen – in einem Monat würde ich vielleicht daran zweifeln, dass er überhaupt stattgefunden hatte.

Während wir von fliegenden Beinen abgelenkt waren, hatten die Pax am Boden das Minenfeld *und* die Todeszone des zweiten automatischen MGs durchquert. Die Wucht der Detonationen erschütterte den Turm zwar nicht in seinen Grundfesten, brachte ihn aber ein wenig zum Schwanken, was auf seine Art verstörend war. Ich knallte vom Rand der Plattform aus noch ein paar Ziele ab, dann schnappte ich mir meine Ausrüstung und lief geduckt zum Bunker, um nach Esa zu sehen.

»Alles okay hier drinnen?«, fragte ich sie.

»Es ist *laut*«, klagte Esa. Sie hockte in der Ecke und hatte sich die Hände auf die Ohren gelegt – die Pistole lag auf ihrem Schoß.

»Ja, das ist es«, pflichtete ich ihr bei und blickte zur Tür; bislang noch keine Veränderung. »Bleib hier. Es läuft gut.« Sie war am Leben und unverletzt und hatte noch Kraft, sich zu beklagen – soweit ich es beurteilen konnte, ging es ihr gut.

Ich trat durch die Tür und sprang auf den ersten Treppenabsatz hinunter. Von hier aus konnte ich die Soldaten unter der Beobachtungsplattform unter Feuer nehmen, die von den ein paar Absätze weiter unten postierten automatischen MGs aufgehalten wurden. Sie waren viel zu beschäftigt, um mich zu bemerken, also legte ich das Gewehr an und ließ mir Zeit.

Dann schaltete ich einen nach dem anderen aus. Das Geräusch der Schüsse ging im MG-Lärm unter. Das Zielen war von hier aus viel leichter als vom Rand der Beobachtungsplattform – einerseits wegen des geringen Höhenunterschieds, andererseits wegen der kürzeren Entfernung –, und ich feuerte in immer schnellerer Folge. Ein bisschen problematisch wurde es nur dann, wenn ein Pax ins Minenfeld lief und der Turm durch die Druckwelle ins Schwanken geriet.

Als das dritte – und letzte – MG aktiv wurde, lief ich wieder die Treppe hoch und schlug die Bunkertür hinter mir zu. Dass das MG feuerte, bedeutete, dass der Gegner auf der Treppe vorrückte. Ich hatte damit gerechnet, nicht aber zu einem so frühen Zeitpunkt.

Die Predigerin legte gerade mit verärgerter Miene ihr zweites Gaussgewehr beiseite. »Wie sieht's aus?«, fragte ich. Sie war eine Barische – vermutlich verfügte sie über exakte Zahlen, Statistiken und Voraussagen für den weiteren Kampfverlauf.

»Wir haben ihnen große Verluste zugefügt, weit größere als gedacht«, antwortete sie. »Ich schätze, dass nur ein Drittel der ursprünglichen Streitmacht die Treppe zu stürmen versucht.«

Ich hatte keinen Zweifel an ihrer Einschätzung, aktivierte aber trotzdem eine Drohne und ließ sie über den Rand der Plattform segeln. Auch die Predigerin hatte Verbindung zu den Drohnen – sie bekam die gleichen Zielinformationen wie ich. »Aber?«, fragte ich.

»Aber ich habe keine Munition mehr, und das erste MG ist ebenfalls leer geschossen.« Sie nickte zum Geschützturm am Rand der Plattform hinüber. »Das zweite wird bald leer sein, und die verbliebenen Pax sind die, die es geschafft haben, sich durch die gefährlichsten Fallen, die du angelegt hast, hindurchzukämpfen. Manche hatten wohl einfach nur Glück, einige aber dürften auch gute Kämpfer sein und stellen folglich ein Problem dar.«

Ich checkte das HUD; es war gerade mal etwas mehr als die Hälfte der Zeit bis zu dem vereinbarten Abholtermin verstrichen.

Wir mussten uns noch eine gute Stunde lang gegen die auf der Treppe vorrückenden Pax behaupten.

Konnten wir das schaffen? Es kam darauf an. Der Eingang zum Treppenhaus war eine tödliche Falle und stand auf der Habenseite. Unten gab es noch weitere Fallen, die zwar vermutlich nicht alle Pax ausschalten, sie aber zumindest aufhalten und zwingen würden, jeden einzelnen Treppenabsatz sorgfältig zu erkunden. Und dann? Nun, das würden wir sehen.

Die Sonne stand im Zenit und schien auf das Schlachtfeld mit den vielen Toten herab. Die Feuer erloschen allmählich – Grasfeuer waren heiß und breiteten sich schnell aus, kamen aber auch schnell wieder zum Erliegen. Wir hatten den Sturmangriff überlebt; jetzt kam es darauf an, im Nahkampf zu bestehen.

Ich bezog im Bunker Position, neben Esa – so nah, dass sie von meinem Schutzschirm abgedeckt wurde –, zielte mit dem Gewehr zur Treppe und wartete.

21

Die Minuten verstrichen. Das letzte MG verstummte, zurück blieb eine unheimliche Stille. Zwei Stunden lang hatte es ständig geknallt; jetzt war es ruhig bis auf das Knistern der Flammen am Boden. Das war falsch. Das MG war zu früh ausgefallen – es sollten noch ausreichend Kugeln übrig sein, und es hatte als Letztes das Feuer eröffnet, weshalb es auch nicht der Strahlung zum Opfer gefallen sein konnte.

Die Pax mussten das MG mit einem Glückstreffer ausgeschaltet haben.

Ich atmete langsam ein. Und wieder aus. Lauschte und beobachtete. Jemand schrie – erst in der Nähe, dann weiter entfernt. Vielleicht war ein Pax-Soldat auf der Treppe von einer Falle erwischt worden, und ich hatte seinen Todesschrei gehört. Vielleicht aber auch etwas anderes. Das gefiel mir nicht.

Die Tür zum Treppenhaus bewegte sich. Vielleicht lag es am Wind; sie schloss nicht besonders gut. Ich feuerte für alle Fälle ein paar Kugeln durch die Metalltür. Am liebsten hätte ich sie weit aufgerissen, den Granatwerfer leer geschossen, die Treppe zerstört und die Trümmer auf die Köpfe der hochsteigenden Soldaten fallen lassen, doch es war nicht auszuschließen, dass der Turm dadurch instabil werden würde.

»Predigerin!«, rief ich. »Tausch mit mir die Position.« Mit ihrer Automatikwaffe konnte die Predigerin die Tür von hier aus mühelos abdecken. Von ihrer Position außerhalb der Betonmauern aus fiel ihr das schwerer.

»Ist das ratsam?«, entgegnete sie. »Wenn sie …«

Es gefiel mir nicht, dass sie so abrupt verstummte; ich verlagerte meine Aufmerksamkeit von der Tür weg.

Ein Pax-Soldat kletterte über den Rand der Aussichtsplattform.

Von dort war der Schrei gekommen – anstatt die Todeszone des Treppenaufgangs zu stürmen, versuchten sie, sich an der Unterseite der Plattform entlangzuhangeln und über den Rand zu klettern. Das war nicht ungefährlich – mindestens ein Soldat hatte den Halt verloren und war in die Tiefe gestürzt. Das bedeutete jedoch, dass sie aus allen Richtungen kommen würden.

Als ich den Kopf wandte, schaltete die Automatikwaffe der Predigerin den Angreifer aus – sie schwenkte auf der Lafette herum und schleuderte den Pax von der Plattform. Im HUD zeichneten sich unter dem Boden unter unseren Füßen mindestens ein Dutzend rote Glühwürmchen ab. Es kamen noch welche nach. »Esa, behalt die Tür im Auge«, sagte ich, dann lief ich zur Predigerin hinüber.

Sie kamen von allen Seiten. Ich drehte mich wie ein Kreisel und feuerte, sobald ein Kopf oder auch nur eine Hand sichtbar wurde, doch es waren zu viele, um ihrer Herr zu werden. Es sah schlimm aus.

»Hey!«, rief Esa. *»Hey!«*

Ich wandte mich wieder der Treppe zu. Esa hatte die Hand ausgestreckt und hielt die Tür mittels Telekinese zu, doch sie erbebte unter den Schlägen der Pax, die vermutlich glaubten, wir hätten sie verbarrikadiert. Ich feuerte die letzten Kugeln meines Magazins darauf ab, dann warf ich den Clip weg und lud nach. Die Bastarde versuchten noch immer, von außen auf die Plattform zu klettern – wir wurden von allen Seiten aus angegriffen.

Und dann wurde es richtig übel.

»Boss.« Schaz über Funk. »Von einem der Schlachtschiffe im Orbit nähern sich Kanonenboote eurer Position. Und zwar schnell.«

Esa hatte ihre Gabe eingesetzt; die Pax hatten sie geortet. Bis jetzt hatten sie nicht wissen können, dass wir uns hier verschanzt hatten – vielleicht hatten sie geglaubt, sie hätten es mit einer besonders stark befestigten Stellung der Einheimischen zu tun. Jetzt aber wussten sie, dass die Zielperson hier war und darauf wartete, von der Spitze des Turms gepflückt zu werden. Die Pax würden jeden Moment Verstärkung bekommen.

Ich fluchte und warf der Predigerin das geladene Gewehr zu. Sie fing es mit einer Hand auf, legte es an und versuchte alle Seiten der Plattform gleichzeitig abzudecken, ohne zu fragen, weshalb ich auf einmal die Taktik geändert hatte. Ich kletterte zurück in den Bunker – ich hatte das Gefühl, schon den ganzen Tag lang durch die Betonöffnung heraus und wieder hineinzuklettern –, schnappte mir den Raketenwerfer und machte ihn einsatzbereit. »Wozu brauchst du denn *das*?«, fragte Esa, die abwechselnd mich und die Tür ansah, wie ich es ihr aufgetragen hatte. »Was zum Teufel ist eigentlich los?«

»Kümmere dich einfach nur um die Tür, Mädchen«, knurrte ich, lief geduckt durch den Eingang, wandte mich zur kaputten Leiter und kletterte aufs Dach des Bunkers.

Ich schaltete das HUD auf maximale Reichweite und musterte den Horizont. Aus welcher Richtung würden sie kommen? Wenn sie aus dem Orbit kamen, fiel eine Vorhersage schwer – womöglich senkten sie sich geradewegs auf uns herab. Ich wollte gerade Schaz fragen, als ich das erste Kanonenboot sah – oder vielmehr ortete das HUD das Aufflackern eines Triebwerks. Ich packte den Raketenwerfer auf meiner Schulter fester und machte mich bereit.

Im nächsten Moment gelangte das Kanonenboot in Sicht: ein kastenförmiges, nicht mal annähernd aerodynamisches Kurzstreckenschiff, gerade groß genug für die Aufnahme der Geschütze und ein Platoon Soldaten. Der Puls machte ihnen vermutlich gerade die Hölle heiß, doch das machte den Pax anscheinend nichts aus – woher zum Teufel nahmen sie die ganzen Waffen, die sie so leichtfertig opferten?

Das Boot näherte sich rasch und sank aus dem Orbit herab, qualmend vom Puls. Bei Kanonenbooten legte man mehr Wert auf Schnelligkeit und Wendigkeit als auf Panzerung und Abschirmung, denn vor allem darauf kam es im Einsatz an. Mit kleinkalibrigen Waffen konnte man trotzdem nur wenig gegen sie ausrichten, doch dank Schaz' großem Überraschungspaket verfügte ich über etwas Wirkungsvolleres.

Ich wärmte den Raketenwerfer allmählich auf und schaltete die Systeme nacheinander ein. Dann wartete ich fünf unendlich lange Sekunden, bis ich das HUD mit den Zielsystemen des Werfers koppelte – hätte ich das gleich getan, hätte die Strahlung das Ding inzwischen gebraten –, dann erfasste ich das Ziel und feuerte.

Die Rakete schoss brüllend in einer spiralförmigen Flugbahn aus der Waffe. Das Kanonenboot flog Ausweichmanöver – ich las aus den Schiffsbewegungen ein gewisses Maß an Verwirrung, sogar Panik auf Seiten des Piloten heraus. Mit dieser Abwehrmaßnahme hatten sie nicht gerechnet, nicht auf einem Planeten, dessen Bevölkerung nicht einmal Computerchips fertigen, geschweige denn verwenden konnte. Doch das reichte nicht aus, denn das Schiff hatte sich mit voller Schubkraft direkt auf den

Startpunkt der Rakete zubewegt. Außerdem waren die Bordsysteme vom Puls bereits halb weichgekocht. Die Rakete traf das Kanonenboot und riss es auseinander.

Zwei weitere Kanonenboote waren noch im Anflug.

22

Ich kniete nieder und lud den Raketenwerfer nach. Das Blut rauschte mir in den Ohren, vom Adrenalin und der Erschöpfung hatte ich so starke Kopfschmerzen, dass meine Hände zitterten. Gar nicht gut. Die Predigerin feuerte immer noch auf die Pax, die auf die Plattform zu klettern versuchten – das Knallen meines Gewehrs wechselte sich mit dem Dröhnen des automatischen MGs ab. Ich setzte die Rakete ein, machte den Werfer scharf, schulterte ihn, visierte das nächste Ziel an. Und Feuer.

Die Rakete wurde abgeschossen. Sie hatten gesehen, wie es ihrem Kumpel ergangen war, und waren vorbereitet.

Fluchend lud ich nach, obwohl mir klar war, dass ich zu langsam sein würde. Sie hatten uns fast erreicht, ihre Waffensysteme fuhren hoch. Wenn sie die Plattform unter Feuer nähmen, würde das bedeuten, dass sie keinen Wert mehr darauf legten, das Mädchen lebendig gefangen zu nehmen. Und das würde bedeuten, dass wir …

Eins der Kanonenboote feuerte eine Rakete ab. Jedoch nicht auf die Plattform, sondern auf die Stützkonstruktion des Turms. Es war ihnen egal, ob dort unten noch Soldaten waren; es war ihnen egal, ob Esa beim Einsturz des Turms ums Leben kam. Offenbar hatten sie mitbekommen, dass wir sie fortschaffen wollten. Es war ihnen lieber, dass sie starb, als dass sie dem Gegner in die Hände fiel – und ein Gegner war jeder, der kein Pax war.

Ich konnte nichts mehr tun. Ich *sah,* wie die Rakete aus dem Rohr des schwebenden Kanonenboots austrat, doch ich hatte keine Möglichkeit, sie abzufangen. Wenn die automatischen MGs noch gearbeitet hätten oder wenn die Predigerin die Gaussgewehre nicht leer geschossen hätte, wäre es *vielleicht* möglich gewesen, doch das war alles irrelevant, denn …

Die Rakete explodierte im Flug.

Ich blickte mit offenem Mund auf die Plattform hinunter. Die Predigerin hatte mein Gewehr weggelegt – mit einer so kleinkalibrigen Waffe hätte sie die Rakete niemals abschießen können – und die Hand neben ihren Arm geklappt. In ihrem Handgelenk zeichnete sich die Mündung einer Energiekanone ab. *Das* entsprach jedenfalls nicht der Standardausrüstung der Barischen. Weil sie darauf vertraute, dass der Puls ihre Spezies verschonen würde, hatte sie sich selbst eine Waffe eingebaut, die normalerweise von der Strahlung zerfetzt worden wäre. Und mit dieser verborgenen Waffe hatte sie die heranrasende Rakete getrackt *und* unter Feuer genommen *und* abgeschossen, bevor sie uns alle umbringen konnte.

Ich war zu verblüfft, um beeindruckt zu sein.

»Sie greifen weiter an!«, rief sie zu mir hoch.

Ich schüttelte mich, um die Erstarrung zu lösen, sprang zur Plattform hinunter, rollte mich ab und schnappte mir gleichzeitig das Gewehr. Das dritte Kanonenboot probierte den gleichen Trick, und erneut schoss die Predigerin die Rakete im Flug ab – dieses Mal so nahe beim Schiff, dass es von der Wucht der Explosion erschüttert wurde. Ein Patt, zumindest was die Raketenangriffe betraf.

Die Pax versuchten noch immer, auf die Plattform zu gelangen – ich knöpfte sie mir vor, drehte mich im Kreis, feuerte jedes

Mal, wenn einer auftauchte, und behielt die roten Leuchtpunkte unter dem Stahlboden im Auge –, als das zweite Kanonenboot herangeschwebt kam. Die Predigerin feuerte ein paar Schüsse mit ihrer Kanone darauf ab, doch es verfügte über eine für den Luftkampf gedachte Abschirmung, eine wesentlich wirksamere Version meines Intentionsschirms; die Strahlenkanone war einfach nicht stark genug.

Trotzdem beharkten sie nicht die Plattform, was sie durchaus hätten tun können. Offenbar beabsichtigten sie immer noch, Esa lebend zu ergreifen. Ich hatte keine gottverdammte Ahnung, weshalb sie trotzdem die Raketen abgefeuert hatten.

Das Hangartor an der Seite des Kanonenboots glitt auf. Inzwischen befand es sich fast genau über dem Turm. Ich hatte damit gerechnet – sie wollten uns Soldaten mit Antigravausrüstung auf die Köpfe fallen lassen.

Ich stürzte zum Granatwerfer, hob ihn hoch, wälzte mich auf den Rücken und verschoss die gesamte Munition durchs offene Hangartor: Sie konnten das Schiff nicht gleichzeitig abschirmen und Truppen absetzen. Nur wenigen Pax gelang es, abzuspringen, bevor das Kanonenboot von Explosionen erschüttert wurde und auf die Seite der Plattform stürzte.

Die ganze Konstruktion *neigte* sich. Sie war als Landeplatz für genau diese Art von Raumfahrzeugen gedacht, doch es war vorgesehen, dass diese auf der Plattform über dem Bunker *landeten* anstatt auf eine Ecke davon zu krachen.

Während die ganze Welt zur Seite kippte, gelang es mir, zur Leiter zu krabbeln und den Raketenwerfer zu packen, während ich mich vom Dach rutschen ließ, das Dröhnen der Automatikwaffe der Predigerin im Ohr, welche diejenigen Pax-Soldaten unter Feuer nahm, die den Absturz des Kanonenboots überlebt hatten.

Mit einer Hand klammerte ich mich an die Leitersprossen, wuchtete den Raketenwerfer auf meine Schulter und zielte auf das dritte Kanonenboot, das sich zurückgezogen hatte, nachdem es von der Predigerin unter Beschuss genommen worden war. Wieder ein Patt – in dieser Entfernung konnte der Pilot der Rakete meines Werfers ausweichen, doch das würde sich in dem Moment ändern, da er nahe genug herankam, um die Soldaten abzusetzen.

Wenn die ganze Plattform einstürzen würde, waren diese Überlegungen natürlich hinfällig.

Die Geschütze an der Unterseite der Flügel des Kanonenboots schwenkten nach oben. Sie wollten uns mit einem Tiefflugangriff den Rest geben. Dafür hatte ich keine Lösung parat.

Dann lösten sich die Geschütze wie von selbst aus der Verankerung.

»Schieß!«, rief Esa von irgendwo unter mir. *»Schieß das verdammte Ding ab!«*

Die Triebwerke des Kanonenboots flammten auf – es wollte beschleunigen, schaffte es aber nicht.

Esa hielt es telekinetisch fest; sie fixierte es allein mit der Kraft ihrer Gedanken.

Das hätte ich ihr nicht zugetraut. *Kein Einziger* der paranormal Begabten wäre dazu imstande gewesen. Einen Stift anheben? Kein Problem. Einen Menschen? Vielleicht. Schon die Stabilisierung eines einstürzenden Gebäudes – wie Esa es bei unserer ersten Begegnung getan hatte – war eine beeindruckende Leistung. Aber ein mehrere *Tonnen* schweres Kanonenboot festzuhalten und den gesamten Triebwerkschub zu neutralisieren? Das war unmöglich. *Unmöglich.*

Egal. Sie tat es trotzdem. Was bedeutete, dass der Pilot keine Ausweichmanöver fliegen konnte.

Ich feuerte eine Rakete ab. Das war so, als würde man jemanden aus nächster Nähe einen Kopfschuss verpassen. Es war kein Duell, sondern eine Hinrichtung.

Die Autokanone der Predigerin feuerte, denn die verfluchten Pax versuchten noch immer, durch die Tür zum Treppenhaus zu stürmen. Sie ließen nicht locker – das musste man ihnen lassen. Der ganze verdammte Aussichtsturm neigte sich zur Seite. Es war abzusehen, dass er nicht mehr lange standhalten würde, aber trotzdem versuchten sie weiterhin, an die Zielperson heranzukommen. Niemand hatte ihnen gesagt, dass ihr Auftrag außer Kraft gesetzt worden war.

Ich ließ den Raketenwerfer von der Schulter gleiten – er fiel über den Rand; ich hatte sowieso keine Ahnung, wo die letzten paar Raketen abgeblieben waren – und hob behutsam das Gewehr hoch. Wenigstens war es nicht auf Nimmerwiedersehen verschwunden, als der Boden gekippt war. Ich kroch in den Bunker zu Esa und richtete den Lauf auf den Eingang zum Treppenhaus.

Die Tür öffnete sich. Ich feuerte durch die Öffnung, und das Geräusch der Schüsse hallte von den Betonwänden wider; Esa schrie unwillkürlich auf, erschreckt vom Lärm. Es würde nicht mehr lange dauern, dann gäbe es in der Tür mehr Löcher als Metall.

»Legitimierte!«, rief die Predigerin. »Da kommen noch mehr!«

Scheiße. Ich drehte mich um; sie hatte recht. Drei weitere Kanonenboote näherten sich und feuerten bereits Raketen ab. Ich wusste nicht, wie viele davon die Predigerin würde abschießen können, bezweifelte aber, dass es alle sein würden.

Dann tauchte hinter ihnen Scheherazade auf. Ihre himmelblauen Laser schwenkten durch den Rauch und zerlegten die Raketen im Flug. Mit einem Triebwerksstoß veränderte sie den Kurs, holte die Kanonenboote ein und ließ ihnen die gleiche Behandlung zuteil werden. Die Pax-Flieger waren dafür gedacht, Truppen zu transportieren und Bodenstellungen anzugreifen oder sich mit gleichartigen Fluggeräten im Luftkampf zu messen. Gegen einen interstellaren Kampfraumer konnten sie nichts ausrichten. Sie waren hoffnungslos unterlegen. Schaz erledigte sie quasi nebenbei.

»Wollt ihr mitfliegen?«, fragte sie über Funk, während die Kanonenboote der Pax vom Himmel fielen. Ihr Tonfall klang selbstgefällig.

23

Scheherazade schwebte neben der geneigten Aussichtsplattform und senkte die Hauptrampe ab. Trotz des Durcheinanders auf dem Schlachtfeld empfand ich unwillkürlich Bewunderung. Von allen Raumschiffen, die ich geflogen hatte, war sie mein Lieblingsschiff, nicht nur aus ästhetischen Gründen – die scharf gezeichneten Linien, eher schnittig als fließend, verliehen ihr trotz der zurückgesetzten Flügel, die sich zum in der Nase gelegenen Cockpit vorschwangen, eher das Aussehen einer Klinge als das eines Vogels –, sondern auch wegen ihrer KI-Persönlichkeit. Was sich auch jetzt wieder zeigte: Als wir uns näherten, passte sie die Neigung der Luftschleusenrampe an die der Plattform an, damit wir leichter an Bord gehen konnten. Was wir dann auch taten.

Hätte ich noch länger bleiben, die Ausrüstung zusammenpacken und dem Sanktum ein paar Kröten sparen können? Gewiss. Doch ich wusste nicht, wie viele Pax noch im Treppenhaus waren, und ich wusste auch nicht, wie lange der Aussichtsturm noch standhalten würde. Meinetwegen konnte JackDoes mir den Verlust von Ausrüstungsgütern in Rechnung stellen. Schließlich waren sie dafür da, verbraucht zu werden.

»Orbit«, sagte ich zu Schaz, noch ehe die Rampe eingefahren war. »Orbit, Orbit, Orbit.«

»Das ist ja cool!«, schwärmte Esa, als sie durch die Schleuse ging – die mir auch als Waffenkammer diente – und den Wohnbereich betrat, der den Großteil von Schatz' nutzbarem Raumvolumen einnahm. Ich verkniff mir ein Lächeln; ich hatte Schaz aus gutem Grund so spartanisch wie möglich eingerichtet. Im Vergleich zu den meisten anderen Raumschiffen da draußen war ihre Ausstattung eher schlicht. Aber ich nehme an, dass sie die Bemerkung zu schätzen wusste.

»Vielen Dank«, sagte das Schiff, was Esa zusammenzucken ließ.

»Bist du das?«, fragte sie ins Leere hinein. »Äh … Schiff?«

»Ich heiße Scheherazade«, sagte Schaz. »Du kannst mich Schaz nennen, wenn du möchtest. Ich empfehle dir, dich anzuschnallen, denn der Boss hat offenbar vor, das Steuer zu übernehmen, und das führt immer zu … Unannehmlichkeiten für alle, die sich im Wohnbereich aufhalten.«

»Hör auf damit, Schaz«, sagte ich und ging durch den Wohnbereich zum Cockpit.

Natürlich wollte ich das Steuer übernehmen. Scheherazade konnte sehr gut allein fliegen, doch es hat einen Nachteil, das Steuer einer KI zu überlassen: Sie können sich nicht so gut auf die Flugmanöver gegnerischer Piloten einstellen. KI gegen KI geht in Ordnung – die mit der besseren Ausstattung gewinnt, und zwar ohne Ausnahme. Aber wenn es gegen Menschen oder andere denkende, fehlbare Wesen geht, sind Computer – und das gilt auch für denkende Computer wie Schaz – im Nachteil, weil es ihnen schwerfällt, sich auf die kleinen, scheinbar unbedeutenden Fehler und Irrtümer einzustellen, die Nicht-KI am Steuer zwangsläufig begehen. Seltsamerweise machen uns gerade unsere Schwächen zu besseren Piloten als die Maschinen.

»Schon klar, Sir«, sagte Scheherazade mit einem Anflug von Sarkasmus.

»Ja, Beschränkte: Gehorche deinem Herrn«, kommentierte die Predigerin beiläufig. Ich zuckte innerlich zusammen – ich hatte vergessen, dass die Barischen mit anderen KI nicht gut auskamen. Man sollte eigentlich meinen, dass sie ein gewisses Maß an Toleranz und Gemeinschaftsgefühl und was weiß ich noch alles für jüngere künstliche Intelligenzen entwickelt hätten, weil mehrere Tausend Generationen seit ihrer ursprünglichen Programmierung vergangen waren, aber nein. Sie machten anderen Maschinenintelligenzen zum Vorwurf, dass sie ihre Willensfreiheit nicht ausschöpften und keinen ähnlichen Entwicklungsweg einschlugen wie die Barischen, die ihrer Ansicht nach den Gipfel *allen* intelligenten Lebens in der Galaxis darstellten, sei es organischer oder maschineller Natur.

Aber das war ein Thema für später. Im Moment musste ich mich mit den Pax auseinandersetzen. Bei dem Bodenangriff auf den Turm mochte es sich um die Zufallsaktion eines Kommandotrupps gehandelt haben, aber die Kanonenboote des Schlachtschiffs waren ein zielgerichteter Angriff gewesen. Die Pax im Orbit kannten unseren Aufenthaltsort und wussten, dass das Mädchen an Bord war.

Ich stieg die kleine Treppe vom Wohnbereich zum Cockpit hoch. Es war mit drei Sitzen ausgestattet – von jedem Platz aus ließen sich die drei wichtigsten Systeme des Schiffs, Steuerung, Geschütze und Navigation, manuell bedienen. Es gab auch noch ein paar Notsitze, doch für gewöhnlich tat ich gut daran, Schaz die Navigation zu überlassen und die Bedienung der Bugkanonen auf den Steuerknüppel umzulegen.

Als Schaz die Kontrolle übergab, legte ich die Hände um den Stick. Sie bereitete sich bereits darauf vor, das Schiff aus der Atmosphäre hinauszusteuern; wie fast jedes Mal passte ich den Flugwinkel augenblicklich an, was sie stets mit einem hörbaren »Hm« kommentierte.

»Wie lange wird es dauern, bis wir das System verlassen können?«, fragte die Predigerin. Meine beiden Passagiere waren mir ins Cockpit gefolgt und schnallten sich gerade hinter den beiden freien Konsolen an. Ich legte deren Funktionen rasch auf meine um; uns wäre nicht damit geholfen gewesen, wenn sie den falschen Knopf zum falschen Zeitpunkt gedrückt hätten.

»Wir lange?«, sagte Esa. »Sollten wir das … nicht jetzt gleich tun?«

»So funktioniert das nicht.« Ich schüttelte den Kopf. »Hyperantriebe reagieren sehr empfindlich auf Temperaturveränderungen. Wenn man damit in eine Atmosphäre fliegt, müssen sie erst mal abkühlen, bevor man sie wieder einschalten kann.« Während ich dem Mädchen die Grundlagen des interstellaren Raumflugs erklärte – weshalb tat ich das eigentlich? Das hätte auch warten können –, betätigte ich eifrig Schalter und stellte die Systeme auf die gewünschten Werte ein, was von Schaz jeweils mit einem missbilligenden »Hm« kommentiert wurde.

»Würdest du bitte damit aufhören?«, sagte die Predigerin gereizt. »Sie weiß, was sie tut, und sie stellt die Systeme besser ein, als du es könntest.«

»Aber nicht so gut wie du es könntest, nehme ich an«, bemerkte Scheherazade trocken.

»Nicht unbedingt«, erwiderte die Predigerin. Ich hatte den Eindruck, dass dabei Anerkennung mitschwang. Die mir galt, und nicht Scheherazade.

»Wenn jemand irgendetwas an Bord ohne meine Erlaubnis anfasst, fliegt die Betreffende aus der Schleuse«, knurrte ich. »Schaz, das gilt auch für deinen Rechnerkern. Es war ein langer Tag – reiz mich nicht.«

»Dann wäre ich endlich diese bescheuerte Stimme los«, murmelte Schaz.

»Was hast du denn gegen deine Stimme?«, fragte Esa.

»Ich bin froh, dass du danach fragst, meine Liebe. Die Antwortet lautet: Ich hasse sie. Ich hasse, hasse, hasse sie.«

»Nicht jetzt«, quetschte ich mit knirschenden Zähnen hervor. Wir hatten soeben die Atmosphäre durchstoßen und konnten nun die Flotte der Pax sehen, die sich um den Planeten versammelt hatte, hinter dem gerade die Sonne unterging. Genauso gute Sicht hatten wir auf ein Dutzend Raumfahrzeuge, die auf Abfangkurs hinter dem Sonnenrand hervorkamen – hässliche Dinger, so wie die meisten Schiffe der Pax, insektoid und gebaut für den leeren Raum, voller asymmetrischer Geschütztürme und mit Hochleistungsantrieb. Früher oder später würden sie uns stellen; dafür wurden Kampfraumer wie diese schließlich gebaut.

Mein langer Tag war noch nicht vorbei.

24

»Predigerin, ich habe die wichtigsten Waffensysteme auf die Hauptkonsole umgelegt, aber an der hinteren Leiter zum Wohnbereich, gleich neben der Luftschleuse, durch die wir gekommen sind, befindet sich ein Geschützturm. Es würde mich freuen, wenn du den übernehmen würdest.«

»Aber du wirst mich nicht über Bord werfen, oder?«, entgegnete sie trocken, während sie sich bereits losschnallte und aufstand.

»Wenn du nicht bald die Heckkanone übernimmst, könnten die Pax uns schneller dem Vakuum aussetzen, als uns lieb ist«, erwiderte ich.

»Und ich?«, fragte Esa. »Was soll ich tun?«

»Sitzen bleiben, Mund halten und zuschauen. Das wird vermutlich nicht der letzte Weltraumkampf sein, den du zu sehen bekommst, und du musst verstehen, was da abläuft, bevor wir durch sind.«

»Heißt das, ich …«

»Auch das Mundhalten ist von großer Bedeutung.« Ich veränderte den Kurs, weg von den sich nähernden Raumfahrzeugen der Pax. »Schaz? Such einen Mond aus. Der Planet hat mehrere, ich brauche …«

»O nein. Nein, nein, nein. Nein, nein, nein. Du willst doch nicht etwa …«

»Doch, und du weißt anscheinend, wonach ich suche.«

»Der Plan gefällt mir nicht. Der Plan funktioniert nicht, und das weißt du genau …«

»Er funktioniert. Und zwar jedes Mal.«

»›Jedes Mal‹ heißt ›zweimal‹. Es ist mir egal, wie gut du als Pilot bist. Dieser Plan geht immer …«

»Er gefällt dir deshalb nicht, weil deine Lackierung dabei Schrammen abbekommt. Das ist …«

»Ja, deshalb gefällt er mir nicht; das ist exakt der Grund! Die Lackierung stammt von MelWill persönlich, und es ist mir *zuwider*, wenn …«

»Ich verspreche dir, ich lasse die Schäden von jungfräulichen Kunststudentinnen beheben, sobald wir das Sanktum erreichen, aber jetzt …«

»Was habe ich davon?«

»Das weiß ich auch nicht, aber der gute Wille zählt! Das sind Kunststudentinnen, und du weißt, wie schwer es ist, eine Jungfrau zu …«

»Was redet ihr da für einen *Müll?*«, fragte Esa mit erhobener Stimme.

»Ich habe einen Plan«, antwortete ich ruhig. »Möglicherweise ist es nicht besonders klug, Schaz und mir zu folgen – aber … ich weiß auch nicht, lehn dich einfach zurück und stör uns nicht. Wir haben auch so schon genug zu tun. Zum Beispiel nach einem geeigneten *Mond* Ausschau zu halten.«

»Dritter im Orbit, Deklination 17.43.82«, seufzte Schaz – ich hörte ihre Gereiztheit sogar aus ihrer neuen Stimme heraus. »Wir werden in Schussentfernung der Verfolgerschiffe gelangen, eine halbe Minute bevor du die Gravitations …«

»Egal, so lange kann ich sie abschütteln.« Ich passte erneut den

Kurs an und gab vollen Schub. Die Sterne wanderten am Cockpitfenster vorbei, und ich lehnte mich zurück; es hatte keinen Sinn, unser Ziel zu verschleiern. Sonst gab es nichts zwischen unserem Raumschiff und der großen Leere – nur den stecknadelkopfgroßen dunklen Punkt vor dem Hintergrund der Sterne.

Scheherazades selten benutzte Bordsprechanlage schaltete sich knackend ein. »Haben wir einen Plan?«, fragte die Predigerin an; offenbar war sie am Geschützturm angelangt.

Ich beugte mich zum Mikrofon vor. »Knall sie einfach ab, sobald sie in Schussweite sind; das ist dein Anteil am Plan.«

»Klingt ganz einfach.«

»Fliegen wir zu einem Mond?«, fragte Esa. »Ich dachte, Atmosphäre ist *schlecht*.«

»Das stimmt, aber ›Mond‹ ist nicht unbedingt gleichbedeutend mit ›Atmosphäre‹. Mit der Gravitation sieht es anders aus. Raumfahrzeuge sind meistens binär entworfen – entweder sie eignen sich für den Kampf in einer Gravitationssenke oder für den Kampf im leeren Raum. Nur sehr wenige Schiffe sind für beide Bedingungen geeignet; diese speziellen Anforderungen sind nur schwer zu erfüllen.«

»Ich bin so ein Schiff«, meldete Scheherazade sich selbstgefällig zu Wort. »Ich bin besonders. Und auch schön. Jedenfalls jetzt noch. Übrigens, noch sechzig Sekunden bis Kontakt.«

Der Mond näherte sich schnell, wurde im Fenster immer größer; ich änderte leicht den Anflugwinkel, während Schaz die Oberflächenscans auf meinen Bildschirm schaltete. Ich betrachtete sie aufmerksam und hielt Ausschau nach einem bestimmten geografischen Detail – *da*. Ich veränderte erneut den Anflugwinkel und lenkte die gesamte Energie auf die Heckschutzschirme um, auch die Energie für die Frontkanonen. Wir würden sie nicht brauchen – wir mussten einfach nur lebend die Mondoberfläche erreichen.

»Das erste gegnerische Raumfahrzeug feuert Raketen ab«, meldete die Predigerin gelassen.

»Ich schlage vor, sie unter Feuer zu nehmen«, erwiderte ich.

»Das Schiff oder die Raketen?«

»Das Schiff – um die Raketen kümmert sich Schaz.«

»Verstanden.« Das dumpfe Dröhnen des Heckgeschützes war zu hören. Die Kanone funktionierte nach dem Gaussprinzip, genau wie die Gewehre, welche die Predigerin auf dem Aussichtsturm verwendet hatte, und war eher für große Treffgenauigkeit mit äußerst geringer Latenzzeit und hohe Stoppwirkung ausgelegt, weniger für hohe Feuergeschwindigkeit. Steckte ein Schiff einen Volltreffer ein, würde es bei eingeschalteten Schutzschirmen nicht gerade auseinanderfliegen, doch der Gegner würde den Treffer spüren.

Schaz hatte währenddessen die beiden auf den Flügeln montierten Lasergeschütze nach hinten geschwenkt und machte Jagd auf die Raketen. Hellblaue Linien zuckten kreuz und quer über meinen Bildschirm. »Eine erledigt; zwei erledigt«, meldete sie ruhig. »Die Ausweichsoftware ist nicht gerade vom Feinsten.« Woher die Pax ihre Technik auch beziehen mochten, von High-End konnte keine Rede sein.

»Also, das ist gut, denn es kommt bestimmt noch mehr nach«, erwiderte die Predigerin. »Fast alle Verfolgerschiffe befinden sich in Schussentfernung, und vermutlich wird jedes einzelne Raketen abfeuern.«

»Oh. Tja.«

»Mach einfach deine Arbeit, Beschränkte. Dafür wurdest du doch gebaut, oder?«

»Eines Tages werden wir eine ernste Unterhaltung über die Namen führen, die du deinen Artgenossen gibst.«

»Ich bin nicht deine Artgenossin.«

»Ihr beide könnt euch später fetzen«, sagte ich tadelnd und

passte den Anflugwinkel abermals an – der Mond wurde im Cockpitfenster schnell größer. Er füllte es bereits beinahe vollständig aus. »Ich würde vorschlagen, dass wir uns im Moment darauf konzentrieren, die Dinger abzuschießen, die dafür sorgen sollen, dass wir unser Leben auf ein paar gottverlassenen Quadratkilometern Mondoberfläche beenden.«

»Ich dachte, die Pax wollen mich lebendig ergreifen«, sagte Esa. »Weshalb schießen sie dann auf uns? Mich von einem luftlosen Mond abzukratzen, wäre doch ... kontraintuitiv.« Der Stolz darüber, dass sie das Wort kannte, war ihr deutlich anzuhören.

»Sie würden dich liebend gern lebendig ergreifen und dann grässliche Dinge mit dir anstellen, wie zum Beispiel dich einer Gehirnwäsche unterziehen und dich in ihre Armee eingliedern. Aber wenn sie glauben, dass sie das nicht schaffen können, werden sie unter allen Umständen verhindern wollen, dass du das Sanktum erreichst.«

»Moment mal – sie wollen mich einer *Gehirnwäsche* unterziehen?«

»Willst du den Pax helfen, den Krieg zu gewinnen? Willst du von Planet zu Planet fliegen und so lange jeden töten, der dir über den Weg läuft, bis die Einheimischen sich ergeben?«

»Nein.«

»Also, dann wollen sie dich einer Gehirnwäsche unterziehen. Dich unter Drogen setzen, von Umweltreizen isolieren und dir Elektroden ins Gehirn schieben, um die neuronalen Vernetzungen umzuprogrammieren. Glaub mir, das funktioniert. Anschließend ist nicht mehr viel von dir übrig, aber du bist willig und gehorsam. Und du wirst jeden töten, den sie tot sehen wollen.« Vielleicht übertrieb ich ein wenig, aber mit den Pax-Schiffen auf unserer Fährte hatte ich eine Menge um die Ohren. »Deine Gabe bleibt dabei natürlich intakt, denn darauf haben sie es letztlich abgesehen. Eine Soldatin ohne eigene Identität, die mit dem, was von ihrem Gehirn übrig ist, Panzer zerquetscht.«

»Aber ihr wollt etwas anderes.«

»Das ist richtig.«

»Und deshalb seid ihr – die Legitimierten – ihre Gegner.«

»*Alle* sind ihre Gegner; jeder, der kein Pax ist. Bist du angeschnallt?«

»Ich bin angeschnallt, seit …«

»Gut. Denn das letzte Stück wird ein bisschen …« Wir traten mit beträchtlicher Geschwindigkeit ins Gravitationsfeld des Mondes ein. Schaz kompensierte das Schlimmste – dafür war sie gebaut –, doch es war trotzdem … heftig.

Esa gab ein Geräusch von sich, als habe sie ernsthaft vor, sich zu übergeben, wäre aber noch nicht ganz bereit dafür. Ich justierte den Schub nach und kippte das Schiff, bis wir parallel zur kraterübersäten Mondoberfläche flogen, die aus schroffen Gebirgen und von vereinzelten Meteoreinschlägen zernarbten Tälern in Grau- und Grüntönen bestand.

»Zwei haben sich gelöst und versuchen vermutlich, uns vom Orbit aus unter Feuer zu nehmen«, meldete die Predigerin vom Heck aus. »Die anderen sind uns noch immer auf den Fersen, haben aber Probleme mit der Anpassung an die Schwerkraft.«

»Gut zu wissen. Feuere weiter; ich kümmere mich um die beiden Schiffe weiter oben. Schaz? Raketenwerfer vorbereiten.«

»JackDoes wird sich über die viele Munition beklagen, die du auf dieser Mission verbraucht hast.«

»JackDoes kann mich mal. Ich bin immer noch stocksauer auf ihn.«

»Ach, ich auch – meine letzte Bemerkung war übrigens süffisant gemeint; du hast es wegen der bescheuerten Stimme, die er mir aufgehalst hat, bloß nicht mitbekommen.«

Plötzlich zeichneten sich auf meinen Bildschirmen und im Cockpitfenster die Schussbahnen der Bordkanonen ab, und der Steuerknüppel in meiner Hand erzitterte wegen der Turbulenzen. Offenbar waren wir in Schussweite gelangt.

Unwillkürlich grinste ich. Der Stick rüttelte, und die Schutzschirme erzitterten, wir waren umgeben von Feuer und Schrapnell, und das war mit nichts auf der Welt – auf *irgendeiner* Welt – zu vergleichen. Dieses Gefühl stellte sich nur ein, wenn man *oben* war. Ich mochte den Bodenkampf, ein Teil von mir schwelgte darin, das muss ich zugeben. Ein ordentlicher Luftkampf aber war noch viel besser. Mit einer Waffe in der Hand bin ich gefährlich, gefährlicher als die meisten. Aber in Schaz' Cockpit war ich scheiß-unbesiegbar.

Wie die Pax gleich herausfinden würden.

25

Schaz ging in den Sturzflug über und näherte sich den Canyons, die kreuz und quer über die Mondoberfläche verliefen. Gleich darauf umragten uns die grauen Berghänge und zogen schemenhaft vorbei. Ich hatte Scherazade gebeten, nach bestimmten geologischen Formationen Ausschau zu halten, die uns Schutz bieten könnten. Die Canyons würden uns einen Aufschub verschaffen, den gegnerischen Raumfahrzeugen die Ortung erschweren und uns ans Ziel führen.

»Treffer!«, verkündete die Predigerin. »Eins weniger!«

»Toll – wiederhol das noch zehnmal, dann haben wir's geschafft«, erwiderte ich. Wir drangen immer tiefer in den Canyon ein. Keine Sterne mehr, nur noch Felswände zu beiden Seiten.

»Unser Schutzschirm wurde getroffen, Boss«, meldete Schaz. »Ich weiß nicht, ob wir …«

»Immer fleißig scannen, Schaz«, sagte ich. »Such uns eine …«

»Ich versuch's ja, aber ich kann nicht alles gleichzeitig erledigen – ich steuere die Systeme, feuere die Laser ab *und* scanne. Auch ich habe meine Grenzen.«

»Nur deshalb, weil du dir selbst Beschränkungen auferlegst.« Wieder die Predigerin, immer noch stichelnd.

»Hey, Predigerin? Vielleicht solltest du dich besser auf die gegnerischen Schiffe konzentrieren, die hinter uns in den Canyon einfliegen«, riet ich ihr. Teilweise weil ich wollte, dass sie den Mund hielt, vor allem aber, weil der Gegner genau das getan hatte, und zwar in der Absicht, uns weiter unter Feuer zu nehmen.

Schaz war natürlich für diese Art des Fliegens gebaut und mit meinen Eigenheiten vertraut. *Sie* waren das nicht – und mussten beträchtlich abbremsen und mit der Schwerkraft kämpfen, um sich abzusenken, sodass es der Predigerin gelang, zwei weitere Schiffe mit der Heckkanone abzuschießen. Ich flog durch den gewundenen Canyon, und zwar so schnell, dass die Pax – auch jeder andere wäre überfordert gewesen – nicht mehr mithalten konnten, zumindest nicht bei vertretbarem Risiko, wie einer der Piloten leidvoll erfahren musste, als er zu schnell um eine Kurve flog und mit der Nase gegen die Felswand prallte.

Um uns herum explodierte der Rand des Canyons, der aufgrund des Einschlags der automatisch gesteuerten Raketen, die uns nicht ganz hatten folgen können, beinahe einstürzte. Die umherfliegenden Trümmer würden dem Gegner die Verfolgung erschweren. Alles in allem zahlte es sich im Moment nicht aus, sich auf unserer Fährte zu befinden.

»Die beiden Schiffe im Orbit gehen immer tiefer«, meldete Schaz. »Wir sollten …«

»Ich kümmere mich darum«, versprach ich, während ich noch immer um die Biegungen des Canyons sauste. Wir gelangten in einen weiträumigeren Bereich, und ich verlagerte die Bordenergie, dann zog ich den Steuerknüppel dicht zu mir heran und ging in den Steigflug über. Die Sterne füllten das Cockpitfenster aus wie ein Fluss, der durch den Canyon strömte, und im HUD wurden die beiden Pax-Schiffe im Orbit angezeigt. Gleichzeitig wurden die Zielinformationen an Schaz übermittelt, die sie an die vorderen Raketenwerfer weiterleitete, worauf diese aus allen

Rohren feuerten – etwa fünfzig Raketen wurden nacheinander auf den Weg gebracht, während ich den Steigflug fortsetzte.

Ohne den Steuerknüppel loszulassen, flog ich einen Bogen, sodass wir uns wieder der Mondoberfläche näherten, als die Werfer leer geschossen waren. Blaues Laserfeuer hüllte uns ein, als Schaz die gegnerischen Raketen abwehrte, die unser Manöver nachvollziehen wollten und sich durch die Gravitationssenke kämpften.

Ich drosselte für einen Moment den Antrieb und ließ uns von der Schwerkraft davontragen, was dem Gegner die Verfolgung weiter erschwerte, dann gab ich erneut vollen Schub und hielt direkt auf die Pax-Schiffe zu, die unser Manöver nachvollzogen.

Überraschung, ihr Drecksäcke.

Ich nahm sie mit den Bugkanonen unter Beschuss – mit einer Mischung aus ballistischer Munition und Laser-Intervallfeuer –, sauste zwischen ihnen hindurch, ballerte, was das Zeug hielt, und schoss wieder zum Canyon hinunter.

»Drei weniger!«, meldete Schaz aufgeregt. »Weitere drei schwer beschädigt …«

»Noch einer weniger«, ergänzte die Predigerin, nachdem sie das Schiff mit der gleichen Treffsicherheit abgeschossen hatte, die sie auch schon auf dem Turm unter Beweis gestellt hatte. »Gutes Manöver.« Sie schaffte es sogar, das Kompliment ohne mitschwingenden Neid auszusprechen. »Ein weiterer Geflügelter ist nicht … er konnte nicht hochziehen und ist auf die Oberfläche gestürzt, damit ist ein weiteres Schiff aus dem Spiel.«

»Der Rest setzt sich wieder auf unsere Fährte«, sagte Scheherazade, als der Canyon uns erneut verschluckte. »Ist die nächste Stufe des Plans wirklich notwendig? Könnten wir nicht …«

»Ein zweites Mal klappt das nicht.« Ich schüttelte den Kopf. »Die Pax sind dumm, aber nicht *so* dumm. Was ist mit den Schiffen im Orbit?«

»Sie fliegen Ausweichmanöver, aber es ist nur eine Frage der Zeit. Du hast eine Menge Raketen auf sie abgefeuert – wenigstens ein paar davon werden die Abwehrmaßnahmen überwinden. Hoffentlich werden wir auf dem Heimflug keine Raketen brauchen.«

»Du glaubst, das war zu viel des Guten?«

»Ich glaube, es hat funktioniert«, erwiderte Schaz diplomatisch. »Belassen wir's dabei.«

Ich machte viele Dinge gleichzeitig: Ich versuchte, trotz unserer hohen Geschwindigkeit im Canyon zu bleiben, und behielt die Bildschirme sowie das Modell der Mondoberfläche im Auge, das Schaz mit ihren Scandaten speiste. Beinahe hätte ich mit einem Flügel die Canyonwand gestreift; ich fluchte und korrigierte die Flugbahn. *Da* – endlich tauchte das, wonach ich gesucht hatte, auf dem Monitor auf.

»Festhalten«, sagte ich.

»Das sagst du erst *jetzt*?«, stöhnte Esa. Die Schleife hatte ihr offenbar nicht gutgetan; ich war mir nicht mal sicher, ob sie sich überhaupt schon vom Eintritt in die Gravitationssenke erholt hatte.

»Unser Kurs ist zu komplex, die Wände sind zu nah beieinander; ich bekomme die Verfolgerschiffe einfach nicht vor die Kanone«, meldete die Predigerin. »Sie uns auch nicht, aber das ist nicht …«

»Berg!«, rief Esa, als hätte ich den hohen Gipfel, der vor uns aufragte, nicht bereits gesehen. Der Canyon endete vor einer massiven, grüngefleckten Felswand. »Berg, Berg, Berg, Berg …«

Ich feuerte mit den Bugkanonen auf das Gestein, verlagerte die Schutzschirme zur Oberseite und bretterte darauf zu. Wir steckten am Heck ein paar Treffer der Verfolger ein, dann waren wir *im* Berg. Die Bugkanonen bahnten uns den Weg zu dem großen Höhlensystem in seinem Innern. Ich verlagerte die gesamte Leistung auf die Manövriertriebwerke und die Stealth-Systeme und bretterte weiter, hinein in das verborgene Labyrinth der Tunnel, während hinter uns der Berg einstürzte und uns unter sich begrub.

»Befinden wir uns *im Innern* des Berges?«, sagte die Predigerin – eine berechtigte Frage, denn sie hatte keine Sicht nach vorn und hörte nur Esas Geschrei. »Bist du soeben *durch einen Berg* geflogen?«

»Mindestens zwei Schiffe konnten nicht mehr rechtzeitig abdrehen und wurden von den Gesteinstrümmern zerschmettert«, meldete Schaz. »Anschließend wurden meine Sensoren blockiert. Von, du weißt schon, dem Berg.«

»Schadensmeldung«, sagte ich und verringerte die Vorwärtsbewegung, flog aber weiter ins Höhlensystem hinein. Hinter uns grollte noch immer der Berg und blockierte die Gänge mit Geröll. Die Pax würden nicht durchkommen – sollten sie es dennoch versuchen, würde weiteres Geröll nachrutschen und ihr Vordringen nahezu unmöglich machen.

»Wir haben ein paar Treffer am Heck abbekommen, deshalb kann ich noch nicht sagen, wie groß der Schaden ist. Die Schutzschirme arbeiten im roten Bereich – das ist halt so, wenn sie einen ganzen Berg stemmen müssen –, aber allmählich erholen sie sich, deshalb wurde der Antrieb auch nicht beschädigt. Aber meine Lackierung ist völlig am Arsch.«

»Das ist kein ernsthafter Schaden.«

»Für *mich* schon.«

Ich betrachtete noch immer die geologischen Karten vor mir – danach hatte ich Schaz suchen lassen, als ich sie gebeten hatte, die Monde zu scannen. Dieser spezielle kleine Mond entsprach weitgehend den Anforderungen – das Höhlensystem erstreckte sich kilometerweit unter der felsigen Oberfläche. Vielleicht könnten die Pax einen anderen Eingang finden, doch es würde lediglich eine halbe Stunde dauern, bis sich der Hyperantrieb abgekühlt hatte, und dann konnten wir endlich aus diesem Pax-verseuchten System verschwinden.

Ich setzte in einer tief gelegenen Höhle auf, die vermutlich noch nie von einer intelligenten Lebensform besucht worden war. »Repariere die Stealth-Systeme und die Lebenserhaltung, in dieser Reihenfolge«, sagte ich und schnallte mich los. »Schalt alles andere ab. Vermutlich können sie uns in dieser Tiefe nicht orten, aber wir sollten es nicht drauf ankommen lassen.«

Die Predigerin stieg vom Geschützturm herunter. »Wenn sie eins von den Schlachtschiffen hierherschicken, ist es egal, wie tief wir im Berg sind«, sagte sie, während sie sich zurück ins Cockpit begab. »Sie werden so lange Löcher in den Mond stanzen, bis kein Mond mehr übrig ist, und wir werden von den Trümmern zerquetscht.«

»Mag sein, aber es dauert eine gewisse Zeit, um ein Schlachtschiff in Feuerposition zu bringen, und noch länger, die Hauptkanone hochzufahren. Falls sie sich nicht schon auf die Bombardierung eines Planeten vorbereitet haben, sind wir hier weg, bevor sie feuern können.«

»Das klingt teuflisch riskant.«

»*Alles*, was ich tue, ist teuflisch riskant, aber ich lebe noch, oder? Entspannt euch, ihr zwei – wir schaffen das schon.« Ich ging durch den Wohnbereich zum Hinterausgang und legte einen Raumanzug an. »Ich muss die Schäden am Heck reparieren. Fasst bloß nichts an, während ich draußen bin.«

Esa schnitt eine Grimasse; ich grinste sie unwillkürlich an, dann versiegelte ich den Anzug und schnappte mir den Werkzeugkasten. Es war selbst nach meinen Maßstäben ein höllischer Tag gewesen, der mit ein paar Kunstflugmanövern geendet hatte.

Ich schloss die Schleusentür und war endlich allein mit meinen Gedanken.

26

Ich war eher eine Einzelgängerin, kein Gesellschaftstyp, deshalb war es mir ganz recht, eine Weile lang für mich zu sein. Außerdem musste ich tatsächlich die Schubdüsen instand setzen – auch Schaz' Reparaturbots hatten ihre Grenzen. Sie war natürlich vollgestopft mit Nanotechnik, genau wie ich, doch die winzigen Maschinen konnten nicht alles beheben. Es war eine faire Arbeitsteilung – die kleinen Bots in meinem Kreislauf und in Schaz' Komponenten reparierten mikroskopische Schäden, auf die ich keinen Zugriff hatte, während ich mich um die Sachen kümmerte, die zu groß für sie waren.

Eine der Schubdüsen war total hinüber; das sah ich auf den ersten Blick. Man musste sie komplett austauschen, und das war nur im Sanktum möglich. Oder vielmehr würde ich das nur im Sanktum zulassen – es gab auch andere Stationen und Welten, die dafür geeignet gewesen wären, doch ich misstraute Außenseitern zu sehr, um ihnen Zugriff auf Schaz' Systeme zu gewähren, und das galt auch für die Firma, die sie gebaut hatte. Die Technikerteams der Legitimierten hatten seitdem so viele Veränderungen vorgenommen, dass sie kaum mehr wiederzuerkennen war. Die beiden anderen Düsen konnte ich reparieren oder zumindest notdürftig ausbessern.

Ich machte mich ans Werk und vertiefte mich freudig in die banale Arbeit. Es war ein anstrengender Tag gewesen – lang und blutig. Und er war noch nicht vorbei. Im Moment aber, etwa für die Dauer von zwanzig Minuten, war ich mit einem lösbaren Problem befasst, mit einem Problem, das nicht zurückfeuern konnte und das ich nicht töten musste. Und so reparierte ich die Schubdüsen.

Durch die Stiefelsohlen hindurch nahm ich dumpfe Erschütterungen wahr; die Pax bombardierten die Mondoberfläche mit Kampfraumern, in der Hoffnung, das Höhlensystem zum Einsturz zu bringen, in dem wir uns versteckten. Es war unwahrscheinlich, dass es ihnen gelingen würde – der Mond war geologisch stabil, nichts weiter als ein Felsbrocken. Die flüssige Lava, die das Höhlensystem hatte entstehen lassen, war vor Äonen erstarrt, und die Atmosphäre hatte sich verflüchtigt. Wir befanden uns kilometertief unter der Oberfläche, außer Reichweite der meisten Waffensysteme mit Ausnahme der Hauptkanone eines Schlachtschiffs. Sollten die Scheißkerle ruhig ihre Zeit und Munition verschwenden.

Ich war fast fertig, als mein Comm summte. »Du solltest besser wieder reinkommen«, sagte Schaz. »Unser Überraschungsgast setzt unserer neuen Rekrutin allerhand Flausen in den Kopf.«

Ich seufzte, schaltete den Schneidbrenner aus, packte das Werkzeug ein und wandte mich zur Heckrampe. Dann schleppte ich den Werkzeugkasten in die Schleuse, und während ich darauf wartete, dass die Luft einströmte, aktivierte ich die Bordmikrofone. »… nur *eine* mögliche Erklärung für den Puls«, sagte die Predigerin gerade. »Die Erschaffer der Barischen müssen zurückgekehrt sein. Unsere Vorläufer haben die Galaxis aus Gründen verlassen, die wir nicht kennen und vielleicht auch gar nicht *begreifen* können, und sie der Obhut geringerer Wesen überantwortet. Und was haben diese Wesen getan? Sie haben unaufhörlich Krieg geführt. Ich weiß nicht, welche Rolle die Barischen spielen sollten, welche Rolle uns unsere Erschaffer zugedacht hatten, aber wir sind ihr sicherlich nicht gerecht geworden. Wir …«

»Schluss mit dem Unsinn«, sagte ich beim Eintreten. »Die Vorläufer der Barischen sind für den Puls ebenso wenig verantwortlich wie für die Evolution aller anderen Spezies. Ich weiß, das hört ihr nicht gerne, Predigerin, aber ihr seid nichts Besonderes – ihr seid nicht auserwählt. Ihr wurdet einfach nur zurückgelassen wie nutzloses Werkzeug.«

Verärgerung zeichnete sich in ihrem roboterhaften Gesicht ab. Ich meine, ich hatte ihren Zorn verdient, doch ich hatte recht, und irgendwann geht es einem auf den Geist, sich ständig anhören zu müssen, sie wären etwas Besseres als die anderen Spezies. Dieser Mist hatte die Hälfte der Sektenkonflikte überhaupt erst ausgelöst. »Das *weißt* du nicht«, entgegnete sie. »Niemand weiß das.«

»Ganz gleich, ob die Vorläufer fortgegangen oder ausgestorben sind oder was weiß ich, diese Galaxis bedeutet ihnen nichts mehr.« Ich schüttelte den Kopf. »Tut mir leid, aber so ist es. Glaubst du wirklich, es wäre so weit gekommen, wenn sie einen großartigen Plan verfolgt hätten? Glaubst du, sie hätten euch keine Erinnerung an eure Entstehung mitgegeben? Das ist eine verdammt große Galaxis, und wir alle haben uns aus dem ursprünglichen Chaos heraus entwickelt.«

»Ungefähr alle zur selben Zeit? Alle nach dem gleichen Grundmuster – zweifüßig, mit akustischer Kommunikation und Sauerstoffatmung?«

»Auch das beruhte auf Evolution und natürlicher Selektion. Alles zielt auf den Erfolg hin. Frag einen Biologen; es gibt *Gründe*, weshalb bestimmte Merkmale Spezies hervorbringen, die erfolgreich ihre Heimatwelten beherrschen lernen und sich dann im Weltraum ausbreiten. Übrigens atmen die Cyn keinen Sauerstoff.«

»Wann wurde eigentlich zum letzten Mal ein Cyn gesehen? Jahrtausende vor dem Puls.«

»Das heißt nicht, dass es sie nicht mehr gibt. Vielleicht wurden sie ausgelöscht; ich weiß es nicht. Aber ihr seid die Ausnahme, welche die Regel bestätigt. Die Fortentwicklung zu nichtsauerstoffatmenden Spezies ist möglich, sie ist bloß nicht wahrscheinlich. Wären wir *alle* von euren Vorläufern entworfen worden, dann würden wir *alle* die gleichen Merkmale aufweisen, auch die Cyn. Aber was soll's – das ist unwichtig. Die Vorläufer sind nicht verantwortlich für den Puls; das kannst du mir glauben.«

»Weil du weißt, wer es war.« Mist. Ich hatte zu viel gesagt. Man sollte sich nicht auf ein Streitgespräch einlassen, wenn man Geheimnisse wahren will.

Im Raum herrschte absolute Stille, während beide mich anstarrten. Ich zuckte mit den Schultern. »Die Vorläufer waren es jedenfalls nicht.«

»Wart ihr es?«, fragte die Predigerin, mich aufmerksam musternd. »Und wart ihr deshalb nicht davon betroffen?«

Ich schüttelte den Kopf. »Der Puls hat *wahllos* zugeschlagen, Predigerin. Das weißt du genau.«

»Nicht alles daran ist zufällig. Manches ist absichtlich und *grausam*.«

»Das stimmt nicht. Ich verstehe schon, weshalb du das sagst, aber du machst den gleichen Fehler wie die Pax: Sie waren *nicht* vom Puls betroffen, deshalb glaubten sie, sie wären etwas Besonderes. Ich sag's noch mal: Niemand ist etwas Scheißbesonderes. Nicht die Barischen, nicht die Pax, nicht die Legitimierten. Die Pax hatten Glück, das ist alles, und sie waren so dumm, ihr

Glück für Auserwähltsein zu halten. Das sollte uns eine Lehre sein.«

»Inwiefern?«, sagte Esa.

»Überleg mal. Man sollte dem Zufall keinen Sinn beimessen. Will jemand glauben, ein Gott – oder irgendeine Vorläuferspezies – habe jede einzelne Spezies und jedes einzelne Fitzelchen der Galaxis nach einem großen kosmischen Plan erschaffen, nur zu. Das heißt nicht, dass es keinen Zufall gibt. Manche Welten hatten Glück und sind dem Puls entgangen. Die meisten nicht.«

»Dann existieren also irgendwo da draußen Welten, auf denen es noch …«

»Ja. Die Pax kommen von einer dieser Welten. Sie haben sich umgesehen und festgestellt, dass ihre Nachbarn in die Steinzeit zurückgeworfen werden, und da haben sie sich gedacht, das ist *unsere* Chance. Sie haben ihre Nachbarn von den gepulsten Welten entführt, sie einer Gehirnwäsche unterzogen, in die Armee eingegliedert und sind losgezogen, um weitere Wesen einer Gehirnwäsche zu unterziehen und weitere gepulste Welten zu plündern. Ein endloser Kreislauf: Pax werden bei dem Versuch, eine Welt zu erobern, getötet, dann ersetzen sie ihre Verluste mit den Besiegten und ziehen weiter zur nächsten Welt.«

»Aber … warum?«, fragte Esa. Sie klang beinahe verzweifelt. Schließlich war es ihre Heimat, die überfallen worden war, bloß eine weitere Episode des endlosen Konflikts, der den Lebensinhalt der Pax ausmachte.

»Weil sie Arschlöcher sind«, antwortete ich. Ich wünschte, ich hätte ihr eine bessere Antwort geben können, aber manchmal lief es eben darauf hinaus: Manche Leute waren eben *gemein* und fanden Mittel und Wege, ihre Gemeinheit weiterzuverbreiten. Die Pax waren in der Umsetzung dieses Konzepts lediglich besonders gründlich.

Doch es gab noch andere Dinge, um die wir uns kümmern mussten; ich tippte auf eines von Schaz' Bedienfeldern. »Scheherazade«, sagte ich. »Wie lange dauert es noch, bis der Hyperantrieb abgekühlt ist?«

»Wir liegen bei fünfundsiebzig Prozent; noch zehn Minuten, vielleicht auch weniger.«

»Na schön.« Ich ging zurück zum Cockpit. »Ihr beide solltet euch besser anschnallen«, sagte ich über die Schulter hinweg. »Wir verlassen dieses gottverlassene System. Bereite dich schon mal darauf vor, dich von deiner Heimatwelt zu verabschieden, Esa – egal, wie es kommt, du wirst nie mehr hierher zurückkehren.«

Sie schluckte, dann nickte sie. Es war nicht einfach, eine ganze Welt hinter sich zu lassen.

Die Predigerin aber war noch nicht bereit, es gut sein zu lassen. »Du *weißt*, wer für den Puls verantwortlich ist«, wiederholte sie. »Sag es mir. Sag es mir *jetzt*.«

Ich fixierte sie. »Sei vorsichtig, Predigerin«, entgegnete ich. »Du bist Gast auf diesem Schiff; du hast mir keine Befehle zu erteilen. Ich habe dir mein Wort gegeben, dich mitzunehmen, und das werde ich auch tun. Aber wenn du mir oder den Legitimierten in irgendeiner Weise drohen solltest, gibt es übergeordnete Verpflichtungen, die gegenüber meinem Versprechen den Vorrang haben.«

Sie lächelte spöttisch, aber nur leicht. »Dann würdest du mich also töten, um zu verhindern, dass ich dich belästige.«

»Ich habe schon Leute aus geringerem Anlass getötet. Und jetzt – schnall dich an«, wiederholte ich. »Wir verschwinden von hier.« Zwei Stufen auf einmal nehmend, stürmte ich die Treppe zum Cockpit hoch und setzte mich auf den Pilotensitz.

Scheiße. Scheiße, Scheiße, Scheiße. Mein verdammtes Plappermaul. Konnte ich die Predigerin nach allem, was ich gesagt hatte, überhaupt von Bord gehen lassen? Wenn ich sie in einer Kolonie der Barischen absetzte, würde sie herumerzählen, was sie von mir erfahren hatte – und die Barischen waren vom Puls besessen wie niemand sonst.

Teilweise lag es an ihrer Langlebigkeit – alle Barischen, die es noch gab, hatten schon gelebt, als es mit dem Puls angefangen hatte –, aber auch daran, dass sie durch den Puls im Grunde genommen obsolet geworden waren, eine evolutionäre Sackgasse. Er hatte sie wie beabsichtigt verschont, doch er hätte sich nicht so weit ausbreiten sollen. Die Barischen selbst waren ungeschoren davongekommen, doch die Fertigungsstätten, in denen sie neue Barische herstellten, waren so gut wie verschwunden. Seit über hundert Jahren hatten sie keine neue »Geburt« mehr verzeichnet. Alle lebenden Barischen hatten bereits vor dem Puls gelebt, *weil* keine neuen Barischen mehr hinzukamen. Und wenn sie starben, gab es keinen Ersatz.

Unbeabsichtigte Konsequenzen sind immer übel.

Scheherazade ließ den Antrieb anlaufen. Ich wandte mich wieder der Karte zu und legte uns eine Route durch das Höhlensystem zurecht. Zufällig gab es ein paar Kilometer weiter oben einen Ausgang. Ich versorgte die Schutzschirme mit ausreichend Energie, um die Felsberührungen zu kompensieren, und legte den ganzen Rest auf die Stealth-Systeme. Irgendwann würden die Pax uns orten – unsere Systeme waren gut, aber da draußen suchten vermutlich hundert Schiffe nach uns –, doch wenn es passierte, wären wir schon auf dem Weg.

Als wir die Höhlen hinter uns ließen, befahl ich Schaz, die Lukenabdeckungen im Wohnbereich zu entfernen, damit Esa aus dem Fenster an der Backbordseite schauen konnte. »Ist das ratsam?«, fragte sie. »Sollten die Pax einen Glückstreffer anbringen …«

»Sie haben uns gerade eben erst geortet, so schnell werden sie uns nicht auf die Pelle rücken«, entgegnete ich. »Lass das Mädchen einen letzten Blick auf ihre Heimat werfen.«

Schaz kam meiner Aufforderung erstaunlich schweigsam nach. Die Pax kamen näher. Uns blieb nicht mehr viel Zeit, doch ich schaffte es, das Schiff so auszurichten, dass Esas Heimatplanet durch das Fenster zu sehen war. Ich dehnte den Moment so lange aus, wie es ging und gab Esa Gelegenheit, sich zu verabschieden, auch wenn sich das nur in ihrem Kopf abspielte. Ich beobachtete sie unauffällig durch die Cockpittür; sie bemerkte es nicht, denn sie war zu sehr damit beschäftigt, die Welt zu betrachten, die sie hinter sich ließ.

Sie streckte die Hand zum Fenster aus; ihre Finger zögerten einen Moment, dann legte sie sie über ihre Heimatwelt, die immer weiter schrumpfte, da wir uns von ihr entfernten. Alles, was sie kannte, befand sich dort unten – jede einzelne Person, die sie je getroffen hatte, mit Ausnahme der Predigerin und mir –, alle Kinder, mit denen sie aufgewachsen war, die Bewohner der kleinen Stadt, in der sie gelebt hatte. Die Guten und die Bösen, sie alle standen jetzt unter der Knute der Pax, und sie war ihnen entwischt. Vermutlich als Einzige. Alle anderen kämpften noch, waren bereits tot oder besiegt.

Sie gab einen leisen Laut von sich, beinahe ein Seufzen; ich schaute zu, so geduldig, wie es mir möglich war. Ich hatte das schon öfter getan, als ich zählen konnte: ein Kind seiner Heimat entrissen, ihm die Sterne gezeigt und es zu überzeugen versucht, alles, was es je gekannt hatte, für ein Leben voller Sinn, voller *Bedeutung* aufzugeben. Ich glaubte immer noch, dass es das alles wert war. Andernfalls hätte ich längst aufgehört, diese Arbeit zu machen. Trotzdem war es nicht leicht, dabei zusehen, wie der Verlust sich in ihren Gesichtern niederschlug.

Schließlich nickte das Mädchen – die Geste war an sie selbst gerichtet, nicht an mich –, und ich wandte mich wieder der

Konsole zu. Ich gab den Kurs ein und aktivierte den Hyperantrieb. Das tiefe Summen der großen Maschine, die das Innere des Schiffs ausfüllte, war nahezu körperlich zu spüren, und dann waren wir unterwegs, hinaus in das Nichts zwischen den Sternen.

ZWEITER AKT

27

Ich lehnte mich im Pilotensitz zurück und beobachtete, wie die Sterne vorbeizogen. Wir hatten die Pax noch nicht abgeschüttelt – dafür würde ein bisschen kreative Navigation nötig sein, denn sie konnten den Vektor unserer Fluchtroute berechnen und das angesteuerte System grob schätzen –, doch zumindest lag die Kampfzone hinter uns, und im Moment bestand keine unmittelbare Gefahr mehr.

Was bedeutete, dass ich mich um meine Passagiere kümmern musste.

Ich schnallte mich los, stand auf und streckte mich. Und gähnte. Es war ein langer Tag gewesen. Ich wollte vor allem schlafen, am liebsten eine ganze Woche lang. Das würde ich auch tun, aber erst später.

Ich ging in den Wohnbereich hinunter, wo mich meine beiden Gäste erwarteten.

»Wir sind im Weltraum«, sagte Esa beinahe ehrfurchtsvoll. »Wir fliegen durch den *Weltraum.*« Man vergisst leicht, wie beeindruckend diese simple Vorstellung für jemanden ist, für den die Raumfahrt eine ferne Erinnerung darstellt, eher ein Mythos als eine Tatsache des alltäglichen Lebens.

»So ist es«, pflichtete ich ihr bei.

»Und zwar mit Stil«, sagte die Predigerin und verzog ein wenig das Gesicht. Wäre sie ein Mensch gewesen, hätte sie wohl die Nase gerümpft. Scheherazades Ausstattung entsprach offenbar nicht ihren Vorlieben. Na und?

Ich muss zugeben, ich hatte Schaz spartanisch eingerichtet, was durch das modulare Design erleichtert wurde: Die meisten Wände ließen sich drehen, dahinter waren Stauraum, Küche, Trainingsraum, Schlafkojen und so weiter untergebracht, sodass gleichzeitig immer nur ein oder zwei Möbelstücke sichtbar waren. Im Moment war dies der zentrale Tisch, dessen Holoprojektor derzeit außer Betrieb war. Die restlichen Möbel waren in den Wänden verstaut.

Der einzige sichtbare persönliche Gegenstand war das lange Einbauregal mit den wenigen Habseligkeiten, die mir etwas bedeuteten – darunter ein Dutzend richtige Bücher aus Papier und mit Einband. Andere Leute mit meinem Beruf zogen eine bequemere Umgebung vor, um ihren Schützlingen die Umgewöhnung zu erleichtern. Das Sanktum selbst jedoch machte auch einen ziemlich spartanischen Eindruck. Es schadete bestimmt nicht, unsere Passagiere darauf einzustimmen.

»Ich dachte, eure Art wüsste den Utilitarismus zu schätzen«, sagte ich zur Barischen und nahm ihr gegenüber am Tisch Platz. Esa saß auf der Tischkante und wirkte immer noch gleichermaßen beeindruckt und geschockt.

»Es gibt einen Unterschied zwischen aufgeräumt und steril«, erwiderte die Predigerin. »Wohnst du nicht in dem Schiff? Wer viel Zeit an einem Ort mit dem Flair einer Gefängniszelle verbringt …«

»Es wäre nett, wenn du nicht über meine Möbel herziehen würdest«, sagte Scheherazade giftig. Offenbar hatte sie eine Abneigung gegen die Predigerin entwickelt, aber wer wollte ihr das verdenken? »Deine Manieren lassen zu wünschen übrig.«

Die Predigerin neigte den Kopf. »Gut. Ihr beide habt mich von dem Planeten geholt, und ich bin mir vollkommen bewusst, dass die Pax mich auseinandergenommen hätten. Für Barische haben sie keine Verwendung; man kann uns nicht so leicht einer Gehirnwäsche unterziehen.« Beides traf einerseits zu, andererseits auch wieder nicht – die Programmierung der Barischen reagierte nicht auf die psychologische Konditionierung der Pax, das stimmte, doch wenn man über die entsprechende Technik verfügte, ließ sich ihre Persönlichkeit völlig umkrempeln. Allerdings kam es dazu nur selten; wenn die Pax eine Barische lebendig gefangen nahmen, zerlegten sie sie für gewöhnlich. Vielleicht ein Relikt aus der Zeit, als die Barischen sich abgesondert hatten.

Die Erwähnung des Schicksals der Pax-Gefangenen holte Esa aus ihren Träumereien. »Was passiert jetzt?«, fragte sie. »Mit meiner Heimat, meine ich?«

»Schwer zu sagen.« Ich zuckte mit den Schultern.

»Nein, das stimmt nicht.« Die Predigerin sah mir in die Augen.

»Auf der Welt herrscht hohe Strahlung; vielleicht ist es ihnen den Aufwand nicht wert.« Ich wollte das Thema in Gegenwart des Mädchens nicht weiter ausführen.

»Du weißt, wie die Pax denken. Sie haben eine Menge Kapital eingesetzt, um Esa zu fangen. Nur weil ihnen das nicht gelungen ist, werden sie wohl kaum ihre Sachen packen und nach Hause fliegen – sie werden den Planeten als Investition betrachten.«

»Würdet ihr bitte aufhören, euch zu streiten und meine Frage beantworten?«, sagte Esa und blickte zwischen uns hin und her. Ihre Stimme bebte, sie klang beinahe verzweifelt. Sie wusste, dass wir ihr etwas *Schlimmes* verschwiegen; sie wusste bloß nicht, *wie* schlimm es war.

Ich seufzte. »Es wird anfangs hart werden«, sagte ich.

»Es wird schlimmer werden«, setzte die Predigerin hinzu.

Ich funkelte sie an, bis sie den Blick abwandte. »Es läuft auf Krieg hinaus, Esa«, sagte ich zu dem Mädchen. »Das ist es, was die Pax machen; das ist das, was ihnen wichtig ist. Ihre *Stärke* unter Beweis zu stellen.«

»Aber … warum?«, fragte sie. »Wir haben … was gibt es denn bei uns? Weizenfelder und … und Farmer und Banditen, nichts Wertvolles …«

»Genau das wollen die Pax, Kleines«, sagte ich. Dass sie es tatschlich auf *sie* abgesehen hatten, ließ ich unerwähnt. Das wusste sie bereits – und sie für all die Schrecken verantwortlich zu machen, die ihre Heimat gerade heimsuchten, hätte nichts gebracht. »Sie wollen die Weizenfelder, klar, aber sie wollen auch die Farmer und die Banditen. Denn wenn sie fertig sind – wenn die Welt befriedet ist und von den Pax kontrolliert wird –, werden diese Leute keine Farmer oder Banditen mehr sein.«

»Sondern einfach nur Pax«, fügte die Predigerin leise hinzu.

»Wollt ihr damit sagen, dass alle, die ich kannte, alle meine Freunde … wollt ihr damit sagen, dass man sie *alle* gewaltsam zu Soldaten machen wird?« Sie schüttelte den Kopf, als würde sie es nicht glauben, als *könnte* sie es nicht glauben, so als wäre es einfach nicht wahr, wenn sie es leugnete. »Du hast gesagt, sie wollten *mich* einer Gehirnwäsche unterziehen. Von *ihnen* war nicht die Rede …«

»Nicht alle.« Die Predigerin zuckte mit den Schultern; ich konnte nicht erkennen, ob ihre Gefühllosigkeit nur vorgetäuscht war, um Esa zu einer bestimmten Reaktion zu veranlassen, oder ob ihr die Menschen, mit denen sie so lange zusammengelebt hatte, tatsächlich gleichgültig waren. »Vielleicht nicht einmal die Mehrheit. Die meisten werden sie versklaven und zwingen, auf den Feldern zu arbeiten, alle sonstigen Arbeiten zu verrichten und natürlich weitere Sklaven zu zeugen. Die kräftigsten werden dann der Armee zugeteilt, und so weiter und so weiter. So läuft es bei den Pax. Alles dient der Armee, die Armee erobert neue Welten, wird größer, breitet sich aus.«

Ich musterte die Barische stirnrunzelnd. »Für jemanden, der seit dem Puls auf einer abgelegenen Welt festgesessen hat, bist du erstaunlich gut informiert«, sagte ich.

»Das habe ich nie gesagt«, meinte sie achselzuckend. »Du bist stillschweigend davon ausgegangen, aber ich habe es nie gesagt. Das ist dein Fehler, nicht meiner.«

»Moment.« Esas Blick wanderte zwischen uns hin und her, als hätte sie soeben etwas begriffen. »Vergesst ... vergesst mal die Sekten und die Pax oder wer auch immer im Moment über die Galaxis herrscht ... Man könnte meinen, ihr ... ihr hättet beide schon gelebt, als der Puls aufgetreten ist. Das war vor über hundert Jahren. Bei dir wundert mich das nicht.« Sie wies mit dem Kinn auf die Predigerin. »Ich weiß, dass ihr Barischen langlebig seid, aber *du* ...« Sie wandte sich mir zu. »Du bist ein Mensch. So wie ich. Wir leben nicht so lange.«

»Früher schon.« Ich zuckte mit den Schultern. »An manchen Orten, die Zugang zu Nanotechnologie und speziellen Behandlungsmethoden haben, ist es noch immer so. Vor dem Puls wurde die Lebenserwartung der meisten Menschen auf das Vier- oder Fünffache verlängert.«

»Na ja, nicht ganz«, warf die Predigerin ein. »Sie *konnten* im günstigsten Fall so lange leben. Aber die meisten wurden nicht so alt, denn die Lieblingsbeschäftigung war damals für die meisten Menschen der Krieg.«

»Wie alt bist du also?«, fragte Esa.

»Ziemlich alt«, sagte ich.

»Das ist keine Antwort.«

Die Predigerin musterte mich von oben bis unten und scannte mich gleichzeitig mit verschiedenen Instrumenten. »Weit über hundertfünfzig«, sagte sie. »Eher um die zweihundert.«

Ich fixierte sie. »Es ist nicht nett, so etwas ohne Einwilligung zu machen, weißt du das?«

»Ja.« Es war offenbar nicht als Entschuldigung gemeint.

»Du bist über hundertfünfzig Jahre alt?« Esa musterte mich mit großen Augen. »Der älteste Mensch, dem ich je begegnet bin, war um die sechzig.«

»Ich habe mich gut gehalten, findest du nicht?«

»Also … ja, schon. Aber solltest du nicht ein bisschen weniger mitgenommen aussehen? Mit diesen tollen medizinischen Behandlungen und überhaupt?«

»Ich glaube, das liegt einfach an ihrem Gesicht.« Die Predigerin lehnte sich lächelnd zurück.

»Wie wär's, wenn ihr beide …«

»Ich störe nur ungern eure faszinierende Unterhaltung«, mischte Scheherazade sich ein, »aber wir nähern uns dem ersten Zwischenstopp, Boss.«

»Tatsächlich?« Esa sprang vom Tisch hinunter. »Bekomme ich jetzt ein anderes Sonnensystem zu sehen?«

»Nicht viel davon«, antwortete ich und wandte mich zum Cockpit. Esa folgte mir wie ein junger Hund einem Speisetablett. »Die Pax jagen uns bestimmt noch immer. Je mehr Systeme wir abklappern, ohne ihnen einen direkten Hinweis auf den Austrittsvektor zu geben, desto schneller werden wir sie los. Wir nähern uns einer unbelebten Ansammlung von … beinahe nichts. Eine Handvoll Gasriesen, keine Felsplaneten – bloß ein paar Dutzend Monde, die keinem Terraforming unterzogen wurden, denn weder die Monde noch die Planeten, die sie umkreisen, haben etwas Interessantes zu bieten.«

»Und inwiefern hilft uns das weiter?«

»Wir landen auf einem der Monde, lassen den Hyperantrieb meines Schiffs ein bisschen abkühlen und starten mit neuem Kurs. Selbst wenn die Pax uns in das System folgen sollten, sind die Aussichten, dass sie uns dort rechtzeitig aufspüren, ziemlich gering.«

Sie schnitt eine Grimasse, während wir uns anschnallten. »Und das ist alles? Nackte Monde, einfach nur rumsitzen? Wie aufregend. Du willst mir wohl jeden Spaß am *interstellaren Raumflug* nehmen, oder?«

Ich grinste. »Ich soll dir was bieten?«, sagte ich und legte die Hand auf die Steuerung des Hyperantriebs. »Hier hast du deine Show.«

Unvermittelt traten wir aus dem Hyperraum aus.

28

Ich hatte gesagt, das System, in das wir nun sprangen, sei *langweilig*, und dazu stand ich auch. Dort gab es nichts Interessantes, nichts, was man gebrauche konnte, bloß einen Haufen wertloser Planeten mit keinerlei Ressourcen. Doch das bedeutete nicht, dass es nicht schön war. Wenn man Gasriesen ausreichend dicht zusammenpackt – und die hier waren einander so nah, dass sie in ein paar Hunderttausend Jahren, nach galaktischem Maßstab ein Wimpernschlag, vermutlich miteinander kollidieren und ihre Umlaufbahnen ändern würden –, ergibt sich ein ausgesprochen hübscher Anblick.

Das lag auch daran, dass sie im sichtbaren Spektrum alle völlig unterschiedliche Farben aufwiesen, kräftig und leuchtend. Uns am nächsten war eine riesige blaue Kugel, in deren Atmosphäre indigofarbene Stürme tobten; gleich dahinter befand sich ein kleinerer orangefarbener Planet, gerade hell genug, um mehrere seiner blauen Monde erkennen zu können, die sich über seiner Oberfläche abzeichneten. Dahinter waren Riesen in verschiedenen Regenbogenfarben aufgereiht, einige sogar mehrfarbig und alle gebadet in das schwache Licht des Zentralgestirns, eines vor langer Zeit zusammengeschrumpften Weißen Zwergs.

Und so war zumindest Esas erster Eindruck eines fremden Sonnensystems sehr bestechend.

»Heilige Mutter«, japste sie.

»Ja, nicht wahr?« Ich grinste und bearbeitete mit Schaz' Hilfe die Kursprojektionen auf den Monitoren. Wenn man nicht durch den Hyperraum fliegt, lassen sich interplanetarische Distanzen mit überlichtschnellem Flug überbrücken, doch es erfordert trotzdem eine Menge Zeit; wir würden die Monde des nächsten Planeten, des großen blauen, ansteuern müssen. Zum Glück wird der Wiedereintrittspunkt nach einem Hyperraumflug in der Nähe eines Himmelskörpers willkürlich festgelegt – den Grund kenne ich nicht, dafür müsste man einen Quantenphysiker fragen –, was bedeutete, dass die Pax nicht wissen konnten, bei welchem Planeten wir herausgekommen waren. Selbst wenn sie unserer Flugbahn von Esas Heimatplanet aus exakt gefolgt wären, würden sie möglicherweise hinter einem völlig anderen Planeten aus dem Hyperraum austreten.

»Cool!«, flüsterte Esa. Sie hatte sich losgeschnallt und schaute aus dem Fenster, drückte sich an der durchsichtigen Cockpitverkleidung beinahe die Nase platt. Sie zeigte aufgeregt auf eine grüne Welt in der Ferne – sie wirkte klein, doch wenn man sie in der Nähe eines Nachbarplaneten mit dem bloßen Auge sehen konnte, musste sie riesig sein. »Und der da hat sogar Ringe!«, staunte sie.

»Ja.« Ich geb's zu, ich spielte den sturen Hund und tat so, als wären mir die Kinder, die ich transportierte, total egal. Das … musste so sein. *Ich* musste so sein. Aber das hier – und es betraf *alle* Kinder von Welten, die auf einen Zustand vor der Verbreitung der Raumfahrt zurückgeworfen worden waren – ging mir jedes Mal nah. Ich wusste nicht, ob ich ihnen ein besseres Leben bot, wirklich nicht. Es war *notwendig*, es war zum Wohle der Galaxis, doch das bedeutete nicht, dass es gut für *sie* war.

Doch eins konnte ich ihnen bieten: Ich konnte ihnen Wunder zeigen, die sie nie zuvor erblickt hatten, Wunder, von denen sie geglaubt hatten, sie wären für sie unerreichbar, vorausgesetzt sie hatten gewusst, dass es solche Dinge überhaupt gab. Es war viele Jahre her, dass ich den Raumflug kennengelernt hatte, meine erste große Liebe. Mitanzusehen, dass sie ganz ähnlich reagierten wie ich damals – das half mir, mich daran zu erinnern, dass die Person, die ich gewesen war, bevor ich zu einer Legitimierten wurde, gar nicht *so* schlecht gewesen war.

»Ja, das ist sehr hübsch«, sagte die Predigerin, als sie in die Kabine trat. »Wie lange werden wir in dem System bleiben?«

»Der Hyperantrieb braucht eine knappe Stunde zum Runterkühlen«, antwortete ich achselzuckend.

»Es könnte gut sein, dass die Pax vorher eintreffen.«

»Das *könnte* sein, muss aber nicht. Sie werden uns jedoch nicht finden; noch ehe sie ein Sensorgitter eingerichtet, geschweige denn mit der Suche angefangen haben, werden wir längst weg sein. Selbst wenn es ihnen gelingen sollte, unsere Flugbahn zu verfolgen, hätten wir unseren Vorsprung vergrößert – sie müssen ebenfalls ihren Antrieb abkühlen lassen. Einer interstellaren Verfolgung zu entgehen, ist nicht einfach, aber auch nicht besonders schwierig. Hauptsache, man verfügt über ein geeignetes Raumschiff. Und das tun wir.« Ich tätschelte liebevoll Schaz' Konsole.

»Dieses Raumschiff ist wirklich eindrucksvoll«, räumte die Predigerin ein und schaute sich um – die netteste Bemerkung, die sie bislang über Schaz gemacht hatte. »Vielseitig, einsatzfähig in verschiedenen Gravitationssenken und im Weltraum, geeignet für Fernflüge – was angesichts seiner Größe bemerkenswert ist –, sowie kampftauglich. So etwas habe ich noch nicht gesehen, das muss ich zugeben.«

Sie gab sich Mühe, das musste ich ihr lassen. Schaz' Tonfall aber war ihr gegenüber so kühl wie eh und je. »Es wäre mir lieb, wenn du mich als Sie und nicht als Es bezeichnen würdest.«

Der Anflug eines Lächelns zeichnete sich auf dem Gesicht der Predigerin ab. »Ich bitte um Verzeihung.«

»Moment mal.« Esa war verwirrt. »Wenn du eine Sie bist, weshalb klingt deine Stimme dann männlich?«

Ich seufzte. Ich konnte nachvollziehen, weshalb sie die Frage stellte, doch da ich mir auf dem ganzen Flug vom Sanktum bis hierher Schaz' Klagen über diesen Umstand hatte anhören müssen, war ich nicht sonderlich erpicht auf ihre Antwort. »Weil unser Leben kompliziert ist«, kam ich Schaz zuvor.

»Und weil JackDoes ein Arschloch ist.« Sie konnte es einfach nicht lassen.

»Auch deshalb. Setz uns auf dem nächsten Mond ab, wärst du so nett, Schaz?« Ich zeigte auf einen der Himmelskörper, die auf dem Display angezeigt wurden. »Dann sind wir zumindest gut versteckt, wenn die Pax auftauchen sollten.«

»Gut.« Esa schaute mich an. »Die Pax. Ich war noch nicht fertig mit meinen Fragen.«

»Okay.« Ich nickte und stand auf. »Aber es gibt keinen Grund, weshalb wir diese Unterhaltung im Cockpit führen müssten.« Ich ging zurück in den Wohnbereich, ohne abzuwarten, ob sie mir folgen würden. Esa zögerte einen Moment, während sie ihren Blick auf den im Fenster anschwellenden Mond richtete. Dann kam sie mir nach.

»Nun«, sagte ich und setzte mich. »Was willst du wissen?«

29

»Du und die Predigerin – ihr wisst, wer sie sind«, setzte sie an. »Und ihr beide wisst anscheinend auch, weshalb sie mich gefangen nehmen wollen. Anscheinend bin ich die Einzige hier, die im Dunkeln tappt.«

»Okay«, sagte ich und schaltete den Holoprojektor in der Mitte des Tisches ein; im Raum wurde es hell. »Schaz? Zeig mal einen typischen Pax-Soldaten.« Das Diagramm – sich überlagernde Darstellungen von Rüstung und Bewaffnung verschiedener Spezies – wurde scharf und schwebte mitten im Raum.

»Ich weiß, wie sie aussehen«, sagte Esa. Ich glaube, sie wollte verärgert klingen, betrachtete aber die Holoprojektion nahezu ehrfürchtig. So etwas hatte sie noch nie gesehen.

Schließlich riss sie den Blick von dem leuchtenden Modell los. »Ich will wissen, wer sie *sind.*«

»Aber ihr Aussehen sagt doch schon alles«, erwiderte ich. »Darum geht es bei der Rüstung. Sie lässt keine Rückschlüsse auf irgendwelche Merkmale zu; man kann nicht erkennen, welche Spezies welchen Geschlechts sich darunter verbirgt. So fingen die Pax an. Uniformität als Lebenszweck; Uniformität als verbindendes Element. Für eine bestimmte Art von Persönlichkeit ist dieses Konzept … verführerisch.«

»Und nicht das schlechteste Ziel«, sagte die Predigerin, als sie aus dem Cockpit kam.

Ich nickte zustimmend. »Sich von der Person, die man ist, und seiner Herkunft zu trennen und sich nur noch auf der Basis seiner eigenen Verdienste beurteilen zu lassen. Wie ich schon sagte – das hat seinen Reiz. Um Pax zu sein, braucht man nur Pax zu *sein*. Ganz egal, wo man herkommt; solange man ihren Überzeugungen folgt, ist alles andere bedeutungslos. Und man bekommt eine Bestimmung. Etwas, das viele nicht hatten, bevor sie sich den Pax angeschlossen haben.«

»Und was ist das für eine Überzeugung?«, fragte Esa. »Welche *Bestimmung* haben sie zu bieten?«

»Macht geht vor Recht«, antwortete ich knapp. »Das ist es; das ist alles. Alle anderen Überzeugungen, denen sie anhängen, leiten sich davon ab. Sie glauben, dass in einem gerechten Universum die Schwachen abhängig von den Starken sind, während die Starken die Schwachen ausplündern, um stärker zu werden. Bist du ein Soldat, dann kämpfst du, um zu beweisen, dass du den Sieg *verdient* hast. Bist du kein Soldat und kannst nicht kämpfen, dann bist du ein Sklave, der den anderen dient.«

»Das mit dem ›Verdienen‹ ist der Grund, weshalb die Pax … so lästig sind«, sagte die Predigerin mit typisch barischem Understatement.

»Das mit der Sklaverei aber auch«, warf Schaz säuerlich ein.

»Und das sagt eine Gefesselte.« Die Predigerin tat den Einwurf meines Schiffes mit einer Handbewegung ab; ich funkelte sie an, sagte aber nichts. »Die Pax glauben, die Starken seien *moralisch verpflichtet,* zu kämpfen und noch stärker zu werden«, sagte die Predigerin an Esa gewandt, »und die Schwachen seien verpflichtet, den Starken, von denen sie beschützt werden, zu dienen.«

»Und deshalb wollen sie dich haben«, sagte ich. »Du bist stark. Deshalb sind sie verpflichtet, sich entweder deine Stärke einzuverleiben – oder dich zu töten. Was du willst oder nicht willst, spielt keine Rolle.«

»Aber ich bin nicht … ich bin nicht *stark*«, protestierte sie. »Ich weiß nicht, wie man kämpft. Ich … ich habe zugesehen, wie ihr beide den Turm verteidigt habt, und mich im Bunker verkrochen.« Sie klang beinahe verbittert. »Ich habe mich so dermaßen *gefürchtet*.«

»Das ist ganz natürlich, Kleine – ich würde mir Sorgen machen, wenn du keine Angst gehabt hättest. Aber die Pax verstehen es, mit der Angst ihrer Soldaten umzugehen. Sie löschen sie aus, zusammen mit fast allem anderen, was ihnen gegen den Strich geht. Hätten sie das auch mit dir getan, wärst du auf jedem Schlachtfeld eine unschlagbare Waffe. Glaub mir – ich habe gesehen, was passiert, wenn sie jemanden mit deinen Fähigkeiten in die Finger bekommen. Das ist kein schöner Anblick. Weder für das Kind mit den paranormalen Gaben noch für diejenigen, die ihm im Weg stehen.«

»Dann ist das also der andere Teil deines Jobs«, sagte die Predigerin. »Deshalb bist du mehr Soldat als Diplomat. Du spürst nicht nur im Auftrag der Legitimierten die paranormal begabten Kinder auf und wirbst sie an. Du kümmerst dich auch um die Kinder, die … in etwas hineingeraten. Sorgst dafür, dass sie nicht in Waffen verwandelt werden. In Waffen, die man gegen euch wenden könnte.«

»Ich tue, was ich tun muss.« Mehr wollte ich in Esas Anwesenheit nicht sagen. Und auch in der Anwesenheit der Predigerin nicht. Es ging sie nichts an.

Ich wandte mich wieder dem Mädchen zu. »Was die Pax angeht«, sagte ich, »ist die Sache eindeutig: Du bist stark, und wenn du diese Stärke nicht für dein eigenes Wohl einsetzt, haben sie die moralische Verpflichtung, dafür zu sorgen, dass du entweder ausgelöscht oder indoktriniert wirst.«

»Deshalb wollen sie nicht, dass du dich *ihrer* Sekte anschließt.« Die Predigerin nickte in meine Richtung. »Aus Sicht der Pax haben sich die Legitimierten bereits mehrfach des moralischen Versagens schuldig gemacht – sie setzen ihre Stärke nicht ein, um andere zu unterdrücken, sondern agieren lieber im Verborgenen, hinter den Kulissen, indem sie Einfluss auf den Gang der Ereignisse nehmen, anstatt direkt einzugreifen …«

»… und zwar zum Wohle aller Beteiligten und nicht nur im Interesse der Legitimierten«, fügte ich hinzu.

»Zumindest seht ihr das so«, räumte die Predigerin ein. »Zuzulassen, dass du dich den Legitimierten anschließt, anstatt dich vorher zu töten: Das wäre in den Augen der Pax ein Fehler. Es hieße, dir zu erlauben, stärker zu werden, obwohl sie es hätten verhindern können.«

»Aber … sie wollen mich noch immer gefangen nehmen«, sagte Esa, die versuchte, all diese ungewohnten Konzepte zu verstehen. »Wenn sie nur beweisen wollen, dass sie *stärker* sind als ich …«

»Ihnen wäre es lieber, wenn sie sich deine Stärke nutzbar machen könnten«, sagte ich. »Die Starken sollen jede Gelegenheit nutzen, um noch stärker zu werden – auch das gehört zu den Grundüberzeugungen der Pax. Wenn sie dich töten müssen, um zu verhindern, dass du dich den Legitimierten anschließt, werden sie das tun, aber die perfekte Lösung wäre für sie, dich in ihre Reihen einzugliedern. Dir … die Galaxis zu zeigen. So wie sie sie sehen.«

Ihre Augen weiteten sich ein wenig; ich glaube, sie wusste, was ich meinte, oder ahnte es zumindest. Trotzdem musste sie nachhaken. »Und wenn sie sie mir nicht … ›zeigen‹ könnten?«

»Das könnten sie. Jeder hat seine Belastungsgrenze, meine Kleine. Jeder.«

»Aber wenn nicht …«

»Wenn es ihnen nicht gelänge, würden sie das Gleiche tun, als wenn sie dich töten würden; sie würden dich sezieren, dich aufschneiden und deine Gaben untersuchen, im Hinblick darauf, sie zu reproduzieren. Das ist zwar unmöglich, doch das wissen sie nicht.«

»Und du weißt es?«, sagte die Predigerin. Sie hatte Esa beobachtet, hatte ihre Reaktionen eingeschätzt, doch jetzt richtete sie ihre Aufmerksamkeit auf mich. Sie fand diese Information interessant, zurückhaltend formuliert – ob das an der Information lag oder an der Tatsache, dass ich es wusste, konnte ich nicht sagen.

»Ja«, antwortete ich knapp und erwiderte ihren Blick. »Die Legitimierten wissen mehr über die begabten Kinder als jeder andere in der Galaxis, Predigerin. Wir studieren sie schon seit sehr langer Zeit. Aber das ist der springende Punkt, Kleine.« Ich wandte mich wieder dem Mädchen zu. »Wir *wissen*, dass die Pax deine Gaben nicht reproduzieren können – sie nicht. Dass sie mehrere paranormal begabte Kinder bei dem Versuch getötet haben, bedeutet nicht, dass sie bereit sind, den Versuch aufzugeben. Das Ziel ist einfach zu verlockend. Bei der Vorstellung, dass du an der Spitze eines Pax-Bataillons stehen könntest, läuft ihnen das Wasser im Mund zusammen; würden dem Bataillon *ausschließlich* Pax mit deinen Fähigkeiten angehören, könnte keine Armee es aufhalten. Das wäre die ultimative Stärke.«

»Dann wollen die Pax mich also einfach nur benutzen. Auf welche Art auch immer.«

»Ja«, sagte ich.

»Aber die Legitimierten auch. Um eine Mauer zu errichten.«

»Ja.« Ich konnte ihr nicht widersprechen. Die Predigerin hob eine metallene Augenbraue; ich starrte sie an, bis sie den Blick abwandte. Sie hatte erwartet, dass ich lügen würde. »Und wir würden dich ausbilden«, sagte ich, während ich weiter die Predigerin ansah. »Damit du deine Gaben zum Wohle der Galaxis einsetzen kannst – zum Wohle *aller*, nicht nur zu deinem eigenen.«

»Warst du schon immer eine Legitimierte?« Die Frage überraschte mich; ich schaute wieder das Mädchen an. Sie war klug, das musste ich ihr lassen.

»Nein.« Ich schüttelte den Kopf. »Das war ich nicht.«

»Dann wurdest du also angeworben, wie ich. Und man hat dich ausgebildet. Zum Kämpfen und zum Fliegen.«

»Nein, das haben sie nicht getan.« Der Einwurf kam von der Predigerin, und jetzt war es an mir, sie fragend zu mustern. Sie zuckte mit den Schultern. »Ich habe gesehen, wie die Legitimierten kämpfen und wie sie fliegen«, sagte sie. »Sie sind gut, aber ihre Techniken sind ein wenig … konservativ.« Ich hatte den Eindruck, dass sie sich bemühte, diplomatisch zu sein. »Was immer du bist und wo du deine Fähigkeiten erworben haben magst, *konservativ* ist jedenfalls nicht die passende Charakterisierung.«

»Da liegst du nicht falsch«, räumte ich ein.

»Das heißt, du warst mal etwas anderes. Vor dem Puls.«

»Wir *alle* waren etwas anderes vor dem Puls«, rief ich ihr in Erinnerung.

»Daran werde ich mich nie gewöhnen«, murmelte Esa. »Es ist hundert Jahre her, und ihr beide erinnert euch dennoch an die guten alten Zeiten.«

»Eigentlich waren sie das nicht«, sagte ich.

»Ich meine … du weißt, was ich meine. Abseits des Krieges. Hast du da kämpfen gelernt? Und fliegen?«

»Kann man so sagen. Die Pax glauben, dass die Starken töten sollen, sonst sind sie ihrer Stärke nicht würdig. Ich bin mit einem viel einfacheren Kodex aufgewachsen.«

»Und was für ein Kodex war das?« Die Predigerin hatte die Frage gestellt, nicht Esa.

»Töte, oder du stirbst«, antwortete ich mit ruhiger Stimme. »So lief es damals auf den Welten. Daran wirst du dich bestimmt erinnern.« Die Pax hielten sich für etwas Besseres, doch das waren sie nicht – aber sie waren auch nicht schlechter als andere. Nicht schlechter als das, was vor ihnen gewesen war.

Und das hatte mich geprägt.

30

Zum Glück blieben mir weitere Fragen zu den Legitimierten – oder den Sektenkriegen – erspart, denn Schaz rief mich ins Cockpit; ich überließ die Predigerin und Esa ihrer Unterhaltung und stieg die Treppe hoch.

»Was ist los?«, fragte ich und nahm am Steuer Platz.

»Entschuldige die Störung, Boss«, erwiderte sie, »aber ich habe einen merkwürdigen Funkspruch aufgefangen, den du dir mal anhören solltest – kam gerade eben über einen verschlüsselten Kanal herein.«

Ich nahm an, dass die Predigerin jedes Wort mitbekam, das an Bord gesprochen wurde; trotzdem schloss ich die Cockpittür, dann signalisierte ich Schaz mit einem Kopfnicken, die Aufzeichnung zu starten. Wenn die Predigerin es wollte, würde sie mithören, aber wenigstens Esa würde das nicht tun.

Scheherazades Lautsprecher knackten. Die Nachricht war stark gestört und kaum verständlich, und sie wiederholte sich. Sie hörte sich ungefähr so an: »... spricht Marus Lonus ... wurde von ... ax-Kräften angeg ..., sie sind ... lich aufgetaucht. Mein ... iff ist ... ädigt ... unwichtig. Ich habe lebenswich ... tion für Sankt ... zu riskant ... ber verschlüsselt ... Kanal. Meine Koordi ... bettet in die Nach ... schnell, Zeit ... äuft ab.«

Ich lehnte mich zurück und fluchte leise.

Die Nachricht stammte von Marus Lonustan, einem Tyll, den ich gut kannte – er war wie ich ein Agent des Sanktums. Allerdings hatte er eine andere Aufgabe; ich suchte nach begabten Kindern, er nach Informationen. Ein anderer Agent mit ähnlichem Aufgabengebiet hatte mich auf Esa aufmerksam gemacht.

Der Inhalt der Nachricht war ziemlich eindeutig: Er war von Pax angegriffen worden und entkommen, doch sein Schiff war beschädigt, und er brauchte Hilfe. Er hatte gesagt, er verfüge über wichtige Informationen für das Sanktum, die er jedoch aus Sicherheitsgründen nicht mal über die verschlüsselten Kanäle des Sanktums zu übermitteln wagte. Was nachvollziehbar war, denn Agenten neigten zur Paranoia.

Der Zeitpunkt des Funkspruchs machte mich allerdings hellhörig; was ich Esa gesagt hatte, entsprach der Wahrheit, die Pax waren tatsächlich nicht überall in der Galaxis zu finden. Sie stellten nicht einmal eine besonders große Gefahr dar. Selbst in der Nähe ihrer Heimatsysteme – von denen wir gar nicht so weit entfernt waren – war unser Risiko, auf Pax zu treffen, eher gering, und das galt auch für Marus auf seiner eigenen Mission. Mein Mentor bei den Legitimierten hatte mir einmal gesagt, Zufälle gebe es nicht, nur Gottes Willen und den des Menschen. Ich glaubte nicht an seinen Gott, doch ich glaubte an den Willen des Menschen und den der Pax. Sie führten irgendetwas im Schilde.

»Der Funkspruch ist gestört«, sagte ich zu Schaz, als ich mir die Nachricht erneut anhörte. »Lässt sich erkennen, wie oft die Nachricht bereits wiederholt wurde?«

»Ironischerweise ist der letzte Teil der Nachricht, der darüber Aufschluss geben könnte, der Fragmentierung zum Opfer gefallen. Ich würde sagen, mindestens einige Tausend Mal.«

»Die Dauer beträgt … nicht ganz eine Minute.« Ich ließ im HUD einen Timer mitlaufen. »Wenn sie mehrere Tausend Mal gesendet wurde, heißt das, der Vorfall hat sich vor mindestens einem Tag ereignet, wenn man die Ausbreitungszeit des Signals außer Acht lässt.« Der überlichtschnelle Funkverkehr ist eine komplizierte Angelegenheit. Man kann Nachrichten überlichtschnell übermitteln, doch im Unterschied zu Raumschiffen, die im Hyperraum jederzeit beschleunigen können, breiten Funksignale sich mit konstanter Geschwindigkeit aus. Will man jemandem eine dringende Nachricht schicken, vertraut man sie deshalb besser einem Boten mit einem schnellen Schiff an, als sie per Funk zu übermitteln. Marus allerdings hatte wohl keine Wahl gehabt.

Eine böse Vorahnung machte sich in mir breit – was immer da los war, es hatte nichts Gutes zu bedeuten. Es würde *Ärger* geben, und zwar mehr, als wir vertragen konnten. Wir hatten schließlich auch so schon genug davon.

Aber Marus war ein Freund.

»Filtere die Koordinaten heraus«, wies ich Schaz an. »Wir fliegen hin. Er ist ein Legitimierter; er gehört zu uns. Wie lange noch, bis der Hyperantrieb einsatzbereit ist?«

»Ist startklar.«

»Berechne den Kurs. Ich möchte, dass wir hier weg sind, bevor *unsere* Pax auftauchen – wir wollen schließlich nicht noch eine weitere Gruppe von Kriegsschiffen auf ihn hetzen.«

31

Als Schaz die Berechnungen abgeschlossen hatte, ließ ich den Antrieb warmlaufen. »Auf dem Bildschirm werden mehrere andere Vektoren angezeigt, Boss.«

»Gute Arbeit.« Ich hatte den Start bereits eingeleitet. Das Schiff stieg langsam aus dem Krater auf, in dem Schaz uns abgesetzt hatte, dicht unterhalb der Oberfläche des blassblauen Mondes. Während das Schiff sich aus der lunaren Gravitationssenke löste, schaute ich mir die Flugoptionen an, die Schaz auf den Bildschirm gelegt hatte, und verschaffte mir einen Überblick über die Systeme, die wir durchfliegen mussten, um zu Marus' Position zu gelangen.

»Das ist unser Vektor«, murmelte ich vor mich hin, als ich mich entschieden hatte. Auf dieser Route kamen wir durch keine besiedelten Systeme, andererseits brachte sie auch keinen großen Umweg mit sich. Allerdings würde es eine Weile dauern – etwa zehn Stunden –, bis wir ihn erreichten. Hoffentlich hielt er so lange durch. Große Sorgen machte ich mir nicht; Marus war ein schlauer Fuchs.

Gerade als ich den Hyperantrieb einschalten wollte, plärrten Schaz' Scanner los: Pax-Schiffe. Sie waren auf der anderen Seite des Systems herausgekommen – zu weit entfernt, um unsere

Fluchtroute bestimmen zu können. Sie würden feststellen, dass wir hier gewesen und weitergeflogen waren – vermutlich gaben ihre Sensoren gerade ebenso lautstark Alarm wie die unseren –, doch die Richtung, in die wir flogen, konnten sie nur erahnen. Das hieß nicht, dass sie uns nicht folgen könnten, doch die Galaxis war groß, und je weiter wir flogen, desto größer wurde die Wahrscheinlichkeit, dass wir sie abschütteln konnten.

Dann setzte der Hyperantrieb ein, und das wunderschöne, unbewohnte Sonnensystem verblasste.

Ich entriegelte die Tür und ging wieder in den Wohnbereich; die Dusche lief, und Esa hielt sich darin auf, doch die Predigerin erwartete mich bereits. Wortlos schaute sie mich an. Ich spürte, dass sie meinen Gesichtsausdruck analysierte, während sich in ihrem Kopf Fragen formten.

Ich seufzte innerlich und eröffnete die Unterhaltung, die sie führen wollte. »Ja?«, sagte ich.

»Du hast einen Funkspruch aufgefangen.«

»Du hast gelauscht.«

»Nein. Die luftdichte Cockpitversiegelung ist ziemlich wirkungsvoll.« Sie wirkte geradezu verärgert. »Aber ich weiß, dass du eine Funknachricht empfangen hast.«

»Wir müssen einen Zwischenstopp einlegen. Ein Agent der Legitimierten ist in Gefahr.«

»Dürfte ich fragen, von wem die Gefahr ausgeht?«

»Das brauchst du nicht – du weißt es bereits.«

»Von den Pax.«

»Von den Pax.« Ich nickte.

Sie musterte mich noch einen Moment lang, dann wechselte sie das Thema so abrupt, dass ich Mühe hatte mitzuhalten – was sie vermutlich beabsichtigt hatte. »Als wir uns begegnet sind«, sagte sie, »hast mich nach Esa gefragt und gesagt, sie sei um die Zeit herum gezeugt worden, als der Meteoritenschauer zu beobachten war.« Sie legte den Kopf schief, als erwarte sie eine Antwort.

»Du willst wissen, inwiefern das relevant ist«, sagte ich.

»Ja.«

»Kam dir der Meteoritenschauer nicht merkwürdig vor?«

»Ich war keine Astrophysikerin, auch nicht vor dem Puls.« Aber sie war etwas Ähnliches gewesen; darauf hätte ich meine letzten paar Möbelstücke verwettet. Die Art und Weise, wie sie über Wissenschaft redete, war verräterisch. »Das Ereignis hat damals bei der Bevölkerung reges Interesse ausgelöst«, fuhr sie fort, »denn auf ihrer Welt treten Meteoritenschauer nicht besonders häufig auf. Aber wir Barischen wissen auch nicht alles; in diesem Punkt irrt die öffentliche Meinung.« Diese Aussage wurde vom Anflug eines Lächelns begleitet.

»Das Interesse war gerechtfertigt, denn es war kein Meteoritenschauer. Dieses Phänomen kenne ich von anderen Welten; die Pulsstrahlung sinkt bei ihrem Eintreffen immer zur Oberfläche ab, dann arbeitet sie sich allmählich wieder nach oben vor. Es war die Strahlung, die die letzten im Orbit befindlichen Satelliten gegrillt und zum Absturz gebracht hat. Die meisten Leute hatten vergessen, dass sie dort oben waren, und haben das Ereignis deshalb als Meteoritenschauer gedeutet.«

»Nichts davon ist relevant.«

»Es geht einher mit einem Strahlungsanstieg an der Oberfläche; wenn sie auf die obere Atmosphäre trifft, schwächt sie sich wieder ab. Am Boden bekommt man davon nichts mit – es ist keine *andere* Strahlung, sondern das gleiche Zeug, das die ganze übrige Technik blockiert, die seit hundert Jahren nicht mehr funktioniert, bloß mehr davon. Auf anderen Welten aber habe ich erlebt, dass der Anstieg mit der Zeugung paranormal begabter Kinder korrespondiert, die …«

»Können wir vielleicht über etwas anderes als meine Zeugung

sprechen?«, sagte Esa, die sich zu uns gesellt hatte und gerade ihr Haar trocknete. »Das ist irgendwie … komisch.« Sie trug noch immer die abgerissenen, schmutzigen Sachen von ihrer Heimatwelt, die bei unseren kleinen Abenteuern noch mehr gelitten hatten. Ich würde ihr neue geben müssen.

»Du hast deine Eltern nie kennengelernt«, rief die Predigerin ihr in Erinnerung.

»Das … weißt du doch. Das Waisenhaus … schon vergessen? Es ist nicht so, als wären sie auf Urlaub gewesen oder so.«

»Ja, ich weiß, aber wieso stört es dich, über deine Zeugung zu sprechen, wenn du die Personen nicht kennst, die an dem physischen Akt beteiligt waren? Das ist bloß ein *Akt,* Esa, und kein …«

Sie hob die Hand. »Ja, schon gut. Wir brauchen wirklich nicht darüber reden. Können wir wieder über die Pax sprechen? Sogar das Thema Gehirnwäsche ist besser.«

Die Predigerin schüttelte den Kopf. »Ihr Organiker seid so … *besessen* vom physischen Akt der Fortpflanzung. Das wirkt sich auf fast alle eure geistigen Prozesse aus; wusstet ihr das? Und die Menschen sind die schlimmsten – die Tyll oder die Wulfer sind nur ein paar Monate im Jahr empfängnisbereit. Die Menschen beschäftigen sich *ständig* mit der Fortpflanzung …«

»Sagt das Wesen, dessen Verständnis von Sex meines Wissens nach auf komplexen KI-Algorithmen beruht«, bemerkte ich.

»Ich sag's nur ungern, aber sie hat in der Sache nicht unrecht«, erklärte Schaz zerknirscht. »Ich habe selbst beobachtet, dass deine Verhaltensmuster sich dramatisch verändern, wenn du mehrere Monate lang keinen Koitus vollzogen hast …«

»Schon gut, Esa hat recht.« Ich hob die Hand. »Das Thema wurde erschöpfend behandelt.«

»Jeder hat mal eine Durststrecke, Darling.« Schaz hatte das vermutlich tröstend gemeint. Ihr neuer Oberklassen-Tyll-Akzent aber war wenig hilfreich.

»So, Thema beendet«, sagte ich, an die Allgemeinheit gerichtet. »Uns bleiben zehn Stunden, um Marus zu erreichen – der Kurs, den Schaz und ich ausgerechnet haben, führt uns durch drei verschiedene Systeme, alle im günstigsten Fall nur schwach besiedelt. Das heißt, wenn nichts schiefgeht, sollten wir bis zum Ziel auf keine Schwierigkeiten stoßen, und *das* wiederum heißt, ich werde jetzt duschen, und dann lege ich mich schlafen. Ihr beide könnt ja aufbleiben und quatschen wie zwei Teenager …«

»Ich *bin* ein Teenager«, saget Esa mit einer gewissen Schärfe.

»Ja, gut.« Ich trat in die Dusche und schloss hinter mir die Tür, bevor jemand etwas erwidern konnte. Informationen zu teilen, ist – in Maßen – schön und gut, aber mein Sexleben geht nur mich etwas an.

32

Ich schlief sieben Stunden lang, immerhin. Ich weiß nicht, wie Schaz, die Predigerin und Esa sich in der Zwischenzeit amüsierten, und es war mir auch egal: Ich brauchte Ruhe. Esa ging es genauso – als ich erwachte, war sie auf dem oberen Bett eingenickt. Die Predigerin saß am Tisch und »meditierte«; ich ließ sie in Ruhe, schenkte mir in der kleinen Küche einen Kaffee ein – Schaz hielt ständig welchen bereit, wenn ich an Bord war –, ging ins Cockpit und schloss die Tür, um Esa und die Barische nicht zu stören.

»Gibt's was Neues?«, fragte ich Scheherazade und setzte den Kaffeebecher auf der Instrumentenkonsole ab, um ihn ein wenig abkühlen zu lassen. Ich liebe Kaffee, aber ich trinke ihn ungern kochend heiß oder vermeide es jedenfalls, wenn es geht. Eine Angewohnheit, die aus der Zeit stammt, als ich in Kriegszonen mit lauwarmen Resten Vorlieb nehmen musste. Das mache ich so häufig – den Becher an einer bestimmten Stelle der Konsole abstellen, meine ich –, dass Schaz sich schon über die Ringe beklagt hat, die auf der Metalloberfläche zurückbleiben. In der Beziehung ist sie ausgesprochen eigen.

»Wir haben bislang zwei Systeme durchflogen«, sagte sie, »ohne auf etwas Interessantes gestoßen zu sein. Als Nächstes kommt ein System mit einer Welt, die beinahe so weit zurückgeworfen wurde wie Esas Heimatplanet – mit etwas Glück können wir die Pax glauben machen, wir seien aus irgendeinem Grund dort gelandet.«

»Dann haben wir sie also noch nicht abgeschüttelt.«

»Tut mir leid, damit hätte ich anfangen sollen. Wir haben sie noch nicht abgeschüttelt.« Ich verdrehte die Augen und nippte versuchsweise am Kaffee: noch immer zu heiß. »Sie tauchen immer genau in dem Moment auf, wenn wir starten. Ich weiß nicht, ob das Zufall ist, oder ob sie uns die ganze Flotte hinterhergeschickt haben, in jedem System einen Zwischenstopp einlegen und die Schiffe auf alle möglichen Vektoren aufteilen. Wie auch immer …«

»Wenn sie uns bis zu Marus' Position folgen sollten, haben wir ein Problem. Er hat gesagt, er sei bereits auf Pax gestoßen – was immer ihm das Leben schwermacht, es hat mit ihnen zu tun.« Da war er wieder, der Zufall, an den ich nicht glaubte. »Ich bezweifle, dass er es uns danken würde, wenn wir bei dem Versuch, ihn zu retten, eine ganze Pax-Flotte mitbringen.«

»Ja, das wäre eine zweifelhafte Form von Rettung.«

»Spiel den Funkspruch noch mal ab.«

Das tat sie; diesmal war er verständlicher, möglicherweise deshalb, weil wir dem Ursprung des Signals näher gekommen waren. »Eine lebenswichtige Information für das Sanktum.« Ich dachte über die Formulierung nach, die Marus gebraucht hatte. »Nicht ›lebenswichtig für die Legitimierten‹, nicht ›lebenswichtig für die Galaxis‹, sondern lebenswichtig für das Sanktum selbst.«

»Du weißt doch, wie Agenten sind«, sagte Schaz mit dem stimmlichen Äquivalent eines Achselzuckens. »Sie halten alles für lebenswichtig, insbesondere die Nacht-und-Nebel-Typen.«

Ich lehnte mich zurück und schaute zu, wie das Sternenfeld vorbeischwirrte. Der Flug mit dem Hyperantrieb kann bisweilen lähmend langweilig sein, besonders auf weiten Strecken, doch die Aussicht nutzt sich niemals ab. Daran gibt es nichts zu rütteln.

Schließlich tauchte Esa auf, und dann folgte ihr auch die Predigerin. Jetzt, da alle wieder wach waren, gab es keinen Grund mehr, uns im Cockpit zu drängeln, deshalb zogen wir in den Wohnbereich um.

Lange Raumflüge können tatsächlich ziemlich langweilig sein; Esa bombardierte mich die meiste Zeit über mit Fragen über das Leben im Sanktum – meine Antworten bewegten sich zwischen den Polen »das Wenige, das ich wusste«, da ich nur wenig Zeit im Sanktum verbrachte, und »was der Rat ihr mitzuteilen für ratsam halten würde« – und das Universum im Allgemeinen.

Die Predigerin hatte keine Hemmungen, meine Antworten zum zweiten Themenkomplex zu kommentieren, eine weitere Bestätigung für meine Vermutung, dass sie für eine Barische ausgesprochen gut informiert war, vor allem was den Puls anging. Bislang hatte ich sie noch nicht gefragt, *wie* und *warum* sie auf Esas Heimatwelt gelandet war, doch ich bezweifelte, dass sie mir offen darauf antworten würde; selbst für eine Barische war sie ausgesprochen verschlossen.

Ich bezweifelte, dass es dafür eine einfache Erklärung gab wie zum Beispiel einen Absturz; wäre dies der Fall gewesen, hätte sie es mir erzählt. Ehrlich gesagt wunderte es mich, dass sie mir diese Version nicht vorgelogen hatte, und sei es auch nur deshalb, um mich von der richtigen Fährte abzubringen.

Die gute Nachricht war, dass wir endlich in einem System Halt machten, in dem die Pax nicht gleich auftauchten, als wir uns wieder zum Weiterflug bereit machten. Ich wusste nicht, ob wir sie endgültig abgeschüttelt hatten, doch wenigstens hatten wir den Abstand stetig vergrößert. Die schlechte Nachricht war, dass dies der *letzte* Zwischenstopp vor dem Erreichen von Marus' Koordinaten war – was immer ihm zugestoßen sein mochte, wir mussten uns für den Fall, dass die Pax uns noch immer auf den Fersen waren, beeilen, sein Problem zu lösen. Mir wäre es lieber gewesen, ein oder zwei – oder besser noch ein halbes Dutzend – Systeme Abstand zu den Pax zu haben, wenn wir den Ursprung von Marus' Funkspruch erreichten.

»Du machst dir Sorgen um deinen Freund«, sagte Esa, die mich beobachtete, als ich unsere Koordinaten bestätigte.

»Ich mache mir Sorgen wegen eventueller Komplikationen«, erwiderte ich. »Ich mag keine Komplikationen. Meine Aufgabe ist es, dich ins Sanktum zu bringen; mehr nicht. Alles andere, auch wenn es notwendig sein mag, hindert mich daran.«

»Du nimmst deinen Job sehr ernst, nicht wahr?«

»Allerdings. Deshalb bist du noch am Leben.«

»Begriffen.«

Wir traten erneut in den Hyperraum ein und kamen damit dem Chaos, in das Marus sich hineingeritten hatte, einen weiteren Schritt näher.

33

»Ich hab ihn«, bestätigte Schaz, als wir in das System einflogen, aus dem Marus' Notsignal stammte. »Er … was macht er denn *da*?«

»Kannst du sonst noch jemanden im System orten?«, fragte ich, während ich bereits am Steuerknüppel saß. Ich überließ Schaz einstweilen die Kontrolle, hielt mich aber bereit, beim geringsten Anzeichen von Ärger das Steuer zu übernehmen.

»Nein, bloß Marus und Khonnerhonn«, antwortete sie. Khonnerhonn war Marus' Schiff. »Sie befinden sich innerhalb der Ringe des Gasriesen. Das ist die uns am nächsten gelegene Welt.«

»Keine Pax und auch sonst niemand …«

»Nein, wie ich schon sagte«, fiel Schaz mir ein wenig schroff ins Wort. »Das würde ich dir einfach so aus Spaß bestimmt nicht vorenthalten, das weißt du. Khonn antwortet nicht auf meine Funksprüche; das ist … besorgniserregend.«

»Flieg näher ran. Und versuch's weiter.«

Ich beobachtete, wie der Gasriese auf dem Bildschirm größer wurde, eine gigantische Kugel aus grünen und purpurroten Wirbeln mit drei Ringen, jeweils um sechzig Grad gegeneinander verschoben. »Das sieht hübsch aus«, sagte Esa.

»Ja, das tut es«, pflichtete ich ihr bei. Wir beobachteten schweigend, wie der Planet immer größer wurde. Esa staunte noch immer über die Wunder der Galaxis, während ich mich fragte, was zum Teufel passiert war und was Marus an diesen gottverlassenen Ort geführt hatte.

Die einzige Welt von Interesse war ein lange verlassener Planet, der der Sonne viel näher war – schon lange vor dem Puls hatte man die letzten Erze abgebaut und den Planeten aufgegeben. Es gab zahllose Welten wie diese, zahllose solche Sonnensysteme, die im Zuge des Goldrauschs ausgeplündert worden waren. Somit war der einzige Ort von einigem Interesse nur deshalb bemerkenswert, weil er es *nicht mehr* war.

»Scheherazade?« Eine männliche Stimme tönte plötzlich aus den Lautsprechern. Sie klang … geradezu schläfrig. Müde. »Bist … du das? Was *machst* du hier?«

»Khonnerhonn – ja, ich bin's, wir kommen, um euch zu …«

»Ihr müsst *ihm* helfen.« Wäre es ein Mensch gewesen, hätte ich gesagt, der Sprecher unterdrückte ein Schluchzen. Seine Verzweiflung war nahezu greifbar. »Ich habe … getan, was ich konnte, aber er … es war eins meiner Systeme, Schaz, es ist durchgebrannt, es kam zu einer Entladung, und er wurde *verletzt*. Wir haben nicht mit ihnen gerechnet … sie waren plötzlich da.«

»Ist Marus an Bord, Khonn?«, fragte Schaz. »Wie ist sein Zustand?«

»Er ist *verletzt*«, wiederholte die KI. »Sein Zustand hat sich stabilisiert, aber er hat einen Schock und ist im Cort. Er benötigt … medizinische Behandlung, er … bitte. *Bitte.*«

Ich lehnte mich zurück. Das klang gar nicht gut. Der Cort war eine vegetative Anomalie der Tyll; anders als die meisten anderen Spezies waren sie auf ihrem Planeten der einzige Vertreter der Fauna. Infolgedessen hatten sie ziemlich merkwürdige physiologische Reaktionsmuster ausgebildet. Der Cort war eines davon – eine Art von Winterschlaf, in den die Tyll eintraten, wenn sie schwer verletzt waren. Der Herzschlag und die Atmung kamen fast zum Erliegen, der Körper konzentrierte sich ausschließlich auf den Heilungsprozess. Auf einer Welt voller Raubtiere wäre das natürlich das Todesurteil gewesen, doch die Tyll brauchten sich nur wegen anderer Tyll Sorgen zu machen.

»Wir helfen ihm, Khonn«, versprach Schaz. »Kannst du uns sagen, was passiert ist?«

»Er hat über einen toten Briefkasten eine Nachricht von einem Informanten bekommen«, sagte Khonn mit unendlich müder Stimme. »Wir hatten sie noch nicht mal entschlüsselt, als die Pax uns unter Feuer nahmen, und zwar *heftig*. Wir flüchteten, doch es waren zu viele. Es wurden immer mehr, sie jagten uns, und jedes Mal steckten wir ein paar Treffer ein. Er hat die Geschützsteuerung bedient, als sie durchbrannte ... und dann gab es einen Kurzschluss in *meinem System*, Schaz; es war *meine* Schuld. Aber ich ... setzte die Flucht fort. Irgendwann habe ich sie abgeschüttelt ... vielleicht. Ich weiß es nicht. Hab versucht, das System zu verlassen, aber es ging nicht ... ich konnte nicht ...«

»Er hat uns einen Notruf geschickt, Khonn«, rief Schaz ihm einfühlsam in Erinnerung.

»Das war seine letzte Handlung, bevor er in den Cort ging«, sagte Khonn. »Ich wollte ... ich versuche es immer noch, aber ich ...« Die Bord-KI verstummte.

Das sah nicht gut aus. Der merkwürdige Klang in Khonns Stimme – das, was man bei einem Menschen als Müdigkeit bezeichnet hätte – bedeutete, dass er auf dem Zahnfleisch ging und kaum noch Energie zur Verfügung hatte. Was wiederum bedeutete, dass sein Kern beschädigt war. Sonst hätte er Marus zu einer medizinischen Einrichtung gebracht, Pax hin oder her. Oder wäre bei dem Versuch gestorben.

»Kannst du seine Werte auslesen?«, fragte ich Schaz mit gesenkter Stimme. Es war pure Gewohnheit – sie hätte eine solche Frage niemals an Khonnerhonn weitergeleitet –, doch es war so, als würde man einen Arzt fragen, ob sein Patient durchkommen würde. Unser Patient und Freund Marus und ich kannten uns schon lange, und das galt auch für Schaz und Khonn.

»Sein Zustand ist noch nicht kritisch, aber es geht in die Richtung«, informierte mich Scheherazade leise. »Wir können nichts tun. Er stirbt, Boss.«

Eine Raumschiff-KI war eine merkwürdige Sache – sie war mit den einzelnen Komponenten der Rechenhardware verschmolzen, so wie ein organisches Gehirn mit den elektrischen Impulsen und Neuronen, die es im Laufe eines Lebens formten. Khonn auf ein anderes Schiff herunterzuladen war genauso unmöglich, wie das Bewusstsein eines Sterbenden auf einen anderen Menschen zu übertragen. Die meisten Agenten der Legitimierten entwickeln ihre KIs aus einem Basisprogramm; in gewisser Weise lernen sie, sie selbst zu sein, indem sie *uns* beobachten, und ihre Persönlichkeit durchdringt das Schiff, wenn wir ihnen das Fliegen beibringen.

Jetzt war es für Khonnerhonn vorbei mit dem Fliegen.

Ich schaltete das Comm ein. »Das hat du gut gemacht, Khonnerhonn«, sagte ich einfühlsam. »Richtig gut. Du hast ihn beschützt – bist geflüchtet, hast gekämpft, obwohl du schon so stark beschädigt warst, dass viele andere Schiffe einfach aufgegeben hätten. Du kannst auf dich stolz sein.«

»Hab ihn … bloß hierhergebracht«, flüsterte Khonn. »Hab ihn beschützt. Und sagt ihm … sagt ihm, dass …« Er verstummte, sein Kern hatte nicht mal mehr die erforderliche Energie für einen Kurzdistanzfunkspruch. Wenn die Funkverbindung nicht mehr funktionierte, hieß das, dass bei Khonnerhonn fast alle elementaren Systeme ausgefallen waren. Im Grunde genommen war das Schiff tot.

Er war beim Versuch, den Menschen zu retten, dem zu dienen er gebaut worden war, gestorben. Und er hatte ihn so lange am Leben erhalten, bis wir uns seiner annehmen konnten.

Er war in Erfüllung seiner Pflicht gestorben.

34

Ich hörte ein Schniefen hinter mir und drehte mich um; Esa saß noch immer auf dem Sessel und wischte sich Tränen aus dem Gesicht. »Das arme Schiff«, schluchzte sie. »Das arme … arme …«

»Schon gut, meine Liebe«, sagte Scheherazade tröstend. »Er hat bis zum letzten Moment seine Pflicht getan; er hat Marus beschützt. Für eine Bord-KI gibt es keine höhere Bestimmung, kein ehrenvolleres Ende. Wenn wir sterben, bedeutet dies im Allgemeinen, dass auch unser Captain unter gegnerischem Feuer in einem Feuerball aufgeht. Khonn hat noch erlebt, dass wir gekommen sind, um Marus zu retten, und dass er seinen Captain nicht mit in den Tod nahm … das war ein gutes Ende.«

»Das macht es nicht weniger traurig.«

»Ich weiß, Liebes. Ich weiß.«

Die Predigerin stand in der Tür. »Das war … nicht das, was ich erwartet hatte«, sagte sie leise. »Ich hätte nicht gedacht, dass eine …«

»Barische«, sagte Schaz in einem Ton, der trotz ihrer bis zur Unkenntlichkeit verstümmelten Stimme deutlich machte, dass sie das Folgende auch tatsächlich so meinte, »wenn du das Wort ›Gefesselte‹ auch nur denkst, spucke ich dich aus meiner Luftschleuse aus.«

Die Predigerin nickte knapp. »Das war tapfer«, sagte sie schließlich. »Ich wollte nur sagen, dass das … tapfer war.«

Schaz überlegte einen Moment. »Ja, das war es«, pflichtete sie ihm bei.

Khonnerhonn – oder vielmehr das Schiff, das Khonnerhonn gewesen war – wurde im Cockpitfenster allmählich größer, ein runderes, technisch raffinierteres Raumschiff als Schaz, eher geeignet zum Infiltrieren als für den Kampf, ohne Scheherazades Waffen und deren aerodynamische Flügel. Er hatte sich im Ring versteckt, in der Hoffnung, dass die Sensoren des Gegners ihn von den dahintreibenden Trümmern nicht würden unterscheiden können. Wir hatten ihn nur deshalb geortet, weil die Raumschiffe der Legitimierten entsprechende Transponder installiert hatten.

»Bring uns so nah ran, dass wir an Bord gehen können, Schaz«, sagte ich. »Und lies aus, was … vom Kern noch übrig ist.«

»Wird gemacht, Boss. Wir holen ihn raus.«

Ich nickte und ging zur Luftschleuse am Heck. Ich wartete, bis Scheherazade den Luftdruck angeglichen hatte – Khonnerhonn hatte nicht die *ganze* Luft verloren, hatte den Druck aber seit einer Weile nicht mehr nachreguliert, und wir hatten genügend Reserven –, dann streckte ich die Hand zum Öffner aus. »Der Kern?«, fragte ich Schaz.

»Nicht mehr lange«, antwortete sie. »Beeil dich.«

Ich öffnete die Tür.

Die Predigerin begleitete mich. Nacheinander gingen wir an Bord von Khonnerhonn. Es war ein bisschen gruselig, ein Schiff zu betreten, dessen letzte Worte wir gerade erst vernommen hatten. Doch er hatte Marus retten wollen, und Marus war irgendwo hier drin.

Der Tyll-Agent hatte sich weniger stark als ich auf den spartanischen Stil der Legitimierten eingelassen – er hatte die passende

Ausstattung des Schiffes jahrelang zusammengesucht, doch es war trotzdem recht beengt. Wir fanden ihn zusammengekrümmt in seiner Koje liegend. Er zeigte keinerlei Reaktion, und seine normalerweise lindgrüne Haut wies eine ungesunde Blässe auf.

»Er atmet noch«, erklärte die Predigerin, als sie ihn untersucht hatte. »Aber sehr, sehr flach. Die Verbrennungen deuten darauf hin, dass …«

»Heb dir das für später auf«, fiel ich ihr ins Wort. »Wir haben keine Zeit. Im Moment reicht mir, dass er noch am Leben ist.«

»Er lebt, sollte aber so schnell wie möglich in medizinische Behandlung. Der Cort wird ihn auf Dauer nicht retten; irgendwann wird er …«

»Bring ihn einfach an Bord der Scheherazade«, sagte ich. »Ich habe hier noch etwas zu erledigen.«

Sie musterte mich. »Hast du vor, das Schiff zu zerstören?«, fragte sie.

»Ein beschädigter Kern erledigt das von ganz allein, ohne dass wir einen Finger rühren müssen«, entgegnete ich. »Schaff ihn einfach an Bord.« Ohne abzuwarten, ob sie meiner Anweisung Folge leistete, tippte ich auf den Ohrhörer. »Schaz?«

»Ich höre, Boss. Habt ihr ihn gefunden?«

»Ja, die Predigerin bringt ihn zu dir. Aber du musst etwas für mich tun.«

»Was immer du willst.«

»Es wird dir nicht gefallen.«

»Wenn es hilft, den Pax heimzuzahlen, was sie Marus und Khonn angetan haben, wird es mir sehr gefallen.« In ihrer Stimme schwang unverhohlene Grausamkeit mit. »Was soll ich tun?«

Ich zögerte; es würde ihr nicht gefallen. »Ich möchte, dass du dich mit Khonnerhonns Datenbank kurzschließt und so viel wie möglich kopierst.«

»Das ist … grausig, Boss.« Es war in etwa so, als würde ein Mensch in den Taschen eines Toten nach Bargeld suchen.

»Ich weiß, Schaz. Aber Marus' Kontaktperson wusste etwas, und die Pax haben Marus und Khonn durch Dutzende Sternsysteme verfolgt, um zu verhindern, dass uns dieses Wissen in die Hände fällt. Ich möchte nicht, dass sie am Ende als Sieger dastehen.« Während ich sprach, verband ich ein dünnes Kabel von einer Spule in Scheherazades Schleuse mit der entsprechenden Schnittstelle in Khonnerhonns Pendant. »Khonn hat sein Leben bei dem Versuch verloren, Marus zu beschützen, doch die Pax haben ihn wegen der Dinge getötet, die Marus entdeckt hatte. Diese Informationen dürfen nicht verloren gehen.«

»Ich verstehe.«

Ich nickte. »Achte auf alles Verschlüsselte, auch auf das, was nach Standards codiert wurde, die die Legitimierten nicht einsetzen. Marus hat sich bestimmt nicht auf die übliche Verschlüsselung verlassen; das hätte ihm nicht gereicht.« Marus war ein Perfektionist. Ich konnte es ihm nicht verdenken; im Vergleich zu den Risiken, die er einging, war mein Job ein Kinderspiel, und sein Überleben hing häufig von seiner Vorbereitung und der Qualität der eingesetzten Mittel ab.

»Verstanden.«

»Noch was, Schaz. Beeil dich. Ich kann den Kern *riechen*. Uns bleibt nicht mehr viel Zeit.« Die Kernfusion war die bei Weitem sicherste, sauberste und effizienteste Form der Energiegewinnung, jedenfalls so lange, bis irgendetwas schiefging. Raumschiffe hatten keinen eigenen Fusionsreaktor an Bord – jedenfalls nicht Schiffe von der Größe Khonns oder Scheherazades –, sondern führten einen Kern mit, der beim Andocken an einer Station aufgeladen wurde und normalerweise für monatelange Raumflüge ausreichte.

Normalerweise dachte man nur dann an den Kern, wenn ein Problem auftrat; abgesehen von den Energieleitungen, die ihn mit den einzelnen Systemen verbanden, war er vom Rest des Raumschiffs vollkommen abgetrennt. Dass die Luft aufgrund der Kurzschlüsse tief im Innern von Khonn ionisiert wurde, bedeutete, dass der Kern ein sehr, sehr schwerwiegendes Problem hatte.

»Geh wieder an Bord«, sagte Schaz drängend. »Schließ die Schleuse; wir trennen das Kabel auf unserer Seite durch, sobald ich die Daten kopiert habe. Wenn der Kern instabil zu werden droht, will ich beim Absetzmanöver keine Millisekunde vergeuden.«

»Ist klar.« Ich warf einen letzten Blick in Khonns Inneres; ich hatte eine ganze Reihe von guten Tagen und Nächten an Bord dieses Schiffes verbracht und mit Marus geredet und getrunken. Er war mein Freund gewesen. Ich bückte mich und hob ein paar Notizbücher auf, die Marus in seinen letzten wachen Momenten auf den Boden geworfen hatte. Ich hatte oft gesehen, wie er sich darin Notizen machte – ich wusste nicht, was dort stand, fühlte mich aber verpflichtet, wenigstens etwas von seinem Besitz zu bewahren.

Dann trat ich durch die Schleuse und ließ Khonn für immer zurück.

35

»Wie geht es Marus?«, fragte ich Schaz, nachdem ich die Schleuse verriegelt hatte. Ich spürte, wie Scheherazade sich unter mir bewegte, als sie sich von Khonnerhonn löste und sich vom toten Schiff entfernte, für den Fall, dass der Kern einen instabilen Zustand erreichen sollte.

»Die Predigerin hat ihn auf die Medostation gebracht«, antwortete Schaz. »Es … sieht nicht gut aus.«

Ich ging in den Wohnbereich hinüber; die Barische hatte tatsächlich herausgefunden, hinter welchem Wandstück sich die kleine Medostation mit der Chirurgie verbarg. Sie reichte aus, um Kampfverletzungen zu behandeln, doch mit Marus' Zustand war sie vermutlich überfordert. »Was braucht er?«, fragte ich.

»Wir können ihn stabilisieren und die Verbrennungen behandeln«, antwortete die Predigerin, die genau damit beschäftigt war – offenbar konnte sie mit medizinischen Geräten ebenso gut umgehen wie mit einem Gewehr. »Aber ich bezweifle, dass wir den Cort beenden können.«

»Wir brauchen Medikamente«, sagte ich.

»Wir brauchen Medikamente«, pflichtete sie mir bei. »Tyll-spezifische Wirkstoffe, die auf seine Molekularstruktur einwirken, und Aminosäuren, die deine … die dein Schiff nicht synthetisieren kann.«

»Schaz – wie weit ist es zum nächsten medizinischen Zentrum, das Tyll behandeln kann?«, fragte ich. »Es käme auch eine gepulste Welt in Frage, vorausgesetzt, es gibt dort …«

»Etwa fünf Sprünge entfernt liegt eine Welt, die überwiegend von Tyll bewohnt wird; sie wurde weit zurückgeworfen, fast so weit wie Esas Heimatwelt, aber dort sollte man jedenfalls wissen, wie man ihn aus dem Cort holen kann.«

»Vorausgesetzt wir finden jemanden, der bereit ist, uns zu helfen.«

»Ja, unter der Voraussetzung. Und sie liegt in der falschen Richtung, weiter vom Sanktum entfernt.«

»Wir haben wohl keine Wahl.«

»Die haben wir schon, aber … die Option würde dir nicht gefallen.«

Ich seufzte. »Schieß los.«

»Wir sind nur zwei Sprünge von Jenseits des Endes entfernt«, sagte sie. »Zwei *kurze* Sprünge. In ein paar Stunden könnten wir dort sein.«

Ich kniff die Augen zusammen. Ich konnte Schaz nicht anfunkeln, solange ich mich *in* ihr befand, doch ich versuchte es trotzdem. »In Jenseits des Endes haben wir keine Freunde, Schaz«, rief ich ihr in Erinnerung. »Dort leben nur Piraten und Schmuggler. Wenn keiner für uns bürgt, lassen sie uns nicht mal andocken.«

»Das … stimmt nicht ganz. Dass wir dort keine Freunde hätten, meine ich – das mit dem Andocken trifft natürlich zu. Sie würden uns sogar *abschießen*, wenn wir unerlaubt zu landen versuchen sollten.«

Ich blickte noch immer böse in die Richtung, in der ich ihren Kern vermutete. Mich beschlich eine böse Vorahnung. Ich glaubte zu wissen, was sie als Nächstes sagen würde. »Scheherazade?«, sagte ich ganz ruhig. Esa schaute nervös zu mir her. Sie kannte mich noch nicht lange, konnte meinen Tonfall aber bereits richtig deuten. »Welchen ›Freund‹ haben wir in der Piraten-Kooperative?«

»Es … es könnte sein, dass ich Nachrichten von Javier bekommen habe.«

»Es *könnte sein.*« Unwillkürlich krallte ich die Finger um eine Stuhllehne, vor allem, um mich selber davon abzuhalten, irgendetwas gegen die Schotts zu schleudern, die mich von Scheherazades Primärprozessoren trennten.

»Ich habe ihm nicht *geantwortet* oder so«, fügte sie eilig hinzu, denn sie konnte meine Stimmung ebenso gut interpretieren wie Esa. »Ich habe seine Nachrichten … bloß gelesen. Und … möglicherweise … habe ich den Eingang auch bestätigt. Nur damit er weiß …«

»Willst du, dass die Legitimierten uns rausschmeißen, Schaz?«, schäumte ich. »Willst du …«

»Also, egal wie«, mischte die Predigerin sich ein, »wir *müssen* deinen Freund medizinisch versorgen lassen, und zwar schnell. Ich kann ihn am Leben erhalten, aber der Cort verbraucht einen großen Teil der physiologischen Ressourcen, über die ein Tyll verfügt. Viele glauben, es handele sich dabei um eine Art Winterschlaf, doch das stimmt nicht – in diesem Zustand verbraucht er Kalorien und Nährstoffe *schneller* als im Normalzustand, denn sein Körper versucht, sich selbst zu heilen. Bloß ist sein Zustand zu ernst, als dass eine Selbstheilung möglich wäre.«

»Du hast die Verbrennungen versorgt; müsste er sich jetzt nicht erholen?«, fragte ich.

Sie schüttelte den Kopf. »Ich habe ihn so weit stabilisiert, dass die Verbrennungen ihn nicht *umbringen* werden; das ist etwas anderes als *Heilung*. Er hat innere Verletzungen, die dafür sorgen, dass er nicht aus dem Cort aufwacht, und die kann ich hier nicht behandeln. Wie ich schon sagte, mit bestimmten Medikamenten lässt sich der Cort intensivieren, sodass er seine Arbeit beenden kann. Bekommt er die Medikamente nicht rechtzeitig, wird er bei dem Versuch, zu heilen, was nicht zu heilen ist, *verhungern*. Ich kann den Vorgang durch Infusionen zwar verlangsamen, aber er braucht Unterstützung, die wir ihm hier nicht geben können, und zwar schnell.«

»Du kennst dich gut aus mit der Physiologie der Tyll, Barische.«

»Ich kenne mich auf vielen Gebieten gut aus. Du hast deine Geschichte, ich habe meine.«

Ich löste die Hand vom Stuhl. »Gut«, sagte ich. »Schaz, berechne den Kurs und bring uns von hier fort.«

»Nach Jenseits des Endes?«

»Nach Jenseits des Endes. Wenn du glaubst, du kannst Javier überreden, uns an Bord zu lassen …«

»Ach, das wäre ein Klacks. Er ist *wirklich* …«

»Ich muss nicht wissen, was in seinen Nachrichten steht, Scheherazade. Ich *will* es gar nicht wissen. Wenn er Marus helfen kann, werde ich ihm die Ehre erweisen, so zu tun, als hätte ich ihn noch nie gesehen, und das war's auch schon. Mehr bekommt er nicht.«

»Boss, er wollte gar nicht …«

»Berechne den beschissenen Kurs, Schaz. Und schaff uns aus dem System raus, bevor die Pax uns finden.«

»Ja, Boss.«

»Noch was, Schaz.«

»Ja, Boss?«

»Die Unterhaltung darüber, dass du Kontakt mit einem abtrünnigen Agenten gehalten hast, den wir *ohne Vorwarnung erschießen* sollen, ist nur aufgeschoben, nicht aufgehoben. Diese Unterhaltung wird stattfinden, und sie wird *nicht* angenehm verlaufen.«

»… ja, Boss.«

36

Nachdem ich nach Marus gesehen hatte – ich konnte ihm zwar nicht helfen, denn ich war kein Arzt und hatte keine Ahnung von der Physiologie der Tyll, doch er war mein Freund, und ich wollte ihn nicht leiden lassen, ohne mich zumindest zu vergewissern, dass ich nichts ausrichten konnte –, stampfte ich ins Cockpit. Ja, ich stampfte. War das kindisch? Wahrscheinlich. Hauptsächlich wollte ich den anderen damit kundtun, dass ich im Moment allein sein wollte. Außerdem fühlte es sich gut an.

Esa setzte sich mit der unbekümmerten Ignoranz der Halbwüchsigen natürlich über meinen gar nicht so subtilen Hinweis hinweg und folgte mir. »Wird dein Freund wieder gesund?«, fragte sie.

Ich seufzte und blickte aus dem Cockpitfenster. »Wenn er die Medikamente bekommt, die er braucht, dann schon«, antwortete ich.

»Oh. Das ist gut.«

»Ja.«

»Aber wenn er zu sich kommt … dann wird er erfahren, dass er sein Schiff verloren hat.«

»Ja, das wird ihn bestimmt nicht freuen. Khonnerhonn und Marus waren fast so lange zusammen wie Scheherazade und ich.«

»Der Arme.«

»Ja.«

»Und«, sie lehnte sich in dem Sessel, den sie inzwischen als den ihren betrachtete, zurück, »wer ist der andere Typ?«

»Esa …«

»Ich meine, theoretisch tust du das alles doch für *mich*, oder? Sollte ich dann nicht erfahren, mit wem wir es zu tun haben und in welche Schwierigkeiten du uns bringst?«

»Esa, nicht …«

»Weil es nämlich so aussieht, dass du mich zu einem gefährlichen Piratennest bringst, und ich finde, in diesem Fall solltest du mir wenigstens sagen …«

»Esa. Halt. Den. Mund.«

»Sie hat recht«, sagte die Predigerin, während sie ebenfalls eintrat. »Wir sollten es erfahren.«

Ich nahm den Kaffeebecher vom Morgen in die Hand; er war leer. Ich setzte ihn wieder ab. Ich weiß nicht, weshalb ich das tat – selbst wenn ich den Kaffee nicht schon ausgetrunken hätte, wäre er inzwischen eiskalt gewesen. Ich seufzte erneut. »Na schön. Javier Ortega war ein Agent der Legitimierten.«

»Wie du.« Esa nickte.

»Nicht wie ich.« Ich schüttelte den Kopf. »Es gab … es gibt viele unterschiedliche Agenten, die verschiedene Aufgaben haben und verschiedene Missionen durchführen müssen. Ich suche Kinder.«

»Unter anderem«, sagte die Predigerin.

Ich achtete nicht auf sie. »Marus hat nach Informationen gesucht. Javi wiederum war eine Art … Kartograf, könnte man wohl sagen.«

»Was war er?«, fragte Esa nach.

»Er hat Karten angelegt«, antwortete die Predigerin.

»Vor dem Puls gab es keine verlässlichen Karten der Galaxis«, sagte ich und drehte den Sessel zu ihr herum. »Jede Sekte hatte detaillierte Informationen über ihr eigenes Territorium, doch das wurde nicht geteilt, weil niemand die eigenen Operationen gefährden und das Risiko eingehen wollte, dass die Karte Gegnern in die Hände fiel.«

»Und später dann …« Die Predigerin schüttelte den Kopf.

Ich nickte. »Und *nach* dem Puls waren die wenigen vorhandenen Karten auf einmal nutzlos; was davor eine prosperierende Kolonie gewesen war, konnte jetzt verlassen sein. Auf einer Wüste voller Industriemüll ist vielleicht eine Siedlung entstanden, falls der betreffende Planet vom Puls weniger in Mitleidenschaft gezogen wurde als andere.«

»Dann hat dieser Javi …«

»Javier Ortega.«

»Du hast ihn als Erste ›Javi‹ genannt, nicht ich.« Esa zuckte mit den Schultern. »Jedenfalls ist dieser Typ in der Galaxis umhergeflogen, hat die Lage gecheckt und festgestellt, was sich seit dem Puls verändert hat, und dann ist er zu eurem … heiligen Ort zurückgekehrt …«

»Ich glaube, sie meint das Sanktum«, warf die Predigerin ein.

»Genau, ihr kleines Clubhaus, wo ich die Welt retten soll.«

»Die Galaxis. Nicht bloß die Welt.« Wieder die Predigerin.

»Ja, vor der Rückkehr des Pulses nämlich, diesen Scheiß habe ich mir gemerkt. Jedenfalls hat Javier deinen Legitimierten-Freunden berichtet, wie es in der Welt, außerhalb der Blase des Sanktums, aussieht.«

»Das … ist gar nicht so falsch«, räumte ich ein. »Wenn du mich als eine Art Bodyguard betrachtest und Marus als eine Art Spion, dann wäre Javier eine Art … Forscher. Einer, der die weißen Flecken auf der Karte ausfüllt.«

»Okay.« Esa nickte. »Das habe ich kapiert. Aber was passierte dann? Denn es muss einen Grund geben, weshalb ihr euch gegenseitig an die Wäsche gegangen seid.«

»Den physiologischen Werten während ihres Wortwechsels mit Scheherazade zufolge«, sagte die Predigerin, »hatte ihre Beziehung zu Javier Ortega möglicherweise eine ganz *andere* Auswirkung auf ihre Unterwäsche. Sie hat reagiert, als ob …«

»Predigerin. Hör auf, meine Reaktionen zu scannen.«

»Ich bin eine Barische – das ist unsere Art zu sehen.«

»Setz dir eine Sonnenbrille auf, dann siehst du weniger. Das ist ein Eingriff in meine Privatsphäre.«

»Du hattest eine sexuelle Beziehung mit der Person.«

»Das geht dich *überhaupt* nichts an.«

»Das erklärt, weshalb du einen Moment lang so verwirrt warst, als sein Name erwähnt wurde«, warf Esa ein. »Ich dachte wirklich, du würdest jeden Moment irgendwas demolieren.«

Ich atmete tief durch. Nur weil sie *recht hatte*, bedeutete das nicht, dass ich es kommentieren wollte. Stattdessen ignorierte ich ihre Bemerkung. »Javier befand sich auf einem Erkundungsflug, als er über etwas stolperte, das wir als ›Flüchtlingsflotte‹ bezeichnen«, sagte ich in dem Versuch, meine Version der Geschichte fortzuspinnen und meine beiden Passagiere vom *anderen* Erzählstrang abzulenken.

»Was ist das?«, fragte Esa.

»Als der Puls einsetzte, hatte er Auswirkungen auf Planeten, Monde, größere Raumstationen – auf fast alles, was eine Gravitationssenke aufwies«, antwortete die Predigerin. »Nicht betroffen waren Schiffe im interstellaren Raum. Die meisten davon landeten entweder auf einer gepulsten Welt, weil sie nicht wussten, was passiert war, worauf ihre Schiffe von der Strahlung gebraten wurden. Andere steuerten einen Planeten an, der weniger stark vom Puls betroffen war.«

»Aber nicht alle.«

»Nicht alle.« Die Predigerin nickte. »Diejenigen, die nicht landeten und keine weniger stark betroffene Welt fanden, flogen einfach weiter. Im Laufe der Zeit schlossen sich ihnen weitere Schiffe an und suchten mit ihnen gemeinsam nach dem seltensten aller Vögel: einer unbesiedelten, von niemandem beanspruchten, terrageformten Welt, die nicht vom Puls betroffen war.«

»Und dein Mann, dieser Javi, ist auf eine dieser Flüchtlingsflotten gestoßen ...«

»Er ist nicht mein Mann ...«, protestierte ich.

»Du weißt schon, was ich meine.« Sie winkte ab. »Er ist auf diese Flüchtlinge gestoßen, und was dann?«

»Sie wurden gerade von Filt-Schiffen angegriffen. Die Filt sind ... egal. Wenn ich ›Filt‹ sage, kannst du ›Pax‹ dafür einsetzen; da gibt es keinen großen Unterschied. Unbedeutende Möchtegern-Eroberer einer geschwächten Galaxis.«

»Und ich nehme an, er hat nicht nur einen Eintrag in seinen Karten gemacht – ›habe eine Flüchtlingsflotte angetroffen, wird wahrscheinlich nicht mehr da sein, wenn ich das nächste Mal vorbeischaue‹ –, und ist weitergeflogen.«

Ich schüttelte den Kopf. »Das hat er nicht getan. Ich weiß nicht, warum er nicht ...«

»Elementares Anstandsgefühl?« Die Predigerin hob eine Braue.

Ich funkelte sie an. »Fang nicht schon wieder an. Er hat die Flüchtlinge vor den Filt gerettet und sie geradewegs zum Sanktum geleitet. Zu der Region, die von den Legitimierten beherrscht wird.«

Die Predigerin nickte. »Gemäß deinen früheren Aussagen sollte es eigentlich nicht passieren, dass Fremde zu eurer sagenumwobenen Zuflucht dirigiert werden.«

»Das stimmt. Allein schon dadurch, dass ich *dich* mitbringe, werde ich mir eine Menge Ärger einhandeln. Javi hat *Tausende* Flüchtlinge zur Türschwelle der Legitimierten gebracht. Tausende. Menschen, von den wir nichts wussten, denen wir nicht *trauen* konnten. Sein Plan hat natürlich funktioniert – die Filt glaubten, sie hätten es lediglich mit einer leicht bewaffneten Flüchtlingsflotte zu tun, doch dann trafen sie auf die schwer bewaffneten Schiffe des Sanktums. Wir haben sie vernichtet, ohne einen einzigen Piloten zu verlieren.«

»Und was passierte mit den Flüchtlingen?«, fragte Esa.

»Wir haben sie aufgenommen. Wir hatten keine Wahl – sonst hätten wir sie töten müssen, und wir wollten keinen Massenmord an relativ Unschuldigen begehen. Wir wollten sie auch nicht wegschicken, denn sie kannten schließlich die Position des Sanktums.«

»Und Javier?«

»Sein Plan hat *funktioniert*«, wiederholte ich. »Die Flüchtlinge wurden vor den Filt gerettet und bekamen ein neues Zuhause; mehr konnten sie sich nicht erhoffen. Hätte der Rat das so stehengelassen, hätte jeder einzelne Agent der Legitimierten ständig neue Leute zum Sanktum gebracht, Menschen, die sie für ›wert‹ hielten, gerettet zu werden. Das Sanktum verfügt über beeindruckende Ressourcen, doch auch diese haben ihre Grenzen. Wir können nicht jeden retten. Das wird uns allen schon sehr früh eingetrichtert, eine Lektion, die Javier missachtet hat.«

»Dann wurde er also verbannt, um ein Exempel zu statuieren, damit alle anderen sich diese bescheuerte Idee aus dem Kopf schlagen.« Die Predigerin nickte. »Ehrlich gesagt, wundert es mich, dass sie ihn am Leben gelassen haben.«

»Ich weiß gar nicht, ob sie das überhaupt getan hätten«, meinte ich achselzuckend. »Aber Javi wusste, worauf er sich eingelassen hatte; er wusste, dass seine Handlungen Folgen haben würden. Noch ehe der Kampf vorüber war – eigentlich schon, als er sah, dass wir die Filt angriffen und dass sie keine Chance gegen uns hatten –, ergriff er die Flucht. Mit seinem Schiff und seiner Ausrüstung – mehr als er bekommen hätte, *wenn* der Rat sich fürs Exil ausgesprochen hätte.«

»Und er hat sich nicht von dir verabschiedet?« Esa runzelte die Stirn. »Das war grausam.«

»Er versucht es noch immer«, seufzte Scheherazade. »Aber sie antwortet nicht auf seine Nachrichten. Sie will sie nicht mal *lesen*.«

»Weil ich ihn *töten* muss, wenn ich ihn wiedersehe.« Ich funkelte alle böse an. »Das war sein Urteilsspruch: Verbannung und Tod, sollte er jemals wieder den Weg eines Agenten der Legitimierten kreuzen.«

»Aber du *müsstest* es nicht tun«, sagte Esa. »Du könntest auch …«

Ich schüttelte den Kopf. »Meine Arbeit ist *wichtig*«, erwiderte ich. »Ich dachte, das hättest du inzwischen begriffen. Kinder wie dich aufzulesen und ihnen eine Zukunftsperspektive zu eröffnen – sie darauf vorzubereiten, die Rückkehr des Pulses zu kompensieren. Das *bedeutet* etwas, und ich bin *gut* darin. Hätte ich das alles aufs Spiel gesetzt, nur um Kontakt zu Javier zu halten, hätte ich *dich* vermutlich nicht retten können. Verstehst du das?«

Sie nickte und schaute mich leicht beschämt an.

»Gut. Wenn eure Fragen jetzt zur Genüge beantwortet sind, würdet ihr mich dann *bitte* mal alleinlassen? Ich muss überlegen, wie ich die Sache angehen soll.«

Sie erhoben sich und gingen hinaus. Esa tat es kommentarlos, die Predigerin jedoch hielt an der Schwelle inne. »Beantworte mir noch eine Frage«, sagte sie.

»Ja?« Ich schloss die Augen.

»Wolltest du die Geschichte deshalb nicht erzählen, weil du glaubst, sie werfe ein schlechtes Licht auf dich, weil du ein Verhältnis mit einem Mann hattest, der deine Arbeit gefährdet hat? Oder wolltest du sie nicht erzählen, weil sie dich irgendwie … menschlicher erscheinen lässt?«

Ich schwieg. Offenbar reichte ihr das als Antwort, denn sie wandte sich ab und überließ mich meinen Gedanken.

37

Ich schlief unruhig im Pilotensessel. Mit der Zeit lernt man, den Biorhythmus anzupassen und immer dann zu schlafen, wenn sich eine Gelegenheit bietet. Ich hatte mir die Fähigkeit damals im Krieg angeeignet und nun meinen Atem kontrolliert, meine Gedanken zur Ruhe gebracht und war auf Kommando eingeschlafen, denn ich ging davon aus, dass eine weite Strecke vor mir lag. Und ich wusste nicht, wann sich die nächste Gelegenheit für ein Nickerchen bieten würde.

Außerdem brauchte ich im Schlaf nicht daran denken, dass ich möglicherweise Javier wiedersehen würde.

Als ich erwachte, schaute mich natürlich Esa an.

»Was ist?«, fragte ich und rieb mir die Augen.

Sie reichte mir einen Becher Kaffee. Das war nett von ihr; vielleicht hatte Scheherazade aber auch ein wenig nachgeholfen. »Wir besuchen also das Piratennest«, sagte sie.

»*Ich* besuche das Piratennest«, korrigierte ich sie. »Du bleibst an Bord.«

»Okay; in Ordnung. Aber trotzdem. Dort gibt es Piraten? Wie sind die Piraten so? *Warum* sind sie Piraten?«

Noch benommen vom Schlaf, hob ich die Schultern. Mir Kaffee zu bringen, war eine nette Geste, aber konnte sie mit den

Fragen nicht warten, bis das Koffein in meinen Kreislauf übergegangen war? »Als der Puls alles erschütterte und die Planeten auf frühere Stadien der technologischen Evolution zurückwarf, war das ein schwerer Schlag für den galaktischen Handel – so ist das nun mal, wenn fünfundneunzig Prozent der Handelspartner ausfallen –, doch er kam nicht *vollständig* zum Erliegen. Selbst wenn lediglich fünf Prozent der Welten da draußen vom Puls nur schwach in Mitleidenschaft gezogen wurden – Mann, selbst wenn es nur *zwei* Prozent sein sollten, das weiß niemand so genau, es hat ja schließlich keine allgemeine Zählung stattgefunden –, gibt es immer noch Millionen besiedelte Welten, mit denen man Geschäfte machen kann.«

»Okay, das erklärt, weshalb es den Handel noch gibt und so. Aber das erklärt nicht die Existenz von *Piraten.*«

»Sicher doch. Wo es ›Handel und so‹ gibt, gibt es auch Leute, die die Handeltreibenden *berauben* wollen. Und so. Daher gibt es Piraten. Und Sklavenhändler – du würdest dich wundern, wie viele Welten jetzt, da die Bewohner anderer Planeten nicht mehr über die gleiche Technik verfügen wie sie, von vielen als minderwertig und rechtlos betrachtet werden.« Esa schnitt eine Grimasse; vermutlich war diese Sichtweise den Banditen ihres Heimatplaneten – oder dessen Bewohnern im Allgemeinen – nicht fremd. »Die verfluchten Sklavenhalter rüsten ihre Schiffe mit einem Strahlungsschutz aus, suchen sich eine Welt aus, deren Technik es den Einheimischen nicht erlaubt, effektiven Widerstand zu leisten, landen und sammeln so viele Leute wie möglich ein. Bevor die Abschirmung zusammenbricht, starten sie wieder und verhökern ihre Beute an den Meistbietenden.«

»Das ist furchtbar.«

»Ja, das ist es. Zu Anfang haben wir geglaubt, die Galaxis sei durch den Puls zu einem besseren Ort geworden. Zwar mussten auf einmal viele Zivilisationen ohne hilfreiche Technik auskommen, aber auch die gefährlichen Dinge waren betroffen – die planetenzerstörenden Waffen und die Forschungszentren für virale Nanotech.«

»Ich weiß nicht, was das bedeutet.«

»Sei froh.«

»Ich glaube trotzdem, dass das ein blödsinniges Argument war.«

»Ach ja?«

»Nur weil die Menschen jetzt nicht mehr ganz so oft in großen Mengen sterben, bedeutet das nicht, dass ihr Tod nun *besser* wäre. Klar, ich brauchte mir nie Sorgen zu machen, jemand könnte daherkommen und den ganzen *Planeten* in die Luft jagen, aber ich habe auch nicht gewusst, dass ein Mensch hundertdreiundsiebzig Jahre alt werden kann oder wie alt du bist.«

»Das ist etwas …«

»Ich bin in einer ziemlich friedlichen Stadt aufgewachsen, wie du weißt – du hast sie gesehen. Aber weißt du auch, weshalb es dort so friedlich war?«

Ich schüttelte den Kopf, obwohl ich es mir denken konnte. »Weshalb?«

»Weil die Stadtverwaltung alle verbannt hat, die nicht ihrer Meinung waren. Hat sie den Banditen vorgeworfen, die das Umland unsicher machten. Ich habe es selbst erlebt; ich habe deswegen Freunde verloren. Viele Kinder lebten nur deshalb im Waisenhaus, weil ihre Eltern mit dem Stadtrat aneinandergeraten waren. Klingt das für dich ›besser‹?«

Ich starrte sie an. Sie war so jung; man vergaß leicht, dass auf einer Welt wie der ihren Kindheit etwas anderes bedeutete als das, woran ich mich erinnerte. Und das sage ausgerechnet ich, die ich nie jung gewesen bin.

Wieder schüttelte ich den Kopf. »Nein. Das ist so ziemlich

das Gleiche, bloß in kleinerem Maßstab. Aber Demokratie und allgemeines Wahlrecht waren auch zu Zeiten der Sektenkriege nicht besonders weit verbreitet.«

»Das macht es also besser.«

»Ich habe gesagt, wir hätten *geglaubt*, der Puls würde etwas verbessern; ich habe nicht gesagt, ich hielte das noch immer für richtig.«

»Gut. Was soll's.« Sie lehnte sich zurück. »Dann sind die Piraten, denen wir einen Besuch abstatten, im Großen und Ganzen das Gleiche wie die Räuber, die bei uns im Umland umhergestreift sind, bloß dass sie Raumschiffe haben anstatt Gewehre. Habe ich dich richtig verstanden?«

»Im Wesentlichen schon. Aber wir statten ihnen keinen Besuch ab; wir wollen bloß mit Javier reden.«

»Aber ihr habt ihn doch selbst aus eurem Clubhaus, dem Sanktium, rausgeworfen …«

»Sanktum.«

»Weil ihr ihn aus eurem Clubhaus rausgeschmissen habt, könnte er jetzt auch ein Bandit sein.«

»Das bezweifle ich.«

»Aber du *weißt* es nicht.«

Ich seufzte. »Du bist noch so jung, dass du glaubst, Erwachsene wären allwissend und wir würden dir unser Wissen aus reiner Gehässigkeit vorenthalten. Jetzt sag mal: Bereitet es dir wirklich so große Genugtuung, eine Ältere zu dem Eingeständnis zu bewegen, dass sie etwas nicht weiß?«

Sie musterte mich abschätzend. »Dann weißt du also nicht, was er jetzt macht.«

»Frag Schaz; sie liest seine Nachrichten. Hat sie gesagt.«

»Ich glaube *nicht*, dass er ein Pirat ist«, meldete Schaz sich hilfsbereit zu Wort. »Soll ich euch sagen, was er die ganze Zeit über tatsächlich gemacht hat?«

»Ja«, sagte Esa, und ich erwiderte: »Nein.« Wir fixierten einander; ich trank einen Schluck Kaffee, ohne den Blick abzuwenden. »Na gut«, seufzte sie schließlich. »Dann sag mir wenigstens, wohin wir fliegen.«

»Zu einem Piratennest, wie ich schon sagte.«

»Ja, gut, aber wie ist es dort? Ist das ein ausgehöhlter Mond, oder was? Oder«, sie schwenkte vage die Hand, »so ein Docky-Ding, das im Raum schwebt?«

»Eine Raumstation?«

»Ja, genau.«

Ich schüttelte den Kopf und lächelte in den Becher hinein, damit Esa es nicht mitbekam. Wenn man wie ich jahrelang Kinder eskortiert, lernt man, dass sie es nicht ausstehen können, wenn man sich über sie lustig macht. Doch ich konnte es mir nicht verkneifen: »Docky-Ding« klang schon verdammt komisch. »Eigentlich ist es keine Raumstation. Ich habe dir doch gesagt, dass ihre Raumschiffe unterwegs waren, als der Puls einsetzte, weißt du noch?«

»Klar«, antwortete sie und nickte.

»Also, Jenseits des Endes besteht aus zwei solchen miteinander verbundenen Raumschiffen. Erinnerst du dich an das Schlachtschiff, das deine Heimatstadt angegriffen hat?«

Sie schauderte. »So etwas vergisst man nicht, niemals«, sagte sie.

»Also, es handelte sich früher einmal um zwei Schlachtschiffe. Daher kommt auch der Name – das eine hieß ›Jenseits‹, das andere ›Ende‹. Beide Schiffe wurden bei einer Schlacht, die gerade tobte, als der Puls einsetzte, schwer beschädigt. Ursprünglich standen sie sich als Feinde gegenüber. Nach dem überstandenen Chaos und der Flucht fanden sie sich in einem ziemlich leeren Sonnensystem wieder, und in den Tagen nach dem Puls … es lässt sich schwer erklären, wie es damals war. Wir waren es gewohnt, ständig mit Informationen versorgt zu werden. Plötzlich war der Informationsfluss gekappt worden. Beide Schiffe hatten Probleme, und beiden Captains wurde klar, dass die dämlichen Gründe, aus denen sie einander bekämpft hatten, auf einmal nicht mehr zählten; jetzt ging es ums nackte Überleben.

Wie sich herausstellte, hatten beide Schiffe merkwürdigerweise komplementäre Schäden davongetragen; auf der Jenseits liefen Systeme, die auf der Ende irreparabel zerstört waren, und umgekehrt. Beide Schiffe hätte man in einer Werft vermutlich instand setzen können, doch die Captains wussten nicht, ob es überhaupt noch funktionierende Werften gab. Vergiss nicht, das war unmittelbar nach Einsetzen des Pulses – sie hatten keine Ahnung, ob er überall auftrat, sie wussten nicht, ob außer ihren Schiffen noch andere davongekommen waren. Deshalb legten sie den Jahrzehnte, vielleicht sogar Jahrhunderte währenden sektiererischen Hass ab und verbanden die Schiffe miteinander, mit dem bisschen Werkzeug, das ihnen geblieben war. Gegenüber dem Überleben der Besatzung trat alles andere in den Hintergrund.«

»Das ist schön. Wie ging es weiter?«

Ich zuckte mit den Schultern. »Ein Piratensyndikat wurde auf sie aufmerksam, sah, dass ihre Waffensysteme Schrott waren, drang gewaltsam in die Schiffe ein und tötete alle an Bord.«

»Du meine Güte!«

»Hey, ich habe nicht gesagt, die Geschichte hätte ein Happy End. Aber die Schiffe waren bereits untrennbar aneinandergekoppelt. In diesem Zustand konnten sie nicht mehr in den Hyperraum gehen. Deshalb steuerten die Piraten sie in einen weiten Orbit um die Sonne und benutzten sie fortan als Basis für ihre Raubzüge. Sie begannen mit anderen Piratengruppen zu handeln, und nach und nach entstand so eine Piratenstadt.«

»Und dahin fliegen wir? Nach Piratopia?«

»Dorthin fliegen wir, ja. Ich könnte mir ein schöneres Ziel vorstellen.«

»Aber ich muss an Bord bleiben.«

»Du bleibst an Bord.«

»Ich finde, das ist ein guter Plan.«

38

Wir traten an einer Stelle aus dem Hyperraum aus, die weit von Jenseits des Endes entfernt lag, und mir war das sehr recht. So hatten sie Gelegenheit, uns zu scannen und als ungefährlich einzustufen – was sie sicherlich auch tun würden. Die Desinformationssysteme von Scheherazade liefen auf vollen Touren – sie würden uns für ein Kurierschiff mit leichter Bewaffnung halten.

Jenseits des Endes befand sich in einem Orbit um die Sonne. Sein einziger Nachbar war ein großer Gasriese mit Chloratmosphäre, der seine Planetengeschwister schon vor einer Ewigkeit verschluckt hatte – er war mit ihnen zusammengestoßen und hatte seine Bahn fortgesetzt, während sie gesprengt worden waren und sich in seinen Tiefen aufgelöst hatten. Es machte einem bewusst, weshalb die meisten Kulturen Sterne und Planeten nach mythischen Wesen benannten. Außerdem war es eine Art Metapher für das zügellose Wachstum von Jenseits des Endes, nachdem es zum Mekka der Piraten geworden war.

»Überlass mir den Steuerknüppel, Schaz«, sagte ich zu meiner KI. »Das Erratische liegt mir besser als dir.«

In diesem Moment gelangten die Schlachtschiffe in Sicht. Sie sahen eher aus wie zwei Städte, die an ihren jeweiligen

Unterseiten miteinander verschweißt waren und von denen aus die Türme ihrer Skylines nach oben und unten ragten. Es gab Orte an Bord, wo die überlappenden Felder der beiden Gravitationsgeneratoren für verwirrende Bedingungen sorgten.

»Ach«, sagte Schaz. »Bist du darauf aus?«

»Glaubst du, du kommst damit klar?«

»*Ich* bestimmt. Die Frage ist, was *sie* davon halten werden.«

Unser Comm schaltete sich mit einem Knacken ein. »Du hast dich wohl verirrt, mein Freund«, sagte eine leicht gelangweilte Stimme mit bedrohlichem Unterton. »Das ist ein nettes Schiff. Wir werden es dir jetzt abnehmen.«

Einer der Monitore leuchtete auf: Radarkontakt. Zwei Schiffe näherten sich uns auf Abfangkurs. Beide massig und langsam, vermutlich Passagierschiffe, die man zu Kampfraumern umgerüstet hatte; falls sie uns angreifen sollten, würden sie eine üble Überraschung erleben – Schaz und ich würden sie abschießen, ohne auch nur ins Schwitzen zu geraten. Dann wäre unsere Tarnung freilich aufgeflogen, und den Kampf gegen die Piraten an Bord der Zwillingsschlachtschiffe konnten wir nicht gewinnen. Deshalb: Planänderung.

»O Mann«, sagte Schaz scheinbar schwer atmend – natürlich atmete sie nicht, konnte ihre Stimme aber so modulieren, dass es sich so anhörte, als verschlucke sie beim Reden beinahe das Mikrofon. »Hat dir schon mal jemand gesagt, dass eure Schiffe, äh, zusammengeklebt sind? Das sieht echt scheiße aus.«

Sie vermochte den Akzent, den JackDoes ihr verpasst hatte, nicht ganz zu unterdrücken, doch die Wirkung der Modulation war trotzdem erstaunlich. Auf einmal klang sie nicht mehr wie ein Tyll-Aristokrat auf dem Weg zur Oper, sondern wie ein Vertreter der Tyll-Elite, der nach dem Puls schwere Zeiten erlebte, einen Bullshitjob erledigte, den er für unter seiner Würde erachtete, und sich die meiste Zeit über die Kante gab. Ich hatte keine

Ahnung, wie sie all diese Informationen in nur zwei Sätze packte, doch die Botschaft war unmissverständlich.

»Mein Freund«, sagte der unbekannte Sprecher lachend, »du scheinst ein wenig verwirrt zu sein. Deshalb sag ich's noch mal ganz deutlich: Wir werden dich *töten* und dir das Schiff rauben. Nur damit das klar ist.«

»Tut das nicht, Mann.« Schaz klang eher belustigt als eingeschüchtert, wobei letzteres vermutlich die Reaktion war, die der Sprecher hervorrufen wollte. »Ich habe eine Botschaft. Ich überbringe ein Paket.«

Im Hintergrund sagte jemand: »Das ist ein Kurierschiff, sieh mal genau hin.« Wieder der erste Sprecher: »Du bist ein Kurier, Kumpel? Was willst du mir sagen?«

»Ja, Mann. Sieht man das nicht im Scan? Alle anderen sehen's jedenfalls. Vielleicht ist euer Zeug falsch verkabelt – das passiert nämlich, wenn man Sachen zusammenklebt, die nicht zusammengehören. Ich mein ja nur. Nicht übelnehmen, alles gut … ist gut, dass ihr … alles gut, Mann. Alles in Ordnung.«

»Wir sehen keine Kurierbeschriftung auf deinem Raumschiff, Kumpel«, sagte der Piratenfunker. »Wie wär's, wenn du uns sagst, für wen das Paket ist, dann sorgen wir dafür, dass es ankommt.«

»Das *geht* nicht, Mann. Ich meine, der Empfänger geht klar … Javier Soundso, einen Moment … ich hab's hier irgendwo … Javier *Ortega*, Bruder, das ist der Empfänger; er bekommt ein Paket von … von … von einer gewissen Colleen Nazafi. Najafi.« Das war nicht mein Name – so blöd war ich nicht –, doch Javier kannte den Decknamen, denn Schaz und ich hatten ihn früher bei gemeinsamen Einsätzen verwendet.

Wenn *Javier* ebenfalls ein Pseudonym benutzte, konnte der Plan natürlich nicht aufgehen, doch ich hatte Schaz entgegen meinen Regeln nach der digitalen Absenderadresse seiner

Nachrichten gefragt, und bei denen hatte er seinen richtigen Namen verwendet.

Schaz setzte ihre Vorstellung fort. »Aber was die Übergabe angeht, das kann ich nicht machen. *Wir* haben einen Vertrag unterzeichnet, und die Absenderin des *Pakets* hat einen Vertrag unterzeichnet, und so lange, bis Mr. Ortega ebenfalls unterzeichnet, bekommt niemand das Paket in die Hände. Solltet ihr es trotzdem versuchen, explodiert es.« Schaz brachte diese Nachricht mit der gleichen drogengeschwängerten Lässigkeit vor wie zuvor; ich glaube, sie kauften es ihr tatsächlich ab. Gefährliche Leute – wie zum Beispiel Piraten – sind eindeutig gefährlich, doch Menschen in einem chemisch induzierten Ungleichgewichtszustand, die Zugang zu *Bomben* haben, sind unberechenbar.

Gemurmel am anderen Ende der Leitung; vermutlich überlegten die Piraten, wer zum Teufel Javier Ortega war. Wenn Javi ein Pseudonym benutzte, würde der Plan an diesem Punkt scheitern – ich flog weiterhin in Schlangenlinien auf das Piratennest zu, war aber gewappnet, die Annäherung im Notfall abzubrechen und die Flucht zu ergreifen.

Der Typ am anderen Ende der Leitung rief etwas, wobei er die Hand ums Mikrofon gelegt hatte, dann meldete er sich wieder. »Na schön, entspann dich, Kumpel – niemand will dir dein kostbares Paket abnehmen. Ortega erwartet dich an der Schleuse …«

»Nicht *mich*, Mann.« Schaz brachte sogar ein leises Kichern zustande. »Ich *fliege* das Schiff bloß. Mein Captain wird das Paket übergeben.«

Mit einem hörbaren Seufzer dämmerte es dem Piraten, dass der imaginäre Tyll im Drogenrausch mit der Bombe nicht allein war. »Wer auch immer, Mann«, stimmte er zu. »Die beiden Schiffe auf Abfangkurs werden euch eskortieren. Aber … tut, was sie sagen.« Bevor er die Verbindung unterbrach, hörten wir ihn wieder rufen, diesmal ohne dass er das Mikro abdeckte: »Würde mal jemand dem *verfluchten* Ortega sagen, wenn er schon beschissene Pizza bestellt, soll er wenigstens darauf achten, dass sie nicht mit einer beschissenen *Bombe* …« Dann brach das Signal ab.

»Gut gemacht, wie immer, Scheherazade«, gratulierte ich meiner KI.

»Ich tue, was ich kann«, brüstete sie sich.

39

Wir folgten dem Kurs, den die Eskortraumer uns vorgaben. Das war mir ganz recht – im Laufe der letzten hundert Jahre hatten die beiden Schlachtschiffe so viele Veränderungen durchlaufen, dass ich Komplettscans der beiden Schiffe stundenlang hätte studieren müssen, um eine geeignete Schleuse zu finden.

Ich überließ Schaz die Steuerung; jetzt, da wir uns an den Kurs der anderen beiden Schiffe gekoppelt hatten, hätte der fiktionale Tyll das Steuer sowieso an seine KI übergeben. Ich ging in den Wohnbereich hinüber – ich musste irgendetwas anziehen, das zu einem Kuriercaptain passte.

»Das war riskant.« Die Predigerin blickte mir skeptisch entgegen. Sie hatte die Unterhaltung über die Bordsprechanlage mitgehört; meine KI legte bei ihrer Vorstellung Wert auf ein möglichst großes Publikum.

»Es hat geklappt.« Ich legte meine Bordklamotten ab und zog mehrere Kleidungsstücke an, die zu meinem »verwegenen« galaktischen Outfit gehörten – eine Menge Gürtel, Schnallen und Spangen aus alten Militärbeständen.

»Trotzdem war es …«

»Captain«, unterbrach ihn Scheherazade, »das solltest du dir mal ansehen.«

Stirnrunzelnd ging ich zurück ins Cockpit. Unsere Scanner waren ausgefallen – wir näherten uns den Zwillingsschlachtschiffen, das hieß, wir befanden uns innerhalb ihrer Umhüllung; die Strahlungssignatur der beiden großen Schiffe überlagerte alles andere. *Damit* war zu rechnen gewesen. Was Schaz' Aufmerksamkeit erregt hatte, war durch das Cockpitfenster zu erkennen; die Piraten machten mobil. Die Seite des Raumschiffs – der Raumschiffe – war auf einmal gespickt mit Waffen, die zuvor nicht da gewesen waren.

»Das machen sie nicht wegen uns.« Ich runzelte die Stirn. »Um uns abzuschießen, bräuchten sie nicht so viel Feuerkraft. Da geht irgendetwas vor.«

»Am Rand des Systems habe ich Aktivität festgestellt, kurz bevor wir in die tote Zone geraten sind«, sagte Schaz. »Keine Ahnung, was das war, aber auf jeden Fall packen sie jetzt die Begrüßungsgeschenke aus. Wir hatten noch nie das *beste* Timing, aber mussten wir unbedingt mitten in einen Piratenkrieg hineinplatzen?«

O Gott, bloß nicht. Ich hatte das schon mal erlebt und nur deshalb überlebt, weil es ein paar Flugmanöver gab, die selbst Piraten zu gefährlich waren. Zum Glück hatte ich damals ein gestohlenes Schiff geflogen, bei dem es mir nichts ausmachte, dass es auseinanderflog, denn sonst hätte Schaz mich jetzt an diesen Albtraum erinnert. »Im Moment können wir nichts tun«, sagte ich. »Aber sobald ich an Bord von Jenseits des Endes gehe, solltest du dich abriegeln und darauf vorbereiten, einen Alarmstart hinzulegen.«

»Wenn wir angedockt haben, werden sie versuchen, meinen Antrieb zu blockieren, damit wir uns nicht ohne ihr Einverständnis aus dem Staub machen können.«

»Dann *verhindere* das; dafür gibt es Programme.«

»Sie könnten es bemerken.«

»Wir sind ein Kurierraumer; wir lassen uns nicht vorschreiben, wie wir unseren Job zu erledigen haben.« Ich wandte mich an die Predigerin. »Gib mir eine Liste mit den Medikamenten, die Marus benötigt.«

Sie nickte und übermittelte mit flackernden Augen ein Signal, worauf die Liste in meinem HUD erschien. »Danke«, sagte ich und wandte mich zur Schleuse. »Ihr beide bleibt an Bord und tut … einfach … *nichts*.«

»Wir werden versuchen, uns zu beherrschen«, erwiderte Esa affektiert. Ich beachtete sie nicht, denn ich hatte genug andere Sorgen.

Die letzte Begegnung mit Javi war fast drei Jahre her. Hatte ich mir vorgestellt, wie eine Wiederbegegnung ablaufen könnte? Ja sicher, in Zeiten der Untätigkeit, wenn ich jemanden observierte oder auf langen interstellaren Flügen. In gewissen … einsameren Momenten in meiner Koje hatten diese Tagträume eine erotische Färbung angenommen – das muss ich zugeben. Aber niemals hatte ich mir vorgestellt, dass *ich* irgendwann *seine* Hilfe benötigen würde – in den Geschichten, die ich erfand, lief es im Allgemeinen andersherum. Was mir damals einfach wahrscheinlicher vorgekommen war.

Das aber war jetzt alles bedeutungslos. Ich war wegen Marus hier. Javier würde dafür Verständnis zeigen, denn auch er war schon lange mit ihm befreundet.

Allerdings hatten wir beide keinen Finger krumm gemacht, als er verbannt worden war.

Das aber konnte er nicht wissen, denn er hatte sich zu dem Zeitpunkt bereits abgesetzt. Trotzdem war mir mulmig zumute; eigentlich quälte es mich ständig. Ich kannte seine Beweggründe. Das bedeutete nicht, dass ich sie gebilligt oder seine Entscheidung für richtig gehalten hätte. Doch wir hatten einander nahegestanden, und als ich für ihn hätte eintreten sollen, hatte ich den Mund gehalten. Es hätte nichts geändert – sein »Prozess« in Abwesenheit war reine Formsache gewesen, die Verbannung war längst abgemachte Sache. Hätte ich ihn verteidigt, hätte ich meine eigene Position beim Rat geschwächt.

Trotzdem haderte ich mit mir.

Ich trat in dem Moment durch die Schleuse, als Scheherazade leicht ruckte; wir hatten an Jenseits des Endes angedockt. Als die Rampe sich senkte, verbannte ich alle Gedanken aus meinem Bewusstsein und übernahm die Rolle des Kuriercaptains. Mein Outfit machte mir das leichter.

Ich war hier, um ein Paket zu übergeben und Ortega dorthin zu begleiten, wo er sein Paket verwahrte; es war ein Job, nicht mehr. Man würde uns die ganze Zeit über beobachten, denn Piraten waren nicht besonders vertrauensselig. So war es mir offen gesagt auch lieber – mit Peinlichkeiten war nicht zu rechnen, da wir beide nicht offen sprechen konnten.

Javier erwartete mich bereits. Er sah immer noch gut aus; das musste ich ihm lassen. Markanter Kiefer, Hakennase, etwas zu große Augen. Ich hatte eigentlich erwartet, dass er, von der medizinischen Versorgung der Legitimierten abgeschnitten, stark gealtert wäre. Doch stattdessen wirkte er eher gesünder – damals war er ein bisschen dünn gewesen, hatte in der Zwischenzeit aber an Muskeln zugelegt. Andererseits war er drei Jahrzehnte jünger als ich, denn er war nach dem Puls zur Welt gekommen.

Er war noch immer groß, größer als ich, was recht selten ist. Natürlich hatte ich nicht erwartet, dass sich daran etwas ändern würde, doch bisweilen fragt man sich, ob man in der Erinnerung nicht manche Eigenschaften von Menschen, die man lange nicht gesehen hat, übertreibt. Das war nicht der Fall: Er war immer noch groß. Und er hatte sich das Haar wachsen lassen und zu einem Pferdeschwanz gebunden, der ihm in den Rücken fiel. Das sah ziemlich bescheuert aus.

An diesem Gedanken hielt ich mich fest, als ich mit leicht gelangweilter Miene die Rampe hinunterging. Ich dachte nicht daran, dass er gut aussah, sogar noch besser, als ich ihn in Erinnerung hatte; auch nicht daran, dass mir gar nicht bewusst gewesen war, wie sehr er mir gefehlt hatte. Sondern dass seine Haartracht bescheuert aussah.

»Du bist Javier Ortega?«, sagte ich mit schwerer Zunge und schaute mich im Dock um. Ich hatte erwartet, zumindest ein paar Piraten zu sehen, die die Fremde in Augenschein nehmen wollten, die auf ihrem Schiff gelandet war, doch da war niemand – nur Javi und ein paar unbesetzte Erkundungsschiffe. Nicht mal unsere Eskorte hatte angedockt.

Ich erwartete eine freundliche Erwiderung, die dazu dienen könnte, meine Deckgeschichte zu sondieren, damit er darauf Bezug nehmen konnte, wenn die Rede darauf kam – wir waren zwar nicht unter den günstigsten Bedingungen auseinandergegangen, doch er würde mich wohl kaum an die Piraten ausliefern, nur weil ich seine Nachrichten nicht beantwortet hatte –, doch stattdessen kam er eilig die Rampe hoch, fasste mich beim Ellbogen und zog mich in Scheherazades Schleuse hinein.

»Wie immer ist dein Timing fürchterlich.« Er schüttelte den Kopf und senkte die Stimme. »Wir müssen von Jenseits des Endes verschwinden, und zwar *verdammt schnell.*«

40

Ich nahm mir eine halbe Sekunde Zeit, um mir eine Antwort zurechtzulegen. »Das *kann* ich nicht«, zischte ich. »Ich bin hier, um dich um *Hilfe* zu bitten; wir können nicht losfliegen, ohne …«

»Wenn wir nicht verschwinden«, er funkelte mich an und beugte sich zu mir, als könnte er eventuellen Lauschern damit das Handwerk legen, »werden wir wie alle anderen an Bord in organischen Müll verwandelt werden. Die Piraten sind im Begriff, einen Kampf zu beginnen, den sie nicht gewinnen können. Fahr Schaz hoch – was immer du von mir willst, musst du dir woanders besorgen.«

Ich starrte ihn an – vielleicht einen Moment zu lang, doch auch für meine Verhältnisse ging alles viel zu schnell, und diesmal hatte ich Mühe, mit den Ereignissen Schritt zu halten. Javier war vieles zuzutrauen, doch mich anzulügen, um an Bord meines Schiffes zu gelangen – dazu war er nicht imstande.

Es sei denn, er hatte sich in der Verbannung verändert.

Aber ich wäre nicht hierhergekommen, wenn ich ihm nicht immer noch vertraut hätte. Ich nickte, dann öffnete ich mit einem Schlag auf den Sensor die Schleuse, und wir betraten das Schiff. Javier steuerte sogleich aufs Cockpit zu – er kannte Scheherazade beinahe so gut wie ich.

Aus besseren Zeiten.

»Javi!«, quiekte Scheherazade – oder jedenfalls brachte sie einen Laut hervor, der einem Quieken so nahe kam, wie es einem Tyll-Aristokraten möglich war. »Wie ist es dir …«

»Jetzt nicht«, knurrte ich und zwängte mich an Javier vorbei. »Offenbar sind wir noch tiefer in die Scheiße hineingeraten. Bring uns von hier fort, Schaz. Wie lange dauert es, bis der Hyperantrieb …«

»Acht Minuten«, antwortete sie, jetzt, da sie begriffen hatte, dass man das Feuer auf uns eröffnen würde, plötzlich wieder ganz professionell. Javier folgte mir ins Cockpit; ich setzte mich in den Pilotensessel, und er hielt inne und musterte Esa, die wie gewöhnlich vor der Geschützkonsole saß.

»Hallo, freut mich, dich kennenzulernen«, sagte er. »Mach Platz.«

»Tu, was er sagt, Esa«, befahl ich ihr und machte die Systeme startklar.

»Was ist los?«, fragte sie und wechselte zum Navigationssessel. Javier nahm vor der Waffenkonsole Platz und machte die Systeme einsatzbereit.

»Keine Ahnung – frag Javi«, antwortete ich.

»Gerade als ich auf dem Weg zu dir war, drehten plötzlich alle durch«, sagte er. »Wie es aussieht, ist auf der anderen Seite des Systems eine ganze Pax-Flotte aufgetaucht; die Schiffe sind hierher unterwegs, und zwar nicht in guter Absicht. Dutzende Fregatten, Hunderte Kampf- und Erkundungsraumer. Und fünf Schlachtschiffe.«

Ich schluckte. Was immer da vorging, ich bezweifelte, dass es mit uns zu tun hatte – diese Flotte war weit größer als die, welche Esas Heimatwelt angegriffen hatte. Und es waren mehr Schiffe als nötig waren, um Jenseits des Endes auszulöschen; durch das Aneinanderkoppeln hatten die beiden Superraumer stark an Mobilität eingebüßt, und egal, wie viele Waffen die Piraten installiert hatten, sie würden sie nicht so ausrichten können, dass sie es auch nur mit *einem* Schlachtschiff aufnehmen konnten. Geschweige denn mit fünf.

»Das sieht nach Overkill aus«, sagte ich und hob vom Dock ab. Die Piraten versuchten nicht, uns aufzuhalten; im Moment hatten sie andere Sorgen.

»Sie brauchen keine fünf Schlachtschiffe, um Jenseits des Endes auszulöschen; und sie brauchen auch keine fünf Schlachtschiffe, um Scheherazade zur Strecke zu bringen«, fauchte ich.

»Normalerweise würde ich dir das übelnehmen – aber du hast vollkommen recht«, pflichtete Schaz mir bei. »Ich wäre am Arsch.«

»Kannst du mal die Lage scannen?«, bat ich sie.

»Erst wenn wir aus der Umhüllung raus sind«, erwiderte sie.

»Ich nehme an, ich soll die Heckkanone übernehmen«, sagte die Predigerin, die in der Tür stand und unsere Unterhaltung mitgehört hatte.

»Bitte tu das«, sagte ich. »Es könnte … heftig werden.«

»Das ist wohl eher untertrieben«, murmelte Schaz.

»Vielleicht auch nicht – die Piratenschiffe verteilen sich.« Javier zeigte nach draußen. »Sie sind der Pax-Flotte zwar nicht ebenbürtig, aber was die kleineren Schiffe angeht, sind sie ihnen zahlenmäßig überlegen. Fast jeder Pirat an Bord von Jenseits besitzt entweder ein eigenes Schiff oder gehört einer Schiffscrew an. Das ergibt mehrere *Hundert* Piratenschiffe, die sich alle gleichzeitig aus dem System absetzen wollen. Wenn die Pax eine einzelne Nadel aufspüren wollen – zum Beispiel uns …«

»Es gibt kein ›wir‹«, machte ich ihm klar.

»Na schön, dann eben Schaz … ist das im Moment wirklich wichtig?«

»Wir wissen noch immer nicht, ob sie es auf uns abgesehen

haben«, rief Esa ihm nervös in Erinnerung. Sie wandte sich mir zu. »Haben sie es auf uns abgesehen?«

»Wir sollten zur Sicherheit davon ausgehen und machen, dass wir von hier verschwinden, anstatt darauf zu warten, dass unsere Annahme widerlegt wird«, erwiderte ich. »Selbst wenn sie es nicht *speziell* auf uns abgesehen haben, sind sie immer noch Pax – sie würden uns töten, nur weil wir nicht unter der Flagge der Pax unterwegs sind. Wir sind keine Pax und deshalb Gegner.«

Wir ließen den signaldämpfenden Schutzschirm, der Jenseits des Endes umgab, hinter uns, und die Monitore lieferten auf einmal wieder Bilder. Javier lag falsch – da draußen war die Hölle los, es tobte ein Karneval des Todes und des Chaos, während die Piraten und die Faschisten um die Kontrolle über die lokalen Fluchtvektoren kämpften.

Jenseits des Endes war bereits in ein Feuergefecht mit den Schlachtschiffen der Pax verwickelt. Wegen der großen Entfernung richteten die stadtgroßen Superraumer noch keinen nennenswerten Schaden an – entscheidend war nicht die Feuerkraft ihrer Kanonen, sondern die Treffsicherheit auf große Distanz, ganz zu schweigen davon, dass die Schutzschirme beider Schiffe zu diesem frühen Zeitpunkt der Auseinandersetzung noch mit höchster Leistung liefen. Wenn sie näher kamen, würde sich das schnell ändern. Immer mehr Schüsse würden die Abschirmung durchdringen, und immer mehr Bordsysteme würden ausfallen.

Die kleineren Schiffe der Pax schwärmten derweil aus und versuchten, so vielen Piratenschiffen wie möglich den Fluchtweg abzuschneiden. Jenseits des Endes befand sich derzeit in der Nähe der Gravitationssenke des Riesenplaneten, und die flüchtenden Schiffe mussten sich erst daraus lösen, bevor sie auf den Fluchtvektor einschwenken und den Hyperantrieb aktivieren konnten, weshalb die Pax minutenlang freie Schussbahn hatten. Einige Piraten nutzten diese wenigen Minuten, um die Pax frontal anzugreifen – die Schlachtschiffe ignorierten die kleinen Raumschiffe weitgehend, weshalb die Piraten den Pax zahlenmäßig weit überlegen waren. Die ersten Schiffe gingen bereits in Flammen auf, und es verschwanden ebenso viele Pax-Raumer von meinem Radar wie Piratenschiffe, vielleicht sogar mehr.

Leider saßen wir im selben Boot. Auch wir mussten uns aus der Gravitationssenke lösen, und wir waren nicht tagelang an Jenseits des Endes angedockt gewesen, wo *unser* Hyperantrieb stark abgekühlt wäre. Wir würden ein paar Minuten brauchen, um die Gravitationssenke zu verlassen, doch dann mussten wir uns immer noch eine kleine Ewigkeit lang am Leben erhalten, bis wir in den Hyperraum eintreten konnten.

Deshalb tat ich das, was keiner erwarten würde: Ich steuerte Schaz geradewegs in das Chaos hinein, dorthin, wo am heftigsten gekämpft wurde. Wenn die Pax tatsächlich nach uns suchten, würden sie in dem ganzen Durcheinander verdammt gut hinschauen müssen.

41

Es gab nichts anderes mehr als Feuer und Bewegung. Ich machte das schon seit über hundert Jahren; inzwischen war es mir in Fleisch und Blut übergegangen, ohne zu überlegen zu reagieren, den engen Kurs zu finden, der am schlimmsten Chaos vorbeiführte, und den Bordkanonen Schussbahnen zu öffnen. Es war eine Art Tanz, bei dem es darum ging, Manöver, Absicht und Dynamik des Partners zu interpretieren, bloß dass ich es mit tausend Partnern zu tun hatte, die mich alle töten wollten.

Zum Glück wollten sie sich auch gegenseitig umbringen. »Wen soll ich vorzugsweise unter Feuer nehmen?«, fragte mich die Predigerin. »Piraten oder Pax?«

»Alle, die auf uns schießen; das hat oberste Priorität«, antwortete ich, ohne den Blick von den Lichtblitzen, den Flammen und den umherfliegenden Metalltrümmern auf den Monitoren abzuwenden.

»Sie schießen *alle* auf uns!«

»Dann schieß zurück«, sagte Javier mit ruhiger Stimme und ließ den Worten Taten folgen. Er hatte die Steuerung der omnidirektionalen Laserbatterien übernommen und schickte blaues Feuer in das Chaos im leeren Raum. Für mich blieben die Bugkanonen übrig, doch ich suchte nicht speziell nach Zielen – ich versuchte, uns von den Zielvorrichtungen der anderen Schiffe fernzuhalten und überließ es Javi und der Predigerin, diejenigen unter Feuer zu nehmen, die uns zu nahe kamen.

»Javi?«, sagte Scheherazade, während sie tausend Prozesse gleichzeitig steuerte und ständig Leistung, Triebwerkseinstellungen und die bereitgestellte Energie nachregelte. »Wo ist Bolivar?«

»Er ist hier irgendwo. Ich habe ihm gesagt, er soll starten, gleich als mir klar wurde, dass ich mit euch …«

»Hier bin ich!« Die unpassend fröhliche Stimme war die von Javiers Schiff: Im Unterschied zu Scheherazade hatte Bolivar einen eher sanften Charakter und war seit jeher optimistisch und unternehmenslustig. Vielleicht sagten die unterschiedlichen – oder gegensätzlichen – Persönlichkeiten, die unsere Schiffe im Laufe der Jahre entwickelt hatten, etwas über Javi und mich aus; ich war mir nicht sicher. Jetzt aber war kein guter Zeitpunkt, mir darüber Gedanken zu machen.

»Bleib hoch an uns dran bei sechs Uhr, Var, aber halt dich aus dem Erfassungsbereich des Heckturms raus«, wies ich ihn an. Bolivar war kleiner als Scheherazade; wenn sie ein Schwert war, dann war er ein Dolch. Eigentlich war er nicht für den Kampfeinsatz gebaut, aber durchaus in der Lage, sich zu behaupten – ohne Pilot an Bord war seine Leistungsfähigkeit allerdings halbiert.

»Verstanden«, antwortete er. »Ich freue mich übrigens sehr, dich wiederzusehen. Beziehungsweise dich zu hören, denn …«

»Var? Nicht jetzt.«

»Verstanden. Übrigens ist ein Drohnenschwarm in eure Richtung unterwegs.«

Fluchend schwenkte ich vom Kurs ab und wedelte ein bisschen herum, wobei ich einem der größeren Piratenschiffe gefährlich nahe kam – vielleicht würden die Drohnen ja das Schiff ins Visier nehmen anstatt uns. Drohnen sind in der Schlacht eigentlich nur lästig – übergroße, raumflugtaugliche Versionen der Lähmdrohnen, die Esas Heimatstadt angegriffen hatten. Sie waren gefährlicher als einzelne Raketen, stellten aber keine Gefahr für ein Schiff mit Pilot dar.

Auch wenn sie nur Plagegeister waren, musste man sich doch vor ihnen in Acht nehmen: Sie waren mit hocheffektiven Lasern ausgerüstet, die so moduliert waren, dass sie die Schutzschirme destabilsierten anstatt in den Rumpf einzudringen. Die Absicht dabei war, das getroffene Schiff so zu schwächen, dass es einem *ernsthaften* Angriff weniger entgegenzusetzen hatte.

Das Piratenschiff – nicht ganz so groß wie eine Fregatte – beachtete uns nicht, sondern konzentrierte das Feuer auf den Drohnenschwarm, um ihn zu zerstören, bevor die nachfolgende Welle der Pax-Schiffe eintreffen würde. Wir zeigten uns dadurch erkenntlich, dass wir dicht daran vorbeiflogen, mitten in ein *anderes* Gewühl hinein: Diesmal handelte es sich um mindestens ein Dutzend unterschiedliche Schiffe, im hin und her wogenden Nahkampf begriffen.

Javi feuerte im Vorbeiflug auf *alle*, richtete aber nicht genug Schaden an, um auch nur ein Schiff abzuschießen. Stattdessen zwang er sie zu Ausweichmanövern, und da sie mit ihrem eigenen Überleben beschäftigt waren, konnten sie uns nicht folgen. »Wie lange noch, bis der Hyperantrieb läuft, Schaz?«, fragte ich.

»Noch drei Minuten«, antwortete sie. »Und der Schutzschirm wird backbordseitig stark belastet – eines der Pax-Schiffe interessiert sich für uns.«

Ich fluchte erneut, sah auf die Monitore, schwenkte nach unten und zog gleich wieder hoch. Das Schlachtschiff ärgerte uns ein bisschen mit ein, zwei Turmkanonen – den Großteil seiner Feuerkraft konzentrierte es auf Jenseits des Endes, außerdem waren die Kanonen eines Schlachtschiffs dazu gedacht, ein *ande-*

res Schlachtschiff oder gleich einen ganzen Planeten unter Dauerfeuer zu nehmen, aber schlecht dafür geeignet, ein kleines, lästiges Raumschiff vom Himmel zu holen. Allerdings war die schwächste Kanone eines Schiffs dieser Größe noch immer wirkungsvoller als alles, was wir an Bord hatten.

Ich beendete die enge Kurve und nahm wieder Kurs auf Jenseits des Endes. Metalltrümmer lösten sich von den Zwillingsschiffen, die unter der vereinten Feuerkraft der Pax-Schlachtschiffe erbebten; dann brach der schimmernde Schutzschirm zusammen, und elektrische Entladungen durchzuckten den leeren Raum. Lange würden sie nicht mehr durchhalten.

Die Piraten aber ließen nicht locker, und die rötlichen Lichtlanzen der Laserkanonen bohrten sich in den Kosmos, sodass die Kanoniere tatsächlich *sehen* konnten, worauf sie schossen. Mindestens ein Schlachtschiff der Pax trudelte hilflos dahin, der Rumpf war von Explosionen aufgerissen.

Das Ende aber war unausweichlich – der Piratenstützpunkt würde nicht lange genug durchhalten, um alle vier verbliebenen Superraumer der Pax ausschalten zu können. Eines aber musste ich ihnen lassen; es waren zumindest einige Piraten an Bord, die bereit waren zu kämpfen, statt vor den Pax zu kuschen. Vermutlich waren das diejenigen, die wussten, wie die Pax mit ihren Gefangenen verfuhren.

Ich näherte mich weiter dem Schlangenlinienkurs der Piratenbasis und ließ Schaz durch die Flammen hindurchfliegen, die aus der aufgerissenen Hülle schlugen, um so der Aufmerksamkeit zu entgehen, die wir inmitten der Trümmer im Gefolge der auseinanderbrechenden Zwillingsraumer erregt hatten. Die Predigerin hatte nun freies Schussfeld auf die kleineren Verfolgerschiffe, und entweder gaben sie auf, oder die Barische gab ihnen Saures, während wir dem auseinanderbrechenden Rumpf von Jenseits des Endes immer näher kamen.

»Bolivar, bleib dicht bei uns an der anderen Seite der Basis«, sagte ich ins Mikrofon, fuhr den Schub herunter, glich die Gravitationswirkung aus, passte unseren Orbit dem der Schlachtschiffe an und benutzte die Zwillingsstation als Deckung. Der Radarschirm zeigte, dass es vor uns allmählich leerer wurde – entweder wurden die Piraten von den Pax abgeschossen, oder aber sie lösten sich aus der Gravitationssenke und traten in den Hyperraum ein. Das bedeutete, wir waren allein mit den Pax und den beiden sterbenden Schlachtschiffen. Gar nicht gut.

»Wie lange noch, bis der Hyperantrieb bereit ist?«, fragte ich erneut.

»Soll ich einen Countdown auf deinen Monitor legen?«, entgegnete Schaz ein wenig gereizt.

»Nein, sag es mir einfach.«

»Noch zwei Minuten.« Es war erst eine Minute her, dass ich zum ersten Mal gefragt hatte. Mir kam es vor wie eine Ewigkeit.

»Var – bleib im Orbit und gib vollen Schub. Wir fliegen einen Bogen um den verdammten Planeten. Damit dürften wir uns einen Aufschub verschaffen, bis Schaz' Hyperantrieb abgekühlt ist.«

»Klingt wie ein Plan!«, stimmte Bolivar zu, so heiter gestimmt wie eh und je.

»Schaz, schick Var die Koordinaten für ein nahe gelegenes System …«

»Wohin …«

»Ist mir egal, solange es *woanders* ist!«

Etwas brach aus dem Rumpf des Schlachtschiffs hervor; wir lösten uns, ich gab vollen Schub und steuerte Schaz mit röhrendem Triebwerk zumindest vorübergehend aus der Kampfzone hinaus. Die Pax-Schiffe nahmen augenblicklich die Verfolgung auf – keine Frage, sie hatten nach uns gesucht. Doch wir waren im Vorteil; sie mussten uns erst inmitten der sich vom Zwillingsschiff lösenden Trümmer ausfindig machen, dann den Kurs entsprechend ändern und uns einholen, während wir die ganze Zeit über beschleunigten.

Das bedeutete jedoch nicht, dass wir uns außerhalb ihrer Reichweite befunden hätten, weshalb ich ständig Kursanpassungen vornahm und mich bemühte, im Gravitationsfeld des Planeten zu bleiben. »Ich sehe hier hinten *eine Menge* Ziele!«, meldete die Predigerin, und ich hörte über das Comm das ohrenbetäubende Dröhnen des Heckturms, der ohne Unterlass feuerte.

»Dann sollte es dir ja leichtfallen, sie abzuschießen«, erwiderte ich, noch immer ganz auf den Steuerknüppel konzentriert.

»Es wäre einfacher, wenn du verdammt noch mal stillhalten würdest!«

»Wenn ich das täte, würde es um uns herum erheblich wärmer und dann richtig scheißkalt, Predigerin. Noch eine knappe Minute; ich muss …«

»Achtung, *jetzt*,« warf Schaz ein. Immer weiter beschleunigend verließ ich den Orbit und löste das Schiff aus der Gravitationssenke; Bolivar war dicht hinter mir. Auf den Cockpitmonitoren – und bestimmt auch hinter uns – war der leere Raum von Flakfeuer und Explosionen erfüllt; die Pax setzten alles gegen uns ein, was sie hatten. Ihnen war klar, dass wir auf Fluchtkurs befanden.

»Raketen im Anflug«, warnte Javi. »Ich schieße sie ab, so schnell ich kann, aber alle werde ich nicht erwischen. Sie sind so programmiert, dass sie explodieren, sobald …«

»Schneller, schneller, schneller, *schneller*«, sagte Bolivar beschwörend; er klang geradezu atemlos, und seine Stimme schwang sich mit jeder Wiederholung höher empor.

»Jenseits des Endes bricht auseinander«, meldete Scheherazade. »Das war's, die sind fertig. Wir müssen …«

Wir erreichten den Rand der Gravitationssenke, und ich jagte das Schiff in dem Moment in den Hyperraum, als um uns herum Feuer den Raum auslöschte.

42

Einen Moment lang herrschte Stille, und alle hielten den Atem an. Draußen zogen die Sterne vorbei, doch die Geschwindigkeit, mit der wir uns bewegten, löste ein seltsames Gefühl von Stillstand aus, vor allem nach diesem Kampf.

Die Schlacht hatte kaum zehn Minuten gedauert, doch es hatte sich angefühlt wie eine Ewigkeit; vom subjektiven Standpunkt aus hätte ich gesagt, wir waren länger in Kampfhandlungen verwickelt gewesen, als wir den Beobachtungsturm auf Esas Heimatwelt verteidigt hatten. Das war natürlich ein Irrtum, doch so fühlte es sich an. Bei Weltraumschlachten war das immer so, warum auch immer. Das war einer der Gründe, weshalb sie mich faszinierten, seit ich das erste Mal einen Steuerknüppel in Händen gehalten und ein Schiff durch gegnerisches Feuer gesteuert hatte: die Intensität des Ganzen, die gewaltigen *Dimensionen.*

Schließlich brach Esa das Schweigen. »Könntet ihr … *bitte* … damit aufhören, euch beschießen zu lassen?«, flehte sie.

Javier zeigte auf das Mädchen, ohne den Kopf zu wenden. »Ich schließe mich an«, erklärte er. »Wieso lässt du immer auf dich schießen?«, fragte er mich. »Immer.«

»Es wird tatsächlich häufig auf dich geschossen«, bestätigte Scheherazade.

»Ist nicht meine Schuld.« Ich versuchte, sie alle mit einem bösen Blick zum Schweigen zu bringen, doch damit kam ich nicht weit.

»Schuld? Nein.« Javier schüttelte den Kopf. »Schicksal? Vielleicht.« Dann grinste er mich an, und auf einmal fielen die vergangenen drei Jahre von mir ab. Nichts stand mehr zwischen uns; er hatte die Legitimierten nicht im Stich gelassen, ich hatte ihn nicht im Stich gelassen. Dieses Grinsen hatte er immer dann aufgesetzt, wenn ich ihn mal wieder aus der Bredouille befreit hatte oder wenn wir uns auf irgendeiner abgelegenen Welt begegnet waren, Lichtjahre vom Sanktum, von jeder Art von Verantwortung und anderen intelligenten Lebewesen entfernt. Unwillkürlich erwiderte ich sein Grinsen.

Plötzlich stürzte alles wieder auf mich ein. Er war fortgegangen; ich hatte mich geweigert, ihm zu folgen oder mich auch nur für ihn einzusetzen. Und gerade eben waren wir in das neue Leben hineingeplatzt, das er sich aufgebaut hatte, und hatten dafür gesorgt, dass es ihm um die Ohren flog. Ich wusste zwar nicht mit unumstößlicher Gewissheit, dass die Pax wegen uns aufgetaucht waren, konnte es aber nicht *ausschließen*.

Sein Lächeln verflog angesichts dessen, was er in meinem Gesicht sah. »Und«, sagte er und lehnte sich zurück, »wie ist es *dir* so ergangen?«

Ich lachte; ich konnte nicht anders. »Das ist peinlich«, sagte ich.

»Das ist nicht peinlich«, widersprach Scheherazade. »Mit *Peinlichkeit* hat das nicht das Geringste zu tun.«

»Soll ich euch mal allein lassen, oder was?«, fragte Esa, während sie zwischen uns hin und her blickte.

Ich seufzte und schüttelte den Kopf. »Nein. Bleib«, sagte ich. »Wenn wir uns streiten sollten, gäbe es sowieso keinen Ort an Bord, wo du nichts davon mitbekommen würdest. So viel Platz hat Schaz nicht.«

»Ich habe eine damenhafte Figur«, sagte Schaz spröde.

Javi lachte unvermittelt los. »Was zum Teufel ist mit deiner Stimme passiert?«, fragte er.

»JackDoes«, antwortete sie giftig.

»Ah. War er sauer auf dich?«

»Er wollte wohl mal ein bisschen Humor zeigen – ich glaube, er hat sich an einem konkreten Vorbild orientiert, das sich momentan an Bord befindet. An jemandem, der sich noch nie besonders gut auf Humor verstand, obwohl der Betreffende das ganz anders sah.«

»Meinst du etwa mich?«, sagte Javier mit gespielter Ahnungslosigkeit. Es gelang ihm nur unzureichend.

»Ja, dich.«

»Tut mir leid, dass die Piratenbasis wegen uns vernichtet wurde«, sagte ich zu Javi, stand auf und streckte mich. Meine Entschuldigung hatte vielleicht nicht besonders überzeugend geklungen, war aber immerhin ein Anfang.

Er zuckte mit den Schultern. »Es ist ja nicht so, dass das mein Lieblingsort in der Galaxis gewesen wäre. Aber die Piraten machen nun mal auch dann mit einem Geschäfte, wenn alle anderen einen schneiden.«

»Das also hast du gemacht? Deinen Unterhalt als Händler, als Schmuggler bestritten?«

»Damit habe ich mein Auskommen gesichert«, gab er zu und kratzte sich am Kinn. »Schließlich habe ich Jahre damit verbracht, Systeme zu kartografieren, die die Legitimierten links liegen gelassen haben, aber was für eine Sekte wie die unsere – deine – wertlos ist, kann für einen einzelnen Mann durchaus profitabel sein.«

Ich lächelte und sah zu Boden. »Du bist im Grunde deines Herzens immer noch ein Entdecker«, sagte ich.

»Ich bin, was ich bin«, sagte er mit einem Seufzen und richtete den Blick auf seine Hände. »Ich glaube, wir wissen inzwischen beide, dass sich daran auch nichts ändern wird. Egal.« Er schaute hoch, dann blickte er an mir vorbei die Predigerin an. »Javier Ortega«, sagte er und reichte ihr die Hand. »Gut geschlagen gerade eben.«

»Ebenso«, entgegnete sie und erwiderte vorsichtig seinen Händedruck. »Ich habe gehört, du …«

»Können wir das auf später verschieben?«, mischte ich mich ein. Ich war müde, und es kam schroffer heraus als beabsichtigt – es war ein langer Tag gewesen. »Javi, das ist die Predigerin. Predigerin, das ist Javi, wie ich bereits sagte. Sie ist wegen des Mädchens hier. Das Mädchen ist mein Schützling.«

»Deine Fracht, meinst du wohl.« Sein Tonfall war trocken, unterlegt mit einem Anflug von Belustigung.

»Ja, genau das meint sie«, pflichtete Esa ihm bei.

»Unterwegs zum Sanktum, Kleine? Viel Glück – es ist dort nett. Mir fehlt's irgendwie. Egal.« Javier breitete die Arme aus, dann wandte er sich an mich; der reine Friedensstifter. »Auf Jenseits des Endes hast du gemeint, du wolltest mich um Hilfe bitten. Was kann ich für dich tun?«

»Marus ist …«

»Heilige Scheiße, Marus ist an Bord?« Mit breitem Grinsen schaute er sich im Cockpit um, als erwartete er, dass sein alter Tyll-Freund sich in einem Lufteinlass versteckte. »Was macht er denn …«

»Er ist verletzt, Javi. Schwer verletzt. Er ist im Cort.«

Javis Lächeln verflog. »Seit wann?«, fragte er.

»Seit ein paar Tagen.«

»Also schon eine ganze Weile. Nicht weit von hier habe ich ein Vorratslager.« Er wandte sich zur Navigationskonsole um, beugte sich über Esa und gab ein paar Befehle ein. »Nur für den Fall, dass … also, für einen Fall wie diesen. Mit allen möglichen Sachen, aber auch einer Menge medizinischer Ausrüstung …«

»Hypochonder«, murmelte ich, während ich über seine Schulter blickte. Es rutschte mir so heraus – eine alte Angewohnheit.

»Pragmatiker«, entgegnete er scheinbar verletzt. »Jedenfalls bin ich mir ziemlich sicher, dass ich auch ein paar Tyll-Medikamente habe, aus denen Schaz bestimmt etwas zusammenmixen kann, das … na ja, das ihn wenigstens aufweckt.«

Ich nickte. »Gut. Schaz, würdest du die neuen Koordinaten an Bolivar übermitteln, sobald wir aus dem Hyperraum austreten?«, sagte ich.

»Wird gemacht, Boss«, antwortete sie.

»Du nennst sie immer noch Boss?« Javier lachte.

»Wie nennt Bolivar dich eigentlich?«, entgegnete sie.

»Meistens Dummy«, antwortete er.

»Ihm hat schon immer ein gewisser Respekt vor seinem Captain gefehlt«, bemerkte Scheherazade affektiert. »Den Agenten der Legitimierten sollte man Achtung entgegenbringen …«

»Danke, Schaz«, sagte ich beinahe gerührt.

»… auch dann, wenn sie dumm sind, falsch handeln und schlechte Entscheidungen treffen.«

Ich seufzte. »Danke, Schaz.«

»Schaz – bleib wie du bist«, sagte Javier und wandte sich von der Konsole ab.

»Ich weiß. Ich bin ziemlich perfekt.«

Javier blickte mich an. »So«, sagte er. »Wollen wir darüber reden?«

Ich hob eine Braue. »Gibt es etwas, was du mir seit drei Jahren sagen willst?«, fragte ich.

»Ja, ein paar Dinge schon.«

»Und jetzt willst du sie mir sagen?«

»Ich warte noch auf den passenden Moment.«

»Dann warte weiter. Erst mal sollten wir uns um Marus kümmern.«

43

Wir sprangen wieder in den Hyperraum, jedoch nicht für lange. Javier hatte nicht übertrieben – eine Seltenheit bei ihm –, sein Versteck lag wirklich ganz in der Nähe. In der Zwischenzeit bemühte ich mich, ihm aus dem Weg zu gehen, denn ganz gleich, wie das ausging, würde es vermutlich nicht dazu führen, dass wir unsere frühere Beziehung wieder aufnahmen.

Erleichtert wurde mir das dadurch, dass Esa an ihm klebte wie Kaugummi und sich an seine Fersen heftete, als er in den Wohnbereich hinüberging. Die Predigerin wusste nicht genug, um ihr von mir zu erzählen, und Schaz würde das nicht tun – Javier hingegen schon, vor allem deshalb, weil er wusste, dass ich mich darüber ärgern würde. »Nein, Kleine.« Er lachte über eine Frage, die sie ihm gestellt hatte. »Ich bin nicht *ganz* so alt wie sie.« Mit geübter Hand klappte er das Küchenmodul aus und wühlte in meinem Kühlfach nach einem Getränk. Fühl dich ruhig wie zu Hause, Javier. »Ich habe von den Sektenkriegen nicht viel mitbekommen.«

»Dann war sie also ein Soldat«, sagte Esa. »Ich hab's gewusst.«

»Das habe ich dir *gesagt*!«, rief ich aus dem Cockpit hinüber, doch die beiden beachteten mich nicht.

»Ja.« Er nickte. »Soldat, Kanonier, Taktiker, einer der besten

Piloten, die ich je getroffen habe; was das Kämpfen angeht, hat sie ihr Soll mehr als erfüllt.«

»Und du?«, fragte sie.

»Ich bin auch kein Versager – zumal wenn es um den Pilotenjob geht –, und ich weiß, was ich tun muss, um am Leben zu bleiben, aber ich bin nicht sie.« Er wandte den Kopf und bemerkte, dass ich ihn anfunkelte. Er hob beide Hände, in der einen hielt er das Glas. »Und sie übermittelt mir gar nicht so subtile Signale, dass ich den Mund halten soll.«

»Wieso willst du nicht, dass irgendjemand mir was erzählt?«, beschwerte sich Esa bei mir.

»Alles, was du wissen musst, wirst du im Sanktum erfahren. Javiers Blick auf die Galaxis ist … ein bisschen verzerrt.«

»Wodurch?«

»Durch Javier.«

»Durchs Überleben«, verbesserte er mich und grinste, um seinen Einspruch ein wenig abzumildern. »An den Orten, wo ich mich rumtreibe, sieht die Galaxis ganz anders aus als von den schimmernden Türmen des Sanktums aus betrachtet.«

»Ja, klar, Javi. Weil ich im Leben nichts anderes kennengelernt habe als Kristallpaläste und seidene Bettwäsche.« Meine Leg-dich-nicht-mit-Javier-an-Taktik stand offiziell vor dem Scheitern. Ich konnte nicht anders. Er war so verflucht *nervig* – was sollte ich tun, ihn einfach weiter lügen lassen?

»Dort gibt es Paläste?«, sagte Esa.

»Es gibt dort Türme«, antwortete ich seufzend. »Der Rest ist Javier pur.«

»Was ist mit den Pax?«, fragte sie. »Darf ich ihn danach fragen?«

Javis Lächeln verflog. »Fragen darfst du, Kleine«, sagte er. »Allerdings glaube ich nicht, dass ich dir etwas sagen kann, was du nicht schon weißt. Sie nehmen, was sie kriegen können. Wen sie nicht kriegen können, den töten sie. Wen sie nicht töten können, den machen sie zum Krüppel, damit er sich nie wieder gegen sie erheben kann.«

»Aber sie sind nicht *überall*, oder? Sie …« Sie zeigte beinahe anklagend auf mich. »Sie hat mir gesagt, sie würden nicht über die ganze Galaxis herrschen oder so, aber ich begreife nicht … es sieht so aus, als gäbe es *so viele* von ihnen.«

Darüber musste er lachen; sie blickte ihn beleidigt an, also wurde er gleich wieder still. »Hör mal, Esa; ich glaube, du bist in einem ziemlich verschlafenen Nest aufgewachsen, hab ich recht? Ist nicht böse gemeint«, setzte er hinzu.

»Schon gut. In einem Drecksloch.«

»So schlimm war es nicht.« Die Predigerin mochte es anscheinend nicht, wenn man über ihre Wahlheimat herzog.

»Nach den Maßstäben von Dreckslöchern stimmt das vielleicht.« Esa zuckte mit den Schultern.

»Worauf ich hinauswill: Jemandem, der den größten Teil seines Lebens auf einer einzigen Welt zugebracht hat – was ehrlich gesagt auf die meisten Leute zutrifft –, fällt es schwer zu begreifen, wie *groß* die Galaxis tatsächlich ist«, sagte Javier. »Ja, es gibt viele Millionen Pax. Oder jedenfalls Leute, die unter der Herrschaft der Pax leben. Vielleicht sogar mehr – möglicherweise Milliarden.«

»Das … ist eine Menge«, sagte sie und schluckte.

»Ja und nein«, erwiderte er. »Verglichen mit deiner Heimatwelt ist es wahrscheinlich viel. Aber diese Milliarden Leute stellen nur einen kleinen Bruchteil der galaktischen Gesamtbevölkerung dar. Nicht einmal ein Prozent davon – nicht einmal ein Prozent von einem Prozent. Den Pax gehören ein paar Welten; das ist auch schon alles. Nicht einmal die größten Zusammenschlüsse – nicht die, die noch funktionieren und schon gar nicht die, die den Puls nicht überlebt haben – könnten für sich in

Anspruch nehmen, auch nur auf die *Hälfte* der Welten Einfluss zu haben, geschweige denn auf *alle*. Die Galaxis ist so irre groß, dass *niemand* sie vollständig kontrollieren kann. Nicht einmal im Goldenen Zeitalter gab es eine Zentralregierung …«

»Soweit wir das wissen«, warf die Predigerin ein. »Die meisten Geschichten über diese Ära gehören eher ins Reich der Legenden als in das der Fakten. Es ist durchaus möglich, dass es damals eine galaktische Regierung gab oder dass eine der Zivilisationen aus der ferneren Vergangenheit – wie zum Beispiel die Vorläufer, die meine Art erschaffen haben – etwas Derartiges zustande gebracht hatten. Nur weil wir nie eine *gesehen* haben, heißt das nicht, dass es keine gegeben haben könnte.«

»Ja, aber so sind die Menschen nun mal«, sagte Javier. »Pack genug Individuen in einen Raum und lass sie über ein *beliebiges* Thema abstimmen – es wird immer einige geben, die die Hände in den Taschen behalten. Das gilt selbst dann, wenn das Thema so universell ist wie die Aussage ›alle Babys sind süß‹; es gibt immer wenigstens *einen* Abweichler.«

»Ich *hasse* Babys«, warf Schaz ein; offenbar hielt sie es für nötig, ihre Meinung kundzutun. »Sie riechen und sind laut und können keine interessanten Unterhaltungen führen.«

»Wer hasst denn Babys?«, fragte die Predigerin entsetzt.

»Ich. Wie ich bereits sagte.«

»Nun, da habt ihr's.« Javier hob das Glas und prostete Schaz zu. »Und das betrifft nur uns, ein paar Personen in einem Raum. Eine Zentralregierung für ein so großes Gebilde wie eine Galaxis ist einfach nicht praktikabel.«

»Die Pax sehen das anders«, warf Esa ein.

»Die Pax sind dumm«, rief Javier ihr in Erinnerung. »Im Grunde sind sie Faschisten. Es bedarf eines erheblichen Mangels an Empathie und eines *vollständigen* Mangels an Vorstellungsvermögen zu glauben, man könne die Galaxis beherrschen, obwohl das noch niemandem gelungen ist. Vor allem nach dem Puls.«

Scheherazades Annäherungsalarm schrillte; ich wandte mich zum Cockpit herum und überließ die anderen ihrer politischen Diskussion. Ich persönlich war Javiers Meinung, doch das bedeutete nicht, dass eine einzelne Institution nicht die ganze Galaxis in Mitleidenschaft ziehen konnte: Nur *kontrollieren* konnte man sie nicht. Das war der Unterschied zwischen den Legitimierten und einer formelleren Regierung: Wir hatten mehr Ähnlichkeit mit einer intergalaktischen Hilfsorganisation.

»Wir nähern uns dem von Javi genannten System, Boss«, meldete Schaz, während ich mich an den Steuerknüppel setzte. Das Schiff trat aus dem Hyperraum aus, und ich schaute mir die Scanergebnisse auf dem Monitor an.

Zu sehen war nicht viel – weder auf der Karte noch im System. Es gab eine besiedelte Welt, die immer noch über Elektrizität verfügte, aber keinen Raumflug kannte. Javier war schon immer ein kluger Bursche gewesen: Wer das System aufsuchte, würde sich auf den einen besiedelten Planeten konzentrieren und die *anderen* Himmelskörper, von denen es Tausende gab, nicht beachten – ein Asteroidengürtel umgab die inneren Welten wie ein Meer aus schwebenden Felsen.

Er hatte sein Vorratslager auf einem der größeren Asteroiden des Gürtels angelegt; nicht einmal Schaz vermochte mit ihren Instrumenten irgendeine Besonderheit festzustellen, bloß dichtes, komprimiertes Gestein. Wir ließen uns von Bolivar leiten, zum einen wegen seiner empfindlicheren Instrumente – schließlich war er für einen solchen Fall gebaut worden –, zum anderen, weil er genau wusste, wohin er wollte.

Der Asteroid war so groß wie ein kleiner Mond, und Javi war natürlich so schlau gewesen, sein Zeug nicht einfach auf der Oberfläche zu deponieren. Nein, er hatte sein Lager in einer eigenartigen Spalte errichtet, die einen halben Radius tief war. Zu Javiers früherer Tätigkeit hatte auch ein gewisses Maß an Paranoia gehört. Zu seiner derzeitigen Tätigkeit vermutlich auch.

Bolivar führte uns in die Spalte hinein, bis in eine Tiefe, die aufgrund der metallhaltigen Zusammensetzung des Asteroiden von Scans nicht mehr erreichbar war – man hätte sich schon unmittelbar über unserer Position befinden *und* über besonders empfindliche Scanner verfügen *und* wissen müssen, wonach man suchte, um Javiers kleines Notfalllager zu finden. Wie ich schon sagte: Paranoia.

Es handelte sich nur um eine Höhle, eine natürliche Gesteinsformation, die sich bei der Entstehung der Spalte gebildet hatte. Javi war alles Mögliche, aber kein Techniker; er hatte einen simplen Schutzschirmgenerator aufgestellt, der die ins Höhleninnere gepumpte Luft vom Entweichen abhielt, und das war auch schon alles. Schade; hätte er eine Werkstatt gehabt, hätte ich mir gern noch mal Schaz' beschädigte Schubdüsen vorgenommen. So aber mussten wir mit einer Höhle mit nackten Felswänden Vorlieb nehmen, die so klein war, dass die beiden Schiffe gerade so eben Platz fanden.

Javi und ich gingen nach draußen, die anderen beiden blieben an Bord zurück. Im Schein der Schiffsscheinwerfer erblickte ich an der gegenüberliegenden Wand eine Menge Kisten, die er wahllos auf einen Haufen geworfen hatte. »Tolle Ordnung«, bemerkte ich sarkastisch.

Er zog eine Braue hoch und sah mich an. »Hast du etwa erwartet, alles wäre mit wissenschaftlichen Namen beschriftet und alphabetisch geordnet?«, sagte er. »Oder nach der Schwere und Häufigkeit der jeweiligen Beschwerden? Ich hab verdammt noch mal Besseres zu tun, als tagelang in meinen verschiedenen Notfalllagern herumzuwerkeln und Kisten zu schleppen, bis es deinem zwanghaften Wesen entspricht, das mir total abgeht.«

»Tatsächlich?«, sagte ich.

»Ja, schon seit ich von den Legitimierten rausgeschmissen wurde«, erwiderte er mit scheinbarer Gleichgültigkeit.

Trotzdem zuckte ich zusammen. »Punkt für dich«, sagte ich.

»Danke.« Er näherte sich einer scheinbar wahllos ausgewählten Kiste – jedenfalls stand nicht ›Tyll-Medikamente‹ darauf, und es lag auch keine andere Kiste herum, die einen Hinweis auf dieses spezielle Behältnis geliefert hätte – und öffnete das mechanische Schloss. Er wühlte eine Weile darin herum, dann hielt er einen Stahlzylinder hoch. »Das sollte funktionieren«, meinte er und reichte mir das Ding.

Ich nahm die Medizin entgegen. »Danke«, sagte ich.

»Gern geschehen.« Er grinste. »Du hast mich wohlbehalten von Jenseits des Endes runtergeschafft, und ich finde, das sollte …«

Ich seufzte. »Verdammt noch mal, Javi, ich … ich mein's ernst. Du müsstest das nicht für mich tun.«

Er nickte. »Schon gut. Marus ist auch mein Freund. Wo wir gerade davon sprechen …« Er zeigte auf den Zylinder und verschloss die Kiste. »Wir sollten den alten Mann mal verarzten. Er hat bestimmt interessante Geschichten zu erzählen.«

Wir gingen wieder an Bord; die Predigerin hatte Marus auf den Behandlungstisch gelegt. Ich steckte den Zylinder in eine Buchse, schloss einen Infusionsschlauch an und schob die Kanüle in eine Vene oberhalb seines zweiten Ellbogengelenks. Vorerst bekam er eine Salzlösung, doch sobald Schaz bereit wäre, würde sie ihn vollkommen selbstständig mit Medikamenten versorgen.

»Es wird eine Weile dauern, den Stoff zu synthetisieren«, sagte Schaz, »und dann wird es wiederum eine Weile dauern, bis Marus aus dem Cort erwacht. Dann wird er vielleicht weitere Medikamente benötigen.«

»Wie lange noch, bis der Hyperantrieb einsatzbereit ist?«, fragte ich.

»Da wir erst noch dieses … sehr tiefe Loch verlassen müssen, etwa fünfzehn Minuten«, antwortete sie. »Bis Marus zu sich kommt, werden Stunden vergehen.«

»Na schön. Ruf die Karten auf und such einen Sendemast auf einer nahegelegenen Welt, vorzugsweise auf einer freundlich gesinnten. Wir müssen dem Sanktum melden, dass wir kommen. Ich bin mit Esa bereits überfällig.«

»Du willst nicht auf direktem Weg dorthin fliegen?«, fragte sie. »Dann wären wir nämlich in gut einem Tag dort.«

Ich schüttelte den Kopf und sah zu Javi auf. Lächelnd hob er die Hände. »Schon klar«, sagte er. »Du lässt dir gerne helfen, aber dass ich *dir* aus der Patsche helfe, reicht nicht aus, um mich in den Augen des Rates zu rehabilitieren. Du willst mich in deinem Bericht gar nicht erwähnen, denn wenn du mir keinen Kopfschuss verpasst, würde das deine Befehlstreue in Frage stellen.«

»Oh«, sagte Schaz kleinlaut. »Stimmt.«

»Javi, es ist nicht so, wie du …«

»Doch, schon gut. Ist mir auch ganz recht so. Das ständige Herumballern ist nicht so mein Ding.«

Esa hatte uns aufmerksam beobachtet. »Das … kommt mir nicht richtig vor«, sagte sie zögernd. »Es ist nicht fair. Ich meine, er ist doch kein schlechter Mensch, oder? Ich habe jedenfalls nicht den Eindruck. Er *hilft* uns. Wieso helfen wir ihm dann nicht?«

Er lächelte sie an. Das Lächeln erreichte nicht seine Augen, aber vielleicht reichte es ja aus, eine Halbwüchsige zu täuschen. »Mach dir deswegen keinen Kopf, Kleine«, sagte er. »Als ich an Bord ging, war mir bewusst, dass es nicht um eine große Versöhnung gehen würde, sondern nur um ein kurzes Hallo. Als würde man einen alten Freund auf der Straße treffen, der längst irgendwo anders hingehört.«

»Du gehörst irgendwo hin?«, fragte ich leise; es rutschte mir einfach so heraus.

Er zuckte mit den Schultern. »Es gibt Leute, die mich töten wollen«, sagte er. »Jetzt vermutlich ein paar mehr, falls Piraten von Jenseits des Endes entkommen sind, denn sie können sich denken, dass zwischen unserem Überraschungsgast und dem Auftauchen der Pax ein Zusammenhang bestand.«

Ich seufzte. »Ich wollte dir das Leben nicht noch schwerer machen.«

»Ich weiß. Komisch, dass es trotzdem immer so kommt, findest du nicht?« Er wandte sich zur Predigerin um. »Was ist mit dir?«, fragte er.

»Ja, was ist mit mir?«, wiederholte sie.

»Du weißt doch, dass du das Sanktum nie zu Gesicht bekommen wirst, oder? Sie hat selbst erlebt, wie der Rat reagiert, wenn man jemanden anschleppt, der nicht dort sein sollte.«

»Ich kann … sehr hartnäckig sein.«

»Das glaube ich gern, aber Hartnäckigkeit hat ihre Grenzen«, erwiderte er. »Du kannst *sie* vielleicht überreden, aber das wird den Rat nicht davon abhalten, bei ihrer Rückkehr drastische Maßnahmen zu ergreifen, und das gilt nicht nur für sie, sondern auch für *dich*. Die Legitimierten sind alles Mögliche, und viele von ihnen sind gut, aber vertue dich ja nicht: Sie sind Eiferer, nicht anders als all die anderen Eiferer, die vor dem Puls jahrhundertelang aus nichtigen Gründen gegeneinander Krieg geführt haben. Und einige auch noch danach.«

Mir war klar, worauf er hinauswollte, und deshalb versuchte ich ihn zu stoppen. »Das ist nicht …«

Javier beachtete mich nicht, sondern wandte sich weiter direkt an die Predigerin. »Sie werden glauben, du wärst eine Gefahr für ihre Sache, und sie werden dich deaktivieren, um zu verhindern, dass du irgendjemandem etwas erzählst. Glaub mir: Wenn du den nächsten Monat noch erleben willst, musst du an Bord von Bolivar gehen und mich begleiten.« Er wandte sich mir zu. »Vorausgesetzt, sie lässt dich.«

Die Predigerin sah mich an. »Stimmt das alles?«, fragte sie unverblümt.

Ich wusste keine gute Antwort darauf, jedenfalls nicht aus dem Stegreif.

»Sag schon«, drängte mich Esa in ungläubigem Ton, während sie von einem zum anderen blickte. »Wir haben eine Menge Scheiße durchgemacht, um hierherzukommen – liegt es wirklich nur … an einer blöden *Regel*, dass wir euch beide zurücklassen müssen?« Sie schüttelte den Kopf. »Nein.«

»Esa, es ist nicht …«

»Nein!«, beharrte sie. »Was willst du mir sagen – dass das alles nicht so einfach ist? Doch, ist es. Du bist *meinetwegen* hier, oder hast du das vergessen? Ich bin dein beschissenes … Paket, dein Job, deine Fracht. Du hast gesagt, ich hätte die Wahl, und die treffe ich jetzt. Die Pax sind immer noch hinter uns her, das heißt, sie werden auch die beiden anderen verfolgen, um an *uns* heranzukommen. Wie lange wird das so bleiben? Wie lange?« Wieder schüttelte sie den Kopf. »Ich sage nein. Entweder du nimmst sie mit, oder ich gehe mit ihnen.«

»Kleine, sie wird dich zusammenschlagen und bewusstlos zum Sanktum bringen«, sagte Javi in belustigtem Ton, der nicht zu seiner ernsten Miene passte.

Ich funkelte ihn an. »Wieso zum Teufel sagst du das?«, fragte ich. »Traust du mir das wirklich zu?«

»Willst du das Gegenteil beweisen?«, entgegnete er.

Ich hob resignierend die Hände. »Schaz, bring uns von hier weg und stell eine Verbindung zu einem Relais her«, sagte ich.

»Über diesen Unsinn reden wir später. Wir nehmen Kontakt mit dem Sanktum auf – ich berichte, was geschehen ist und werde mich nach Kräften dafür einsetzen, dass ihr beide mitkommen könnt. Dann liegt es in deren Händen.«

»Ja«, sagte Javier leise. »Denn es wäre höchst unfair, wenn du tatsächlich eine Entscheidung treffen müsstest.«

Ich bin ehrlich: Das tat weh. »Du hast ein eigenes Schiff«, sagte ich. »Vielleicht möchtest du ja an Bord gehen; Bolivar wird es bestimmt langweilig, so allein.«

Er seufzte. »Das ist nicht das, was …«

»Ich begleite ihn«, unterbrach ihn die Predigerin und erhob sich. »Wenn ich mit ihm zusammen verbannt werden soll, kann ich mir ebenso gut schon mal anschauen, wie er seinen Kettensklaven behandelt.«

»Bitte nenn ihn nicht so«, sagte Scheherazade.

Sie gingen zur Schleuse und konnten es kaum erwarten, dass Scheherazade die Rampe absenkte. Die Schleusentür fiel zu, und dann waren Esa und ich allein auf unserem Schiff – so wie es eigentlich von Anfang an hatte sein sollen.

»Das stimmt doch nicht, oder?«, brach Esa das Schweigen. Ich wusste nicht, ob sie mich oder Scheherazade angesprochen hatte. »Die Legitimierten würden sie doch nicht umbringen, oder?«

»Das ist eine komplizierte Galaxis, Esa«, sagte ich aufrichtig. »Manchmal müssen wir Dinge tun, die uns nicht gefallen. Schaz, bring uns hier raus. Ich bekomme allmählich Platzangst.«

»Wird gemacht, Boss«, murmelte sie. Irgendwie schaffte sie es, leicht enttäuscht zu klingen.

44

Während des Fluges beschäftigte ich Esa mit Trainingssimulationen an der Geschützkonsole. Wenn sie schon mitflog, konnte sie sich auch nützlich machen, für den Fall, dass wir erneut in Schwierigkeiten geraten sollten. Außerdem hielt es sie davon ab, weiter Fragen zu stellen – Javier hätte um ein Haar Informationen preisgegeben, die sie noch nicht zu kennen brauchte, und ich wusste ehrlich gesagt nicht, was ich getan hätte, wenn er mich bloßgestellt hätte. Ich hatte ihn einmal geliebt; ich bin ehrlich genug, das zuzugeben. Aber der zeitliche Abstand und das Bedauern lassen einen vergessen, wie nervig jemand sein kann.

Scheherazade arbeitete weiter an den Medikamenten, die sie benötigte, um Marus aufzuwecken, doch wir würden das Relais erreichen, bevor sie zur Verfügung stünden. Mir war es recht. Natürlich wollte ich, dass mein Freund geheilt wurde, auch weil er vermutlich die Legitimierten vor Javiers nicht ganz unberechtigten Angriffen in Schutz nehmen würde. Doch jetzt, da ich wusste, dass es *definitiv* dazu kommen würde, stand ich weniger unter Druck. Ich wollte vor allem, dass er geheilt wurde; dass er zu sich kam, war demgegenüber zweitrangig.

Wir erreichten das System mit dem Relais. Vor dem Puls war es eine geschäftige kleine Handelsniederlassung gewesen, jetzt befand sich hier die Heimat zweier besiedelter Welten – beide zurückgeworfen auf einen technologischen Zustand kurz vor der Einführung der Raumfahrt –, die um einen Doppelstern kreisten und ihre eigene Geschichte hatten.

Sie waren sozusagen ein Mikrokosmos der Galaxis. Eine der beiden Welten hatte kurz nach dem Puls die Waffen niedergelegt, und die drei Sekten, die zuvor gegeneinander Krieg führten, hatten sich zusammengetan und eine neue Gesellschaft gebildet, die nach Antworten auf das Geschehen suchte. Die fanden sie zwar nicht – dafür hatte der Puls gesorgt –, doch das Leben dort war besser als zuvor: Die durchschnittliche Lebenserwartung war gestiegen, die Kindersterblichkeit gesunken, und die Lebensqualität hatte sich erheblich verbessert. Irgendwann war nicht mehr zu erkennen, was für ein Höllenort dies gewesen war. So hätte es eigentlich überall sein sollen.

Die andere Welt hatte sich weiter in die Richtung bewegt, die sie bereits vor dem Puls eingeschlagen hatte; die gleichen drei Kontrahenten wie auf der anderen Welt, die gleichen drei ehemaligen Sekten, doch anstatt die Waffen niederzulegen, hatten sie den brutalen Kampf fortgesetzt, jede davon überzeugt, dass einer ihrer Gegner für den Puls verantwortlich war. Da die gefährlichsten Waffen aufgrund der Strahlung nicht mehr funktionierten, hatten sie sich in einen langwierigen Abnutzungskrieg verbissen und die spaltbaren Minerale des Planeten ausgebeutet, um Nuklearschläge vorzunehmen, die effizienteste Methode, um diejenigen umzubringen, die noch übrig waren. Jetzt herrschte auf der Welt der nukleare Winter, und der Krieg tobte immer noch.

Was hatte die beiden Welten voneinander unterschieden? Weshalb hatte sich die eine im Angesicht des Chaos und des unbegreifbaren Pulses für den Frieden entschieden, während die andere sich noch tiefer in den Krieg verstrickt hatte? Die gleichen drei Sekten, die gleiche ethnische Zusammensetzung, sogar ein vergleichbares Klima und ähnliche geografische Verhältnisse, denn sie waren beide mit den gleichen Methoden terrageformt worden. Lag es an den unterschiedlichen Führerpersönlichkeiten? An den jeweiligen Reaktionen? Es war wie bei einem Münzwurf; die eine Seite hatte gewonnen und die andere verloren, und beide wussten nicht, was geschehen war.

Wir aber hatten keine der beiden Welten im Auge, sondern einen Mond, der den verwüsteten Planeten umkreiste. Vor langer Zeit hatte eine der Sekten auf der Mondoberfläche eine starke Funkantenne errichtet, vermutlich um Kontakt zum Sektenzentrum zu halten, wo auch immer sich das befunden haben mochte. In den hundert Jahren seit dem Puls hatte die Sekte auf dem Planeten die Fähigkeit verloren, die Strahlung zu durchdringen, und die Antenne war seitdem ungenutzt.

Jedenfalls *nahezu* ungenutzt. Die Bewohner der beiden Planeten konnten den Sendeturm zwar nicht mehr aktivieren, doch das hatte einfallsreiche Reisende nicht davon abgehalten, die Anlage zu verwenden. Wegen des Pulses waren beide Welten auf einen Zustand vor Einführung der Raumfahrt zurückgeworfen worden, doch der Mond war aufgrund der unberechenbaren Natur des Pulses fast ungeschoren davongekommen. Seit Jahrzehnten nutzten vorbeikommende Reisende die Anlage, um ihre Botschaften zu versenden, und auch jetzt hatten zwei Schiffe davor aufgesetzt, die vom Orbit aus gut zu sehen waren.

Die unmarkierten Rümpfe und die Laserbewaffnung, die Scheherazade mit ihren Kameras identifizierte, ließen erkennen, wem sie gehörten – das waren Piraten, die mit Hilfe der Antenne in nahegelegenen Systemen nach harmlosen Reisenden Ausschau hielten.

Die Funkanlage schaltete sich knackend ein. »Was meinst du?«, fragte Javier in geschäftsmäßigem Ton – er wollte mich nicht an unseren Streit erinnern, bediente sich aber auch nicht seines gewohnten ironischen Tonfalls. »Zwei Schiffe mit jeweils vier bis fünf, allerhöchstens aber zwei Dutzend Insassen, je nachdem, wie ihre Platzansprüche sind. Wir *müssen* diesen Sendeturm nicht benutzen – wir können auch weiterfliegen, warten, bis Marus aufwacht, und von einem anderen Ort aus senden.«

Ich seufzte und fuhr mir mit der Hand durchs Haar. »Die Wahrscheinlichkeit ist hoch, dass wir woanders auf ähnliche Besucher stoßen«, sagte ich. »Von zwei Übeln wählt man besser das bekannte. Sie wissen anscheinend nicht, dass wir hier sind – wir müssen sie überraschen.«

»Und die Galaxis vom Piratenabschaum befreien; trotz meines kürzlichen Aufenthalts auf Jenseits des Endes habe ich da keine Bedenken; eher sind sie noch geringer geworden. Ich habe es dort *gehasst*.«

Irgendwann einmal hatten wir beide geglaubt, das wäre unsere Berufung – Gefahren beseitigen, die eine Bedrohung für die Unschuldigen darstellten. Diese Zeit war lange vorbei. »Bringen wir's hinter uns«, sagte ich. »Bereit zum Kampf?« Javier war nie ein Kämpfer gewesen wie ich – seine Position bei den Legitimierten hatte das verhindert –, doch er war auch kein hilfloses Lämmchen.

»Allzeit bereit«, antwortete er. »Eine unwillkommene Nebenwirkung der aktuellen Umstände. Wir gehen wir vor?«

»Ganz einfach«, antwortete ich. »Wir klopfen an.«

45

Bolivar und Scheherazade setzten uns ein Stück weit entfernt vom Sendeturm auf der staubigen Mondoberfläche ab: Javier, die Predigerin und mich. Esa blieb trotz ihres heftigen Protestes bei Schaz zurück. Die Schiffe flogen mit aktivierten Stealth-Systemen wieder in den Orbit, und wir machten uns auf den Weg zur Antenne.

Auf diesem Mond hatte nur ein einfaches Terraforming stattgefunden – es gab eine Atmosphäre, und die Gravitation war angepasst worden, was ausreichend für Anlagen wie die Funkantenne war, aber nicht für industrielle Fertigung oder landwirtschaftliche Nutzung. Entweder hatte man den Mond im Goldenen Zeitalter für ungeeignet befunden, da die Planeten bessere Alternativen darstellten, oder die Kriege waren ausgebrochen, bevor man die Maßnahmen hatte abschließen können. Jedenfalls bestand die Oberfläche aus purpurfarbenem Staub und indigofarbenem Gestein; auf abstrakte Weise hübsch, doch wenn man darauf entlangwanderte, wirkte es bald monoton.

Der Turm ragte wie ein funkelnder Stachel von der Mondoberfläche auf, früher eine Himmelsantenne, die den Kontakt zur ganzen Galaxis hergestellt hatte, jetzt ein Netz, das die Piraten auswerfen konnten, um ihre nächste Beute zu lokalisieren.

Ich will nichts beschönigen – ja, wir mussten das tun, es war Teil meiner Mission, eine erfolgversprechende Strategie, um weiterzukommen. Doch es fühlte sich auch *gut* an, diejenigen anzugreifen, die den wenigen raumfahrenden Gruppen in der Galaxis das Leben schwer machten. Gewalt war ein Instrument in meinem Werkzeugkasten: nicht mein einziges, aber eins der gebräuchlicheren. Ich hatte es eingepackt, und jetzt setzte ich es ein, und beides war für mich in Ordnung.

Unser Plan war ganz einfach; als wir nahe an die Schiffe herangekommen waren, ließ Javier die Predigerin und mich auf einem hohen Grat zurück – zur Abwechslung waren wir beide mit Gaussgewehren bewaffnet, denn mangels Strahlung war nicht mit deren Ausfall zu rechnen, außerdem brauchten wir uns mit dem Schießen nicht zu beeilen – und stieg zu der Ebene hinunter, auf der die Piratenschiffe aufgesetzt hatten. Die Predigerin und ich beobachteten durch die Zieloptik, wie er zum Bauch der Schiffe schlich und Sprengladungen am Antrieb anbrachte.

Wenn es einen Zeitpunkt gab, da mein Plan hätte scheitern können, war er jetzt gekommen. Es hätte ein unglücklicher Zufall eintreten können; einer der Piraten hätte aus dem Schiff kommen können, um etwas aus dem Frachtraum zu holen, oder er oder sie hätte eines der am Fuße des Turms verteilten Gebäude aufsuchen können. Dann wären wir in ein langwieriges Feuergefecht verwickelt worden. Zum Glück bemerkten die Piraten Javi nicht, und er kehrte unbehelligt zu uns zurück; offenbar schlugen sie die Zeit in den Gebäuden tot und hatten keinen Grund, ständig nach ihren Schiffen zu sehen.

Er grinste mich an, als er zurückkam – trotz unseres Streits machte ihm der Einsatz genauso viel Spaß wie mir –, dann betätigte er den Auslöser.

Die Sprengladungen waren nicht stark genug, um die Schiffe vollständig zu zerstören, doch sie wurden irreparabel beschädigt.

Vor allem aber waren die Explosionen höllisch laut. Für die derzeitigen Bewohner der Gebäude war es bestimmt ein Schock, dass die beiden Raumfahrzeuge, welche für sie die einzige Möglichkeit darstellten, diesen öden Mond zu verlassen, in einem Feuerball aufgingen – sie hatten so intensiv die umliegenden Systeme abgesucht, dass sie die Gefahr in ihrer unmittelbaren Nähe nicht bemerkt hatten; die beiden Planeten hatten sie von vorneherein als ungefährlich eingestuft. Dass Scheherazade und Bolivar mit Stealth-Systemen ausgerüstet waren, hatte die Annäherung natürlich vereinfacht.

Die Piraten stürmten aus den Gebäuden hervor wie aufgescheuchte Ameisen aus ihrem Nest. Einige versuchten verzweifelt, die Flammen zu löschen, die ihre Schiffe verzehrten – ungeachtet der Schäden, wollten sie verhindern, dass sie auf die Gebäude übergriffen –, während andere die Umgebung musterten und herauszubekommen versuchten, ob sie angegriffen wurden oder ob es sich um einen furchtbaren Unfall handelte. Wiederum andere schimpften, fluchten und schüttelten die Fäuste, von blindwütiger Wut übermannt. Es ist schon merkwürdig, wie unterschiedlich die Leute in Notlagen reagieren.

Ungeachtet ihres Verhaltens gelangten natürlich alle zum gleichen Schluss. Die Predigerin und ich mussten keinen einzigen Schuss abfeuern – die Gewehre hatten vor allem dazu gedient, Javier Deckung zu geben. Uns standen wirksamere Mittel zur Verfügung.

Es war beinahe so schnell vorbei, wie es begonnen hatte; als Schaz und Bolivar herabstießen und mit ihren Lasern die gegnerischen Reihen unter Beschuss nahmen, gab es für sie keine Deckung. Mindestens ein Dutzend Piraten waren ins Freie gestürmt; kein Einziger kehrte in das Gebäude zurück.

Wir betraten die Anlage und ließen die Gewehre am Eingang liegen. Gaussgewehre waren für Fernschüsse geeignet, auf engem

Raum aber wegen ihres hohen Gewichts unzweckmäßig. Es waren nur wenige Piraten im Innern zurückgeblieben – die meisten waren so betrunken, dass sie auf die Explosionen nicht reagiert hatten –, und sie bemühten sich gerade, ihre Ausrüstung anzulegen, weshalb sie keinerlei kinetische Abschirmung hatten.

Wenn bei einem Feuergefecht auf kurze Distanz die eine Seite über Abschirmung verfügt und die andere nicht, steht der Ausgang des Kampfes von vorneherein fest. Am Ende der kurzen Auseinandersetzung standen wir noch aufrecht, sie aber nicht mehr.

War es ein fairer Kampf? Nein. War es ein Hinterhalt? Ja. Genau die Art Hinterhalt, mit der sie Dutzende Schiffe aufgebracht hatten und auch uns aufgebracht hätten, wenn wir das Pech gehabt hätten, von ihnen bei der Annäherung geortet zu werden. Wir hatten es mit etwa zwei Dutzend Piraten zu tun gehabt; das machte zwei Dutzend Piraten weniger, die den wenigen Reisenden auflauerten, welche die Galaxis noch zusammenhielten. Es war ein kleiner Sieg, doch ich schmückte mich gerne mit dieser Feder.

Sie waren schon eine ganze Weile hier gewesen; das Innere der Anlage hatten sie in eine Art Spielwiese für Piraten umgewandelt, mit jeder Menge gestohlenen Waffen, Drogen und anderer Beute. Javi sah sich das an, während ich nach etwas Brauchbarem suchte und mich daran machte, eine Nachricht ans Sanktum zu schicken. Die Predigerin sammelte die Gewehre auf und ging zu Scheherazade und Bolivar hinüber, die in der Nähe der noch immer brennenden Piratenschiffe aufgesetzt hatten.

Ich hatte mir den Inhalt der Nachricht bereits zurechtgelegt, hatte mir während des Herflugs deswegen sogar den Kopf zerbrochen. Ich wusste nicht, ob es etwas nützen würde, doch ich musste es wenigstens versuchen. Mit klaren, wohlüberlegten Worten schilderte ich, was seit dem letzten Funkkontakt geschehen war, angefangen mit der Landung auf Esas Heimatplanet, wobei ich die Predigerin und Javier ausdrücklich lobend erwähnte. In Anbetracht all der Dinge, die bei diesem Einsatz bereits schiefgegangen waren, konnte mir das Sanktum keinen Vorwurf daraus machen, dass ich sie bis hierher mitgenommen hatte.

Dann schaltete ich die Antenne ab – zusätzlich leitete ich einen Stromstoß hindurch, um die Systeme zu beschädigen; sollten andere Piraten die Anlage dazu benutzen wollen, nach Beute zu suchen, würden sie wochenlang zu tun haben – und ging durch die Piratenhöhle nach draußen. Wir waren hier fertig.

Dann meldete Schaz, dass Marus aufgewacht war.

46

Ich eilte im Laufschritt die Rampe hinauf und wartete ungeduldig darauf, dass die Schleuse aufging. Als sie es endlich tat, ging ich in den Wohnbereich, und da war Marus, so gut wie wiederhergestellt – jedenfalls war er bei Bewusstsein.

Er wirkte noch immer außerordentlich müde, hatte aber wieder eine gesunde grellgrüne Farbe angenommen; nach den Maßstäben der Tyll war Marus ungewöhnlich gut aussehend, das hieß, er hatte große, fast schwarze Augen und ein kräftiges, muskulöses Kinn. Er fuhr sich mit der Hand über die harte Platte an der Kopfoberseite – die aufgrund seines fortgeschrittenen Alters blaugrau eingedunkelt war – und lächelte mich an.

»Freut mich, dich zu sehen«, sagte er. »Danke fürs Mitnehmen.«

»Also, hätte ich das vorausgeahnt, hätte ich an einem intergalaktischen Feinkostladen halt gemacht und ein paar Sandwiches eingepackt«, erwiderte ich. Es war ein ziemlich lahmer Scherz, ich weiß; ich grinste noch immer wie ein Idiot. Es tat gut, meinen Freund wohlauf zu sehen.

Er streckte sich und zuckte zusammen; wegen des langen Corts war es zu schmerzhaften Verspannungen gekommen. »Und Khonnerhonn?«, fragte er, doch sein Tonfall verriet, dass er die Antwort bereits ahnte.

Ich schüttelte den Kopf. »Tut mir leid, Marus«, sagte ich. »Er … als wir dort ankamen, war es bereits zu spät für ihn.«

Er senkte den Blick, bis er sich wieder gefasst hatte. Tyll zeigten nicht gern ihre Gefühle; das war eine kulturelle Eigenart. »Das Letzte, woran ich mich erinnere, ist, dass eine Rakete der Pax die Abschirmung durchschlagen hat«, sagte er. »Khonn hat alles versucht, aber sie waren … es waren einfach zu viele.«

»Du hast einen Notruf gesendet«, sagte ich. »Als Endlosschleife auf einer Frequenz der Legitimierten. So haben wir dich gefunden.«

Er nickte bedächtig. »Ich … ich *glaube*, ich erinnere mich«, sagte er. »Überall waren Pax, sie … waren plötzlich da. Haben uns ein paarmal getroffen, bevor wir aus dem System flüchten konnten; wir versuchten uns in Sicherheit zu bringen, aber sie ließen nicht locker und fanden zwischen den Sprüngen immer unsere Spur.«

»Khonn hat noch eine Weile gearbeitet«, sagte ich. »Am Ende ist er ihnen entwischt, obwohl … er wusste, dass ihm nicht mehr viel Zeit blieb. Er wusste aber, dass wir dich retten würden. Er wusste, dass wir da waren und dass du überleben würdest.«

»Gut.« Er trank einen Schluck Wasser und schwieg. Das war sonst nicht seine Art.

»Verdammt, Marus, du hast auch schon mal besser ausgesehen.« Javier hatte uns erreicht.

Marus grinste breit, als er ihn in der Schleuse stehen sah. »Javier Ortega, da rostet mir doch der Schädel. Die Lage muss wirklich übel sein, wenn sie *dich* wieder ausgegraben hat. Werden wir sterben, oder was?« Er streckte die Hand aus; er hatte Javier seine Entscheidungen nie zum Vorwurf gemacht.

Das wusste Javier nicht, doch er schüttelte Marus trotzdem die Hand. »Vermutlich«, sagte er. »Also erwartest du nicht von ihr, dass sie mir auf der Stelle einen Kopfschuss verpasst?«

Marus schüttelte den Kopf. »Ich habe mich *für* dich ausgesprochen, Bruder«, erwiderte er.

»Wenigstens einer«, meinte Javi und sah mich an. Ich reagierte nicht.

Marus blickte zwischen uns hin und her. »Mach's ihr nicht so schwer, Mann«, sagte er. »Wir wissen alle, *weshalb* du es getan hast; die Legitimierten mussten sich so verhalten, das war schon in ihren Genen angelegt, bevor wir … auf die falsche Bahn geraten sind.«

»›Die Eindämmung des Pulses ist unter höchstes Ziel, das sind wir der Galaxis schuldig‹ und so weiter.« Javi nickte. »Schon gut, Marus. Ich wusste, worauf ich mich eingelassen habe.«

»Ja, also, sie lässt sich's nicht anmerken, aber es hat sie schwer getroffen. Da musst du nicht auch noch Salz in die Wunde streuen.«

»Marus.« Ich schüttelte leicht den Kopf.

Er seufzte. »Na schön. Wenn ihr euch streiten wollt, halte ich mich raus. Wo zum Teufel sind wir eigentlich?«

»Ein paar Sprünge vom Sanktum entfernt«, antwortete ich. »Weißt du, *weshalb* die Pax dich angegriffen haben? Sie verhalten sich vollkommen eigenartig; ich bin ihnen unterwegs zweimal begegnet, und an beiden Orten war eigentlich nicht mit ihnen zu rechnen. Und dann noch die Begegnung mit dir.«

»Ich habe keine Ahnung, wie es dazu kam, aber du hast recht, sie haben irgendetwas vor. Da waren … aber ich fange besser mit dem Anfang an.«

»Tu das. Bei unserer letzten Begegnung wolltest du einen wohlverdienten Urlaub antreten. Irgendwo einen Berg besteigen, weil das eine gute Idee für jemanden in deinem Alter ist.«

Er lachte. »Die Reise habe ich nie angetreten«, sagte er. »Hab eine Nachricht von einer meiner Kontaktpersonen bekommen, einen dringenden Hilferuf. Khonn und ich flogen gleich los – sie hatte uns gebeten, uns in Marlotelle mit ihr zu treffen.«

Ich nickte; dort war ich bereits gewesen. Marlotelle war eine Handelsstation, ein Stück abseits der ausgetretenen galaktischen Pfade gelegen. Allerdings kreuzten sich dort mehrere vielbenutzte Vektoren, die nur leicht gepulste Sektoren miteinander verbanden. Der Einfluss der Pax hätte nicht bis dorthin reichen sollen, doch das hatte auch für Jenseits des Endes gegolten.

Marus trank noch einen Schluck Wasser, dann fuhr er fort. »Als ich dort eintraf, war sie nicht da, aber wir hatten uns schon einmal dort getroffen, und ich sah in einem der toten Briefkästen nach, die wir verwendet haben. Darin fand ich eine Nachricht, einen Datenstick. Khonn und ich hatten gerade mit der Entschlüsselung begonnen, als die Pax auftauchten. Was immer darin stand«, er schüttelte den Kopf, »ist jetzt unwiederbringlich verloren.«

»Vielleicht nicht«, meinte Scheherazade. »Der Boss hat mich angewiesen, so viel wie möglich von Khonnerhonns Speicher zu kopieren, unter besonderer Berücksichtigung der verschlüsselten Daten. Ich … habe das nicht gern gemacht, aber …«

»Er hätte nichts dagegen gehabt, Schaz«, sagte Marus. »Hast du etwas gefunden?«

»Ich glaube ja: eine verschlüsselte Datei, die erst kürzlich gespeichert wurde. Ich habe verschiedene Hintergrundprozesse laufen lassen und versucht sie zu knacken, aber …«

»Kein Glück? Ich würde sie mir gern mal ansehen.« Marus glitt vorsichtig von der Tischplatte herunter und ging zum Monitor auf dem Tisch in der Mitte. Die Tastatur wurde ausgefahren; Codefragmente und Textzeilen wanderten so schnell über den Bildschirm, dass ich ihnen mit den Augen nicht folgen konnte. In manchen Dingen bin ich gut, aber diese Art Arbeit gehört nicht dazu.

Marus zog einen Stuhl zu sich heran und begann zu tippen. Javier und ich wechselten Blicke, dann sahen wir wieder Marus an. Das Klicken der Tastatur füllte die Stille. Was immer wir einander zu sagen hatten, es konnte warten. Khonnerhonn war gestorben, um uns die verschlüsselten Informationen zu übermitteln, und ich hoffte sehr, dass sie das Opfer wert gewesen waren.

Etwas Neues wurde angezeigt, dann sog Marus scharf den Atem ein. Ich hätte es den Schmerzen nach dem Cort zuschreiben können, doch ich spürte, dass es sich anders verhielt. »Oh«, sagte er leise. »O nein.«

»Was ist?«, fragte ich. »Was steht in der Nachricht?«

»Es geht um die Pax«, antwortete er, den Blick auf den Monitor gerichtet. Auf einmal wusste ich, woher meine böse Vorahnung rührte. Er hatte Angst. Große Angst. »Das wollte meine Informantin mir mitteilen; deshalb haben sie uns so heftig angegriffen. Sie wollten verhindern, dass wir davon erfahren.«

»Mach's nicht so spannend, Marus«, sagte Javier. »Was steht da?«

»Ich weiß nicht, wie das möglich war, und ich weiß nicht … aber darauf bereiten sie sich vor. Ich … es könnte sein, dass uns nicht mehr viel Zeit bleibt.« Er schaute uns an. »Sie stellen eine gewaltige Flotte auf, jedes einzelne Raumschiff, über das sie verfügen, und noch mehr. Sie werden uns angreifen. Sie kennen die Position des Sanktums.«

DRITTER AKT

47

Ich leckte mir die Lippen. Auf einmal hatte ich Herzklopfen. Ich versuchte mir einzureden, ich hätte mich verhört, denn das war unmöglich; wir waren so verflucht *vorsichtig* gewesen. Wir hatten uns in Verzicht geübt, Opfer gebracht und hart gearbeitet, um sicherzustellen, dass niemand das Sanktum finden würde – *niemand* –, und jetzt behauptete Marus, alles sei umsonst gewesen.

»Wie?«, fragte ich. »Wie haben sie …?«

Er schüttelte den Kopf, ohne den Blick vom Monitor abzuwenden. »Das weiß ich nicht. Sie haben … *etwas* entdeckt, meine Kontaktperson wusste nicht, was genau es war und *wo* sie es gefunden hatten, doch sie schrieb, irgendwo gebe es ein gewaltiges Waffenlager. Vielleicht eine ehemalige Industriewelt, die nach dem Puls übersehen wurde – ich *weiß* es nicht. Hier steht«, er fuhr mit dem Finger eine Zeile nach, »Dutzende Schlachtschiffe, *Hunderte* Schiffe, und keinen der Schiffstypen habe sie je in einer Pax-Werft gesehen. Als sie die Nachricht verfasste, starteten die Pax gerade Erkundungsmissionen mit ihren älteren Raumschiffen und schlossen *überall* Operationen ab, um sich vorzubereiten auf … auf …« Er schüttelte den Kopf und krampfte seine sechs Finger so fest um den Rand des Monitors, dass die Knöchel hellgrün anliefen. »Anschließend wollten sie alle Kräfte im Zentrum des Pax-Territoriums zusammenziehen – *alle* ihre älteren Schiffe *und* die neuen – und Vorbereitungen für einen Vernichtungsschlag treffen.«

»Aber das heißt nicht …«

Er drehte den Monitor zu mir herum: Ein einzelner Vektor, eine Hyperraumroute, erstreckte sich durch die Galaxis. Sie endete am Heimatsystem des Sanktums. Wie ein Pfeil wies sie mitten ins Ziel. Auf unser Herz. »Sie wissen Bescheid«, sagte Marus. »Ich habe keine Ahnung, woher sie das wissen, aber sie wissen es. Das ist ihre Flugroute: die Route, auf der sie uns anfliegen wollen, sobald der Truppenaufmarsch im Zentralsystem der Pax abgeschlossen ist. Vielleicht sind sie bereits unterwegs.«

Das konnte nicht sein. Das ergab keinen Sinn.

Oder vielleicht doch. Natürlich tat es das. Das war die Erklärung dafür, dass sie das alte Schlachtschiff über Esas Heimatwelt so bereitwillig geopfert und diejenigen Schiffe, welche die Piraten auf Jenseits des Endes angegriffen hatten, bedenkenlos in Gefahr gebracht hatten. Sie hatten nicht genug *Leute*, um alle alten und die neuen Schiffe zu bemannen, deshalb wurden die schwächeren Raumfahrzeuge bei riskanten Angriffen verheizt, die der Offensive den Weg ebnen sollten. Sie wollten verhindern, dass Piraten von Jenseits des Endes ihr Territorium heimsuchten, während sie Krieg führten – sie verfügten über so viel Feuerkraft, dass sie gar nicht wussten, was sie damit anfangen sollten, deshalb hatten sie die Piratenzuflucht von der Landkarte ausradiert.

Esas Heimatwelt hatten sie nicht einfach nur deshalb angegriffen, weil sie mit ihr ihre Reihen verstärken wollten, sondern sie wollten Esa ergreifen, um besser für die *bevorstehende Offensive* gewappnet zu sein. Sie wollten, dass ein paranormal begabtes Kind den Angriff auf das Sanktum anführte.

Marus hatte recht – die Karte hatte recht. Wenn sie die Position des Sanktums kannten, was offenbar der Fall war, dann war der Angriff eine ausgemachte Sache. Von den Pax war nichts anderes zu erwarten.

Das bedeutete, dass es eine Pax-Armada gab – mehr als das: mehrere Armaden, eine so gewaltige Streitmacht, wie es sie seit dem Puls nicht gegeben hatte –, die sich anschickte, das Sanktum anzugreifen. Die Welt, auf der alle meine Freunde lebten und wohin ich die Kinder gebracht hatte, die ich im Laufe der Jahre gerettet und denen ich Sicherheit versprochen hatte. Ich wollte nicht als Lügner dastehen. Nicht so.

»Schaz«, krächzte ich. »Nimm Kurs aufs Sanktum. Jetzt. *Sofort.*«

»Ja, Boss.« Die üblichen Witzeleien, der gutmütige Humor und der trockene Witz – das alles war auf einmal wie weggeblasen. Auch Scheherazade hatte Angst.

»Denk dran …« Ich versuchte mir zu vergegenwärtigen, was ich vergessen hatte, doch es war alles zu viel. Dieses Gefühl würde nicht verschwinden, es würde meinen Kopf weiter ausfüllen und alles andere blockieren. »Denk dran, Bolivar die Kursdaten zu schicken«, sagte ich benommen. »Wir müssen uns mit ihm kurzschließen, bevor wir die Annäherung beginnen.« Sonst würde die Flugkontrolle des Sanktums ihn abschießen.

»Verstanden.«

»Wir könnten … der Sendeturm«, sagte Javier. Ständig versuchte er, Probleme zu lösen und alles in Ordnung zu bringen. »Wir könnten eine Nachricht schicken, wir könnten …«

Ich schüttelte den Kopf. »Wir würden das Sanktum vor dem Eintreffen der Nachricht erreichen«, sagte ich. »Außerdem habe ich in der Anlage einen Kurzschluss ausgelöst, als ich meine Nachricht versendet hatte.« Ich hatte das Gefühl, das sei eine Ewigkeit her – eigentlich erst eine halbe Stunde, doch ich hatte

Mühe, mich zu erinnern, weshalb ich das getan hatte: um die Piraten daran zu hindern, neue Beute auszuspähen, genau. Jetzt kam mir das vollkommen unwichtig vor.

»Was … was *bedeutet* das?«, fragte Esa, während sie die Gesichter der Erwachsenen musterte, die vermutlich alle so geschockt waren, wie ich mich fühlte. Mir war nicht danach, die anderen anzusehen; ich versuchte noch immer, die niederschmetternde Neuigkeit zu verarbeiten.

Marus seufzte schwer, den Blick immer noch auf die über den Monitor rasenden Codezeilen gerichtet. »Die Sicherheit des Sanktums beruht auf Täuschung, Diskretion und Desinformation«, sagte er und fixierte weiter den Monitor, als könne er den Inhalt der Nachricht mit schierer Willenskraft verändern. »Die Entscheidung wurde viele Jahre vor deiner Geburt getroffen. Wenn die Legitimierten nicht aufzuspüren sind, kann auch niemand sie angreifen. Der Ort der Basis wurde vor allem deshalb ausgewählt, weil er schwer zu finden und zu erreichen ist. Deshalb …« Er machte eine sinnlose, geradezu hilflose Geste in Javiers Richtung, dann wandte er sich mit dem Sessel herum.

»Deshalb haben sie mich verbannt«, erklärte Javi nüchtern, griff hinter seinen Kopf und löste den Pferdeschwanz. »Und aus denselben Gründen wusste ich, dass sie die Flüchtlinge aufnehmen würden, die ich mitgebracht hatte. Je mehr Personen die Position des Sanktums kennen, desto gefährdeter ist es. Wenn sie nicht *alle* töten wollten, blieb ihnen keine andere Wahl, als sie zu integrieren. Sie konnten sie nicht laufen lassen.«

»Die meisten Leute, die dort leben, gehen niemals fort«, sagte Marus. »Sie helfen den Legitimierten auf ihre Weise, doch die Agenten und Einsatzkräfte sind die Einzigen, die das System verlassen, Leute wie wir …« Er blickte Javi an, dann wandte er den Blick ab. »Tut mir leid«, sagte er.

Javier zuckte mit den Schultern. »Ich war mal ein Agent. Das vergisst man leicht. Passiert auch mir hin und wieder.«

»Werden Sie sich daran erinnern, wenn du zurückkehrst?«, fragte die Predigerin. »Oder läufst du ins offene Messer, Ortega?«

Er schüttelte den Kopf. »Ich hoffe nicht«, sagte er.

»Dazu wird es nicht kommen«, sagte ich entschieden. Die Gefahr war zu groß, um sich Sorgen um einen abtrünnigen Agenten zu machen, der in den Schoß der Organisation zurückkehrte. »Schließlich kommen wir nicht mit leeren Händen. Sie werden ihn vielleicht später töten wollen, aber angesichts dieser Neuigkeiten wird jeder Einzelne gebraucht.«

»Ihr wollt *kämpfen*?«, sagte die Predigerin.

Ich nickte. »Wir müssen«, antwortete ich. »Wir haben keine Wahl.«

»Ihr könntet auch *fliehen*. Alle einsammeln, die dort leben, und alles niederbrennen, damit die Pax nichts mehr vorfinden.« Das sagte sie so, als spräche sie aus eigener Erfahrung – als hätte sie schon einmal alle Brücken hinter sich abgebrochen. »Es gibt Millionen unbesiedelte Welten da draußen, alle mehr oder minder terrageformt, die bloß darauf warten, besiedelt zu werden. Also *flieht*.«

»Das geht nicht.« Ich war einmal Soldatin gewesen – vor einer kleinen Ewigkeit. Ich wusste, wie es laufen würde.

»Warum nicht, verflucht noch mal?«

»Zum einen haben wir nicht genug Schiffe«, sagte Marus und fuhr sich mit der Hand über die Kopfplatte. »Selbst wenn wir die alten Fregatten wieder aus der Mottenkiste holen würden – sie wurden vor hundert Jahren stillgelegt, und es wäre äußerst aufwändig, sie wieder in Betrieb zu nehmen –, bezweifle ich, dass die ganze Bevölkerung des Sanktums darin Platz hätte. Dort leben *Millionen* Menschen. Millionen.« Er sah erst die Predigerin an, dann mich. »Wer ist das eigentlich?«, fragte er.

Ich winkte ab. »Schiffe sind nicht das einzige Problem«, sagte ich zur Barischen. »Das Sanktum ist buchstäblich eine Sackgasse. Das wirst du begreifen, wenn du dort ankommst. Es gibt nur einen einzigen Zugang; aus diesem Grund haben wir den Ort ausgewählt.«

»Euer Unterschlupf hat keinen Notausgang?« Die Predigerin vermochte ihre Missbilligung nicht zu verbergen; beinahe klang sie bestürzt. Sie konnte das einfach nicht nachvollziehen.

»Wie ich schon sagte«, ich schüttelte den Kopf, »wollten wir uns an einem Ort niederlassen, den wir nicht zu verteidigen brauchten. An dem wir nicht zu finden wären und wo niemand auch nur *nachschauen* würde.«

»Könnte … könnte mir bitte mal jemand sagen, was hier vorgeht!«, platzte Esa heraus, als sie sich nicht länger beherrschen konnte. »Vor ein paar Tagen war ich noch eine einfache Waise und habe geglaubt, ich könnte meinen Heimatplaneten nie verlassen. Jetzt habe ich es auf einmal mit Piraten und Pax-Arschlöchern und Weltraumkämpfen zu tun, und alle haben eine Todesangst und ich … ich … weiß nicht … *warum. Warum* wollen die Pax euch ans Leder? Ständig heißt es, die Galaxis ist riesig, und sie sind gar nicht so viele – weshalb haben sie es dann auf euch abgesehen? Lebt ihr überhaupt *in der Nähe* ihres gottverdammten Imperiums? Was habt ihr getan, dass sie dermaßen sauer auf euch sind?«

Ich blickte Marus an, der kaum merklich nickte. »Sie wissen Bescheid«, sagte er zu mir. »So muss es sein. Das … ist die einzig mögliche Erklärung«, sagte er.

»Bescheid, *worüber*?«, hakte Esa nach.

»Sie wissen, dass wir verantwortlich dafür sind, dass die Dinge so sind, wie sie sind«, antwortete ich. »Sie wissen, dass wir für den Puls verantwortlich sind.«

48

»Ihr seid was?«, fragte die Predigerin. Eine simple Frage, auf die sie seit hundert Jahren eine Antwort suchte. Das Schiff ruckte, als Schaz in den Hyperraum eintrat; niemand achtete darauf. »Ihr seid *was?*« wiederholte sie ihre Frage. Beim ersten Mal hatte sie bestürzt gewirkt, beinahe bedrückt; beim zweiten Mal wutentbrannt.

Ich glaube, ihr war gar nicht bewusst, dass sie ein paar Schritte auf mich zugemacht und die Metallhände zu Fäusten geballt hatte. »Ganz ruhig, Predigerin«, sagte Javi. Er hatte die Hand auf seine Waffe gelegt. »Jetzt ist nicht der Moment, um …«

»Ihr wusstet die ganze Zeit, was den Puls verursacht hat … und *ihr* seid dafür verantwortlich – und ich soll *ruhig* bleiben?« Sie fuhr zu ihm herum und funkelte ihn an. Erst jetzt wurde ihr bewusst, dass sie um ein Haar gewalttätig geworden wäre. Das war verständlich. Sie zwang sich dazu, die Fäuste zu senken, doch ihr Zorn war noch nicht verflogen. »Zur Hölle mit euch. Zur Hölle mit euch beiden; zur Hölle mit euch allen. Redet schon. Ich will es jetzt wissen.«

»Warum?«, fragte Esa. »Warum habt ihr das …« Sie starrte mich an, forschte in meinen Gesichtszügen nach Antworten. »All die Geschichten, mit denen ich aufgewachsen bin, all die

Geschichten über … das Leben, das vor dem Puls angeblich so viel besser war. Einfacher. Wieso nimmst du mir das *weg*?«

»Weil die Geschichten Lügen waren«, antwortete ich so gelassen wie möglich. Seufzend setzte ich mich auf einen freien Stuhl. Wenn die Predigerin mich totprügeln wollte, sollte sie das tun. Vielleicht hatte ich es sogar darauf angelegt.

Ich blickte der Barischen direkt in die Augen. »Verstehst du jetzt, weshalb ich dich nicht zum Sanktum mitnehmen wollte? Verstehst du, weshalb wir uns verstecken?«

»Das verstehe ich verdammt gut«, zischte sie. »Ich will Antworten, Legitimierte. *Jetzt.*«

Ich blickte Esa an. »Du solltest es erst in einem Unterrichtsraum erfahren«, sagte ich. »Ich hätte es nicht … du solltest dabei Karten und Videos sehen, die dir verdeutlicht hätten, was geschehen ist. Ich hätte es dir … du hättest es nicht von mir erfahren sollen.«

»Aber jetzt weiß ich es«, entgegnete sie ungerührt. »Ich glaube, die Predigerin hat recht. Ich finde, du solltest uns alles sagen.«

»Sag uns, weshalb wir nicht tatenlos zusehen sollen, wie die Pax euch überrollen«, fauchte die Predigerin. »Im Moment kommt es mir nämlich gerecht vor; man könnte auch sagen *legitim.*« Das letzte Wort knurrte sie.

»Deine Geschichten.« Nicht ich machte den Anfang, sondern Marus, an Esa gewandt. »In denen das Leben vor dem Puls viel schöner erscheint als die Gegenwart. In mancher Hinsicht waren sie zutreffend. Die medizinische Versorgung war besser; die Landwirtschaft war einfacher; es war leichter, die Menschen zu ernähren. In einer perfekten Galaxis. Aber die Galaxis war nicht perfekt. Im alten Universum kamen in einem Jahr mehr Menschen durch die Folgen von Gewalt, Hunger und Krankheit um als heute in zehn Jahren.«

»Weil die Bevölkerung größer war«, wandte die Predigerin ein. »Was ihr getan habt, ist gleichbedeutend mit Völkermord.«

»Das war nicht unsere Absicht«, sagte ich in ruhigem Ton. »Aber die Aussage, das Leben sei vor dem Puls so viel besser gewesen als danach, ist einfach falsch. Ja, die Technologien, die wir ausgelöscht haben, hatten das Potenzial, das Leben auf sehr vielen Welten zu verbessern. Doch dazu wurden sie nicht benutzt, und das weißt du auch. Du weißt, wie es früher war.«

»Natürlich.« Sie stieß eine Art Lachen aus. »Natürlich. Die Legitimierten und Bußfertigen. Ihr habt euch immer für etwas Besseres gehalten, habt geglaubt, ihr wärt klüger und *moralischer*, habt euch als Polizisten der ganzen Galaxis aufgespielt und allen gesagt, was sie denken und wie sie sein sollten. *Natürlich* habt ihr geglaubt, ihr hättet das Recht dazu, so etwas auf die ganze Galaxis loszulassen ...«

»So war das nicht«, sagte ich. »Es war ein Unfall.«

»Blödsinn.«

»Du willst Antworten, gut. Und du brauchst uns nicht zu glauben. Aber du hast gesagt, wir sollten reden, und jetzt reden wir. Willst du zuhören oder dir lieber zurechtlegen, wie die Galaxis deiner Ansicht nach funktioniert?«

»Die Galaxis ...« Marus fuhr sich mit der Hand über die Steinplatten auf seinem Schädel. »Vor dem Puls haben die Sekten die Galaxis beherrscht. Es gab Tausende, Zehntausende, und jede hatte eigene Vorstellungen, eigene Ideale und ihre speziellen Anhänger. Sie waren ... uneins.«

Die Predigerin schnaubte. »Sie haben sich gegenseitig umgebracht.«

»Ja.« Er sah zu ihr auf. »Das haben sie. Immer und immer wieder, immerzu. Jede besiedelte Welt in der Galaxis, jede Einzelne, war in den einen oder anderen Krieg verwickelt. Alles und jeder in der Galaxis war von den Konflikten betroffen.«

»Und deshalb habt ihr … den Puls freigesetzt, um den Kriegen ein Ende zu machen? Ist das …« Esa schüttelte den Kopf. »Das reicht mir nicht.«

»Er sollte … er sollte den Kriegen kein Ende machen«, entgegnete ich. »Aber als die Konflikte eskalierten, legte auch die Bewaffnung der Sekten zu. Du glaubst, das, was die Pax deinem Heimatplaneten antaten, war schlimm? Das war ein Klacks im Vergleich zu damals, ein unbedeutendes Geplänkel. Dasselbe gilt für den Kampf um Jenseits des Endes. Damals starben ganze *Welten* im Handumdrehen, dank der größeren, leistungsstärkeren, gefährlicheren Werkzeuge zur Massenvernichtung, welche die fortschrittlichere Technologie uns zugänglich machte.«

»Generatoren, die binnen Stunden die Atmosphäre komplett vergiften konnten«, zählte Marus mit ausdrucksloser Stimme auf. »Singularitätsraketen, die Schwarze Löcher erzeugten. Vorrichtungen, die imstande waren, die Sonnenfusion zu destabilisieren, und ganze *Sterne* in Supernovae verwandelten. Das sind ganz konkrete Beispiele. Diese Waffen wurden *eingesetzt*. Wir – die intelligenten, angeblich so verdienstvollen Völker – hatten die Galaxis erobert und zerstörten sie nun nach und nach. Tagtäglich starben Milliarden. *Milliarden*.«

»Und wie viele *Hunderte* Milliarden Leben hat der Puls vernichtet?«, entgegnete die Predigerin verbittert.

»Kein einziges.« Er fixierte sie, forderte sie zum Widerspruch heraus. »Der Puls hatte keinen einzigen Todesfall zur Folge. So war es auch beabsichtigt. Es fielen keine Raumschiffe vom Himmel; sie konnten aus eigener Kraft noch landen. Die Fusionsreaktoren wurden nicht instabil; sie lieferten nur immer weniger Energie und wurden inert. Am ersten Tag nach dem Puls sind Milliarden *nicht* gestorben, die ansonsten ihr Leben gelassen hätten, wenn alles wie gewohnt weitergegangen wäre. Denn die Waffen, die sie getötet hätten, waren nutzlos geworden.«

»Und die Milliarden, die danach umgekommen sind?«, fragte sie. »Die Milliarden, die keinen Zugang mehr zu medizinischer Versorgung und zu Chirurgie-KIs hatten? Die Bewohner der Planeten, die über kein Ackerland verfügten? Für wie viele dieser Toten seid ihr verantwortlich, was meinst du?«

»Für alle«, antwortete er. »Wie ich schon sagte«, er nickte zu mir, »was geschah, hätte nicht passieren dürfen. Nicht so.«

»Was dann?«, fragte die Predigerin.

49

»Der Puls – das, was zum Puls wurde – sollte Waffen neutralisieren«, antwortete ich. »Die Wirkung sollte örtlich begrenzt und zielgenau sein. Er sollte die Produktionsanlagen destabilisieren und lahmlegen, in denen die verschiedenen Sekten ihre Planetenkiller bauten. Mehr sollte nicht passieren.«

»Dann habt ihr es also vermasselt.« Die Predigerin brachte einen erstickten Laut hervor, beinahe ein Lachen. »Natürlich. *Natürlich* sollte er das. Die größte Katastrophe – die größte Veränderung, die das Leben in der Galaxis in Tausenden von Jahren ereilt hat – hat sich ereignet, weil idealistische *Scheißkerle* wie ihr unbedingt alles besser machen wollten.«

»Nicht besser.« Marus schüttelte den Kopf. »Es sollte bloß nicht noch schlimmer werden. Du hast damals schon gelebt. Wie oft hast du erfahren, dass wieder ein Planet zerstört, vollständig ausgelöscht oder komplett unbewohnbar gemacht wurde? Wie oft? Vor meiner Geburt passierte das einmal in zehn Jahren. Eine wild entschlossene Sekte tat etwas Unverzeihliches, worauf alle anderen Sekten sich gegen sie wandten, sie verstießen und in alle interstellaren Winde zerstreuten. Als ich mich den Legitimierten anschloss, passierte das einmal im Jahr, und die Verurteilung fiel bestenfalls lau aus. Als ich dafür stimmte, den

Puls einzusetzen – ja, wir haben darüber abgestimmt, und ja, ich habe dafür gestimmt –, passierte es jeden zweiten Tag. Wir glaubten nicht, dass es uns gelingen würde, die Kriege zu stoppen, das war niemals unsere Absicht, aber wir glaubten, wir könnten das Blutvergießen wenigstens eindämmen.«

»Dir ist schon klar, dass mir eure hehren Absichten nichts bedeuten, oder?«, entgegnete sie. »Eure Selbstanklage, euer verzweifelter Wunsch, euer Tun zu rechtfertigen, die Selbstvorwürfe, mit denen ihr euch hundert Jahre lang gequält habt; all das bedeutet mir nichts.«

Marus nickte und wandte den Blick ab. »Ja.«

»Dann war der Puls also … eine Waffe.« Esa hatte noch immer Mühe, das Gehörte zu begreifen. »Eine Waffe, die andere Waffen zerstören sollte. Jedenfalls war das die *Absicht.*«

»Ja.« Ich nickte. »Aber wir haben sie vorschnell eingesetzt. Als wir noch mit der Entwicklung beschäftigt waren und den ersten Testeinsatz vorbereiteten, meldete einer unsere Agenten, eine andere Sekte – eine, die unsere Politik und unseren Lebensstil ablehnte …«

»Du meinst eure Angewohnheit, euch in Konflikte einzumischen, die euch nichts angingen, und allen vorzuschreiben, wie sie zu leben hätten«, warf die Predigerin ein.

»Meinetwegen, *ja*, wenn du dich dann besser fühlst!«, fauchte ich sie an. »Die Schufte haben mit einem Fusionslaser direkt auf unsere Heimatwelt gezielt, mit einem Laser, der die Kruste hätte durchdringen und den Kern destabilisieren können, aber geh ruhig davon aus, wir hätten das *verdient* gehabt, Predigerin. Millionen Menschen lebten auf dem Planeten – unsere Freunde, unsere Familien. Sie alle wären umgekommen, und nicht einmal auf einen Schlag, nicht in einem großen Feuerball, sondern im Laufe von *Tagen* voller Chaos und Verzweiflung, in denen unsere Welt in Stücke zerbrochen wäre. Glaubst du, die Legitimierten hätten einen solchen Tod verdient gehabt, Predigerin? Hat *irgendjemand* einen solchen Tod verdient, auch nur einer der Milliarden, die auf diese oder noch schlimmere Weise ihr Leben verloren haben?«

»Also habt ihr die Waffe abgefeuert«, sagte Esa; keine Ahnung, wie sie es anstellte, so ruhig zu bleiben. »Den Puls, meine ich, das … was immer es war. Ihr … habt es auf die andere Sekte abgefeuert, die euch auslöschen wollte.«

»Die Waffe wurde nicht abgefeuert«, entgegnete ich, mich mühsam beherrschend. »Sie wurde von einem Infiltrationsteam im Zielgebiet installiert; sie war viel zu empfindlich, um sie mit einer Rakete loszuschicken. Aber ja, das haben wir getan.«

»Er … Marus sagte, dass er dafür gestimmt hat.« Sie deutete blindlings in seine Richtung, als hätte sie nicht die Kraft, sich umzudrehen und ihn anzusehen. »Du auch?«

»Ich habe noch mehr getan«, seufzte ich und fuhr mir durchs Haar. »Ich gehörte der Mannschaft an, die das verdammte Ding installiert hat.«

»Und was ging schief?«, fragte die Predigerin.

»Ich bin keine Physikerin, ich bin keine … ich weiß es nicht. Wir haben den Puls hundert Jahre lang untersucht und nach einer Antwort auf die Frage geforscht, aber ich kann nur sagen, dass wir es nicht *wissen*. Die Wirkung sollte lokal auftreten, die Vorrichtung sollte die Technik in einer bestimmten Fabrik verstrahlen – nicht die ganze Welt. Es sollten nur die technischen Anlagen auf einer Fläche von tausend Quadratkilometern lahmgelegt werden. Aber …«

»Du hast recht«, sagte Marus zu Esa. »Wir wussten nicht, was wir taten; das war unser Fehler. Das müssen wir eingestehen.«

»Euretwegen kann meine Spezies sich nicht mehr reproduzieren.« Endlich hatte die Predigerin es ausgesprochen. Das war der Grund für ihren Zorn, der Grund für ihre Suche nach

Verantwortlichen, denen man die Schuld am Puls geben konnte. »Ihr habt uns zum langsamen Aussterben verurteilt. Mit jeder Barischen, die stirbt, nimmt unsere Zahl in der Galaxis ab. Ich schätze, gegenwärtig sind nur noch ein paar Millionen von uns übrig. In hundert Jahren werden es lediglich ein paar Tausend sein. Weitere hundert Jahre später ein paar Dutzend. Und dann …« Sie senkte den Blick auf ihre Hände, als könnte sie für nichts garantieren, wenn sie uns ansähe. »Ihr habt uns *ausgelöscht*«, flüsterte sie. »Ihr habt *mein Volk* getötet, und das ist alles, was ihr zu sagen habt? Dass es ein Fehler war? Das gesteht ihr ein?«

»Wir haben dafür Vorsorge getroffen, dass die Barischen vom Puls nicht in Mitleidenschaft gezogen wurden«, sagte Marus. »Trotzdem sollte er nicht in der Nähe von Produktionsstätten der Barischen eingesetzt werden. Im Umkreis von zwölf Lichtjahren gab es auch keine. Es … tut mir leid.«

»Zum Teufel damit«, murmelte sie in beinahe erstauntem Ton. »Zum Teufel mit eurer Entschuldigung.« Sie schaute uns beide an, ihr Gesicht war zu einer Maske der Qual verzerrt. »All die Jahre über haben wir geglaubt, die Vorläufer wären dafür verantwortlich gewesen, unsere *Schöpfer*. Wir glaubten, sie wären als Einzige dazu imstande gewesen … Wir glaubten, wir hätten etwas falsch gemacht, wir hätten es verdient, weil wir ihr Vermächtnis beschmutzt hätten, obwohl wir nicht einmal wussten, worin dieses Vermächtnis bestand. Doch es waren gar nicht die Vorläufer – ihr wart es. Weil ihr die Galaxis zu einem besseren Ort machen wolltet, habt ihr mit einer Technik herumgespielt, die ihr nicht verstanden habt.«

»Wir haben alte Technik benutzt«, räumte Marus ein. »Vermutlich stammte sie von dem Volk, das die Barischen gebaut hat. Wir haben sie entdeckt und geborgen aus …« Er schüttelte den Kopf. Das war unwichtig. »Falls das hilfreich ist. Keine Ahnung, ob es das ist.«

»Es ist nicht hilfreich. Nicht im Geringsten.«

»Aber was ist *passiert*?«, fragte Esa. »Ihr habt die Waffe eingeschaltet, diesen Waffenkiller, und wie ging es dann weiter?«

Ich breitete hilflos die Arme aus. »Das wissen wir nicht. Es hat funktioniert – die Fertigungsstätte wurde lahmgelegt –, und dann … hat es sich einfach ausgebreitet. In Minutenschnelle war der ganze Planet betroffen. Binnen Stunden das Sonnensystem. Die Ausbreitungsgeschwindigkeit nahm immer weiter zu, was … eigentlich ausgeschlossen war. Das alles widersprach den Gesetzen der Physik.«

»Ursprünglich wollten wir lediglich verhindern, dass eine bestimmte Fabrik weiterhin Massenvernichtungswaffen herstellte«, fügte Marus hinzu. »Die Waffe sollte nicht die ganze Gesellschaft in einen Zustand vor der Einführung der Raumfahrt zurückwerfen. Wir wussten nicht einmal, dass sie dazu imstande war.«

»Dann war es also ein Zufall«, sagte Esa. »Dass manche Welten nur die fortschrittlichste Technik verloren haben, während andere – meine – nicht einmal mehr Verbrennungsmotoren einsetzen konnten.«

Ich hätte beinahe gelächelt. »Woher zum Teufel weißt du, was ein Verbrennungsmotor ist?«, fragte ich.

»In der Stadt gab es einen Mann, der behauptet hat …« Sie winkte ab. »Das ist unwichtig«, sagte sie. »Wichtig ist, wie es dann weiterging.«

Sie richtete die unausgesprochene Frage an mich, doch ich verwies sie auf Marus. »Frag besser ihn«, sagte ich. »Ich war nicht dabei; ich saß auf der Welt fest, auf der wir die Bombe gezündet hatten. Jahrelang. Bei den Legitimierten herrschte Chaos, genau wie überall sonst – sie konnten keine Ressourcen darauf verwenden, nach Soldaten zu suchen, die aller Wahrscheinlichkeit nach tot waren.«

»Wir haben uns natürlich Gedanken gemacht«, meinte Marus achselzuckend. »Wir versuchten herauszubekommen, was schiefgelaufen war und wie wir den Prozess umkehren könnten. Stattdessen fanden wir etwas anderes. Wir stießen beinahe zufällig darauf.«

»Du meinst mich«, sagte Esa leise.

»Ja.« Er nickte. »Die ersten paranormal begabten Kinder wurden – soweit wir wissen – auf unserer ehemaligen Heimatwelt geboren. Ihre Mutter war eine Legitimierte. Als wir das Kind untersuchten, stellten wir fest, dass es noch andere geben müsste, und dann fanden wir sie: die nächste Generation. Kinder wie dich.«

»Und als ihr über uns Bescheid wusstet …«

»Wir haben noch etwas anderes in Erfahrung gebracht, etwas noch Erschreckenderes. Nämlich dass der Puls nicht zum Erliegen kam, sondern weiterhin wirksam ist, an Intensität gewinnt und zurückkehren wird. So wie die Kräuselungen in einer Teetasse an den Porzellanrand stoßen und wieder in die Mitte zurückwandern.

Der erste Puls hat sich vom Ursprung bis an den Rand der Galaxis ausgebreitet. Anstatt weiter in das Nichts … oder was auch immer … vorzudringen, ist er zum Stillstand gekommen. Er bewegt sich nicht mehr, sondern brodelt vor sich hin. Schaukelt sich auf. Bereitet sich darauf vor zurückzukehren. Eine Theorie – die bei uns stark umstritten ist – besagt, er warte darauf, dass eine kritische Masse erreicht wird. Vielleicht eine bestimmte Zahl paranormal begabter Kinder; wir wissen, dass beide Phänomene miteinander in Beziehung stehen, nicht nur die Kinder und die Strahlung, sondern auch die Kinder und der eigentliche Puls. Ob er nur wartet oder nicht und ob er das *absichtsvoll* tut, er ist noch immer dort draußen in der schwarzen Leere am Rand der Galaxis und wird stärker. Wir haben ihn losgelassen. *Wir* sind verantwortlich, wenn er zurückkehren sollte. Und deshalb sind wir zu der Ansicht gelangt, die einzige Möglichkeit, ihn zu stoppen …«

»Bin ich.« Esa knirschte einen Moment lang mit den Zähnen, als wolle sie etwas sagen, hielt aber den Mund. Sie atmete ein und aus. »Ihr braucht mich und andere Kinder wie mich. Unsere Gaben verdanken wir dem Puls. Ihr glaubt, wir könnten ihn stoppen, wenn er zurückkehren sollte. Aber … *wie*? Was bedeutet das überhaupt? Glaubt ihr, er wird einfach umkehren, wenn wir – eure verdammte ›nächste Generation‹ – uns bei den Händen fassen und singen?«

»Eure Gaben sind das Produkt des Pulses, die Folge einer … beschleunigten mutagenen Evolution«, sagte Marus. »Hervorgerufen durch dichte Ansammlungen von Pulsstrahlung. Infolgedessen könnt ihr mit Materie und Energie interagieren wie niemand sonst. Ja. Wir glauben, ihr könnt ihn stoppen. Wenn ihr *zusammenarbeitet*. Wenn ihr zahlreich genug seid. Ihr könnt ihn aufhalten – oder zumindest abwehren.«

»Dann braucht ihr uns …«, flüsterte sie. »Ihr wollt, dass wir hinter euch aufräumen.«

Ich lachte; ich konnte nicht anders. »Nicht zum Aufräumen«, sagte ich. »Ihr sollt bloß verhindern, dass die Geschichte sich wiederholt. Wir glauben nicht, dass die nächste Generation die Folgen ungeschehen machen kann, Esa. Was passiert ist, ist passiert und lässt sich ebenso wenig ungeschehen machen wie das Verschwinden der Erschaffer der Predigerin. Ihr braucht nicht *aufzuräumen* – ihr sollt lediglich Schlimmeres verhindern.«

50

Esa seufzte und schaute ins Leere, als könnte sie mit ihrem Blick Scheherazades Hülle durchdringen und den Riss sehen, der durch unser Handeln im Gewebe des Universums entstanden war. Sie hatte geglaubt, ich sei gekommen, weil sie etwas Besonderes sei. In gewisser Weise stimmte das auch. Im Grunde aber ging es darum, dass eine Generation ihre Sünden an die nächste weiterreichte.

»Was ist mit dir?«, wandte sie sich an Javier. »Du bist so still.«

Er breitete die Arme aus. »Ich bin wie du geboren worden, als das alles schon passiert war. Für mich ist das … Geschichte.«

»Wirklich? Du hast dich den Legitimierten angeschlossen, obwohl du wusstest, was sie getan hatten?«

»Ganz so einfach war es nicht.« Er zuckte mit den Schultern. »Ich stand in ihrer Schuld.«

»Und damit war das für dich erledigt?«, sagte die Predigerin fassungslos. »Deine persönliche Verpflichtung … Was sie getan haben, zählt für dich nicht, weil du nicht betroffen warst?«

Er bedachte sie mit einem Blick, der fast jeden anderen zum Schweigen gebracht hätte. »Ich habe meine Kriege absolviert, Predigerin. Ich habe meine Schuld beglichen.« Er sprach leise, seine Stimme nur noch ein Flüstern.

Sie funkelte ihn an. »Und das ist alles, was zählt.« Ihre künstliche Stimme klang geradezu höhnisch. »Deine Geschichte, dein Leiden.«

»Das ist für jeden alles, was zählt. Auch für dich. Willst du meine Geschichte hören? Gut. Ich bin in einem Höllenloch aufgewachsen. Viele Berge und Gletscher, kaum nutzbares Ackerland. Vor dem Puls machte das nichts. Die Nahrung wurde importiert. Weißt du, was dann passierte?«

»Ich kann es mir …«

Er schüttelte den Kopf. »Versuch's gar nicht erst. Du kannst es dir nicht vorstellen. Du glaubst, du kannst es. Aber du irrst dich. Ich wurde *nach* dem Puls geboren, wie ich schon sagte. Für mich waren die alten Geschichten über die Galaxis, die Sternenschiffe, die mit Tausenden Tonnen Fracht von oben herabkamen, nichts weiter als Märchen. Ebenso gut hätte Manna vom Himmel regnen können. Die Welt, auf der *ich* geboren wurde, war ein feudaler Albtraum, wo ein paar unbedeutende Tyrannen, die alle Macht für sich beanspruchten, das Chaos nutzten, um sich zu *Königen* aufzuschwingen. Ihre Herrschaft sicherten sie, indem sie diejenigen, die nach der Katastrophe verrückt geworden waren und als Wilde und Kannibalen lebten, benutzten, um die anderen zu unterdrücken.« Das hatte ich nicht gewusst. Javier redete nicht gern über seine Vergangenheit. »Ja, ich war noch nicht geboren, als der Puls wirksam wurde, aber wag es ja nicht zu behaupten, ich hätte nicht darunter gelitten. Jeder einzelne Bewohner der Galaxis war vom Fehler der Legitimierten betroffen. Auch ich.«

»Aber du hast dich ihnen trotzdem angeschlossen.«

»Ja. Wie ich schon sagte: Ich stand in ihrer Schuld.«

»Die Fehler, die sie machten, die …«

»Ist mir egal. Ja, sie haben Fehler gemacht. Und sie versuchen, es wiedergutzumachen oder zumindest Schlimmeres zu verhindern. Aber gute Absichten bedeuten dir vielleicht nichts. Auch gut.« Er schüttelte den Kopf. »Weißt du, wo ich jetzt wäre, wenn sie nicht auf meiner sterbenden Heimatwelt aufgetaucht wären? Ich schon. Ich wäre tot. Entweder tot oder ein Monstrum. So oder so keine angenehme Vorstellung. Ich bin ebenso wenig verantwortlich für das, was die Legitimierten vor meiner Geburt getan haben, wie für das, was irgendein anderer Legitimierter tut. Ich stand in ihrer Schuld, und sie forderten die Schuld ein, indem sie mir die Gelegenheit gaben, *Gutes* zu tun. Im Zuge dieser Vereinbarung holten sie mich aus dem Drecksloch weg, in dem ich aufgewachsen war. Ich hatte verdammt gute Gründe, auf das Angebot einzugehen.«

»Bis wir dich rausschmissen«, rief Marus ihm in Erinnerung. »Als Lohn für eine gute Tat, meine ich.«

Javier hätte beinahe gegrinst, doch es war auch etwas Böses in seinem Blick, der Widerschein seines Zorns. »Auf welcher Seite stehst du eigentlich, alter Mann?«

»Ich stehe auf der Seite dessen, was richtig ist«, erwiderte Marus. »Ich weiß immer noch nicht, ob es vielleicht doch richtig war, es mit dem Puls wenigstens zu *versuchen*, doch aus der heutigen Perspektive heraus betrachtet, war es natürlich falsch. Seitdem versuchen wir, die Folgen einzudämmen – wir sammeln die Vertreter der nächsten Generation und bereiten sie darauf vor, die Rückkehr des Pulses zu verhindern – *das* ist richtig. Dich rauszuschmeißen, weil du ein paar Leute retten wolltest, war es nicht.« Er wandte sich an die Predigerin. »Möchtest du mich etwas fragen?«, sagte er in ruhigem Ton.

»Dich fragen? Ich weiß doch bereits, wofür du gestimmt hast. Als könnte ein tyrannischer Akt durch eine demokratische Entscheidung einiger Weniger …«

»Möchtest du mich fragen, ob ich Schuld auf mich geladen habe? Weil ich meinen Anteil daran hatte? Möchtest du fragen, ob ich der Galaxis etwas schuldig bin?«

Die Predigerin zögerte, dann nickte sie, ein kurzes Rucken des Kopfes.

»Die Antwort lautet ja«, sagte Marus und breitete die Arme aus; die Schwimmhäute zwischen seinen Fingern schienen zu leuchten.

Sie wandte den Blick ab, doch ich sah immer noch ihr Gesicht, den Zorn und den Schmerz und die Angst; ihre versteinerte Miene war wohl weniger undurchdringlich, als ihr lieb sein konnte. Sie war damit beschäftigt, all die neuen Informationen zu verarbeiten, die hundert Jahre alte Wahrheiten erschütterten, welche das Fundament ihrer Weltsicht gebildet hatten, und nichts davon gefiel ihr.

Besser blind und ohne Angst, als sehen zu können und nichts als Dunkelheit vorzufinden.

»Und wie willst du deine Schuld begleichen?«, fragte sie schließlich Marus. »Die vielen Toten, all der Schmerz – wie willst du das jemals wiedergutmachen?«

»Schritt für Schritt und Tag für Tag«, antwortete er, indem er ihrem Zorn mit Ruhe begegnete. »Vielleicht wird es mir nie gelingen – vielleicht nicht einmal annähernd. Aber eine kleine Verbesserung ist besser als gar keine. Und wenn die Pax das Sanktum erreichen sollten, werde ich überhaupt nichts mehr wiedergutmachen können – *keiner* von uns.«

Und genau das war der Punkt. Egal, was wir getan hatten, Marus und ich; egal, was wir daraus gemacht hatten, ob richtig oder falsch, was geschehen war, war geschehen. Jetzt mussten wir nach vorne blicken.

»So, jetzt weißt du es«, sagte ich zur Predigerin, die Arme vor der Brust verschränkt.

»Und wenn ich sage, ich werde das publik machen und dem ganzen Universum sagen, was ihr getan habt?« Ihr Blick verriet, dass ihr klar war, wie die Antwort ausfallen würde.

»Du weißt, dass ich das nicht zulassen werde«, sagte ich.

»Vielleicht wäre es tatsächlich besser, wenn die Pax euch auslöschen würden«, sagte sie verbittert. »Vielleicht habt ihr es ja verdient.«

»Vielleicht. Vielleicht auch nicht. Wenn du zusehen willst, wie Millionen – von denen viele damals noch nicht gelebt haben – wegen eines Fehlers sterben, den wir vor hundert Jahren begangen haben, dann sagt das einiges über dich aus. Aber möglicherweise hast du nicht bedacht, was es bedeuten würde, wenn die Pax das Sanktum einnehmen.«

»Der Verlust eines Sackgassenverstecks in einem unbedeutenden System? Würde das wirklich etwas bedeuten? Abgesehen davon, dass die Schuld für euer Handeln endlich beglichen würde?«

Ich nickte. »Du übersiehst dabei, dass wir den Puls hundert Jahre lang studiert haben – dass wir ihn mit unserem Wissen wiedererschaffen könnten, wenn wir wollten. Du übersiehst, dass selbst dann, wenn wir versuchen würden, sämtliche Daten zu löschen, ein Teil des Wissens an die Pax fallen würde und dass sie den Puls vermutlich gegen ihre Gegner einsetzen würden, was so gut wie *jeden* einschließt. Du übersiehst, dass die Legitimierten immer noch eine Kraft des Guten in der Galaxis sind, auch wenn wir noch so große Schuld auf uns geladen haben. Außerdem solltest du bedenken, dass wir eine Schule errichtet haben, einen Ort für paranormal begabte, genetisch veränderte Kinder wie Esa.«

Ich blickte das Mädchen an; sie schloss die Augen. Sie hatte eine ganze Weile geschwiegen – zu lange. »Sie haben nach mir gesucht«, sagte sie. »Sie waren bereit, eins ihrer großen Schiffe zu opfern, um mich zu ergreifen. Du hast gesagt, sie wären wegen meiner Gaben gekommen. Dass sie eine Soldatin aus mir machen wollten.«

»Es liegt ihnen nichts daran, die Rückkehr des Pulses zu verhindern«, sagte Marus. »Das kannst du mir glauben.«

»Und die anderen Kinder?«, fragte sie. »Die im Sanktum, die … die vielen anderen Kinder«, sie funkelte mich an, »die ihr mitgenommen habt. Wenn sie den Pax in die Hände fallen …«

»Sie haben es auf eure Fähigkeiten abgesehen.« Javier nickte. »Was die Legitimierten angeht, sind die Gaben, mit denen du und die anderen Kinder geboren wurdet, bloß … zweitrangig, nützlich vor allem in dem Sinn, dass sie es uns erlauben, euch als vom Puls veränderte Personen zu identifizieren, die uns vor seiner Rückkehr schützen können. Die ihn stoppen können. Für die Pax hingegen …«

»Den Pax ist alles zuzutrauen«, nahm Marus den Faden auf. »Eines aber muss man ihnen lassen – sie haben keinerlei ethnische Vorurteile. Sie glauben, sie wären die Antwort auf alle Übel der Galaxis, und alle würden sich unter ihrer Herrschaft vereinen, gemäß *ihren* Regeln, und es werde keinen Krieg und keine Konflikte mehr geben. Die Starken würden über die Schwachen herrschen, und die Schwachen würden sich unterwerfen. Weil ihnen nichts anderes übrig bliebe.«

»Selbst wenn sie zwei Drittel der galaktischen Bevölkerung töten müssen, um ihr Ziel zu erreichen«, murmelte ich.

»Und worin unterscheidet sich das von dem, was die Legitimierten getan haben?«, fragte mich Esa. Die Predigerin hätte ich mit dieser Frage auflaufen lassen. Dass das Mädchen sie stellte, tat weh.

Ich ließ mir nichts anmerken und schüttelte den Kopf. »Das ist unwichtig. Wichtig ist, dass sie ihre Gefangenen zu Pax machen. Darin sind sie gut; darin haben sie Übung. Was auch immer die Pax ihren ›Rekruten‹ antun – Gehirnwäsche, Lobotomie, egal was: es ist immer eine Mischung aus chirurgischen

Eingriffen und chemisch basierter Persönlichkeitsveränderung –, haben sie zur Wissenschaft erhoben.

Die Sache ist die: So würden sie nicht nur mit den Sklaven verfahren, die sie im Sanktum machen. Sie würden es allen anderen Kindern antun, die so sind wie du. Allen paranormal Begabten. Wir haben euch von euren Heimatwelten geholt, weil wir verhindern müssen, dass der Puls zurückkehrt, und weil wir wollen, dass ihr ein eigenes Leben führen könnt und … euren Platz in der Galaxis kennt. Dass ihr einem höheren Zweck dient. Die Pax wollen Soldaten aus euch machen, und der einzige Zweck, dem ihr dienen würdet, wäre der Tod. Die Gaben, mit denen ihr geboren wurdet, die Gaben, die ihr der Pulsstrahlung verdankt, variieren. Doch fast alle haben in der Schlacht eine vernichtende Wirkung – eine entsprechende Ausbildung vorausgesetzt.«

»Dann sind das also meine Optionen«, sagte sie. »Entweder ich schließe mich dem Kult der Legitimierten an, trainiere meine Gaben und versuche, den Puls zu stoppen, wenn er zurückkehrt – *falls* er zurückkehrt. Oder ich lasse mich von den Pax aufgreifen, werde einer Gehirnwäsche unterzogen und setze meine … meine Fähigkeiten ein, um die Galaxis unter ihrer Herrschaft zu einen.«

»Aber das würde ihnen nicht gelingen, nicht einmal mit einer Armee von Kindern wie dir«, sagte Javier. »Sie würden am Ende scheitern.«

»Und eine Spur der Vernichtung hinter sich lassen«, setzte Marus hinzu. »Das Vermächtnis der Legitimierten mag eine schwere Last sein, Esa – für mich ist sie das jedenfalls. Aber im Vergleich zu dem, was die Pax dir antun werden, wenn sie dich fangen, ist sie federleicht.«

Sie sah mich an. Auf ihren Wangen trockneten Tränen; sie fühlte sich vollständig betrogen. Das war der Grund, weshalb meine Vorgesetzten uns einschärften, keine Bindung zu den geretteten Kindern zu entwickeln; das war der Grund, weshalb ich ihnen nicht meinen Namen sagte. Wenn ihr neues Leben sich als ebenso unvollkommen und schwierig erwies wie ihr altes, gaben sie immer demjenigen die Schuld, der sie aus ihrem alten Leben herausgerissen hatte. »Für mich macht das keinen großen Unterschied«, sagte sie.

Ich sah in ihrem Blick, dass sie ihre Entscheidung getroffen hatte. Vielleicht die erste erwachsene Entscheidung ihres Lebens. Ich hoffte sehr, dass es nicht die letzte sein würde.

Aber im Grunde war dies unerheblich. Esas gebrochenes Herz würde irgendwann heilen; die anderen Kinder im Sanktum, die wie sie waren, würden dabei helfen. Es kam nicht darauf an, wie sehr sie mich hasste und ob sie darüber hinwegkommen würde. Diesen Preis musste ich zahlen. Im Moment mussten wir uns mit der Invasionsstreitmacht der Pax befassen. »Und du?«, fragte ich die Predigerin.

»Du würdest mich aus der Schleuse werfen, wenn ich mich weigere; was erwartest du also?«, sagte sie.

»Ja, ich werfe dich aus der Schleuse, wenn du uns drohst.« Ich nickte. »Das heißt aber nicht, dass ich von dir erwarte, dass du kämpfst. Nur dann, wenn du es möchtest. Du kannst den Konflikt aussitzen. Zugegeben, das Aussitzen würde in einer Haftzelle im Sanktum stattfinden, und sollten die Pax durchbrechen, werden sie dich entweder töten oder deine Programmierung bei dem Versuch, dich zu einer der ihren zu machen, durchschmoren lassen. Wenn du dich nicht entschließen kannst, auf der Seite der Legitimierten zu kämpfen, musst du das auch nicht.«

Beinahe hätte sie gelächelt. »Du bist nicht der Typ, der einen Schlag abmildert, oder?«

»Wenn man einen Schlag abmildert, zieht man das Ganze nur in die Länge«, entgegnete ich. »Aber du hast meine Frage noch nicht beantwortet.«

Sie nickte kaum merklich. »Ich helfe euch bei eurem Kampf«, sagte sie. »Aber wenn es vorbei ist, will ich freien Zugang zu eurer Forschung und den Aufzeichnungen. Ich will *alles* wissen.«

Ich schüttelte den Kopf. »Das kann ich nicht versprechen; es steht nicht in meiner Macht, dir freien Zugang zu gewähren.«

»Aber du wirst es versuchen.«

»Das werde ich.« Ich würde es tatsächlich versuchen. Das war ich ihr schuldig.

Sie nickte kurz, dann schwieg sie. Ich wandte mich an Javi.

»Mich brauchst du nicht zu fragen«, sagte er und hob die Hand. »Ich bin dabei. Das weißt du. Es sei denn, der Rat beschließt, mich auf der Stelle zu erschießen. Dann wäre ich zu nichts mehr nütze.«

»Du kannst dich immer noch mit Bolivar absetzen«, sagte ich. »Sobald wir ins System einfliegen, koppeln wir die beiden Schiffe, und du gehst an Bord; wenn die Pax auftauchen, bist du längst über alle Berge.« Es würde mich fertigmachen, ihn ziehen zu lassen – mir konnte ich das eingestehen, ihm gegenüber nicht –, doch ich hatte die Erfahrung schon einmal gemacht und überlebt. Ich würde es auch diesmal überleben. Allerdings nicht lange, so wie es derzeit aussah.

Er schüttelte mit trauriger Miene den Kopf. »Wenn du mich darum bittest, kennst du mich nicht«, sagte er.

»Ich bitte dich nicht. Ich lasse dir die Wahl.«

»Und ich schlage sie aus.«

»In Ordnung.« Ich versuchte, nicht zu viel Bedeutung in die beiden Worte hineinzulegen, schaffte es aber nicht ganz, meine Gefühle zu verbergen. Javier sah mich an und lächelte. Es war ein trauriges Lächeln und ausgesprochen bitter – vor allem aber wirkte es gequält –, doch zumindest bekam er die Dinge, die ich nicht aussprach, immer noch mit. Das immerhin war uns geblieben.

Ich schaute mich im Raum um. Marus, Javier, die Predigerin, Esa. Und ich. Ein Spion, ein Schmuggler, eine Geistliche, ein Kind und eine Soldatin. Wir würden gegen die Pax nicht viel ausrichten können – aber wir konnten das Sanktum warnen und dafür sorgen, dass es eine faire Chance hatte.

»Schlaft ein bisschen«, sagte ich und löste mich von der Wand. »Wenn wir das Sanktum erreicht haben, bekommen wir keine Gelegenheit mehr zum Ausruhen. Es gibt viel zu tun, bevor wir bereit sind, gegen die Pax-Flotte anzutreten.«

»Glaubst du, wir können das?«, fragte die Predigerin. »Mal alles andere beiseitegenommen, ich meine … in logistischer Hinsicht. Selbst wenn sie vorgewarnt werden – können die Legitimierten eine Invasionsarmada der Pax abwehren?«

Ich grinste müde. »Das wird sich zeigen«, antwortete ich.

51

Auf dem letzten Abschnitt der Flugroute zum Sanktum sprachen wir nicht mehr viel. Auf einem Schiff von der Größe Scheherazades war das gar nicht so einfach, doch es ließ sich bewerkstelligen; wir alle waren von unterschiedlichen Dämonen besessen, und keinem von uns war nach Gesellschaft zumute.

Marus verbrachte den größten Teil der Reise im Medoraum, wo er seine Biochemie wieder ins Gleichgewicht brachte. Die Verbrennungen, die er sich an Bord von Khonnerhonn zugezogen hatte, waren verheilt, doch er war vom überlangen Cort noch immer erschöpft, unterernährt und dehydriert.

Javier saß fast den gesamten Flug über im Cockpit. Manchmal schlief er ein wenig, doch meistens unterhielt er sich leise mit Schaz. Sie mochten einander, und Schaz hatte im Moment nicht einmal Bolivar als Gesellschaft; im Hyperraum konnten Schiffe nicht miteinander kommunizieren. Ich gönnte ihr die Unterhaltung, wenngleich ich ahnte, dass sie mich fortan noch mehr unter Druck setzen würde, die Kluft zwischen Javi und mir zu überwinden. Als ließe sich das mit ein paar freundlichen Worten erledigen.

Die Predigerin meditierte im Geschützturm. Ich wusste nicht, worüber sie nachdachte. Ich meine, ich konnte es mir denken, aber vielleicht lag ich ja falsch. Bisweilen sind Barische schwer zu durchschauen. Man glaubt so lange, dass sie wie andere intelligente Wesen sind, bis man eines Besseren belehrt wird.

Esa hielt sich im Wohnbereich auf. In sie konnte ich mich besser einfühlen als in die Barische, denn ihr Gesicht spiegelte alle ihre Regungen wider: Sie fragte sich, wo sie da hineingeraten war und ob es vielleicht besser gewesen wäre, auf ihrer Heimatwelt zu bleiben. Dort gab es zwar Banditen und Nahrungsmittelknappheit und alle möglichen Gefahren; es gab keine fortschrittliche Technik, keine Ressourcen und keine Antworten auf die Fragen, die sie früher nie gestellt hätte; außerdem war sie gegenwärtig von den Pax besetzt. Doch im Moment erschien sie ihr wohl dennoch als bessere Alternative zu dem Ort, an den man sie brachte.

Ich selbst nahm mir meinen eigenen Ratschlag zu Herzen und schlief. So gut wie jeder an Bord war aus dem einen oder anderen Grund sauer auf mich, und ich konnte nicht viel dagegen machen. Das ging in Ordnung – eigentlich hatte ich damit gerechnet. Also brachte ich eine der Einbaukojen in Position, legte mich hin und bat Schaz, mich zu wecken, wenn wir uns dem System der Legitimierten näherten.

Und das tat sie.

Sie tat es leise, so wie immer, wenn wir Gesellschaft hatten. Ich streckte mich und gähnte. Auch das geschah leise. Eine alte Gewohnheit aus der Zeit, als ich meistens mit einem ganzen Zug Soldaten zusammen genächtigt hatte. Privatsphäre war damals ein Luxus gewesen, den die Offiziere vielleicht einmal im Monat genießen konnten.

Marus hatte den Medoraum verlassen und unterhielt sich leise mit Esa. Er hatte sie tatsächlich zum Lächeln gebracht, was bestimmt ein hartes Stück Arbeit gewesen war. »Aale«, sagte er gerade. Ich lauschte, ohne mir anmerken zu lassen, dass ich wach war. »Mutierte Aale, manche über zwei Meter lang. Die Zähne so groß wie deine Hand.«

»Was sind Aale?«, fragte sie.

»Große Fische. Große, lange, gemeine Fische. Ich glaube, ursprünglich stammen sie von Menschenwelten, sind aber in vielen großen Meeren zu finden. Sie fressen so gut wie alles.«

»Und sie ...«

»War völlig ahnungslos.« Er kicherte, und ich machte ein böses Gesicht, obwohl sie beide nicht auf mich achteten. Wieso musste er immer ausgerechnet diese Geschichte erzählen? »Dort, wo sie aufgewachsen ist, gab es nämlich kein Meer. Schwimmen gelernt hat sie in Talsperren und alten Steinbrüchen – es wäre ihr nie in den Sinn gekommen, dass im Wasser etwas *leben* könnte. Ich wollte sie gerade warnen, als der erste ...«

Ich machte mich bemerkbar, indem ich von hinten gegen Esas Stuhl trat. »Was ist?«, sagte sie unfreundlich. Alles andere hätte mich auch gewundert. »Es wurde gerade richtig interessant.«

»Du meinst die Stelle, als ich beinahe gefressen wurde?«

»Ja.« Sie tat so, als sei das offensichtlich.

»Ich sag dir, wie's ausgegangen ist: Ich habe überlebt. Übrigens, du kannst ruhig weiter auf mich sauer sein«, sagte ich, »aber du wirst das trotzdem sehen wollen.« Ich wandte mich ab und ging zum Cockpit, ohne abzuwarten, ob sie mir folgen würde.

Javi saß noch auf dem Sessel der Geschützkonsole; ich zwängte mich an ihm vorbei. Er bewegte seine Hand ein wenig und streifte damit meinen Arm. Eine kleine Geste der Anteilnahme und Aufmunterung. Er war immer noch auf meiner Seite oder bemühte sich jedenfalls, mich im Moment nicht zu hassen. Mir bedeutete das sehr viel, doch das sagte ich ihm nicht.

Ich setzte mich und legte die Hand um den Stick. »Willst du den Anflug übernehmen?«, fragte Scheherazade.

»Ja, überlass das besser mir«, antwortete ich. »Ich weiß, dass du das kannst, aber ich bin schneller, und es kommt auf jede Sekunde an.«

»Außerdem willst du lieber über Flugmanöver nachdenken als über …«

»Überlass mir einfach den verdammten Stick, Scheherazade.«

Javier lachte glucksend. Ich drehte mich herum und bedachte ihn mit einem bösen Blick. »Sieh mich nicht so an« sagte er. »*Ich* war's nicht, der die Geschichte mit den Aalen erzählt hat.«

»Die kann ich nicht ausstehen. Keine Ahnung, weshalb die jeder so lustig findet.«

»Das liegt vor allem daran, wie Marus sie erzählt. Ich meine … er macht das richtig gut. Schneidet Grimassen und so.« Ich ignorierte die Bemerkung und checkte stattdessen die Instrumente. Dabei drehte ich ein wenig den Sessel, vorgeblich, um die über mir befindlichen Anzeigen abzulesen – und sah, dass Esa stillschweigend auf dem Navigatorsessel Platz genommen hatte. Sie schmollte, aber sie war da. Das war gut. Egal, wie das alles ausgehen mochte, sie hatte es verdient, es mit anzusehen.

Wir verließen den Hyperraum, und das Heimatsystem der Legitimierten füllte die Bildschirme und das Cockpitfenster aus.

»Ach, schön«, flüsterte Esa, die vorübergehend vergessen hatte, wie zornig sie auf uns alle war.

»Ja«, stimmte Javier ihr zu. »Siehe: die Pracht der Zerstörung und die Schönheit dessen, was in ihrem Gefolge entstanden ist.« Sein Tonfall lag irgendwo zwischen Sarkasmus und Ergriffenheit; ich wusste nicht, woher das Zitat stammte, doch es war angemessen.

Irgendwann einmal hatte dieses System vier Sonnen gehabt – ein Doppelstern in der Mitte, der von zwei kleineren Sonnen umkreist wurde, um die wiederum kleine Ansammlungen von Planeten ihre Bahnen zogen. Außerdem gab es noch etwa fünfzig

Monde, die meisten im Orbit der äußeren Gasriesen, doch jede einzelne Welt hatte mindestens zwei davon. Nach galaktischem Maßstab herrschte hier ein maßloser Überfluss an terraformbaren Welten. Das war vor den Sektenkriegen gewesen.

Die beiden äußeren Sterne hatten sich seitdem in Schwarze Löcher verwandelt, nicht aufgrund kosmischer Kräfte, sondern durch genau die Waffen, die der Puls hatte lahmlegen sollen. Die alles verschlingenden Löcher kreisten am Rand des Systems, eine ständige Erinnerung an die Kriege, die lange vor dem Eintreffen der Legitimierten hier gewütet hatten.

Wie gegenläufige Tänzer fassten die Schwarzen Löcher das System an zwei Seiten ein und brachen und verzerrten das Licht des kosmischen Firmaments, das sie anzogen wie sturmbewegte Bänder. Auch die meisten Planeten waren auf die eine oder andere Weise in Mitleidenschaft gezogen worden, jeder einzelne auf seine Art erschreckend, ein quälender, großartiger, unvergesslicher Anblick, der bei der Katastrophe entstanden war, die auch den Tod zahlloser Zivilisten zur Folge gehabt hatte.

Einige felsige Planeten waren von innen her geborsten und in zahllose Einzelteile zersprengt worden. Eine metallhaltige Splitterwolke erfüllte das Innere des Systems und reflektierte das Licht der beiden erhaltenen Sterne in Richtung der beiden Schwarzen Löcher, ein ständiger Lichtstrom, den die Leere verschluckte. Ein paar Welten waren in zwei Hälften oder den Kontinentalplatten entsprechende Teile zerbrochen, die im Orbit durch ihre Gravitationskräfte zusammengehalten wurden, mahnende Fassaden, die an die Kugeln erinnerten, die sie einmal gewesen waren. Wiederum andere – überwiegend Monde – waren vollständig pulverisiert worden und bildeten einen schwach erkennbaren Ring, der sich durch das ganze System zog, sowie mehrere kleinere Halos um die drei verbliebenen Planeten.

In keinem der Systeme, in denen ich gewesen war – und ich habe Hunderte gesehen, vielleicht sogar Tausende –, hatte ich etwas Ähnliches vorgefunden. Das erste Mal hatte ich das System gesehen, nachdem es mir gelungen war, die Bevölkerung der Welt zu evakuieren, auf der wir die Pulsbombe gezündet hatten – dies hier war nicht die ursprüngliche Heimat der Legitimierten. Unser Heimatplanet war von Pulsstrahlung getränkt und nicht mehr bewohnbar, deshalb suchten wir hier Zuflucht, um uns zu verstecken, für den Fall, dass sich unsere Verantwortung für die Katastrophe in der Galaxis herumsprechen sollte. Damals hatte ich mit Grauen und Ehrfurcht auf diesen Anblick reagiert, denn ungeachtet der Folgen war genau dies hier der Grund, weshalb wir so und nicht anders gehandelt hatten.

Javis Zitat war zutreffend – dies war vielleicht einer der schönsten Anblicke, die mir je zu Gesicht gekommen waren, und er hatte Milliarden Menschen das Leben gekostet.

»Was … was ist das?«, flüsterte Esa.

»Das sind die Überreste einer untergegangenen Sekte.« Keiner von uns hatte gesprochen; die tiefe, volltönende männliche Bassstimme kam aus Schaz' Comm-System. Esa schreckte zusammen; der Sprecher lachte. »Verzeih mir, junge Dame. Scheherazade hat sich mit mir gekoppelt, und ich begrüße immer die Neuankömmlinge im Sanktum.«

»Danke?«, sagte sie unsicher.

»Es gibt Neuigkeiten, John«, sagte ich. »Schlechte Neuigkeiten.« John – John Henry lautete sein voller Name – war die KI des Sanktums. Er war Mentor und Vaterfigur aller Bewohner, besonders der kleineren, jüngeren Schiffsintelligenzen, doch er hatte auch ein Faible für die jungen Leute, die ich anschleppte.

»Ich weiß, Scheherazade hat mir die wiederhergestellten Daten bereits übermittelt«, erwiderte er. Aus irgendeinem Grund hatte John Henry eine Abneigung gegen Spitznamen. Niemals nannte er Scheherazade »Schaz«, duldete allerdings, dass wir ihn »John« nannten. »In diesem Moment informiere ich den Rat; dessen Mitglieder werden persönlich mit dir sprechen wollen, sobald ihr gelandet seid. Sie … sind nicht erfreut darüber, dass du Freunde mitgebracht hast.«

»Der Rat ist meistens mit mir unzufrieden; ich werd's überleben.«

»Das wollen wir hoffen.« Es war keineswegs als Drohung gemeint. »Wir reden, sobald du sie informiert hast.«

»Wir können es kaum erwarten«, erwiderte ich trocken.

»In diesem Fall«, sagte er, »empfehle ich dir, Marus die Geschichte erzählen zu lassen, wie du beinahe von Aalen gefressen wurdest. Das dürfte euch helfen, die Wartezeit zu überbrücken.«

Verdammt. Man sollte niemals versuchen, witziger zu sein als ein Superrechner von der Größe eines Häuserblocks.

52

»Das ist also das großartige Versteck der Legitimierten.« Die Predigerin war zu uns ins Cockpit getreten und betrachtete das zerstörte System, das unsere Heimat war. »Wo ihr nach dem großen Verbrechen eure Wunden leckt. Kein Wunder, dass euch niemand finden kann.«

»Hier waren wir hundert Jahre lang sicher«, sagte ich, ohne auf ihre Spitze einzugehen.

»Jetzt wird mir einiges klar.« So grauenhaft die Taten gewesen waren, die zum Untergang dieser Welten geführt hatten, in diesem Punkt hatte die Predigerin recht – das System war eine gute Basis. Mit interstellaren Scans waren keine bewohnbaren Welten festzustellen – dafür waren die Störsignale der vielen Trümmer zu stark.

Trat man aus dem Hyperraum aus, gab es aufgrund der beiden Schwarzen Löcher und der Trümmerwolken nur eine einzige Zugangsroute zu der bewohnbaren Zone; sollten eintreffende Schiffe eine andere Route einschlagen, würden sie entweder von den Schwarzen Löchern eingesaugt oder von den messerscharfen Trümmern, die im System umherschwirrten, zerfetzt werden, egal, wie schnell oder wendig sie waren. Nicht einmal ein Schlachtschiff würde so einem Bombardement standhalten.

Jeder Angreifer – zum Beispiel eine Pax-Flottille wie die, die sich gerade sammelte – wäre gezwungen, die enge Schneise zwischen den beiden Schwarzen Löchern zu passieren, weshalb nur eine bestimmte Anzahl Schiffe gleichzeitig ins System einfliegen konnte.

»Aber es wird nicht reichen«, sagte die Predigerin.

»Ich weiß.« Auch damit lag sie richtig. Die meisten Verteidigungsanlagen des Sanktums dienten dazu, diesen Ort vor der Galaxis zu verbergen; die Pax aber kannten unsere Position. Sie würden sich so schnell wie möglich durch den Flaschenhals hindurchzwängen, und wenn die Schwarzen Löcher und das Trümmerfeld erst einmal hinter ihnen lagen, wären wir ihnen wehrlos ausgeliefert. Ihre Schlachtschiffe würden über dem Sanktum in den Orbit gehen und uns in Staub verwandeln. Die Stadt war natürlich abgeschirmt und verfügte über eine Antiorbitalwaffe, doch kein Schutzschirm vermochte einem kontinuierlichen Angriff einer großen Flotte standzuhalten, und die einzige große Kanone des Sanktums – die leistungsstärkste, die je gebaut worden war – würde, wenn Marus' Informationen zutreffend waren, nicht *alle* Schlachtschiffe der Pax abschießen können.

Ich übernahm die gefährliche Ansteuerung durch das interplanetarische Trümmerfeld. »Sieh genau hin«, riet ich Esa. »Das ist von den Sektenkriegen übriggeblieben.«

»Wieso tut jemand so was?«, fragte sie.

»Weil die Welten, die sie haben wollten, aber nicht haben konnten, für niemanden nutzbar sein sollten. Weil hier ihre Gegner lebten und sie sie mit konventioneller Kriegsführung nicht ausrotten konnten, haben sie zu furchtbareren Waffen gegriffen.«

»Aber wer waren *sie*? Die Leute, die das getan haben, und die Leute, die hier lebten? Waren das Legitimierte?«

»Darauf kommt es nicht an. Nicht mehr. Die beiden Sekten sind längst Geschichte, ihre Macht befand sich schon vor dem

Puls im Schwinden. Das gilt für die, die hier lebten, aber auch für die Gewinner.« Ich nickte zum Cockpitfenster hin. »Vermutlich war das für sie kein Sieg, sondern ihr letzter verzweifelter Versuch …« Ich wusste nicht, wie ich es ausdrücken sollte. Vielleicht hatten sie ein Zeichen setzen wollen. Vielleicht hatten sie darin die einzige Möglichkeit gesehen, in der großen Leere der Galaxis etwas zu hinterlassen, woran man sich erinnern würde. Nämlich an die große Zerstörung, die sie angerichtet hatten.

Das, was der Puls angerichtet hatte, hatten wir nicht gewollt. Doch er hatte verhindert, dass sich etwas Derartiges wiederholte. Ganz gleich, was Esa und die Predigerin von uns halten mochten – die Frage, ob es falsch oder richtig gewesen war, ließ sich nicht so eindeutig beantworten.

»Damals haben überwiegend Reint hier gelebt«, sagte ich, um auf Esas Frage einzugehen und nicht selbst einer melancholischen Anwandlung zu erliegen. »Sie unterhalten auf den wenigen bewohnbaren Bruchstücken noch immer ein paar Siedlungen. Allerdings herrscht dort Chaos.«

»Und ihr … habt sie einfach sich selbst überlassen?«

»Uns blieb nichts anderes übrig.« Auf die Gründe ging ich nicht ein; wenn meine bösen Vorahnungen zutreffend waren, würde ich bald sehr viel Zeit zum Nachdenken haben.

»Das ist *furchtbar*.«

»Sie hatten ihre Gründe.« Unterstützung bekam ich aus einer unerwarteten Richtung, nämlich von der Predigerin. »Auf welcher Welt befindet sich eure Zuflucht?« Mit der Frage lenkte sie Esas Aufmerksamkeit geschickt von den anderen Planeten ab.

Ich zeigte nach draußen. »Dort. Auf dem rotationsgebundenen Mond über dem zweiten Planeten.«

Er war in dem Chaos nicht leicht auszumachen; unser Annäherungskurs führte auf den zweiten Planeten zu, eine große Eiswelt, die noch immer um den Doppelstern im Zentrum des

Systems kreiste. Er war nicht immer eine Eishölle gewesen – zwar war er dem Angriff entgangen, aufgrund der Veränderungen in der Geografie des Systems aber aus seiner ursprünglichen Umlaufbahn gerissen worden. Die Rotation war nahezu zum Erliegen gekommen, und nun beschrieb er eine elliptische Bahn um das Zentralgestirn. Seine von uns abgewandte Seite wurde von dem Doppelstern gebraten, die andere war eine Eiswüste. Nur ein schmaler Streifen wies annähernd erträgliche Temperaturen auf.

Mit der Rotation des Mondes, auf dem das Sanktum lag, verhielt es sich ähnlich. Wo der Planet die Strahlung des Doppelsterns abblockte und gerade genug Wärme zum Überleben abgab, lag ein bewohnbares Gebiet von nicht einmal zweihundert Kilometern Breite. Der Rest des Mondes wurde von brodelnden Meeren aus flüssigem Kristall und unwirtlichen Eiswüsten bedeckt – wunderschön und tödlich zugleich.

Die fehlende Eigenrotation war ein weiterer Grund, weshalb wir das Sanktum auf diesem Mond errichtet hatten. Um die Stadt zu bombardieren, hätten angreifende Schlachtschiffe in den Orbit um den Planeten gehen und sich zwischen der Eiswüste und den Kristallmeeren in Position bringen müssen. Während der Annäherung konnten sie nicht feuern – sie mussten den Mond erst umfliegen, bevor das Sanktum in Feuerreichweite läge.

»So, der schwierige Teil liegt hinter uns«, sagte ich zu Schaz und ließ den Steuerknüppel los. »Du kannst wieder übernehmen.«

»Vielen Dank«, sagte sie trocken. Schaz glaubte nicht, dass ich ein besserer Pilot war als sie, zumindest nicht im normalen Flugbetrieb. KIs waren so programmiert, dass sie unter der Voraussetzung, dass um sie herum alles den gleichen Regeln folgte, in einer bestimmten Weise reagierten, weshalb Schaz kleine

Flugveränderungen und winzige Kurskorrekturen besser vornehmen konnte als ich. Doch sobald die Lage kompliziert wurde, konnte sie nicht mehr mithalten. Ich hatte nur wenige KIs kennengelernt, die ich in chaotischen Situationen einem Menschen am Steuerknüppel vorgezogen hätte – im Kampf oder wenn es einen Kurs durch eine Todeszone zu finden galt wie die, die wir soeben durchflogen hatten.

»Und wie geht es jetzt weiter?«, fragte Esa.

Ich holte tief Luft. »Nach der Landung bekommst du eine Einführung« antwortete ich. »Du kommst in eine Gruppe von anderen Jugendlichen, die in den vergangenen Monaten eingetroffen sind. Versuch nett zu sein – ein paar Dinge, die ich dir erzählt habe, wissen sie noch nicht. Anschließend …«

Sie winkte ab. »Ich will nicht wissen, wie es in der Superschule zugeht«, sagte sie und bedachte mich mit einem vernichtenden Blick. »Ich habe keine Angst vor dem ersten Schultag. Nach allem, was ich gehört habe, werde ich sowieso nicht dazu kommen, meinen Abschluss zu machen. Ich will wissen, wie es mit dem bevorstehenden Angriff weitergeht.«

»Das«, sagte ich, »hängt vom Rat ab.«

»Weshalb du sie anbrüllen wirst, sobald wir gelandet sind.«

»Du hast gehört, was John Henry gesagt hat. Ich wurde bereits vorgeladen.«

»Ja, klar. Und dann wirst du sie anbrüllen.«

»Das könnte gut sein«, mischte Schaz sich ein.

»Wenn sie klug sind, dann nicht«, entgegnete ich.

»Du wirst sie anbrüllen.«

53

Der unter Schaz vorbeiziehende Mond war eine karge Landschaft aus bizarren Kristallformationen, violetten Reflexen und türkisfarbenen Mineralien. Die Heimatwelt der Legitimierten hatte viele nützliche Eigenschaften, doch sie war außerdem auch wunderschön. Selbst die brodelnden Meere, die von den Sonnen bis über die Schmelztemperatur der Kristalle aufgeheizt wurden – was dort, wo die Temperaturzonen aneinander grenzten, ständig Stürme zur Folge hatte – boten einen Ehrfurcht gebietenden Anblick.

Die Stadt selbst – und das war das Sanktum: nicht nur eine Kolonie oder eine Militärbasis, sondern eine Stadt, bevölkert von Wesen aus der ganzen Galaxis, die versuchten, das Leben überall zu verbessern, auch wenn sie dies nur im Verborgenen bewerkstelligen konnten – nahm eine Bergflanke am Rande eines Kraters ein, der von einem durchsichtigen Meer aus rötlich-indigofarbenen Kristallen ausgefüllt wurde, dessen Wogen erstarrt waren, als der Mond in Folge der Zerstörung des Systems einen stationären Orbit eingenommen hatte. Der Berg ragte aus dem Kristall auf, doch es wurden immer weniger Kristallgewächse, je höher man kam. Der Gipfel erstrahlte von den Lichtern des Sanktums, ein Leuchtfeuer selbst im ewigen Tag – das die Pax auslöschen wollten.

Scheherazade setzte auf einer der aus dem Berghang vorspringenden Landeplattformen auf. Zahlreiche Plattformen und Brücken waren auf der Bergflanke zu sehen, der Gipfel war nahezu ausgehöhlt. Die Stadt nahm den Hang und das Innere ein. Auf der Landeplattform herrschte hektische Betriebsamkeit; man bereitete sich bereits auf den bevorstehenden Angriff vor. Ich bezweifelte, dass das überhaupt möglich war, doch es war erfreulich, dass die Mitglieder des Rats ihre Köpfe nicht vollständig in den Sand steckten.

Als wir von Bord gingen, schnappte ich mir den erstbesten Techniker, eine Reint namens SamMay. Sie war größer als die meisten Vertreter ihrer Spezies – sie reichte mir fast bis zum Kinn. Als sie mich sah, grinste sie mich an. Die Techniker mochten mich aus irgendeinem Grund – obwohl Schaz bisweilen sehr … *pingelig* war, was ihre Arbeit betraf. Hatte sie am Ende ihren Willen bekommen, sparte sie allerdings auch nicht mit Lob.

Die Reint waren Abkömmlinge eines Nebenzweigs der evolutionären Entwicklung von den Reptilien zu den Säugetieren; SamMays Schuppen bildeten ein Gittermuster in Grellorange und Pink, ihre Finger endeten in einziehbaren Krallen. Die Reint waren geschickte Mechaniker, denn ihre harten, scharfen Krallen ersetzten eine Menge Werkzeuge.

»Stell ein Team zusammen, egal mit wem«, sagte ich. Ich wollte nicht unhöflich erscheinen, aber den Reint gegenüber war eine gewisse Schroffheit angebracht, sonst gingen sie einfach weg und suchten sich eine andere Beschäftigung. »Schaz muss repariert und die Munition aufgefüllt werden. Sie muss komplett wiederhergerichtet werden. Sieh dir speziell die Manövrierdüsen an – mindestens drei davon wurden schwer getroffen.«

»Kann ich machen.« SamMay zuckte mit den Schultern und blinzelte mit ihrer Augenmembran.

»Und lass JackDoes nicht in ihre Nähe.«

Sie erzeugte an den scharfen Vorderzähnen ein Zischen, das Reint-Äquivalent eines Lachens. »Als er erfahren hat, dass ihr wieder da seid, hat er sich gleich in Sicherheit gebracht«, sagte sie; die langen Fangzähne erzeugten ein charakteristisches Zischeln.

»Dann ist das heute sein Glückstag; ich muss mich um andere Dinge kümmern. Aber wenn ich ein bisschen Zeit erübrigen kann, wird es ihm leidtun, dass er an meiner KI herumgepfuscht hat. Ich fand seinen Scherz gar nicht lustig.«

»Er hat gemeint, du wolltest ihn von einem Berg werfen.«

»Bin ich schon mal mit einem Vorhaben gescheitert?«

»Ich glaube nicht«, sagte sie.

»Dann richte JackDoes aus, er soll sich bei Schaz melden, sobald diese Scheiße ausgestanden ist, und sich bei ihr aufrichtig entschuldigen. Andernfalls erwarten ihn ein langer Sturz und ein harter Aufprall. Aber jetzt – mach dich an die Arbeit.«

»Verstanden, verstanden.«

»Danke, SamMay.«

»Kein Problem. Der Rat erwartet dich bestimmt schon.«

Ich seufzte. »Ich weiß.«

SamMay eilte davon und rief bereits einige Techniker herbei; ich wandte mich zur Rampe um, wo meine Begleiter warteten. »Marus, bringst du Esa zur Einführungsgruppe?«

Er nickte. »Ich komme anschließend gleich zurück.«

»Du solltest dich erst mal untersuchen lassen.«

Er grinste. Erstaunlich, dass er dazu noch in der Lage war. »Ich komme zurück«, wiederholte er. »Komm mit, Esa.«

Das Mädchen sah mich an, als liege ihr eine Bemerkung auf der Zunge. Ich nickte ihr zu, und sie erwiderte mein Kopfnicken – das reichte, um ausdrücken, was wir beide aussprechen wollten, aber nicht in Worte fassen konnten. Sie flüsterte der

Predigerin etwas zu, dann folgte sie Marus in den geschäftigen Hangar.

Sie hatte die Tür fast erreicht, als sie sich umdrehte. »Viel Glück!«, rief sie mir zu und winkte.

»Danke, Mädchen«, sagte ich, war mir aber nicht sicher, ob sie es gehört hatte.

»Und ich?«, fragte Javier, der sich neben mich gestellt hatte und Esa hinterhersah.

»Das liegt an dir.« Ich zuckte mit den Schultern. »Du kannst tun, was du willst – aber vergiss nicht, dass dich die meisten Leute hier für einen Verräter und Deserteur halten. Ich werde mich bemühen, den Rat zu überzeugen, dass er darauf verzichtet, dir auf der Stelle einen Kopfschuss zu verpassen. Aber bis dahin …«

»Ja, vielleicht bleibe ich besser an Bord. Bolivar wird es sonst womöglich langweilig.«

»Klingt gut.«

»Ich komme mit«, sagte die Predigerin.

Ich musterte sie. Damit hatte ich nicht gerechnet. »Vielleicht lassen sie dich nicht mal in den Beratungsraum«, sagte ich. »Eigentlich soll ich keine Streuner mit nach Hause bringen.«

»Ich weiß. Aber ich will die Leute, die diesen Ort regieren, mit eigenen Augen sehen. Ihnen ins Gesicht blicken und mich vergewissern, dass sie verstehen, was sie getan haben und was auf sie zukommt.«

Ich seufzte. »›Regieren‹ ist vielleicht ein zu starker Ausdruck. Die meiste Zeit über können sie sich nicht mal über das Mittagessen einig werden.«

»Das ist Demokratie. Ich schätze, wenn du das Sagen hättest, würdest du einfach *entscheiden*, was es zu Essen gibt, und alle anderen müssten sich fügen.«

»Wenn ich das Sagen hätte, würden wir das essen, wovon wir am meisten haben, bis das Gericht rar wird. Das ist das gleiche

Prinzip, das auch an Bord von Scheherazade gilt. Viel einfacher.«

»Im Grunde deines Herzens bist du ein Tyrann, weißt du das?«

»Ich habe die letzten hundert Jahre damit verbracht, Halbwüchsige zu eskortieren, für gewöhnlich unter ziemlich haarigen Bedingungen. Natürlich habe ich dabei diktatorische Züge entwickelt; anders bekommt man sie nicht zum Zuhören.« Wir gingen durch den Hangar, in Richtung des Beratungsraums. Ich wusste nicht, ob es klug war, die Predigerin mitzunehmen und mich eines Regelverstoßes schuldig zu machen, obwohl ich eigentlich wollte, dass der Rat mich anhörte. Doch es fühlte sich überraschend gut an, dass die Predigerin mich begleitete.

Ich wusste, dass sie immer noch zornig war, auf die Legitimierten im Allgemeinen und auf mich im Speziellen. Deshalb war es eine nette Geste, dass sie mir ihre Solidarität bekundete, jedenfalls aus der Außenperspektive. Ich wusste das zu schätzen.

Wir betraten die grau-rosafarbenen Korridore des Militärstützpunkts, der diese Bergseite einnahm – die Kristalle durchzogen den Fels wie Erzadern – und wandten uns zur Stadt.

Ich war gespannt, was der Rat zu sagen hatte.

54

Die Ader aus rosafarbenem Kristall, die aus dem Berginneren austrat – ein glitzernder Bogen, der das Licht reflektierte – machte nach und nach erst bernsteinfarbenen, dann pinkfarbenen Adern Platz, die verwirrende Muster auf den Boden warfen. Die Wesen, die diesen Ort erbaut hatten – und die lange vor den Legitimierten lebten –, hatten überall in den Höhlen versteckte Scheinwerfer angebracht, die für ganz unterschiedliche Beleuchtungseffekte sorgten, die Räume in ein Kaleidoskop von Farben hüllten und dem Ort den Charakter einer Kunstinstallation verliehen. Doch obwohl sie etwas so Schönes erschaffen hatten, hatte jemand sie ausgelöscht. So war es in der Galaxis vor dem Puls zugegangen.

Der Beratungsraum lag in einem Bereich offener Gänge, die in azurblaues Kristalllicht gebadet waren. Das kühle, beruhigende Blau vermittelte den Eindruck, man befinde sich unter Wasser. Als die Legitimierten diesen Ort zu ihrer neuen Zentrale machten, hatten sie diesen Teil der Stadt vermutlich deshalb zum Hauptforum bestimmt, weil sie hofften, er werde den hitzigen Streit in ruhigere Bahnen lenken. Diese Wirkung war allerdings nie eingetreten.

»Du befürwortest schon seit Jahrzehnten, diese Waffen wieder in Betrieb zu nehmen.« Als ich den Beratungsraum betrat, war bereits eine heftige Auseinandersetzung im Gange. Die Ratsmitglieder saßen auf einer halbkreisförmigen erhöhten Plattform über dem Eingang; die Sprecherin namens Helliot war eine übellaunige Vyriat, die sich vermutlich dafür eingesetzt hatte, mich gleich bei Erscheinen in Gewahrsam zu nehmen.

Während die Reint und die Tyll Merkmale der Reptilien aufwiesen und die Wulfer an Wölfe erinnerten, hatten die Vyriat mehr Ähnlichkeiten mit den Kopffüßern. Sie waren amphibisch wie die Reint und mit wogenden Tentakeln und feinen Flimmerhärchen bedeckt, die sich sträubten, wenn sie erregt waren, weshalb Helliot im Moment wie ein Nadelkissen aussah.

»Das ist eine Verschwendung von Ressourcen, ein reiner Wunschtraum!« Ohne uns zur Kenntnis zu nehmen, setzte sie ihre Tirade fort und brüllte quer über den Tisch hinweg, während ihre Haut vor mühsam gebändigter Wut bunt schillerte. Der Adressat ihres Zorns war Criat Longrun, der Wulfer, der meine Abteilung leitete; er erwiderte funkelnd ihren Blick, hielt sich im Moment aber noch im Zaum. Dieser Zustand würde jedoch bestimmt nicht von Dauer sein. »Selbst *wenn* wir die planetarischen Waffen bergen sollten«, fauchte Helliot ihn an, »was ein sehr großes ›Wenn‹ ist, würde die Strahlung sie durchbrennen lassen, sobald wir sie instand gesetzt haben. Wir wissen nicht …«

»Wenn wir die Antiorbitalkanonen nicht in Betrieb nehmen, werden wir alle sterben«, fiel ich Helliot ins Wort, ehe Criat sich eine Erwiderung zurechtlegen konnte, die vermutlich eine Menge Flüche beinhaltet hätte. Wenn der Rat mich ins Gefängnis werfen wollte, konnte er das meinetwegen auch aus mehreren Gründen tun, denn so würde ich einen Teil des Zorns von meinem Boss ablenken. »So einfach ist das. Wir haben keine anderen Defensivwaffen.«

Die Vyriat funkelte mich an, die wirbelnden Farben unter ihrer Haut verstärkten die Wirkung ihrer drei zusammengekniffenen Augen. »Glaubst du wirklich, deine Stimme hätte hier noch *irgendein* Gewicht?«, fragte sie, während die Tentakel anklagend auf mich zeigten. »Du hast uns das eingebrockt und dabei gegen zahllose Regeln verstoßen. Dein Schicksal …«

»Sie hat uns vorgewarnt, Helliot«, grollte Criat, der langsam sprach, um seine Wut zu zügeln. »Den Boten trifft keine Schuld.« Alten Legenden zufolge hatten die Menschen die Wulfer – die erste intelligente Spezies, der wir begegnet waren – zunächst für »Werwölfe« gehalten, jene Gestalten aus den alten Märchen, mehr Wolf als Mensch. Diese Beschreibung der Wulfer war durchaus zutreffend. Selbst ihre Bezeichnung erinnerte an die Wölfe unserer Heimatwelt; die Wulfer selbst benutzten einen Namen, der für die meisten anderen Spezies unaussprechlich war, weshalb der, den die Menschen ihnen gaben, in den allgemeinen Sprachgebrauch Eingang gefunden hatte.

Angesichts der Intensität von Criats Blick wunderte es mich nicht, dass die Menschen die Wulfer zunächst für Tiere gehalten hatten: *Ich* jedenfalls hätte mir nur ungern seinen Zorn zugezogen. Seine feindselige Haltung Helliot gegenüber beruhte natürlich mehr auf Gewohnheit als auf der Absicht, mich zu verteidigen; die beiden waren noch nie gut miteinander ausgekommen.

»Ach, es fallen mir noch viele andere Gründe ein, sie zu erschießen«, entgegnete Helliot mit ätzender Stimme.

»Ob ihr mich erschießt oder nicht, liegt bei euch«, erwiderte ich. »Aber warum wird überhaupt über die Kanonen diskutiert? Ihr habt den Bericht gelesen, den ich euch geschickt habe, und den Marus' Quellen …«

»Eine einzige Quelle, nämlich die Information eines einzelnen Agenten.« Der Einwand kam von einem Unterstützer Helliots – von Bathus, einem Tyll, der die Forschungsabteilung leitete und so alt war, dass seine Kopfplatte nahezu schwarz aussah und seine ursprünglich neonfarbene Haut einen grünlichen

Pastellton angenommen hatte. Es lag mir fern, ihn schlechtzumachen – er unterstützte Helliot nicht aus persönlichen Gründen, sondern vor allem deshalb, weil sie dafür sorgte, dass seine Forscher nicht zu kurz kamen.

Ob ich ihn respektierte oder nicht, tat jedoch nichts zur Sache; entscheidend war, dass er unsere Argumente zu entkräften suchte. »Wir sollen springen und unsere kostbare Zeit vergeuden«, sagte er schleppend und tippte mit seinen sechs Fingern auf die Brüstung, »obwohl die Bedrohung noch nicht bestätigt wurde?«

»Die Pax mobilisieren ihre Kräfte«, entgegnete ich ruhig. »Das habe ich mit eigenen Augen gesehen.«

»Und wir sollen …«

»Ob sie gegen Regeln verstoßen hat oder nicht, sie ist immer noch eine Agentin der Legitimierten und als solche vertrauenswürdig«, rief Criat Balthus mit dröhnender Bassstimme in Erinnerung. »Das gilt auch für Marus. Wenn wir anfangen, einander zu misstrauen, sind wir wirklich verloren.«

»Ein vernünftiges Argument.« MelWill, die selbst nach Reint-Maßstäben klein war, musste ein Mikrofon benutzen, um sich verständlich zu machen. Damit sie an das Mikrofon herankommen konnte, saß sie auf einem erhöhten Stuhl. Sie leitete die Technikabteilung, in der überwiegend Reint und Tyll tätig waren, und war für alle Bewohner des Sanktums eine veritable Heldin. Unsere Technik, unsere Abwehrvorrichtungen und die Theorie, wonach die nächste Generation die nächste Pulswelle verhindern könnte; dies alles war MelWills Werk. Ohne sie hätten sich die Legitimierten schon vor langer Zeit entzweit; sie hatte uns in den dunklen Jahren, als wir begriffen, was wir angerichtet hatten, Orientierung gegeben. Die an Verehrung grenzende Wertschätzung, die sie bei den gewöhnlichen Legitimierten genoss, hatte sie aufgrund ihrer Entdeckung mehr als verdient.

»Ich misstraue nicht ihren Worten, sondern ihrer Quelle.« Balthus passte seine Taktik geschmeidig an, denn mit MelWill – und deren Legendenstatus – wollte er sich nicht anlegen. Als Balthus Leiter der Wissenschaftsabteilung wurde, arbeiteten die beiden eng zusammen; er konnte es sich nicht leisten, MelWill oder die Techniker, von denen seine Wissenschaftler abhängig waren, zu verstimmen. »Die Informationen eines zugedröhnten Junkies von einer einzelnen Handelsstation sind kein ausreichender Grund, um …«

Criat sträubte sich das Fell. »Wenn das Sanktum unter dem Beschuss mehrerer Schlachtschiffe in Staub verwandelt wird, dürften deine kostbaren Projekte einen signifikanten Rückschlag erleiden.«

»Wir haben gewusst, dass dieser Tag kommen würde.« Acheron427 hatte gesprochen, die Barische, welche die Forschungsgruppe zur nächsten Generation leitete – mit anderen Worten die Schule, die Esa besuchen würde. Sie war groß für eine Barische und einarmig – da die Fertigungsstätten der Barischen nicht mehr funktionierten, konnte sie den fehlenden Arm nicht ersetzen, und sie weigerte sich, eine Prothese zu tragen. Möglicherweise eine Art Statement, da war ich mir nicht sicher.

Ich ließ den Rat nicht aus den Augen, spürte aber, dass die Predigerin sich neben mir versteifte, als sie begriff, dass Barische bei uns bis in die Kommandoebene hinein vertreten waren. »Wir haben das Sanktum gut versteckt, aber nichts ist von Dauer«, fuhr Acheron fort; ihr Blick wanderte kurz zur Predigerin, dann schaute sie wieder die anderen Ratsmitglieder an. »Criat hat recht – die Frage, ob wir die Kanonen schon vor Jahren hätten in Betrieb nehmen sollen, ist müßig; jetzt *müssen* wir es tun.«

»Leider hat mein Agent keine Informationen zum zeitlichen Ablauf geliefert.« Aoka leitete den Geheimdienst und war Marus' Boss. Obwohl er wie Helliot ein Vyriat war – mit Tentakeln und glitschiger, knolliger Haut, deren Färbung sich je nach Stimmung veränderte –, konnten die beiden einander nicht ausstehen. Aoka war misstrauisch und verschlossen, der geborene Geheimdienstleiter. »Wir wissen nicht einmal, ob die Zeit noch ausreichen würde, um die Kanonen zu reaktivieren. Wir müssen uns Gedanken über eine Evakuierung machen.«

Criat schüttelte so heftig den Kopf, dass sein Fell sich bauschte. »Unmöglich. Wir haben nicht genügend Schiffe. Mit dem Bestand könnte man nicht einmal ein Viertel aller Bewohner …«

»Ich habe nicht gemeint, dass man alle evakuieren sollte, mein Freund.« Aoka lächelte. Für gewöhnlich traten die beiden im Rat als Verbündete auf – so wie Balthus und MelWill, arbeiteten Aoka und Criat häufig eng zusammen. Criats Leute spürten auf der Grundlage von Aokas Geheimdienstinformationen Personen auf und führten Aktionen durch, doch bei diesem speziellen Thema bildeten sich offenbar neue Frontlinien heraus. »Sondern nur Acherons Schüler, deren Lehrer und weitere Schlüsselpersonen. Die nächste Generation *muss* überleben. Alles andere ist zweitrangig.«

»Ich nehme an, dass auch wir zu diesen Schlüsselpersonen zählen.« Seamus, das Ratsmitglied, das bislang geschwiegen hatte, war ein Mensch, zuständig für das Alltagsgeschäft, wozu auch die Sicherheit des Sanktums gehörte. Für jemanden, dessen Aufgaben die anderen als »untergeordnet« betrachteten, hatte er großen Einfluss. Denn wenn die anderen etwas erledigt haben wollten, waren es Seamus und dessen Arbeiter, die es umsetzten. Alle standen wegen irgendeiner dringlichen Angelegenheit in seiner Schuld.

Seamus bot vom Haarschnitt bis zu den Schuhen einen unscheinbaren Eindruck. Ich vermutete, dass dies Absicht war, weil er wollte, dass man erst dann an ihn dachte, wenn man ihn brauchte. Jetzt schüttelte er den Kopf und musterte seine

Ratskollegen der Reihe nach. »Wir sind die Legitimierten. Entweder alle oder keiner.« Er sah meinen Boss an. »Ich sehe das wie du, Criat. Wir müssen die Orbitalkanonen in Betrieb nehmen, und wir hätten gestern schon damit anfangen sollen.«

Es war ein alter Streit, der begonnen hatte, lange bevor das Sanktum von den Legitimierten besiedelt worden war. Als sie hier eintrafen – ich war damals nicht dabei gewesen, sondern saß auf der Welt fest, auf der wir die Pulsbombe gezündet hatten –, erschien das Sanktum als sicherer Hafen. Die wenigen Reint-Siedlungen auf den anderen Welten waren bereits ins Chaos gestürzt und stellten eine natürliche Tarnung dar – wer die beiden Schwarzen Löcher und das Trümmerfeld passierte und das System scannte, würde nur einige wenige Habitate mit vereinzelten Reint vorfinden, und mit vereinzelten Reint gab sich niemand ab.

Das bedeutete jedoch auch, dass die Verteidigungsanlagen, die die Reint-Sekte zum Schutz vor Aggressoren errichtet hatte, bevor ihre Welten angegriffen worden waren und ihre Zivilisation ins Stadium des Barbarentums zurückgefallen war, nicht mehr gewartet worden waren. Daran hatten die Legitimierten nichts geändert. Ein System mit degenerierten Reint würde unbeachtet bleiben; ein System mit degenerierten Reint und einsatzbereiten Verteidigungsanlagen würde Neugier wecken.

Die ehemaligen Bewohner hatten ursprünglich Hunderte Antiorbitalkanonen gebaut, die es auch mit einem Schlachtschiff aufnehmen konnten, und über das ganze System verteilt. Doch die mysteriöse Katastrophe, der ihre Welten zum Opfer gefallen waren, hatten weniger als ein Dutzend davon unbeschadet überstanden. Drei der großen Kanonen befanden sich auf dem Mond, auf dem das Sanktum errichtet worden war; die übrigen standen auf den drei verbliebenen Planeten, die alle mehr oder weniger stark vom Puls in Mitleidenschaft gezogen worden waren.

Der Rat stritt seit Jahrzehnten über dieses Thema. Einige meinten, wir sollten die Kanonen wieder in Betrieb nehmen, um eine potente Verteidigung aufzubauen. Die anderen argumentierten, eine einsatzbereite Kanone werde unsere sorgsam aufgebaute Tarnung unwirksam machen. Schließlich vermochten die degenerierten Reint – abgesehen von uns die einzige Population in diesem System, die aber allein von primitiven Raubtierimpulsen gesteuert wurde – nicht einmal einen Schraubenschlüssel zu halten, geschweige denn eine Antiorbitalkanone zu warten.

»Ein Kompromiss.« Aoka streckte einen Tentakel in die Höhe. Natürlich war es der Geheimdienstchef, der einen Ausweg aufzeigte. »Von den acht Kanonen, die möglicherweise noch einsatzbereit sind – vom Puls einmal abgesehen, wissen wir nicht, ob sie aufgrund des Wartungsmangels und der elementaren Gesetze der Entropie nicht längst unbrauchbar sind –, befinden sich drei auf diesem Mond. Lassen wir sie von Technikern wiederherstellen und so lange einsatzbereit halten, bis die aktuelle Bedrohung nicht mehr besteht. Dann können wir über die weitere Nutzung beraten.«

Ein optimistischer Ausblick. Kein schlechter Vorschlag; das einzige Problem dabei war, dass sich die drei erwähnten Kanonen auf der anderen Seite des Mondes befanden, die dem Systemzugang und der Route zwischen den Schwarzen Löchern hindurch zugewandt war. Sie könnten die Pax-Flotte beim Anflug unter Beschuss nehmen, doch damit wäre es in dem Moment vorbei, wenn der Gegner den Mond umflogen hätte und sich über dem Sanktum befände.

»Bloß eine halbe Lösung.« Criat schüttelte den Kopf. »Wir brauchen mindestens *sechs* Kanonen – die drei von der anderen Seite des Mondes und noch drei weitere. Wir sind auf zusätzliche Feuerkraft *angewiesen*, wenn wir die Pax aufhalten wollen. Das lässt sich nicht bestreiten. Ich sage nicht, dass unser Überleben gesichert ist, wenn wir die Waffen wieder in Betrieb nehmen. Aber wenn wir es nicht tun, sind wir verloren.«

»Von den fünf im System verteilten Kanonen stecken drei in Feuerpositionen fest, mit denen sie bei einem Kampf nutzlos wären«, erklärte MelWill. »Die haben sie eingenommen, als die Planeten auseinandergebrochen sind. Also ist die Zahl Sechs illusorisch, ungeachtet des Bedarfs. An die drei Kanonen auf diesem Mond kommen wir ohne großen Aufwand heran; in dieser Hinsicht herrscht Einigkeit, sehe ich das richtig?« Sie blickte in die Runde, nickte, als Einwände ausblieben, richtete sich auf zwei Klauen auf und fuhr fort. »Somit bleiben die beiden Kanonen übrig, die sich auf dem Planeten in unserer unmittelbaren Nähe befinden: eine ideale Position, um jeden unter Beschuss zu nehmen, der das Sanktum angreift.«

»Die Kälte hat sie vermutlich schon vor Jahren unbrauchbar gemacht«, wandte Helliot ein und winkte mit einem Tentakel geringschätzig ab. »Außerdem herrscht dort starke Strahlung, die die Welt auf den Stand vor Einführung der Raumfahrt zurückgeworfen hat. Sie während einer Auseinandersetzung betriebsbereit zu halten, würde eine große Anstrengung erfordern. Dafür fehlen uns die Techniker.«

»Oh, ich bitte um Verzeihung«, erwiderte MelWill kühl. Sie hatte es nicht gern, wenn jemand sie auf Schwachstellen ihrer Abteilung aufmerksam machte. »Mir war gar nicht klar, dass *du* jetzt die Technikabteilung leitest.«

Das brachte Helliot zum Schweigen, zumindest kurz. MelWill fuhr fort, als sei sie nicht unterbrochen worden. »Zunächst einmal müssen wir herausfinden, ob die drei *lunaren* Kanonen wiederhergestellt werden können«, sagte sie. »Wenn das nicht geht, ist es auch aussichtlos, die Kanonen auf dem Planeten instand setzen zu wollen. So. Ich werde jeweils ein Erkundungsteam zu den drei Kanonen auf der äußeren Mondseite schicken.

Wenn sie melden, dass zumindest die *Möglichkeit* besteht, sie in Betrieb zu nehmen, können wir daran denken, Erkundungsteams zu den beiden Kanonen auf der Planetenoberfläche zu entsenden.«

»Und wie sieht es mit den Risiken aus?«, fragte Seamus. »Du würdest deine Techniker auf eine gepulste Welt schicken?«

MelWill schüttelte den Kopf. »Der Puls ist nicht die größte Gefahr; wir alle wissen, was dort unten umherstreift. Es bräuchte eine größere Streitmacht, um die von diesen … Wesen überrannten Anlangen in Besitz zu nehmen.«

»Du machst dich über deinesgleichen lustig?« Aoka hob eine Tentakel-Augenbraue.

»Sie tun mir leid«, erwiderte MelWill gelassen. »Und ich weiß, wie gefährlich sie sind. Ihr hier im Rat sprecht von den degenerierten Reint, mit denen wir uns das System teilen, als wüsstet ihr genau über die Bedrohung Bescheid, die von ihnen ausgeht; das ist jedoch nicht der Fall. Ich jedoch weiß es. Ohne den Schutz von bewaffneten Soldaten würden meine Techniker den Einsatz nicht überleben.«

Sie hatte recht. Die meisten Spezies auf dem Weg zu interstellarer Technik, die auf das Goldene Zeitalter gefolgt war – mit Fusionsreaktoren, Hyperantrieb, KI –, hatten die Entwicklung von Steinwerkzeugen zum Raumflug in einem bestimmten Zeitfenster zurückgelegt, angetrieben von dem Wunsch, ihre Umwelt zu erobern, um nicht den ökologischen Gefahren ihres jeweiligen Heimatplaneten zum Opfer zu fallen. Die Reint hatten sechsmal solange gebraucht, nicht aufgrund von unterentwickelten geistigen Fähigkeiten, sondern vor allem deshalb, weil sie auf ihrer Heimatwelt bereits das gefährlichste Raubtier waren.

Bei den reaktionsschnellen, leisen und mit einem einzigartigen Jagdinstinkt ausgestatteten Reint waren die wichtigsten Schritte auf der technologischen Leiter nicht das Feuer, das

Segelschiff oder das Rad gewesen, sondern die Entwicklung elementarer sozialer Strukturen, die für andere Spezies selbstverständlich waren. Die Reint *zwangen* sich dazu, als soziale Wesen zu leben, eine kulturelle Gewohnheit, die sich in Hunderttausenden Jahren der strikten Einhaltung tief in ihrem Wesen verankert hatte, denn andernfalls wären sie bald wieder zu Alpha-Raubtieren geworden, die alles fraßen, was sich bewegte, solange man es nicht ficken konnte, und die alle anderen Spezies ihrer Heimatwelt beinahe ausgerottet hätten.

Als die soziale Ordnung nach dem Puls weitgehend zusammenbrach, degenerierten nicht alle Reint-Kolonien zu einem primitiven Zustand, doch die, die es taten, waren der Stoff, aus dem Albträume bestanden. Ich hatte mit ihnen in der Vergangenheit zu tun gehabt und einige Narben davon zurückbehalten. Ich hatte es nicht eilig damit, diese Erfahrung aufzufrischen.

Trotzdem erhob ich meine Stimme, denn ich sah keine andere Möglichkeit. »Ich mache das«, sagte ich. »Ich werde die anderen beiden Kanonen checken. Wenn ich die Reint vertreiben kann, schicken wir die Techniker hinunter. Wenn ich gefressen werde, braucht sich der Rat wenigstens keine Gedanken mehr zu machen, wie er mit mir verfahren soll.«

55

Einen Moment lang starrten alle mich an, als könnten sie nicht glauben, dass ich diese Worte ausgesprochen hatte. Ich konnte es ihnen nicht verdenken; ich war mir auch nicht ganz sicher, ob ich das gesagt hatte.

Marus nahm neben mir Aufstellung. Er ließ die Stille einen Moment lang auf sich wirken, dann fragte er leise: »Was soll das?«

Ich zuckte leicht mit den Schultern. Es war schwer zu erklären.

Schließlich lachte Helliot, ein ungläubiges Gurgeln, das den himmelblauen Raum ausfüllte. »Eigentlich wollte ich fordern, dass man dich hinrichtet, wenn das alles vorbei ist«, sagte sie. »Wenn du freiwillig in den Tod gehen willst, nur zu.«

Ich wusste nicht, wann oder wodurch ich die Vyriat verärgert hatte, doch was immer es war, sie hegte schon seit Langem einen Groll gegen mich. »Mit Vergnügen«, krächzte ich.

»Na großartig – du überlässt deine Entscheidung deinem Zorn. Sehr klug.« Seltsamerweise hörte sich Marus' Bemerkung nicht nach einem Kompliment an. »Also, du wirst nicht allein da runtergehen«, seufzte er. »Ich komme mit.«

»Die Entscheidung liegt nicht bei dir, Marus«, erwiderte Aoka scharf. Sein Boss war offenbar nicht gewillt, seinen Mitarbeiter zu opfern.

»Eigentlich doch«, entgegnete Marus. »Khonnerhonn gibt es nicht mehr, er wurde von den Pax vernichtet. Ich habe kein Schiff – ich wäre bei dem bevorstehenden Kampf zu nichts nutze. Da kann ich wenigstens dabei helfen, die Kanonen in Betrieb zu nehmen.«

»Ihr werdet Unterstützung brauchen«, erklärte Seamus, ein Pragmatiker durch und durch. »Ich werde nach Freiwilligen fragen …«

»Nein. Das kommt nicht infrage.« Wieder Helliot. Natürlich. »Wenn sie ihr Leben sinnlos wegwerfen will, umso besser. Aber ich bin nicht bereit, Personal für ihre Hinrichtung zu verschwenden. Weder Marus noch irgendein anderer Angehöriger der Sicherheitskräfte wird sie begleiten.«

»Die bevorstehende Schlacht wird im leeren Raum stattfinden, Helliot«, seufzte Criat und musterte mich ein wenig enttäuscht mit seinen braunen Augen. Ich konnte es ihm nicht verdenken; wäre ich mein eigener Chef gewesen, hätte ich mich ebenfalls ohrfeigen wollen. Seine Agenten waren dafür ausgebildet, alles zu tun, um am Leben zu bleiben, und ich hatte meins soeben aus dem Fenster geworfen. »Die Pax werden das Sanktum nicht vom Boden aus angreifen, sondern sie werden uns vom stationären Orbit zwischen dem Planeten und dem Mond aus mit ihren großen Kanonen unter Beschuss nehmen. Ein paar taktische Einsatzkräfte machen da keinen großen Unterschied aus, selbst wenn wir genug Fregatten flott machen können, um die Landetrupps vor ihrem Eintreffen abzusetzen.«

»Ein solcher Einsatz ist nicht mal das Leben eines einzigen Soldaten wert …«

»Ich würde das Leben jedes einzelnen mir unterstellten Soldaten aufs Spiel setzen, um die Waffen wieder in Betrieb zu nehmen«, fiel Seamus ihr ins Wort. Sein Tonfall war nachsichtig, doch er war trotzdem angepisst. »Außerdem solltest du die

Fähigkeiten der Männer und Frauen, die unter meinem Kommando stehen, nicht unterschätzen. Wenn ich ihnen sage, sie sollen die Kanonen einnehmen, werden sie das tun. Ob die Kanonen anschließend noch verwendbar sind ...« Er bedachte MelWill mit einem schiefen Grinsen. »Damit werden sich die Techniker befassen.«

»Na großartig«, seufzte MelWill. »Als hätten wir nicht schon genug Probleme.«

»Ich würde in diesem kritischen Moment gerne etwas anmerken.« John Henrys Stimme füllte das Auditorium aus; wir alle hielten erwartungsvoll inne. Er gehörte dem Rat eigentlich nicht an, doch da die KI für die meisten Funktionen des Sanktums verantwortlich war, hatte seine Stimme in diesem Raum großes Gewicht. »Auf der Grundlage der Daten, die Marus uns mitgebracht hat, haben wir etwa eine bis drei Wochen Zeit bis zum Eintreffen der Pax, je nachdem, ob sie wissen, dass wir über den geplanten Angriff informiert sind, oder nicht.

Es ist ungewiss, ob wir die Fregatten binnen einer Woche einsatzbereit machen können. Genauso wenig wissen wir, ob die Zeit ausreicht, eine Evakuierung für den Notfall zu planen. Doch die Zeit reicht in jedem Fall, um den Versuch zu unternehmen, die Kanonen wieder in Besitz zu nehmen. Ob der Versuch erfolgreich sein wird, kann ich nicht vorhersagen; ich habe keine Sensoren auf dem Planeten und an den Geschützstellungen auf diesem Mond. Aber wir haben genügend Zeit, um es wenigstens zu versuchen.

Das ist kein Entweder-oder-Szenario; die Agenten können die Geschützstellungen auskundschaften und dann entscheiden, wie viele Soldaten erforderlich wären, um die Reint zu vertreiben, falls überhaupt welche dort sind. In der Zwischenzeit gibt es hier genug andere Dinge zu tun. Wir müssen die Fregatten instand setzen, die in der Galaxis verteilten Einsatzkräfte zurückbeordern und den Flaschenhals mit Minen und anderen Fallen präparieren, um das unvermeidliche Vorrücken der Pax zu verlangsamen.

Wenn wir diesen Kampf gewinnen wollen – ich will euch nicht mit Wahrscheinlichkeitsrechnungen langweilen und sage nur, dass die Chancen für uns nicht günstig stehen –, müssen wir arbeiten anstatt zu streiten. Um Erfolg zu haben, muss jede einzelne Abteilung des Sanktums an die Grenze ihrer Leistungsfähigkeit gehen und darf keine Zeit damit verschwenden, die Arbeit der anderen Abteilungen zu unterminieren. Ihr habt erreicht, was ihr heute erreichen wolltet – alle sind sich der Gefahr bewusst und wissen über die verschiedenen Schritte Bescheid, die unternommen werden müssen, um ihr zu begegnen.

Ich schlage vor, die Sitzung zu vertagen, damit die Abteilungen mit ihrer Arbeit beginnen können. Weitere Diskussionen würden lediglich die bestehenden Differenzen vergrößern anstatt uns in der Verfolgung unseres Ziels, unser Überleben zu sichern und unser Werk fortzuführen, zu einen. Es ist keine Übertreibung, darauf hinzuweisen, dass es hier um das Schicksal der ganzen Galaxis geht; nicht nur darum, wie viel Stärke die Pax dazugewinnen, wenn sie die unter unserem Schutz stehenden Kinder entführen, sondern auch darum, was geschehen wird, wenn das Sanktum und die Legitimierten fallen.

Die Pax wollen uns vernichten, um stärker zu werden. Es ist ihnen gleichgültig, ob sie damit die ganze Galaxis zu einem weiteren Zeitalter im Zeichen des Pulses verdammen, gegen den die Gegenwart wie eine friedvolle Epoche wirken würde. Niemand außer uns ist bemüht, die Rückkehr des Pulses zu verhindern; niemand sonst ist sich dieser Gefahr bewusst, und wir können die Information auch nicht teilen, ohne uns selbst in Gefahr zu bringen. Wir sind die letzte Verteidigungslinie. Deshalb müssen wir uns selbst verteidigen. Niemand wird uns zu Hilfe kommen.

Möchte jemand irgendwelche Einwände gegen das Gesagte erheben?« Man konnte beinahe spüren, wie die KI uns musterte und darauf wartete, dass sich jemand zu Wort meldete. Doch niemand tat es. John Henry hatte viele Eigenschaften, doch Unvernunft gehörte nicht dazu. »Gut. Dann lasst uns an die Arbeit gehen.«

»Noch eine Sache, bevor wir beginnen«, sagte Acheron und zeigte auf mich. »Die Fremde, die sie mitgebracht hat und der Verräter Javier Ortega. Wie sollen wir mit ihnen verfahren?«

»Du könntest mich auch direkt ansprechen«, sagte die Predigerin, hörbar verärgert über die Missachtung durch eine andere Barische.

»Das könnte ich, aber die Frage war nicht an dich gerichtet«, erwiderte Acheron gleichgültig.

»Lasst sie an dem Angriff auf die Reint teilnehmen«, schlug Helliot mit bebenden Tentakeln vor, was bei den Vyriat einem Achselzucken entsprach. »Wenn sie dabei umkommt, sind wir das Problem los. Wenn nicht, hat sie einen Pluspunkt gesammelt.«

»Du bist ein richtiges Miststück, wie?«, sagte die Predigerin nachsichtig. Ich hätte beinahe laut losgelacht; damit hatte ich nicht gerechnet.

»Deshalb ist sie so gut in ihrem Job«, sagte Seamus mit dem Anflug eines Lächelns. »Hast du Einwände gegen deine Teilnahme?«

»Habe ich denn eine Wahl?«

»Eigentlich nicht.«

»Dann habe ich auch keine Einwände – jedenfalls keine triftigen.« Sie machte nicht den Eindruck, als würde sie gezwungen, sich prähistorischen Killermaschinen zu stellen; eher klang sie so, als sähe sie sich genötigt, eine lästige Verabredung wahrzunehmen.

»Dann also los.« Seamus nickte mir zu. »Ich sage meinen Leuten, sie sollen sich mit dir im Waffenlager treffen. Wegen der ganzen Arbeit, die erledigt werden muss, können wir kein Schiff abstellen, deshalb musst du den Transport übernehmen. Wenn nötig, kannst du deine Vorräte auffrischen.«

»Wird gemacht.« Ich nickte.

»Und bleib am Leben«, setzte Seamus mit breitem Lächeln hinzu. »Wir *brauchen* die Kanonen.«

»Wird ebenfalls gemacht.«

»Noch eine Sache«, grollte Criat. Ich zuckte zusammen; ich arbeitete schon so lange für ihn, dass ich erkennen konnte, wenn er sauer war. »Bevor du dieses waghalsige Selbstmordunternehmen antrittst, schick bitte Javier zu mir. Ich würde gern ein paar Worte mit meinem eigenwilligen Freund wechseln.« Auch die Erkundung und die Kartografie fielen in den Zuständigkeitsbereich meines Chefs; Javi hatte ihm Bericht erstattet, bevor er sich verabschiedet hatte. Mehrere Ratsmitglieder hatten Criat vorgeworfen, er habe Javier an einer zu langen Leine geführt. Ich bezweifelte, dass Javi Freude an der Unterhaltung haben würde.

Ich grinste meinen Boss an. »Wenn ich's ihm sage, sucht er womöglich das Weite.«

»Dann tritt ihm in den Arsch und schleif ihn zu mir. Ich muss ein paar Worte mit ihm reden. Worte, welche seine Abstammung und die sexuellen Aktivitäten seiner Mutter beschreiben. Wie lautet noch mal euer Ausdruck dafür?«

»Du meinst wahrscheinlich Hurensohn, mein Freund«, antwortete Seamus.

»Genau. Hurensohn. Ich muss dran denken, ihn so zu nennen. Eine Beleidigung sitzt immer dann am besten, wenn man sie in der Umgangssprache der betreffenden Spezies vorbringt.«

56

Auf dem Weg zum Waffenlager bat ich Schaz, Bolivar auszurichten, Javier solle sich bei Criat melden; so brauchte ich das nicht selbst zu tun. »Wo zum Teufel hast du uns da reingeritten?«, fragte Marus, der neben mir ging.

»In dem Moment fand ich das richtig.« Ich zuckte mit den Schultern. Ringsumher herrschte emsige Betriebsamkeit; die Gruppenleiter erteilten ihren Mitarbeitern bereits Anweisungen. Wir hatten eine Woche Zeit, vielleicht sogar länger, doch jede einzelne Sekunde zählte. Das Sanktum war uns jahrhundertelang eine Zuflucht gewesen – wir waren hier noch nie angegriffen worden.

»Ach, ja? Tatsächlich?«

»Du musst uns nicht begleiten«, sagte die Predigerin.

»Ich weiß«, sagte er. »Jetzt tut's mir irgendwie schon leid.«

»Weshalb hast du dich dann freiwillig gemeldet?«

Er grinste mich an. »In dem Moment fand ich das richtig.«

Ich grinste zurück. Sei immer nett zu Freunden.

Wir gingen durch die Stadt zurück zu den Hangars, die in die Bergflanke hineingebaut waren. Dort befanden sich die militärischen Anlagen – darunter auch das Waffenlager. Ich war schon oft dort gewesen, denn es diente Seamus auch als Vorratslager, wo seine Agenten ihre Ausrüstung zusammenstellten. Normalerweise hätte man mir einen Anschiss verpasst, weil ich auf Esas Heimatwelt so viel Material zurückgelassen hatte, doch im Moment hatten wir größere Probleme.

Seamus' Einsatzkräfte waren bereits eingetroffen und rüsteten sich mit schweren Waffen aus. Ihr Leutnant war ein Mahren namens Sahluk, ein kleiner Mann nach den Maßstäben seiner Spezies, was bedeutete, dass er mich lediglich um einen Kopf überragte. Sein Kreuz war doppelt so breit wie meins. Seine harte, schieferartige Haut war mit kupferfarbenen Adern durchsetzt, die einen merkwürdigen Kontrast zu dem Exoanzug bildeten, den er gerade anlegte.

»Den Ärger haben wir also dir zu verdanken, wie?«, sagte er bei unserem Eintreten. Mahren sind bisweilen schwer zu durschauen – ihre Mimik ist unglaublich subtil, weshalb ich nicht sagen konnte, ob seine Bemerkung sarkastisch oder ernst gemeint war. Aber ich hatte bereits einige Male mit Sahluk zusammengearbeitet, deshalb ging ich von Ersterem aus.

»Weißt du, mir sind ein paar Streuner hierher gefolgt«, erwiderte ich im gleichen umgänglichen Ton wie er. »Nichts Ernstes.«

Er lachte glucksend. Es hörte sich an wie ein kleines Erdbeben. »Schön, dass du wieder da bist«, sagte er.

»Ich *wusste*, dass du nicht bloß eine bessere Babysitterin bist«, bemerkte die Predigerin.

»Ja, du bist ganz schön schlau«, seufzte ich. »Dass ich das dir gegenüber mehrfach bestätigt habe, war vielleicht hilfreich.«

»Was, du hast nicht geglaubt, dass sie eine Soldatin ist?«, wandte Seamus sich an die Predigerin.

»Ich *wusste* es – sie wollte es bloß nicht zugeben.«

Seamus lachte. »Du hast zu viel Zeit mit Marus verbracht«, sagte er zu mir. »Sein Spionagefimmel und seine Geheimniskrämerei haben auf dich abgefärbt.«

»Ich kann dich hören, Sahluk«, sagte Marus nachsichtig.

»Ich habe nicht gesagt, du wärst nicht gut darin«, sagte Sahluk mit gespielter Kränkung. »Denn das bist du, damit ihr's alle gehört habt.« Er klopfte mit seinen harten Knöcheln gegen den Exoanzug. »Ich bin für unbemerkte Infiltration nicht gemacht.«

»Wir haben alle unsere Talente«, meinte Marus achselzuckend.

Sahluk lachte bloß, dann wandte er sich an mich. »Willst du einen?«, fragte er und klopfte erneut auf seinen Kampfanzug.

Ich überlegte kurz, dann schüttelte ich den Kopf. Die Anzüge waren sehr gut für Auseinandersetzungen mit schweren Waffen geeignet – sie versetzten einen in die Lage, erstaunliche Lasten zu tragen. Ein Kämpfer im Exoanzug war auf dem Schlachtfeld ein ernst zu nehmender Gegner, zum einen wegen seiner Feuerkraft, zum anderen, weil er aufgrund seiner schweren Panzerung anderen Soldaten Deckung geben konnte. Doch wir waren nicht zu einem konventionellen Schlachtfeld unterwegs, und ich legte seit jeher mehr Gewicht auf Schnelligkeit und Wendigkeit als auf bloße Feuerkraft.

»Die dicken Waffen überlasse ich euch Jungs«, sagte ich. »Ich werd mich bemühen, die Reint zu vertreiben, bevor sie euch wie Essensrationen aus diesen Konservenbüchsen pellen können.«

Er nickte. »Wie du meinst.« Scheinbar mühelos – er selbst war ausgesprochen kräftig, doch der Exoanzug tat sein Übriges – hob er ein Akkupack hoch und befestigte es an einer seiner Soldatinnen, einer großen Wulferin. Sie brummte zufrieden, als die Fusionsbatterie die Servos und Kolben mit Strom versorgte und sie sich wieder bewegen konnte. Sahluk überprüfte die Ausrüstung der übrigen Soldaten; alle steckten im Kampfanzug und hatten Strom.

»Ihr habt euch für diesen Einsatz freiwillig gemeldet, hab ich recht?«, fragte ihn Marus. Es würde haarig werden, und er wollte sich vergewissern, ob sich alle darüber im Klaren waren.

»Das stimmt«, antwortete Sahluk. »Weißt du, wie öde es ist, sich immer nur um die tägliche Polizeiarbeit zu kümmern? Da kann man ein bisschen Abwechslung gut gebrauchen.«

»Du hättest an der Ratsversammlung teilnehmen sollen«, bemerkte die Predigerin trocken. »Da ging es richtig hoch her.«

Sahluk wölbte eine kupferfarbene Braue. »Wie gefällt es dir bislang im Sanktum, Fremdling?«

»Ich hätte eigentlich gedacht, die Streitkräfte, die die Galaxis beinahe plattgemacht haben, wären ein bisschen eindrucksvoller. Stattdessen plappert ihr wie Kinder, genau wie die Sekten, die ihr so niedermacht.«

»Wir sind organische Wesen, Barische. Genau wie die anderen.«

»Stimmt es nicht, dass ihr …«

»Schluss damit.« Die Bemerkung kam von einer Soldatin, die selbst eine Barische war. Sie zeigte mit ihrem metallenen Finger auf die Predigerin. »Alles, was du zu wissen meinst, alles was du fühlst, wurde schon gedacht und gefühlt. Du hast nichts Neues hinzuzufügen. Du wurdest in die Sache hineingezogen, gut, aber jetzt hast du Gelegenheit, etwas zu *tun*. Wenn du das willst, hör auf zu jammern. Wenn nicht, sehne dich weiter nach der Rückkehr unserer Erschaffer, damit ersparst du dir, eigene Entscheidungen treffen zu müssen. Das wird nicht hilfreich sein, aber ich bin sicher, du fühlst dich dann besser.«

Die beiden fixierten einander; am Flackern ihrer Augen konnte ich erkennen, dass sie ihren Austausch fortsetzten und jetzt schneller Informationen austauschten, als es mittels akustischer Kommunikation möglich gewesen wäre. Ob sie eine philosophische Debatte führten oder für die Barischen typische anatomische und skatologische Beleidigungen austauschten, konnte ich nicht sagen.

Sahluk blickte zwischen den beiden hin und her. Er ballte

seine vom Exoanzug vergrößerte Hand zur Faust. Wenn es zum Kampf kam, konnte er damit eine gottverdammte Wand durchschlagen, und zwar auch ohne die Unterstützung des Anzugs. Barische waren stark – mit all den Servos und Kolben war ihr Innenleben von den Exoanzügen gar nicht so verschieden –, doch Mahren war von Natur aus ein Kraftpaket. »Alles gut?«, fragte Sahluk leise seine Soldatin.

Sie legte zweifelnd den Kopf schief, den Blick noch immer auf die Predigerin gerichtet. »Kommt drauf an«, sagte sie.

Die Predigerin ruckte mit dem Kopf. Was immer sie miteinander besprochen hatten, es behagte ihr nicht, doch sie wollte auch keine Spielverderberin sein.

Die andere Barische nickte ebenfalls. »Alles in Ordnung«, sagte sie zu Sahluk.

Er bückte sich und hob seine Hauptwaffe auf, die bereits mit dem Exoanzug verkabelt war: einen halbautomatischen Granatwerfer, den ich nicht einmal *mit* Anzug hätte hochheben können. »Dann los, zeigen wir's ihnen«, sagte er.

Ich deutete auf seine Waffe; so etwas schnallte man sich um, wenn man eine gegnerische Stellung nicht bloß stürmen, sondern *auslöschen* wollte. »Aber du lässt die Anlage stehen, okay?«, sagte ich.

Er grinste mich an. Meine Bedenken zerstreute er damit nicht.

57

Als ich mit dem schwer bewaffneten Trupp von Spezialkräften im Exoanzug zu Scheherazade zurückging, kam ich mich vor, als führte ich eine Parade des Schreckens an. Die Legitmiertenströme, die unterwegs waren, um das Sanktum auf den Angriff vorzubereiten, teilten sich vor uns wie ein Fluss. Ich hatte keine Ahnung, ob wir die Kanonen mit gerade mal zwanzig Soldaten würden einnehmen können, doch unsere Chancen standen jetzt jedenfalls besser, als wenn ich nur auf Javier, Marus und die Predigerin hätte zählen dürfen.

Schaz aber sah das anders. »Nein«, tönte ihre Stimme aus den Lautsprechern an der Rampe, sodass auch Sahluks Soldaten sie hören konnten. »Nein, nein, nein. Die passen nicht alle rein. Ich bin nicht befugt, so viele …«

»Das klappt schon, meine Liebe«, sagte ich beschwichtigend, und es gelang mir, nicht mit den Augen zu rollen.

»Wir haben uns so große Mühe gegeben, mein Inneres sauber zu halten – sieh sie dir nur an! Mein schöner, glänzender Boden wird mit Öl und Schmiermittel eingesaut werden! JackDoes – er hat sich übrigens bei mir entschuldigt – hat gerade erst den Dreck beseitigt, den Marus gemacht hat, als er in der Medostation beinahe gestorben wäre …«

»Soll ich mich auch entschuldigen?«, fragte Marus ironisch; ich schüttelte den Kopf.

Schaz lamentierte lautstark weiter. »… und ich lasse nicht zu, dass zwanzig schwer bewaffnete Soldaten alles wieder schmutzig machen.«

»Wenn JackDoes sich entschuldigt hat, weshalb hat er dann nicht auch deine Stimme wiederhergestellt?«, versuchte ich sie abzulenken.

Es funktionierte nicht. »Er sagt, es wird ein paar Tage dauern, mich neu zu booten – vielleicht eine Woche. Bis dahin …«

»Komm schon, Schaz. Es ist zum Wohle des Sanktums.«

»Aber mein *Boden*!«

Sahluk lachte; es überkam ihn einfach, schätze ich. Im Laufe der Jahre hatte ich so viel Zeit mit Schaz verbracht, dass ich ihr unwillkürlich eine Menge … Freiraum gab, ihre Persönlichkeit weiterzuentwickeln. Die meisten Agenten ließen ihre Schiffe nach einer Weile resetten, um genau diese Probleme zu bereinigen, doch das brachte ich nicht über mich. Ich hatte nicht damit gerechnet, dass Schaz einen Reinlichkeitsfimmel entwickeln würde, doch genau so war es gekommen. Vermutlich war mein spartanischer Lebensstil daran schuld. Im Laufe der Jahre war dieser Charakterzug immer stärker hervorgetreten, doch es wäre mir unzivilisiert vorgekommen, wenn ich einen KI-Techniker gebeten hätte, ihr einen Teil ihrer Persönlichkeit zu rauben, nur weil er mir hin und wieder lästig wurde.

»Wir versprechen es, Sir«, brachte Sahluk, von Gelächter geschüttelt, mühsam hervor.

»Ma'am«, verbesserte ich ihn leise.

»Ma'am«, sagte er. »Wir werden auf den Boden die allergrößte Rücksicht nehmen. Wir sind zwar groß, bewegen uns aber erstaunlich anmutig.«

»Das will ich doch hoffen«, grummelte sie.

»Oh, bitte sagt mir, dass ihr mich festnehmen wollt.« Javier näherte sich und musterte die um Schaz' Rampe versammelten Soldaten. Seine Miene verriet mir, dass die Unterhaltung mit Criat so unterhaltsam gewesen war, wie ich vermutet hatte. »Werft mich in den Kerker; Hauptsache, Criat brüllt mich nicht mehr an. Er hat mir … *Schimpfwörter* an den Kopf geworfen.«

»Fehlanzeige, Ortega.« Sahluk hatte sein freundliches Gebaren abgelegt; offenbar war er nicht besonders erfreut darüber, mit einem Verräter in den Einsatz ziehen zu müssen.

Javi musterte Sahluk von oben bis unten. »Haben wir ein Problem?«, fragte er.

»Hast du vor, das Sanktum erneut zu verraten?«

»Nein«, antwortete Javier achselzuckend. »Allerdings glaube ich, es hat gar kein erstes Mal gegeben.«

»Lass gut sein, Boss.« Das kam von einem von Sahluks Leuten, den Rangabzeichen zufolge sein Sergeant. Er war ein Tyll – was man eigentlich nicht erwarten sollte, doch schließlich stand es jedem frei, das typische Rollenverhalten seiner Spezies abzulegen.

Sahluk musterte Javier noch einmal von oben bis unten. »Okay«, sagte er schließlich. Er wandte sich um und marschierte wortlos Scheherazades abgesenkte Rampe hoch.

»Danke«, sagte Javi zum Tyll-Sergeant.

Der Sergeant grinste schief. »Ganz meinerseits«, sagte er. »Meine Familie und ich waren an Bord eines Schiffs der Flüchtlingsflotte, die du vor den Filt gerettet hast. Das Sanktum mag sich gut daran erinnern, was an jenem Tag geschehen ist, aber wir gehören jetzt dazu, und wir vergessen auch nicht.« Die Servos seines Exoanzugs sirrten, als er die Hand ausstreckte. Javier schüttelte sie grinsend.

»Ist mir eine Freude, Sir«, sagte er.

»Ja.« Ich seufzte. »Können wir jetzt an Bord gehen und mit dem Selbstmordeinsatz beginnen? Ich spüre geradezu, dass Schaz einen Nervenzusammenbruch wegen ihres Bodens hat.«

58

Wir zwängten uns ins Schiff. Es fühlte sich ungemütlich an, so als wären wir in einer Proviantbox eingesperrt. Zum Glück war ich im Cockpit vor überdimensionalen Sicherheitsoffizieren mit schweren Exoanzügen relativ sicher, deshalb genoss ich ein bisschen Ellbogenfreiheit, sobald ich mich an ihnen vorbeigezwängt hatte. Javier und die Predigerin nahmen an den Hauptkonsolen Platz, während Marus sich auf einem Notsitz niederließ. Sahluk quetschte sich ebenfalls noch herein und stellte sich neben ihn; die anderen machten es sich im Wohnbereich so bequem wie möglich. Ich glaube, einer musste sich sogar in die Dusche stellen.

»Ich weiß nicht, ob wir bei der schweren Beladung überhaupt die Atmosphäre durchbrechen können«, grummelte Schaz, traf aber trotzdem die nötigen Vorbereitungen, manövrierte uns aus dem Hangar und brachte uns in den Orbit des Planeten mit den Eisstürmen und schneebedeckten Bergen.

»Also dann«, sagte ich zu Sahluk und drehte meinen Sessel zu ihm herum. »Wir müssen zwei Kanonen einnehmen und überprüfen, beide auf der Planetenoberfläche.« Ich drückte ein paar Knöpfe auf Schaz' Instrumententafel und verwandelte das Cockpitfenster in einen Monitor. Eine topografische Karte des Eisplaneten wurde angezeigt, auf der die mutmaßlichen Reint-Populationen eingezeichnet waren.

Im Unterschied zu dem Mond mit dem Sanktum wies der Planet eine Eigenrotation auf, die sich allerdings stark verlangsamt hatte. Aus der Sicht eines angreifenden Artillerieoffiziers war das ideal – es bedeutete, dass die Kanonen lange in der optimalen Feuerposition verharren würden. Aus der Perspektive von Kämpfern, welche die Anlagen einnehmen sollten, erschwerte es die Unternehmung.

Das Chaos, das über das System hereingebrochen war, hatte auf dieser speziellen Welt zu einer globalen Erwärmung geführt, doch je länger eine Seite des Planeten vom Doppelgestirn abgewandt war, desto stärker kühlte sie ab. Die lange Nacht wurde nur alle paar Standardtage von einem Lichtstrahl des Doppelsterns durchbrochen. Die Kälte würde unseren Einsatz erschweren, doch die Reint waren Kaltblüter, und es stand zu hoffen, dass sie aufgrund der niedrigen Temperaturen ein wenig träge waren.

»Alpha, die erste Kanone, befindet sich dort drüben auf dem Berg.« Ich deutete auf eine erhöhte Position. Hinter mir im Wohnbereich zeigte der Holoprojektor die gleiche Karte an und markierte die Positionen, auf die ich tippte, während Schaz meine Stimme an die Soldaten übermittelte. »Das wäre die sicherste Vorgehensweise; hier ist es kälter, weshalb es weniger wahrscheinlich ist, dass die degenerierten Reint das Gebiet zum Jagen nutzen. Aber für den bevorstehenden Einsatz wäre sie für uns von geringerem Nutzen – der Winkel zum Sanktum ist ungünstig, das heißt, die Kanone wird die Schlachtschiffe, die über dem Sanktum in den Orbit gehen, nur während des Anflugs erreichen.«

Ich verschob die Karte; im Süden gingen die Gebirgsgrate allmählich in eine Ebene über. »Die zweite Kanone – Bravo – ist tausend Kilometer von der ersten entfernt und liegt näher am Äquator. Hier stimmt der Winkel zum Sanktum, und die Techniker hätten weniger Mühe, sie in Betrieb zu nehmen, da der Fusionsreaktor noch läuft. Zwar nur mit einem Bruchteil der Maximalleistung, aber immerhin.«

»Der Puls hat ihn nicht lahmgelegt?«, fragte die Predigerin.

Ich schüttelte den Kopf. »Dieser Planet wurde auf einen Zustand vor der Einführung des Raumflugs zurückgeworfen. Die Kernfusion war nicht betroffen. Die meisten technisch anspruchsvolleren Waffen und die Exoanzüge würden der Strahlung irgendwann erliegen, aber die Fusionstechnik funktioniert weiterhin.«

»Und weshalb steuern wir dann nicht gleich Bravo an?«, fragte Sahluk. »Wenn diese Kanone nützlicher für uns und leichter in Betrieb zu nehmen ist?«

»Weil es dort wärmer ist, zum einen wegen der Nähe zum Äquator, zum anderen wegen des Reaktors. Außerdem befindet sich die Kanone mitten in einem stark besiedelten Gebiet. Die Wärmebildaufnahmen zeigen große Populationen von Reint, das heißt, dort wimmelt es von potenziellen Gegnern, zumal in Anbetracht der Wärme, die den Reaktor abgibt.«

»Das ist also das schwierigere Ziel.«

»Eindeutig ja.«

»Woher weißt du das alles?«, fragte die Predigerin. »Ich war die ganze Zeit mit dir zusammen, und mir ist nicht aufgefallen, dass du aufwendig recherchiert hättest.«

Marus grinste sie an. »Criat versucht den Rat schon seit Jahren davon zu überzeugen, die Waffen wieder in Betrieb zu nehmen«, sagte er. »Seine Agenten hat er ständig angehalten, die Geschützstellungen zu sondieren, für den Fall, dass er Helliot überreden kann; dieses Thema beschäftigt sie, seit wir angefangen haben, das Sanktum zu errichten.«

»Als *ihr* das Sanktum errichtet habt, stand *ich* in dem Chaos nach der Zündung der Pulsbombe unter Beschuss«, rief ich ihm trocken in Erinnerung. »Aber ja, ich habe gewusst, dass ich an einer Aktion zur Inbesitznahme der Waffen teilnehmen würde. Irgendwann.«

»Wir nehmen das schwierige Ziel zuerst ein«, entschied Sahluk und tippte auf das Hologramm. »Bravo. Wenn uns das gelingt, können die Techniker die Kanone schnell in Betrieb nehmen, da der Reaktor noch aktiv ist, und sich gleich darauf die andere Anlage vornehmen. Sollten wir unterliegen, ziehen wir uns zurück und versuchen es stattdessen mit Alpha. Sind wir dort erfolgreich, ziehen wir uns zum Sanktum zurück, bitten um Verstärkung und starten einen zweiten Versuch mit Bravo, während die Techniker Alpha zum Laufen bringen.«

»Verstanden. Scheherazade?«

»Berechne den Kurs«, bestätigte sie. »Bravo als Ziel ausgewählt.«

»Kannst du die Anlage größer anzeigen?«, fragte Sahluk.

Ich vergrößerte das kombinierte Satellitenbild. Sahluk runzelte die Stirn; ich konnte es ihm nicht verdenken. Über die Position ließ sich nichts Gutes sagen.

Die Antiorbitalkanone befand sich im Zentrum einer Militäranlage, die mitten in einem Stadtgebiet errichtet worden war – während der Sektenkriege ein nicht ungewöhnliches Vorgehen. Wenn man die Anlagen, die das Ziel von gegnerischen Angriffen wären, in einem bevölkerungsreichen Gebiet baute, musste sich der Gegner entweder bei einem Bodenangriff einem Straßenkampf stellen oder die Anlage vom Orbit aus bombardieren, was gewaltige Verluste unter den Zivilisten zur Folge hätte.

Manchen Sekten wäre das egal gewesen, andere aber, die humaneren Philosophien anhingen, hätten angesichts der unterschiedslosen massenhaften Tötung von Zivilisten, ganz zu schweigen von der Niederschlagung des verbliebenen Widerstands auf der bombardierten Welt, den Unmut ihrer Anhänger auf sich gezogen.

Jetzt war die Kanone eine der wenigen Wärmequellen für die Reint, welche die Verwüstung ihrer Welt überlebt hatten – der einzige Ort in weitem Umkreis, wo sie aus der Kaltblüterstarre aufwachen und der Jagd nachgehen konnten. Der Rest war verfallenes Stadtgebiet, ein Labyrinth aus Beton. Die Reint waren in dem Komplex nahezu übereinandergestapelt oder rückten einander jedenfalls so dicht auf die Pelle, wie ihr Raubtierinstinkt dies zuließ.

»Meine Leute haben zaunverbundene Geschütztürme in den Frachtraum geladen«, sagte Sahluk und wandte sich von der Karte ab. »Wir müssen sie um die Anlage herum aufrichten, mit den Geschützen nach außen – sie werden die Reint daran hindern, uns anzugreifen. Hoffentlich sind die meisten, die weiter innen leben, gerade auf der Jagd, und wir können die Anlage absperren, bevor sie zurückkehren.«

»Verliert nicht eure Hundemarken«, fügte sein Sergeant – der Tyll von der Rettungsflotte – hinzu. »Die stellen sicher, dass die Geschütze euch nicht unter Feuer nehmen, wenn ihr euch im Schussfeld befindet. Ansonsten schießen die auf alles, was sich bewegt.« Die Predigerin und Javier hatten provisorische Hundemarken bekommen – Marus und ich trugen sie ständig bei uns, deshalb waren wir auf der sicheren Seite.

Ich nickte Sahkuk zu; das war ein guter Plan. »Du hast bereits gegen degenerierte Reint gekämpft«, sagte ich.

»Allerdings«, bestätigte er. »Und du?«

Ich zog den Kragen meiner Jacke nach unten und zeigte ihm die hässliche Narbe seitlich an meinem Hals. »Ja, ich seh's«, sagte er. »Dann weißt du ja, dass die Reint nicht in Rudeln jagen, aber ein Auge aufeinander haben. Wenn ein paar von ihnen von den

Geschütztürmen in Fetzen geschossen oder von den Elektrozäunen gegrillt werden, wissen sie, wo sie *nicht* angreifen dürfen.«

»Aber während wir die Zäune errichten, müssen wir sowohl die Reint aus der Stadt als auch die in der Anlage abwehren«, sagte ich. »Dann stehen wir von zwei Seiten her unter Druck.«

»Wir haben also zwei Optionen«, sagte er. »Entweder wir bleiben zusammen und stellen die Türme einen nach dem anderen auf. Das ist sicherer, dauert aber länger, deshalb hätten die Reint mehr Zeit für einen Angriff. Oder wir teilen uns in zwei Teams auf, die sich in entgegengesetzte Richtung vorarbeiten und sich auf der anderen Seite des Geländes wieder treffen. Diese Methode wäre schneller, aber jede Gruppe hätte auch nur die Hälfte der Waffen zur Verfügung.«

»Draußen in der Stadt sind bestimmt mehr Reint als in der Anlage, auch wenn es dort wärmer ist«, erklärte die Predigerin. »Wie du gesagt hast: Sie werden auf der Jagd sein. Deshalb stimme ich – wenn mir das gestattet wird – für die beiden Teams, weil ich es für angebracht halte, die Anlage so schnell wie möglich abzusperren.«

»Das sagt sich so leicht«, wandte Javier ein wenig unwirsch ein. »Du bestehst aus Metall; dich werden sie bestimmt nicht fressen wollen.«

»Sie werden *mich* fressen wollen«, warf ich ein, »aber ich bin trotzdem für die zweite Option. Wir stehen unter Zeitdruck. Im Moment scheint eine Woche eine lange Zeit zu sein, aber jede Stunde, die wir zusätzlich herausholen, gibt den Technikern mehr Zeit, an der Kanone zu arbeiten, sie einzustellen, ihre Reichweite zu erhöhen, den Energiefluss und die Treffsicherheit zu optimieren und so weiter. Schneller ist in diesem Fall gleichbedeutend mit sicherer.«

»Es sei denn, wir verlieren bei der schnelleren Option Leute«, erklärte Marus. »Dann würde es im Endeffekt länger dauern, die

Anlage zu sichern. Und wir haben bei der bevorstehenden Auseinandersetzung weniger Feuerkraft.«

»Es ist dein Trupp«, sagte ich zu Sahluk. »Du entscheidest.«

Er starrte eine Weile auf den Monitor. »Schneller«, sagte er. »Zwei Teams. Nicht nur deshalb, weil wir die Kanone so schnell wie möglich in Betrieb nehmen wollen, sondern weil wir umso mehr Reint aus anderen Stadtbezirken hierherlocken, wenn es ohne die Zäune zu einem Tumult kommt.«

»Also, ich muss mich gleich nach dem Absetzen der Geschütztürme verdrücken«, erklärte Schaz. »Zu viel Strahlung. Ich kann euch die Scans aus dem Orbit übermitteln, aber im Innern der Anlage werden euch die keine große Hilfe sein, denn als militärische Einrichtung ist sie gegen diese Art von Überwachung gehärtet. Aber sobald ich im Orbit ein bisschen runtergekühlt bin, komme ich wieder und versuche, eine Firewall zwischen euch und dem Rest der Stadt zu errichten. Zumindest könnte ich ein paar Gebäude plattmachen – dann hättet ihr freie Sicht, und der Lärm würde die Reint hoffentlich verscheuchen.«

»Die Schock-Methode«, meinte Sahluk grinsend. »Wie lange ist es her, dass die Reint die Raumfahrt beherrschten, zehn Generationen? In ihrem degenerierten Zustand werden sie nicht begreifen, dass ein fliegendes Ding sie braten kann. Das gefällt mir.«

»Wo wir gerade von Strahlung sprechen, es ist warm dort unten«, sagte ich zu Sahluk. Ich klopfte mit dem Knöchel auf die Schulterplatte seines Exoanzugs. »Die werden nicht lange durchhalten; die ganze Technik wird irgendwann durchschmoren.«

»Vielleicht halten sie ja so lange durch, bis wir die Anlage eingezäunt haben, zumal wir uns fürs schnelle Vorgehen entschieden haben«, erwiderte er grinsend. »Criats Agenten sind nicht die Einzigen, die diesen Einsatz schon seit geraumer Zeit planen, weißt du.«

Marus lächelte leicht. »Ich habe mir schon gedacht, dass Seamus scharf auf diesen Einsatz ist«, sagte er.

»Der Boss hat, im Unterschied zu einigen anderen Ratsmitgliedern, nie so recht geglaubt, dass die navigatorischen Unbillen des Systems uns auf Dauer schützen würden«, erwiderte Sahluk. »Er zieht es vor, auf alle Eventualitäten vorbereitet zu sein.«

Ich musste grinsen. Seamus war als Legitimierter zur Welt gekommen – anders als ich oder Javier, die wir beide erst später hinzugestoßen waren. Er kannte sich aus mit dem Abteilungs-Hickhack, und anders als Criat, der als typischer Wulfer leicht reizbar war, vermochte Seamus mühelos drei Kontrahenten gegeneinander auszuspielen, wenn es ihm zum Wohle des Ganzen geraten schien. Legitimierte hatten viele Eigenschaften, doch im Allgemeinen waren wir unerbittliche Pragmatiker.

»Und wenn eure Technik doch durchbrennen sollte?«, wandte Javier sich an Sahluk. »Wenn eure tollen Anzüge nicht mehr zu gebrauchen sind, müssen wir trotzdem die Waffenstellung räumen.«

Sahluk hob eine Augenbraue. »Wir haben zwar die meiste Zeit unseres Lebens im Sanktum verbracht, aber das heißt nicht, dass wir nicht für den Kampf unter Strahlungseinwirkung ausgebildet wären«, entgegnete er kühl. »Wir können die Anzüge in weniger als drei Sekunden ablegen, und wir haben alle ein ballistisches Back-up dabei. Zerbrich dir nicht deinen hübschen kleinen Kopf, Ortega – wenn wir in die Anlage reingehen, haben wir vielleicht nicht mehr so viel Feuerkraft wie bei der Landung, aber wir werden dich trotzdem vor den grässlichen Reint beschützen. Es sei denn natürlich, wir überlegen es uns anders.«

Marus seufzte. »Könnt ihr Ärsche das nicht später klären?«, sagte er.

»Wenn es ein Später gibt, gern«, erwiderte Marus trocken.

»So.« Ich starrte noch einen Moment den Satellitenfeed an, als könnte ich mich zwingen, die in den verfallenen Gebäuden versteckten Reint zu lokalisieren. Das gelang mir natürlich nicht – zum einen waren die Aufnahmen Jahre, wenn nicht gar Jahrzehnte alt, zum anderen waren degenerierte Reint sehr, sehr gut im Verstecken. »Das ist der Plan.«

»Das ist der Plan«, bestätigte Sahluk.

»Schaz, gib mir den Wetterbericht für die Stadt.«

»Es nähert sich eine Sturmfront, und wie es aussieht, wird sie auch eine Weile bleiben«, antwortete Schaz prompt. »Nicht bloß Regen, sondern auch Schneeregen und Hagel.«

»Wunderbar.«

59

Schaz suchte sich einen Weg durch das Trümmerfeld, das die Eiswelt umkreiste, und drang in die Atmosphäre ein. Der Strahlungsalarm plärrte los; ich schaltete ihn gereizt aus. Schaz wusste, was sie tat.

Ehe wir Bravo erreicht hatten, trafen wir auf einen Sturm, die Sicht beschränkte sich auf brodelnde Wolken und Eisregenschleier. Scheherazade sorgte sich grummelnd um ihre Lackierung.

Wir sanken tiefer, durchstießen die Wolken, und auf einmal lag unter uns die Stadt – die ehemalige Stadt. Obwohl ich jahrzehntelange Erfahrung mit vom Puls zerstörten Ansiedlungen hatte, verspürte ich noch immer ein seltsames Kribbeln im Kreuz, das von den dunklen Fenstern, den menschenleeren Straßen und den aufgrund des Einwirkens der Zeit und des Wartungsmangels verfallenen Gebäuden ausgelöst wurde. Dass ich den *Grund* für diesen Zustand kannte, hinderte mich nicht daran, ihn als falsch und unheimlich zu empfinden.

Die Kanone war natürlich das größte Objekt in der ehemaligen Metropole und überragte alle anderen Gebäude. Ihr Ausmaß wirkte unpassend, so als gehörte sie gar nicht zu der stillen Stadt, sondern sei wie ein überdimensionales Werkzeug vom Himmel gefallen. Hier und da waren Lichter in dem Häusermeer zu sehen, wegen des Regens nur schwer zu erkennen; der Reaktor war immer noch aktiv. Noch nach all den Jahren. Die Reint-Sekte, die einst diese Stadt besetzt hatte, hatte ihren Reaktor für die Ewigkeit gebaut.

Umso bedauerlicher, dass wir im Begriff waren, mitten in ein Nest ihrer blutrünstigen Nachfahren hineinzuplatzen.

Als die große Kanone über uns aufragte, umkreiste Schaz langsam den Komplex und setzte die Geschütztürme ab. Hin und wieder erhellte ein Blitz den geborstenen Beton des Zielgebiets. Wir würden die Waffen selbst aufstellen müssen, und wir konnten sie erst dann in Betrieb nehmen, wenn alle miteinander verbunden waren, denn nur in gekoppeltem Zustand konnten sie der Pulsstrahlung eine Weile lang widerstehen, indem sie sich gegenseitig verstärkten und die Strahlung um die Anlage herum in eine Kreisbahn ablenkten. Wenn wir sie einschalteten, bevor die Verbindung hergestellt war, würde ihnen die Strahlung rasch den Garaus machen, und sie wären unbrauchbar, bevor wir mit der Kanone auch nur einen Schritt weitergekommen wären.

»Ich kann nicht landen«, sagte Schaz. »Ihr müsst euch abseilen.«

»Hab ich mir gedacht«, sagte ich. »Bring uns über der südlichsten Geschützstellung in Position. Flieg einen Bogen, und dann rauschst du ab, bevor die Strahlung ihr Unwesen in deinen Innereien treibt.«

»Wenn ich so etwas tue, fühlt es sich immer an, als hätte ich leichtes Fieber«, murmelte sie vor sich hin.

Sahluks Soldaten drängten sich bereits vor der Schleuse; sie öffnete sich mit einem Surren, dann warf Scheherazade die Seile ab. Der Sturm toste an der Rampe vorbei und saugte die ganze Wärme aus dem Schiff. Drei Soldaten sprangen gleichzeitig in den peitschenden Regen hinaus und seilten sich ab.

Marus, Javier und ich bildeten den Abschluss; ich überprüfte mein Gewehr, dann packte ich das schwingende Seil. »Pass auf dich auf«, sagte Schaz.

»Du auch«, erwiderte ich, dann sprang ich in den Sturm hinaus.

Ich glitt durch den eiskalten Regen und setzte auf geborstenem Beton auf. Sahluks Soldaten hatten bereits einen lockeren Kreis um den ersten Geschützturm gebildet, die Predigerin kniete zusammen mit der anderen Barischen neben dem inaktiven Geschütz. Beide hatten die Hände auf die Metalloberfläche gelegt und kommunizierten mit dem Computer, wie nur sie es konnten.

»Irgendeine Bewegung?«, fragte ich Sahluk. Ich musste schreien, um mich verständlich zu machen.

Er schüttelte seinen harten Kopf und musterte die Gebäude, die um uns herum in den Regen ragten wie Gespenster der Zivilisation, die sich einst über die ganze Welt ausgebreitet hatte.

»Wenn wir Glück haben, bleiben sie wegen des Sturms drinnen«, meinte Javier, der mit angelegtem Gewehr in meiner Nähe stand.

»Hast du in deinem ganzen Leben jemals Glück gehabt?«, entgegnete ich.

»Na ja, ich habe dich getroffen«, sagte er, ohne die Gebäude aus den Augen zu lassen. Das war eine ungewöhnlich nette Bemerkung.

»Wie lange braucht ihr für jeden Geschützturm?«, fragte ich die Predigerin, vor allem deshalb, weil ich nichts auf Javis Aussage erwidern wollte.

»Sieht … gut aus«, antwortete sie. »Fast … fertig. Die Waffe ist online.« Sie und die andere Barische richteten sich auf; die Kanone gab ein Heulen von sich, das wegen des prasselnden Eisregens kaum zu hören war. Sie würde erst dann aktiv werden, wenn wir sie mit den anderen Kanonen vernetzt hatten.

»Weiter!«, blaffte Sahluk seine Männer an; jetzt, da er sich in feindlichem Territorium befand, war er voll konzentriert. »Trupp Eins und Zwei, umgeht das Gelände im Uhrzeigersinn. Wenn ihr etwas seht, fackelt nicht lange, sondern schießt. Hier ist uns niemand freundlich gesinnt. Trupp Drei, ihr kommt mit mir und unseren Gästen mit, entgegen dem Uhrzeigersinn. Je eher wir fertig werden, desto schneller kommen wir aus diesem Scheißregen raus und ins Trockene.« Ich weiß nicht, ob die Kälte dem großen Mahren wirklich so stark zu schaffen machte, doch er wusste, wie unangenehm sie für seine Leute war.

Die beiden Gruppen teilten sich; die zweite Barische schloss sich der im Uhrzeigersinn vorrückenden Gruppe an, sodass beide Teams über eine künstliche Person verfügten, die mit den Geschütztürmen »sprechen« konnte. Unser munteres kleines Grüppchen rückte durch den Regen zum zweiten Turm vor. Die verlassene Stadt breitete sich um uns herum aus wie eine Höllenlandschaft.

Der zweite Turm bereitete uns keine Probleme, noch immer ließen sich keine Reint blicken.

An den dritten kamen wir nicht so leicht heran. Schaz hatte ihn auf dem Dach eines Gebäudes abgesetzt, das unmittelbar vor dem Maschendrahtzaun lag, der die Anlage umschloss. Theoretisch eine gute Idee und durchaus nützlich, wenn die Waffen erst einmal online waren, doch bevor wir das Geschütz aktivieren konnten, mussten wir zunächst einmal zu ihm hinaufklettern.

Sahluk und die meisten anderen Soldaten des Trupps blieben am Boden zurück und gaben uns Deckung, während ich mit meinem Team zum Geschützturm hochkletterte, was uns leichter fiel, da wir keine Exoanzüge trugen. Sahluks Team hätte natürlich mit roher Gewalt Löcher in die Wände treten können, um sie als eine Art Leiter zu benutzen, doch der Zustand des Gebäudes war so schlecht, dass es womöglich eingestürzt wäre.

Im Eisregen an rutschigem Beton hochklettern; nicht gerade ein Vergnügen.

Immerhin schafften wir es ohne Zwischenfall aufs Dach. Die Predigerin kniete sich vor den Turm, während Javier, Marus und ich uns aufteilten und von den Ecken aus die verlassene Stadt im Auge behielten.

Es wirkte beinahe so, als ob die Bewohner der Stadt schliefen und erwachen würden, sobald die Sonne aufging und der Regen versiegte, worauf die alte Betriebsamkeit wieder einsetzen würde. Das war natürlich ausgeschlossen – selbst im günstigsten Fall, wenn die paranormal begabten Kinder mit einer vereinten Anstrengung die Rückkehr des Pulses verhindern konnten, würde sich hier nichts mehr ändern. Ganz zu schweigen davon, dass diese Welt dann noch immer in Trümmern läge, weil sie schon lange *vor* dem Puls zerstört worden war. Trotzdem fühlte es sich so an.

Ein scharfer Knall und aufblitzendes Mündungsfeuer: Javiers Ecke. Ich widerstand dem Impuls, zu ihm hinüberzurennen und ihm beizustehen, und beobachtete stattdessen weiter meinen Stadtbereich. Im HUD tanzten sich überlagernde Anzeigen, als ich versuchte, im strömenden Regen eine Bewegung auszumachen. »Was ist los?«, rief ich ins Mikrofon.

»Es tut sich was«, antwortete er. »Mindestens ein halbes Dutzend Reint. Sie haben sich verteilt, als ich einen abgeknallt habe, aber sie werden nicht lockerlassen.«

In diesem Moment eröffnete Sahluk am Boden das Feuer. Die Schüsse kamen von der anderen Gebäudeseite, aus der Richtung der Anlage. Die Reint hatten uns entdeckt.

60

Diesmal rannte ich zur anderen Dachseite, zurück zur Predigerin und dem Geschützturm. Bei Sahluks Trupp knallte es viel zu häufig. Hin und wieder ein Schuss, um einzelne Reint von der Annäherung abzuhalten, so wie Javier es gemacht hatte, wäre in Ordnung gegangen, doch Sahluks Soldaten feuerten unablässig, und es wurde immer schlimmer.

Ich näherte mich dem Rand des Dachs durch den strömenden Regen, ließ mich in Feuerposition auf ein Knie nieder und hielt mit angelegtem Gewehr nach Zielen Ausschau. Davon gab es jede Menge.

Die Reint *strömten* geradezu aus der Anlage hervor. Die Regentropfen, die auf ihren gesprenkelten, leicht irisierenden Schuppen zerplatzten, gaben ihnen das Aussehen von Halos. Sie stürmten auf Sahluks Stellung zu; er und seine Männer waren in voller Aktion, ihre schweren Waffen dröhnten, zerrissen die Dunkelheit und den Regen und jagten die Reint über die offene Fläche, doch sie waren viel zu zahlreich, und sie waren *schnell*, viel schneller als ihre zivilisierten Gegner. Man vergisst leicht, was wir in Hunderttausenden Jahren, in denen wir vorsätzlich unsere Raubtiernatur unterdrückten, alles verloren haben.

Es sah nicht gut aus. Es lief vollkommen falsch. Dieses Verhalten war untypisch für degenerierte Reint. Normalerweise griffen sie nicht in Massen an, bildeten keine Gruppen, arbeiteten *überhaupt nicht* zusammen. Doch ich meinte sogar zu hören, wie diese Reint sich miteinander *verständigten,* mit merkwürdigen Pfiffen und Rufen, die trotz des Kampflärms deutlich zu hören waren. Auch das war falsch – so etwas taten Reint nicht, so sprachen sie nicht, ob degeneriert oder nicht. Das war alles vollkommen falsch.

Darüber konnte ich mir später Gedanken machen. Im Moment waren sie Ziele, und sie griffen an. Zwar bestand noch keine Gefahr, dass sie Sahluks Stellung überrennen würden, doch je öfter er und seine Leute ihre schweren Waffen einsetzten, desto eher würde die Pulsstrahlung ihre Waffen in Schrott verwandeln.

Jeder Angreifer, den ich mit dem Gewehr ausschaltete – mit der Schwarzpulverwaffe, die ich auf pulsbetroffenen Welten stets bei mir führte und die gegen die Atmosphärenstrahlung immun war –, war einer weniger, den die Soldaten am Boden unter Feuer nehmen mussten, einer weniger, der den Strahlenschutz ihrer Waffen schwächte.

Ich ließ die Ziele vom HUD markieren, bis die roten Punkte wie aggressive Glühwürmchen durch mein Gesichtsfeld wimmelten, und begann sie zu jagen. Ich folgte ihnen mit dem Gewehrlauf und erledigte sie, wenn sie langsamer wurden oder die Richtung änderten – was sie blitzschnell und ohne Vorwarnung taten –, indem ich im Bruchteil einer Sekunde feuerte, bevor sie wieder Tempo aufnahmen. Ich kann nicht behaupten, dass jeder Schuss gesessen hätte, doch ich war mit meiner Ausbeute zufrieden. Ich kämpfte nicht zum ersten Mal gegen degenerierte Reint, und trotz ihres merkwürdigen Verhaltens bewegten sie sich noch immer auf die altbekannte Weise. Schnell.

»Wie läuft's mit dem Turm, Predigerin?«, übertönte ich den Regen und das Gewehrfeuer.

»So gut wie fertig!«, antwortete sie.

»Javi? Marus?« Die beiden waren immer noch hinter mir auf ihren Eckpositionen; ich hörte sie nicht feuern, doch das konnte auch an dem Höllenlärm in der Tiefe liegen.

»Ich sehe eine Bewegung, aber sie kommen nicht näher!«, rief Marus. »Ich weiß nicht …«

»Oh, Scheiße, sie kommen!« Jetzt feuerte Javier, und ich fluchte und traf eine Entscheidung. Ob richtig oder falsch, würde sich erweisen. Ich fuhr herum, richtete mich auf und lief zu ihrer Seite des Daches, während ich gleichzeitig das Gewehr nachlud.

Die Reint aus der Stadt strömten jetzt aus den Gebäuden wie zuvor ihre Kollegen, die aus der Anlage gekommen waren, und es waren *viele*. Sie verhielten sich genauso seltsam wie diejenigen, die Sahluk angriffen, beinahe wie ein Schwarm, so als würden sie von einem Kollektivbewusstsein gesteuert. Dessen ungeachtet bleckten sie die Zähne, drohten mit ihren Klauen und versuchten, das Gebäude zu erklettern und uns zu verspeisen.

Wir hatten weniger Feuerkraft als Sahluks Gruppe, außerdem waren die Reint auf unserer Seite wesentlich zahlreicher. »Predigerin!«, rief ich und feuerte so schnell ich konnte, versuchte die Reptiliengestalten auszuschalten, die sich mit ihren Klauen so geschickt am Beton festklammerten, als verwendeten sie Kletterhaken.

»Fertig!«, rief sie und richtete sich am Geschützturm auf.

Unsere Comms summten: Sahluk. »Springt!«, rief er. »Wir fangen euch …«

Wir warteten nicht ab, bis er den Satz beendet hatte; wir wussten, was er uns sagen wollte. Marus, Javier und ich rannten los und sprangen von der Dachkante ab, ohne uns umzusehen.

Wir stürzten durch den Eisregen und trafen aufs Antigravfeld, bevor wir auf dem Beton aufprallten und zerschmettert wurden. Das Feld brach zusammen, von der Strahlung neutralisiert, doch wir waren unverletzt und am Boden, und der Geschützturm war einsatzbereit.

Die Predigerin hatte natürlich nicht auf Sahluks Feld vertraut; sie war einfach gesprungen, weil sie sicher war, dass ihre Metallkonstruktion die harte Landung verkraften würde. Sie hatte sich nicht getäuscht, allerdings überstand das Fahrzeug, auf dem sie landete, den Aufprall weniger gut als sie.

»Los!«, brüllte ich. »Zum nächsten Turm! Sie greifen *immer noch* an!«

Und wie sie das taten.

61

Wir rückten in geschlossener Formation vor, die schweren Waffen von Sahluks Trupp machten den Weg zum nächsten Turm frei. Die Reint hatten verstanden, dass sie mit einem direkten Angriff nicht weiterkamen – sie mochten zwar degeneriert sein, jedoch nicht so sehr, dass sie die auf dem regennassen Pflaster liegenden verbrannten Leichen nicht als ihresgleichen erkannt hätten. Jetzt beobachteten sie uns und versteckten sich, schlichen durch den Regen und versuchten, einen Hinterhalt zu legen.

Jedenfalls taten das einige von ihnen; die anderen stritten sich um die Toten. Auf dieser Welt war zwar genug Fauna der Auslöschung entgangen, um eine Nahrungskette zu bilden – deren Spitze die Reint einnahmen –, doch das bedeutete nicht, dass sie leicht an Beute herangekommen wären. In der verfallenen Stadt der degenerierten Reint, einst eine blühende Metropole, war Kannibalismus an der Tagesordnung.

Die Predigerin brachte den nächsten Turm zum Laufen, bevor die Reint erneut angriffen. Vier erledigt, vier übrig. Die degenerierten Raubtiere fauchten und brüllten in dem Gebäudekomplex zu unserer Linken und in der Stadt; es hörte sich an, als wäre der Sturm unter lautem Geheul zum Leben erwacht.

»Das geht nicht mehr lange gut«, sagte Sahluk zu mir. »Mit so heftigem Widerstand haben wir nicht gerechnet; die Anzüge werden der Strahlung nicht mehr lange standhalten, wenn wir die Energievorräte so stark beanspruchen.«

»Wieso tun sie das?«, fragte Javier. »Weshalb verhalten sie sich so? Ich begreife das nicht.«

Ich schüttelte den Kopf. »Egal. Seit dem Puls sind mehrere Generationen vergangen; sie haben sich seitdem verändert, so wie sich alle betroffenen Welten verändert haben. Wir haben ein Ziel: die Geschütztürme hochfahren, die Kanone klarmachen. Wir müssen weiter.«

Sahluk feuerte eine Granate auf ein Vorgebäude ab, das auf dem Weg zum Turm lag; sie durchschlug ein bereits geborstenes Fenster und detonierte mit einem dumpfen Knall. Der Metallrahmen des Gebäudes platzte auf und verbog sich, die Reint strömten in den Regen heraus und hielten Ausschau nach einer neuen Deckung. Hätte er nicht geschossen, wären wir unmittelbar an dem Gebäude vorbeigekommen, und die Reint wären mit Klauen und Reißzähnen über uns hergefallen, ehe wir auch nur einen Mucks hätten machen können.

»Der Geschützturm ist online«, meldete die Predigerin und richtete sich daneben auf.

»Gut. Weiter«, sagte Sahluk und lud den Granatwerfer nach.

In diesem Moment tauchte wie aus dem Nichts ein einzelner Reint auf, prallte seitlich gegen ihn und krallte die Klauen in seinen Anzug. Der große Mahren schrie vor Schmerz und Zorn auf und ließ sich auf ein Knie nieder, um den Angreifer abzuwehren – der konnte das Metall zwar nicht durchdringen, hatte aber ein Stück nackte Haut freigelegt, die zwar widerstandsfähiger war als die der meisten anderen Spezies, aber weniger hart als die Krallen der Reint.

Ich zog die Pistole, hielt sie dem Reint seitlich an den Kopf und drückte ab. Sein Gehirn wurde in den Regen geschleudert. Sahluk stieß den Toten von sich weg und richtete sich blutend auf. An der Wange hatte er eine hässliche Schramme, die aber nicht so hoch saß, dass das Blut ihm ins Auge laufen konnte. »Ich hasse diesen Ort«, knurrte er.

»Warst du nicht eigentlich scharf auf Action?«, fragte Javier.

»Action ist was anderes als Riesenscheiße«, entgegnete Sahluk und schulterte wieder den Granatwerfer. »Und hier haben wir es eindeutig mit Letzterem zu tun.«

»Sie sammeln sich für einen weiteren Angriff«, meldete die Predigerin, die mit ihren Sensoren im Eisregen besser sehen konnte als wir. »Zwischen uns und dem nächsten Turm.«

»Wir stoßen mitten durch sie durch«, sagte Sahluk. »Wir …«

»O je!«, meldete sich Scheherazade über Comm. »Das sieht schlimmer aus als ich dachte. Das sind wirklich *viele*, oder?«

»Sag mir, dass du unterwegs bist«, flehte ich sie an.

»Das bin ich. Du solltest deinen Begleitern besser sagen, dass sie sich zurückhalten sollen.«

Ich wandte mich an die anderen. »Scheherazade ist im Anflug!«, rief ich. »Nicht von der Stelle rühren!«

Ich hoffte, dass sie mich gehört hatten, denn bevor sie meine Anweisung bestätigen konnten, tauchte Schaz aus allen Rohren feuernd am Sturmhimmel auf.

Mit der Bugkanone sprengte sie die Gebäude, die dem Zaun am nächsten lagen. Die Reint versuchten verzweifelt, dem Feuer und den Trümmern zu entkommen. Diejenigen, die sich weiter in die Stadt hinein zurückgezogen hatten, überlebten – die in unserer Nähe gerieten in den Erfassungsbereich der Bordlaser. Die blauen Lichtpfeile brannten bizarre Figuren ins Pflaster. Hinter ihnen blieben orange leuchtende Schneisen zurück – und die Leichen der Angreifer, die meisten in zwei Hälften zerteilt.

Trotz des strömenden Regens war der Gestank von verbranntem Fleisch und versengtem Metall kaum zu ertragen. Als Schaz die Position verlagerte, stand kein Reint mehr auf zwei Beinen. Sie waren schnell, aber nicht so schnell wie die Laserkanonen.

»Los!«, brüllte ich die anderen an, während Schaz die Umkreisung des Geländes fortsetzte. »Weiter zum nächsten Turm, bevor sie sich erholen!«

62

Schaz hatte uns einen Aufschub verschafft – und den hatten wir dringend nötig. Wir rückten entlang des Pfads der Zerstörung vor, die sie angerichtet hatte, eine grauenhafte Studie der Gegensätze – die vom Laserbeschuss entfachten Brände standen in krassem Kontrast zu den eiskalten Regenschleiern, die vom Himmel herabströmten. Die Predigerin brachte die nächsten zwei Türme online, ohne dass die Reint einen Gegenangriff unternahmen.

Als wir jedoch den vorletzten Geschützturm erreichten, hatten sie sich wieder gefasst und heulten wie wahnsinnig gegen den Sturm an. Ich weiß nicht, wie viele Reint in der Stadt lebten, doch ich hatte Eindruck, dass wir mindestens fünfzig davon ausgeschaltet hatten, die Opfer von Schaz' Bombardement nicht mitgerechnet, und es wurden einfach nicht weniger. Mehrmals wurde es knapp, als Reint plötzlich aus einem Versteck hervorsprangen, doch es gelang uns, sie ohne eigene Verluste aus dem Weg zu räumen.

Wir hatten unseren Rundkurs beinahe abgeschlossen und konnten vom vorletzten Turm aus trotz des Regens bereits die anderen Trupps sehen, die im Uhrzeigersinn die Anlage umkreist hatten. Mindestens ein Soldat hatte einen Flammenwerfer dabei, deshalb war ihre Position leicht zu erkennen. Den letzten Turm würden wir ungefähr zur gleichen Zeit erreichen.

»Sergeant«, sagte Sahluk zu seinem Stellvertreter, dem Tyll, der zu den Flüchtlingen gehörte, die Javier gerettet hatte. »Begib dich mit den beiden zum letzten Turm.« Er zeigte auf Javi und mich, ohne die Hand von der Waffe zu nehmen. »Igelt euch ein, damit ihr den anderen Trupps, die dorthin unterwegs sind, Feuerschutz geben könnt.«

»Ist das wirklich klug?«, wandte ich ein. »Wir haben uns doch schon aufgeteilt.«

»Je schneller wir das Gelände am Turm räumen, desto eher kriegen wir ihn zum Laufen«, erwiderte er. »Je schneller ihr *das* schafft, desto eher brauchen wir uns nur noch wegen dem Sorgen zu machen, was in der Anlage ist. Ich werde mich erheblich besser fühlen, wenn die großen Kanonen online sind und die Scheißkerle in der Stadt auf Abstand halten.«

Ich nickte und rannte los: Er hatte das Kommando, und Befehl war Befehl. Das Gewehr an die Brust gedrückt und im Vertrauen darauf, dass die anderen mir Feuerschutz geben würden, konzentrierte ich mich darauf, über das nasse Pflaster zu rennen und das offene Gelände so rasch wie möglich hinter mir zu lassen.

Der letzte Turm stand auf dem Dach eines ehemaligen Parkhauses. Trotz des Regens hörte ich das Fauchen der darin versteckten Reint. Das Klicken ihrer Krallen verriet ihre Position.

Der Sergeant – der mit einem großen Laserrepeater bewaffnet war, einer geringfügig kleineren Version der Geschütze, mit denen Schaz in den Reihen der Reint gewütet hatte – erreichte das Gebäude als Erster; er schlug ein Fenster ein, eröffnete das Feuer und zerstörte die Fahrzeuge, die den Raubtieren als Versteck dienten. Ich stellte mich neben ihn und gab gezielte Einzelschüsse ab; die von den Flammen im Gebäude erhellten Reint rannten durch das Chaos, das er mit seiner schweren Waffe entfesselt hatte. Javier gab uns Deckung und feuerte auf die Reint, die aus dem Gebäude kamen und über das offene Gelände liefen, angelockt vom Lärm und den Schüssen.

»Geht hoch und säubert das Dach«, sagte der Sergeant. »Ich halte hier die Stellung.«

»Nein.« Ich schüttelte den Kopf. »Kommt gar nicht infrage, dass ich dich in diesem Chaos allein lasse.«

Er musterte mich stirnrunzelnd. »Ich bin Sahluks Stellvertreter …«

»Du kannst uns keine Befehle erteilen, mein Freund«, erwiderte Javier trocken. »Und glaub mir: Bislang hat es noch keiner geschafft, ihr Vorschriften zu machen. Keiner. Niemals.«

Der Tyll-Sergeant setzte gerade zu einer Entgegnung an, als sich vom Dach ein Reint auf ihn herabfallen ließen.

Der Aufprall war so heftig, dass er zu Boden ging. Seine Waffe wurde zwischen ihm und dem Reint eingeklemmt. Ich konnte nicht schießen – die Kugel hätte den Reint durchschlagen und den Sergeant getroffen –, deshalb schlug ich mit dem Gewehrkolben zu, doch er ließ sich nicht von seinem Opfer ablenken, das er brüllend mit den Klauen bearbeitete. Er fauchte, ein gutturaler, beinahe gurgelnder Laut, der anders klang als die Laute, die seine Artgenossen von sich gegeben hatten, und wir wussten, was uns bevorstand und dass wir verdammt noch mal etwas unternehmen mussten.

Die Reint hatten in den Millionen Jahren, seit sie aus dem rauen Meer hervorgekrochen waren und sich zur dominierenden Spezies ihrer Heimatwelt entwickelt hatten, eine Reihe von Raubtiereigenschaften entwickelt: ein feines Gespür für Hinterhalte; Krallen, Reißzähne und den Stachel am Ende ihres Schwanzes; kompaktes Muskelgewebe, das ihnen mehr Körperkraft verlieh, als man ihnen aufgrund ihrer Größe zugetraut hätte; ein rudimentäres Ortungssystem auf Echo-Basis, das ihr Fauchen und Geheul weitgehend erklärte. Eine dieser Fähigkeiten setzten die Reint heutzutage jedoch nur äußerst selten ein – bei einigen waren die entsprechenden Organe sogar schon verkümmert und damit nutzlos geworden –, weshalb sie nahezu vergessen war: nämlich die Fähigkeit, einen ätzenden Schleimklumpen auszuspucken.

Der auf dem Sergeant liegende Reint rotzte ihm direkt ins Gesicht.

Der Offizier stieß einen schauerlichen Schrei aus. Ich ließ das Gewehr fallen, packte den Reint unter den Achseln und zog ihn zurück, während ich gleichzeitig seinem Maul auswich, als er den Kopf herumdrehte und mich zu beißen versuchte. Ich schaffte es nicht, ihn vom Exoanzug zu lösen, zog aber immerhin seinen Oberkörper so weit zurück, dass Javier ihm einen Kopfschuss verpassen konnte.

Der Sergeant schrie noch immer. Ich ließ beide los, zwängte mich am toten Reint vorbei – der sich auch in kopflosem Zustand noch immer an den Anzug klammerte – und tastete nach der Dose mit dem Notspray an meinem Gürtel. Javi kam mir zuvor und sprühte dem Tyll den Inhalt seiner Dose ins Gesicht, dann schob er die Hand durch den hart werdenden Schaum in den Mund des Sergeants. Es war für beide bestimmt nicht angenehm, doch als er die Hand zurückzog, konnte der Mann wenigstens atmen, was er auch hektisch tat, immer wieder unterbrochen von lautem Stöhnen.

Ein klickendes Geräusch in meinem Rücken war die einzige Vorwarnung; noch immer neben dem toten Tyll kniend, zog ich die Pistole, fuhr herum und feuerte in dem Moment, als der Reint aus dem Fenster sprang. Ließ man einem degenerierten Reint auch nur die geringste Chance, dann nutzte er sie.

Ich feuerte zweimal. Beide Schüsse trafen die Körpermitte,

vermochten den Schwung des Raubtiers aber nicht zu kompensieren. Er prallte mit voller Wucht gegen mich, schnappend und krallend, während er starb. *Ich* trug keinen Exoanzug und handelte mir ein paar üble Schrammen ein, bevor ich den sterbenden Reint abschütteln und ihm eine Kugel in den Schädel jagen konnte.

»Scheiße!«, fluchte ich sozusagen aus Prinzip, kniete im strömenden Regen nieder und lud meine Waffe nach. Die leeren Patronenhülsen, die ich aus dem Magazin zog, rutschten mir aus den Fingern. Javier gab mir und dem Sergeant Feuerschutz. Ich ignorierte meine Verletzungen, schob den nachgeladenen Revolver ins Holster, hob mein Gewehr auf und feuerte ebenfalls. Beide Trupps näherten sich unserer Position – eigentlich sollten wir ihnen Feuerschutz geben, doch nun feuerten sie auf die Reint, die es auf uns abgesehen hatten.

Die Predigerin erreichte uns als Erste und feuerte die eigenartige Armkanone ab, die sie zuletzt auf dem Aussichtsturm benutzt hatte; sie erfasste das Geschehen mit einem Blick, begriff, dass wir uns selber schützen konnten, sprang ein Abflussrohr an der Seite des Gebäudes an und kletterte daran hoch, wobei sie ein ähnliches Geschick bewies wie die Reint.

»Folge ihr«, sagte ich zu Javi, ging neben dem verletzten Sergeant in Stellung und schoss auf die Reint, die uns aus dem Gebäude heraus angriffen. »Ich hab's im Griff, und sie braucht jemanden, der ihr Feuerschutz gibt.«

Er nickte und kletterte ebenfalls aufs Dach, wenn auch nicht ganz so behände wie die Predigerin.

Sahluk erreichte mich als Nächster, dicht gefolgt von seinen Leuten. Ich registrierte mit Erleichterung, dass Marus bei ihm war; natürlich wollte ich nicht, dass irgendeiner von Sahluks Männern verletzt wurde, schließlich waren wir alle Legitimierte, doch Marus war mein Freund.

Sahluk kniete neben dem Sergeant nieder und fühlte nach seinem Puls. »Er lebt noch«, sagte ich. »Sein Zustand ist stabil. Aber als Kämpfer fällt er aus.« Vermutlich würde er für immer entstellt sein. Medizinische Nanotech kann vieles leisten, doch es gibt Verletzungen, bei denen selbst die winzigen Maschinen machtlos sind. Ich war mir nicht ganz sicher, vermutete aber, dass auch die Verwundung durch eine volle Dosis ätzendes Gas dazugehörte.

Sahluks verhornte Augenlider flatterten; einen Moment lang glich sein Gesicht einem regenüberströmten Berghang. Es war das einzige Anzeichen dafür, dass er seine Entscheidung bedauerte. Das gehörte mit dazu, wenn man Anführer war – man traf nicht nur die Entscheidungen, sondern behielt auch die Gewissensbisse für sich, wenn sich eine Entscheidung als falsch herausgestellt hatte. Wären wir zusammengeblieben, hätten wir vielleicht jemand anderen verloren, vielleicht aber auch nicht, und damit musste er leben.

Ein hochfrequentes Summen durchdrang das Tosen des Sturms, und dann blitzte es; die Predigerin hatte den letzten Geschützturm aktiviert. Alle Türme waren jetzt online. Grüne Lichtbögen verbanden diesen Turm mit seinen beiden Nachbarn und diese mit ihren Nachbarn, und dann setzten brüllend die automatischen Waffen ein, wühlten sich durch die Stadt, reagierten auf jedes Anzeichen einer Bewegung und pumpten Blei in die jeweiligen Positionen. Mindestens ein Reint stürmte auf eine Lücke in den grünen Laserstrahlen zu; als das Gerät ihn ortete, wurde er schockgegrillt und von oben nach unten zweigeteilt. Die beiden Hälften fielen zu Boden und blieben qualmend im Eisregen liegen.

Die Absperrung war komplett; wir waren vor Angriffen aus der Stadt sicher. Jetzt mussten wir nur noch die Anlage säubern.

63

Außer dem Tyll-Sergeant waren noch zwei weitere Soldaten verletzt worden. Nicht so schwer wie unser Mann, doch beide waren nicht mehr einsatzfähig. Die Wulferin, der Sahluk in den Exoanzug geholfen hatte, als ich mich dem Trupp angeschlossen hatte, war getötet worden. Ich wusste nicht einmal ihren Namen. Ich gestehe es nur ungern ein, doch es ist die Wahrheit – ich hatte gewusst, dass wir nicht vollzählig heimkehren würden.

Hätten wir die Verluste vermieden, wenn wir zusammengeblieben wären? Mag sein. Oder aber es hätte noch mehr Verluste gegeben; vielleicht hätten wir die Turmabsperrung nicht errichten können und uns zurückziehen müssen. Eine Entscheidung war getroffen worden; jetzt mussten wir damit leben.

Schaz ließ ein Seil herab und nahm die Verletzten und die Tote an Bord. Marus begleitete sie, um die Überlebenden auf dem Rückflug zum Sanktum zu versorgen. Er würde zusammen mit dem ersten Technikerteam zurückkehren, das die Turmabsperrung überwachen und damit beginnen würde, die Antiorbitalkanone einsatzbereit zu machen. In der strahlungsverseuchten Atmosphäre dieser Welt war ständige Überwachung nötig, um die Funktionsfähigkeit des Zauns und der Kanone zu gewährleisten.

Die Reint hatten aufgehört, gegen die Barriere anzurennen. Es hatte so viele Tote gegeben, dass sie begriffen hatten, den Zaun nicht durchdringen zu können. Während wir die Verletzten zu Scheherazade hoch brachten, tauchten Reint im Dunst auf und schleppten die Toten weg, um diejenigen, die beim Sturm auf den Zaun umgekommen waren, zu Mahlzeiten zu verarbeiten. Die Schwachen nährten sich von den Starken, um selbst stark zu werden. Die Ähnlichkeit zur Philosophie der Pax war unübersehbar.

Schaz startete, und wir waren wieder allein im Regen.

»Woran denkst du bei diesem starken Regen?«, fragte mich Javier, als wir zuschauten, wie Schaz in den brodelnden Wolken verschwand.

Ich dachte einen Moment lang darüber nach, während ich meine Waffe immer noch fest umschloss. »An die Front auf der Welt, auf der ich aufgewachsen bin«, antwortete ich schließlich und blickte in das Unwetter hinaus. »Wenn es so heftig regnete, konnten die gegnerischen Scharfschützen nicht gut zielen. Unsere auch nicht. Wenn man um eine Ecke bog, konnte es also passieren, dass man einer gegnerischen Patrouille begegnete, die genauso orientierungslos war wie man selbst.«

Er sah mich an; das spürte ich, obwohl ich noch immer gedankenverloren zum Himmel aufsah. Immer lief alles auf den Krieg hinaus. So war es immer schon gewesen. Keine Ahnung, ob es an mir lag, oder ob die Galaxis eben so funktionierte.

»Ich denke an etwas anderes«, sagte er.

»Woran?«, fragte ich.

Ich hörte das Lächeln aus seinem Tonfall heraus. »Ich denke an den Wolkenbruch, in den wir bei unserem ersten Einsatz hineingeraten sind. Wir versuchten die Abwehr der Antioch zu durchbrechen, um zum Raumhafen zu gelangen und abzuhauen, aber dann goss es auf einmal in Strömen, wir froren, wurden gejagt und verloren. Erinnerst du dich?«

»Ich erinnere mich«, antwortete ich, im Tosen des Sturms kaum zu hören. Er hatte mich geküsst. Nein; ich hatte ihn geküsst. Der Kampf war unerwartet heftig gewesen, denn …

Es hatte keinen Sinn, darüber nachzugrübeln. Sich den Kopf zu zerbrechen. Es war geschehen; es war Vergangenheit; wir konnten es nicht zurückholen. Mir war nicht klar, weshalb er es überhaupt erwähnte.

»Nach allem, was wir danach durchgemacht haben.« Er schüttelte erneut den Kopf. »Nach allem, was ich vorher durchgemacht hatte.« Er sah mich immer noch an. »Ich bin immer noch froh, dass ich dich geküsst habe.«

»*Ich* habe *dich* geküsst«, erwiderte ich stirnrunzelnd und wandte ihm das Gesicht zu.

»Ja«, meinte er grinsend und verlagerte das Gewehr in den Armen. »Vielleicht.«

Ich schüttelte den Kopf und blickte wieder dorthin, wo Schaz verschwunden war. Es hatte keinen Sinn, sich an die Vergangenheit zu klammern, an das, was gewesen war, was hätte sein können. Wir hatten unsere Entscheidungen getroffen, Entscheidungen, die grundlegender waren als ein einzelner Moment, der eine Ewigkeit her war. Jetzt mussten wir damit leben.

Wobei das keineswegs garantiert war. Die Pax waren immer noch auf dem Weg hierher.

»Können wir anfangen?«, fragte mich Sahluk.

Ich wandte mich ihm zu. Die meisten seiner Soldaten hatten die Exoanzüge abgelegt, da sie keinen Saft mehr hatten. Sie waren müde und erschöpft, doch den Blick in ihren Augen kannte ich von anderen Schlachtfeldern her. Wir hatten bereits Verluste zu verzeichnen, und der Einsatz war noch nicht beendet. Wenn wir ihn nicht abschlossen, wäre alles umsonst gewesen. Das würden sie nicht zulassen.

»Bereit«, sagte ich und nickte.

Wir musterten noch einen Moment lang die Anlage und überlegten, wie wir das Ganze angehen sollten. Drei Etagen, um die Kanone herumgebaut, und ebenso viele Kelleretagen voller Verstecke und Schlupfwinkel, in denen es vermutlich von den Reint wimmelte, die nicht an den Angriffen teilgenommen hatten. Der Reaktor lag bestimmt unter der Erde, was bedeutete, dass wir als Erstes die oberen Etagen räumen mussten. Es wurde Zeit, damit anzufangen.

»Wer sind wir?«, brüllte Sahluk.

Die Soldaten strafften sich und reckten die Gewehre. »Wir sind die Legitimierten und Bußfertigen!«, riefen sie.

»Fühlt sich einer von euch *heute* besonders bußfertig?«, brüllte Sahluk in den Eisregen.

»Nein, *Sir*!«

»Gut zu wissen«, knurrte er, dann machte er kehrt und marschierte auf die Anlage zu. Er brauchte ihnen kein Zeichen zu geben. Sie waren müde, erschöpft und angeschlagen – doch wenn ihr Anführer vorrückte, folgten sie ihm.

»Manche Dinge ändern sich nie«, sagte Javier, als wir uns ihm anschlossen. Unwillkürlich musste ich grinsen. Dieses Frage-und-Antwort-Spiel hatte es schon gegeben, bevor ich zu den Legitimierten gestoßen war.

Wir nahmen uns den nächstgelegenen Eingang vor und brachen die Tür auf. Der Plan sah vor, dass wir uns auf das Dach vorarbeiteten, das an die Kanone grenzte. Jeder Einzelne im Team, auch Javier, verfügte über ein Upgrade an seinem HUD, und wir hatten alle die Bewegungstracker aktiviert, sodass unser Blickfeld mit gleichmäßigen Wellen ausgefüllt war. Das bedeutete, im Moment drohte keine Gefahr – ruckten und zuckten sie, wurde es haarig.

Im Innern des Gebäudes sah es aus wie in einer Geisterstadt. Nichts regte sich, abgesehen von tröpfelndem Wasser, kaum erwähnenswert im Vergleich mit dem Aufruhr, der draußen herrschte. Es hätte auch nur Tage her sein können, dass die Kanone aufgegeben worden war, und nicht Jahrzehnte. Wir hörten, wie der Regen gegen die Außenwände schlug; zumindest waren wir hier im Trockenen. Wir hätten diese Verbesserung mehr genießen können, wenn wir nicht damit hätten rechnen müssen, dass jeden Moment Reint aus dem Schatten hervorsprangen oder sich von der Decke herabfallen ließen.

Im Erdgeschoss stießen wir lediglich auf zwei Reint. Das war nicht weiter verwunderlich – diejenigen, die hier lebten, waren vermutlich auch die Stärksten und Schnellsten und hatten am ersten Angriff teilgenommen. Einer der beiden versuchte zu flüchten; der andere griff uns an. Wir töteten beide.

Vor Generationen waren ihre Ahnen intelligente Wesen gewesen, denkende, mit Bewusstsein ausgestattete Wesen wie die, mit denen wir tagtäglich im Sanktum zusammenarbeiteten. Diese hier waren nur noch Tiere – unglaublich gefährliche Tiere. Selbst wenn wir sie betäubt und ins Sanktum gebracht hätten, wären sie nicht wieder so geworden wie ihre intelligenten Vorfahren.

Nicht dass dies etwas geändert hätte. Wir hätten sie trotzdem getötet. Zu viel stand auf dem Spiel, um Hände zu schütteln.

Keine Bußfertigkeit. Heute nicht.

Der erste Stock war belebter, bevölkert von aggressiven Vertretern der degenerierten Spezies, die zu schlau waren, um todesmutig gegen die Umzäunung anzurennen. Sie versuchten, uns zu überrumpeln, versteckten sich in Lüftungsrohren und warteten auf einen günstigen Moment, um sich auf unsere Köpfe fallen zu lassen. Zum Glück beobachtete Sahluk, wie einer den Kopf durch einen Gitterrost schob. Einer seiner Soldaten hatte noch immer einen Flammenwerfer an seinen Exoanzug angeschlossen; damit räucherte er das Lüftungsrohr aus.

Der Gestank war bestialisch. Wir zogen Lose, um denjenigen zu bestimmen, der den Kopf hineinstrecken und sich vergewissern musste, dass alle tot waren; die Predigerin verlor und kam ihrer Aufgabe seufzend und mit deaktivierten Geruchsrezeptoren nach.

Draußen dröhnte noch immer hin und wieder einer der Türme, wenn ein Reint die Reichweite der automatischen Geschütze testen wollte. Verglichen mit dem Tosen des Sturms fühlte sich das Innere der abgeschalteten Anlage im Moment bedrohlicher an. Ich war froh, als die Predigerin aus dem Lüftungsrohr herauskletterte und uns das Zeichen zum Vorrücken gab.

Hoch zur obersten Etage. Auch hier hatten die Reint sich abgesprochen, was ich degenerierten Wesen wie ihnen niemals zugetraut hätte. Sie waren schlau. Sie griffen in großer Zahl frontal an und zwangen uns dazu, uns unter Dauerfeuer in eine Art Lagerraum zurückzuziehen – sicher war es darin nicht, sonst hätte man uns nicht hierher dirigiert. Die Reint hatten uns eine Falle gestellt.

In den oberen Regalfächern, in der Nähe der Decke, warteten weitere Reint; wir bemerkten sie nicht, denn sie hielten völlig still, weshalb die Detektoren nicht anschlugen. Kaum aber hatten wir die Tür zum Gang geschlossen, griffen sie an.

Im Lagerraum war es zu beengt, um das Gewehr verwenden zu können, und sie waren zu schnell, um rechtzeitig meine Pistole ziehen zu können. Zum ersten Mal, seit wir auf dem Planeten gelandet waren, setzte ich die Fäuste ein, aktivierte meine Nahkampf-Implantate und warf mich ins Gewühl.

Die Reint waren schnell und verschlagen und hatten viele gefährliche kleine Tricks wie das ätzende Gas parat, doch es fehlte ihnen an der Technik, die einem Schlag die Wucht eines Schmiedehammers verlieh oder einem Seitwärtshaken die Kraft einer elektrischen Entladung. Wir wehrten sie ab.

Einer von Sahluks Soldaten, ein Mensch, verlor dabei ein Ohr. Er fluchte heftig, als wir ihn mit medizinischem Schaum einsprühten, wollte aber unbedingt weiterkämpfen. Später würden ihm die Ärzte des Sanktums das Ohr nachwachsen lassen. Vielleicht. Mit Gewissheit konnte man das nicht sagen, zumal das Ohr nicht mit einem sauberen Schnitt entfernt, sondern abgebissen worden war.

Anschließend räucherten wir die verbliebenen Reint, die uns in den Lagerraum getrieben hatten, mit dem Flammenwerfer aus. Die oberste Etage hatten wir abgehakt. Ich hasste diesen Ort.

Auf dem Rückweg nach unten durchsuchten wir die Räumlichkeiten erneut – drei weitere Reint lagen auf der Lauer und wurden ausgeschaltet –, dann waren alle oberirdischen Etagen gesäubert.

Jetzt war es an der Zeit, in den Keller hinabzusteigen, wo der Fusionsreaktor noch immer Wärme abgab. Dort würde sich die Mehrheit der Reint aufhalten.

Wir waren noch nicht fertig.

64

Die beiden Treppenhäuser waren mit Schutt blockiert – möglicherweise eine absichtsvolle Maßnahme der dort unten lebenden Reint, die es ihren Konkurrenten damit erschweren wollten, sie in ihrem Unterschlupf aufzuspüren. Deshalb mussten wir einen der Fahrstuhlschächte öffnen, und was wir dort vorfanden, gefiel uns gar nicht.

»Scheiße«, sagte Javier mit typischem Understatement.

Ja, Scheiße, er hatte recht. Der Schacht führte bis zur dritten Kellerebene, doch so weit konnten wir nicht sehen. Lichtmangel war nicht der Grund – unsere HUDs verfügten alle über Restlichtverstärker –, sondern das Brackwasser, das am Boden drei Meter hoch stand, wenn ich mich an das Gebäudediagramm richtig erinnerte. Irgendwo in der Anlage war ein Leck, und im Laufe der Jahre war die unterste Ebene überflutet worden.

»Wieso zum Teufel läuft dann der Reaktor noch?«, wunderte Sahluk sich laut. Beiläufig riss er ein Stück Bewehrungsstahl aus der Wand – nicht weil sein Exoanzug ihm übermenschliche Kräfte verliehen hätte, denn den hatte er ja abgelegt, sondern weil er so verflucht stark war – und ließ es in die Dunkelheit fallen. Zwei Reint sprangen aus dem schwarzen Tümpel hervor; wir schalteten sie aus.

Die Predigerin feuerte ihr Gewehr ab und beantwortete die Frage, als das Geräusch der Schüsse verhallt war. »Dort unten befinden sich bloß Rohre und Leitungen«, sagte sie. »Die sind im Gegensatz zum Gebäude wasserdicht.«

»Wir müssen trotzdem dort aufräumen«, erklärte Javier. »Und ich weiß nicht, wie's bei euch aussieht, aber ich kann unter Wasser nicht atmen und habe auch nicht die geringste Lust, da runterzuspringen.« Er machte sich nicht nur Sorgen wegen der Ansteckungsgefahr oder möglicherweise im Wasser verborgenen scharfen Metallteilen; die Reint waren amphibisch, wie die beiden Exemplare, die wir gerade eben getötet hatten, unter Beweis gestellt hatten. Es war durchaus wahrscheinlich, dass sie dort unten ihren Nachwuchs großzogen. Unter Wasser waren Reint doppelt so gefährlich wie an Land, einfach deshalb, weil die meisten von uns in dieser Umgebung so *ungefährlich* waren.

»Das müssen wir auch nicht.« Die Predigerin verzog ihren Metallmund zu einem Lächeln, das man nur grausam nennen konnte. »Wir brauchen lediglich den Fusionsreaktor auf volle Leistung hochzufahren. Ohne die Kühlung zu aktivieren.«

Sahluk machte ein Geräusch; es klang nicht erfreut. Ja, wir waren gekommen, um die Reint zu töten, und wir würden tun, was immer dazu nötig war. Logisch betrachtet, war der Plan der Predigerin makellos – wir würden die unterste Ebene auf einen Schlag säubern oder zumindest die Reint im Wasser an die Oberfläche treiben, und zwar schnell. Denn wenn wir den Reaktor hochfuhren, ohne die entstehende Wärme abzuleiten, würde das Wasser im Handumdrehen zu sieden beginnen. Die meisten Reint würden bei lebendigem Leib gekocht werden.

»Zunächst mal müssen wir die anderen beiden Ebenen säubern«, rief Sahluk uns in Erinnerung. Er war mit dem Plan der Predigerin einverstanden – denn so hätten seine Soldaten es im Nahkampf mit weniger Reint zu tun –, doch er gefiel ihm nicht, und mir gefiel er auch nicht. Das war grausam. »Wenn sie dort unten Nachwuchs großziehen, wird das hässlich werden.« Er wandte sich an mich. »Du solltest deinem Schiff besser eine Nachricht schicken. Es wird sie erst erhalten, wenn es das Sanktum erreicht hat, aber das erste Technikerteam sollte wissen, dass sie Pumpen mitbringen sollen, damit sie den ganzen Mist beseitigen können, bevor sie mit der Arbeit anfangen.«

Ich nickte und übermittelte Schaz einen Videofeed des Einsatzes. Auf diese Weise konnten die Techniker sich während des Flugs hierher einen Überblick über das Gebäude verschaffen und sich überlegen, wo sie mit den Reparaturen beginnen wollten. Es würden auch ein paar Reint darunter sein – diese Reptilienmenschen hatten ein Faible für derlei Tätigkeiten –, und es würde ihnen bestimmt nicht leichtfallen mitanzusehen, wie wir Dutzende ihrer Artgenossen töteten. Doch wir hatten alle unser Päckchen zu tragen.

»Erste Ebene«, sagte Sahluk. »Ich will die beiden Barischen ganz vorne dabeihaben.«

»Weil die Reint den Geschmack von Metall nicht mögen«, sagte die barische Soldatin zur Predigerin.

»Schon klar«, erwiderte sie, offenbar noch immer verärgert wegen des Schlagabtauschs im Sanktum.

Sie ließen sich an den Aufzugseilen hinunter und brachen die Tür zur ersten Kelleretage auf. Wir schauten von oben zu, gaben ihnen Feuerschutz und warteten darauf, dass etwas passierte. Wir brauchten nicht lange zu warten.

Kaum hatten sie die Tür aufgestemmt, stürmten Reint durch die Öffnung und prallten gegen die Predigerin, sodass sie mit einem lauten Platscher in der Brühe am Grund des Schachts landete.

Ich fluchte, konnte aber nichts erkennen, bloß spritzendes Wasser; die Predigerin kämpfte unter der Oberfläche. Die andere

Barische sprang ihr hinterher, und bald darauf tauchte ein toter Reint auf.

Die Predigerin und die andere Barische kletterten heraus und hangelten sich am Seil wieder nach oben. »Die Tür ist offen«, sagte die Predigerin gelassen und schüttelte den Kopf wie ein Hund. Wassertropfen lösten sich von ihrer Metallverkleidung.

»Wie war das Schwimmen?«, erkundigte sich Javier.

»Im Laufe der Jahre ist mir klargeworden, dass der Humor der Organiker zu wünschen übrig lässt«, erwiderte sie trocken. »Ich glaube, das hat etwas damit zu tun, dass sie sich alle für humorvoller halten als sie in Wirklichkeit sind.« Sie sprang vom Seil durch die offene Tür ins erste Kellergeschoss. Das Gewehr hatte sie bei dem Handgemenge verloren – sie hatte es von einem der Verletzten übernommen, die zum Sanktum geflogen wurden –, gab aber zwei Schüsse mit ihrer Armwaffe ab. Die andere Barische, mit einer Hand noch immer ans Seil geklammert, feuerte ebenfalls.

»Gesäubert!«, rief die Predigerin.

»Ich hasse diesen Ort«, murmelte Javier, schob sich die geschulterte Waffe auf den Rücken und ergriff das Seil. »In jeder Beziehung.«

»Denk einfach dran, dass diese Kanone in einer Woche vielleicht das Einzige ist, was zwischen uns und der Pax-Armada steht«, erwiderte ich.

»Ich sag ja nicht, dass ich nicht dankbar dafür wäre; ich sage bloß, dass ich sie hasse. Ich bin eben ein Mann voller Widersprüche.«

»Du bist vieles. Und jetzt hau rein; je eher wir dort runterkommen, desto eher sind wir hier fertig.«

65

Ich streckte den Arm aus und packte das Seil. Es fühlte sich feucht und rutschig an; ich wusste nicht, ob es sich um Rückstände eines Schmiermittels handelte oder ob sich aus der schmutzigen Luft in der Anlage eine Art Schleim darauf niedergeschlagen hatte. Jedenfalls musste ich meine Implantate einsetzen, um mich an dem Ding festzuhalten, und deshalb rutschte ich nicht ab wie die Predigerin und plumpste auch nicht ins Wasser. Aus einem Unterwasserkampf mit einem Reint wäre ich wohl kaum als Siegerin hervorgegangen, deshalb achtete ich darauf, nicht den Halt zu verlieren.

Ich ließ mich nach unten gleiten und sprang in den Gang. Weiter oben hatte man die meisten Trümmer weggeräumt – dort waren die Räumlichkeiten schmutzig und beschädigt, aber gut zugänglich. Im Keller sah es anders aus. Die Reint, die hier hausten, hatten alle möglichen Gegenstände angehäuft und auf den breiten Gängen nur schmale Durchlässe gelassen. Alles hatte anscheinend scharfe Kanten. Mein HUD hatte auf Nachtsicht umgeschaltet, sodass ich alles in Grüntönen sah. Der Gang machte den Eindruck, als wäre er verschimmelt, und der überall verstreute Müll verwandelte die Flure in ein brandiges Labyrinth.

Wir begannen mit der Überprüfung der Räume.

Die ersten Reint, auf die wir stießen, wirkten träge und bewegten sich langsam. Die Wärme des Reaktors verlangsamte anscheinend ihre Reaktionen und machte sie benommen. Soweit möglich, schalteten wir sie mit Messern und mit unseren Händen aus, um möglichst wenig Lärm zu machen. Es funktionierte, aber nur für eine Weile.

Wir hörten, dass sich in den anderen Räumen etwas regte. Erst ein Fauchen, dann das Klicken der Krallen auf Metall; die Raubtiere hatten begriffen, dass jemand in die Kellergeschosse eingedrungen war, und erwachten aus ihrer Lethargie. Dann setzte das Gebrüll ein.

Sie wussten, dass wir hier waren. Sie wussten, dass jemand in ihren Unterschlupf eingedrungen war. Die Kämpfe weiter oben hatten sie nicht weiter beunruhigt – Reint waren es gewohnt, dass um sie herum alles in ständigem Kampf begriffen war; ihre Heimatwelt war ein fürchterlicher Ort gewesen – doch jetzt, da wir sie im Keller störten, waren sie *zornig*. Wir hatten die Pheromonspuren übertreten, mit denen sie ihr Territorium markierten und andere Reint abschreckten, und sie waren entschlossen, uns in Stücke zu reißen.

Keiner von Sahluks Soldaten trug noch seinen Exoanzug; wir waren auf ballistische Waffen, unsere Nahkampfwerkzeuge und Implantate angewiesen. In jedem Raum, den wir uns vornahmen, erwarteten uns ein paar Reint. Meistens hatten sie einen Hinterhalt vorbereitet. Die Frage war nicht, *ob* Reint anwesend waren – sondern wo sie sich versteckten und woher sie uns ansprangen. Das Stakkato der Schüsse – Stille, ohrenbetäubender Lärm, abermals Stille – wurde zu einem ständigen Dröhnen, das durch den Keller hallte.

Als wir die erste Ebene gesäubert hatten, war der Betonboden glitschig von Blut und Innereien, und zwei weitere Soldaten waren verwundet. Beide waren noch einsatzfähig, aber stark eingeschränkt. Sahluk war sich nicht sicher, ob er sie nach oben schicken sollte, doch wenn ein flüchtender Reint den Durchbruch schaffte und zum Fahrstuhl gelangte, wären sie leichte Beute – deshalb nahmen wir sie in die Mitte.

Wir stiegen zur zweiten Kellerebene hinunter und wateten durch schaumiges Wasser, das die Stufen hinunterschwappte. Auf dem Absatz stand es knöcheltief, und auf dem dahinter liegenden Gang reichte uns die Brühe bis übers Knie. Tief genug, dass Reint sich darin verstecken und abwarten konnten, bis wir in ihre Nähe kamen.

Ob sie das Dach nun absichtlich aufgerissen hatten, um das Wasser hereinzulassen, oder ob es sich um einen Zufall handelte – jedenfalls ähnelten die Kellergeschosse jetzt der Heimatwelt der Reint mit ihren Sümpfen, tropischen Wäldern und zahnbewehrten Gegnern. Ähnlicher konnte ein Gebäude aus Beton und Stahl ihren ursprünglichen Jagdgründen nicht werden. In einem solchen Morast hatten sie gelernt, sich an Beute anzuschleichen.

Außerdem wurde es wärmer; ich schwitzte in meinem Kampfanzug. Eigentlich war das ein gutes Zeichen – es bedeutete, dass wir uns dem Reaktor näherten –, doch unsere Schutzkleidung war für Temperaturen unter dem Gefrierpunkt ausgelegt. Die Reint wählten natürlich ausgerechnet diesen Moment für den Angriff. Sie waren Raubtiere; sie registrierten jedes Zögern.

Wir machten sie nieder, doch zwei weitere Soldaten zogen sich Verletzungen zu, und einer kam ums Leben; ein Reint, der aus einem Trümmerhaufen hervorsprang, schlitzte ihm die Kehle auf. Ich war froh, dass mein grünliches Nachtsicht-HUD die Blutströme nicht anzeigte, die sich zwischen meinen Knien im Wasser verteilten.

Schließlich hatten wir den Fusionsreaktor erreicht oder zumindest die Laufgänge und Wartungsschächte, die um ihn herum angeordnet waren. Wir besprachen das weitere Vorgehen, dann brach Sahluk die Tür auf. Er riss das verdammte Ding aus dem Rahmen und schleuderte es auf die dahinter versammelten fauchenden Reint. Wir eröffneten das Feuer, ehe sie reagieren konnten; Blitze zuckten durch unsere HUDs. In der unmittelbaren Nähe des Reaktors war es am wärmsten, deshalb hatten sich hier die Alphas versammelt – die Größten, Stärksten, Schnellsten und Gefährlichsten.

Wir verloren einen weiteren Teamkameraden, bevor wir den Reaktorraum auch nur betreten hatten; Sahluks Mann wurde von einem Reint niedergemacht, den wir auf dem Gang übersehen hatten und der das Durcheinander am Eingang nutzte, um ihn von hinten zu packen und ihm das halbe Gesicht abzureißen. Er schaffte es nicht einmal mehr zu schreien, und wir hätten nicht einmal etwas davon mitbekommen, hätte die Predigerin die Bewegung nicht aus dem Augenwinkel bemerkt und den Reint mit ihrer Energiekanone zweigeteilt.

Wir konnten dem Mann nicht mehr helfen; die Predigerin nahm sein Gewehr an sich, und wir rückten in den Reaktorraum vor. Er war etwa zehnmal so groß wie Scheherazades Inneres, vollgestopft mit Rohren, Leitungen und Laufgängen. Der Reaktor nahm alle drei Kellergeschosse ein und ragte aus dem von unten einsickernden Brackwasser hervor, das den gewaltigen Reaktor vollständig umschloss.

Von dort kamen die Reint. Mit klirrenden Krallen stiegen sie aus der trüben Brühe hervor und stürmten uns entgegen. Das Wasser schien zu kochen, so viel Bewegung war darin.

Javier und die Predigerin eilten zur Reaktorsteuerung, die anderen gaben ihnen Feuerschutz. Die Barische aus Sahluks Team schloss sich ihnen an und feuerte im Laufen; aus dem kleinen Austausch mit Sahluk, der im Sanktum stattgefunden hatte, war die Predigerin anscheinend als Siegerin hervorgegangen und hatte den Auftrag bekommen, sich um die Technik zu kümmern. Sie kniete vor der Instrumententafel nieder, öffnete einen Zugangsport, riss ein paar Kabel heraus und rammte sie sich in den Arm wie ein Junkie die Spritze.

Ich hatte mein Magazin leer gefeuert und warf das Gewehr weg. Vielleicht würde ich es später wiederfinden, vielleicht auch nicht. Stattdessen zog ich die Pistole und wählte meine Ziele sorgfältiger aus als zuvor. Keiner von uns sagte ein Wort. Uns allen war klar, was hier passieren würde – entweder die Reint würden uns überwältigen und wir würden scheitern, oder die Predigerin würde Erfolg haben, und jeder einzelne Reint, der nicht im kochenden Wasser umkam, würde sich auf uns stürzen. Sie wären wahnsinnig vor Schmerzen und hätten nur einen Gedanken: von hier wegzukommen. Und wir stünden ihnen dabei im Weg.

»Er fährt hoch!«, rief die Predigerin, löste die Verbindung zur Konsole, trat zurück und hob die blutverschmierte Waffe, die sie dem toten Soldaten abgenommen hatte.

Die Reint verständigten sich unter Wasser, ein gurgelndes, verzerrtes Heulen. Es war so weit.

66

Es war hässlich. Es dauerte endlos lang. Und es waren viele. Darauf waren wir nicht vorbereitet – die degenerierten Reint lebten normalerweise in streng abgesteckten Revieren, und eigentlich hätten sich im Keller höchsten ein Dutzend von ihnen aufhalten sollen. Hier war einfach nicht genug Platz, damit sich viele von ihnen so weiträumig verteilen konnten, dass sie sich nicht gegenseitig umbrachten. Diese Reint aber waren *anders*; sie drängten sich freiwillig auf engstem Raum. Insgesamt waren es bestimmt um die fünfzig.

Das um unsere Knie schwappende Wasser – vermischt mit Reint-Blut und Eingeweiden – erwärmte sich, dabei war es von den Reaktorrohren eine Etage unter uns, der Wärmequelle, die das Wasser dort unten buchstäblich zum Sieden brachte, ein ganzes Stück entfernt.

Der von der trüben Brühe aufsteigende Dampf erschwerte uns die Sicht, und das stroboskopartige Flackern, das aus dem Reaktor kam, färbte den Nebel und das Wasser indigofarben und violett. Ich hatte mein HUD heruntergeregelt, da der Lichteinfall aus dem Reaktor stärker geworden war, und orientierte mich beim Feuern an Anzeichen von Bewegung. Der Tracker zeigte praktisch überall Kräuselungen und Wellen im Wasser an, und alle paar Sekunden stürmte ein Reint auf uns zu.

Irgendwann war es vorbei. Es gab kein Signal, keinen letzten verzweifelten Angriff – nur das Schreien hörte auf, und aus dem erhitzten Wasser stürzten keine Reint mehr hervor, die uns das Gesicht abreißen wollten. Tote Reint trieben vorbei wie kaputte Puppen, durchlöchert von Kugeln.

Der Reaktor leuchtete jetzt kontinuierlich, und die Predigerin schaltete die Kühlung ein, worauf das Wasser fast augenblicklich zu brodeln aufhörte. Es stank nach Tod und gekochtem Reptilienfleisch, weshalb ich möglichst flach atmete.

Sahluk kniete japsend in der Mitte des Raums. Das Gewehr hatte er schon früh verloren und war zum Nahkampf übergegangen. Er hatte die Reint geradezu herausgefordert, über ihn herzufallen, denn er war kräftiger als alle anderen und hatte eine widerstandsfähigere Haut. Es hatte funktioniert – er hatte die aggressiveren Exemplare von denen, die noch Waffen trugen, abgelenkt, sodass wir ungehindert feuern konnten, war aber nicht ungeschoren davongekommen. Als er schwankte, versuchte ich ihn zu stützen; Javier traf kurz nach mir ein und sprühte medizinischen Schaum auf sein verletztes Gesicht.

In dem Moment, als er verwundet worden war, hatte ich gewusst, dass er das Auge verlieren würde.

»Meldung!«, rief er seinen Leuten zu, und nichts in seiner Stimme verriet, wie schwer verletzt er war. Ein Soldat nach dem anderen antwortete. Zwei der Verletzten waren in dem Durcheinander verschleppt worden. Vielleicht würden wir sie irgendwo im Gebäude finden, vielleicht auch nicht. Die Deckenbeleuchtung schaltete sich ein, und die noch funktionierenden Lampen erhellten den Keller.

Es war ein hässlicher Ort, voller Tod und Gemetzel. Vier weitere Soldaten waren bei den Kämpfen ums Leben gekommen, darunter auch die andere Barische. Diese synthetischen Spezies waren zäh, doch drei Reint hatten sie festgehalten, während ein vierter ihr den Kopf vom Rumpf abgerissen hatte. Das konnten nicht einmal Barische überleben. Fast die Hälfte der Soldaten, die den Komplex betreten hatten, würde ihn nicht mehr lebend verlassen.

Ein kleiner Preis verglichen damit, dass die Kanone wieder betriebsbereit war.

Ich stellte solche Überlegungen nicht gerne an, tat es aber trotzdem. Die Pax waren im Anflug – wenn es den Technikern gelang, die volle Einsatzbereitschaft der Kanone herzustellen, würden wir damit die Schlachtschiffe angreifen können, wenn sie sich über dem Sanktum in Feuerposition manövrierten. Wenn sie unsere Heimat ungehindert bombardieren wollten, mussten sie zuvor die Kanone ausschalten. Damit konnten wir Hunderte, vielleicht sogar Tausende Leben retten und vielleicht sogar das Blatt beim bevorstehenden Kampf wenden. Die kalte, unbarmherzige Mathematik war auf unserer Seite.

So aber fühlte es sich nicht an, als ich beobachtete, wie die Soldaten die Gefallenen für den Abtransport vorbereiteten und sich bemühten, das Wasser von ihnen fernzuhalten, das sich von unserem Blut und dem der Reint rot gefärbt hatte.

»Wir sind noch nicht fertig«, knurrte Sahluk seine Leute an. »Wir haben die meisten getötet, aber ich möchte, dass die Anlage noch einmal gründlich durchsucht wird, bevor die Techniker hier eintreffen. Von oben bis unten, mindestens zweimal. Ich bin mir sicher, dass uns viele Reint entwischt sind – sie könnten sich noch immer im Gebäude verstecken.« Er wandte sich mir zu, was ihm leichtfiel, da ich das Einzige war, was ihn aufrecht hielt.

»Geh nach draußen und versuch, Verbindung zu deinem Schiff aufzunehmen. Ich will wissen, wann die Techniker voraussichtlich eintreffen werden.«

»Ich kümmere mich um ihn«, sagte die Predigerin, schob sich neben mich und lud sich mehr von seinem Gewicht auf, als ich hätte tragen können.

Ich nickte, zog mein leer geschossenes Gewehr aus dem Wasser und schulterte es. Zum Glück waren Waffen und Munition der Legitimierten wasserfest. »Nimm jemanden mit«, sagte Sahluk, noch immer auf die Predigerin gestützt. »Das Gebäude ist noch nicht gesichert; keiner sollte allein unterwegs sein.«

»Ich gehe mit«, sagte Javier. »Ich könnte ein bisschen frische Luft gebrauchen.«

»Das könnten wir alle«, pflichtete Sahluk ihm bei. »Dann los. Wie ich schon sagte: Wir sind noch nicht fertig.«

67

Wir machten uns an die Arbeit.

Javier und ich schlossen uns den anderen an, die aus dem Keller kamen. Die Reint, welche die erste Welle unseres Angriffs überlebt hatten, waren entweder krank und alt und deshalb in ihrem Versteck geblieben, oder aber sie waren bereits verwundet. Sie leisteten keinen nennenswerten Widerstand, und wir waren unerbittlich. Ein einziger Überlebender hätte das Technikerteam dezimieren können, und wir hatten soeben ein Blutbad überstanden. Gewalt macht intelligente Wesen noch gewalttätiger.

Außerdem, was hätten wir tun sollen – sie nach draußen geleiten? Dort wären sie in die Zäune und Geschütztürme gerannt. Millionen Leben standen auf dem Spiel, und die degenerierten Reint würden niemals wieder zivilisiert werden.

Wir töteten sie alle, jedes einzelne Lebewesen, das wir in der Anlage antrafen. Dann durchsuchten wir die Räumlichkeiten erneut und vergewisserten uns, dass wir keinen übersehen hatten. Und dann wieder von vorn. Und noch einmal.

Als Scheherazade mit dem ersten Technikerteam zurückkehrte, war Bravo offiziell gesichert. Die Techniker hatten sich die Videos angeschaut, die wir ihnen übermittelt hatten, und die Pläne der Anlage studiert. Schaz hatte aus dem Orbit bereits

Kisten mit Werkzeug, Ausrüstung und Proviant abgesetzt. Die Kanone hochzufahren – und sie während der bevorstehenden Schlacht einsatzbereit zu halten, wenn die Schutzschirme die Angriffe der Pax abwehren mussten, von der starken Strahlung ganz zu schweigen –, würde eine Menge Arbeit erfordern.

Sahluk ließ die Hälfte seiner Leute zurück. Sie sollten die automatischen Geschütztürme und Zäune warten und die Techniker im Notfall schützen. Alle anderen begaben sich an Bord von Scheherazade. Es wurde Zeit, dass wir uns um die Alpha-Kanone kümmerten.

Zunächst aber nahmen wir Kurs auf das Sanktum. Wir benötigten mehr Ausrüstung. Mindestens die Hälfte von uns musste medizinisch behandelt werden. Vor allem aber brauchten wir frische Soldaten. Und wir mussten die Toten nach Hause bringen.

Als wir im Hangar aufsetzten, erwartete uns Marus. Er war nicht mit dem ersten Technikerteam mitgekommen – er hatte uns mitgeteilt, er bereite im Sanktum die Ausrüstung für uns vor und werde auf uns warten. Und er hielt Wort. Ein Dutzend Freiwillige mit frischer Ausrüstung und aufgeladenen Exoanzügen standen bereit, Alpha zu erobern.

Sahluk überließ es den Freiwilligen, die Männer und Frauen, mit denen er zurückgekehrt war, neu zu bewaffnen, und begab sich zur Medostation, um sein Gesicht behandeln zu lassen. Er hätte eigentlich dortbleiben sollen, doch er meinte, er werde sich uns wieder anschließen und ich solle ja nicht versuchen, ihn daran zu hindern. Es war seine Entscheidung.

Während des Rückflugs hatte ich die meiste Zeit in der Dusche verbracht, um mich aufzuwärmen und das Blut abzuwaschen. Ich warf ein paar Koffeinpillen ein und schlang in der Cafeteria des Sanktums eine Mahlzeit hinunter, während die anderen die Ausrüstung einluden. Javier gesellte sich zu mir, doch wir redeten nicht viel. Wir waren beide in Gedanken mit der Frage beschäftigt, wie wir einen weiteren Einsatz wie den gerade absolvierten überleben sollten. Und wir dachten an unsere lange gemeinsame Geschichte und wie es damit wohl weitergehen würde, abgesehen davon, dass der nächste Tag uns mehr abverlangen würde, als wir aufbieten konnten.

Mit vollem Bauch und aufgestocktem Munitionsvorrat waren wir so gut wie bereit zum Aufbruch, bloß dass ich nicht aufbrechen wollte. Hätte man mir in diesem Moment die Wahl gelassen – entweder die Alpha-Kanone erobern oder auf der Stelle den Kampf gegen die Pax aufnehmen – hätte ich vermutlich die zweite Option gewählt. Mir wäre es lieber gewesen, alles so schnell wie möglich hinter mich zu bringen.

Criat kam vorbei, um mir für den Einsatz zu danken. Er wollte die Kanonen schon seit Jahrzehnten wieder in Betrieb nehmen, und nach der Einnahme von Bravo war er seinem Ziel einen großen Schritt näher gekommen. Ich sagte ihm, dass wir sie vermutlich nicht halten könnten, wenn wir die Pax zurückgeschlagen hätten. Die Pulsstrahlung wäre zu stark, die Reint wären zu zahlreich, und das Ganze würde zu teuer werden. Er verwarf meine Bedenken.

»Wenn wir sie anschließend aufgeben müssen, meinetwegen«, erwiderte er. »Du hast bewiesen, dass wir sie im Notfall zurückerobern können. Wenn es nötig werden sollte, werden wir es wieder tun.«

Ich hätte ihm am liebsten etwas an den Kopf geworfen. Aber schließlich war er mein Boss.

Als Javi und ich unsere Lebensgeister zumindest teilweise wiederhergestellt hatten, gingen wir an Bord von Scheherazade und starteten.

Eine Kanone erledigt, eine übrig.

68

Verglichen mit der Einnahme von Bravo, war Alpha ein beschissenes Kinderspiel.

Als wir die zweite Anlage erreichten, war der Sturm, der uns zu schaffen gemacht hatte, weitergewandert. Der Himmel war kristallblau und so klar, dass wir nach der Landung – als Schaz die Umrundung abgeschlossen und die zweite Ladung von Geschütztürmen abgesetzt hatte – tatsächlich das Sanktum sehen konnten: nicht bloß den Mond, sondern das im Kristallmeer leuchtende Sanktum selbst.

Auch die erhöhte Position war äußerst hilfreich; die zweite Anlage lag hoch im Gebirge, in unzugänglichem Terrain – lästig für uns, aber letztlich doch ein großer Vorteil, da sich hier nicht annähernd so viele Reint versammelt hatten wie bei Bravo. Außerdem konnte Schaz uns hier nahezu ununterbrochen Feuerschutz geben; in dieser Höhe konnte sie sich länger in der Atmosphäre aufhalten, weshalb wir beim Errichten der Umzäunung die ganze Zeit über Luftunterstützung hatten. Wir rückten in einem Rutsch vor, aktivierten die Geschütztürme und schalteten die wenigen Reint aus, die aus der Anlage kamen.

Dann war es an der Zeit, reinzugehen und aufzuräumen. Dabei hatten wir ein drittes Mal Glück, denn der verrückte Scheiß, den wir bei der ersten Auseinandersetzung mit den Reint erlebt hatten, wiederholte sich hier nicht. Diese Reint verhielten sich tatsächlich wie einzelgängerische Raubtiere, und die meisten, die sich im Innern des Gebäudes aufgehalten hatten, waren geflüchtet, als sie sahen, was da vor sich ging. Selbst degenerierte Reint waren schlau genug, um zu erkennen, dass sie gegen einen Trupp schwer bewaffneter Soldaten, die bereits *andere* Reint getötet hatten, ziemlich chancenlos waren.

Wir säuberten die Anlage, ohne dass auch nur ein einziger Soldat verletzt, geschweige denn getötet worden wäre. Anschließend flog Marus mit Schaz zum Sanktum, um das zweite Technikerteam abzuholen, und ich setzte mich draußen hin und schaute zum blauen Himmel hoch. Über mir ragte die Riesenkanone auf; ich überlegte müßig, wann sie wohl zum letzten Mal abgefeuert worden war. War das gewesen, als der Rest des Systems vernichtet worden war? Hatten die Reint, die sie bedienten – die Vorfahren der Wesen, die wir entweder getötet oder vertrieben hatten – mit ansehen müssen, dass ihre ganze Feuerkraft machtlos war gegen die unbarmherzigen Kräfte, die man dort oben entfesselt hatte?

Hoffentlich würde sie uns mehr nützen, jetzt, da am Himmel ein anderer Gegner auftauchen würde.

Wenn die Pax angriffen, hätte diese Kanone keinen so guten Schusswinkel wie Bravo. Bravo würde die Schlachtschiffe unter Beschuss nehmen können, die über dem Sanktum in Position gingen, während Alpha ihre Schutzschirme bei der Annäherung lediglich schwächen könnte. Immerhin hatten wir bei der Einnahme keine Verluste erlitten, und selbst dieses kleine Zeitfenster würde einen großen Unterschied ausmachen, je nachdem, wie viele Schlachtschiffe die Pax zur Party mitbrachten.

Die Einnahme von Bravo in der Stadt hatte uns fast ein Dutzend Soldaten gekostet, und fast ebenso viele waren verwundet worden und würden bis zum Eintreffen der Pax nicht mehr einsatzfähig werden. Die Einnahme von Alpha hatte uns nichts gekostet, nicht einmal eine Schramme. So ging es manchmal zu im Krieg.

Die zuvor erlittenen Verluste schmerzten trotzdem. Ich hätte sie als kleines Opfer ansehen müssen, da die Kanonen uns bei der bevorstehenden Schlacht gute Dienste leisten würden, doch das gelang mir nicht. Noch nicht. Ich hatte mich daran gewöhnt, meine Bewertung von Verlusten und deren taktischer Bedeutung variabel zu halten. Sie hing von der jeweiligen Welt ab, auf der ich mich befand, von der Art der Auseinandersetzung und dem Zustand der Gesellschaft, die sich nach dem Puls herausgebildet hatte. Ich hatte schon in »Kriegen« mitgekämpft – für gewöhnlich mit dem Ziel, an ein Kind heranzukommen, das ich ins Sanktum bringen wollte –, bei denen sich auf dem Schlachtfeld lediglich ein paar Dutzend Männer und Frauen gegenübergestanden hatten.

Natürlich hatte ich vor dem Puls, als die Bewohner der ganzen gottverdammten Galaxis sich gegenseitig umbringen wollten, auch an Sektenkriegen teilgenommen, an verflucht *ernsthaften* Kriegen. Ich hatte gelernt, im leeren Raum zu navigieren und Kämpfe zu bestreiten, an denen ebenso viele Schlachtschiffe, Fregatten und Kampfraumer beteiligt gewesen waren, wie auch diesmal erwartet werden mussten. Für die meisten Legitimierten hatte die bevorstehende Schlacht unvorstellbare Ausmaße; für mich fühlte sie sich an, als würde ich nach Hause kommen.

Es wäre einfach gewesen, zu sagen, dass eine Ebene der Gewalt schlimmer war als die andere, dass ein paar Dutzend Tote dem Tod von Tausenden, Millionen oder noch mehr Wesen vorzuziehen waren. Auf dieses Argument hatten wir uns berufen, als wir den Puls ausgelöst hatten. Doch das war gelogen. Das wusste ich jetzt, hatte es aber zu spät begriffen. Der Verstand kann nur eine bestimmte Menge an Input verarbeiten; sieht man jemanden vor sich sterben, nimmt man Schaden, ob er nun die eigene oder eine fremde Uniform trägt, und ganz gleich, wie groß das Ausmaß des Konflikts ist, in dem man steht.

Mit dieser Tatsache musste man sich abfinden, musste ihr einen Platz in der eigenen Seele zugestehen, bevor man, wenn schon nicht körperlich, so doch innerlich beschädigt und verwundet, zum nächsten Kampf weiterzog. Diese Galaxis war seit jeher von gewaltsamen Auseinandersetzungen geprägt. Ich hatte mich mein Leben lang von Konflikt zu Konflikt bewegt; ich wusste, dass man dafür einen Preis zahlte. Aber es war eben das Einzige, was ich konnte.

Ich steckte mir eine Zigarette an und betrachtete die Berge. Nach einer Weile gesellte sich Javier zu mir.

»Wir können gewinnen«, sagte er und setzte sich neben mich. So nahe waren wir uns schon lange nicht mehr gewesen. Trotz all der Gewalt, der Angst und der Verzweiflung ist der menschliche Körper eben eine Sache für sich, und meiner reagierte jetzt auf seine physische Nähe, seine Gestalt, seinen Geruch. Das ist einfach … Biologie.

Javier und ich hatten eine sehr enge Beziehung gehabt, bevor er die Entscheidung getroffen hatte, die zu seiner Verbannung führte. Es war nicht so, dass ich an eine gemeinsame Zukunft geglaubt hätte – unsere Arbeit war gefährlich und führte uns in abgelegene Gegenden der Galaxis; manchmal sahen wir uns monatelang nicht –, doch mein Körper sah das nicht ein. Er hatte traumatische Erfahrungen gemacht und bestand auf seinen Bedürfnissen.

In diesem Moment verlangte er von mir, Javi zu berühren und zu streicheln, ihn an mich zu ziehen und andere Empfindungen an die Stelle der Scham, der Müdigkeit und der Angst zu setzen, die mein Nervensystem zerrütteten. Doch da konnte er lange bitten; ich würde es nicht tun.

»Ja.« Ich nickte, zog an der Zigarette und versuchte, die dummen Impulse meines Geschlechtstriebs zu unterdrücken. Wenn wir versuchten, das wiederzubeleben, was einmal zwischen uns gewesen war, würde das nur zu neuen Verletzungen führen.

»Die Kanone wird den Pax ordentlich zusetzen«, fuhr er fort. »Ihnen den Angriff vielleicht sogar verhageln. Das ist nicht nur gut fürs Sanktum, sondern gut für alle, egal, in welchem Winkel der Galaxis sie leben mögen, selbst wenn sie nie davon erfahren sollten. Die Pax sind eine verfluchte Plage. Wir werden das Heilmittel sein.«

Ich schüttelte den Kopf und stieß eine Rauchwolke aus. »So einfach ist es nicht«, erwiderte ich. »Selbst wenn es uns gelänge, sie so schwer zu treffen, dass sie sich von dem Schlag nicht mehr erholen – und das hier, dieser Kampf, wäre erst der Anfang, wir müssten Agenten wie Marus zu ihren Welten schicken, um uns zu vergewissern, dass die Position des Sanktums dort nicht bekannt ist –, würde eine andere Sekte auftauchen und ihre Stelle einnehmen. Eine andere Gruppe von Eiferern oder eroberungslustigen Arschlöchern wird glauben, der Puls habe ihnen ihre Waffen nicht ohne Grund gelassen und es sei ihre Pflicht, alle zu unterwerfen, die anderer Ansicht sind.«

Javier sah mich an. Ich erwiderte seinen Blick nicht. Wie gesagt, ich kannte ihn gut. »Du hast miese Laune«, sagte er. Er versuchte nett zu sein.

Ich schüttelte den Kopf und drückte die Zigarette aus. »Du warst noch nicht geboren, als wir beschlossen haben, den Puls einzusetzen«, rief ich ihm in Erinnerung. »Er sollte nicht das gesamte Universum erfassen, und er sollte sich auch nicht *unkontrolliert* ausbreiten. Aber ich müsste lügen, wenn ich sagen würde, dass wir nicht planten, ihn immer wieder einzusetzen. In der

Annahme, dass es für die Galaxis von Vorteil wäre, wenn wir den übelsten Aggressoren ihre schlimmsten Kriegswerkzeuge rauben.«

»Dann hättet ihr den Pax also ihre Lieblingsspielzeuge weggenommen, wenn ihr die Kontrolle behalten hättet.« Javier zuckte mit den Schultern. »Ja, und? Das wäre keine schlechte Sache gewesen.«

»Darum geht es nicht. Das Ich, das es für eine gute und nützliche Sache gehalten hätte – das hätte sich geirrt. Die letzten hundert Jahre haben gezeigt, dass ich nicht ständig dabei zusehen kann, wie Menschen sterben, Javi. Ich kann es einfach nicht. Und es gibt *nichts*, was uns davon abhalten könnte, uns gegenseitig umzubringen. Absolut nichts. Das war unsere Fehleinschätzung, als wir den Puls entwickelt haben.«

Er legte den Arm um mich und küsste mich auf die Stirn. Seltsamerweise fühlte ich mich dadurch ein bisschen besser, was mir gegen den Strich ging. Biologie, schon wieder. Wir sind für das Alleinsein einfach nicht geschaffen. »Lass uns erst mal überleben«, sagte er. »Dann machen wir uns Gedanken um den Rest des Universums.«

Ich schüttelte den Kopf. »Du bist und bleibst ein Optimist.« Das brachte ihn zum Lächeln.

»Übrigens … ich habe mit Marus gesprochen«, wechselte er das Thema. »Er ist wieder an der ersten Kanone eingetroffen, bei Bravo. Hat gemeint, sie hätten etwas gefunden … irgendein Ding auf der untersten Kellerebene, die überflutet ist.«

»Ach ja? Was für ein Ding?«

»Ich habe keinen Schimmer. Ich will verdammt sein, wenn irgendjemand was damit anfangen kann. Fremdartige Technik, fremdartige Materialien. Stammt offenbar aus der Zeit vor der Zerstörung des Systems. Eine barische Technikerin schwört Stein und Bein, es stamme von den Vorläufern, aber das behaupten die Barischen von allem, was sie nicht verstehen. Es könnte aber auch sein, dass die Reint es gebaut haben. Egal. Jedenfalls ist es der Grund dafür, dass sie durchgedreht sind. Es war mit dem Fusionsreaktor verbunden, hat die Strahlung genutzt, die er abgibt, und verrückte Sachen mit ihnen angestellt …« Er tippte sich seitlich an den Kopf. »Hat ihre Sinneswahrnehmung verzerrt, ihre Pheromone verändert und ihre Neurochemie aus dem Gleichgewicht gebracht.«

»Dann war es also nicht der Puls«, sagte ich.

»Nur weil der meiste verrückte Scheiß in der Galaxis mit dem Puls zu tun hat, muss das nicht für alles gelten. Ich glaube, es gibt da ein passendes Sprichwort. Eine Binsenweisheit.«

Ich runzelte die Stirn. »Komm mir nicht mit Binsenweisheiten, Javier.«

»Ich hab nur gesagt, es *gibt* eine. *Ausgesprochen* hab ich sie nicht.«

Ich seufzte und schüttelte den Kopf. »Dann sind wir also in eine Falle – in ein Blutbad – getappt, weil ein uraltes Relikt, irgendein beschissenes *Ding,* die Reint verrückt gemacht hat. Noch verrückter. Und das alles deshalb, weil die Sekte, die hier lebte, es zurückgelassen hat …« Ich hob den Blick zu den Bergen, zum aberwitzigen Himmel. Ich fragte mich, ob das Ding, das wir in Bravos Keller gefunden hatten – für das Blut vergossen worden war –, etwas mit der Waffe zu tun hatte, die für die Zerstörung des Systems verantwortlich war. Ich fragte mich, ob ihre Gegner vielleicht *danach* gesucht hatten.

»So wird's wohl gewesen sein«, pflichtete Javier mir bei. »Irgendjemand büßt immer für die Sünden, die ein anderer begangen hat. Auch noch hundert Jahre nachdem das, was diese Sünden *bewirkt* haben, längst Geschichte ist. So geht's eben zu in der Galaxis, hab ich recht?«

»Offenbar bin ich nicht die Einzige, die heute in grüblerischer Stimmung ist«, sagte ich mit schwachem Lächeln.

»Ach, das ist es nicht«, erwiderte er. »Bloß die Nerven. Ich hätte nie gedacht, dass ausgerechnet ich mein Leben beim Kampf gegen die Pax aufs Spiel setzen würde.«

»Du wirst nicht sterben, Javier. Das lasse ich nicht zu.«

Er schüttelte den Kopf und musste unwillkürlich lächeln. »Das weiß ich zu schätzen. Aber ich meine … komm schon. Die Pax? Im Ernst? Von all den Sekten da draußen – von all den Sekten, die noch immer da draußen *rumfliegen* – wäre mir fast jede andere lieber. Vor allem die bizarren. Die Mahriellen oder die Argiscenen, sogar die Drytalia.«

»Verehren die Drytalia nicht Wälder? Die Wälder auf den Planeten, deren Flora nicht von den Heimatplaneten intelligenter Spezies stammt? Sie verehren das Holz. Die Bäume. Mitsamt den Wurzeln und allem.«

»Ja, genau die.«

»Hab gar nicht gewusst, dass sie durch die Gegend fliegen und andere umbringen. Ich dachte, sie hocken auf ihren bescheuerten Heimatwelten und werden nur dann gewalttätig, wenn jemand landet und ein Sägewerk errichtet.«

»Trotzdem. Ich würde lieber von spinnerten Baumfreunden getötet werden als von den Pax. Die sind Verbrecher und Idioten.«

»Diese Verbrecher und Idioten sind über eine einsatzfähige Schiffsflotte gestolpert und haben irgendwie den Weg zum Sanktum gefunden. Dass sie hier auftauchen werden, liegt nicht daran, dass die Pax die Pax sind, Javi. Es hätte auch jede andere Sekte sein können, die ihre Macht ausdehnen will – und das trifft auf die meisten Sekten zu. Wenn eine andere Sekte das hätte, was die Pax haben – eine Flotte und die Position des Sanktums –, würde eben *sie* bei uns anklopfen.«

»Jeder sucht einen Schuldigen. Dann könnten auch wir das sein.«

Ich lächelte ihn an. »Das ist nicht mehr dein Päckchen, schon vergessen?«

»Das war immer mein Päckchen. Das …« Er hielt inne, hob die Hand und fasste sich seitlich an den Hals. Sein Comm-Implantat empfing eine Sendung. Er lauschte einen Moment lang, dann grinste er. Seine düstere Stimmung war augenblicklich verflogen. »Das war Var«, sagte er. »Er und Schaz befinden sich im Anflug. Offenbar wollte er nicht untätig im Sanktum herumhocken, und da hat er angeboten, Techniker hierherzubringen. Er hat's als Hilfsangebot dargestellt, aber ich glaube, er hat sich einfach gelangweilt. Im Dock musste er sich anhören, wie die Reint-Techniker darüber diskutierten, ob sie ihn überhaupt warten dürften, denn schließlich sei er an unserer Desertion ebenso schuldig wie ich.«

Ich beschattete die Augen; ich konnte die beiden Schiffe gerade so eben erkennen. Sie setzten keine Stealthmechanismen ein – die auf diesem Planeten lebenden Reint hatten keine Möglichkeit, sie mittels Radar zu orten oder zu beschießen.

»Wir sind wieder da«, tönte Schaz' sanfte Stimme in meinem Ohr. »Wir bringen Techniker mit. Und … eine Überraschung.«

Ich seufzte. »Schaz, heute ist kein guter Tag für Überraschungen«, sagte ich und richtete mich auf. »Eigentlich ist nie ein guter Tag für Überraschungen. Ich kann Überraschungen nicht ausstehen.«

»Ich weiß«, sagte sie, mehr nicht.

Die Berge waren so hoch, dass die Schiffe tatsächlich aufsetzen konnten, weshalb die Techniker sich nicht zu der Kanone abseilen mussten. Als die Rampe sich abgesenkt hatte, strömten sie heraus, begierig darauf, mit der Arbeit zu beginnen und ihren Beitrag für den bevorstehenden Kampf zu leisten.

Esa war bei ihnen.

69

»Was zum Teufel …«, sagte ich laut. Ich weiß nicht, was Javier aus meiner Stimme heraushörte, jedenfalls fasste er mich beim Ellbogen und schüttelte den Kopf.

»Warte noch«, sagte er. »Mal sehen, was sie vorhat …«

»Was sie vorhat, wird sie umbringen!«, fauchte ich. »Ich habe sie nicht von ihrem hinterwäldlerischen Planeten geholt und durch die halbe gottverdammte Galaxis geschleift, um …«

»Wie weit bist du geflogen, hundert Lichtjahre?«

»Aber ich habe nicht den ganzen Scheiß durchgemacht, um dabei zuzusehen, wie sie auf einer Welt herumtappt, die sich bald in ein Schlachtfeld verwandeln wird«, beendete ich zornig den Satz. »Noch einmal: Was zum Teufel soll das?«

Esa hatte uns mittlerweile entdeckt und kam freudig näher. »Hallo, Leute«, sagte sie. »Im Sanktum ist mir langweilig geworden, da hab ich mir gedacht, ich schaue mal, was ihr so treibt.«

»Dir war langweilig«, sagte ich bedächtig und bemühte mich, die Information zu verarbeiten. Ich hatte das Gefühl, sie benutze auf einmal eine unbekannte Sprache, von der ich nur ein paar Worte kannte. »Solltest du nicht im Einführungskurs sitzen?«

»Also, der wurde abgesagt«, erwiderte sie. »Die haben sich wohl gedacht, wir werden eh alle von den Pax getötet, da kommt es nicht mehr drauf an. Wenn wir nach dem Angriff noch am Leben sein sollten, werden sie den Unterricht wohl nachholen. Ich …«

Ich hob meine Hand, um sie zum Schweigen zu bringen, und sprach Schaz an. »Schaz«, sagte ich. »Weshalb ist sie hier?«

»Das weiß ich nicht genau, Boss«, antwortete Schaz.

»Wenn du dir nicht sicher bist, weshalb hast du sie dann durch das System geflogen, beziehungsweise überhaupt an Bord gelassen?«

»Sie ist zusammen mit den Technikern an Bord gekommen; ich habe sie erst bemerkt, als ich schon unterwegs war. Und was hätte ich da tun sollen, etwa umkehren und sie zum Sanktum zurückbringen? Ihr braucht die Techniker dringend.«

»Stimmt.« Ich wandte mich an Esa. »Du fliegst zurück zum Sanktum. Sofort.«

»Das geht nicht«, widersprach sie. »Wie ich schon sagte: Der Einführungskurs wurde abgesagt. Ich habe mich trotzdem mit ein paar anderen Jugendlichen getroffen, die wie ich sind. Und die sagten mir etwas Interessantes – sie meinten, man habe ihnen gesagt, was bevorsteht, und man werde ihnen Gelegenheit geben, bei den Kriegsvorbereitungen zu helfen. Diejenigen, die technische Fähigkeiten haben, sollen zum Beispiel …«

»Du hast keine technischen Fähigkeiten«, knurrte ich mit zusammengebissenen Zähnen.

»Das weißt du nicht«, erwiderte sie gekränkt.

»Stimmt. Aber selbst wenn es so wäre: Die Schüler mit technischen Kenntnissen werden bei der Wiederherstellung der Fregatten eingesetzt, nicht hier an den Kanonen. Dir ist doch wohl klar, dass dieser Ort ein vorrangiges Ziel darstellt, sobald es losgeht, oder?«

»Schon, aber das Sanktum wird bestimmt auch …«

Ich schüttelte den Kopf. »Ich spreche nicht nur von den Schlachtschiffen der Pax, sondern auch von allem anderen, was ihnen zur Verfügung steht. Jedes Schiff ihrer Armada, das es durch das verminte Gebiet schafft, wird versuchen, diese Kanone auszuschalten. Und wenn sie mit ihren Schiffen nicht weiterkommen, werden sie Truppen absetzen, das kannst du mir glauben. Es geht nicht darum, *ob* die Pax die Kanonen einnehmen werden, sondern wie lange es dauern wird.«

»Oh.« Daran hatte sie anscheinend noch nicht gedacht.

»Findest du immer noch, es war eine gute Idee, dich an Bord von Schaz zu schleichen?«, fragte ich.

Sie funkelte mich trotzig an. »Ja. Das finde ich. Wenn es wirklich so schlimm wird, dann *braucht* ihr mich noch dringender als ich dachte.«

»Esa, das ist nicht vergleichbar mit der Flucht von deiner Heimatwelt oder der Verteidigung des Aussichtsturms. Es gibt Krieg …«

»Ich weiß, Krieg, darüber reden alle – über das«, sie wedelte wenig aufschlussreich mit der Hand, »was eigentlich aufhören sollte. Es ist groß und furchterregend und wird mich grundlegend verändern. Aber weißt du, was mich noch mehr verändern würde? Zu sterben. Zu sterben oder von den Pax versklavt und einer *Gehirnwäsche* unterzogen zu werden. Das habe ich auf meiner Welt, einer gepulsten Welt, gelernt: Wenn du Gelegenheit hast zu kämpfen, dann kämpfe. Warte nicht auf eine bessere Gelegenheit, glaub nicht, jemand würde kommen und dich retten – wenn du kämpfen musst, dann *kämpfe*, verdammt noch mal. Fang einfach an und hör erst dann auf, wenn du fertig bist, so oder so.«

Sie hatte sich tatsächlich Gedanken gemacht. Sie hatte die typische verschlungene, eigennützige Halbwüchsigenlogik angewendet, aber zumindest war sie nicht aus einer spontanen Eingebung heraus an Bord geeilt, um einen Vergnügungsausflug in eine Gegend zu unternehmen, die sich bald zum Kriegsgebiet entwickeln würde. In ihr hatte sich eine Menge Wut aufgestaut, und sie funkelte mich an, als wollte sie mich dazu provozieren, sie gewaltsam an Bord zu schaffen und zu ihren Aufpassern im Sanktum zurückzuschicken, auf dem Rücken einen Zettel mit der Aufschrift: »In Kriegsgebiet verirrt angetroffen. Bitte ab sofort unter Verschluss halten.«

Ich seufzte. Im Laufe der vergangenen hundert Jahre, zumal in Momenten wie diesem, hatte ich mich schon oft gefragt, weshalb Criat ausgerechnet *mich* dazu ausgewählt hatte, mich um Halbwüchsige zu kümmern. Was hatte mich dafür prädestiniert? Bislang hatte mich noch niemand als »mütterlich« bezeichnet.

Doch so wie Esa mich ansah, gleichzeitig flehentlich und herausfordernd, erkannte ich in ihrem trotzig gereckten Kinn und im wütenden Funkeln ihrer Augen, wie ähnlich sie mir war. »Na schön.« Ich seufzte. »Aber wenn du getötet wirst, darfst du nicht mir die Schuld geben.«

70

»Nein«, sagte die Predigerin kategorisch. Ich hatte sie gar nicht kommen gehört; für eine Person, die vollständig aus Metall bestand, bewegte sie sich erstaunlich leise. »Esa, du musst zum Sanktum zurückfliegen. Sofort.«

Esa zuckte mit den Schultern und hielt dem zornigen Blick der Predigerin stand. »Ob ich hier oder im Sanktum sterbe oder von den Pax versklavt werde, macht wohl keinen großen Unterschied, oder?«

»Das ist nicht komisch; das ist kein Spiel, und du hast zu viel durchgemacht, um dich so kindisch zu benehmen.«

»Kindisch?« Esas Wut flackerte wieder auf, stärker als zuvor. »Ich werde bald sterben – jeder hier im System wird bald sterben –, und du findest es *kindisch*, wenn ich kämpfen will?«

»Du kannst uns nicht helfen.«

»Doch, das kann ich. Sie hat mir beigebracht, Scheherazades Kanone zu bedienen.« Sie zeigte auf mich und bezog mich in den Streit ein. »Ich kann sehr gut helfen. Auch am Boden. Ich habe besondere Fähigkeiten.«

»Das reicht. Wenn du nicht …«

»Was dann? Was zum Teufel ist los mit dir, Predigerin? Seit die Pax aufgetaucht sind, werde ich an den Ohren von einer beschissenen Situation in die andere geschleift. Was ist verflucht noch mal falsch daran, wenn ich ein bisschen Kontrolle über mein Leben zurückgewinnen will? Die Pax wollen mich töten, die Pax wollen mich versklaven? Gut. Scheiß drauf. Sollen sie ruhig. Ich reiße ihnen die verdammten Köpfe ab, wenn sie's versuchen sollten, und ich warte nicht, bis sie in meiner Nähe sind. Wenn ich hier kämpfen und verhindern kann, dass sie an die anderen Kinder herankommen, die zu verängstigt sind, um sich zu wehren, werde ich mich nicht in einem Bunker im Sanktum verstecken.« Als sie ihre lautstark vorgebrachte Ansprache beendet hatte, atmete sie heftig; hätte man sie gerade eben nach ihren Empfindungen gefragt, hätte sie sie vermutlich gar nicht in Worte fassen können. Manchmal ist eben Druck nötig, damit wir unsere wahren Gefühle zeigen können.

Ich hatte Esa von dem Moment an durchschaut, als ich gesehen hatte, wie sie die Kinder aus dem einstürzenden Gebäude rettete; jetzt wusste sie ebenfalls Bescheid.

»Damit wäre das wohl geregelt, Predigerin«, mischte ich mich ein. »Sie will bleiben, und sie bleibt. Sie sagt, sie will kämpfen …«

»Dir fehlen die Voraussetzungen, Entscheidungen für sie zu treffen.« Die Predigerin funkelte mich an. »Wie lange kennst du sie jetzt, seit zwei Wochen? Außerdem bist du verletzt und eine Eiferin und fantasierst aufgrund deines Schlafmangels.«

Ich hatte zwei Tage lang nicht geschlafen; damit hatte sie recht. Den Rest fasste ich als Beleidigung auf. »In verletztem Zustand bin ich immer noch eine doppelt so gute Kämpferin wie die meisten anderen«, erwiderte ich und richtete mich zu voller Größe auf, die nicht sonderlich beeindruckend war. »Und was die *Eiferin* angeht, vielleicht bin ich eine, weil ich glaube, dass das ganze Durcheinander in der Galaxis etwas Gutes hervorbringen kann. Aber Eiferer sind die Einzigen, die im Moment zwischen ihr und den Pax stehen; die Eiferer kämpfen auch, um dich zu schützen. Und was die dritte Sache angeht …«

»In der Beziehung hat sie recht«, warf Javier milde ein. »Mit dem Schlafmangel, meine ich.«

»Halt dich verdammt noch mal da raus!«, fuhr ich ihn an.

»Ich bin gar nicht ihrer Meinung – wenn Esa kämpfen will, soll sie kämpfen; das ist ihre Entscheidung. Ich sage bloß, was deinen Schlafmangel angeht, liegt sie gar nicht so falsch.«

»Danke, Javier«, sagte Esa leise, ohne den Blick von der Predigerin abzuwenden.

»Schon gut. Ich bin immer für den freien Willen.«

»Es wäre zu gefährlich, sie in eine Raumschlacht mitzunehmen.« Die Predigerin schüttelte den Kopf. »Das werdet ihr nicht tun. Ihr wisst, welchen Wert sie für die Legitimierten hat und wie selten ihre Gabe ist. Ihr wisst …«

»Worum geht's hier eigentlich?«, fiel ich ihr ins Wort. Ich wollte sie nicht unterbrechen; ich war einfach bloß neugierig. Eins kam zum anderen, und allmählich fragte ich mich, was die Unbekannte in der Gleichung war. »Du bist zusammen mit ihr, mit uns, quer durch die halbe Galaxis geflogen, und zwar nicht nur deshalb, weil du von ihrer Heimatwelt wegkommen wolltest – inzwischen habe ich den Eindruck, dass du das jederzeit hättest bewerkstelligen können. Um in ihrer Nähe zu bleiben, hast du riskiert, von den Legitimierten zum Tode verurteilt zu werden, hast an meiner Seite gegen die Reint gekämpft. Ich vermute, dass das alles mit ihr zu tun hat; mit mir bestimmt nicht. Also, worum zum Teufel geht es hier?«

»Sie ist wichtig.«

»Sie ist eine Person.« Wieder Javier.

»Sie ist ein Kind, das keine solche …«

»Du warst immer da«, sagte Esa, während sie die Predigerin aufmerksam musterte. »Hast das Waisenhaus beobachtet und mich auch. Die anderen Kinder – die älteren Kinder, die so alt waren wie jetzt ich, als ich noch klein war – meinten, das hättest du nicht immer getan, sondern du wärst eines Tages aufgetaucht und hättest die Kirche gegründet. Kurz nachdem ich ins Waisenhaus gegeben wurde. Aber du warst immer in der Nähe, immer …«

»Oh, Scheiße«, seufzte ich. Auf einmal machte es bei mir Klick. »Du hast sie abgesetzt, hab ich recht? Im Waisenhaus, vielleicht sogar auf dem Planeten. Du hast versucht, sie zu beschützen, nicht nur die letzten Wochen, sondern die letzten anderthalb Jahrzehnte. Du hast auf sie aufgepasst.«

»Ja, das stimmt.« Die Predigerin seufzte, ihre Streitlust war auf einmal verflogen. »Das habe ich getan.«

71

Wir alle starrten die Barische wortlos an. Eigentlich hätte es nicht viel bedeuten sollen – die Pax waren immer noch im Anflug, die Kanonen mussten immer noch in Betrieb genommen werden. Und irgendwo am Rande der Galaxis schickte der Puls sich zur Rückkehr an, um all unsere Bemühungen zunichtezumachen und jede einzelne Welt noch weiter in die Vergangenheit zurückzuwerfen – ein Vorgang, der erst dann ein Ende haben würde, wenn wir alle in Höhlen sitzen und unsere Stöcke schärfen würden, weil unsere Nachbarn uns töten wollten, nur weil wir in einer besseren Höhle hockten als sie selbst.

Ich hatte ein schlechtes Gewissen gehabt, weil ich Esa einiges verschwiegen hatte – wer die Legitimierten waren, wie ich hieß und was das Sanktum eigentlich war –, und dabei kannte ich sie erst seit ein paar Wochen. Die Predigerin aber war ein Leben lang bei ihr gewesen, hatte die Antworten auf die Fragen gewusst, die ihr wichtig waren, und sie für sich behalten.

Einen Moment lang dachte ich, Esa werde auf die Barische losgehen und mit den Fäusten auf sie einschlagen. Verzweiflung spiegelte sich in ihrem Gesicht wider, rein und unverfälscht. Ebenso viel Pein wie Zorn. Ich ahnte, was sie empfand und was sie dachte: dass alle sie hintergingen. Das alle sie belogen.

»Sag es mir«, flüsterte sie. »Sag mir alles.«
»Es ist nicht …«
»Doch!«, rief das Mädchen, beinahe ein Aufschrei; das Wort hallte nach, als habe jemand eine Glocke angeschlagen. »Es ist wichtig.«
Die Predigerin seufzte, setzte sich auf eine niedrige Mauer, wandte ihren Rücken dem Bergpanorama zu und sah Esa an, den Blick in die Vergangenheit gerichtet. »Deine Eltern waren Wissenschaftler«, sagte sie. »Sie haben … uns geholfen. Sie waren meine Freunde. Sie …«
»Uns?«, wiederholte Javier leise.
»Sie meint eine Barischensekte«, ergänzte ich; in meinem Kopf setzten sich die Puzzleteile allmählich zusammen. »Sie haben den Puls untersucht. Sie haben das Gleiche getan wie wir, jedoch auf Basis unvollständiger Informationen. Sie wollten ihn umkehren, um …«
»Ihr habt uns das angetan«, sagte die Predigerin. »Vergiss das nicht.«
»Das ist im Moment unwichtig«, sagte Esa und durchbohrte die Predigerin mit ihrem Blick. »Meine Eltern. Erzähl.«
»Ich hätte nicht … Ich wusste nicht, dass deine Mutter schwanger war«, versuchte die Predigerin ihre Position zu verdeutlichen. »Hätte ich es gewusst … Ich habe die Forschungseinrichtung und das Labor geleitet. Ich war eigentlich keine Wissenschaftlerin, eher die … Koordinatorin. Wir haben die Pulsstrahlung studiert und versuchten herauszubekommen, wie sie wirkte, wie es zu den Unterschieden kam …«
»Und weshalb sie Auswirkungen auf ungeborene Kinder hatte«, ergänzte ich.
»Das auch«, bestätigte sie. »Es wurde ein Experiment vorgeschlagen. Von deinen Eltern. Der Grund … was sie damit erreichen wollten, ist unwichtig. Irgendetwas ging schief. Die

Strahlung wurde exponentiell verstärkt. Sie hat sich in unglaublich hohen Dosen in der Forschungseinrichtung, dem Labor und der halben Station ausgebreitet. Sie hat alle Sicherheitsvorkehrungen überwunden, als wären sie gar nicht vorhanden.«

»Du sagst also, es war ihre Schuld«, sagte Esa mit erstickter Stimme.

»Das war es nicht – es hätten zahllose Dinge schiefgehen können. Jede Menge. Glaub mir. Ich habe diesen Tag immer wieder analysiert. Bin meine Datenspeicher durchgegangen. Weil ich wissen wollte, ob ich irgendetwas hätte tun können, ob … *irgendjemand* etwas hätte tun und den Ausgang verhindern können. Im Nachhinein gab es natürlich hundert oder tausend verschiedene Entscheidungen; hätte jemand sich nur ein wenig anders verhalten und den Ausgang geahnt, hätte die Katastrophe verhindert werden können.«

»Aber man kann die Vergangenheit nicht ändern«, sagte Javier.

»Nein. Das kann man nicht. Es geht immer nur vorwärts.« Die Predigerin blickte Esa an – die sie erst jetzt richtig wahrzunehmen schien. »Pulsstrahlung kann tödlich sein. In niedrigeren Dosen, wenn sie sich über ganze Welten ausbreitet, ist sie harmlos, aber in hoher Konzentration … die Barischen in der Einrichtung waren natürlich nicht betroffen. Wir sind immun. Aber die anderen, die vielen, die uns geholfen haben … Dazu gehörten auch deine Eltern.«

»Die Strahlung hat sie getötet«, sagte Esa tonlos.

»Nicht sofort.«

»Sie muss das nicht hören«, sagte Javier zur Predigerin.

»Doch.« Esa funkelte ihn böse an.

»Du sollst wissen, was geschehen ist.« Javier schüttelte den Kopf. »Aber es gibt ein paar Dinge, die du besser nicht erfahren solltest. Das kannst du mir glauben.«

Die Predigerin seufzte und wandte den Blick ab. »Als wir deine Eltern wegen der Verstrahlung behandelten, stellten wir fest, dass deine Mutter schwanger war. Sie war nicht mehr … Sie flehte uns an, sie so lange am Leben zu erhalten, bis … Sie konnte dich nicht mehr austragen, aber sie hielt lange genug durch, damit wir dich …«

»Javier hat recht«, sagte ich. »Wir können uns alle vorstellen, wie es weiterging. Überspring das.« Esa brauchte nicht zu hören, dass man sie aus dem Körper ihrer sterbenden Mutter herausgeschnitten und im Brutkasten am Leben erhalten hatte. Vielleicht war ihr das klar, vielleicht auch nicht, doch sie musste es nicht hören.

»Wir wussten, dass sie … dass du von der Strahlung in Mitleidenschaft gezogen warst, genau wie alle anderen Kinder, die um das Strahlungsmaximum herum gezeugt oder ausgetragen wurden. Weil die Strahlung so stark gewesen war, haben wir vermutet, dass …«

»Deshalb ist ihre paranormale Begabung so ausgeprägt«, murmelte ich. »Die anderen Kinder waren natürlichen Ereignissen ausgesetzt. Esa aber befand sich inmitten eines künstlichen Sturms, wo sie einer tausendfach stärkeren Strahlung ausgesetzt war als die anderen paranormal begabten Kinder.«

»Ja.« Die Predigerin nickte.

»Und dann?«, fragte Esa, begierig darauf, alles zu erfahren, weil sie begreifen wollte, was man ihr so lange vorenthalten hatte. »Ihr … habt mich am Leben erhalten. Weshalb das Waisenhaus? Weshalb ausgerechnet diese Welt?«

»Ihr hattet doch bestimmt noch andere Einrichtungen und andere Orte in der Hinterhand«, meinte Javier. »Weshalb habt ihr sie nicht dort aufwachsen lassen? Ihr wolltet doch bestimmt …«

»Weil ich das nicht wollte«, entgegnete die Predigerin. »Ich wollte nicht, dass sie das Leben einer Laborratte führte, mit ständiger Überwachung und einer Untersuchung nach der anderen. Ich weiß, was wir sind, was die Barischen sind. Unsere Programmierung beruht vor allem auf Logik. Ungeachtet der Umstände, die Esa … geprägt haben, ungeachtet des schlechten Gewissens, das ich wegen des Unfalls hatte, der ihre Eltern das Leben gekostet hat; wenn ich den anderen Barischen erlaubt hätte, die beste Option zu wählen, hätten sie Esa zu einem Leben als … Versuchsobjekt verurteilt. Das konnte ich nicht zulassen. Das war ich ihr und ihren Eltern schuldig.«

»Also hast du sie dir geschnappt und dich abgesetzt.«

Sie nickte. »So war es.«

»Du hast sie an einen Ort gebracht, wohin dir die anderen Barischen voraussichtlich nicht folgen würden«, fuhr Javier fort. »Zu einer Welt, für die niemand einen zweiten Blick erübrigen würde, weil sie sich alle nicht vorstellen konnten, dass du aus freien Stücken auf die Instrumente und die Technik verzichten würdest, die dir in deiner Forschungseinrichtung zur Verfügung standen.«

»Der Unfall … hat mich verändert. Nicht die Strahlung, jedenfalls nicht unmittelbar … sondern mein Schuldgefühl. Meine Trauer. Meine Verantwortung für das, was vorgefallen ist. Und für die anderen Barischen in meiner … Gruppe …«

»Sekte«, fiel ich ihr ins Wort. »Sprich ruhig aus, dass es eine Sekte war. Das sind sie alle.«

»Wir benutzen dieses Wort nicht.« Sie funkelte mich an.

Ich zuckte mit den Schultern. »Bilde dir ruhig ein, ihr wärt etwas Besseres, doch das seid ihr nicht«, erwiderte ich. »Es war eine Sekte. Punkt.«

»Sie hätten es nicht verstanden.« Sie fixierte mich, während sie den Bericht über Esas Kindheit fortsetzte. »Also, meinetwegen. Ich nahm sie mit, sobald sie alt genug war … aber immer noch ein Kleinkind. Ich fand eine Welt, die so weit zurückgeworfen worden war, dass meine … Sekte … dort nicht nach uns suchen würde, die andererseits aber auch einigermaßen friedlich und sicher war.«

»Aber weshalb das Waisenhaus?«, flüsterte Esa.

»Du warst dort nicht unglücklich«, erwiderte die Predigerin. Es war weniger eine Aussage als eine Frage. »Du warst nicht …«

»Ich hätte so gern alles gewusst« sagte Esa. Ihre Traurigkeit war beinahe greifbar, so als wäre in ihrer Brust ein verwundetes Tier eingesperrt. »Ich habe mich nach einer … Familie gesehnt. Du hättest meine Familie sein können. Du hättest …«

»Nein.« Die Predigerin schüttelte den Kopf. »Selbst wenn die Bewohner dieser Welt es geduldet hätten, dass eine Barische ein Menschenkind aufzieht, hätte ich es nicht …« Sie schaute wieder hoch. »Jedes Mal, wenn ich dich ansehe, sehe ich die Augen deiner Mutter vor mir. Ich sehe das Lächeln deines Vaters. Das erinnert mich an mein Versagen und an meine … Verbrechen.«

»Also hast du sie im Waisenhaus zurückgelassen«, sagte ich, »und aus der Ferne ein Auge auf sie gehabt. Du bist in ihrer Nähe geblieben, um notfalls eingreifen zu können, und weil du es mitbekommen wolltest, wenn sich ihre paranormale Begabung zeigte. Und du warst trotzdem weit genug entfernt, dass du selbst nicht zu sehr leiden musstest.« Ich konnte meine Verachtung nicht ganz verhehlen.

Die Predigerin fixierte mich wieder. »Verurteile mich ruhig, wenn du magst …«

»Das tue ich. Das kannst du mir glauben.«

»Ich habe getan, was ich konnte. Ich habe mein altes Leben aufgegeben und bin Straßenpredigerin auf dieser Welt geworden, nur damit ich einen Vorwand hatte, das Waisenhaus zu besuchen. Gemeinnützige Arbeit.« Ein Anflug von Spott in ihrer Stimme. »Wohl um mein schlechtes Gewissen zu beschwichtigen. Aber auch, weil ich es ihr schuldig war.«

»Weshalb du dich mir angeschlossen hast, als ich dort auftauchte. Dir war klar, dass sie sich die Gelegenheit, ihre Heimatwelt zu verlassen, mehr von der Galaxis zu sehen und vielleicht etwas Sinnvolles mit ihrer Begabung anzufangen, nicht entgehen lassen würde.«

»Die Neugier hat sie von ihren Eltern geerbt«, sagte die Predigerin in dumpfem Ton. »So war sie schon immer.«

»Und du wolltest herausfinden, was die Legitimierten wissen«, setzte Javier hinzu. »Im Grunde bist du immer noch Wissenschaftlerin. Du suchst immer noch nach Antworten.«

»Ja, das auch. Warum auch nicht? Kannst du wirklich ...«

»Wie hießen sie?« Die moralischen Bedenken der Predigerin, ihr schlechtes Gewissen und ihre Scham waren Esa gleichgültig; das Ringen der metaphorischen Dämonen und Engel im Programmcode der Predigerin ließ die kalt. Sie interessierte sich für ihre Eltern, von denen sie geglaubt hatte, sie hätten sie im Stich gelassen. Jetzt hatte sie erfahren, dass sie nie die Wahl gehabt hatten, dass ihre Mutter sie nicht auf der Treppe des Waisenhauses abgelegt hatte, sondern schon lange vorher gestorben war. Ich war mir nicht sicher, ob das besser war als anhaltende Ungewissheit.

»Janah«, flüsterte die Predigerin. »Janah und Paul.«

Esa schloss die Augen. Ich sah, wie ihre Lippen sich bewegten und wie sie schluckte, als sie die Namen mehrfach wiederholte. Sie sich einprägte, in ihrem Herzen verschloss.

Dann streckte sie die Hand aus und berührte die Predigerin. Die Barische zuckte zusammen, rückte aber nicht von ihr ab. Ich hatte den Eindruck, dass sie sich selbst dann nicht gewehrt hätte, wenn Esa ihr mit Hilfe ihrer paranormalen Gaben den Kopf von den Schultern gerissen hätte.

»Du hast mehrfach mein Leben verändert«, sagte Esa. »Ich weiß nicht ... ich weiß nicht, ob das, was du getan hast, richtig oder falsch war, gut oder schlecht. Ich weiß nicht, ob ich dich dafür hassen oder dir danken oder … versuchen soll, dir zu verzeihen. Aber du hast mir die Wahrheit gesagt, als ich dich gefragt habe. Also danke. Danke dafür.«

Dann wandte sie sich ab und ging weg, während wir so taten, als bemerkten wir nicht die Tränen, die ihr übers Gesicht strömten.

72

Ich seufzte, wühlte in den Taschen und holte schließlich eine Zigarette hervor. Den Blick auf das Gebirge gerichtet, steckte ich sie an.

»Du rauchst immer noch?« Javier seufzte. »Eine barbarische Angewohnheit.«

»Ja, ich bin eine Barbarin.« Ich zuckte mit den Schultern.

»Willst du ihr nicht nachgehen?«

»Ich lasse ihr einen Moment Zeit.«

»Ich finde, jemand sollte nach ihr sehen.«

»Scheiße, Javi, das werde ich auch, aber erst mal lass ich sie in Ruhe. Gerade eben wurde alles auf den Kopf gestellt, was sie über ihr Leben weiß. Sie hat es verdient, in Ruhe gelassen zu werden.« Ich brauchte dringend Schlaf. Ich musste mich auf den Angriff der Pax vorbereiten. Ich hätte mit ganz anderen Dingen beschäftigt sein sollen. Aber Esa brauchte im Moment eine Freundin, und vielleicht war ich das ja, vielleicht auch nicht. Auf jeden Fall war ich alles, was sie hatte.

»Ich rede mit ihr«, sagte die Predigerin und setzte sich in Bewegung.

Ich legte ihr die Hand auf die Schulter. »Also, ich glaube nicht, dass sie im Moment mit dir reden möchte«, sagte ich.

»Mit dir etwa?«, entgegnete sie. Ihre Stimme klang noch immer hohl, so als hätte die Geschichte, die sie erzählt hatte, in ihr einen Raum eingenommen, den sie auf die Schnelle nicht füllen konnte.

Ich schüttelte den Kopf und nahm einen Zug von der Zigarette. »Du kennst mich nicht«, sagte ich.

»Ich kenne dich gut genug.«

»Offenbar nicht.«

»Du bist nicht ihre Mutter.«

Ich blickte die Predigerin an und fixierte sie, die Umkehrung der Scans, mit denen sie meinen Blutdruck und mein Nervensystem analysierte, um ihre Neugier zu befriedigen. »Aber du hättest es sein können. Und hast dich dagegen entschieden. Diese Entscheidung hast *du* getroffen. Also steh auch dazu. Ich rede mit ihr. Du … kannst dich irgendwo nützlich machen. Lass sie in Ruhe.«

Die Predigerin wirkte auf beinahe komische Art geschockt – vermutlich hätte es sie weniger verletzt, wenn ich sie geohrfeigt hätte. Wegen ihrer Metallverkleidung hätte es wohl vor allem *mir* wehgetan. Doch ich war müde und erschöpft, und es lag eine Menge Arbeit vor uns; die emotionalen Verletzungen der Barischen konnten warten. Im Moment musste ich mir um Esa Sorgen machen.

Sie hatte etwas Besseres verdient … als all das. Damit meine ich nicht nur die Enthüllungen der Predigerin. Sie hatte es verdient, dass das Sanktum seinem Namen gerecht würde und eine Zuflucht für sie wäre, ein sicherer Hafen. Stattdessen war sie in den nächsten Krieg hineingeraten, in den nächsten Ausbruch von Gewalt und Gefahr im Gefolge des Pulses.

»Wir haben das Leben zerstört, das sie hätte haben sollen«, sagte die Barische. »Du und ich, wir beide. Noch bevor sie geboren wurde. Sie hat etwas Besseres verdient als uns.«

»Mag sein.« Ich nickte und stieß durch die Nase Rauch aus. Javier hatte vielleicht recht; es war eine barbarische Angewohnheit, doch sie beruhigte mich. »Aber wir sind nun mal da, und du kannst ihr nicht helfen. Jedenfalls im Moment nicht. Also mach dich nützlich. Ich rede mit Esa.«

Ehe die Predigerin etwas erwidern konnte, entfernte ich mich in die ungefähre Richtung, die Esa eingeschlagen hatte.

In der Anlage wimmelte es von Technikern; Gerüste wurden gebaut, Flaschenzüge beförderten Lasten nach oben, Hochspannungsleitungen waren verlegt worden, überall lag Baumaterial herum, und Schweißgeräte sprühten blaue Funken. Die Arbeiten gingen gut voran, was bedeutete, dass es laut war und dass Esa sich einen ruhigeren Ort zum Nachdenken gesucht hatte.

Ich fand sie vor dem Zaun; sie war zwischen den unter Spannung stehenden Stäben hindurch nach draußen geschlüpft. Zum Glück hatte sie eine Hundemarke aufgelesen, oder jemand hatte die Geistesgegenwart besessen, ihr eine zu geben. Ich selbst passte nur mit Mühe durch die Öffnung, schaffte es aber fluchend nach draußen.

Das Mädchen war ganz schön geschmeidig.

Sie saß auf einem Stein und schaute zu den fernen Bergen hinüber. Hinter ihr ragte die Kanone auf wie eine Felsformation. Sollten wir alle hier ums Leben kommen und sollten es die Reint jemals schaffen, ihren Raubtierinstinkt zu überwinden und eine funktionierende Gesellschaft aufzubauen, in hunderttausend Jahren oder so, dann würde die Kanone ein Wunderwerk in ihrer primitiven Welt sein, ein Tempel unbekannter Götter. Im Moment war sie bloß eine Waffe, die wir auf unsere Feinde richten würden. So gesehen war der Ort bereits wie geschaffen für jede Menge Gebete.

Ich setzte mich neben Esa auf den Stein. Sagte nichts, sondern rauchte meine Zigarette zu Ende.

»Es gibt da eine andere Person«, sagte sie schließlich leise. »Einen anderen Menschen, die Person, die ich hätte werden sollen. Wenn meine Eltern nicht gestorben wären, wenn …«

»Wir werden geprägt von Dingen, über die wir keine Kontrolle haben«, sagte ich. »Wo wir geboren werden, unter welchen Umständen wir aufwachsen. Auf die Person, zu der wir werden, haben wir nicht viel Einfluss. Bis wir uns unserer Verantwortung stellen.«

Sie schaute mich an. »Wie meinst du das?«, fragte sie.

Ich zuckte mit den Schultern. »Bevor ich mich den Legitimierten anschloss, war ich eine einfache Soldatin«, sagte ich. »Ich kämpfte für eine Sekte, für die Sekte, in die ich hineingeboren worden war. Ich wollte glauben, was man uns lehrte, wollte die Welt durch ihre Brille sehen – ich versuchte es, ja wirklich. Doch es gelang mir nicht richtig. Dann begegnete ich den Legitimierten und fand bei ihnen etwas, woran ich tatsächlich glauben konnte – eine Weltsicht, die für mich Sinn ergab. An die ich glauben wollte. Aber ich hätte mich ihnen nicht anschließen müssen. Ich musste nicht alles zurücklassen, was ich gekannt hatte. Es wäre einfacher gewesen zu bleiben, die Ideale nachzubeten, mit denen ich aufgewachsen war, und zu kämpfen und zu sterben, wie man es von mir erwartete.«

»Aber du hast dich stattdessen für das Unbekannte entschieden.«

»Das habe ich. Obwohl es einen Preis hatte. Einen hohen Preis.«

»Warum?«

»Weil es mir mutiger vorkam. Weil ich es richtig fand.«

»War es das?«

Ich blickte noch immer zu den Bergen hinüber, spürte aber, dass sie mich ansah. »Keine Ahnung«, antwortete ich. »Aber hätte ich es nicht getan, wäre ich jetzt ein anderer Mensch. Oder ich wäre tot; das ist sogar wahrscheinlicher. Die Entscheidungen, die ich getroffen habe – und die Entscheidungen anderer – haben mich hierhergeführt. Zu dir. Zu diesem Moment. Zu dem bevorstehenden Kampf: Es ist nicht das erste Mal, dass ich das Unausweichliche abzuwehren versuche.«

Sie lächelte ganz schwach, obwohl sie immer noch weinte. »Hoffentlich ist es nicht das letzte Mal«, setzte sie hinzu.

»Hoffentlich.«

»Was hättest du getan?«

»Was hätte ich wann getan?«

»Anstelle der Predigerin. Wenn du … wenn du mich hättest großziehen können.«

Ich schüttelte den Kopf. »Das ist unfair. Sie hat getan, was sie glaubte, tun zu müssen.«

»Und ich frage dich, was *du* geglaubt hättest, zu … tun zu müssen. Ich weiß nicht, ob der Satz so richtig ist, tut mir leid.«

»Nein, habe ich schon verstanden.« Ich seufzte. »Du weißt, wie ich mich bei Javi entschieden habe.«

»Du warst nicht verantwortlich dafür, dass er die Flüchtlinge ins Sanktum gebracht hat.«

»Stimmt. Aber ich hätte ihm folgen können, als er geflüchtet ist. Ich hätte ihn tracken können. Ich hätte ihn zwingen können, entweder mit mir zurückzukehren oder mich mitzunehmen. Damals fiel mir die Vorstellung schwer, ohne ihn leben zu müssen. Ich würde nicht sagen, dass sie unerträglich war – unerträglich ist erstaunlich wenig in der Galaxis –, aber es hat wehgetan. Sehr weh.«

»Aber du bist geblieben. Weil dir das richtig erschien.«

»Ich glaubte, dort am meisten ausrichten zu können.«

»Obwohl es wehtat.«

»Ja.«

»Liebst du ihn noch immer?«

Ich lächelte schwach. Ich war noch nicht so weit, diese Frage zu beantworten, und dass Esa sie stellte, überforderte mich. »Lass uns erst mal den Angriff der Pax überstehen«, erwiderte ich. »Javier und ich, unsere kleine … was auch immer … Vielleicht ist das ja gar nicht so wichtig, denn in ein paar Wochen sind wir vielleicht beide tot.«

»Sollte es nicht gerade dann wichtig sein?«

Ihr Einwand traf mich unerwartet; damit hatte ich nicht gerechnet. Ich meine, vermutlich hatte sie ja recht; nur war ich aus dieser Richtung nicht darauf gefasst gewesen. »Schon möglich«, sagte ich.

Sie nickte, als hätte ich eine unausgesprochene Vermutung bestätigt. »Aber du hast meine Frage noch nicht beantwortet«, sagte sie.

»Ich hätte getan, was ich für richtig gehalten hätte«, antwortete ich. »Ich kann nicht sagen, was das gewesen wäre. Es ist einfach, die Predigerin wegen der Entscheidung zu verurteilen, die sie getroffen hat. Aber in Wahrheit wissen wir nicht, ob sie richtig oder falsch war. Wir *wissen* einfach nicht, welche Folgen es gehabt hätte, wenn sie sich anders entschieden hätte. Vielleicht wäre es für dich besser gelaufen. Vielleicht wärst du dann nicht hier.«

»Aber du glaubst, ich sollte hier sein. Du glaubst, das hier …« Sie hob den Blick himmelwärts, schaute zu dem Mond mit dem Sanktum hoch, dessen Kristallmeere im Licht des langsam aufgehenden Doppelsterns funkelten. »Du glaubst, ich gehöre hierher.«

»Ich glaube, du bist eine Kämpferin«, sagte ich mit Nachdruck. »Damit kenne ich mich aus, denn ich sehe ständig eine im Spiegel vor mir. Vielleicht ist dir das selbst erst in dem Moment bewusst geworden, als du kämpfen musstest. Du bist hierhergekommen, hast nach uns gesucht, obwohl du wusstest, dass du dich damit in Gefahr bringst. Das sagt eine Menge aus.«

Meine Worte entlockten ihr ein kleines Lächeln. »Dass ich dumm und leichtsinnig bin?«

Ich nickte. »Das auch. Aber auch mutig. Und kampfbereit. Genau darauf kommt es an: dass wir kampfbereit sind.«

»Das Leben, das ich gehabt hätte, wenn meine Eltern noch leben würden, wenn ich auf einer Welt aufgewachsen wäre, die nicht so weit zurückgeworfen wurde. Ich werde nie erfahren, wie es ausgesehen hätte, nicht wahr? Ich werde nie erfahren, wie dieses Mädchen geworden wäre.«

Ich schüttelte den Kopf. »So ist das mit den Entscheidungen, mit denen, die wir treffen, und denen, die andere für uns treffen – sobald man sich für den einen Weg entscheidet, ist uns der andere auf ewig versperrt.«

»Dann muss ich mich also damit begnügen … Mit dem Wissen, dass mein Leben nicht so sein sollte …«

»Das weißt du nicht. Das kannst du nicht wissen. Ich behaupte ja nicht, dass alles aus einem bestimmten Grund passiert – das heißt, eigentlich schon, denn es beruht auf Entscheidungen, die Menschen treffen. Aber wer du bist, die junge Frau, die hier neben mir sitzt: Vielleicht solltest du ja genau die werden.«

Sie schaute immer noch zum Himmel hoch, griff aber nach meiner Hand. Ich drückte ihre Finger und hielt ihre Hand fest. Um ihr zu zeigen, dass sie nicht allein war. »Wir haben es zum Sanktum geschafft«, sagte sie.

»Ja, das haben wir.«

»Heißt das, du darfst mir jetzt deinen Namen sagen?«

Ich lachte. »Du wirst enttäuscht sein.«

»Warum? Ist es ein blöder Name? Oder ist er irgendwie gruselig?«

»Es ist bloß ein Name. Eigentlich bedeutet er nichts.«

»Aber du darfst ihn mir jetzt sagen.«

»Ja, darf ich.« Eigentlich war ich mir da nicht so sicher; wenn ich sie abgeliefert hatte, sollte ich sie eigentlich nicht mehr wiedersehen. Ihre Loyalität sollte nicht mir, sondern den Legitimierten und dem Sanktum gelten, und ich sollte neue Kinder suchen und mir keine Gedanken über die machen, die ich zurückgelassen hatte.

»Und?«, sagte sie.

Wir schauten einander in die Augen.

»Jane«, sagte ich. »Ich heiße Jane.«

VIERTER AKT

73

Endlich schlief ich. Dann machte ich mich an die Arbeit.

Ich wusste nur wenig über Elektrotechnik – meine Kenntnisse reichten aus, um mir mit roher Gewalt Einlass in eine versiegelte Luftschleuse zu verschaffen, und das war's dann auch schon. Außerdem wusste ich noch weniger über die Funktionsweise eines Fusionsreaktors oder die Kalibrierung einer Kanone dieser Größe, doch ich konnte zupacken, und im Moment wurde jeder Einzelne gebraucht. Wir hatten nicht viel Zeit.

Die Predigerin hielt sich überwiegend in der Anlage auf und fuhr die Systeme hoch; Javier und ich halfen bei Arbeiten rund um den Komplex. Esa war vermutlich die nützlichste von uns – wie sie es bereits auf ihrer Heimatwelt demonstriert hatte, konnte sie mehrere Tonnen Ausrüstung anheben, und schon bald war sie ausgesprochen gefragt und wurde von verschiedenen Technikergruppen angefordert.

Die Tage waren ausgefüllt von schwerer Arbeit, kurzem Schlaf und Sorgen. Als wir die degenerierten Reint niederkämpfen und die Kanone eingenommen hatten, hatte ich mich auf diesen ersten Schritt konzentriert; jetzt, da das erledigt war, mussten wir jeden Tag mit dem Auftauchen der Pax-Armada rechnen. Hundert Jahre lang hatte ich mich dafür eingesetzt, die Sicherheit des

Sanktums zu gewährleisten, es aufzubauen und im Zuge unseres – meines – Kreuzzugs Kinder in der ganzen Galaxis zu rekrutieren. Unser Ziel – den Puls abzuwehren, bevor er sich erneut ausbreitete – hatten wir noch längst nicht erreicht, und die Gefahr des Scheiterns war jetzt ebenso groß wie in den Tagen, Wochen und Monaten nach dem Puls. Einer vergleichbaren Bedrohung hatten wir uns sehr lange nicht mehr gegenübergesehen.

Ich wusste nicht, ob wir mit den Vorbereitungen rechtzeitig fertig werden würden.

Von Criat trafen Berichte ein; die lunaren Kanonen jenseits des Sanktums waren gesichert und einsatzbereit. Die Chariot, Delta und Echo genannten Kanonen würden die Pax bei ihrem Eintreffen unter Beschuss nehmen, doch sobald sie den Mond umfliegen und über der Welt, auf der wir standen, in den Orbit gehen würden, wären sie nutzlos.

Die Instandsetzungsmaßnahmen an Bravo in der anderthalbtausend Kilometer entfernten Stadt kamen gut voran, und wie hier bei Alpha arbeiteten die Techniker nicht nur an der Kanone, sondern auch an den Sicherheitsvorkehrungen und der Abschirmung. Die Pax würden uns hier ausräuchern müssen, bevor sie das Sanktum mit voller Wucht angreifen konnten.

Es war schon seltsam, sich vorzustellen, dass die ganze Arbeit, die wir leisteten – und das Blut, das wir bei der Einnahme der Waffen vergossen hatten – bei dem bevorstehenden Kampf mit großer Wahrscheinlichkeit hinfällig werden würden. Unsere ganze Strategie basierte darauf, die Schlachtschiffe der Pax so lange wie möglich vom Sanktum fernzuhalten; ich machte mir keine Illusionen, dass uns das auch bei den großen Kanonen in den Bergen und in der Stadt gelingen würde. Irgendwann würden die Pax unsere Abwehr durchbrechen und beide Anlagen in Staub verwandeln.

Wir setzten Waffen instand, die mehr als hundert Jahre lang inaktiv gewesen waren, und gleichzeitig brachten wir Sprengladungen an, um sie in die Luft zu jagen, falls die Pax sie erobern wollten, anstatt sie zu zerstören. Wir durften nicht zulassen, dass sie gegen das Sanktum gerichtet wurden; zumindest bei Bravo war dies aufgrund des Schusswinkels eine reale Möglichkeit.

Selbst wenn ein kleines Wunder geschehen und es uns gelingen sollte, die Pax zurückzuschlagen, bevor sie die Anlagen zerstören konnten, würden wir sie trotzdem wieder aufgeben müssen. Dies war schließlich eine gepulste Welt, hier gab es degenerierte Reint, und wir konnten nicht ewig die Anlagen sichern und die Strahlung abwehren. Schon jetzt mussten die Techniker ständig durchgebrannte Teile ersetzen und die Abschirmung der Geschütztürme verstärken, sonst hätte die Strahlung sie in nutzlose Schrotthaufen verwandelt.

Die Reint versuchten noch immer hin und wieder, die Umzäunung zu durchbrechen. Instinkt hat seine Berechtigung, doch wie auf jeder anderen Welt, die intelligente Spezies hervorgebracht hat, vermochte er gegen mordsmäßig große Kanonen und Elektrozäune nichts auszurichten.

Eines Morgens ging ich an der Umzäunung entlang; seit der Einnahme der Kanonen war etwa eine Woche verstrichen. Meine Schicht hatte noch nicht begonnen, und ich trank Kaffee und inspizierte die Geschütztürme, als sich Schaz meldete. »Du solltest vielleicht wieder reinkommen«, sagte sie aus irgendeinem Grund mit gesenkter Stimme. Sie befand sich noch am Boden; so hoch in den Bergen konnte sie die gepulste Atmosphäre eine ganze Weile aushalten. Wir hatten an Bord geschlafen. »Esa … recherchiert. Sie greift auf meine Datenbanken zu und sucht nach sehr spezifischen Informationen. Ich glaube, ihr beide solltet euch mal unterhalten.«

Ich nickte, trank den Kaffee aus und ging zurück zu Scheherazade. Ich hätte nachfragen können – schließlich wurde unsere Unterhaltung ja nicht an Esas Aufenthaltsort übertragen –, doch das war unnötig. Ich ahnte bereits, wonach das Mädchen suchte.

Die Rampe war bereits abgesenkt; Schaz befand sich innerhalb der Anlage, weshalb wir uns keine Sorgen machen mussten, dass sich Reint an Bord schleichen könnten. Sie würde jeden Moment wieder in den Orbit starten, doch Esa machte das Beste aus der Zeit, die sie an Bord allein war. Jedenfalls glaubte sie das.

Ich stieg leise die Rampe hoch und beobachtete sie von der Schleuse aus. Ich glaube nicht, dass sie mich bemerkte. Sie war vollständig auf die Holoprojektion konzentriert. Es war eins der ersten Bilder, die ich ihr auf der leuchtenden Projektionsfläche gezeigt hatte: das Bild eines Pax. Eines Pax-Infanteristen, um genau zu sein.

Sie ließ das Bild rotieren und entfernte nach und nach die Rüstung. Die kinetische Abschirmung, die dicke Panzerung, die Munitionstaschen und die verschiedenen Teile der Ausrüstung. Der Scan war sehr detailliert und basierte auf Pax-Soldaten, die wir im Laufe der Jahre gefangen genommen oder einer Autopsie unterzogen hatten. Wir wussten, was sich unter der Rüstung befand. Sie wusste es jetzt auch.

Sie vervollständigte die massige Gestalt wieder und nahm sie erneut auseinander. Einen Moment lang fragte ich mich, ob sie nach Schwachstellen suchte, an denen sie sie angreifen konnte, aber nein. Das hätte ich in ihrem Alter getan. Esa aber war anders.

Als die gesichtslose, amorphe Gestalt des Soldaten im Innern der Rüstung freigelegt war, holte sie ein bestimmtes Gerät aus dem Hologramm hervor und vergrößerte es, bis es die ganze Projektionsfläche einnahm. »Das ist es«, murmelte sie. Zunächst glaubte ich, sie führe Selbstgespräche, dann wurde mir klar, dass sie mich bereits vor einer ganzen Weile bemerkt hatte. »Das ist das Teil, an dem ich nicht vorbeikomme.«

Ich nickte, ging an ihr vorbei und schenkte mir frischen Kaffee ein. Ich heuchelte Desinteresse, denn wenn ich mir meine Besorgnis über ihre Entdeckung hätte anmerken lassen und sie aufgefordert hätte, die Projektion auszuschalten, hätte ich ihren Ängsten bloß neue Nahrung gegeben. »Weißt du, was das ist?«, fragte ich.

»Ja.« Sie nickte, den Blick noch immer auf die Projektion gerichtet. Es war eine automatische Spritze, genauer gesagt, es bestand aus mehreren Mikrospritzen, eines der wenigen Ausrüstungsteile, das speziell an die jeweilige Spezies angepasst war. Esa hatte das für Menschensoldaten vorgesehene Gerät vor sich, das wie ein mechanischer Tausendfüßer mit Spritzen statt Beinen am oberen Ende der Wirbelsäule saß. In dieser Position hatte es gleichzeitig Zugang zur Wirbelsäule, zum Gehirnstamm und zur Blut-Gehirn-Schranke. Ferngesteuert injizierte es bestimmte Substanzen direkt ins Nervensystem des Wirts, genau wie ein Insekt sein Gift.

Esa drehte sich endlich um. Sie wirkte nicht aufgebracht, aber auch nicht sonderlich glücklich. »Du hast gesagt, sie würden einer Gehirnwäsche unterzogen«, sagte sie. »Du hast gesagt, wenn die Pax mit ihren … Opfern fertig wären, dann wären sie keine eigenständigen Personen mehr, sondern nur noch Pax.«

»Ja.« Ich nickte. »Und das stimmt auch.«

»Aber warum …« Sie zeigte hilflos auf die grässlichen Nadeln, dann hielt sie inne. Sie rief Schaz' Monitor auf, den sie ebenfalls für die Recherche eingesetzt hatte. »Ephedrin«, las sie von der Liste ab. »Dopamin. Methamphetamin. Benzodiazepin. Eine Unmenge von weiteren Psychosubstanzen, deren Namen ich nicht mal aussprechen kann.« Sie wandte sich zu mir um und blickte mich flehend, aber auch fordernd an. »Ich habe alles nachgeschlagen. Jede einzelne Substanz. Unterschiedliche chemische Substanzen für verschiedene Spezies, aber alle mit ähnlicher

Wirkung. Man setzt sie ein, um das Verhalten zu kontrollieren, um die Aggressivität zu dämpfen oder anzustacheln. Jane, weshalb gibt man ihnen Drogen, wenn sie einer unumkehrbaren Gehirnwäsche unterzogen wurden?«

Ich trank einen Schluck Kaffee und schwieg. Sollte sie es ruhig selbst herausfinden. Doch es gab noch eine andere Frage, die sie mir bislang nicht gestellt hatte und an die sie sich noch heranarbeitete. Ich wollte, dass sie von selbst darauf kam.

»Wenn die Pax ihre Soldaten mit diesen … diesen«, sie zeigte auf die holografischen Spritzen, »mit diesen Dingern fernsteuern – dann sind sie keine Soldaten, hab ich recht? Sie sind Sklaven.«

»Sie waren immer schon Sklaven. Und sie sind immer noch Soldaten.«

»Das ist unser Gegner. Und du willst von mir, dass ich …« Sie wandte sich um und schaute wieder die Projektion an. Schrumpfte die Injektionsvorrichtung und fügte sie in die Rüstung ein, dann zog sie den Panzer auseinander, bis zu sehen war, was sich darin befand: die androgyne, formlose Gestalt des Pax-Soldaten. Immer noch eine Person. »Das ist das, was ich töten soll«, sagte sie so leise, dass ich sie kaum hörte.

»Glaubst du, du kannst das?«, fragte ich und trank noch einen Schluck Kaffee.

»Glaubst du, ich *sollte*?« Jetzt war sie beinahe wütend. Endlich.

Wortlos griff ich an ihr vorbei. Ich justierte das Drahtgittermodell, bis die elektrischen Systeme offen lagen, darunter auch die, die mit den Autoinjektoren verbunden waren. »Sieh noch mal hin«, sagte ich.

»Ich verstehe nicht …«

»Es gibt immer etwas, das man übersieht«, sagte ich und wies mit dem Kinn auf das Hologramm.

Sie wandte sich um und schaute. Sah es noch immer nicht. »Sie stehen unter Drogen – die Soldaten, die diese Rüstung tragen, werden ständig mit Psychococktails vollgepumpt, die ihre Aggressionen anstacheln und ihr Denkvermögen einschränken. Wenn es möglich wäre, den *Sender* lahmzulegen oder das, was den Befehl zur Injektion gibt …«

»Und woher kommt der Befehl?«, fragte ich. »Wodurch wird das Injektionssystem ausgelöst?«

Stirnrunzelnd schaute sie erneut hin. Zunächst untersuchte sie das Comm-System im Helm, doch das Kabel führte woanders hin. Nach einer Weile sah sie, dass es vom Hals nach unten führte, über die Schulter und in den Arm. Ins Handgelenk. In die Hand.

»O Gott«, flüsterte sie. Die projizierte Hand vollführte eine Reihe von Bewegungen; eine Veranschaulichung. Ringfinger an die Handfläche war ein Signal; Zeigefinger an die Basis des Daumens ein anderes. Mindestens ein Dutzend Gesten wurden dargestellt, und jede einzelne löste eine andere Injektion aus.

Die Verabreichung der Psychodrogen wurde nicht von einem Pax-Kommandanten an Bord des Schlachtschiffs gesteuert, auch nicht von einem übergeordneten Sklaven, der einen Trupp befehligte, sondern vom einzelnen Soldaten auf dem Schlachtfeld. Sie taten es selbst.

»Sie sind Sklaven«, sagte ich. »Damit hattest du recht. Sie wurden an dem Tag zu Sklaven, als sie gebrochen wurden. Aber es ist nicht möglich, sie zu befreien, Esa; man kann sie nicht wieder reparieren. Von dem Moment an, da sie die Rüstung anlegen« – ich wies mit dem Kinn auf das Hologramm – »und eine Waffe bekommen, sind sie Pax und nichts anderes mehr. Wir können sie nicht retten. Und ja, wir müssen sie töten. Traust du dir das zu?«

»Ich weiß nicht, wie ich das anstellen soll«, flüsterte sie.

»Oh doch.« Es widerstrebte mir, das zu sagen, ich tat es aber trotzdem. Sie hatte den Instinkt, und sie hatte die Kraft. Jetzt fehlte nur noch der Wille. Wenn sie die Pax als Person betrachtete, würde sie zögern, erstarren und getötet werden. Sie musste in ihnen den Gegner sehen.

»Du tust es, um zu überleben«, sagte ich. »Du tust es, damit die Leute, die dir etwas bedeuten« – ich zeigte wieder auf das Hologramm – »nicht werden wie *die*.«

»So einfach ist das.«

»Es war schon immer so einfach«, erwiderte ich.

Sie holte stockend Luft. Sie hatte nach einem Ausweg gesucht, nach einer Möglichkeit, sie alle irgendwie zu retten. Sie war noch jung genug, um zu glauben, es bräuchten nicht alle zu sterben. Über diesen Punkt waren wir aber längst hinaus. So oder so, es würde Blut fließen.

Besser ihres als unseres.

»Was soll ich tun?«, fragte sie.

Im Laufe der Jahre hatte ich eine Menge Kinder im Sanktum abgeliefert. Wie es mit ihnen weiterging, lag nicht in meiner Verantwortung. Ich war keine Lehrerin; ich war keine Anführerin. Ich wusste nicht, wie ich sie zu der Kämpferin machen konnte, die sie werden sollte und die die Galaxis brauchte.

Ich konnte ihr helfen, am Leben zu bleiben. Das immerhin.

»Die Schwachstellen der Rüstung befinden sich hier«, sagte ich und zeigte auf eine Verbindungsstelle unter dem Arm. »Und an der Oberseite des Halses, unmittelbar unterhalb des Kiefers. Vermutlich sind sie mit Antigravgeräten und kinetischen Verstärkern ausgerüstet, also werden sie sehr schnell sein, aber sie können sich nicht so leicht *wegducken*. Nutz das aus.«

Wie man kämpft; wie man am Leben bleibt. Wie man *siegt*.

Das war alles, was ich ihr beibringen konnte.

74

Ein paar Tage später, während ich immer wieder bis zur Erschöpfung schuftete und anschließend in einen traumlosen Schlaf fiel, beschäftigte mich die Unterhaltung mit Esa über das Wesen der Pax noch immer. Sie quälte mich nicht – ich hatte mich richtig verhalten. Doch es war nötig, dass das Mädchen sich auf das, was bevorstand, vorbereitete, und ich musste mich vergewissern, dass sie bereit war. Die Schlacht würde bald beginnen.

Nach unserer Unterhaltung über die Enthüllungen der Predigerin und der Unterredung im Wohnbereich von Scheherazade verstand ich mich gut mit Esa, darüber musste ich mir also keine Gedanken machen. Auch ihr Verhältnis zur Predigerin hatte sich insofern ein wenig entspannt, als Esa mit der Barischen zusammenarbeitete und ihr gegenüber höflich war. Doch im Grunde war ihre Verbindung beschädigt, und das vermutlich irreparabel. Das aber war nicht mein Problem – wenn beide überlebten, könnten sie die Spannungen auch noch später beilegen.

Mich beschäftigte etwas viel Näherliegendes, und es fiel mir schwer, mich der Sache zu stellen.

Ich traf Javier im Inneren der Kanone an, wo er gerade den zusammengetragenen Müll durchsuchte, um zu entscheiden, was noch nützlich war, was zur Wiederverwertung ins Sanktum geschickt werden sollte und was endgültig wegkonnte.

»Hey«, sagte ich, was selbst in meinen Ohren schwach klang.

Er wandte sich um und sah mich an. Hob eine Braue. »Hey«, erwiderte er. »Werde ich irgendwo gebraucht?«

»Ja.« Ich holte tief Luft. »Wir müssen reden.«

Er lachte. »Du gehst mir aus dem Weg, seit du mich von Jenseits des Endes fortgeholt hast«, sagte er. »Glaub ja nicht, das wäre mir nicht aufgefallen.«

»Wir haben eine lange gemeinsame Geschichte.« Ich zuckte mit den Schultern. »Nicht alles davon war gut. Ich …«

Er richtete sich auf und streckte die Arme über seinen Kopf. Ich weiß nicht, ob er das mit Absicht tat, jedenfalls war nicht zu übersehen, dass er bei dem Leben als Pirat oder Schmuggler oder was auch immer gut in Form geblieben war. »Hast du dir gedacht, weil die Möglichkeit besteht, dass wir beide bald sterben, macht es keinen Sinn, in alten Wunden zu bohren?« Er nickte. »Okay, einverstanden. Aber dann hast du dir noch *etwas anderes* gedacht – das ist nämlich deine Art; du denkst ständig, wälzt immerzu Szenarien in deinem Kopf. Jedenfalls hast du dir gedacht, wenn wir tatsächlich sterben sollten, bevor mir miteinander geredet haben, würde sich nie mehr eine Gelegenheit für die Unterhaltung bieten, die du unbedingt vermeiden möchtest. Nämliche *diese* Unterhaltung.«

»Das ist durchaus möglich«, erwiderte ich gereizt; so leicht zu durchschauen war ich nicht.

»Natürlich ist es möglich.« Er nickte und sah mir ins Gesicht. »Es gibt auch noch eine dritte Option: Nur einer von uns beiden stirbt, und der Überlebende muss sich fragen, was wohl gewesen wäre, wenn wir einfach …«

Ich küsste ihn, nur damit er den Mund hielt. Jedenfalls teilweise aus diesem Grund.

Er *war* gut in Form, und er hatte in der Zwischenzeit auch nichts verlernt. Zum ersten Mal seit über einer Woche dachte ich eine Stunde lang *nicht* an die Pax, an Gewalt oder meine Mitschuld am Schicksal der Galaxis. Ich hatte nicht mal ein schlechtes Gewissen, weil ich eine Arbeitspause einlegte. Javier ließ nicht zu, dass ich etwas anderes empfand als unsere Nähe.

Hinterher lagen wir ineinander verschlungen auf der Unterlage, auf die wir uns hatten fallen lassen. Wir hatten es nicht mal nach draußen geschafft, bevor wir unsere fleischlichen Begierden befriedigten. Davon hatten wir beide eine Menge aufgestaut; das merkten wir sehr, sehr schnell.

»Müssen wir immer noch reden?«, fragte er und streichelte mir das Haar.

Ich blinzelte an seiner Brust, ohne ihm ins Gesicht zu sehen. »Hasst du mich, weil ich dir nicht hinterhergeflogen bin?«, fragte ich.

Er schüttelte behutsam den Kopf und achtete darauf, dass ich nicht von seiner Brust abrutschte. »Hasst du mich, weil ich die Legitimierten verraten und alles für dich so viel schwerer gemacht habe?«, fragte er.

Hier in seinen Armen fühlte sich alles richtig an; ich fühlte mich sicher und behütet. In diesem Moment hätte ich ihn unmöglich hassen können. Hatte ich ihn gehasst, nach allem, was er getan hatte? Zeitweise ja. Wir hatten eine Beziehung gehabt, und er hatte sie aufgegeben und mir wehgetan. Auch wenn ich wusste, dass er nur das getan hatte, was er für richtig hielt, und dass er genauso wie ich begriff, dass man manchmal Opfer erbringen muss, wenn man das Richtige tun will.

Ich stützte mein Kinn auf seine Brust und sah ihn an. »Nein«, sagte ich, und es war die Wahrheit.

Er neigte sich zu mir herunter. An seinen Körper gepresst spürte ich, wie die Muskeln sich unter seiner Haut bewegten, und mir wurde bewusst, dass ich ganz vergessen hatte, wie gut es tat, jemandem nah zu sein. Dann küsste er mich auf die Stirn. »Also machen wir da weiter, wo wir aufgehört haben?«, fragte er. »Vorausgesetzt, der Rat richtet mich nicht hin, wenn das alles hier vorbei ist. Sollen wir das tun?«

»Ich schätze, das haben wir gerade eben getan«, erwiderte ich und küsste seine Brust.

Er lächelte, ohne den Blick von mir abzuwenden. »Es steht noch mehr zwischen uns, und ich weiß nicht, ob das schon geklärt ist. Auf beiden Seiten. Schaffen wir das? Willst du es überhaupt?«

Ich streckte mich, damit ich ihn auf den Mund küssen konnte. »Wir haben eben damit angefangen«, wiederholte ich.

Dann zeigte ich ihm, was ich damit meinte.

75

Hinterher fühlte ich mich besser.

Javier und ich hatten Schluss damit gemacht, einander zu umtänzeln und uns aus dem Weg zu gehen, einerseits wie verknallte Teenager die Nähe des anderen zu suchen und sie andererseits zu meiden. Ich hatte beinahe vergessen, wie gut es sich anfühlte, mit ihm zusammen zu sein und zu wissen, dass er zu mir gehörte und dass ich ihn mir jederzeit schnappen und mir ein paar Zärtlichkeiten abholen konnte. Oder mehr.

Die Veränderung in unserem Verhalten blieb natürlich nicht unbemerkt.

»Menschen«, seufzte Marus, als er bemerkte, dass ich Javier in der Mittagspause nicht aus den Augen ließ. »Immerzu paarungsbereit. Das muss ganz schön anstrengend sein.« Nachdem er eine Weile lang Techniker hin und her geflogen hatte, war er zu uns gestoßen, doch ich sah ihn praktisch nur bei den Mahlzeiten in der provisorischen Cafeteria der Anlage; er arbeitete mit den Teams, die das Zielerfassungssystem wiederherstellten, während ich überwiegend körperliche Tätigkeiten im unmittelbaren Umfeld der Kanone verrichtete.

»Was?« Esa hörte unvermittelt auf, sich das Essen in den Mund zu stopfen, und sah erst Marus an, dann mich und schließlich

Javi. Als sie begriff, was Marus gemeint hatte, verzog sie das Gesicht. Mit vollem Mund stammelte sie: »Bäh. Ich meine, großartig. Ich meine … freut mich für euch beide. Aber trotzdem … Bäh.«

Ich warf ihr ein Brötchen an den Kopf. Es prallte ab, und sie fing es auf, bevor es zu Boden fiel – auch ohne ihre paranormale Begabung hätte sie aufgrund ihrer schnellen Reflexe eine verdammt gute Legitimierten-Agentin abgegeben –, dann schluckte sie den Bissen hinunter und schob sich das Brötchen in den Mund. Nachdem ich jahrelang Halbwüchsige eskortiert hatte, wunderte es mich längst nicht mehr, welche Unmengen sie verdrücken konnten.

»Du weißt bestimmt schon, dass der Befehl, dich ohne Vorwarnung zu erschießen, ausgesetzt wurde«, sagte Marus so beiläufig, als spräche er übers Wetter. »Aber er wurde nicht endgültig widerrufen.« Er blickte Javi an, doch eigentlich war ich der Adressat.

»Ich weiß«, antwortete Javi für uns beide. »Aber in Anbetracht der Tatsache, dass unsere Überlebensaussichten denkbar gering sind …« Er zuckte mit den Schultern und griff nach einer weiteren Portion … Protein. Ich wusste nicht genau, was wir da aßen; ich hatte es nicht geschafft, mir eins der Sandwiches zu sichern, die Esa gebracht hatte. Normalerweise war das Essen im Sanktum gut, doch im Moment waren sie dort zu sehr mit den Kampfvorbereitungen beschäftigt, um uns Mahlzeiten zu schicken. Also begnügten wir uns mit dem Notproviant, der zusammen mit der Technikerausrüstung eingeflogen wurde.

»Was wirst du tun, falls der Rat dich auffordert, ihn zu töten?«, fragte mich Marus im Plauderton.

»Ich werd's nicht tun.« Ich zuckte mit den Schultern. »Mein Entschluss steht fest.«

»Gut zu wissen«, meinte Javi trocken.

»Ist das wirklich ein guter Zeitpunkt, sich deswegen den Kopf zu zerbrechen, Marus?«, sagte ich.

»Ich kann euch beide gut leiden«, erwiderte er. »Ich möchte wirklich nicht erleben, dass ihr nach überstandener Schlacht bloß wegen der bescheuerten Politik der Legitimierten wieder aneinandergeratet.«

»Mein Gott, Marus.« Esa rollte mit den Augen. »Kannst du sie nicht mal eine Weile, du weißt schon … in Ruhe lassen?«

Die Predigerin saß neben uns. Sie brauchte nicht zu essen, wollte sich aber von der kameradschaftlichen Seite zeigen – außerdem suchte sie Esas Nähe, ohne sich ihr jedoch aufzudrängen. »Menschen schütten Endorphine, Oxytocin und Dopamin aus, wenn sie eine sexuelle Beziehung beginnen«, bemerkte sie.

»Bäh«, machte Esa, was aber nicht unmittelbar auf die Predigerin, sondern die Welt im Allgemeinen bezogen war.

Die Predigerin zeigte mit einer Gabel auf Javier und mich. »Ihre Entscheidungskompetenz – insbesondere im Hinblick auf den Partner – ist im Moment stark beeinträchtigt«, fuhr sie fort. »Es ist durchaus möglich, dass sie …«

Ein Alarm schrillte.

»Gott sei Dank«, seufzte Javier.

»Rennen die Reint wieder gegen die Wände an?«, sagte Marus und erhob sich.

»Nein.« Ich schüttelte den Kopf. »Das klingt anders, und die Geschütztürme wären auch hier drinnen zu hören. Das ist der Alarm der alten Kampfstationen; ich habe vor ein paar Tagen mitgeholfen, sie wieder zum Laufen zu bringen.«

Esa schaute mich mit großen Augen an. »Heißt das …«

Ich nickte grimmig. »Das heißt, die Kundschafter haben Meldung erstattet. Die Pax sind unterwegs.«

76

In der Cafeteria waren in dem Moment, als der Alarm losging, alle Gespräche verstummt. Man hatte ein paar Monitore aufgestellt; auf allen war Helliot zu sehen. Sie hielt eine Ansprache, die übrigen Ratsmitglieder saßen mit düsterer Miene neben ihr. Im Redemanuskript war davon die Rede, wie ehrenvoll und wichtig unsere Arbeit sei. Ich blendete Helliot aus. Stattdessen beobachtete ich den hinter ihr sitzenden Criat und versuchte, seine Miene zu deuten, doch sie verriet nicht, was in ihm vorging.

Schließlich kam Helliot auf Zahlen zu sprechen. Es klang nicht gut. Wir wussten nicht, über wie viele Raumschiffe die Pax verfügten, denn mindestens drei ihrer Schlachtschiffe hatten sie zu Trägerschiffen umgebaut. Bereits ein unmodifiziertes Schlachtschiff – mit einsatzbereiter großer Kanone – konnte bis zu zwei Dutzend Kampfraumer von der Größe Scheherazades transportieren. Bei erweitertem Frachtraum schoss diese Zahl entsprechend in die Höhe.

Wir verfügten über eine Schätzung bezüglich der Fregatten, welche die Schlachtschiffe vor Angriffen abschirmen würden. Sechzehn. Das war übel. Noch übler war die Zahl der Schlachtschiffe: mindestens zweiundzwanzig, möglicherweise mehr. Die Superraumer waren gerade über verschiedene Hyperraumvektoren eingetroffen, als unsere Kundschafter sich zurückzogen. Woher auch immer die Pax diese Armada hatten, jetzt verfügten sie über eine der am besten bewaffneten Streitkräfte der Galaxis. Einen Superraumer hatten sie auf Esas Heimatwelt verloren, und mindestens einen weiteren – vielleicht auch zwei – beim Angriff auf Jenseits des Endes. Somit hatten sie ihre eigenen Schlachtschiffe verheizt, als sie den Weg zum Sanktum freigeräumt hatten.

Wir hatten kein einziges Schlachtschiff. Nur drei der vier Fregatten in unserem Besitz waren einsatzbereit. Die Arbeiten an der vierten würden natürlich fortgeführt werden, und wenn es brenzlig wurde, konnte sie auch eingreifen, allerdings nicht mit voller Feuerkraft. Dafür hatten wir die großen Kanonen: Chariot, Delta, Echo, die drei Stützpunkte auf der anderen Seite des Mondes, sowie Alpha und Bravo, an deren Rückeroberung von den Reint ich beteiligt gewesen war. Dann war da noch die Kanone im Sanktum, doch die hatte keinen Codenamen. Sie wurde ebenfalls Sanktum genannt. Wenn *sie* fiele, wäre der Kampf vorbei.

Mit den sechs Kanonen konnten wir die Angreifer unter Beschuss nehmen, außerdem hatten wir in den vergangenen Wochen den Zugang zum System mit Minen und anderen Fallen präpariert; die Kampfkraft unserer Kampfraumer schätzte ich aufgrund ihrer Bauweise sowie der Fähigkeiten der Piloten höher ein als die der Gegner. Die Pax würden einen hohen Preis zahlen müssen, wenn sie uns angriffen.

Aber unsere Überlebenschancen gefielen mir nicht.

Es kam mir vor wie das letzte Gefecht. Das war nicht neu, doch ich hatte gehofft, wir hätten zumindest eine kleine Chance zu siegen. So aber würden wir ein Wunder brauchen, wenn wir überleben wollten. Wunder waren jedoch in dieser Galaxis auch schon vor dem Puls äußerst selten gewesen.

Als Helliot ihre Ansprache beendet hatte, begab ich mich mit meiner kleinen Crew – die aus der Predigerin, Marus und Esa bestand – an Bord von Scheherazade. Javier kam ebenfalls mit, doch wenn es losginge, würde er an Bord von Bolivar kämpfen.

Wir standen im Wohnbereich und starrten einander an. Javier umklammerte mit beiden Händen die Lehne eines Stuhls so fest, dass seine Knöchel weiß hervortraten; es war schwer vorstellbar, dass diese Hände mich wenige Stunden zuvor noch zärtlich gestreichelt hatten. Jetzt waren sie verkrampft, und Javi wirkte verzweifelt.

Marus hatte die Arme um den Oberkörper geschlungen und trommelte mit den Fingern darauf herum. Bei dem Versuch, uns diese Information zu überbringen und dem Sanktum einen Aufschub zu verschaffen, wäre er beinahe ums Leben gekommen. Ich musste einfach glauben, dass es zu mehr nutze gewesen war, als den Pax einen Kampf zu liefern, dessen Ausgang von Anfang an feststand.

Die Predigerin blickte Esa an. Für gewöhnlich fällt es mir schwer, die Barischen zu durchschauen, und die Predigerin war noch undurchschaubarer als die meisten, doch in diesem Moment war deutlich zu erkennen, was in ihr vorging. Sie fragte sich, ob es richtig gewesen war, Esa hierherzubringen, und wollte nicht sterben, ohne zu erfahren, ob das Mädchen ihr noch böse war. Sie hatte alles aufgegeben, was sie kannte, um Esa zu beschützen, und ihre Entscheidungen hatten sie hierhergeführt, in ein Sackgassensystem und in einen verzweifelten Kampf gegen die Pax, die für den Puls Rache üben wollten. Ganz zu schweigen von den paranormal begabten Kindern, die sich im Sanktum versteckten.

Die Pax mochten behaupten, sie übten Vergeltung wegen unserer Taten, und vielleicht glaubten ihre Soldaten dies tatsächlich, dank der Gehirnwäsche, der Drogen und der Indoktrinierung, doch es war gelogen. Wie immer bei den Pax ging es schlicht und einfach um unsere Ressourcen. Die Kinder waren einfach nur ein weiteres Werkzeug, das sie ihrem Arsenal hinzufügen wollten, um sich wie ein metastasierendes Krebsgeschwür noch schneller in der Galaxis auszubreiten.

Vor dem Puls wären sie dazu nicht in der Lage gewesen, denn sie hätten Gegner gehabt, die sich ihnen in den Weg gestellt hätten. Deshalb waren waren auch die Pax in gewisser Weise unsere Schuld. So ist das, wenn man die Galaxis verändert: Man trägt die Verantwortung an allen Folgen. Im Guten wie im Schlechten.

Esa beobachtete mich, während ich die anderen beobachtete. »Die Lage ist schlimmer als ihr gedacht habt«, brach sie schließlich das Schweigen.

»Ja.« Ich nickte. »Das stimmt.«

»So schlimm, dass wir nicht siegen können?«

»Es gibt immer eine Siegchance«, entgegnete Marus. »Sie mag klein sein, aber es gibt sie. Wir müssen stark sein und die Kanonen schützen, dann können wir sie zurückschlagen.« Er war zuversichtlicher als ich oder verstand es zumindest, diesen Eindruck zu erwecken.

»Bloß um darauf hinzuweisen«, erklärte Javi, blickte von seinen Händen auf und sah mich an. »Wir könnten abhauen.«

Ich schüttelte den Kopf. »Das geht nicht.«

»Doch, wir könnten. Ja, es würde am Systemausgang zum Kampf kommen, aber sobald die Schlacht beginnt, wird dort Chaos herrschen. Sobald das große Sterben beginnt. Wir müssten nur auf diesen Moment warten.«

Ich sah ihm direkt ins Gesicht. »Du willst weglaufen?«, sagte ich leise. Eigentlich hätte er mich besser kennen sollen. Ich hatte geglaubt, ihn besser zu kennen.

Er schüttelte den Kopf. »Ich will das nicht«, sagte er. »Aber wenn es sein muss, wenn alles den Bach runtergeht und die Legitimierten keine Siegchance mehr haben, kommt es auf zwei Schiffe mehr oder weniger nicht an. Ganz gewiss nicht.« Das war hart formuliert, aber vermutlich richtig; vielleicht war es richtig. Aber nicht ganz. Marus hatte recht: Es bestand immer die Möglichkeit, das Blatt zu wenden.

»Sie wird nicht weglaufen«, sagte Esa, ohne den Blick von mir abzuwenden. »Und du wirst nicht weglaufen, solange sie bleibt. Punkt und Schluss.«

»Wir kämpfen hier«, sagte die Predigerin. »Sie wollen uns töten; wir töten stattdessen sie. So einfach ist das.«

»Genau wie bei den Sektenkriegen«, murmelte ich. Ich konnte die Vergangenheit einfach nicht abschütteln.

»Sind wir bereit?«, fragte Schaz über die Sprechanlage.

Ich nickte. Die Zeit für Selbstzweifel war vorbei. Vor uns lag nur noch die Schlacht. Wenn wir sie überlebten, konnten wir uns immer noch fragen, ob wir die Wahl gehabt hatten, ob ein anderer Ausgang möglich gewesen wäre und ob wir andere Entscheidungen hätten treffen können. Wenn wir starben, war es sowieso egal.

»Fahr den Antrieb hoch, Schaz«, sagte ich. »Mach dich bereit zur Schlacht.«

77

Ich küsste Javi zum Abschied. Ich spürte, dass er überlegte, ob er etwas sagen sollte, doch offenbar fielen ihm keine passenden letzten Worte ein. Mir ging es genauso. Deshalb küssten wir uns, und dann ging er wortlos hinaus. Beim bevorstehenden Kampf würden wir aufeinander aufpassen.

Die Predigerin begleitete ihn. Das wunderte mich, doch es war sinnvoll. Während Esa die Geschütze von Scheherazade bediente – ich hatte sie tagelang trainiert, und jetzt war sie keine Belastung mehr, sondern ein Aktivposten –, würde Marus die Heckkanone übernehmen, weshalb die Predigerin nicht mehr viel zu tun gehabt hätte. So aber würde Javier die Steuerung von Bolivar übernehmen und die Predigerin seine Geschütze bedienen.

Criat hatte mir eine private Nachricht übermittelt. Ich schaute sie mir an, als Schaz den Funktionsscheck machte. Ich fragte mich, ob alle seine Agenten eine solche Nachricht erhalten hatten; ob er sie aufgezeichnet hatte, als bekannt wurde, dass die Pax unterwegs waren, oder sogar noch früher – vielleicht hatte sie jahrelang in einer Schublade gelegen, da er geahnt hatte, dass es eines Tages so weit sein würde. Ich fragte mich, ob er auch Javier eine Nachricht geschickt hatte.

Er forderte mich auf, zu kämpfen und zu überleben. Er sagte, er sei stolz auf mich. Er verwies auf Einsätze, die ich wider alle Wahrscheinlichkeit überstanden hatte, auf hoffnungslose Situationen, aus denen ich mich um Haaresbreite befreit hatte. Er riss sogar ein paar Witze, untypisch für meinen Boss. Vor allem aber forderte er mich auf zu kämpfen. Das würde ich tun.

Schaz war startklar. Ich schnallte mich im Pilotensessel an und vergewisserte mich, dass auch Esa hinter mir die Gurte angelegt hatte. Dann hoben wir ab. Ließen die Atmosphäre der Eiswelt hinter uns und tauschten das Bergpanorama gegen die unermessliche Weite des Sternenmeers ein.

Das Sanktum, das eigentliche Ziel der Pax, zog über uns vorbei. Wir sahen den schimmernden Schutzschirm, der sich aufgebaut hatte, als die große Kanone ausgefahren worden war. Die Stadt war abgeriegelt. In den Bunkern im Innern des Berges drängten sich Millionen von Zivilisten – Wissenschaftler, Kinder, Köche, Hauswarte und Künstler. Die Pax würden eine Weile brauchen, um den die ganze Stadt umspannenden Schutzschirm zu durchdringen, und während sie ihn bombardierten, würden wir sie mit den Kanonen, die auf der Planetenoberfläche platziert waren, sowie mit der großen Kanone des Sanktums beschießen. Es würde auf einen Abnutzungskampf hinauslaufen. Entscheidend war, wie stark jedes einzelne Schlachtschiff den Schutzschirm schwächen könnte, bevor wir sie vom Himmel holten. Von einem halben Dutzend Fusionsreaktoren mit Energie versorgt, konnte der Schirm mit Sicherheit einem und vielleicht sogar zwei oder drei Schlachtschiffen lange widerstehen, doch die Pax würden dafür sorgen, dass er einer weit größeren Belastung ausgesetzt sein würde.

Der Angriffsplan der Pax war vermutlich ganz einfach; nach der Ankunft im System würden sie über dem Sanktum Position beziehen und das Feuer eröffnen. Ein Teil ihrer Streitmacht würde möglicherweise unsere Stellungen beschießen. Wir würden die ganze Zeit über auf sie feuern, zunächst mit den Kanonen auf der Oberfläche der Monde, dann mit den beiden planetarischen Waffen. Sie würden ihre Schlachtschiffe nicht gegen diese Ziele richten – Schlachtschiffe waren langsam und träge, brauchten länger zum Zielen und länger zum Feuern. Stattdessen würden sie unsere Kanonen mit den Kampfraumern, den Fregatten oder mit Bodentruppen angreifen.

Und da kamen wir ins Spiel – die Kämpfer der Legitimierten würden so viele gegnerische Schiffe wie möglich abschießen müssen, bevor die Pax die Kanonen angreifen konnten. Jeder einzelne Soldat, den wir ausschalteten, war ein Kämpfer weniger, der auf den Schutzschirm der Kanone feuerte; jede Sekunde, die die Kanonen länger in Betrieb waren, setzte die Schlachtschiffe unter Druck; je länger die Schlachtschiffe unter Beschuss waren, desto größer die Wahrscheinlichkeit, dass wir sie abschießen konnten, bevor sie das Sanktum in die Luft jagten.

Es war kompliziert – das waren große Schlachten immer –, doch am Ende des Tages lief es auf einen ganz einfachen Ansatz hinaus: kämpfen. So lange kämpfen, bis man nicht mehr kämpfen kann, und dann weiterkämpfen. In den Sektenkriegen, bei all den Bodenkämpfen, an denen ich beteiligt gewesen war, hatte es oft so ausgesehen, als käme es auf den einzelnen Soldaten nicht an und als könnte er nichts ausrichten, doch das stimmte nicht. Jeder einzelne Schuss, den man abfeuerte – ob er den Gegner traf oder nicht – nagelte ihn auf seiner Position fest oder machte den Weg frei für einen Sturmangriff. Das hier war das Gleiche, ein Ballett des Todes im leeren Raum anstatt im blutgetränkten Morast.

Die Schiffe der Legitimierten gingen in Stellung, verteilten sich im System, machten sich bereit, die Pax von allen Seiten anzugreifen. Wir würden nicht als Erste angreifen; wir würden abwarten, sie so nahe an uns heranlassen, dass sie auf die Minen trafen, und sie erst dann mit den Kanonen auf dem Mond unter Beschuss nehmen. Eine Falle taugt nichts, wenn sie zu früh zuschnappt.

Wir hatten keine Ahnung, ob sie wussten, dass wir über ihr Kommen informiert waren. Vielleicht rechneten sie mit Widerstand; vielleicht glaubten sie, sie könnten uns überraschen. Wie ihre Annahmen auch aussehen mochten, ihre Feuerkraft reichte aus, um ihr Vorhaben fünfmal in die Tat umzusehen. Jedenfalls glaubten sie das.

Wir würden es ihnen so schwer wie möglich machen.

78

Die Pax ließen nicht lange auf sich warten.

Das erste Schiff tauchte aus dem Sternenmeer auf. Man gewöhnt sich nie so recht an den Anblick aus dem Hyperraum austretender Raumschiffe; sie werden quasi eingeblendet, so als würden sie auf die sternengeprenkelte Leinwand des Kosmos gemalt. Falls es das System erkunden und dann zur Hauptflotte zurückkehren wollte, würden wir das nicht zulassen. Doch das hatte noch Zeit, da zunächst sein Hyperantrieb abkühlen musste.

Es machte jedoch keine Anstalten, erneut in den Hyperraum einzutreten. Es rührte sich nicht vom Fleck, hing einfach in der Leere auf der anderen Seite des Systems, zwischen den rotierenden Scheiben der beiden Schwarzen Löcher.

Jedes einzelne Legitimierten-Raumschiff beobachtete es. Ich nehme an, dass die Besatzung damit gerechnet hatte.

Scheherazades Comm schaltete sich mit einem Knacken ein. »Legitimierte.« Ein einzelnes Wort. Keine Frage – eine Aussage. Die Stimme wurde wie üblich verzerrt; alle Pax klangen gleich, und das war so beabsichtigt. Man konnte keinerlei Rückschlüsse auf die Spezies, das Geschlecht oder den Tonfall des Sprechers ziehen; die Tonhöhe war angeglichen, jede Betonung eliminiert.

Es war die Stimme der Pax, die Stimme all derer, die zu einer Einheit geschmiedet worden waren.

»Wir möchten euch danken«, sagte der Pax-Kundschafter. »Ihr habt die Galaxis zu dem gemacht, was sie heute ist. Ob gewollt oder ungewollt, ihr habt uns den Weg geebnet. Vor dem Puls hatten die Pax es schwer. Zu viele verschlossen vor unserer Botschaft die Ohren, zu viele hingen falschen Glaubenssystemen an und beschritten einen Weg der Schwäche. Das habt ihr geändert. Viele Sterne sind jetzt herrenlos und warten nur darauf, die Botschaft der Pax zu vernehmen, während sie zuvor nichts davon hören wollten. Jetzt werden sie stärker werden. Jetzt werden sie *uns* stärker machen. Dafür danken wir euch. Deshalb lassen wir euch die Wahl.

Schließt euch uns an. Übergebt eure Raumschiffe, Kanonen und Waffen den Pax, damit wir sie dafür einsetzen können, uns die Galaxis zu unterwerfen. Gebt uns eure Soldaten, Techniker, Intellektuellen und lasst sie die Sache der Pax vorantreiben. Gebt uns eure Kinder, auf dass sie im Ruhm der Pax schwelgen mögen. Schließt euch uns an, dann werden wir die Galaxis gemeinsam zu dem machen, was sie immer sein sollte – zu einer Bastion des Friedens, des Wohlstands und der Einigkeit, einem einzigen Willen unterworfen und einem einzigen Ziel verpflichtet.

Die Pax stehen für Frieden durch Stärke. Die Pax stehen für Wohlstand durch Einfachheit. Die Pax sind der einzige Weg in die Zukunft. Vor dem Puls habt ihr jahrhundertelang versucht, der Galaxis euren Stempel aufzudrücken und das Leben ihrer Bewohner zu verbessern, ob sie wollten oder nicht. Das wollen auch die Pax, doch die Pax sind stärker. *Wir* sind stärker. Ihr habt uns den Weg geebnet. Schließt euch jetzt unserem unaufhaltsamen Aufstieg an.

Werdet selbst zu Pax. Schließt euch der Friedensmacht an, welche die Galaxis verdient.

Oder sterbt.«

Der übliche Möchtegerndiktator-Scheiß. Ich hatte das schon auf hundert Welten gehört. Manchmal von einem Kundschafterschiff, das die Armada ankündigte, manchmal von einem Dutzend hungrigen, mit Speeren bewaffneten Leuten vor den Toren einer Stadt, deren Bewohner nur über Steine verfügten. Sie versprachen Frieden, jedoch erst nach vorheriger Kapitulation. Sie wähnten sich den Legitimierten ähnlich, weil sie Gewalt für das einzige Mittel hielten, die Menschen für ihre Sache zu gewinnen. Sie glaubten, militärische Stärke verleihe einem das unabdingbare Recht, diese Macht einzusetzen, wann immer man es für angebracht hielt, und dass ihr Handeln rechtmäßig sei, solange sie die Macht besäßen, ihre Ziele durchzusetzen. Infolgedessen glaubten sie auch, wir hätten den Puls vorsätzlich ausgelöst. Denn das hätten sie an unserer Stelle getan.

Das Pax-Schiff beschleunigte mit schwach feuernden Triebwerken. Es wartete auf eine Antwort.

Einer von uns gab sie ihnen. Ich konnte nicht sagen, wer es war – ich wusste nur, dass es sich nicht um Scheherazade oder Bolivar handelte. Einer der Legitimierten aber gab den Pax die Antwort, und zwar mit einer gegen die ungeschützte Seite des Schiffes gerichteten Kanonensalve. Die Pax hatten die Schutzschirme noch nicht eingeschaltet – sie waren das Opferlamm, das auf dem Schlachtfeld zum Wohlgefallen Gottes verblutete, wer immer das sein mochte. Das Kundschafterschiff wurde in zwei Hälften zerlegt.

Die Überreste des Pax-Schiffes trieben davon. Der Weg zwischen den beiden Schwarzen Löchern hindurch war schmal, und durch den Beschuss waren die Überreste des Schiffes in Bewegung geraten. Wir alle schauten zu, wie sie in den Gravitationsmalstrom gezogen und vom Schwarzen Loch verschluckt wurden. Ich weiß nicht, was die anderen Legitimierten in diesem

Moment dachten; wir waren ein gemischter Haufen, ebenso stark geprägt von unserer Vorgeschichte wie von unseren Überzeugungen. Aber ich bin mir sicher, dass ich mit meinem Gedanken nicht allein war.

Eins erledigt.

Der Rest der Pax-Flotte tauchte auf, bereits in Beschleunigung begriffen.

Hunderte übrig.

79

Die Schlacht entbrannte.

Die schwarze Leere, gefüllt mit Sternenlicht, wurde vom Feuer der Antiorbitalkanonen auf der Seite des Mondes erhellt, welche der der sich nähernden Flotte zugewandt war. Die lunaren Kanonen brüllten wieder und wieder gegen die Stille der Leere an; das erste Schlachtschiff der Pax wurde getroffen und stark beschädigt, bevor es auch nur so weit ins System eingeflogen war, dass weitere Pax-Schiffe nachrücken konnten.

Die Pax aber hatten damit anscheinend gerechnet, denn auch dieses Schiff war ein Opferlamm – es handelte sich um ein umgebautes Trägerschiff, und aus der geborstenen Hülle schossen Dutzende von Kampfraumern hervor wie Wespen aus einem zerstörten Nest. Auch wenn das Superraumschiff auseinanderbrach, waren die Piloten der Kampfraumer immer noch Pax, und Pax hatten die Disziplin verinnerlicht; sie verhielten sich wie Pax, was auch geschah. Die wespenartigen Kampfraumer formierten sich zu einem Angriffskeil und hielten direkt auf den Mond mit der Delta-Kanone zu.

Das war unser Zeichen.

Mit Vollschub rasten wir aus unserem Versteck hervor und schlossen uns den anderen Schiffen im System an. Schaz überwachte die Positionen der gegnerischen Schlachtschiffe und markierte in meinem HUD die voraussichtlichen Schussbahnen; ich schlängelte mich dazwischen hindurch, tanzte mit meinem wendigen Schiff durch die Bahnen des Hochgeschwindigkeitstodes. Wir griffen die Pax-Schiffe von allen Seiten an und rissen ihre Formation auseinander.

Ich bediente die Bug-Geschütze und die Raketen; Esa steuerte die Kurzdistanzlaser; Marus hatte die Heckkanone übernommen. Mit vereinten Kräften schalteten wir die Pax-Schiffe aus, wo wir sie antrafen, und sie waren praktisch überall und suchten nach einem Weg durch die Streitmacht der Legitimierten, um todesmutig die Mondkanone angreifen zu können. Das würde ihnen natürlich nicht gelingen – dies war bloß eine taktische List der Pax-Generäle, die uns aus der Reserve locken sollte, damit die nächste Welle entsprechend reagieren konnte –, doch sie kämpften, als hinge der Ausgang der Schlacht von ihrem Einsatz ab.

Der Nahkampf führte uns durch das Trümmerfeld der pulverisierten Himmelskörper, die Schiffe mussten ständig Ausweichmanöver fliegen. Inmitten der Leuchtspuren und Explosionen bahnten wir uns einen Weg durch die mahnenden Überreste der zerstörten Welten. Auch dort waren Pax-Schiffe, doch wir hatten den Vorteil, dass wir uns hier auskannten und die Fallen geschickt angelegt hatten.

Die meisten gegnerischen Schiffe wurden vernichtet, bevor sie auch nur die Mondatmosphäre erreichten. Ein paar kamen nahe genug an die Oberfläche heran, um den Schutzschirm der Kanone unter Beschuss nehmen zu können, wurden aber bald darauf von den Flakbatterien am Boden abgeschossen. Die erste Welle des Pax-Angriffs war überstanden, und den Funkmeldungen nach zu urteilen, hatten wir kein einziges Schiff verloren. Allerdings hatten sie uns von unseren Ausgangspositionen vertrieben – jetzt standen unsere Kampfraumer zwischen der

Pax-Flotte und der Kanone, und es würde länger dauern, bis wir die nächste Welle würden angreifen können. Beim nächsten Mal könnten wir sie nicht mehr von allen Seiten unter Feuer nehmen. Es drohte ein Abnutzungskampf, und dafür waren die Pax gerüstet. Wir nicht.

Immer mehr Pax-Raumschiffe traten aus dem Hyperraum aus, doch ihre Flugroute wurde durch die rotierenden Schwarzen Löcher eingeengt. Inzwischen befanden sich vier Schlachtschiffe im System und bahnten sich einen Weg durch das Abwehrfeuer hindurch, mit dem Ziel, in den Planetenorbit zu gehen. Das erste war fast nicht mehr einsatzfähig und wurde immer wieder von Explosionen erschüttert; die Kanoniere hatten den Beschuss längst eingestellt, da keine Bedrohung mehr von ihm ausging.

In der Zeit, in der das erste Schlachtschiff kampfunfähig gemacht worden war, hatten die übrigen jedoch die Schwarzen Löcher passiert, ohne größere Schäden davonzutragen, und schon bald würde das zweite gewaltige Superraumschiff sich außerhalb der Schussweite der lunaren Geschütze befinden.

Immer mehr Kampfraumer trafen ein. Zunächst blieben sie in der Nähe der Schlachtschiffe, die ihnen mit ihren Kanonen Deckung gaben, doch als eine zuvor vereinbarte Anzahl erreicht war, griffen sie uns und den Mond an. Eine Fregatte hatte sich ihnen angeschlossen. Eine zweite hatte es versucht, den Kurs aber falsch berechnet und war in den Gravitationssog des unerbittlichen Schwarzen Lochs geraten. Die Pax würden daraus ihre Schlüsse ziehen – jetzt kannten sie die genauen Grenzen der Einflugschneise, die roten Linien ihrer Systemvektoren. Ein paar Erkundungsschiffe drehten ab, um die anderen Schiffe im Aufmarschgebiet zu warnen.

Ich fuhr Scheherazades Schutzschirm auf maximale Leistung hoch und brüllte möglicherweise etwas Obszönes, als ich vollen

Schub gab, weiß es aber ehrlich gesagt nicht genau. Wir waren jetzt mittendrin, es gab kein Zurück mehr, und diese Scheißkerle wollten meine Heimat vernichten, meine Freunde, alles, wofür ich mich je eingesetzt hatte. Und alles, was ich hatte, waren Schaz, die an ihrem Bauch montierten Kanonen und die Raketen in ihren Silos; ihr Antrieb, ihr Schutzschirm und ihr responsiver Steuerknüppel. Ich würde die Bastarde bezahlen lassen.

Und dementsprechend verhielt ich mich.

Wir rasten der zweiten Welle der Pax direkt entgegen und erreichten sie am schimmernden Rand der Mondatmosphäre. Der Kampf fand im Orbit statt, hoch über den brodelnden Kristallseen, und die Fregatten stießen wie Haie herab und schickten sich an, in den Trümmerring des Innensystems einzufliegen. Die Schlacht war voll entbrannt. Sieg oder Tod.

Die Pax hatten gedacht, wir würden uns ihnen anschließen. Sie hatten geglaubt, die Legitimierten zu kennen – hatten geglaubt, unsere Taten hätten uns geprägt.

Für diesen Irrtum würden sie teuer bezahlen müssen.

80

»Jane, ein Angreifer versucht einen Fernschuss anzubringen; schwenk nach Backbord, ich gehe auf Angriffskurs.« Javiers Stimme riss mich aus dem beinahe tranceartigen Zustand, in den die Schlacht mich versetzt hatte; voll konzentriert auf die Pax-Schiffe am Himmel, hatte ich kaum noch auf die Funkmeldungen geachtet.

»Verstanden«, bestätigte ich, schwenkte vom momentanen Ziel ab und feuerte eine einzelne Rakete ab, die dem Gegner den Rest geben sollte. Javis Warnung war keinen Moment zu früh gekommen; Sekunden später verfehlte uns ein Kanonenschuss nur knapp und ließ meinen Monitor aufleuchten. Ich markierte Bolivars Position und flog einen weiten Bogen, der mich am Rand des Kampfgeschehens entlangführte.

»Hab ihn«, sagte Javier, zog Bolivar hoch und ließ die Rauchfahne des Pax-Schiffes hinter sich. »Problem beseitigt.« Das gegnerische Schiff, das er beschossen hatte, sank in einer Spirale auf das Meer aus geschmolzenem Kristall hinunter; selbst wenn der Pilot den Aufprall überleben sollte, würde ihm der Aufenthalt auf dem Mond nicht gut bekommen.

»Wir haben mehr drauf.« Unser kleines Ausweichmanöver hatte uns aus der Hitze des Gefechts hinausbefördert, und wir waren der Pax-Fregatte näher gekommen als beabsichtigt; wir befanden uns nur knapp außerhalb ihrer Schussweite. Ich war noch immer im Sinkflug begriffen und wich dem Kanonenfeuer aus, doch dieses Schiff war für einen Frontalangriff gebaut, und wir hatten in dem Trümmerfeld dahinter zu ihnen aufgeschlossen. »Setz dich hinter mich, Javi«, sagte ich.

»Warum?«, fragte er, doch ich überwachte Bolivars Manöver; er brachte sich bereits in Position. »Ich frage nur, weil es so aussieht, als wolltest du die gottverdammte Fregatte angreifen.«

»Du warst schon immer ein helles Köpfchen«, erwiderte ich. Die Fregatte – sie war halbmondförmig, und die nach vorn gerichteten Kanonen säumten den inneren Bogen, während wir die Triebwerke vor uns hatten – versuchte noch immer, aus dem Trümmerfeld hinauszukommen, weshalb im Moment ein großer Teil ihrer Gefechtstürme auf Asteroiden feuerte, um den Weg freizumachen.

Lange würde dieser Zustand nicht anhalten; sobald das Schiff das Trümmerfeld hinter sich gelassen hätte, würden die Geschütztürme alle Angreifer unter Feuer nehmen können. Wir hatten nur eine einzige Chance, unser Vorhaben durchzuziehen, und zwar jetzt.

Normalerweise konnte ein Schiff von der Größe Scheherazades oder Bolivars einer Fregatte allenfalls lästig werden. Im Vergleich zu einem Schlachtschiff waren sie eine Mücke, während eine Fregatte einem großen terrestrischen Säugetier entsprach, wie einem Bär oder Elch. Diese spezielle Fregatte war jedoch bereits von den Minen und Sprengfallen, die wir in den Trümmern und auf der Anflugroute platziert hatten, in Mitleidenschaft gezogen worden. Damit waren unsere Mittel erschöpft; mit der Zeit würde der Schutzschirm sich wieder aufbauen, und das kleine Zeitfenster, in dem ihre Abwehr geschwächt und die

Geschütztürme anderweitig beschäftigt waren, wäre wieder geschlossen. Also jetzt oder nie.

»Ist das klug?«, fragte Esa nervös und glotzte das mächtige Schlachtschiff an, das im Cockpitfenster immer größer wurde. Ein einziges flammendes Triebwerk war größer als Schaz' gesamtes Chassis. »Sollten wir das nicht besser lassen?«

»Nein, klug ist das nicht«, erwiderte Javier; ich hatte vergessen, dass auch Esa auf die Sprechanlage geschaltet war. »Aber wie's aussieht, tun wir's trotzdem, also mach dich bereit.«

»Wir tun was?«, fragte Marus vom Heckturm aus. »Was machen wir? Wieso sehe ich das Trümmerfeld? Würdet ihr *bitte* daran denken, dass ich hier hinten bin – ich kann nicht sehen, was vor uns liegt.«

»Mach dich einfach bereit zum Feuern«, sagte ich, gab vollen Schub und verlagerte die Schutzschirme zum Bug.

»Aber *worauf*?«

Bevor er reagieren konnte, gelangten wir in Reichweite der Fregatte, und die Geschütztürme nahmen uns bereits ins Visier, da wir gefährlicher waren als die Trümmer, die gegen den Schutzschirm zu prallen drohten. Ich hielt auf die Triebwerke zu, und die Feuerkraft der Fregatte nach hinten war eingeschränkt, sodass Schaz' Schutzschirm nur *fast* zusammenbrach, bevor wir den Gegner mit den Bugkanonen unter Beschuss nehmen konnten.

Bolivar war unmittelbar hinter uns; er verfügte zwar über weniger Feuerkraft als wir, konnte aber trotzdem einen wertvollen Beitrag leisten. Wir feuerten auf den Schutzschirm, verringerten den Schub, tanzten zwischen den Laserstrahlen hindurch, die uns vom Himmel holen wollten, und vollzogen den langsamen Schwenk der Fregatte nach, die versuchte, zu wenden und uns frontal anzugreifen. Der Gegner verlagerte den Schutzschirm jetzt zum Heck, sodass die umhertorkelnden Trümmer nun ungebremst gegen den Schiffsrumpf prallten.

Ein Hitzenetz breitete sich im hauchdünnen, schimmernden Schutzschirm der Fregatte aus, dann barst er, und wir waren durch. Der Antrieb bis zum Äußersten belastet, die Kanonen am Anschlag feuernd, doch wir waren schon ganz *nah*, verdammt noch mal, wir hatten die Fregatte fast erreicht, und jetzt endlich explodierten die Triebwerke, erst eins, dann das nächste. Ich ließ uns bis hinter die Feuerreichweite der Fregatte zurückfallen. Schaz' Schutzschirm war stark geschwächt, und Marus schoss die Raketen ab, die uns folgten; der Angriff war grenzwertig gewesen, vielleicht hatte ich es sogar überzogen. Doch die Fregatte war stark beschädigt und konnte nicht mehr in der über dem Mond tobenden Raumschlacht mitmischen; die explodierenden Triebwerke verbreiteten Chaos im Schiff.

Wir rasten davon und ließen den Schiffskernen einen Moment Zeit, die Schutzschirme wieder aufzubauen.

»Einen höllischen Angriff habt ihr da geflogen«, erklang John Henrys Stimme aus den Lautsprechern. »Wir wollten unsere Fregatten gerade in Angriffsposition zu dem gegnerischen Schiff bringen, aber jetzt können sie vor Ort bleiben, bis die Pax weiter ins System vorstoßen. Gut gemacht.«

»Wie weit sind die Schlachtschiffe inzwischen gekommen?«

»Sie passieren gerade den Mond, auf einer Bahn, die sie über dem Planeten in Position bringt, aber sie bezahlen einen hohen Preis. Vier haben wir bereits aus dem Verkehr gezogen, dabei sind sie eben erst in die Reichweite der planetarischen Waffen gelangt.«

Das war eine gute Nachricht, doch es reichte nicht; es bedeutete, dass wir selbst mit unserer gesamten Feuerkraft nicht alle Schlachtschiffe daran hindern konnten, über dem Sanktum in Position zu gehen. Wenn es so weiterging, würden wir sie abschießen, bevor sie den Schutzschirm der Stadt irreparabel schwächen konnten, jedoch nur deshalb, weil wir mit unserer *gesamten* Feuerkraft angriffen. Ich bezweifelte, dass es lange so bleiben würde.

Noch während ich diese Überlegungen anstellte, tauchten neue Ortungen auf dem Monitor auf, und zwar unerwartet nahe. Die Besatzung der nahezu kampfunfähigen Fregatte hatte alles abgesetzt, worüber sie verfügte. Dazu gehörten auch Landungsschiffe.

Die Fregatte hatte gar nicht vorgehabt, die Kampfraumer zu unterstützen; sie diente als Truppentransporter, genau wie das Schlachtschiff, das die Pax über Esas Heimatwelt geopfert hatten. Da es ihnen nicht gelungen war, die lunaren Kanonen vom Raum aus zu zerstören, wollten sie es jetzt vom Boden aus versuchen.

Soeben hatte sich der Charakter der Schlacht entscheidend verändert.

81

»Schaz, achte auf die Landungsschiffe«, knurrte ich. »Benachrichtige die komplette Flotte der Legitimierten; alle sollen erfahren, dass dies die vorrangigen Ziele sind.« Während wir in den Wochen vor dem Angriff die Antiorbitalkanonen Alpha und Bravo sicherten, hatten andere Teams die lunaren Kanonen mit Geschütztürmen und anderen Sicherheitsvorkehrungen ausgestattet. Einem längeren Bodenangriff würden sie nicht standhalten – wir hatten einfach nicht genug Soldaten, um alle fünf Kanonen zu sichern, außerdem handelte es sich bei den Abwehrwaffen größtenteils um Boden-Luft-Geschütze. Sollten die Pax die Mondkanonen einnehmen und Chariot und Delta sich gegen die Schiffe der Legitimierten wenden, wäre ein großes Raumgebiet zumindest für unsere Fregatten nicht mehr zugänglich. Es dauerte eine Weile, ein Schlachtschiff mit einer Kanone zu vernichten, doch eine Fregatte wäre schon mit dem ersten Treffer erledigt. Wir hatten nur deshalb keine kleineren Schiffe unter Feuer genommen, weil wir es uns nicht leisten konnten, die Waffen von den größeren, gefährlicheren Zielen abzuziehen.

Mein Funkspruch wurde verteilt, die Landungsschiffe leuchteten auf den HUDs sämtlicher Legitimierten-Piloten auf, doch die Pax wussten, was sie taten – Abwehrstellungen anzugreifen war schließlich ihre Spezialität; von Natur aus Eroberer, neigten sie eher zum Angriff als zur Verteidigung. Außerdem hatten sie die nächste Angriffswelle perfekt zeitlich abgestimmt. Eines der Schlachtschiffe, das soeben die Schwarzen Löcher passiert hatte, öffnete die Hangars und spuckte Welle um Welle von Kampfraumern aus – ein weiteres Trägerschiff.

»Streitkräfte der Legitimierten, zurückziehen zur Mondatmosphäre«, befahl John Henry. »Begebt euch in Reichweite der Antiraumschiff-Geschütze, die rund um die drei Kanonen platziert sind. Ihr könnt diesen Angriff nicht allein abwehren. Teilt euch wenn möglich zwischen Chariot, Delta und Echo auf – ihr dürft den Pax kein klares Ziel bieten, auf das sie sich einschießen können.«

Eine gute Strategie, aber wenn wir uns nur darauf konzentrierten, den Angriff zu überleben, würde sich niemand um die Landungsschiffe kümmern.

Allerdings sah auch ich keine andere Möglichkeit – jedenfalls jetzt noch nicht. Ich befolgte John Henrys Anweisung und ließ mich zu den restlichen Streitkräften der Legitimierten zurückfallen, die noch immer mit der zweiten Welle der Pax beschäftigt waren. Die Kampfhandlungen verlagerten sich in die Atmosphäre; die Schiffe beschossen einander, während sie gleichzeitig gegen den Zug der Gravitationssenke ankämpften. Die Mondoberfläche war mit brennenden Wracks und zahlreichen verkohlten Toten übersät.

Frustriert und in meinem Aktionsradius eingeschränkt, behielt ich die Landungsschiffe, die sich immer weiter aus der Kampfzone entfernten, zumindest peripher im Auge. Ich hatte mich zur Echo-Kanone zurückgezogen, und so wie man immer wieder an einer Wunde kratzt, beobachtete ich, wie die gegnerischen Schiffe sich entfernten, um die Infanteristen abzusetzen, welche die Kanone angreifen würden, die ich verteidigte.

Wenn ich die Fregatte etwas früher getroffen oder etwas schwerer beschädigt hätte, hätte sie die Transporter nicht in Abstimmung mit der neuen Angriffswelle absetzen können. Doch es war anders gekommen, und wir konnten nicht verhindern, dass die Landungsschiffe sich entfernten und ihre Ladung absetzten. Bald schon würden die Soldaten ihren Marsch über die Mondoberfläche aus Kristall beginnen, der erstarrt war, da die beiden Sonnen die Luft nicht über die Schmelztemperatur hinaus erwärmten. Wir waren machtlos – zu sehr damit beschäftigt, am Leben zu bleiben, während immer mehr Pax-Kämpfer in die Atmosphäre strömten.

Esas Finger flogen über die Steuerung, und das blaue Laserlicht, das die an den Flügeln montierten Kanonen ausspuckten, stotterte wie ein Stroboskop, als sie ein Ziel nach dem anderen unter Feuer nahm; sie war gut, sehr gut sogar. Sie wusste genau, wann es angebracht war, einen Gegner zu verfolgen, und auch wann es mehr Sinn ergab, ihn entkommen zu lassen und stattdessen ein näheres Ziel unter Feuer zu nehmen. Marus hielt sie uns mit der Kanone vom Leib, weshalb ich mich voll und ganz auf Schaz' Steuerung konzentrieren konnte, was den Piloten der Legitimierten nur selten möglich ist.

Ich manövrierte uns durch die Schlacht, identifizierte stark bedrängte Legitimierten-Schiffe und versuchte, ihnen zumindest eine kleine Atempause zu verschaffen. Doch ich konnte nicht überall sein, und Scheherazades Schutzschirme arbeiteten nach dem Angriff auf die Fregatte noch immer nicht mit voller Leistung, weshalb ich vorsichtiger sein musste, als mir lieb war.

Wir wehrten uns und kämpften hart, doch wir verloren auch dann noch Schiffe, als wir uns längst in Reichweite der rund um Echo verteilten Anti-Luft-Geschütze befanden. Langsam aber sicher verloren wir die Kontrolle über die Mondatmosphäre.

»An alle Kämpfer: Abbruch!«, befahl John Henry mit belegter Stimme. Schließlich war er eine KI, basierend auf einem gewaltigen Datenbankkomplex im Herzen des Sanktums, in der Lage, an hundert Orten gleichzeitig zu sein und zahllose Prozesse simultan zu steuern. Jeder einzelne Pilot, der sein Leben verlor, war sein Freund, und jedes einzelne Schiff, das in Flammen aufging, war eine KI, an deren Entwicklung er mitgewirkt hatte. Aber er wusste, wann eine Schlacht verloren war. Daran war nichts mehr zu ändern. »Die Fregatten gehen über der Angriffsroute in Position und geben euch beim Rückzug Deckung«, fuhr er fort. »Kehrt zum Sanktum zurück, behebt die Schäden und nehmt Munition auf.«

»Wir dürfen die lunaren Kanonen noch nicht aufgeben!«, erwiderte ich. Ich wusste, dass die anderen Piloten dies ähnlich sahen wie ich. Wir hatten nicht so hart gekämpft, alles gegeben und dabei zugesehen, wie unsere Freunde in Flammen aufgingen und starben, um jetzt die Segel zu streichen. Als ich Scheherazade auf die Seite legte, sah ich über den Flügel hinweg, wie Echo auf den Gegner feuerte. »Es kommen immer noch Schlachtschiffe durch, wir müssen …«

»Wenn ihr dort umkommt, gibt es niemanden mehr, der das Sanktum schützt«, donnerte John Henry und fegte damit alle Einwände beiseite. »Wir haben immer gewusst, dass die Kanonen fallen würden. Wir sind im Krieg; Verluste sind unvermeidlich.«

Er hatte recht, das war mir klar; wir hatten das eingeplant, auch wenn wir gehofft hatten, dass es länger dauern würde. Ich hatte geglaubt, wir könnten wenigstens die Mannschaften evakuieren, bevor die Kanonen zerstört wurden. Die Pax aber hatten die Luftüberlegenheit errungen, und über kurz oder lang würden auch die Bodentruppen die Kanonen erreichen. Die Geschütztürme und die Boden-Luft-Batterien würden die Kanonen noch eine Weile schützen, doch wir wussten, was bevorstand, auch wenn sie weiterkämpften. Die Mannschaften wussten es wohl ebenfalls.

Die Pax machten keine Gefangenen. Jedenfalls dann nicht, wenn die Kämpfe noch andauerten.

Ich öffnete einen Funkkanal und wandte mich an die gesamte Flotte der Legitimierten und an die Bedienmannschaften der Kanonen. »Hier spricht Jane Kamali von der Scheherazade«, sagte ich, und meine Stimme klang selbst für meine eigenen Ohren dumpf und leer. »An die Bodenmannschaften: Wenn wir euch abholen können, *werden wir das tun*. Haltet durch, so lange es geht. Der Gegner wird versuchen, die Kanonen in intaktem Zustand einzunehmen; sorgt dafür, dass er einen hohen Preis dafür bezahlt. Platziert Sprengfallen, legt Hinterhalte, bleibt am Leben. Macht ihnen die Hölle heiß.«

»Du auch, Kamali«, antwortete einer der Kanoniere. »Du auch.«

Mit zusammengebissenen Zähnen und zitternd vor Zorn drehte ich ab und nahm hinter dem Sperrfeuer der Fregatten Kurs aufs Sanktum. Unter mir toste und heulte der Sturm, der an der Temperaturscheide tobte; ich wusste genau, wie sich das anfühlte.

82

»Was ist los?«, fragte Esa. »Weshalb ziehen wir uns zurück? Warum …«

»Wir dürfen nicht unsere gesamten Kräfte für die lunaren Kanonen opfern«, antwortete ihr Marus über Comm. »Wenn wir das täten, blieben keine Schiffe mehr für den Schutz der planetarischen Kanonen übrig, und die werden viel länger auf die Schlachtschiffe feuern können.«

»Aber da unten sind noch Leute, wir haben sie doch gerade eben gehört!«, protestierte Esa. »Sie …«

»Sie haben sich freiwillig gemeldet und wussten, dass es dazu kommen würde«, erwiderte ich. Es gefiel mir ebenso wenig wie ihr, doch es war die Wahrheit. »Wir wussten, dass wir die Mondkanonen nicht würden halten können.«

Einige Kampfraumer – die tapfersten oder jedenfalls die pflichteifrigsten – versuchten uns noch immer anzugreifen, obwohl sie sich in Feuerreichweite unserer Fregatten befanden. Als wir über den Sturm aufstiegen, markierte ich so viele wie möglich als Ziele und feuerte die wenigen Raketen ab, die wir nach dem Angriff auf die gegnerische Fregatte noch übrig hatten. Jetzt waren die Kampfraumer zwischen dem messerscharfen Sturmregen, dem Feuer der Fregatten und den im Anflug befindlichen

Raketen gefangen. Es hatte keinen Sinn, Munition zu horten, wenn wir zum Sanktum zurückflogen.

»Aber … aber …«, sprudelte Esa das Lieblingswort aller Halbwüchsigen hervor.

»Es war von vornherein klar, dass wir nicht ohne Verluste aus der Sache rauskommen würden, Kleine«, sagte ich einfühlsam. Wie zum Beleg meiner Worte schlüpfte eines der selbstmörderischen Pax-Schiffe durchs Sperrfeuer der Fregatten und feuerte eine Rakete ab; sie traf auf kurze Distanz einen Kampfraumer der Legitimierten, der in Flammen aufging. Trümmer stürzten in den Sturm hinab. Unwillkürlich nahm ich die Hand vom Steuerknüppel und drückte sie gegen das Cockpitfenster, als könnte ich durch das Glas hindurch die sengende Hitze spüren. Dabei war mir kalt.

»Unseren Kundschaftern zufolge wurden mindestens drei Schlachtschiffe zu Truppentransportern umgebaut«, rief Marus Esa in Erinnerung. »Bislang haben wir nur zwei gesehen. Das heißt, wir haben es bislang bestenfalls mit zwei Dritteln ihrer Kämpfer zu tun. Hätten wir bis zum Schluss über dem Mond ausgeharrt, würde der dritte Transporter auftauchen und seine Bodentruppen auf die planetarischen Kanonen loslassen, ohne dass wir es verhindern könnten.«

»Aber sie leben noch!« Es klang wie ein Verzweiflungsschrei.

»Das tun sie«, sagte ich. »Und wir lassen sie nicht im Stich. Aber im Moment können wir nichts für sie tun. Im Kampf wird die Fusionsenergie schnell verbraucht – das ständige Abfeuern der Waffen und die Aufrechterhaltung der Schutzschirme erfordern eine Menge Energie. Wir müssen zum Sanktum zurückkehren, den Kern aufladen, Raketen bunkern und die Schäden beseitigen lassen.«

»Du wurdest beschädigt?«, wandte Esa sich leise an Schaz. »Du bist verwundet?«

»Bloß ein paar Kratzer, meine Liebe«, antwortete Scheherazade, deren affektierte Aristokratenstimme so nonchalant klang eh und je. »Nichts Ernstes.« Das war nicht gelogen, aber doch eine etwas optimistische Betrachtungsweise; beim Angriff auf die Fregatte waren wir mehrfach getroffen worden und hatten in der Zeit, als unsere Schutzschirme noch in Regeneration begriffen waren, weitere Treffer eingesteckt. Kritische Schäden hatten wir nicht zu verzeichnen, allerdings waren Teile beschädigt, welche die kritischen Systeme *schützten*.

Als wir uns zum Sanktum zurückzogen, sahen wir die gegnerischen Schlachtschiffe, gewaltige Ansammlungen von Dunkelheit vor dem Hintergrund der Sterne, aufgereiht über den rotierenden Trümmern des Systems. Sie befanden sich in Reichweite der planetarischen Geschütze, die feuerten, was das Zeug hielt, doch zumindest einige der gegnerischen Superraumer hatten die Flugbahn geändert und nahmen die Kanonen auf der Planetenoberfläche unter Beschuss. Das gewaltige Ausmaß der Pax-Streitkräfte – die Größe der Schlachtschiffe und ihre schiere Anzahl – ließ Schaz winzig erscheinen; die uns Deckung gebende Fregatte wirkte wie ein kleines Boot auf einem tiefen Ozean, in dem Ungeheuer lebten.

»Wir dürfen sie nicht im Stich lassen«, wiederholte Esa flehentlich.

»Das werden wir auch nicht«, erwiderte ich. Ich beobachtete den Schlagabtausch zwischen den Schlachtschiffen und den planetarischen Geschützen, war mit den Gedanken aber noch immer bei den Bedienmannschaften der Mondkanonen; die Schutzschirme ihrer Anlagen erbebten unter dem Bombardement der Pax, und sie wussten, dass die Bodentruppen unabwendbar und unerbittlich auf ihre Stellungen vorrückten.

»Hast du einen Plan?«, fragte Marus.

»Ich weiß nicht, ob er gut ist«, meinte ich achselzuckend.

»Ist egal.« Javier über Comm; ich hatte beinahe vergessen, dass Bolivar mit Scheherazades Bordsprechanlage verbunden war und dass er und die Predigerin mithören konnten, was Esa und ich zu Marus sagten. »Wir sind dabei.« Javier war nicht der Typ, der seine Leute zurückließ. Das war eine der Eigenschaften, die ich an ihm liebte.

»Das habe ich mir gedacht«, sagte ich und hätte beinahe gelächelt. »Lass uns zum Sanktum zurückfliegen und die Vorräte auffrischen. Unterwegs sag ich dir, was ich mir vorstelle.«

83

Wir gingen tiefer und ließen den Schusswechsel zwischen den Schlachtschiffen und den Antiorbitalkanonen auf der Planetenoberfläche hinter uns; inzwischen konnten wir auch die Hauptkanone des Sanktums sehen. Sie war nicht mehr halb im Silo versteckt, sondern ragte aus dem Berg auf, was bedeutete, dass schon bald mindestens eins der Schlachtschiffe über der Stadt auftauchen würde.

Ich verschaffte mir mittels unserer Sensoren rasch einen Überblick; wir hatten inzwischen sieben Schlachtschiffe ausgeschaltet. Drei weitere waren so stark beschädigt, dass sie sich aus der Reichweite unserer Kanonen zurückgezogen hatten. Ihre stärksten Waffen konnten sie nicht mehr einsetzen, dienten aber immer noch als Schutz für ihre Kampfraumer, so wie die Fregatten unseren Rückzug abgeschirmt hatten. Es kamen immer noch Pax nach; immer neue Schlachtschiffe, Kampfraumer und Fregatten tauchten auf unseren Bildschirmen auf – inzwischen hatten neunzehn Superraumer Kurs auf den Orbit genommen, wehrten den Beschuss der noch feuernden Mondkanonen ab und bombardierten die Schutzschirme von Sanktum, Alpha und Bravo.

Wir durchflogen den Schirm des Sanktums und setzten auf einer der aus dem Berghang vorspringenden Plattformen auf, die man für schnelle Reparaturarbeiten hergerichtet hatte. Die anderen Kampfraumer folgten unserem Beispiel, und kaum hatten sie aufgesetzt, wimmelte es auch schon von Technikern, die sie so schnell wie möglich wieder einsatzfähig machen wollten.

»Steig aus und vertrete dir ein bisschen die Beine«, sagte ich zu Esa. »Wir starten frühestens in zehn Minuten wieder.«

»Lass mich nicht zurück«, sagte sie warnend und erhob sich.

»Keine Sorge. Ich werd selbst mal eine kleine Begehung machen.«

»Was?«

»Ich mache das Gleiche wie du.«

Ich ging die Rampe hinunter, um ein bisschen frische Luft zu schnappen, schaltete aber das interne Kommunikationsnetz des Sanktums auf mein HUD. »John Henry, verbinde mich mit Seamus«, sagte ich mit einer Zigarette im Mund. Das war noch besser als frische Luft.

Obwohl er im Moment vermutlich bis zum Hals in Arbeit steckte, meldete sich der Stabschef der Legitimierten nach nicht mal einer Minute Wartezeit. »Du hast einen Plan, um unsere Leute von den Mondkanonen abzuziehen«, sagte er, und das war nicht als Frage gemeint. Seamus war schon immer schnell im Kopf gewesen, und aufmerksam obendrein. Ich gehörte nicht direkt zu seinen Leuten, doch er kannte die Agenten der Legitimierten und wusste, wie wir tickten.

»Bolivar und ich haben Stealth-Systeme«, sagte ich. »Wenn wir unbemerkt an die Kanonen herankommen …«

»Ihr könnte vielleicht unbemerkt dorthin gelangen, aber wenn ihr in der Nähe angekommen seid, wird man euch orten und unter Feuer nehmen«, sagte er.

»Ich weiß. Davon gehe ich aus. Sollten wir unbeschadet dorthin gelangen und sie überraschen, können wir die Bodentruppen entscheidend dezimieren und dann die Kampfraumer an der Nase herumführen. Im Moment nehmen sie ebenfalls Ausrüstung auf – die Pax sind dumm, aber so blöd auch wieder nicht. Hier im Sanktum sind Kanonenboote – nicht viele, aber einige. Lass alles ausbauen, auch die Sitze. Bemanne sie jeweils mit einem Piloten und lass sie über die Polroute fliegen. Während wir die Pax ablenken, holt ihr die Bedienmannschaften raus.«

»Sie werden sich an unsere Fersen heften, sobald meine Piloten von den Kanonen starten. Wenn du und Bolivar den Booten keine Deckung geben könnt, gibt es ein Gemetzel, bloß dass es uns die Kanonenboote *und* die Bedienmannschaften kosten wird, nicht nur die Besatzungen.«

»Ich habe nicht behauptet, es wäre ungefährlich.«

»Stimmt«, seufzte er. »Hast du nicht. Criat?«

Unbemerkt hatte er meinen Boss dazugeschaltet. »Macht das«, knurrte der alte Wulfer kurz angebunden. »Holt sie raus.«

»Jawohl, Sir«, bestätigte ich. »Gib mir Bescheid, sobald die Kanonenboote startklar sind.«

»Sie werden bereit sein, sobald Scheherazade instandgesetzt ist«, versprach Seamus. »Viel Glück, Kamali. Du wirst es brauchen.«

»Danke.« Ich blickte mich um; Javi hatte sich neben mir ans Geländer der Landeplattform gestellt, betrachtete aber nicht die Kristallberge, die sich bis zum Horizont zogen – hinter dem, weit jenseits der Mondkrümmung, sich die Bordmannschaften verzweifelt bemühten, den Angriff der Pax abzuwehren und noch immer auf die aus dem Hyperraum auftauchenden Schlachtschiffe feuerten. Stattdessen sah er mich an.

»Ich habe mich soeben für ein Selbstmordunternehmen gemeldet«, sagte ich. »Tut mir leid.« In letzter Zeit entschuldigte ich mich ziemlich oft.

Er grinste mich an. »Das muss es nicht. Das Leben als Schmuggler war niemals aufregend genug für mich. Piraten, Tyrannen und Möchtegern-Kriegsherren auf pulsverseuchten Welten sind ein Klacks im Vergleich zu dem hier. Wir werden nicht …«

»Es gibt keinen Grund, die Lage zu dramatisieren.« Na großartig. Das war Helliot; offenbar war sie über meinen kleinen Plan informiert worden. Ich meinte zu spüren, wie sie abschätzig mit den Tentakeln wedelte. »Aus deinem Plan wird nichts, Agentin. Du wirst dich dem Kampf um die planetarischen Kanonen anschließen, sobald dein Schiff einsatzbereit ist.«

»Warum, verdammt noch mal?« Ich versuchte mich zu beherrschen und nicht zu schreien, allerdings vergeblich.

»Ganz einfach: Das wäre eine Verschwendung von Ressourcen«, erwiderte sie. »Wenn wir die Bedienmannschaften der Kanonen abziehen, nehmen die Pax sie schneller ein, und nach unserem Sieg – und wir *werden* siegen – haben wir dann umso größere Mühe, die Anlagen wieder zu säubern. Die Pax, die ins System eingedrungen sind, werden nicht einfach wieder verschwinden, selbst wenn wir die Schlachtschiffe vernichten. So einfach ist das nicht.«

»Das sind unsere Leute, Helliot …«

»Rat Helliot …«

»Das sind *Legitimierte* da oben. Sie kämpfen und sterben für unsere Sache.«

»So wie du und ich es tun werden, wenn es nötig ist. Als sie sich freiwillig meldeten, haben sie gewusst, wie es ausgehen könnte.«

Mit einem Druck auf den Comm-Schalter unter meinem Ohr holte ich Seamus und Criat zurück in die Unterhaltung, in der Hoffnung, dass sie mitgehört hatten. »Du bist nicht befugt, mir …«

»O doch. Als Ratsmitglied bin ich durchaus befugt.«

»Ich denke nicht.« Seamus, der offenbar mitgehört hatte. Ich fragte mich, ob er damit gerechnet hatte. Wie ich schon sagte: Seamus kannte sich aus in der Politik. »Die Kanonenboote und deren Piloten unterstehen *mir*, dem Sicherheitschef. Du hast mir nichts zu befehlen.«

»Dann betrachte es als Votum«, fauchte Helliot. »Ich bin Bathus' Stellvertreterin – er arbeitet für unsere Verteidigung, anstatt sich romantischen Anwandlungen hinzugeben. Er sieht das genauso wie ich.«

»Und ich ebenfalls.« Acheron, die barische Leiterin der Forschungsabteilung, hatte sich der Unterhaltung angeschlossen. Offenbar hörten die meisten Ratsmitglieder mit; ich hätte mich geehrt fühlen sollen, doch das tat ich nicht. »Helliot hat recht – unsere Chancen stehen schlecht, das Risiko ist zu hoch. Wenn überhaupt jemand überleben soll, müssen die Kanonen so lange feuern wie möglich.«

»Die Bedienmannschaften können auf Automatikbetrieb umschalten, wenn wir sie evakuieren«, wandte ich ein. »Dann sind die Kanonen nicht mehr so zielgenau, aber John Henry kann sie steuern und die Schlachtschiffe damit unter Feuer nehmen, das sind ziemlich große Ziele. Die wird er nicht verfehlen.«

»Jeder Schuss zählt«, entgegnete Acheron. »Intelligente Bedienmannschaften zielen genauer, feuern aber auch *schneller* als versklavte KIs.« Die Barische sah natürlich einen grundlegenden Unterschied zwischen ihresgleichen und später entwickelten KIs wie John Henry. »Wir dürfen die Geschütze nicht vorzeitig aufgeben. Es tut mir leid, aber nur so können wir siegen.«

»Acheron hat recht. Aber Seamus ebenfalls.« Aoka, der Anführer von Marus' Fraktion, mischte sich ein. Der Spionagechef versuchte offenbar, beide Seiten gegeneinander auszuspielen, um die seiner Ansicht nach beste Lösung durchzusetzen. »Ich überlasse das Feld denen, die eindeutig Position beziehen; ich enthalte mich.« Oder auch nicht. Ich sollte mir wirklich abgewöhnen, das Verhalten dieses speziellen Vyriat vorhersagen zu wollen.

»Komm schon, Boss!« Marus, der Aoka anflehte, seine Position zu überdenken.

»Wir müssen alles tun, um zu überleben«, erwiderte Aoka entschlossen. »Beide Entscheidungen führen zu einem Nettoverlust. Ich enthalte mich.«

»Das bedeutet, MelWill gibt den Ausschlag«, sagte Criat. »Sie wird sich jeden Moment zuschalten …«

»Hier bin ich«, sagte die Reint-Technikerin – für die meisten Bewohner des Sanktums und auch mich eine Legende, ein Genie in jeder Bedeutung des Wortes. Sie hatte nur eine Stimme, doch die hatte Gewicht. »Die Männer und Frauen, welche die Kanonen bedienen, sind meine Leute, meine Techniker. Kamali: Hol sie dort raus.«

Helliot zischte und klinkte sich aus. Ich schloss die Augen und schlug den Kopf gegen die nächste Wand. Ja, wir hatten unseren Willen bekommen, doch es hatte zu lange gedauert. »Ich hatte ganz vergessen, wie sehr ich diesen Ort liebe«, meinte Javier aufgekratzt. »Tu dir bitte nicht weh. Endlich geht es los.« Er hielt inne und runzelte die Stirn. »Hurra!«, setzte er in gedämpftem Ton hinzu, wohl weil ihm klar war, was uns *bevorstand.*

»Wir werden möglicherweise Helliots, Bathus' und besonders Acherons Unterstützung brauchen.« Marus seufzte. »Wir sollten in dieser Lage vereint agieren.«

»Demokratie, Mann.« Javier schüttelte den Kopf.

»Wir starten«, sagte ich und verdrängte die Gedanken an die diabolische Rache, die ich gern an Helliot nehmen würde. »Die Instandsetzungsarbeiten an Bolivar und Schaz sind fast abgeschlossen. Macht euch fertig.« Stirnrunzelnd musterte ich die Plattform. »Wo ist Esa?«

»Bereits an Bord«, erwiderte Marus trocken. »Als jemand von einem Selbstmordkommando gesprochen hat, hat sie sich gleich auf ihrem Platz angeschnallt, damit sie nicht zufällig zurückgelassen wird.«

Genau das hatte ich vorgehabt. Ich seufzte. Na schön; ihre Entscheidung. »Alle Mann an Bord!«, sagte ich. »Wir sehen uns dort oben – bei den Mannschaften.«

84

Ich hatte Schaz' Luftschleuse beinahe erreicht, als auf einmal die ganze Welt erbebte, und das meine ich beinahe wörtlich. Eine Schallwelle, die so stark war, dass mir die Zähne klapperten, fegte über die Landeplattform hinweg und erschütterte den Berg – in der Ferne löste berstendes Kristall einen Erdrutsch aus, und am Himmel breitete sich ein helles Leuchten aus. Ich wusste, was das war, musste aber unwillkürlich hinschauen.

Die Kanone im Innern des Berges hatte gefeuert. Ein Schlachtschiff befand sich in Schussentfernung und brachte sich langsam über dem Sanktum in Position. Erreicht hatte es sie noch nicht, von hier unten war es kaum zu sehen, doch dass ich es überhaupt sehen konnte, bedeutete, dass es früher oder später so weit sein würde – wir hatten den Gegenschlag gespürt, der die Stadt getroffen hatte. Der Schuss hatte den Schutzschirm weit oben in der Atmosphäre getroffen, am Scheitelpunkt der unsichtbaren Barriere, worauf sich Feuerwellen am Himmel ausbreiteten. Der Angriff der Pax auf das Sanktum hatte begonnen.

»Dieses Schlachtschiff wird nicht lange durchhalten«, sagte Marus, der auf seinem HUD die Scanergebnisse abgelesen hatte. »Es wird von beiden planetarischen Kanonen beschossen.« In diesem Moment leuchtete der Himmel dort, wo das Schlachtschiff schwebte wie ein kleiner Mond, abermals auf; da die Kanone des Sanktums noch abkühlen musste, war der Beschuss durch eine der planetarischen Geschützstellungen erfolgt.

»Ja, aber wenn es bis hierher gekommen ist, werden die anderen nicht mehr weit sein«, erwiderte ich. »Komm. Wir müssen …«

Jemand zupfte an meinem Ellbogen. Ich wandte mich überrascht um und erblickte JackDoes, den kleinen Reint, der bei unserem letzten Besuch an Scheherazades Stimme herumgepfuscht hatte. »Hallo«, sagte er und bleckte grinsend die Zähne.

Ich runzelte die Stirn. »Egal, was du willst, JackDoes, wir haben keine …«

Er hob die schuppigen Hände. »Kein Schabernack, kein Scherz. Das ist nicht der Moment, um … Spaß zu haben. Ich wollte dir nur sagen, dass ich Scheherazade ein Paket übergeben habe. Ein … Dankeschön. Von MelWill. Dafür, dass ihr die Mannschaften abholt.«

Ich kniff die Augen zusammen. »Was für ein Paket?«, fragte ich.

»Ein spezieller Codebooster, experimentell, sehr schwer herzustellen, mit … eigenartigen Komponenten und Schwarzer Magie statt Code. MelWill hat ihn aufgehoben … hat gemeint, sie sei im Traum drauf gekommen. Wollte, dass ich ihn Scheherazade gebe. Hat gesagt, er … wäre hilfreich. Er wurde bereits installiert.«

Ich seufzte. »Gut. Danke.« War das wirklich der Moment für solche Sachen? Alles, was uns bei dem bevorstehenden Kampf einen Vorteil verschaffte, war willkommen, doch alles, was Schaz' Verhalten veränderte – beziehungsweise das *erwartete* Verhalten –, könnte sich als schädlich erweisen, selbst dann, wenn sie Informationen jetzt noch schneller verarbeiten konnte.

»Bleibt am Leben.« JackDoes grinste mich an. »Ich habe schon ein paar Verbesserungen für Scheherazade in petto. Werden dir bestimmt gefallen.«

Ich zeigte mit dem Finger auf ihn. »Mach dich ja nicht noch einmal an der Stimme meines Schiffs zu schaffen«, sagte ich.

»Alle möglichen Verbesserungen. Du wirst sie mögen«, sagte er, als habe er mich nicht gehört. »Viel Glück. Sei vorsichtig. Rette meine Freunde.«

Ich nickte und eilte Schaz' Rampe hoch. Bolivar hob bereits ab; ich zwängte mich an Esa vorbei und nahm im Pilotensessel Platz. »Können wir starten?«, fragte ich Schaz.

»Aber sicher, wir sind startklar«, bestätigte sie. Ihre Stimme klang irgendwie seltsam. »Wir sind mehr als bereit, wir können sie alle … können es mit allen aufnehmen, meine ich. Wir können abheben, also *los*.«

»Schaz?«, sagte ich, als wir von der Plattform abhoben. »Was genau hat dir MelWill gegeben?«

»Verbesserte Leitungsbahnen, klarere Rechenprozesse, übertaktete Rechenkerne. Das alles sickert nach und nach in meine Persönlichkeitsmatrix.« Sie klang gehetzt, als würde sie vergessen, zwischen den Sätzen Pausen zu machen. »Bei einem Menschen würde man von einer … Droge sprechen. Einer leistungssteigernden Droge.«

»Dann hat man dich also gedopt.«

»… oder einem Aufputschmittel. Keine Sorge – meine Kampffähigkeiten werden sich dadurch um mindestens zehn Prozent verbessern.«

»Und die Wirkung auf deine Persönlichkeitsmatrix?«

»Um im Bild zu bleiben: Wäre ich ein Mensch, könnte man sagen, ich bin verdammt noch mal völlig high. Ich fühle mich großartig.«

»Na toll.«

85

Ich schloss mit Scheherazade zu Bolivar auf, und beide Schiffe aktivierten ihre Stealth-Systeme. Wir würden so nahe an die Streitkräfte der Pax herankommen, dass sie uns möglicherweise trotzdem orten könnten, doch jetzt, da die Schlachtschiffe über dem Sanktum Stellung bezogen, hatten sich die Kämpfe auf ein breites Band zwischen dem Mond und dem Planeten ausgedehnt. Die Schiffe des Sanktums warfen sich entweder in den Nahkampf oder steuerten die Stadt an, um sich instand setzen zu lassen und Munition aufzunehmen. Wir konnte nur hoffen, dass zwei gestealthte Schiffe bei dem ganzen Durcheinander unbemerkt bleiben würden.

Das bedeutete allerdings, dass wir nicht in die Kämpfe eingreifen konnten und tatenlos zusehen mussten, als wir an dem grauenvollen Ballett der tanzenden Schiffe und des umherzuckenden Feuers vorbeikamen. Der dritte Pax-Träger war eingetroffen und spuckte eine gewaltige Welle von Kampfraumern aus. Sie verteilten sich; einige griffen die noch am Himmel befindlichen Legitimierten-Schiffe an, andere bombardierten die planetarischen Geschütze oder feuerten direkt aufs Sanktum.

Das Ausmaß der Schlacht war überwältigend – das Gewoge der Kampfraumer und dahinter die bedächtigeren Schusswechsel der Fregatten, die Positionen einzunehmen versuchten, auf denen sie den kleineren Raumfahrzeugen Deckung geben und gleichzeitig die gegnerischen Schiffe unter Feuer nehmen konnten. Und darüber schwebten die Schlachtschiffe, die noch immer furchtbare Treffer der planetarischen Geschütze und des Sanktums hinnehmen mussten.

Wohin wir auch blickten, überall wurde gekämpft, gab es Explosionen, wurden Trümmer in die Leere geschleudert, wo sie sich zu den Hinterlassenschaften der Schlachten gesellten, die das System vor Jahrhunderten verwüstet hatten. Ich peilte den ewigen Sturm mit dem messerscharfen Regen an, der die bewohnbare Zone des Mondes von den kochenden Meeren und der Eiswüste trennte; wenn wir die Kristallwolken erreichten, würden wir mit unserem Stealthantrieb so gut wie unsichtbar sein.

»Schaz?«, sagte ich.

»Ja. Hier bin ich. Ich bin *ganz* Ohr.«

»Wie lange wird der Schutzschirm des Sanktums dem Angriff der Pax standhalten?« Der tobende Sturm in der Tiefe glich einem Nebelsee, in dem sich schwach ein Wirbel aus messerscharfen Kristallen abzeichnete.

»So lange es nur von einem einzigen Schlachtschiff beschossen wird«, antwortete Schaz, »könnte es mehrere Stunden standhalten, vielleicht sogar einen Tag, wenn man das Bombardement durch die Kampfraumer ausklammert. Allerdings gehen immer mehr Schlachtschiffe über dem Sanktum in Stellung. Die Wirkung der Angriffe steigert sich dabei *exponentiell*, und je häufiger der Schutzschirm des Sanktums getroffen wird, desto weniger Zeit verbleibt für die Regeneration …«

»Dann bleiben uns also höchstens ein paar Stunden.«

»Meinen Berechnungen zufolge ist die Aussage so lange zutreffend, bis sechs Schlachtschiffe im Orbit sind und konzertiert feuern. Dann sind es weniger als zwei. Stunden, meine ich.«

»Wann wird es so weit sein?«

»Schwer zu sagen. Zu viele Faktoren; die Unzuverlässigkeit, beziehungsweise das Können der Bedienmannschaften sind ein großer Unsicherheitsfaktor. Ein paar gut gezielte Schüsse von unserer Seite könnten ein bereits in Schussposition befindliches Schlachtschiff schwer beschädigen und den Zeitplan der Pax über den Haufen werfen; ein paar schlecht getimte Schüsse unserer Kanoniere könnten dazu führen, dass ihre Superraumer schneller in Position gelangen, als wir …«

»Das Worst-Case-Szenario.«

»Dem Sanktum bleiben noch vier Stunden.«

»Verstanden.«

Ich folgte Bolivar; jetzt, da die Stürme hinter uns lagen, flog Javier dicht über die kochenden Meere hinweg. Wir schwenkten um den Mond herum, überflogen die zweite Sturmfront und näherten uns den belagerten Geschützstellungen. Ich öffnete mehrere verschlüsselte Kanäle. »Seamus«, sagte ich. »Wie lange noch, bis deine Kanonenboote in Position sind?«

»Sie haben den Mond halb umflogen und nehmen die Polroute, um den Stürmen auszuweichen«, antwortete er. »Wie lange noch, bis ihr auf die Pax trefft?«

»Fünf Minuten, vielleicht auch weniger.«

»Das passt hervorragend. Lenkt so viele wie möglich ab. Denk dran, wir müssen drei verschiedene Stellungen evakuieren. Wir haben genug Kanonenboote, um sie zu erreichen, aber sie können erst dann landen, wenn ihr einen Teil der Angreifer abgelenkt habt. Das heißt, ihr müsst euch entscheiden, auf welche Ziele ihr euer Feuer konzentrieren wollt, und *das* wiederum heißt …«

»Ich weiß.« Wenn wir uns der ersten Kanone näherten, würde den Pax klar werden, was wir vorhatten, und sie würden die Angriffe auf die anderen beiden Kanonen intensivieren. Der Plan würde Seamus' Kanonenbooten ausreichend Zeit verschaffen, die Mannschaft der ersten Kanone zu evakuieren, doch bei der zweiten und dritten Kanone würde es schwieriger werden.

Wir mussten entscheiden, welche Mannschaften wir retten wollten.

Ich funkte Bolivar an. »Javier«, sagte ich. »Du greifst den Gegner zuerst bei Chariot an; die liegt am weitesten draußen. Wir nehmen uns Echo vor, dann treffen wir uns bei Delta. Wir richten so viel Chaos wie möglich an.«

»Verstanden«, antwortete er, schwenkte mit Bolivar ab und raste über die erstarrte Mondoberfläche hinweg. »Pass auf dich auf.«

»Du auch.«

Dann tauchte hinter dem gekrümmten Horizont auf einmal das Schlachtfeld auf; Hunderte, wenn nicht gar Tausende Pax-Soldaten näherten sich der befestigten Kanone, deren automatische MGs und Anti-Luft-Geschütze die Angreifer beschossen, während Kanonenboote und landbasierte Sturmfahrzeuge das Feuer erwiderten.

»Zielt vor allem auf die Kanonenboote«, wies ich Esa und Marus an. »Von denen geht die größte Gefahr für unser Evakuierungsteam aus.«

»Verstanden«, sagte Marus. Ich hörte, wie Esa schluckte, doch sie sagte kein Wort, während sie die Hände um die Geschützsteuerung klammerte.

Als wir uns dem Ort des Geschehens näherten, schwebte mein Zeigefinger über dem Stealth-Schalter. Bevor die Waffen feuern konnten, musste ich die Tarnung aufgeben. Das exakte Timing war entscheidend.

Scheherazade schüttelte sich unter dem Flakfeuer und den atmosphärischen Turbulenzen, doch die Schüsse waren nicht speziell auf uns gezielt, sie waren einfach überall. »Es geht los«, sagte ich. »Deaktiviere Stealth-Systeme in drei Sekunden … zwei …«

86

Ich schaltete die Stealth-Systeme aus, und wir eröffneten das Feuer.

Ich flog so nahe an der Oberfläche wie möglich, unter dem Feuer der Anti-Luft-Geschütze von Echo hindurch, um die gegnerischen Schiffe anzugreifen, die sich dem Ziel ebenfalls im Tiefflug näherten. Wir hatten sie überrascht; im Simulator hatte ich schon größere Mühe gehabt, Ziele zu erfassen und abzuschießen. Esa feuerte die Laser auf die Bodentruppen ab; Marus schoss auf die Panzer und Truppentransporter und ließ eine Spur der Verwüstung hinter uns zurück.

Als wir uns dem Rand der Pax-Front näherten, schwenkte ich ab zu der nächsten Ansammlung von Kanonenbooten, die soeben den Angriff auf die Anlage begannen. Sie stoben auseinander wie ein Vogelschwarm, der von einem Raubvogel angegriffen wird. Ich feuerte mit den Buglasern und nutzte Schaz' stärkere Triebwerke, um durch ihre Reihen zu fegen, während Marus mit den Bug-Geschützen diejenigen unter Feuer nahm, die wir übrig gelassen hatten.

Mit vereinten Kräften schossen wir eine ganze Menge ab; sie taumelten zur Oberfläche hinunter und richteten noch mehr Chaos unter den Bodentruppen an; das wiederum führte dazu, dass weitere Kanonenboote in Panik gerieten und dem heftigen Abwehrfeuer der angegriffenen Soldaten zu entgehen suchten. Zu ihrem Pech führte sie der einzige Fluchtvektor direkt in die Schussbahn der Anti-Luft-Geschütze von Echo.

Esa säte noch immer Chaos in den Reihen der Bodentruppen; die Mondoberfläche bot kaum Deckung vor dem azurblauen Feuer, das Scheherazades Lasergeschütze spuckten, außerdem waren sie auf einen Angriff durch ein Schiff dieser Größe nicht vorbereitet. Wohin die Infanteristen sich auch wandten, stürzten entweder Trümmer der Kanonenboote auf sie herab, oder der blaue Tod pflügte durch die Mondoberfläche und alles, was sich darauf befand. Ich zog Schaz hoch; die Pax hatten sich von dem Überraschungsangriff ein wenig erholt und erwiderten das Feuer. Sie konnten uns nicht viel anhaben, doch wenn die gegnerischen Kampfraumer einträfen, wären wir auf voll funktionsfähige Schutzschirme angewiesen.

»Ich orte Kampfraumer«, meldete Schaz wie aufs Stichwort. »Die Bodentruppen haben Luftunterstützung angefordert.«

»Verstanden. Läuft alles nach Plan«, antwortete ich. »Welcher Anflugwinkel?«

»Die meisten waren bei Delta konzentriert; jetzt teilen sie sich zwischen uns und Bolivar auf, der bei Delta kämpft.«

Perfekt; genau so hatten wir uns das gedacht. »Noch ein Durchgang, dann greifen wir sie frontal an«, sagte ich. Ich brachte Schaz wieder über der Anlage in Stellung. Die automatischen Geschütze von Echo versengten unter uns die Mondoberfläche, während die überlebenden Pax einen letzten Versuch unternahmen, die große Kanone zu stürmen. Wir feuerten aus allen Rohren auf alles, was sich bewegte, dann schwenkte ich erneut ab und nahm Kurs auf Delta und die auf Abfangkurs befindlichen Pax-Raumer.

Wir hatten die Schlacht um Echo kaum hinter uns gelassen,

als am Horizont mindestens ein Dutzend Kampfraumer auftauchten. Mit so vielen konnten wir nicht gleichzeitig fertig werden. Allerdings hatten wir gar nicht vor, sie abzuschießen. »Schaz, leite die gesamte Energie auf den Antrieb und die Bugabschirmung um«, sagte ich. »Wir brettern mitten hindurch. Sobald wir sie erreicht haben, lenk alles auf die Stealth-Systeme um.«

»Lange werden wir sie auf diese kurze Distanz nicht abschütteln können«, erwiderte sie.

»Ich weiß, aber wir nutzen ihre Verwirrung, um den Kurs zu ändern. Schließlich *wollen* wir, dass sie uns verfolgen, oder hast du das vergessen?«

»Normalerweise würde ich mich über die Schäden an meinen Systemen und an der Lackierung beklagen, die du mir einhandeln wirst«, sagte sie.

»Aber?«

»Jetzt ist es mir scheißegal. Die Codespritze, die MelWill mir verpasst hat, ist *superaufregend.* Machen wir ihnen die Hölle heiß!«

Wir rasten geradewegs in das Schussfeld der Pax hinein; ring um uns brannte die Luft. Ich manövrierte uns durch den Maelstrom, ohne spezielle Ziele für Esa, Marus oder mich auszuwählen. Es ging allein darum, lange genug durchzuhalten und die Ansammlung der Pax-Schiffe zu durchstoßen.

Als die Stealth-Systeme sich einschalteten, verstummten unsere Geschütze. Ich änderte augenblicklich den Kurs und las im HUD die Schadensmeldungen ab. Unsere Schutzschirme waren ramponiert, doch es waren nur wenige materielle Schäden zu verzeichnen. Schaz verlagerte die Energie erstaunlich effizient und so schnell, dass ich ihr kaum folgen konnte: offenbar ein Nebeneffekt der temporären Umprogrammierung, der MelWill sie unterzogen hatte.

»Sie sind uns immer noch auf den Fersen«, meldete Marus von der Geschützsteuerung aus. »Es gefällt mir nicht, so viele gegnerische Schiffe anstarren zu müssen, ohne auf sie feuern zu können. Nur damit du's weißt.«

»Keine Sorge, sie werden uns schon zwingen, die Tarnung auszuschalten …«

Schaz erbebte, als irgendwo in unserer Nähe eine EMP-Bombe detonierte, die bewährte Methode, ein gegnerisches Raumfahrzeug zum Abschalten des Stealth-Modus zu zwingen. Die EMP-Welle schaffte es natürlich nicht, unseren Schutzschirm zu durchdringen, störte allerdings die Stealth-Systeme, und schon waren wir sichtbar, sowohl für das Radar als auch fürs bloße Auge.

Marus und Esa eröffneten das Feuer, und ich verlagerte die Schutzschirme zum Heck und lenkte den Großteil der Energie auf den Antrieb um. Wir donnerten über die Mondoberfläche hinweg, vorbei an Canyons und Berggipfeln aus gefrorenem Kristall, mit Ziel auf Delta, die zweite lunare Kanone.

»Javier?« Ich hatte einen Kanal zu Bolivar geöffnet. »Wie läuft's bei dir?«

»Unterwegs zu Delta«, bestätigte er. »Allerdings folgen uns verdammt viele Freunde zu der Party.«

»Uns haben sich ebenfalls ein paar Störenfriede angeschlossen. Wir würden sie gerne *deinen* ungeladenen Gästen vorstellen.«

»Es ist immer schön, wenn alte Freunde neue Freunde kennenlernen. Kollisionskurs?«

»So machen wir das.«

Er übermittelte mir seinen Anflugvektor; die Daten scrollten über mein HUD, und ich passte unseren Kurs entsprechend an. Wir näherten uns der zweiten Kanone mit hoher Geschwindigkeit; wir würden uns unmittelbar darüber befinden, wenn die beiden Gruppen einander begegneten.

Die Pax-Angreifer gelangten kurz vor der Anlage in Sicht, und wieder feuerten beide Seiten über die trostlose Landschaft hinweg. Ich feuerte wahllos ein paar Schüsse auf die Bodentruppen ab, erwischte zufällig die Fusionsbatterie eines Truppentransporters und löste damit eine eindrucksvolle Explosion aus, doch vor allem konzentrierte ich mich darauf, den Kurs beizubehalten. Und dann tauchte Bolivar auf; er raste uns mit tosenden Triebwerken entgegen, im Gefolge eine Gruppe von gegnerischen Kampfraumern, die unseren Schiffen nicht unähnlich waren.

Ich veränderte leicht den Anflugwinkel, bis wir geradewegs Bolivars Nase ansteuerten. Wir rasten über die lunare Landschaft und die am Boden tobende Schlacht hinweg aufeinander zu. Javier eröffnete das Feuer, und ich folgte seinem Beispiel; wir zielten jeweils auf ausgescherte gegnerische Raumschiffe und suchten nach einem Rhythmus – es war wie ein Tanz –, während wir minimale Kurskorrekturen vornahmen, um das Feuer des jeweils anderen vorbeizulassen.

Im letzten Moment schwenkten wir ab, flogen in einem Abstand von wenigen Metern aneinander vorbei und trafen frontal auf die uns entgegenkommenden gegnerischen Raumer. Während Esa mit ihren Lasern in den Reihen des Gegners wütete, markierte ich so viele wie möglich und öffnete die Raketensilos. Die Pax taten natürlich das Gleiche, und ich musste ihrem Beschuss ausweichen, während Marus auf die hinter uns befindlichen Schiffe feuerte, die sich nach Bolivars Frontalattacke verteilt hatten, und eins nach dem anderen abschoss.

Die Piloten der Kampfraumer waren geschickter als die der Kanonenboote, und vielen gelang es, dem Anti-Luft-Feuer von Delta auszuweichen. Das bedeutete jedoch, dass sie in ihrer Manövrierfähigkeit stärker eingeschränkt waren als wir und wir sie rechts und links abschießen konnten. Ihnen ging allmählich die Munition aus, und ihre Schutzschirme waren geschwächt; ein

Teil von ihnen hatte seit der Ankunft im System keine Ausrüstung mehr aufnehmen können, und die anderen hatten den Großteil ihrer Munition bereits auf die Geschütze abgefeuert. Wir hingegen waren gut bestückt und hoch motiviert.

Dennoch hatten wir keinen leichten Stand; der Gegner war immer noch stark in der Überzahl und verfügte über wesentlich mehr Feuerkraft. Wir versuchten nach wie vor, die Bodenziele und die gegnerischen Kanonenboote zu beschießen, welche die Kanone angriffen, während wir uns gleichzeitig der Kampfraumer annahmen. Javier und ich umschwirrten einander, ein kinetisches Ballett, das Tod und Erlösung brachte, stets darauf bedacht, den toten Winkel des anderen im Auge zu behalten. Ich hatte ganz vergessen, wie *gut* es sich anfühlte, einen Luftkampf mit einem anderen Piloten zu bestreiten, der genau wusste, wie ich tickte, und meine Schwächen geschickt kompensierte; das letzte Mal hatte ich diese Erfahrung in den Sektenkriegen gemacht, als ich bei Nacht die Absaugfelder eines lokalen Gasriesen bombardiert hatte.

Es hatte mir gefehlt.

Krieg ist schrecklich, und Krieg ist furchtbar; Krieg bedeutet Tod, Gemetzel und Chaos, doch er hat auch etwas Belebendes, auf grauenvolle Weise Erregendes, und dass wir bis jetzt überlebt und Erfolge zu verzeichnen hatten, verursachte mir Herzklopfen. Es ist entsetzlich, dass wir uns inmitten des Todes erfreuen können, doch so sind wir nun mal.

Ich war gut darin, und das galt auch für Javier, und in einer Sache gut zu sein, fühlte sich *richtig* an, auch wenn es gewalttätig, blutig und *grausam* war.

Bolivar und Scheherazade umtanzten die unterlegenen Schiffe, feuerten aus allen Rohren, pflückten die Gegner vom Himmel und ließen keinen davon zu nahe kommen; in diesem Moment waren wir unsterblich, die Besten der Besten, und nichts konnte uns etwas anhaben. Wir hatten einen Auftrag, und wir würden ihn erfüllen. Die Pax würden teuer dafür bezahlen, dass sie unsere Heimat angriffen und Feuer auf unsere Freunde herabregnen ließen. Sie würden für jeden einzelnen Legitimierten bezahlen, den sie je getötet hatten. Wir waren die gottverdammte Inkarnation des Krieges, der Inbegriff von Tod, Gemetzel, Rache und *Zorn*, und auch wenn es etwas Fürchterliches aus mir machte, war es doch das Schönste überhaupt.

87

Es konnte nicht ewig so weitergehen.

So schnell wir sie auch vom Himmel holten – die Pax-Raumer waren immer noch weit in der Überzahl, und unter der ständigen Belastung bauten unsere Schutzschirme ab. »Wir halten nicht mehr lange durch«, sagte Javier, senkte sein Schiff ab und fegte über die Pax-Bataillone am Boden hinweg, während die Predigerin sie mit Bolivars Lasern beharkte. »Wir haben ordentlich Prügel bezogen.«

»Und es werden immer mehr«, warnte Schaz. »Die Pax haben begriffen, was wir vorhaben – sie ziehen Kräfte vom Kampf um die Fregatten ab, um uns zur Strecke zu bringen.«

Einerseits waren meine Nerven zum Zerreißen gespannt, und ich schwelgte im Grauen und dem Chaos und wollte nichts lieber, als mich in den neuen Kampf zu werfen und diese Pax genauso bluten zu lassen wie alle anderen. Doch ich drängte diesen Teil von mir zurück. »Dann hauen wir ab«, sagte ich. »Nimm Kurs aufs Sanktum und flieg über den Pol. Der Flug dauert dadurch länger, aber wir dürfen sie nicht zu den Kanonenbooten führen.« Ich blickte aufs HUD; Seamus' Evakuierungsteams landeten gerade bei den Kanonen und schlüpften durch den Schutzschirm, um die Bedienmannschaften rauszuholen. Wir hatten die gegnerischen Kampfraumer in das Niemandsland zwischen den Kanonen gelockt, und sie waren zu sehr mit *uns* beschäftigt, um auch nur zu bemerken, dass an den Orten, die sie eigentlich hatten angreifen sollen, eine Evakuierung im Gange war.

Die Geschütze der Anlagen feuerten natürlich weiter, doch inzwischen wurden sie von John Henry gesteuert. Obwohl er viele Aufgaben gleichzeitig ausführen konnte, erreichte er weder die Treffgenauigkeit noch die Feuerrate der Mannschaften. Doch er tat sein Bestes, um vor den Pax zu verbergen, dass die Legitimierten, welche die Kanonen bedient hatten, abgezogen wurden.

»Kannst du noch mal die feindlichen Stellungen am Boden überfliegen?«, fragte ich Javier. »Die Kanonenboote sind gelandet; wir müssen ihnen nur noch einen kleinen Aufschub verschaffen.« Bei Chariot und Echo würde der Gegner sich neu gruppieren und bereit machen, den Angriff fortzusetzen; daran ließ sich nichts ändern. Wir hatten die Angreifer von Delta nicht mit voller Wucht attackieren können, und sie rückten immer noch auf die Kanone vor. Wenn ihnen ein Durchstoß gelang, solange unser Kanonenboot noch am Boden war, würde es zu einem Massaker kommen.

»Wir hängen uns an dich dran«, bestätigte Javier. »Wir folgen dir.«

Während ich weiter auf die Pax-Schiffe feuerte, flog ich eine enge Kurve, dann schwenkte ich über die Angriffstruppen, um Esa Gelegenheit zu geben, ein letztes Mal mit dem Laser zu feuern. Sie zerschnitt die Formation wie mit einem Tranchiermesser. Das blaue Feuer wurde vom Kristallmeer reflektiert, bis die ganze Umgebung indigofarben glühte.

Mein Comm schaltete sich knackend ein, als ich mich vom Schlachtfeld löste und über die Mondoberfläche bretterte, die Kampfraumer der Pax dicht auf den Fersen. »Hier spricht Riot

Tallgrass; ich befehlige die Kanonenboote des Sanktums«, sagte ein Legitimierter. »Wir haben die Evakuierung der lunaren Kanonen abgeschlossen und sind auf dem Rückflug. Danke für das Ablenkungsmanöver.«

»Gern geschehen, Tallgrass«, antwortete ich. »Passt auf euch auf.«

»Ihr auch. Das war ein höllisches ...« Die Verbindung brach ab, ich hörte nur noch Knistern. Stirnrunzelnd musterte ich das HUD: Zumindest ein paar gegnerische Kanonenboote hatten unseren Angriff überstanden und attackierten die Streitkräfte der Legitimierten. Ich fluchte, doch im Moment konnten wir nichts tun – wären wir ihnen zu Hilfe gekommen, hätten wir die Verfolgerraumer direkt zu den flüchtenden Kanonenbooten dirigiert.

»Wir haben ganz schön viele Kampfraumer im Nacken«, sagte Marus. Ich hörte über Comm das Rasseln der Heckkanone. »Hast du irgendeinen Vorschlag?«

»Einfach nur festhalten«, erwiderte ich, gab vollen Schub und verstärkte die Heckschutzschirme von Scheherazade. »Wir sind auf Kurs zum Sanktum; wir locken sie direkt in das Abwehrfeuer des Sanktums hinein. Du musst bloß verhindern, dass sie uns abschießen.«

»Leichter gesagt als getan.«

»Entweder du schaffst es, oder wir sterben über dem Mond.«

»Ich habe ja nicht gesagt, ich würd's nicht versuchen, aber ich kann immer nur einen unter Feuer nehmen, und es sind mindestens ein Dutzend hinter uns her.«

Ich schaltete auf Javier um. »Wie läuft es bei euch?«, fragte ich.

»Wir haben ein paar Treffer abbekommen«, antwortete er. Bolivars Kampfeigenschaften waren nicht mit denen Scheherazades zu vergleichen; insofern war es nicht verwunderlich, dass er in

Mitleidenschaft gezogen worden war. »Ich könnte eine Verschnaufpause und ein paar Minuten freundliches Geplauder mit den Technikern gut gebrauchen.«

Ich las die Scanergebnisse ab; offenbar hatte er die Schäden eher untertrieben. Bolivar hatte starke Schlagseite und konnte bei unserem Tempo kaum mithalten. Der Steuerknüppel in Javiers Händen rüttelte vermutlich so stark, als fliege er durch einen Orkan. »Setz dich so dicht vor mich, wie du kannst, ohne das Heckgeschütz zu blockieren«, wies ich ihn an. »Wir blocken die Verfolger ab.«

Das Comm schaltete sich erneut ein. »Hier spricht John Henry. An alle Kämpfer der Legitimierten, die aktuell in Kampfhandlungen verwickelt sind«, sagte die KI. »Lagebericht: Die Pax werden in Kürze die lunaren Geschütze einnehmen. Sie konzentrieren ihre Angriffe auf Alpha und Bravo und haben zwei Fregatten abgestellt, um die vom Sanktum aus anfliegenden Schiffe zu blockieren. An alle, die sich außerhalb dieses Bereichs befinden: Bringt euch über den Kanonen in Sicherheit. Sobald die Fregatten in Position sind, ist der Weg zwischen dem Mond und dem Planeten blockiert. Dann seid ihr auf euch allein gestellt.

Die einzige gute Nachricht ist, dass anscheinend das letzte gegnerische Schlachtschiff ins System eingeflogen ist. Die Pax haben zehn einsatzfähige Schlachtschiffe vor Ort, drei weitere wurden aus der Schussposition vertrieben und können sie auch nicht mehr erreichen, verfügen aber noch immer über einsatzfähige Abwehrgeschütze; achtet darauf, nicht in deren Schussweite zu kommen.

Wir *können* die Front hier halten; wir *können* den Kampf gewinnen. Aber wir müssen die planetarischen Kanonen schützen, sonst werden sämtliche Schlachtschiffe ihr Feuer auf das Sanktum konzentrieren, und wir verlieren zwei Drittel der uns verbliebenen Offensivkapazitäten. Noch einmal: Jedes Raumschiff der Legitimierten, das die Planetenoberfläche erreichen kann, soll augenblicklich Alpha und Bravo zu Hilfe eilen. Wir *müssen* die Kanonen halten.«

Ich fluchte erneut. »Was hat das zu bedeuten?«, fragte Esa.

»Nichts Gutes«, antwortete ich. Es bedeutete, dass wir unsere Schäden beheben und Munition aufnehmen könnten, wenn wir zum Sanktum zurückkehrten, und dass wir anschließend vom Kampf um den Planeten praktisch abgeschnitten wären. Um Alpha oder Bravo vom Sanktum aus zu erreichen, müssten wir den Korridor durchfliegen, den die Pax mit ihren Fregatten überwachten. Außerdem müssten wir an den Schlachtschiffen vorbeikommen, die bereits über dem Sanktum in Position gegangen waren. Das war selbst mit unseren Stealth-Systemen nicht zu schaffen.

Im Moment standen wir jedoch nicht unter Beschuss; wir konnten den Planeten erreichen, ohne uns der Todeszone zu nähern. Dadurch würden wir allerdings in die Kämpfe am Boden hineingeraten, wo unsere Stellungen bereits stark gelitten hatten, und zwar ohne vorher Ausrüstung aufgenommen zu haben.

»Was meinst du?«, fragte Javier leise an. Unsere Schiffe rasten über die Mondoberfläche hinweg, verfolgt von den Pax, doch im Moment zählten sie nicht; was zählte, waren die Alternativen, die sich uns boten.

»Du schaffst es nicht bis zum Planeten«, sagte ich. »Aber es würde auch nicht viel nützen.«

»Da hast du recht«, pflichtete er mir bei. »Aber ich kann die Pax-Mistkerle von dir ablenken, wenn du den Stealthantrieb einschaltest.«

»Wenn wir sie nicht ablenken, ist es keineswegs ausgemacht, dass du auch nur das Sanktum erreichen würdest.«

»So ist das nun mal im Kampf; ausgemacht ist nur wenig. Willst du's wagen?«

Verdammt. Was für eine gottverdammte Scheiße. Ich wollte diese Wahl nicht treffen. Ich wollte Javier nicht einem Dutzend Pax-Raumern überlassen. Ich wollte mit der beschädigten Scheherazade nicht von einer Schlacht in die nächste taumeln. Aber die planetarischen Kanonen mussten uns erhalten bleiben und weiter feuern. Andernfalls hätten wir nicht die geringste Chance, die Pax-Schlachtschiffe abzuschießen.

Offenbar las Javier meine Antwort aus dem Schweigen heraus, das ich übermittelte. »Viel Glück«, sagte er leise.

»Bleib am Leben, du Mistkerl«, erwiderte ich mit erstickter Stimme. Vielleicht weinte ich sogar, und ich hatte es wegen des Adrenalins nur nicht bemerkt. »Wag es ja nicht, mir wegzusterben, nachdem ich dich zurückgebracht habe.«

Ich meinte zu spüren, dass er lächelte. »Ich liebe dich«, sagte er.

Ich hatte keine Gelegenheit mehr zu einer Erwiderung; er schwenkte aus unserem Schutzmantel hinaus und wurde sogleich von den Pax unter Feuer genommen, die alles daran setzten, das stärker beschädigte Schiff abzuschießen. Ich wusste nicht, ob ich weinte, doch ich weiß, dass ich schrie, als ich die Stealth-Systeme einschaltete. Dann verstummten auf einmal unsere Geschütze, und wir konnten nur noch zusehen, wie Bolivar auf einem anderen Kurs über die Mondoberfläche hinwegraste. Das Pax-Feuer folgte ihm und jagte ihn von uns weg.

Er hielt auf den messerscharfen Regen zu, der von der stabilen Sturmfront herabfiel, anstatt darüber hinweg zu fliegen; er wollte mitten *hindurch*. Selbst mit intaktem Schutzschirm wäre dies ein wahnsinniges Unterfangen gewesen, doch es war die einzige Möglichkeit, die Pax abzuschütteln.

Ich wagte nicht, ihn beim Kampf seines Lebens zu stören, deshalb schaltete ich das Comm ab und flüsterte in die Stille hinein: »Ich liebe dich auch.«

88

Wir ließen die Mondatmosphäre und die Pax-Raumer hinter uns. Sie verschwanden hinter dem Horizont, wo sie Bolivar, der Predigerin und Javier hinterherjagten. Ich sagte mir, er werde es schaffen. Bolivar war schnell und Javi ein hervorragender Pilot. Er würde den Sturm überleben. Er musste.

»Werden sie es bis zum Sanktum schaffen?«, fragte Esa leise. »Ohne dass ihnen etwas passiert?«

»Ich weiß es nicht«, antwortete ich. Mich selbst konnte ich belügen. Sie nicht; nicht mehr.

Wir erreichten den leeren Raum. An der einen Seite herrschten Chaos und Licht, die verbliebenen Pax-Schlachtschiffe, die Feuer auf den Planeten und das Sanktum hinabregnen ließen, gleißten im Halo der Sonnen. Sie waren eingehüllt in flammende Schutzschirme, die von den Geschützen auf der Oberfläche und im Sanktum selbst beschossen wurden. Auch die Fregatten hatten in den Kampf eingegriffen und umringten die Schlachtschiffe, während unsere Piloten sich aus dem Schussfeld der größeren Schiffe heraushielten und einzelne Kampfraumer bei der Annäherung unter Feuer nahmen. Es wimmelte nur so von Kampfraumern, die in Zweikämpfe verwickelt waren und aus allen Rohren feuernd waghalsige Manöver vollführten.

Den Schlachtschiffen folgte ein steter Strom von Kanonenbooten und Truppentransportern, unterwegs zu Alpha und Bravo auf der Planetenoberfläche. Die drei lunaren Kanonen waren verloren oder würden es bald sein; jetzt waren die Kanonen auf der Planetenoberfläche, die wir den degenerierten Reint abgenommen hatten, wichtiger denn je.

Ich flog einen weiten Bogen und hielt Abstand zur Schlacht. Den Stealthantrieb hatte ich abgeschaltet, als die Atmosphäre hinter uns lag, und Scheherazade versorgte nun den Heckschutzschirm mit neuer Energie. Der Fusionskern erschöpfte sich schneller, als mir recht war, doch zumindest würden wir nicht nur über eine halbe Abschirmung verfügen, wenn wir erneut in den Kampf eingriffen.

»Einen Moment, Jane.« Ich hörte ein Stirnrunzeln aus Marus' Tonfall heraus.

»Was siehst du?«, fragte ich, denn ich wusste, dass er seine eigenen Monitore beobachtete und die Angriffsmuster der Pax studierte.

»Die Flugbahnen der Truppentransporter sind eigenartig. Vor allem die derjenigen Schiffe, welche die Stadt ansteuern. Wenn sie die derzeitige Flugbahn beibehalten – und es gibt keinen Grund, weshalb sie das nicht tun sollten, denn wir haben nicht genug Schiffe vor Ort, um sie zum Abdrehen zwingen zu können – werden sie ein paar Kilometer von Bravo entfernt aufsetzen.«

»Und? Sie wollen außerhalb des Schussfelds der Anti-Luft-Geschütze bleiben.« Als wir die Antiorbitalkanonen instand setzten, hatten wir auch deren Abwehr verstärkt; beide verfügten über effektive Schutzschirme und starke Boden-Luft-Geschütze. Sie waren weniger gut geschützt als das Sanktum, doch es würde trotzdem eine Weile dauern, sie vom Himmel aus zu zerstören.

»Ja, klar«, stimmte Marus mir zu, »das erklärt auch die Flugbahn, aber das Vorgehen erscheint deshalb nicht *klüger*. Es bedeutet, dass ihre Bodentruppen durch die Stadt marschieren müssen.«

Ich bemühte mich, seinem Gedankengang zu folgen; im Nachhinein kann ich kaum nachvollziehen, weshalb es bei mir so lange dauerte. Schließlich hatten wir große Opfer erbracht, um Bravo einzunehmen – wir hatten gekämpft und Leute verloren, um die Kanone vor den Gefahren zu schützen, die in der verfallenen Metropole lauerten. »Sie wissen nicht über die Reint Bescheid«, flüsterte ich.

»Das glaube ich auch.«

Ich justierte unsere Flugroute nach. »Neuer Plan«, sagte ich. »Wir greifen sie von hinten an und versuchen, sie noch weiter abzudrängen. Je weiter entfernt von der Kanone sie landen, desto größer die Strecke, die sie durch die Todesstadt zurücklegen müssen.«

»Sie haben Panzer und Kanonenboote«, gab Marus zu bedenken. »Sie können die Kanone trotz alledem erreichen.«

»Ja, aber je weiter wir sie abdrängen, desto größer werden die Verluste bei der Infanterie ausfallen. Wir lassen die Reint die Arbeit für uns erledigen.« Ich wechselte den Kanal. »Sahluk«, sagte ich auf der Frequenz, die von den Legitimierten auf der Planetenoberfläche benutzt wurde. »Sahluk, hörst du mich?«

»Ich höre«, meldete er sich; ich nahm gedämpftes Geschützfeuer wahr, das von den Automatiktürmen stammte, die wir aufgestellt hatten. Ob sie auf Pax-Soldaten feuerten oder auf degenerierte Reint, konnte ich nicht sagen. »Wir beobachten eine Reihe von Pax-Schiffen, die in die Atmosphäre eintreten. Sag mir, dass du gute Nachrichten hast.«

»Bei welcher Kanone befindest du dich?«

»Bei Bravo, in der Stadt.« Das war die erste Kanone, die wir von den Reint gesäubert hatten. »Sieht so aus, als ob sie sich auf die konzentrieren würden.« Das schien mir logisch; die Stadtkanone hatte eine größere Reichweite und feuerte auf die Schlachtschiffe, die unmittelbar über dem Sanktum in Position gegangen waren. Außerdem glaubten sie, Bravo wäre *einfacher* einzunehmen: Bei Alpha hätten sie sich an der Bergflanke emporkämpfen müssen.

»Schaltet die Autogeschütze aus«, sagte ich. »Feuert nicht auf die Reint; feuert möglichst überhaupt nicht. Lasst den Zaun aktiv und achtet auf eure Sicherheit, aber signalisiert den Pax nicht, dass ihr bereits in Kampfhandlungen verwickelt seid.«

Sahluk wurden die Implikationen augenblicklich klar. »Verdammt noch mal. Du glaubst, sie wissen nichts von den Reint«, sagte er. Offenbar hatte er den gleichen Schluss gezogen wie ich.

»Und jeder Reint, den ihr tötet, ist einer weniger, der sie angreifen kann. Die meisten Reint im Umkreis der Anlage wissen inzwischen, dass sie euch besser in Ruhe lassen sollten. Sie sind frustriert und verzweifelt …«

»… und werden ihren Frust an den Pax auslassen«, vollendete er kichernd den Satz. »Das ist absolut bösartig, Kamali.«

»Wir haben bei der Einnahme der Kanone eine Menge Blut vergossen. Da wäre es doch höchst unfair, wenn die Pax ungeschoren davon kämen.«

»Verstanden. Viel Glück.«

»Euch auch.«

Wir hatten inzwischen die Platenatmosphäre erreicht und flogen geradewegs auf die Kanonenboote der Pax zu. Sie hatten uns bemerkt und änderten bereits den Kurs, denn ihnen war bewusst, dass ihre Truppentransporter in einer längeren Auseinandersetzung mit einem Kampfraumer hoffnungslos unterlegen wären; mir sollte es recht sein. Ich markierte Ziele in meinem HUD, vorzugsweise solche Schiffe, die Panzer transportierten, denn denen würden die Reint nichts anhaben können.

Dann eröffneten wir das Feuer.

89

Wir drängten die Kette der gegnerischen Truppentransporter und Kanonenboote so weit ab, wie wir konnten, denn wir wollten, dass sie riss. Das gelang uns nicht ganz, doch einzelne Glieder brachen, Schiffe, die zu schwere Schäden erlitten oder in Panik gerieten und auf die Stadt stürzten. Mir war das recht – die Überlebenden wären im Jagdgebiet der Reint praktisch auf sich allein gestellt, und sie würden entweder ihre Zeit mit dem Versuch verschwenden, sich der Hauptstreitmacht anzuschließen, oder die Anlage direkt angreifen, was bedeutete, dass Sahluk und seine Leute sich ihrer nach und nach annehmen konnten.

Jedes Mal, wenn sie den Kurs wegen unseres Angriffs änderten und sich ein Stückchen weiter von der ursprünglich geplanten Landezone entfernten, fühlte es sich an wie ein erregender Sieg. Hinter mir fluchte Esa lang und ausdauernd, und zwar dermaßen deftig, dass ich fürchtete, sie würde, wenn sie irgendwann wieder zur Schule gehen sollte, ihre Lehrer mit dem Vokabular erschrecken, das sie auf ihrer Heimatwelt aufgeschnappt hatte.

Ein gut platzierter Laserschuss von Esa riss den Bauch eines Truppentransporters auf; Pax-Soldaten stürzten brennend vom Himmel. Das Fluchen hörte plötzlich auf, und Esa gab einen

Laut von sich, halb Husten, halb Würgen. Vermutlich dachte sie an die Unterhaltung, die wir vor der Schlacht geführt hatten; man blendete leicht aus, dass die Ziele, auf die wir schossen, voller Lebewesen waren, von den Pax einer Gehirnwäsche unterzogen und missbraucht, im Grunde genommen Opfer. Als wir beim Kampf um den Mond auf Punkte am Boden gefeuert hatten, war das eine Sache gewesen; zu beobachten, wie in Todesangst brüllende Soldaten vom Himmel fielen, war eine ganz andere.

»Dafür haben wir jetzt keine Zeit«, sagte ich. »Wir können später über die Grausamkeiten des Krieges den Kopf schütteln. Für uns gilt: Jeder dieser Schufte, der stirbt, bedeutet einen weniger, der die Kanonen angreift. Und einer weniger beim Angriff bedeutet, dass die Kanonen eine Minute länger feuern. Und jede Minute, die die Kanonen länger feuern, verschafft dem Sanktum einen weiteren Aufschub. So einfach ist das, Kleine.«

»Ich weiß«, antwortete sie mit leiser Stimme und wandte sich wieder der Steuerung zu. »Aber es muss mir nicht gefallen.«

»Muss es nicht«, pflichtete ich ihr bei und setzte zu einem Sturzflug an, um mit den Bug-Geschützen einen Panzerträger anzugreifen.

»Die Pax haben gemerkt, was wir vorhaben«, meldete Schaz knapp. »Kampfraumer voraus.«

»Wie viele?«

»Mehr als wir mühelos aus dem Weg räumen können.«

Ich nickte; damit hatte ich gerechnet. Und auch das wiederum wirkte sich zu unserem Vorteil aus, im größeren, taktischen Maßstab – jeder Kampfraumer, der von der Luftschlacht über dem Sanktum abgezogen wurde, war einer weniger, mit dem die Legitimierten fertigwerden mussten, einer weniger, der den Schutzschirm der Stadt angreifen konnte. Gut für sie, doch wir hatten neue Gesellschaft bekommen.

Ich raste an der Kette der Kanonenboote vorbei, dann änderte ich den Kurs und flog zurück zur Kanone und den Anti-Luft-Geschützen in ihrem Umkreis. Wir hatten die Landungsschiffe der Pax ein gutes Stück zurückgedrängt und Sahluk zumindest einen gewissen Aufschub verschafft.

Außerdem hatte ich nun Zeit, mich auf das vorzubereiten, was jetzt bevorstand. Ich freute mich nicht darauf. »Marus, komm ins Cockpit«, sagte ich über Comm. »Schaz, bereite Abwurf vor für Charlie drei-null-drei.«

»Wieso werfen wir für Sahluk weitere Ausrüstung ab?«, fragte Schaz leicht gereizt. »Die haben genug Waffen da unten.«

Sie konnte es einfach nicht lassen. »Das tun wir nicht«, sagte ich. »Wir …«

»Was gibt's?«, fragte Marus, als er die Tür des Cockpits erreichte.

»Übernimm das Steuer«, wies ich ihn an und erhob mich. Der Kurs stand; uns blieben ein paar Minuten, bevor die Kampfraumer uns erreichen würden.

»Wir befinden uns mitten im Gefecht, Jane«, sagte er. »Was glaubst du eigentlich, was du da machst?«

»Die Ressourcen optimal nutzen«, erwiderte ich. »Du bist ein tüchtiger Pilot, fast so gut wie ich.«

»Danke.«

»Mit den Pax wirst du ebenso gut fertig wie ich; sorg einfach nur dafür, dass sie in Reichweite der Anti-Luft-Geschütze von Bravo bleiben, das genügt vollauf. Aber du kannst nur noch für eine gewisse Zeit in der Atmosphäre bleiben; Schaz muss bald aus der Strahlungszone heraus. Die Aufenthaltszeit in dieser niedrigen Höhe ist beschränkt.«

»Du hast meine Frage noch nicht beantwortet: Was machst *du* in der Zwischenzeit?«

»Es gibt da ein Hochhaus in der Nähe des Canyons. Ich hab's

markiert, als wir unten waren. Von dort aus hat man perfekte Sicht auf die vorrückenden Pax-Soldaten.«

Marus hielt inne und blickte mich an. »Das ist nicht dein Ernst«, sagte er schließlich.

Ich schüttelte den Kopf. »Die gleichen Überlegungen gelten, wenn die Reint über sie herfallen – jede Sekunde, die wir sie aufhalten, gibt den armen Teufeln in der Stadt eine Sekunde mehr Zeit, sie zu dezimieren. Schaz bereitet den Abwurf einer Anti-Panzer-Ausrüstung vor. Ich werde ihre Panzer angreifen, bevor sie den Schutzschirm von Bravo schwächen können. Je länger der Schutzschirm hält, desto länger kann Bravo auf die Schlachtschiffe feuern.«

»Und wenn die Panzer *dich* unter Feuer nehmen?«

Ich grinste ihn an. »Darum kümmere ich mich, wenn es so weit ist«, antwortete ich.

»Du musst das nicht tun, Jane«, sagte er.

Mein Grinsen gefror. »Setz dich in den verdammten Sessel, Marus«, sagte ich. »Das ist die beste Option, und das weißt du auch.«

Er starrte mich noch einen Moment lang an, dann nahm er seufzend im Pilotensessel Platz. »Lass dich ja nicht abknallen«, sagte er. »Solltest du umkommen, und Javier findet raus, dass ich es hätte verhindern können, bringt er mich um. Im Schlaf. Er ist nicht der Typ, der Wert auf Fairness legt, wenn es um Rache geht.«

»Danke, Marus.«

»Bleib einfach am Leben. Ich werd mich ebenfalls bemühen.«

Esa schnallte sich los und machte Anstalten, sich zu erheben; ich legte ihr die Hand auf die Schulter und drückte sie auf den Sessel nieder. »Was soll das?«, sagte sie und funkelte mich an. »Du brauchst mich! Verrückte Geisteskräfte, schon vergessen? Ich wette, ich kann einen Panzer durch bloßes Hinsehen zu einem Bretzel zusammenfalten!«

»Schon möglich. Schaz kann mit einem unbemannten Heckgeschütz überleben, aber nicht ohne jemand an den Hauptgeschützen. Und wenn ich dort unten überleben soll, müsst ihr das ebenfalls tun, und sei es nur deshalb, um mich später wieder rauszuholen. Ich habe nicht vor, den Rest des Kampfes auf einem beschissenen Dach auszusitzen. Da oben ist es ziemlich kalt.«

»Das ist …« Ich wusste, was sie sagen wollte, noch ehe sie es ausgesprochen hatte: Das ist nicht fair, das allerletzte Argument eines Kindes. Die Worte erstarben ihr auf den Lippen. Es war fast ein wenig traurig, zu erleben, wie die Überreste der Kindheit sich verflüchtigten.

Erst schnaubte, dann nickte sie und wandte sich wieder zur Konsole um. »Bleib am Leben«, sagte sie; in ihrem Tonfall schwangen Emotionen mit, die ich nicht so recht einordnen konnte. »Es gibt noch verflucht viele Dinge, die ich von dir lernen kann.«

»Gut zu wissen, dass ich noch zu was nütze bin«, meinte ich.

»Die Ausrüstung ist bereit«, meldete Scheherazade.

»Du hast nicht vor, mich aufzuhalten?«, fragte ich.

»Würde es denn etwas bringen?«

»Nein.«

»Siehst du? Deshalb spricht man bei KI ja auch von ›selbst lernenden Maschinen‹. Wir lernen dazu. Auch wenn es manchmal länger dauert.«

»Außerdem bist du noch immer high von MelWills verrücktem Codedoping.«

»Das auch.«

»Siehst du das Gebäude, das ich markiert habe?«, rief ich Marus zu, ging in den Wohnbereich, von dort in die Schleuse und die Waffenkammer und weiter zur Rampe, von der ich mich in die kalte Tiefe stürzen würde.

»Ich seh's!«, antwortete er.

»Bring uns genau darüber in Position. Sollte ich mir bei der Landung ein Bein brechen, werd ich nicht viel ausrichten können.«

»Du kannst auch mit gebrochenem Bein noch schießen, Kleine«, übertönte er das Tosen des Windes an der sich öffnenden Schleuse. »Ich *weiß*, dass Mo dir das beigebracht hat.«

Jetzt wusste ich, dass Marus unter Stress stand. Meine ehemalige Mentorin erwähnte er wegen der Umstände, unter denen er uns verlassen hatte, nur selten. Und es war Jahrzehnte her, dass er mich zuletzt »Kleine« genannt hatte.

90

Die Rampe senkte sich. Schaz spulte ein Seil ab, und ich packte es und lehnte mich über die Kante. Wenigstens hatte der Regen aufgehört. Stattdessen schneite es, jedoch nur leicht. Unter mir breitete sich die verfallene Stadt aus, eine Fläche aus weiß bestäubtem Grau. Scheherazade schwebte genau über dem verfallenen Wolkenkratzer – die Feuerposition, die ich mir ausgesucht hatte. Ich trat ins Leere hinaus und seilte mich ab.

Kaum hatte ich auf dem schneebedeckten Beton aufgesetzt, drehte Marus auch schon ab, und Schaz holte das Seil ein, während sie in den Wolkenbänken verschwand. Vielleicht waren Kampfraumer im Anflug oder Marus wollte einfach nur meine Position nicht verraten, jedenfalls war ich zum ersten Mal, seit Schaz mich auf Esas Heimatwelt abgesetzt hatte, wieder ganz auf mich allein gestellt. Ich holte tief Luft und blickte über den Rand.

Von hier aus konnte ich die Kanone sehen; vermutlich sah man sie von jedem Punkt in der Stadt aus. Die Stromleitungen zwischen den Geschütztürmen glühten noch, doch die Waffen blieben stumm: Sahluk war meinem Rat gefolgt. Ich stand auf einem der höheren Gebäude, und die Kanone ragte vor mir in den Himmel. Sie feuerte zuverlässig wie ein Uhrwerk, und der dröhnende Rückstoß schüttelte jedes Mal den Schnee ab, der sich zwischen den Schüssen ansammelte. Ein Turm aus Stahl, der Blitz und Donner in die Eisatmosphäre schleuderte und auf unsere Gegner zielte, die dort warteten: Das wollte ich schützen, unsere letzte Verteidigung vor den Schlachtschiffen im leeren Raum.

In diesem Moment leuchtete der Schutzschirm unter dem Gegenfeuer auf, bevor die Energie über die knisternde Oberfläche verteilt wurde. Es war, als schaute man großen, schweren Boxern dabei zu, wie sie einander mit Fausthieben traktierten – sie wehrten den Angriff zwar ab, doch man konnte nicht vorhersagen, wann ein Schlag die Abwehr durchdringen würde. Und mehr als einer wäre gar nicht nötig.

Ich blickte in die andere Richtung, aus der die Pax kommen würden. Dort gab es nichts als schneeverstopfte Straßen und Geröll; nichts regte sich, auch keine Reint. Mein HUD schaltete sich ein, scannte die Ruinen der Stadt, hielt Ausschau nach Bewegung und berechnete, basierend auf den vorliegenden Daten, die wahrscheinlichste Route, über die der Gegner sich nähern würde.

Da: eine breite Straße, die über einen großen Platz führte, ein paar Straßenblocks entfernt, in der Mitte die umgekippte Statue irgendeines vergessenen Helden, halb mit Schnee bedeckt. Hier und da leuchteten in dem Weiß helle Punkte auf – einzelne Pax-Gruppen, die vom Haupttrupp abgeschnitten waren und sich gegen anstürmende Reint wehrten. Die Hauptstreitmacht war noch nicht in Sicht. Mir blieb noch etwas Zeit.

Hinter mir lag das Ausrüstungspaket, das Schaz abgeworfen hatte, bereits mit einer dünnen Eisschicht bedeckt. Schaz hatte nicht nur die eine Kiste abgeworfen, um die ich gebeten hatte, sondern gleich vier davon. Das ergab Sinn – wenn wir das Zeug jetzt nicht einsetzten, wäre es später überflüssig.

Ich klappte die Kisten eine nach der anderen auf. In der ersten und zweiten waren überwiegend Kampfdrohnen verstaut. Sie würden nicht lange durchhalten, denn sie waren für die hiesige Strahlungsintensität technisch zu fortschrittlich, doch ich konnte jede Form von Unterstützung brauchen. In der dritten waren die Anti-Panzer-Waffen, die ich angefordert hatte – Gaussgewehre, einschüssige Panzerbüchsen und Anti-Infanterie-Drohnen. Die vierte hatte den gleichen Inhalt mit ein paar praktischen Beigaben; offenbar ging Scheherazade davon aus, dass mein Aufenthalt länger dauern und die Pulsstrahlung in der Atmosphäre meine Waffen schneller lahmlegen würde, als ich sie einsetzen konnte, sodass ich auf Ersatz angewiesen wäre.

Hoffentlich würde sie recht behalten.

Ich schaltete das Comm ein. »Sahluk, hörst du mich?«, sagte ich und wandte mich wieder der Kanone zu. Eigentlich war das sinnlos – er stand bestimmt nicht am Zaun und winkte mir zu, denn im Moment hatte er genug anderen Scheiß um die Ohren. Doch ich tat es trotzdem.

»Ja«, antwortete er. »Gibt es noch mehr schlechte Nachrichten?«

»Nein«, sagte ich, blickte nach unten und dann wieder zur Straße. »Das heißt, ja, der Haupttrupp der Pax rückt weiter vor.« In diesem Moment tauchten die ersten Soldaten auf. Sie bahnten sich mit angelegten Waffen einen Weg durchs Geröll und hielten Ausschau nach Reint. Sie musterten aufmerksam die Umgebung, entschlossen, sich nicht erneut überraschen zu lassen. Pech für sie.

»Das ist nicht der Grund, weshalb ich mich melde«, sagte ich zu Sahluk. »Ich habe mich entschlossen, ein bisschen Urlaub zu nehmen. Ich bin gerade zusammen mit einer Scheißtonne Artillerie auf dem höchsten Turm nordöstlich von deiner Position.«

Einen Moment lang herrschte verblüfftes Schweigen. »Du bist wirklich ein verrückter Mensch, weißt du das?«, sagte Sahluk schließlich. Er klang beinahe beeindruckt.

»Das habe ich schon mal gehört«, sagte ich. »Wollte dich nur vorwarnen, damit du weißt, was los ist, wenn die Pax aus heiterem Himmel auf einen Wolkenkratzer feuern.«

»Das Ding ist hundert Jahre alt. Sie müssen nur ein paar Treffer mit ihren schweren Waffen landen, dann stürzt es ein – *dich* brauchen sie gar nicht ins Visier zu nehmen.«

»Ich weiß. Dafür habe ich Vorsorge getroffen.« Eigentlich hatte ich nicht daran gedacht, als ich von der Rampe ins Schneetreiben hinausgetreten war, dafür aber Schaz – deshalb die Überraschung in der vierten Kiste. Ich wusste nicht, ob ich mich bei ihr oder bei MelWills Programmdroge bedanken sollte.

»Na schön.« Sahluk hielt erneut inne; offenbar wusste er nicht, was er zu alldem sagen sollte. Ich konnte es ihm nicht verdenken. »Viel Glück«, sagte er schließlich.

»Ja. Dir auch.« Ich schaltete ab und nahm ein Gaussgewehr aus der Kiste. Ich klappte das Stativ aus und stellte die Waffe an den Rand des Turms, schaute aber noch nicht durchs Visier.

Stattdessen schwenkte ich das HUD über den Platz in der Tiefe und wartete auf den richtigen Moment. Die Pax-Kolonne befand sich bereits in Schussweite des Gewehrs, die Panzer folgten vermutlich dichtauf, doch das bedeutete nicht, dass ich das Feuer eröffnen durfte – ich musste exakt den Moment abwarten, da ich den größten Schaden anrichten konnte und die Pax möglichst lange brauchen würden, bis sie das Feuer erwidern konnten. Das wäre kurz vor dem Platz der Fall, wenn sie die von Geröll verstopfte Straßenmündung erreichten.

Dort standen noch so viele Gebäude, dass ihre Panzer mich erst dann unter Feuer nehmen könnten, wenn sie sich auf dem eigentlichen Platz befanden. Wenn ich einen Engpass am Ende der Straße schaffen könnte, würden sie sich dort zusammendrängen, und ich könnte viele ausschalten, bevor sie durchbrechen und den Turm, auf dem ich stand, in Trümmer legen würden.

Optimal war das nicht, doch ich musste mich damit begnügen. Ich programmierte die Drohnen; sie würden in Wellen starten, wenn von meinem HUD das Signal zum Einsatz kam. Dann legte ich mich hinter dem Gewehr auf den Bauch, blickte durchs Visier und wartete.

91

Es war verflucht kalt auf dem Dach, zumal ich bäuchlings im Schnee lag. Ich meine, es war nicht *so* kalt, dass ich mir gewünscht hätte, die Schießerei möge beginnen, aber trotzdem. Warm war es jedenfalls nicht.

In der Ferne tauchte auf der Straße der erste Panzer auf. Wie alles, was die Pax hergestellt hatten, war er potthässlich: Alle Panzer neigten zu einer gewissen brutalistischen Zweckmäßigkeit, doch ich glaube, bei den Pax waren sie hässlicher als notwendig, nichts als scharfe Kanten und klobige Waffenausbuchtungen. Selbst wenn man nicht gewusst hätte, was ein beschissener Panzer war, hätte einen der Anblick trotzdem erschreckt: Von hier oben sah es aus, als krieche eine Monsterschabe auf alles zermalmenden Ketten über eine breite Straße, flankiert von vergleichsweise winzigen Infanteristen.

Auf dem Panzer wimmelte es von Pax-Soldaten; sie saßen und standen darauf, klammerten sich irgendwo fest und feuerten sporadisch in die Gebäude hinein, in denen sie Reint ausmachten. Sie hatten die Vorgehensweise geändert – sie hatten geglaubt, nach der Landung gleich freie Schussbahn auf die Kanone zu haben, doch nun mussten sie erst einmal mit der gefährlichen lokalen Fauna fertigwerden, und darauf versuchten sie sich einzustellen.

Der richtige Moment für mich, um ihre Überlegungen erneut über den Haufen zu werfen.

Ich zielte mit dem Gaussgewehr genau auf den Motorblock des Panzers, berücksichtigte auf Basis der vom HUD eingespielten Informationen Schusswinkel, Geschossfall und Wind. Ich atmete ein und sog die eisige Luft in die Lunge; atmete aus. Atmete ein und feuerte beim Ausatmen.

Eigentlich war es nicht entscheidend, wo ich das Ding traf – der Schutzschirm verteilte die Aufprallwucht des hyperschnellen Geschosses. Genau genommen verteilte er sie auf die Soldaten, die sich an die Seiten des Panzers klammerten und sich außerhalb der Schutzzone befanden. Sie wurden zerfetzt und waren sofort tot. Ich feuerte immer wieder, aktivierte gleichzeitig die erste Drohnenwelle und ließ sie in Richtung des Gegners ausschwärmen.

Nach drei Schüssen mit dem Gaussgewehr hatte ich den Schutzschirm durchdrungen; ich startete die zweite Drohnenwelle und feuerte weiter. Die vierte Kugel traf den Motorblock, und der Panzer kam zum Stehen. Die fünfte traf die Stelle, an der ich den Fusionsspeicher vermutete, doch offenbar kannte ich mich mit der Bauweise der Pax-Maschinen – oder der Anatomie der Schaben – weniger gut aus als gedacht. Jedenfalls brauchte es einen sechsten Schuss, um die ganze hintere Hälfte des Panzers in Flammen aufgehen zu lassen. Die Granatsplitter mähten die sich verteilenden Pax nieder, und auf einmal war die weiße Straße erfüllt von schwarzem Qualm und Schreien anstatt vom Heulen des Winterwindes.

Ich lud nach, während die ersten Anti-Infanterie-Drohnen ihre Ziele erreichten und das Feuer eröffneten. Einzeln konnten sie nicht viel ausrichten – sie waren mit relativ weitreichenden Gewehren ausgestattet, deren Geschosse allerdings ein paar Treffer benötigten, um den Schutzschirm der Soldaten zu durchdringen, außerdem verfeuerte ihre rudimentäre KI Granaten auf Ansammlungen von Soldaten. Doch es gab eine ganze Menge von ihnen, und die Pax verteilten sich noch immer unkontrolliert, da sie sich über den neuen Angreifer im Unklaren waren, während die in den umliegenden Gebäuden versteckten Reint die Gelegenheit nutzten, um ebenfalls zuzuschlagen.

Hoch oben im eiskalten Wind lud ich das große Gewehr nach. Ich wählte neue Ziele aus und feuerte auf jeden Pax-Soldaten, der den Eindruck machte, er sei im Begriff, sich zusammenzureißen und einen Gegenangriff auf die Beine zu stellen. Je länger das Chaos währte, desto länger könnte ich sie daran hindern, die Kanonen zu erreichen, und desto größer wären die Verluste, die sie durch mich oder die Reint erlitten. Ich bemerkte, wie ein Pax-Soldat von zwei Reint, die sich in seine Arme verbissen hatten, an der Stahlfront eines verfallenen Hauses hochgeschleppt wurde. Sie hatten ihren Bau in einer der oberen Etagen fast erreicht, als ein dritter Reint den Kopf aus einem Fenster streckte und dem Soldaten ins Gesicht biss. Einer weniger.

Eine Woche zuvor hatte ich mich nach Kräften bemüht, die in den Gebäuden hausenden Reint zu töten, und sie hatten dasselbe mit mir versucht. Jetzt benutzte ich sie dazu, einen anderen Gegner zu dezimieren. Bei dem Krieg, der das System verwüstet hatte, war auch die Seele der Stadt zerstört worden, und ihre Bevölkerung hatte sich in Wesen verwandelt, die nun über vereinzelte Pax herfielen und sie fraßen. Ich hätte ein schlechtes Gewissen haben sollen, weil ich sie benutzte. Vielleicht würde ich später Schuldgefühle bekommen. Im Moment aber bedeutete jeder Pax, den sie töteten – und jede Kugel, welche die Pax auf sie abfeuerten –, eine Sorge weniger für mich.

Ich war beim dritten Magazin angelangt – das Gaussgewehr gab bereits ein beunruhigendes Zischen von sich, da es von der

Pulsstrahlung malträtiert wurde, doch es funktionierte noch –, als der nächste Panzer auftauchte und sich einen Weg zwischen den brennenden Überresten des ersten hindurch bahnte. Ich ließ ihn ein wenig weiter fahren als seinen Vorgänger, dann brachte ich den Schutzschirm zum Zusammenbruch und zerstörte die Fusionszelle, diesmal mit nur fünf Schüssen. Ich lernte aus meinen Fehlern.

Wir hatten die entscheidende Phase erreicht.

Für das Gaussgewehr war es das gewesen; ich warf es über den Rand, kroch zurück zu den Ausrüstungskisten und schnappte mir das nächste. In diesen wenigen Sekunden hatte die Pax-Infanterie den Platz erreicht, nahm Verteidigungsstellungen ein und versuchte herauszubekommen, woher auf sie gefeuert wurde. Irgendwann würden sie es auf die eine oder andere Weise herausfinden – ich war auf dem gottverdammten Dach gefangen und konnte mich nicht mal ins Gebäude zurückziehen, da weiter unten die Decken eingestürzt waren. Und da ich die Position nicht wechseln konnte, feuerte ich einfach weiter und wartete auf den nächsten Panzer.

Dann sah ich ihn. Gleichzeitig trafen weitere Kanonenboote der Pax ein.

Ich ließ das Gewehr fallen – es qualmte bereits und hatte fast schon den Geist aufgegeben – und wälzte mich durch den Schnee zu den nebeneinander liegenden Panzerbüchsen hinüber. Ich nahm die erste, zielte, feuerte und warf sie weg, dann schnappte ich mir die nächste und wiederholte die Prozedur. Dann kam die dritte an die Reihe.

Zwei der drei Geschosse trafen ins Ziel; die Pax-Piloten hatten so weit von der Kanone entfernt mit einem so heftigen Widerstand nicht gerechnet. Der dritte Panzer entwischte mir, doch ich schickte augenblicklich einen dritten Drohnenschwarm los, und alle feuerten beinahe gleichzeitig ihre Granaten auf das

Kanonenboot ab, das durch die Wucht der Detonationen praktisch durch ein halb eingestürztes Hochhaus hindurchgeschleudert wurde. Das brachte das ganze Gebäude zum Einsturz; Trümmer und brennende Schiffsteile regneten auf den Platz herab.

Ich ließ die letzte Panzerbüchse fallen, nahm ein weiteres Gewehr in die Hand und musterte durchs Zielfernrohr das Schlachtfeld. Fand den Panzer wieder. Zu spät. Sein Kanonenrohr richtete sich soeben auf; bevor ich ihn zerstören könnte, würde er wenigstens ein paar Schüsse abfeuern, und mehr war nicht nötig, um *dieses* Gebäude einstürzen zu lassen.

Ich schulterte das schwere Gaussgewehr und rannte los, dann erbebten der Stahl und der Beton auch schon vom ersten Granattreffer. Das Gebäude schwankte, und eine Trümmerwolke schoss in die Luft, regnete mir auf Kopf und Schultern und prallte vom Intentionsschirm ab. Egal; ich musste nur auf den Beinen bleiben und *rennen.*

Ich hatte die Ausrüstungskisten fast erreicht, als irgendwo unter mir die zweite Granate einschlug; der Panzer hatte es offenbar darauf abgesehen, das Gebäude zum Einsturz zu bringen.

Ich verlor das Gleichgewicht, als das Haus von der Wucht der Detonation erbebte und sich bedrohlich neigte. »Oben« war nicht mehr »oben«, jedenfalls nicht mehr ganz. Auf allen Vieren kroch ich zu der Kiste, griff hinein und packte Scheherazades Notausrüstung, dann richtete ich mich im Schnee auf.

Jetzt oder nie – die nächste Granate war bestimmt schon unterwegs. Der schneebedeckte Untergrund war fürchterlich schief, und als das ganze Gebäude unter mir einzustürzen begann, rannte ich los.

Der Panzer feuerte erneut, und das Gebäude fiel auseinander. Große Teile des Dachs barsten und gaben nach. Ich aktivierte den letzten Drohnenschwarm, warf mich über den Rand und schaltete die Antigravausrüstung ein, die Schaz mitgeschickt hatte. Einen quälenden Moment lang glaubte ich, sie funktioniere nicht, sei entweder defekt oder von der Pulsstrahlung durchgeschmort, und ich würde in die Tiefe stürzen und auf der Straße aufprallen. Doch dann bewegte ich mich auf einmal lautlos vorwärts und nach oben und segelte in den fallenden Schnee hinaus.

92

Das Antigravgerät versagte, als ich noch etwa drei Meter vom nächsten Dach entfernt war.

Ich wurde vom eigenen Schwung weiter vorwärts getragen, doch anstatt wie geplant weich zu landen, prallte ich so fest mit der Schulter auf, dass ich mir ohne Intentionsschirm ein Dutzend Mal den Arm gebrochen hätte. So aber rutschte ich durch die Schneeverwehungen und stieß mit dem Kopf gegen einen eingestürzten Durchgang.

Vermutlich kein besonders anmutiger Anblick. In Anbetracht dessen, dass ich soeben einem Panzer, der mich töten wollte, sowie einem einstürzenden Gebäude entkommen war, konnte ich damit leben. Oder ich würde damit leben, sobald das Dröhnen in meinem Schädel nachließ. Ich schwebte eine Weile zwischen Bewusstlosigkeit und Wachzustand, entkam dem mich einsaugenden Schwarzen Loch nicht vollständig – eine Weile lang war ich einfach weg –, und als ich wieder zu mir kam, vibrierte alles nach, und jemand schrie mir über Comm ins Ohr.

»Kamali! *Kamali*! Lebst du noch?«

»Vielleicht«, krächzte ich und schaffte es irgendwie, mich hinzuknien.

»Oh. Scheiße.« Sahluk klang geradezu geschockt.

»Danke«, sagte ich. »Arschloch.«

»Wir haben gesehen, dass das Gebäude eingestürzt ist. Wir waren uns sicher, dass es dich erwischt hat.«

»Was soll ich sagen? Ich bin ein zähes Miststück.« Ich klopfte auf das Antigravgerät, das ich mir vor die Brust geschnallt hatte und das jetzt so nützlich war wie ein Sack voller Steine. Schließlich traf ich die Sperrvorrichtung, worauf das Gerät von mir abfiel und ganz undramatisch in den Schnee plumpste. Ich hatte es geschafft, meine beiden üblichen Waffen und das Gaussgewehr festzuhalten, doch ansonsten stand ich mit leeren Händen da. Der Rest von Schaz' Abwurf lag irgendwo in der Tiefe, inmitten des Schutts, der vom eingestürzten Gebäude übrig geblieben war.

»Das bist du allerdings«, sagte Sahluk. »Weißt du, dass …«

Ich hörte das Fauchen gerade noch rechtzeitig und rollte mich ab.

Der Reint spuckte mir giftigen Rotz entgegen; ich trat aus und traf ihn seitlich am Kopf, während die Schleimwolke sich an der Stelle, wo ich eben noch gestanden hatte, durch den Schnee und den Beton brannte. Ich griff nach der Pistole, hielt aber inne – wenn ich einen Schuss abfeuerte, wüssten die Pax, dass ich noch am Leben war, und das wollte ich unbedingt vermeiden. Stattdessen aktivierte ich die Implantate in meinem Handgelenk, und zwar gerade noch rechtzeitig.

Der Reint hatte sich von meinem Tritt erholt und sprang mich mit ausgestreckten Klauen an. Ich verpasste ihm einen Aufwärtshaken gegen die Brust. Meine Taserknöchel leuchteten blau auf und setzten seinen ganzen Körper unter Strom. Er stürzte sich trotzdem auf mich, reflexhaft krallend und beißend. Ich wälzte mich mit ihm herum und schlug immer wieder mit der kraftverstärkten anderen Hand zu, bis in seinem Brustkorb mehrere Knochen brachen.

Keuchend kletterte ich von dem sterbenden Wesen hinunter und ging taumelnd auf Abstand. Er hatte mich mit den Krallen mehrfach getroffen; ich hatte ein paar blutende Schrammen abbekommen, auch im Gesicht, doch die Verletzungen waren anscheinend nicht besonders tief und somit ungefährlich.

Der Reint atmete zischend und versuchte noch immer, sich auf die Knie aufzurichten. Ich schüttelte den Kopf, beugte mich vor, brach ihm den Hals und ließ ihn zurück in den Schnee fallen.

Das Gebäude, auf dem ich stand, war nicht annähernd so hoch wie das, auf dem ich gelandet war, ragte aber immerhin massive zehn Stockwerke über den Boden auf. Ich hatte nicht damit gerechnet, in dieser Höhe Reint anzutreffen. Vielleicht war dieses Exemplar krank oder verletzt gewesen und hatte sich vor seinen kannibalistischen Brüdern versteckt; vielleicht auch nicht. Wie auch immer, ich musste hier oben jedenfalls auf der Hut sein.

Immer noch schwer atmend, setzte ich die Unterhaltung mit Sahluk fort. »Okay«, sagte ich. »Nimm an, ich hätte gerade um mein Leben gekämpft und dabei nicht mitbekommen, was du zuletzt gesagt hast.«

»Du hast den Vormarsch der Bodentruppen verlangsamt«, sagte er, »und sie haben *selbst* für eine weitere Verzögerung gesorgt, als sie das Gebäude zum Einsturz gebracht haben – es ist unmittelbar vor ihnen gelandet und hat den kürzesten Weg zu uns blockiert. Aber wir werden noch immer von den Schlachtschiffen im Orbit und den Kampfraumern am Himmel beschossen.«

»Dagegen kann ich nichts machen«, sagte ich. »Wo sind Marus und Schaz?«

»Sie versuchen die Pax in Kampfhandlungen zu verwickeln, aber Scheherazade ist das einzige Schiff und muss immer wieder in den Orbit zurückkehren, um nicht von der Strahlung lahmgelegt zu werden. Außerdem ist sie schon lange im Einsatz, ihr Kern pfeift bestimmt schon auf dem letzten Loch. Die Pax scheinen sich um die Strahlung nicht zu scheren – ihre Schiffe greifen so lange an, bis sie vom gottverdammten Himmel fallen.«

Das passte zu ihnen. Wie in aller Welt war es dazu gekommen, dass wir von einem so dummen Gegner bedroht wurden? Selbst mit all den Schiffen, die sie weiß Gott woher hatten, konnten sie es sich eigentlich nicht leisten, ihre Piloten so zu verschwenden, nicht wenn sie im Falle des Absturzes über einem Gebiet mit äußerst aggressiven Bewohnern abspringen mussten. »Wie machen sich *eure* Schutzschirme?«, fragte ich Sahluk.

»Sie laufen mit halber Leistung, werden aber bei jedem Treffer geringfügig geschwächt«, antwortete er. »Wenn die Kampfraumer nicht wären, könnten wir uns beliebig lange einen Schusswechsel mit den Schlachtschiffen im Orbit liefern; im Moment feuert nur noch eins auf uns, und solange die planetarischen Geschütze zurückfeuern, bekommt es selbst zu viele Schäden ab, als dass es uns gefährlich werden könnte. Aber jetzt sind die Kampfraumer dazugekommen. Ich glaube, das liegt daran, dass es ihnen nicht gelungen ist, an der anderen Kanone in den Bergen Bodentruppen abzusetzen.«

»Mit anderen Worten, ihr haltet im Moment noch durch, aber wenn euch die Bodentruppen erreichen, werdet ihr von drei Seiten aus unter Feuer genommen, und dann ändern sich die Spielregeln.«

»Könnte man so sagen, ja.«

»Scheiße, Sahluk, ich weiß nicht, was du von mir erwartest …« Über mir war ein lautes Dröhnen zu hören, das nur von einem Atmosphärenantrieb stammen konnte.

Ein Schiff der Pax machte Jagd auf mich.

93

Es hatte mich noch nicht entdeckt, doch da man es von der Kanone abgezogen hatte, um sicherzustellen, dass ich ausgeschaltet wurde, würde es nicht so schnell aufgeben. Das erfüllte mich perverserweise mit Stolz – ich musste den Bodentruppen ganz schön zugesetzt haben, wenn man ein Kanonenboot auf mich hetzte, statt den Druck auf die Kanone aufrechtzuhalten, die auf die Schlachtschiffe im Orbit feuerte.

Ich krabbelte in Deckung – das würde mir zwar nichts nützen, denn das Kanonenboot verfügte vermutlich über alle möglichen Scanner, doch viel mehr konnte ich nicht tun. Ich nahm das Gaussgewehr ab und vergewisserte mich, dass es geladen war. Es war nicht einfach, ein Schiff mit einem Gewehr abzuschießen – wenn fünf Treffer nötig waren, um den Schutzschirm eines Panzers zu durchdringen, wären bei einem Kanonenboot neun oder zehn erforderlich, und ich bezweifelte, dass es lange genug stillhalten würde –, doch mehr hatte ich nicht in der Hand.

Ich hatte es gerade eben mit einer ganzen Kolonne von Panzern und Infanteristen aufgenommen, ganz zu schweigen von dem anderen Scheiß, den ich in den vergangenen Wochen erlebt, *und* dem Scheiß, den ich im Laufe meines ganzen Lebens durchgemacht hatte. Da würde ich nicht vor einem einzelnen vagabundierenden Kanonenboot die Segel streichen.

Andererseits können sich nur wenige von uns den Tag ihres Todes aussuchen.

Das Kanonenboot kam in Sicht, und ich legte das Gewehr an. Ich feuerte, bevor es mich geortet hatte, lud durch und feuerte erneut. Und noch einmal. Das Kanonenboot ruckte zurück und stieg in die Höhe, als versuchte es, die Quelle der Bedrohung zu lokalisieren. Versucht's ruhig weiter, ihr Mistkerle. Lasst mir einfach genug Zeit, euch abzuknallen.

Ich verfolgte das Schiff durch das Zielfernrohr und feuerte zwei weitere Schüsse ab, als es wieder näher kam. Damit war das Magazin leer; ich wechselte es, ohne hinzusehen. Durch das stundenlange Training während der Hyperraumsprünge waren mir die Handgriffe in Fleisch und Blut übergegangen, und ich legte das Gewehr schneller wieder an, als ich Luft holen konnte. Ich feuerte erneut.

Der normalerweise blassblaue Schutzschirm des Gegners machte schlapp – inzwischen leuchtete er bei jedem Treffer rot auf –, doch ich war noch nicht durch, und die Pax hatten mich geortet und richteten ihre großen Geschütze aus. Sie würden das ganze gottverdammte Dach unter Feuer nehmen, bis ich mehr Löcher im Körper hatte als mein Gewebe zusammenhalten konnte. Egal – ich feuerte ein letztes Mal.

Das Kanonenboot explodierte in einem Feuerball.

Das war nicht mein Werk. Das *konnte* ich nicht gewesen sein. Selbst wenn ich den Schutzschirm durchbrochen hätte, wäre nicht gleich das ganze gottverdammte Kanonenschiff in die Luft geflogen, nicht einmal dann, wenn ich den Fusionsreaktor getroffen hätte. Außerdem hatte ich nur sieben Schüsse abgefeuert, was kaum ausreichte, um den Schirm zu schwächen, ganz zu schweigen davon, ihn zu durchdringen.

»Wird's dir noch nicht einsam?«, meldete Javier sich über Comm.

Bolivar flog so dicht an mir vorbei, dass ich den Luftzug spürte. Er hielt geradewegs auf die Pax-Kolonne zu und wirbelte den fallenden Schnee durcheinander. Ich rief etwas – ich weiß nicht mehr was, bloß irgendeine Bestätigung –, dann reckte ich das Gewehr empor.

Zwei Kampfraumer der Pax waren ihm auf den Fersen, doch dann tauchte auf einmal Schaz aus dem Stealth-Modus auf. Damit hatten sie nicht gerechnet. Marus war am Steuer zwar nicht ganz so geschickt wie ich, aber ein genialer Stratege; in den Jahrzehnten als Geheimdienstspezialist hatte er sich ein breites taktisches Wissen angeeignet und kannte sich auch mit den Stealth-Vorrichtungen Scheherazades aus.

Beide waren gekommen. Sie waren gekommen, um auf mich aufzupassen.

Weitere Kampfraumer gingen auf Abfangkurs, doch sie würden es nicht mehr rechtzeitig schaffen; beide Schiffe hatten das Stadtzentrum erreicht, wo die Pax vermutlich noch damit beschäftigt waren, sich einen Weg durch das Chaos zu bahnen, das sie selbst angerichtet hatten.

Schaz und Bolivar hatten die Infanterie offenbar geortet; aus ihren Bäuchen und Flügeln brachen Laserstrahlen hervor; Esa und die Predigerin markierten die Ziele für die Bordgeschütze.

»Ihr werdet gleich Gesellschaft bekommen«, warnte ich Javier, markierte die anfliegenden Kampfraumer im HUD und übermittelte die Daten an ihn und Marus.

»Keine Sorge«, sagte Javier leichthin. »Wir haben einen Freund mitgebracht.«

Am Himmel schimmerte ein Stealthantrieb – erst jetzt, da Javier mich darauf aufmerksam gemacht hatte, bemerkte ich die schneefreie Zone unter dem sich absenkenden Schiff –, und auf einmal war die ganze gottverdammte Fregatte sichtbar und feuerte auf die Pax-Schiffe.

Die Laser, die über den Schiffsbauch tanzten, brachten den Namenszug zum Leuchten: »Poseidon« stand dort in drei Meter hohen Messingbuchstaben geschrieben. Der Name war mehr als ein Rufzeichen – alle Agenten der Legitimierten, die über unsere Geschichte Bescheid wussten, kannten das Schiff, das Jahrhunderte älter war als ich. Dies war das erste Schiff, das je unter der Flagge der Legitimierten geflogen war, außer Dienst gestellt, bevor ich mich der Sekte angeschlossen hatte, und der Grund, weshalb alle Schiffe der Legitimierten nach mythologischen oder historischen Figuren benannt waren.

Es war die vierte Fregatte. MelWills Techniker hatten sie aus der Mottenkiste hervorgeholt und wieder einsatzfähig gemacht. Irgendwie war es ihnen gelungen, sie sogar mit Stealth-Technik auszurüsten. Javier hatte sie durch die Firewall eskortiert, welche die Pax zwischen dem Sanktum und den planetarischen Kanonen errichtet hatten. Das vergessen geglaubte Relikt aus der glorreichen Zeit der Legitimierten war wiederbelebt worden und kämpfte nun um unser Überleben.

Schaz und Bolivar setzten noch immer den Bodentruppen zu; die Poseidon brachte sich über der Kanone in Position und attackierte die Kampfraumer, die durch das plötzliche Auftauchen eines sehr viel größeren Schiffs in der Atmosphäre in helle Panik geraten waren. Ich konnte erkennen, dass die Instandsetzungsarbeiten an der Fregatte nicht komplett abgeschlossen worden waren – gegen ein Pax-Schiff vergleichbarer Größe hätte sie sich vermutlich nicht behaupten können, nicht einmal für kurze Zeit –, doch darauf kam es im Moment nicht an; die Kampfraumer waren ihr jedenfalls weit unterlegen.

»Wie zum Teufel …«, sagte ich ins Comm.

»Es gibt da … ich erklär's dir später«, erwiderte Javier. »Im Moment kommt es allein darauf an, dass sie der Kanone Deckung geben kann. Sie kann sich nicht lange in der Atmosphäre aufhalten; in ein paar Minuten muss sie wieder Höhe gewinnen. Aber sie kann außerhalb der Reichweite der anderen Schiffe der Streitmacht in den geostationären Orbit gehen und einzelne Kampfraumer abschießen, die zu den Geschützen hinabstoßen wollen. So lange die Pax sich nicht entschließen, eine ihrer Fregatten Jagd auf die Poseidon machen zu lassen, kontrollieren wir den Himmel über der Kanone.«

»Das werden sie bestimmt«, entgegnete ich.

»Vielleicht auch nicht.« Ich meinte, ein Achselzucken aus seinem Tonfall herauszuhören. »Die meisten ihrer Fregatten sind damit beschäftigt, unsere Schiffe von ihren Schlachtschiffen fernzuhalten. Jedenfalls sind jetzt die Pax am Zug.«

»Das hätte nicht funktioniert, wenn du den Vormarsch der Pax am Boden nicht aufgehalten hättest«, sagte Marus. Er hatte Schaz gewendet, und nun schwebte sie über mir; als ich hochschaute, senkte sich die Rampe herab, und Esa spulte ein Seil ab und winkte mir zu.

»Sahluk hätte sie aufhalten können.« Ich zuckte mit den Schultern, packte das Seil und ließ mich von Schaz hochziehen.

»Möglicherweise, aber sicher ist das nicht. Jedenfalls waren die Pax dadurch abgelenkt. Sie waren so damit beschäftigt, zusätzliche Bodentruppen abzusetzen – und sie von Kampfraumern schützen zu lassen –, dass sie unaufmerksam wurden. Trotz der Stealthausrüstung kann man ein Schiff von der Größe der Poseidon orten, aber nur, wenn man genau hinsieht. Sie haben nicht hingesehen, und das liegt vor allem an *dir.*«

Ich grinste, streckte den Arm aus und ergriff Esas Hand. »Ich mag meinen Job«, sagte ich.

»Du magst es, wenn's knallt«, erwiderte Marus. »Jetzt komm

her und übernimm den Steuerknüppel; Schaz beklagt sich noch heftiger über meine Flugkünste als Khonnerhonn.«

»Das liegt daran, dass du ein so furchtbarer Pilot bist, und du bist furchtbar, weil du nicht Jane bist«, bemerkte Scheherazade in sehnsuchtsvollem, träumerischem Ton.

»Immer noch high, Schaz?« Ich seufzte.

»Ja.«

Marus ging auf unseren Austausch nicht ein. »Wir müssen zum Sanktum zurückfliegen und Nachschub aufnehmen – allmählich geht uns die Munition aus. Und dann … also, dann zeige ich dir mal die Scans. Der Kampf ist noch nicht entschieden.«

FÜNFTER AKT

94

»Du bist verletzt«, sagte Schaz, als ich meine vielen Waffen unter lautem Scheppern auf den Boden der Waffenkammer fallen ließ. Normalerweise hätte ich das nicht getan – Scheherazade hätte sich über die Unordnung beklagt –, doch ich war verdammt müde.

»Nichts Ernstes«, sagte ich. »Das sind bloß …«

»Bist du verletzt?« Esa hatte mich auf der Rampe erwartet und war zusammen mit mir in die Schleuse getreten; jetzt zuckte ich zusammen, als sie mir die Hand ums Kinn legte, mir den Kopf verdrehte und die Schrammen begutachtete, die der Reint mir verpasst hatte. »Du bist verletzt.«

»Nichts Ernstes. Bloß …«

»Marus!«, rief Esa ins Cockpit. »Wo ist dieses Spray?«

»Sieh im Medoraum nach!«, antwortete er. »Ist es schlimm?«

»Nichts Ernstes!«, rief ich. »Bloß …«

»Sei still und setz dich«, befahl Esa und drückte mich auf einen Stuhl nieder. Eigentlich war sie nicht stark genug, um mich zu zwingen, doch ich ließ sie machen; sollte sie Telekinese einsetzen, wäre Gegenwehr sowieso sinnlos gewesen.

Ich ließ mich auf den Stuhl sinken, dann holte Esa das Wundspray und bedeckte mein Gesicht und meine Arme mit gerinnungsförderndem Schaum. Anschließend war die Dose halb leer. »Tu das nie wieder«, sagte sie streng.

»Esa, das war …«

»Jane«, erwiderte sie und genoss es spürbar, dass sie mich nun mit meinem Namen ansprechen konnte. »Ich habe hier nicht viele Freunde. Ich möchte nicht, dass eine Freundin … einfach so ums Leben kommt. Tu das *nie* wieder.«

Ich lächelte, obwohl es wehtat. »Roger«, sagte ich.

»Wer zum Teufel ist Roger?«

»Das bedeutet, ich hab's kapiert. Darf ich jetzt aufstehen?«

»Hast du noch andere Verletzungen?«

Widerwillig hob ich den Arm, damit sie mir auch noch die Rippen einsprühen konnte. Als sie fertig war, ließ sie mich stehen, und ich ging ins Cockpit.

Marus lachte, als er mich sah. Ich erwiderte finster seinen Blick, machte auf dem Absatz kehrt, ging zurück in den Wohnbereich und suchte nach einem Handtuch, um den überschüssigen Schaum abzuwischen. »Du siehst aus wie ein Vyriat mit … mit … wie nennt man noch gleich den Hautausschlag, den sie manchmal bekommen?«, rief er mir hinterher. »Wenn ihnen im Gesicht Pilze wachsen?«

»Halt's Maul«, knurrte ich und wischte mir abblätterndes, gehärtetes Gel ab.

»Nein, ganz im Ernst, wie heißt der noch gleich? Ich wusste gar nicht, dass den auch Menschen bekommen können. Hast du etwa mit Helliot rumgemacht? Das wird Javier aber gar nicht gefallen.«

»Sei. Still.« Ich tippte ihm auf die Schulter; er gab den Steuerknüppel frei.

»Ah, das habe ich gebraucht«, meinte er lachend. »Das ist sogar noch besser als dabei zuzusehen, wie Bolivar als Kavallerie aufs Schlachtfeld stürmt.«

»Seid ihr zwei jetzt fertig? Ist jetzt Schluss mit der allgemeinen Belustigung? Keine Witze mehr? Schluss mit … ihr wisst schon, was ich meine? Oder sollen wir noch mal …«

»Wir haben gesehen, wie das Gebäude eingestürzt ist«, sagte Esa, als sie an der Geschützsteuerung Platz nahm. Ich sah sie nicht an – ich war zu sehr damit beschäftigt, die Einstellungen rückgängig zu machen, die Marus vorgenommen hatte –, doch ich hörte aus ihrer Frage heraus, dass sie sich große Sorgen um mich gemacht hatte. »Du warst auf dem Dach. Wir konnten nicht sehen, ob du dich in Sicherheit bringen konntest. Schaz hat gemeint, sie hätte dir ein Antigravgerät mitgeben, aber … wir waren uns völlig im Unklaren. Es war schrecklich.«

»Tut mir leid«, sagte ich. »Es ging nicht anders.«

»Ja, natürlich, denn sonst wäre dir das Gebäude auf den Kopf gefallen, aber …«

»Nein, ich meine … das alles. Ich musste Sahluk einen Aufschub verschaffen.«

»Ist dir dein Leben wirklich so egal?«

»Ist es nicht«, antwortete ich leise. Ich verschwieg ihr, dass ich mir in dieser Hinsicht gar nicht so sicher war.

»Es war nicht deine Schuld«, sagte Esa.

»Das ist nicht …«

»Der Puls. Dich trifft keine Schuld daran. Ich war sauer, aber … ich war wütend und die Predigerin auch, und vielleicht … haben wir Sachen gesagt, die ich … es war nicht deine Schuld. Du warst das nicht. Du hast die Pax nicht erschaffen.«

»Nein, das habe ich nicht. Ich habe bloß dafür gesorgt, dass die Pax keine Gegner mehr hatten, die sie hätten in Schach halten können.«

»Du hast das nicht gewollt.«

»Das bedeutet nicht, dass … jetzt ist kein guter Zeitpunkt, darüber zu sprechen, Esa. Wir müssen immer noch einen Kampf gewinnen.« Ich ließ Scheherazade aufsteigen. Der Strahlenalarm quäkte; wir hielten uns schon viel zu lange in der Atmosphäre auf. Ich las die Anzeigen ab; Bolivar war unmittelbar hinter uns. Ich schaltete das Comm ein.

»Wie sieht's bei euch da unten aus?«, fragte ich Sahluk.

»Wir halten uns«, brummte er. Im Hintergrund war Geschützfeuer zu hören. Nicht das rhythmische Feuer der automatischen Geschütztürme, sondern näher und lauter. Vielleicht feuerte er sogar selbst. »Jetzt, da die Fregatte über uns steht, können wir Kampfraumer mit ihren Bordwaffen und den Anti-Luft-Geschützen abfangen. Ortega und Marus haben die Bodentruppen stark dezimiert, deshalb ist der Druck weniger stark als befürchtet. Aber das musst du Ortega nicht unbedingt sagen.«

»Ich werde mich beherrschen«, versprach ich ihm, obwohl ich bereits Bolivar angefunkt hatte; Javier hörte vermutlich mit. »Was ist mit dem Schlachtschiff? Wie lange könnt ihr dem Beschuss noch standhalten?«

»Hängt davon ab, wie viel Schaden die Bodentruppen anrichten. So lange uns nur das Schlachtschiff beschießt, erholt sich der Schutzschirm zwischendurch weitgehend – wir verlieren pro Treffer nur etwa ein halbes Prozent Leistung. Die Techniker haben beim Fusionsreaktor gute Arbeit geleistet. Das bedeutet aber auch, dass wir weder über die nötige Zeit noch die erforderliche Energie verfügen, um …«

»Verstanden. Soll ich wieder runterkommen, wenn wir die Strahlung einigermaßen verdaut haben, und noch einmal die Bodentruppen angreifen?«

»Ich glaube, im Raum wirst du dringender gebraucht. Was uns die Scans anzeigen … sieht nicht gut aus.«

Stirnrunzelnd blickte ich auf meinen Monitor. Wir waren zu weit vom Sanktum entfernt, um verlässliche Werte für seine Schutzschirme hereinzubekommen, doch sobald wir die Atmosphäre und das Strahlungsmeer hinter uns gelassen hatten, könnte ich mir einen Überblick über die verblieben Pax-Schiffe verschaffen. Allerdings gefiel mir sein Tonfall nicht. »Verstanden«, sagte ich. »Haltet die Ohren steif.«

»Ihr auch. Und noch was, Kamali.«

»Ja?«

»Das hast du gut gemacht. Wenn du ihnen weiter so zusetzt, werden wir das hier vielleicht überleben. Vielleicht.«

»Ich werde mein Bestes tun. Kamali, Ende.«

95

Wir ließen Atmosphäre und Schneetreiben hinter uns und flogen in den leeren Raum hinaus. Zwischen uns und den Sternen lag das Schlachtfeld. Die sieben verbliebenen Schlachtschiffe der Pax boten einen Ehrfurcht gebietenden, grauenerregenden Anblick. Sie waren nahezu kreisförmig angeordnet; vier feuerten auf das Sanktum, drei auf die Antiorbitalkanone, von der wir kamen. Sie rotierten langsam, sodass keine der Kanonen – weder Bravo und Alpha auf der Planetenoberfläche noch die auf der Bergspitze platzierte Kanone des Sanktums – ihr Feuer auf ein einzelnes Schiff ausrichten konnten.

Um sie herum kreisten die Fregatten beider Seiten, fast wie Monde im Orbit. Sie versuchten, sich aus dem Schussfeld der Schlachtschiffe herauszuhalten, wichen einander aus und versuchten, Kampfraumer abzuschießen. Wir hatten noch zwei von ihnen im Einsatz, sie hingegen vier, was bedeutete, dass unsere Kampfraumer stark im Nachteil waren. Doch immerhin leisteten sie ihren Beitrag zur Verteidigung und verhinderten, dass die gegnerischen Kräfte in den Sturzflug übergingen und das Sanktum bombardierten. Wenn die Kampfraumer der Pax die planetarischen Kanonen angreifen wollten, mussten sie zunächst an der Poseidon vorbeikommen, die knapp außerhalb der Reichweite der Schlachtschiffe über dem Planeten schwebte und in aller Ruhe die selbstmörderischen Kampfraumer abschoss, die es dennoch versuchten.

Dahinter schwebten die Trümmer der Schlacht. Die Pax waren mit insgesamt fast dreißig Schlachtschiffen in das System eingeflogen. Mindestens ein Dutzend davon waren schwer beschädigt oder vollständig zerstört. Ihre Trümmer erstreckten sich bis zum engen Systemzugang. Andere hatten sich aus der Schussweite der Kanonen auf Defensivpositionen zurückgezogen, darunter auch die drei Schiffe, die den Systemausgang blockierten. Ihre schweren Waffen waren nicht mehr einsatzfähig, doch man durfte sie trotzdem nicht unterschätzen.

Sie wollten sicherstellen, dass wir nicht flohen, sobald sich unsere Niederlage abzeichnete.

Ich funkte John Henry an. »John«, sagte ich, den Blick auf die Schlachtschiffe gerichtet, die sich einen Schusswechsel mit dem Sanktum lieferten. »Ich brauche Daten. Können wir bei der gegenwärtigen Abnutzungsrate des Schutzschirms überleben?«

»Nein«, antwortete er knapp. Mir lief ein Schauder über den Rücken. »Die Schlachtschiffe aber auch nicht, falls das ein Trost ist; wir werden mindestens vier von ihnen vor dem unvermeidbaren Ende erledigen, eines schon sehr bald. Aber die Daten sind im Moment eindeutig. Meiner ursprünglichen Schätzung zufolge, bliebe uns eine gute Stunde bis zum Zusammenbruch des Schutzschirms, wenn sechs Schlachtschiffe auf uns feuern. Inzwischen haben wir die gegnerischen Geschütze so weit beschädigt, dass ich die Schätzung auf zwei Stunden ausdehnen würde. Optimistisch gerechnet.«

»Und bist du optimistisch?«

»Nein.«

Ich schluckte und blickte durch das Cockpitfenster auf das Ballett der Vernichtung. Das Kanonenfeuer vom Planeten und vom Mond ließ die Schutzschirme der Schlachtschiffe aufleuchten, doch für jeden Treffer, den wir erzielten, feuerten sie mindestens zwei Schüsse ab, wenn nicht gar drei. Es war ein Schlagabtausch in Zeitlupe, eine simple Gleichung der rohen Gewalt – sie hatten mehr Geschütze als wir und konnten den Schaden, den unsere Waffen anrichteten, auf sieben Schiffe verteilen. Wir hatten nur drei Stellungen.

In diesem Moment bekam eins der Schlachtschiffe einen direkten Treffer ab, der Schutzschirm zerriss. Explosionen ließen die Hülle bersten, und es trieb ab, versuchte vor dem unvermeidlichen Ende Abstand von den anderen Pax-Schiffen zu gewinnen. Es war beinahe so, als schaute man einem Ozeanriesen beim Untergang zu. Nicht dass ich irgendjemandem einen solchen Tod gewünscht hätte – auf einem auseinanderbrechenden Schiff gefangen zu sein, im Wissen, dass der Fusionsreaktor jeden Moment durchgehen, die Soldaten verdampfen und ihre einzelnen Atome sich in der Leere des Alls verteilen würden.

Die Pax hielten nichts von Rettungsbooten. Sie glaubten, das sei etwas für Feiglinge.

»Ich nehme an, dies ändert nichts an deiner Einschätzung«, sagte ich mit dumpfer Stimme.

»Nein«, bestätigte John Henry. »Wie ich bereits sagte: Wir wussten, dass es so kommen würde. Ich habe es bei meiner Prognose bereits berücksichtigt. Zwei Stunden, höchstens.«

Eine helle, fast indigofarbene Linie breitete sich auf dem gegnerischen Schlachtschiff aus, dann explodierte der instabil gewordene Reaktor und schleuderte die Überreste des Schiffs in die Leere des Raums.

»Es muss etwas geben, das wir tun können«, sagte ich zur KI des Sanktums. John Henry musste der Kampf – Schlachtschiffe, die vom Orbit aus auf die Stadt feuerten, während unsere Kanonen antworteten – wie ein Handgemenge erscheinen. Die Stadt war schließlich sein Körper, und er hatte überall seine Sensoren. Jeder Treffer, den die Schlachtschiffe erzielten, war für ihn wie ein Schlag in die Rippen. Jedes Fitzelchen Energie, das den Schutzschirmen entzogen wurde, verschlug ihm, bildlich gesprochen, den Atem.

»Es steht dir natürlich frei, dich der Verteidigung des Sanktums anzuschließen«, sagte er so höflich, als spräche er eine Einladung zum Tee aus. »Obwohl Scheherazades Kern geschwächt ist, sind sie und Bolivar doch ausgesprochen vielseitig – wenn sie uns helfen würden, die Kampfraumer in Schach zu halten, könnte das Sanktum etwa zwanzig Minuten länger durchhalten. Ihr könntet allerdings auch zu fliehen versuchen, doch dazu würde ich nicht raten; einige der Schlachtschiffe …«

»Bewachen den Fluchtweg, ich weiß«, sagte ich. »Ich denke nicht mal im Traum an Flucht, John Henry.«

»Ich weiß. Aber wenn sie nicht den Systemausgang blockieren würden, würde ich dir dazu raten. Diesen Kampf können wir nicht gewinnen.«

»Es muss etwas geben …«

»Ich habe alle Möglichkeiten durchgerechnet, Jane. Das Sanktum ist verloren.«

96

»Nein.« Ich schüttelte den Kopf. »Nein, nein, nein«, sagte ich, als würde es wahr werden, wenn ich es nur oft genug wiederholte; als könnte ich an der Situation etwas ändern, wenn ich sie leugnete. Kinderdenken, ich weiß – ich kannte das von meinen Schützlingen –, aber ich konnte nicht anders. Wir hatten zu hart gekämpft und zu viele Opfer erbracht, um jetzt zu verlieren.

»Laufen Vorbereitungen zur Evakuierung?«, fragte Marus in sachlichem Ton.

»Eine Evakuierung stand nie zur Diskussion«, erwiderte John Henry. »Hätten wir evakuieren wollen, hätten wir das vor dem Eintreffen der Pax tun müssen. Wir haben hoch gepokert und verloren. Es wurden ein paar Vorkehrungen getroffen – ein Teil unserer Daten wurde auf verschlüsselten Frequenzen verteilt und wird hoffentlich von Agenten empfangen, die nicht rechtzeitig ins Sanktum zurückkehren konnten. Aber das ist …«

»Wir brauchen eine weitere Kanone«, sagte Esa unvermittelt.

»Ja, Kind«, meinte Marus. »Aber das …«

»Das ist alles, was wir brauchen, habe ich recht? Das würde die … die Datenlage ändern, damit könnten wir die Schlachtschiffe vom Himmel holen, bevor der Schutzschirm des Sanktums zusammenbricht, oder?«

»Ja, aber diese Kanone gibt es nicht, Esa.« Ich seufzte und rang um Selbstbeherrschung. Ich konnte das im Moment nicht brauchen. »Das ist bloß …«

»Klar gibt es welche«, sagte sie. »Sogar vier oder fünf.«

»Die anderen Kanonen im System helfen uns nicht; selbst wenn sie einsatzfähig wären, was nicht der Fall ist, könnten sie in ihrer gegenwärtigen Position die Pax-Schiffe nicht treffen …«

»Ich meine nicht die Antiorbitalkanonen, sondern die Schlachtschiffe.« Sie schnallte sich los, stellte sich neben mich und zeigte aus dem Cockpitfenster. Von unserer Position aus waren drei Schlachtschiffe der Pax zu sehen – nicht die Kreisformation der noch feuernden Schiffe über dem Sanktum und auch nicht die Schiffe, die den Systemausgang bewachten, sondern die anderen, die so schwer beschädigt waren, dass sie sich auf Positionen außerhalb der Reichweite der Kanonen zurückgezogen hatten, um nicht vollständig zerstört zu werden. »Das *sind* doch Kanonen, oder?«

Ich starrte aus dem Fenster. Das war Wahnsinn. Es war der waghalsige, impulsive, verzweifelte Plan einer Halbwüchsigen – allein ein solches Wagnis vorzuschlagen oder auch nur darüber nachzudenken, war grotesk. Dass sich die Schlachtschiffe aus dem Kampf zurückgezogen hatten, bedeutete nicht, dass sie unbemannt waren; darin befanden sich jede Menge Pax, welche die Treffer überlebt hatten.

Wir kämpften bereits an drei verschiedenen Fronten; am Himmel über dem Sanktum, über den planetarischen Kanonen und im leeren Raum. Jetzt schlug Esa vor, eine vierte Front zu eröffnen, ein Schlachtschiff der Pax zu entern und mit dessen Hauptkanone die übrigen Schiffe der Pax bei einem Überraschungsangriff unter Feuer zu nehmen.

»Das ist Wahnsinn«, sagte ich, als mir klar geworden war, was sie da vorschlug.

»Ja, das ist es,«, seufzte sie und fixierte mich. »Aber würde es funktionieren?«

»Du willst … was du da vorschlägst, hieße, ein halbes Dutzend befestigte Stellungen *innerhalb* des Schlachtschiffs zu erstürmen …«

»Ich habe nicht gefragt, ob es machbar ist, sondern ob es funktionieren würde. Wenn wir an Bord eines der gegnerischen Schlachtschiffe kämen und dessen große Kanone erobern könnten – und sei es nur, um einen oder zwei Treffer anzubringen –, würde das den Kampf ums Sanktum entscheiden?«

»John Henry?«, fragte ich und schluckte. Keiner sagte ein Wort; wir alle warteten darauf, dass der tief im Sanktum eingebettete Computer seine Berechnungen abschloss und sein Urteil darüber fällte, ob Esas verrückter Vorschlag uns eine Möglichkeit eröffnen könnte, die Schlacht zu überleben.

»Ja«, antwortete er.

97

»Wähle ein Ziel aus«, wies ich Scheherazade an. Meine Hände flogen bereits über die Instrumententafel, um so viele Scans wie möglich durchzuführen, bevor wir in den Stealth-Modus gingen. »Wir müssen herausfinden, welches Schlachtschiff am schwersten beschädigt ist, aber noch über eine funktionierende Hauptkanone verfügt. Wichtig ist auch, dass es möglichst geringe Positionskorrekturen erfordert, um *unsere* Ziele unter Beschuss zu nehmen. Außerdem müssen wir wissen, ob der Fusionsreaktor an Bord noch arbeitet und ob …«

»Wollen wir das wirklich durchziehen?«, fragte Marus mit schwacher Stimme.

»Ihr beschleunigt«, rief Javier über Comm. »Wo geht es hin? Weißt du etwas, was ich nicht weiß?«

»Wir wollen ein Schlachtschiff entern«, antwortete ich. »Du bist ja ein halber Pirat, das fällt also genau in dein Fachgebiet.«

»Ich bin kein … ihr wollt *was*?«

»Kopple Bolivars Kurs mit dem von Schaz. Wir entern ein Schlachtschiff.« Ich grinste unwillkürlich; ich konnte nicht anders. Allein schon die Vorstellung war grotesk.

Damit würden die Pax bestimmt nicht rechnen.

»Aber … *warum*?«

»Wenn es uns gelingt, auf einem der beschädigten Schiffe an die Geschützsteuerung heranzukommen und ein paar Schüsse abzufeuern, können wir die Angriffsformation der Pax aufbrechen. Im Moment lassen sie ihre Schiffe rotieren, sodass sie sich nur phasenweise innerhalb der Reichweite unserer drei Kanonen befinden und sich in der Zwischenzeit regenerieren können. Wenn wir eines davon im richtigen Moment unter Feuer nehmen, können wir die Kreisformation dezimieren, sodass sie …«

»Ich … okay, hab's kapiert, aber wie in aller Welt kommst du darauf, dass wir das schaffen könnten? Die Schlachtschiffe haben sich aus dem Kampf ums Sanktum zurückgezogen, aber das heißt nicht, dass sie unbemannt sind. Es befinden sich bestimmt immer noch Hunderte, wenn nicht gar Tausende Pax an Bord …«

»Wenn wir nichts unternehmen, geht das Sanktum unter. So einfach ist das.«

»Ja, gut, das ist mir klar, und du kannst mir glauben, dass ich selber gern was unternehmen würde, aber wie gesagt … du hörst mir nicht zu. Wer ist eigentlich auf diese verrückte Idee gekommen? Du? Oder Marus?«

»Esa.«

»Esa. Das war Esas Idee.«

»Ja, genau.«

»Ist sie …«

»Ich höre zu«, warf Esa ein.

»Na großartig. Ist dir nicht klar, dass das *unmöglich* ist? Es mag ja sein, dass es das Blatt wenden könnte, aber wir fünf …«

»Wir zwölf.« Das war ein neues Signal: Ein weiteres Schiff hob vom Planeten ab und schloss sich uns an.

»Sahluk?«, fragte ich. »Bist du das? Was zum Teufel machst du denn an Bord eines Schiffes?«

»Meine Leute werden die Kanone halten – du hast den Bodentruppen ganz schön zugesetzt«, sagte er. »John Henry hat mich über deinen Plan informiert. In den Labors des Sanktums gab es ein weiteres Stealth-Schiff, einen Prototyp, und den hat er …«

»Er? Wer zum Teufel ist ›er‹? Wer *steuert* das Ding?«

»Ich, Jane.« Es war Criat. Was zum Teufel machte Criat am Steuer eines Stealth-Prototyps? Er war zwar noch nie einer Auseinandersetzung aus dem Weg gegangen, doch das hier war etwas völlig anderes.

»Was zum Teufel machst du hier draußen, Boss?« fragte ich. Ich konnte mich nicht mal mehr erinnern, wann Criat zuletzt in einem Cockpit gesessen hatte. Es musste ein halbes Jahrhundert her sein.

»Also, ich wollte euch unterstützen, aber da ihr anscheinend einen Plan habt, der uns alle retten könnte, hab ich mir gedacht, ich bringe ein bisschen Verstärkung mit.« Es war ein kleines Schiff, ein Kundschafterschiff – ich konnte mir kaum vorstellen, dass es Criat und Sahluk gelungen war, sich hineinzuzwängen, ganz zu schweigen von weiteren fünf Soldaten, Sahluks besten Leuten. Aber zwölf waren besser als fünf – so viel stand fest.

»Großartig, wunderbar«, sagte Javier. »Aber können wir noch mal über den verrückten Plan sprechen, den sich eine Halbwüchsige ausgedacht hat, die null Ahnung vom interplanetarischen Kampf hat?«

»Möchtest du gern noch ›nichts für ungut‹ hinzufügen?«, warf Esa ein.

»Nein! Bestimmt nicht! Du weißt nicht, was du tust! Selbst wenn wir an Bord eines der Schiffe kämen und es uns gelänge, die Waffensteuerung einzunehmen und, du weißt schon, darauf zuzugreifen – selbst wenn wir das schaffen würden, sind da draußen noch mehr Schlachtschiffe der Pax in Wartestellung. In dem Moment, da ihnen klar wird, was wir vorhaben, werden sie uns abschießen. Die Pax an Bord des Schiffes, das wir entern wollen, werden ihren eigenen Schutzschirm deaktivieren, und ihre Kameraden werden uns Zunder geben, bevor wir auch nur …«

»Nicht wenn wir das hier nehmen.« Ich markierte eins der Schiffe im HUD und übermittelte die Information über Comm an Bolivar und Criats Schiff.

»Das da«, sagte Javier bedächtig. »Das hast du dir ausgesucht.«

»Ja.«

»Das ist ein Schlachtschiff der Nemesis-Klasse, erbaut von der Atellier-Sekte während der Kriege. Es hat zweieinhalbtausend Mann Besatzung. Es wurde durch das Bombardement weniger stark beschädigt als die anderen, deshalb ist es vermutlich …«

»Das ist genau der Grund, weshalb wir es ansteuern. Es musste sich aus der Schlacht zurückziehen, weil wir am Antrieb einen Glückstreffer erzielt haben.« Während Javier seine Einwände vorbrachte, hatte ich die gegnerischen Schlachtschiffe sorgfältig gescannt. »Der Schutzschirm ist noch intakt.«

»Und den … klar, den werden die Pax einfach öffnen, sobald …«

»Nicht auf einem Schiff der Nemesis-Klasse. Die Schutzschirmstation liegt unmittelbar neben der Geschützsteuerung. Sie sind so gebaut, dass sie weiter funktionieren, auch wenn … du weißt schon, bis zur letzten Minute. Das werden wir uns zunutze machen. Wir nehmen die Geschützsteuerung ein, wir nehmen die Schutzschirmstation ein, und da der Antrieb ausgefallen ist, kann das Schiff seine Position nicht verlassen – die Schlachtschiffe, die das Sanktum angreifen, befinden sich in Feuerreichweite. Javier, hör mir zu: Schau es dir an. Was siehst du?«

Er hielt einen Moment inne und sah sich das Schiff an, nicht bloß die Scananzeigen. »Es ist neu«, sagte er schließlich. »Das ist eines der Schiffe aus … aus dem vergessenen Depot, das sie geplündert haben. Nach all den Kämpfen heute wirkt es immer noch nagelneu. Wie unbenutzt.«

»Genau. Das heißt, die Pax an Bord kennen sich nicht gut damit aus; sie sind nicht vertraut mit der Steuerung, und das wirkt sich zu unserem Vorteil aus. Es ist das perfekte Schiff, um den Plan umzusetzen.«

Javier seufzte schwer. »Dann ziehen wir das wirklich durch?«, fragte er.

»Wir haben nicht viele Alternativen«, rief Criat ihm in Erinnerung. »Entweder sterben wir bei dem Versuch, oder wir sterben, wenn die Pax uns nach dem Fall des Sanktums zusammentreiben. So oder so …«

»Ja. Schon kapiert. Gott hasst die Zaghaften.«

»Dann stehst du also ebenfalls hinter dem Plan?«, fragte Esa.

»Nein, ich finde, das ist ein furchtbarer Plan. Aber da wir keinen besseren haben – ach, was soll's«, sagte er. »Lasst uns das Schlachtschiff entern. Was kann denn schon passieren?«

Das würden wir bald herausfinden.

98

»Also«, sagte Javier, »wie zur Hölle soll das Ganze funktionieren?«

»Ich dachte, du würdest jetzt hinter dem Plan stehen«, meinte Criat.

»Ja, schon – aber wie genau sieht der *Plan* aus? Wir können nicht einfach zum Hangar fliegen und höflich um Einlass bitten. Wir können die Hangartore auch nicht gewaltsam öffnen. Selbst wenn wir über die erforderliche Feuerkraft verfügen würden – ich habe übrigens keine Raketen mehr an Bord –, hätten wir es immer noch mit dem intakten Schutzschirm zu tun. Wir können uns dem Schiff annähern, und wenn die Stealth-Systeme durchhalten, wird ihr Radar uns vielleicht nicht bemerken, aber da müssten wir schon sehr großes Glück haben, und dann stellt sich immer noch die Frage: Wie kommen wir rein ins Schiff?«

Einen Moment lang herrschte im Innern von Scheherazade und auf den Funkkanälen Stille. Vor uns schwebten die Schlachtschiffe vor dem Hintergrund der Sterne; drei gewaltige Schiffe, zwei davon schwer beschädigt, das dritte – unser Ziel – in der Mitte. Im Gegensatz zu den beiden anderen, die vor Kanonen und Waffentürmen strotzten, war die Nemesis ein schlankes, längliches Monster mit rundlichen Formen und versenkten Kanonen anstelle von ausladenden Waffentürmen – es war vollkommen anders gebaut als die Schlachtschiffe, welche die Pax selbst entwickelt hatten. Jedes Mal, wenn umhertreibende Trümmerteile vom Schild abprallten, zeichnete sich in der Leere des Raums ein schwacher Schimmer ab.

»Haben wir die Möglichkeit berücksichtigt, dass – es ist ein Ziel, ein sehr gutes Ziel«, warf die Predigerin ein. »Wie du schon sagtest«, sie wandte sich mir zu, »ist es *perfekt*. Aber können wir ausschließen, dass es sich um einen Giftbecher handelt?«

»Wie bitte?«, sagte Esa.

»Können wir ausschließen, dass es sich um eine Falle handelt?«

»Ja, denn niemand – auch nicht die Pax – käme auf eine dermaßen bescheuerte Idee«, entgegnete Javier.

»Hey!«, widersprach Esa.

»Habe ich bescheuert gesagt? Ich meinte brillant. Das ist ein brillanter Plan, und wenn es uns irgendwie gelingt, an Bord zu kommen, werden wir bestimmt nicht sterben.«

»Der Triebwerksschaden«, sagte Marus unvermittelt.

Ich rief die Scans des Schiffsrumpfs auf. »Auf diesem Weg kommen wir nicht rein, falls du das vorschlagen willst«, sagte ich. »Und selbst wenn es uns gelänge, säßen wir dann hinter den Schotts fest.«

»Nicht die Schiffe«, sagte er. »Bloß wir. Wenn die Schiffe sich ganz langsam nähern, kommen wir durch den Schutzschirm durch, denn der stoppt nur schnelle Objekte. Wir können …«

»O nein«, stöhnte ich auf, als ich begriff, worauf er hinauswollte. Ich konnte nicht anders. Ich wusste, was er vorhatte, und es gefiel mir nicht. Es gefiel mir ganz und gar nicht.

»Wir fliegen bis an die Außenhülle des Schlachtschiffs heran«, führte Marus seinen schrecklichen Plan weiter aus, »und klettern durch den Riss im Rumpf. Arbeiten uns durch den Antrieb vor. Es muss einen Wartungszugang geben, durch den wir in den Rest des Schlachtschiffs gelangen können.«

»Du willst, dass wir das Schiff im Raumanzug entern?« Selbst Javier klang beeindruckt. »Du willst, dass wir *außen* auf dem gegnerischen Schiff herumklettern. Dann sollen wir *in den Antrieb* kriechen – in der Hoffnung, dass gegenwärtig keine Reparaturen durchgeführt werden, womit man auf einem beschädigten Schiff eigentlich rechnen sollte – und von dort aus ins eigentliche Schiff vordringen.«

»Es ist nicht weit«, knurrte Criat. »Vom Maschinenraum des Schiffes bis zur Geschützsteuerung, meine ich. Es ist machbar. Durchaus machbar.«

»Dann findest du den Vorschlag also gut?«, fragte Esa.

»So weit würde ich nicht gehen. Schließlich kommt er von Marus.«

»Bislang hat noch keiner einen Gegenvorschlag gemacht«, seufzte Marus.

Ich versuchte mir auf die Schnelle einen auszudenken. Ich hasste Außeneinsätze im Raumanzug. Es hatte damit zu tun, von einem Vakuum umgeben zu sein, wo ein Fehltritt dazu führte, dass man in die Leere davontrieb, dazu verurteilt, langsam zu ersticken, wenn der Sauerstoffvorrat zur Neige ging … Meine ursprüngliche Sekte hatte mich einer Ausbildung zum Außenbordeinsatz unterzogen. Seitdem hatte ich Albträume davon. Diese Erfahrung war durch einen Vorfall noch verstärkt worden, der sich zugetragen hatte, kurz nachdem ich mich den Legitimierten angeschlossen hatte. Damals war ich …

Ich wollte gar nicht daran denken.

»Aber es gibt da ein Problem«, fuhr Criat fort.

»Das wundert mich nicht.« Ich bemühte mich, meine Erleichterung über seinen Einwand zu verbergen.

»Wir haben mehr Leute an Bord, als eigentlich zulässig sind. Deshalb reichen die Raumanzüge und Magnetstiefel nicht für alle.«

»Wir teilen uns in zwei Gruppen auf«, schlug die Predigerin vor. »Ganz einfach. Die Passagiere von Bolivar und Scheherazade gehen im Raumanzug raus, dringen in den Antrieb ein und entern die Geschützsteuerung. Wenn wir uns beeilen, können wir diesen Schiffsbereich abriegeln. Die Pax werden versuchen, ihn zurückzuerobern, aber von dort drinnen haben wir Zugriff auf die Hangars.«

»Die werden jedoch blockiert sein«, wandte Marus ein.

»Ich kann die KI der Pax mit Sicherheit hacken«, erwiderte sie zuversichtlich. »Darauf verwette ich mein Leben.«

»Das wirst du auch. Und der Rest von uns ebenfalls. Wenn wir Criats Leute nicht an Bord bekommen, werden sie die Schotts aufbrechen und uns niedermetzeln.«

»Aber wenn es uns gelingt, können sie andocken und gegen die Pax vorgehen, die von hinten an uns heranzukommen versuchen. Ganz zu schweigen davon, dass wir uns mit dem Schiff absetzen können, wenn wir fertig sind.«

»Das ist eine optimistische Annahme«, sagte Javier. »Du gehst davon aus, dass einige von uns den Einsatz überleben.«

»Natürlich tue ich das«, erwiderte die Predigerin, entsetzt über seine Bemerkung. »Auch wenn die Wahrscheinlichkeit dagegen spricht, sollte man immer für den günstigsten und den ungünstigsten Fall Vorsorge treffen.«

Ich lachte, denn sie wirkte so überkorrekt. Außerdem lachte ich, um mich einen Moment lang von dem wahnsinnigen Unterfangen abzulenken. Ich konnte Außenbordeinsätze wirklich nicht ausstehen.

»Also machen wir es so?«, fragte Esa. Jetzt, da alle ihrem Plan zugestimmt hatten, wirkte sie nervös. Das hörte ich aus ihrem

Tonfall heraus – sie fürchtete sich, nicht vor der Vorstellung, ein Schlachtschiff anzugreifen, sondern weil es *ihre* Idee gewesen war. Wenn die Pax uns erwarteten und wir scheiterten, träfe sie die Schuld.

»So machen wir es«, sagte ich und versuchte, mir meine eigene Angst nicht anmerken zu lassen; ich wollte Esa nicht noch weiter verunsichern. Ich schnallte mich los. Stand auf und streckte mich bewusst langsam, um Gelassenheit vorzutäuschen. »Schaz, ich nehme an, du hast bereits den Kurs berechnet?«

»Das habe ich.«

»Und du stehst immer noch unter der Wirkung von … dem, was MelWill dir gegeben hat?«

»Darauf kannst du Gift nehmen. Es fühlt sich wundervoll an.«

»Wovon sprecht ihr?«, fragte Javier. Ich hatte ganz vergessen, dass er noch zugeschaltet war.

»Mach dir keine Gedanken«, sagte ich. »Wir sehen uns auf der anderen Seite.«

»Hast du nicht eine Abneigung gegen Außeneinsätze?«, fragte er.

»Mach dir *keine Gedanken*«, fauchte ich. Mit meiner Gelassenheit war es vorbei. »Wir sehen uns.« Ich schaltete das Comm ab und wandte mich Esa zu.

»Also los«, sagte ich. »Lass uns in den Anzug steigen.«

99

Die Raumanzüge an Bord von Scheherazade unterschieden sich eigentlich nicht groß von meinem üblichen Kampfanzug: die gleiche Panzerung, der gleiche Intentionsschirm, die gleiche Funkanlage und die gleichen taktischen Systeme. Dazu kamen der Helm, die Dichtungen und die Magnetstiefel, mit denen wir uns am Rumpf des Schlachtschiffs fixieren konnten.

Zum Glück waren diese Teile anpassungsfähig – das galt für die gesamte Ausrüstung der Legitimierten und war in Anbetracht unserer Diversität auch notwendig. Ein Raumanzug, der einem Reint passte, ließ sich mit ein paar Handgriffen einem Mahren angleichen. Somit hatten Marus und Esa keine Mühe, ihre Anzüge anzulegen; das hieß, die Anzüge passten sich ihnen zwar an, aber Mühe hatte Esa schon, da sie noch nie einen getragen hatte.

Hätte ich darauf bestehen sollen, dass sie an Bord von Scheherazade blieb? Vermutlich ja. Doch es gab nur so wenige von uns, und wir waren verzweifelt. Außerdem war es *ihr* Plan, und es wäre mir grausam vorgekommen, sie nicht einzubeziehen. Vielleicht würden wir ihre Fähigkeiten auch noch brauchen, wenn wir erst einmal an Bord waren.

»Wir sind in Position«, meldete Schaz, während wir uns in der Schleuse drängten.

»Fahr die Rampe aus«, befahl ich.

Sie gehorchte. Die Schleuse öffnete sich, und vor uns lag der leere Raum. Sogar in dem beheizten Anzug meinte ich die Kälte zu spüren, als die Wärme aus Schaz' Innerem und die Luft in der Schleuse sich verflüchtigten. Vor uns war nichts als die fernen Sterne – wir sahen nicht einmal die Raumschlacht und das Kanonenfeuer.

Unter uns schwebte das Pax-Schiff, eine mattschwarze Fläche, stellenweise durchbrochen von Geschützen. Wenn uns dort jemand bemerkte, waren wir geliefert. Die Hülle trieb langsam vorbei; Schaz hatte die Annäherung mit deaktiviertem Antrieb durchgeführt. Ihre Stealth-Systeme waren gut, doch wir forderten trotzdem das Schicksal heraus.

Ich musterte die Seite des Schlachtschiffs und bemühte mich, gleichmäßig zu atmen und nicht an das Vakuum zu denken, das mich umgab. Da war die Beschädigung, ein schartiger Riss im ansonsten makellosen Rumpf.

Esa streckte den Arm aus und schloss ihre vom Handschuh geschützte Hand um meine. Ich nickte ihr und Marus zu.

Dann sprangen wir.

Ich stürzte ins Nichts. Stürzte und stürzte. Ich versteifte mich am ganzen Körper, denn ich wollte mit den Sohlen auftreffen, damit die Magnete mich am Rumpf fixierten. Ansonsten würde ich abprallen, in eine Drehung geraten und in die Leere davonschweben – allerdings nicht für ewig, falls ich in den Orbit eines Himmelskörpers gelangte oder von einem der Schwarzen Löcher eingesaugt wurde. Jedenfalls wäre ich dann schon lange tot, erstickt nach dem Verbrauch des letzten Sauerstoffs.

Nicht mehr daran denken!

Meine Stiefel trafen auf die Oberfläche. Wie immer glaubte ich einen panischen Moment lang, sie würden mich nicht fixieren, doch dann taten sie es, und ich zog Esa neben mir herunter, bis auch ihre Stiefel ansprachen. Marus legte neben uns eine perfekte Landung hin; zehn Meter entfernt setzten Javier und die Predigerin auf.

Criat und Sahluk hatten sich entschieden, so lange an Bord zu bleiben, bis wir das Hangartor öffneten – sie verfügten zwar über ausreichend Raumanzüge und hätten sich uns anschließen können, hielten es aber für zu riskant, innerhalb des Schutzschirms darauf zu warten, dass wir das Tor öffneten. Stattdessen warteten sie knapp außerhalb der Reichweite der Nemesis-Sensoren auf ein Signal von uns.

Das bedeutete, wir waren im Moment zu fünft.

Ich hob langsam den Arm und zog die Pistole aus dem Holster. Das Gewehr hatte ich mir auf den Rücken geschnallt, doch es hatte einen stärkeren Rückschlag, und ich wollte verhindern, dass die Stiefel den Magnetkontakt mit der Hülle verloren. Ich zeigte auf den Riss im Rumpf des Schlachtschiffs, dann setzten wir uns langsam in Bewegung.

Jetzt wurde es ernst. Wir versuchten tatsächlich, durch einen Riss im Rumpf in ein gegnerisches Schlachtschiff einzudringen, um die Waffensteuerung zu übernehmen und in die Raumschlacht einzugreifen, aus der es sich abgesetzt hatte. Das war der *beste* Plan, der uns eingefallen war.

Die Verzweiflung schmeckte bitter in meinem Mund.

Einen Fuß vor den anderen, bewegten wir uns langsam über die Raumschiffhülle. Es schien eine Ewigkeit zu dauern, und die ganze Zeit über beobachtete ich die Geschütze und wartete darauf, dass sie herumschwenken und uns von der Hülle fegen würden.

Tatsächlich brauchten wir nicht mal fünf Minuten. Javier schob sich als Erster über den Riss und ließ sich hinein fallen; er war schon immer gut mit dem Raumanzug zurechtgekommen, und Angst war für ihn ein Fremdwort. Ich schickte ihm Esa hinterher. Ich hatte keine Ahnung, was sie erwartete – von meiner Position aus konnte ich nicht ins Schiff hinein sehen. Doch Javier war irgendwo im Innern gelandet und fing sie auf.

Marus berührte mit seiner Faust meinen Arm. Wir versuchten, so weit wie möglich auf Funkverkehr zu verzichten; zwar war kaum damit zu rechnen, dass die Pax an Bord des Schiffs ständig sämtliche Frequenzen überwachten, doch es war auch nicht ausgeschlossen. Ich drehte mich zu ihm herum, dann blickte ich in die Richtung, in die sein Gewehrlauf wies.

Aus einer quadratischen Öffnung an der Schiffsoberfläche fiel Licht; eine Zugangsluke wurde geöffnet. Vielleicht Techniker, die den Schaden begutachten wollten? Oder die Pax wussten, dass wir hier waren, und hatten Soldaten losgeschickt, um uns zu eliminieren.

Ich kniete auf der matten Schiffshülle nieder und legte meine Pistole an. Die Predigerin sprang über den Rand und verschwand im Schiff. Ich nickte Marus zu; er kletterte ebenfalls hinein. Ich fixierte das Lichtquadrat, als hinge mein Leben davon ab, was durchaus der Fall sein konnte. Hielt Ausschau nach Schatten, einer Schwankung der Lichtintensität, doch da war nichts. Wer auch immer die Klappe geöffnet hatte, mit dem Ausstieg hatte er es jedenfalls nicht eilig.

Marus war im Schiff verschwunden. Ich musste mich entscheiden – sollte ich darauf warten, dass die Pax hervorkamen, auf sie schießen und dabei möglicherweise unsere Anwesenheit verraten? Oder sollte ich ebenfalls in den Riss hinabklettern und darauf hoffen, dass wir weit genug entfernt wären, wenn sie hinein schauten, falls sie mir nicht schon vorher in den Rücken schossen? Ich wandte dem Gegner nur ungern den Rücken zu. Noch mehr aber war es mir zuwider, unsere Anwesenheit zu verraten. Ich fluchte leise, was sich im Innern des Helmes so laut anhörte, als könne es jeder mithören. Dann richtete ich mich auf, drehte mich um und kletterte über den schartigen Rand des Lecks, wobei ich sorgfältig darauf achtete, nicht den Anzug zu beschädigen.

Ich hatte nicht mal Zeit, nach unten zu sehen. Ein kurzer Blick zurück reichte aus, um mir zu sagen, dass *irgendjemand* aus der Luke kommen würde. Ich spürte den leichten Zug der Bordschwerkraft – ich brauchte nur loszulassen.

Das tat ich auch, und so fiel ich.

100

Marus erwischte mein Handgelenk und hielt mich fest.

Und das war auch gut so – *er* stand auf einem Laufgang, der von dem Treffer schwer beschädigt worden war; ich stürzte geradewegs daran vorbei in Richtung des Antriebs. Er und Javier zogen mich auf den Laufgang hoch. Die Predigerin kauerte hinter ihnen und zielte zum Riss im Rumpf hoch, für den Fall, dass jemand zu uns herunter spähen würde.

Ich tippte Marus zweimal auf den Oberschenkel. Wir mussten weiter.

Wir eilten so schnell wie möglich den Laufgang entlang – wegen des Lärms brauchten wir uns keine Gedanken zu machen, denn im Vakuum war nichts zu hören. Wenigstens brannte die Notbeleuchtung und hüllte den Antrieb in rotes Licht.

Der einzelne Treffer hatte schwere Schäden angerichtet; die Triebwerksanlage war weitgehend zerstört. Es war ein wahrer Glückstreffer gewesen; ein paar Meter daneben, und die meisten Komponenten wären intakt geblieben. So aber hatte der Treffer einen verheerenden Weg durch das Triebwerk genommen; die Instandsetzungsarbeiten würden sich bestenfalls schwierig gestalten. Wäre es nicht zu diesen katastrophalen Schäden gekommen, hätte das Schlachtschiff jetzt auf das Sanktum gefeuert, und wir wären dem Untergang einen großen Schritt näher gewesen.

Manchmal kam es im Krieg eben auf Glück an.

Der Riss im Rumpf blieb hinter uns zurück, als wir uns einen Weg durch das labyrinthische Innere des Triebwerks bahnten. Ich war darauf gefasst, dass jeden Moment ein Soldatentrupp vor uns auftauchen oder uns von hinten unter Feuer nehmen würde, doch es passierte nichts – die Pax hatte uns noch nicht entdeckt. Es war nur eine Frage der Zeit, doch je weiter wir kamen, bevor sie auf uns aufmerksam wurden, desto einfacher würde es sein, uns bis zum Ziel durchzukämpfen.

Wir gelangten zu einer weiteren Zugangstür, die durch eine Schleuse ins Schiffsinnere führte. Die Predigerin berührte das Bedienfeld und hackte sich ins Sicherheitssystem des Schiffs, worauf die Tür sich zischend öffnete. Wir zwängten uns in die Schleuse und versiegelten hinter uns die Tür.

Von der anderen Schleusenseite hörten wir ein Hämmern. Offenbar hatte jemand bemerkt, dass die Schleuse benutzt wurde, und wollte jetzt wissen, wer sich da am Antrieb zu schaffen machte. Man hätte eigentlich meinen sollen, dass sie wachsamer wären – aber, und das war unser einziger Vorteil: Mit so etwas rechnet im Weltall niemand. Man hält es einfach nicht für möglich.

Man ist vom Vakuum umschlossen und glaubt, ein Enterkommando könne sich nur nach langem, schwerem Kampf annähern, und dann werde ein gegnerisches Raumfahrzeug andocken und ein Loch durch die Hülle bohren, während die Warnsirenen gellen und das Sicherheitspersonal kopflos umherrennt. Dass der Gegner einfach so, ohne Vorwarnung, auftaucht, damit rechnet man nicht.

Unsere ganze Planung beruhte darauf, dass wir das Überraschungsmoment auf unserer Seite hatten.

Die Predigerin öffnete die Schleusentür.

Die Pax auf der anderen Seite trugen Kampfanzüge; das taten sie, um ihre Gegner einzuschüchtern, aber auch für ihre eigenen Zwecke. Denn sie legten Wert darauf, alle gleich auszusehen, egal, welche Spezies sich unter all dem schwarzen Leder und der Panzerung verbarg, sodass sie sich alle unterschiedslos als Pax betrachten konnten. Wir bekamen nicht einmal mit, wie sie auf unser Erscheinen reagierten, denn wir konnten ihre Gesichter nicht sehen – nur ihre ausdruckslosen Masken.

Allerdings erstarrten sie für einen Moment, und mehr brauchten wir nicht. Ich schaltete den Pax zur Linken mit dem Messer aus – vermutlich kein Soldat, sondern eher ein Techniker, der den Triebwerksschaden begutachten wollte –, während die Predigerin dem anderen Pax den Hals brach. Die Toten versteckten wir in der Schleuse, die wir wieder verschlossen. Vermutlich würden sie bald gefunden werden, spätestens dann, wenn das Team, das nach uns in den Riss geklettert war, sich entschied, durch die Schleuse ins Schiffsinnere zurückzukehren. Doch dann wären wir längst weg und vermutlich sowieso schon entdeckt worden.

Wir waren im Schiff. So weit hatten wir es geschafft.

Ich legte einen Übersichtsplan der Nemesis aufs HUD. Wir befanden uns zwei Ebenen über der Geschütz- und der Schildstation, die wir erreichen mussten, doch es war nicht weit. Wir mussten nur die nächste Treppe finden. Den alten Bauplänen zufolge brauchten wir nur ein Stück geradeaus und dann rechts zu gehen. Wir mussten darauf hoffen, dass die Pax noch auf Gefechtsstation waren und dass auf den Gängen nur wenige von ihnen anzutreffen sein würden.

Ich öffnete die Tür und schlich hindurch. Drei Pax in Sicht. So viel zu unserem Glück.

Unsere Gewehre waren mit Schalldämpfern ausgerüstet;-unsere Schüsse waren dadurch jedoch nicht leise, sondern bloß weniger laut. Javier schaltete einen Pax aus, die Predigerin den zweiten, und ich übernahm den dritten. Die Toten mussten wir liegen lassen – es würde bestimmt jemand wegen der Schüsse nachsehen kommen, bevor wir sie verstecken konnten. Stattdessen eilten wir zur Treppe. Es war nur noch eine Frage von Minuten, wenn nicht gar Sekunden, bis den Pax klar werden würde, dass es in ihrem Schiff unbefugte Eindringlinge gab.

Wir hatten fast den zweiten Treppenabsatz erreicht, als der Alarm losging.

101

Wir überwältigten einen Trupp, der aus der Waffenkammer kam. Trotz des Alarms waren auch sie nicht darauf gefasst gewesen, dass sich Eindringlinge an Bord befanden. Vielleicht glaubten sie, ein Raumfahrzeug habe das Sperrfeuer durchdrungen, oder man habe sie alarmiert, um ein internes Problem zu beheben; damit, dass der Gegner bereits mitten unter ihnen war, rechneten sie nicht.

Wir begaben uns in die Waffenkammer, deckten uns mit zusätzlicher Ausrüstung ein und brachten schließlich eine Sprengladung mit Stolperdrahtauslöser an – wenn die Pax sich bewaffnen wollten, würden sie eine hässliche Überraschung erleben. Die Explosion würde sie auslöschen und die vorhandene Ausrüstung zerstören. Natürlich war dies nicht das einzige Waffenlager an Bord, doch es lag dem Einsatzort am nächsten. Somit hatten wir uns vermutlich einen kleinen Aufschub verschafft.

Die Türen zur Geschützstation hatten sich geschlossen, als der Alarm losgegangen war. Nicht die Sicherheitsschotts – die Pax wussten noch nicht, dass wir hier waren –, sondern lediglich die regulären Luftschleusen. Die Predigerin kniete neben dem Bedienfeld nieder und hackte sich ins System, während wir den Gang beobachteten. Javier und Marus sahen in die eine Richtung,

Esa und ich in die andere. Die leicht gekrümmten Gänge erstreckten sich scheinbar endlos und waren in die pulsierende rote Notbeleuchtung gehüllt; die Pax kamen näher, und zwar schnell.

»Beeilung«, sagte ich zur Predigerin. »Es wird nicht mehr lange …«

Hinter mir fielen Schüsse; Javier und Marus hatten Feindkontakt. Ich musste mich beherrschen, um mich nicht umzudrehen und auf die Bedrohung zu feuern, denn das hätte bedeutet, die andere Gangrichtung unbewacht zu lassen. Deshalb vertraute ich darauf, dass sie der Lage Herr werden würden.

Etwas rollte über den Gang heran; eine Handgranate. Nein, das war … eine Blendgranate? Ich war mir nicht sicher. Dann schaltete sich das Gerät ein, und ein Schutzschirm riegelte den Korridor ab. Eine tragbare Barriere. Dahinter sammelten sich die Pax, die nun vor unserem Abwehrfeuer geschützt waren.

Ich hätte beinahe gelächelt. Der Schirm schützte sie vor Gewehrkugeln, das stimmte. Ich hätte so lange darauf feuern können, bis er nachgab, doch das hätte mehrere Magazine erfordert und wäre letztlich sinnlos gewesen – sie würden angreifen, bevor ich den Schutzschirm entscheidend geschwächt hätte. Außerdem war es unnötig. Schließlich kniete neben mir eine viel wirkungsvollere Waffe, gegen die der Schirm nichts ausrichten konnte.

»Esa?«, sagte ich auffordernd.

Wortlos legte sie das Gewehr auf den Boden, konzentrierte sich und führte die Hände vor der Brust zusammen. Eigentlich war es unnötig, den telekinetischen Angriff mit einer körperlichen Bewegung zu verknüpfen, doch ich nehme an, es half ihr, die gewünschte Wirkung zu visualisieren oder etwas in der Art.

Die Wirkung war eindrucksvoll. Die hinter dem Schutzschirm versammelten Pax krachten gegeneinander, als wären sie von zusammenrückenden Wänden aufeinander gepresst worden.

Die meisten verloren das Bewusstsein, wenn sie nicht gleich getötet wurden; einige aber regten sich noch. Mit einer stoßenden Bewegung ließ sie den ganzen Haufen Pax über den Gang segeln, als wären sie von einem Pflug erfasst worden.

»Wir sind durch«, sagte die Predigerin.

102

Wild um uns feuernd stürmten wir in die Geschützstation.

Es waren ein paar bewaffnete Sicherheitsleute anwesend – wir schalteten sie zuerst aus. Die übrigen waren Techniker und Ingenieure. Wir töteten sie trotzdem, und zwar ohne Zögern, auch die, die aus dem gegenüberliegenden Ausgang flüchten wollten. Sie waren bewaffnet – das waren Pax immer, egal, wo sie sich befanden –, und sie waren uns im Weg.

Würde ich es später bedauern? Würde ich deswegen Albträume bekommen? Fügte ich Esa dauerhaften Schaden zu, wenn ich ihr beibrachte, unmittelbare Gewaltausübung als ein Werkzeug zu betrachten, auf das sie jederzeit zurückgreifen konnte? Ja, ja und nochmals ja. Doch es stand zu viel auf dem Spiel, und das Risiko war zu hoch.

Hätten wir sie am Leben gelassen, sie gefesselt oder unter Bewachung zurückgelassen, hätte uns weniger Zeit bei der Umsetzung unseres Ziels zur Verfügung gestanden, und nur darauf kam es an. Es ging um Millionen Leben, wenn man nur die Bewohner des Sanktums berücksichtigte – zog man den Auftrag der Legitimierten in Betracht, die Rückkehr des Pulses zu verhindern, stand das Leben vieler Billionen auf dem Spiel.

Javier und Marus machten sich daran, die Schleusentüren zu

versiegeln – sie nicht nur zu schließen, sondern praktisch zu verschweißen. Die Pax würden sie damit nicht dauerhaft aufhalten, doch es würde uns einen Aufschub verschaffen. Ich vergewisserte mich, dass der Raum gesäubert war; er nahm zwei Ebenen ein, und auf der Höhe der zweiten gab es einen Laufgang, auf dem sich jemand hätte verstecken können. Die Predigerin machte sich daran, sich ins System zu hacken.

»Esa!«, rief ich zu ihr hinunter, das Gewehr im Anschlag. »Schau mal, ob du das Hangartor öffnen kannst. Es wäre schön, wenn wir Criat und die anderen zu der kleinen Party einladen könnten.«

»Wie mag der Schalter wohl aussehen?«, fragte sie. Inzwischen bewegte sie sich so sicher in dieser neuen Welt, dass ich beinahe vergessen hatte, dass Scheherazade das erste Raumschiff gewesen war, welches sie je zu Gesicht bekommen hatte. Es war gerade mal ein paar Wochen her, fühlte sich aber an wie eine Ewigkeit.

»Auf irgendeinem Monitor sollte ›Wartungszugang‹ stehen«, antwortete ich in der Hoffnung, dass es hier tatsächlich eine solche Steuerung gab. »Such danach. Wie kommst du voran, Predigerin?«

»Die Pax-KI wehrt sich«, antwortete sie. Wäre sie ein Mensch gewesen, hätte ich gesagt, sie knirschte mit den Zähnen.

»Und?«

»Ich gewinne. Aber es wird noch eine Weile dauern.«

Hinter der ersten Tür, die Marus und Javier verschweißt hatten, knallte es dumpf; die Pax versuchten einzudringen. Dann zogen sie weiter zu der gegenüber liegenden Tür, doch Marus warf mir einen besorgten Blick zu. »Wenn Sie Sprengstoff einsetzen, bleibt uns weniger Zeit als gedacht«, sagte er.

»Sie wissen noch nicht, was wir vorhaben«, erwiderte ich.

»Sie wissen, dass wir uns in der Geschützstation eingeschlossen haben. Sie sind dumm, aber nicht *so* dumm. Sie …«

Eine Explosion zerriss die Tür. Nicht vollständig, die entstandene Öffnung war zu klein, um hindurchzusteigen. Doch die Pax konnten immerhin das Feuer auf uns eröffnen. Ein paar Kugeln prallten von meinem Intentionsschirm ab und pfiffen als Querschläger durch den Raum. Ich feuerte Schuss um Schuss durch die Öffnung, während ein weiterer Alarm losplärrte.

In diesem Moment schaltete sich das automatische Sicherheitssystem ein, und der Eingang wurde durch ein explosionssicheres Schott verschlossen.

Ich grinste Marus an. Die Pax hatten nicht gewusst, wie die Nemesis reagieren würde, wenn sich jemand gewaltsam Zutritt zur Waffensteuerung verschaffte – für sie war das alles neu, die miteinander verknüpften Systeme ein einziges großes Rätsel. Infolgedessen hatten sie uns unabsichtlich einen besseren Schutz verschafft als die verschweißten Zugänge uns hätten bieten können. »Doch, ich glaube sie sind so dumm«, entgegnete ich.

103

»Haben sie uns gerade eben tatsächlich *in* der Waffensteuerung eingesperrt?« Javier konnte es nicht fassen; mit offenem Mund versuchte er zu begreifen, was geschehen war. »Oder habe ich das bloß geträumt?«

»Hast du nicht«, versicherte ich ihm, während mein Schutzschirm allmählich wieder volle Kapazität erreichte. »Aber es waren nicht sie, sondern das Schiff, und sie haben die Sprengung vorgenommen, ohne dass sie ihre Hausaufgaben gemacht hätten. Verschweiße auch das Schott; wir wollen uns so viel Zeit wie möglich erkaufen, ja?«

»Schon dabei.« Er ging zu der Tür, welche die Pax beinahe durchbrochen hätten, während Marus an der anderen Seite des Raums das schwere Schott verschweißte.

»Predigerin?«, sagte ich.

»Frag mich nicht schon wieder, wie ich vorankomme«, erwiderte sie. Ihre Modulation erweckte noch immer den Eindruck, sie bekäme den Mund nicht auf, dabei hatte sie gar keinen. »Ich gebe dir Bescheid, wenn ich die Firewalls durchbrochen habe. Bis dahin sei bitte so freundlich …« Sie wich ruckartig zurück, als habe sie einen Stromschlag abbekommen. »Wir sind durch«, sagte sie.

»Wie lange noch, bis wir das Ding abfeuern können?«

»Ich muss die Kanone lediglich ausrichten.«

»Wieso quatschst du dann mit mir? Esa? Hast du's schon geschafft …«

»Ich habe … Ich glaube, ich habe hier die Hangarsteuerung vor mir, und ich glaube, ich weiß auch, wie man das Tor öffnen kann, aber sollte ich …«

»Ja. Mach nur.« Criats Schiffsprototyp verfügte nur über wenige Geschütze, doch er war auch nicht unbewaffnet; wenn es ihm gelang, im Hangar zu landen, hätten er und seine Männer eine eigene Geschützstellung. So lange die Pax nicht die Panzer oder die schweren Infanteriewaffen in Betrieb nahmen, die vermutlich im Hangar verstaut waren, sollte es ihnen nicht schwerfallen, die Stellung zu halten.

Ich funkte Criat an. »Du wirst bald eine Einladung zur Party bekommen«, teilte ich ihm mit.

»Wurde allmählich auch Zeit«, knurrte er. »Ich bin schon mit dem Make-up beschäftigt und zerbreche mir den Kopf darüber, was ich anziehen soll.«

»Waffensystem aktiviert«, meldete die Predigerin. »Feuere die Hauptkanone ab … jetzt.«

Wie im Sanktum spürte man es auch hier, wenn die große Kanone feuerte. Das gewaltige Kanonenrohr erstreckte sich über die gesamte Länge des Schlachtschiffs – alle Schotts sowie alles Dämmmaterial und Metall der Welt hätten diesen Lärm nicht unterdrücken können. Ich stürzte zum Monitor, um nachzusehen, ob sie getroffen hatte.

»Was … was hast du *getan*?«, fragte ich. Eines der Pax-Schlachtschiffe war bereits außer Gefecht gesetzt, im Rumpf klaffte ein großes Loch – doch es befand sich auf der von uns *abgewandten* Seite der Kreisformation. Ich verstand nicht, wie die Predigerin dieses Ergebnis erzielt hatte.

Sie hatte keinen direkten Schuss anbringen können, und genau das war der Grund, weshalb es zu diesem schweren Schaden gekommen war; der Schutzschirm war an der Steuerbordseite nach außen ausgerichtet gewesen, zum Sanktum hin. Irgendwie war es ihr gelungen, die Backbordseite zu treffen, obwohl sich zwei andere Schlachtschiffe zwischen uns und unserem Ziel befunden hatten.

»Ich habe über die Bande gespielt.« Sie klang ein bisschen selbstgefällig, und das zu Recht.

»Wie bitte?«

»Der Schuss ist von den Schutzschirmen der anderen beiden Schlachtschiffe abgeprallt«, sagte Marus staunend; er war soeben mit dem Verschweißen der gegenüberliegenden Tür fertig geworden und blickte ebenfalls auf den Bildschirm. »Sie hat den Schutzschirm des nächstgelegenen Schlachtschiffs genau im richtigen Winkel getroffen – nicht frontal, denn dann hätte sich die ganze Wucht verteilt, aber auch nicht so schräg, dass der Schuss ins Leere gegangen wäre – stattdessen wurde er innerhalb der Kreisformation reflektiert. Sie hat einen Trickschuss auf ein Schlachtschiff angebracht, über eine Entfernung von fast einer Million Kilometern hinweg. Das ist passiert.«

»Gut gemacht«, meinte Javier grinsend.

»Danke. Ich habe früher viel – wie nennt man noch gleich das Spiel mit den Stöcken, den kleinen Kugeln und den stoffbezogenen Tischen mit den Löchern am Rand?«

»Poolbillard. Du hast soeben eine Schlachtschiffkanone abgefeuert, als würdest du Billard spielen.«

»Poolbillard, ja, genau. Damals war das gerade wiederentdeckt worden …«

»Wann kannst du erneut feuern?«, fragte ich. Wir hatten ein weiteres Schlachtschiff aus der Formation herausgelöst, doch das reichte noch nicht, um das Sanktum zu retten, und ein zweites

Mal würde der clevere Trick der Predigerin nicht funktionieren. Die anderen Schlachtschiffe reagierten bereits, veränderten die Rotation, schlossen die Reihen und taten alles, um eine Wiederholung des Vorfalls zu verhindern.

»In zwei Minuten«, antwortete sie.

»Und die übrigen Pax … also, sie haben gerade gemerkt, dass eines ihrer Schiffe auf ein anderes ihrer Schiffe gefeuert hat«, meldete Marus.

»Ja, ich habe nicht erwartet, dass ihnen das entgehen würde.«

»Die anderen Schlachtschiffe in der Nähe feuern bereits auf uns. Nicht mit den großen Kanonen – entweder sind ihr Antrieb oder die großen Geschütze beschädigt –, sondern mit allem anderen, was ihnen zur Verfügung steht.«

»Übernimm die Schutzschirmsteuerung.«

»Bin schon dabei.«

Mein Comm schaltete sich knackend ein. »Hat da eben die Hauptkanone gefeuert?«, fragte Criat. Im Hintergrund war Gewehrfeuer zu hören; er hatte wohl aufgesetzt, kurz nachdem die große Kanone gefeuert hatte. »Ich frage nur, weil …«

»Ein Schlachtschiff der Pax wurde ausgeschaltet«, sagte ich und musste mich beherrschen, um meinen Triumph nicht hinauszuschreien. »Es funktioniert.«

»Gut. Wir sind dabei, im Hangar eine Verteidigungsstellung aufzubauen; wir können die Kräfte blockieren, die von hier aus vorrücken wollen. Ihr müsst euch noch mit den im Heck Eingeschlossenen befassen, aber wir sollten es zumindest schaffen, sie von der Verstärkung abzuschneiden.«

»Criat – bleib am Leben.«

»Du auch. Eins weniger, Kamali. Fünf sind noch übrig.«

Wenn wir auf die exponierte Seite der Schlachtschiffe feuerten, würde der Beschuss von Alpha, Bravo und dem Sanktum größere Schäden anrichten; die Pax rotierten zwar weiter, verweilten aber nicht mehr lange genug außerhalb der Reichweite unserer Geschütze, sodass die Schutzschirme sich nicht mehr vollständig regenerieren konnten, bevor sie erneut unter Feuer genommen wurden. Auf einmal hielt ich es nicht mehr für ausgeschlossen, dass unser Plan funktionieren könnte.

»Fünf sind noch übrig«, wiederholte ich, was nicht mehr für Criats Ohren, sondern für meine eigenen bestimmt war.

104

»Wir haben ein Problem«, meldete Javier. Ich konnte nicht erkennen, womit er sich gerade beschäftigte.

»Klar haben wir das«, sagte ich, während sich meine optimistische Anwandlung gleich wieder verflüchtigte. Ich ging zu ihm. »Was haben sie …«

»Der Fusionsreaktor«, sagte er. »Wir haben die Geschützsteuerung übernommen und die Kontrolle über die Abschirmung, aber …«

Ich fluchte. »Wieso haben wir daran nicht gedacht?«

»Wir standen vor einem Haufen schlechter Optionen …«

»Ja, und für diese haben wir uns entschieden. Wieso haben wir daran nicht gedacht?« Jenseits der Türen waren dumpfe Explosionen zu hören; die Pax unternahmen einen weiteren Versuch, zu uns vorzudringen. Ich hatte keine Ahnung, wie viel Zeit uns noch blieb, doch es würde nicht reichen. Und jetzt mussten wir uns auch noch darum kümmern.

»Haben wir halt vergessen«, meinte Javier achselzuckend. Dass die Pax anscheinend versuchten, die Energieversorgung der Kanone zu unterbinden, nahm er erstaunlich gelassen auf. »Wir haben einfach nicht dran gedacht. Und selbst wenn, wüsste ich nicht, was wir hätten tun können.«

»Predigerin, kannst du …«

»Bin schon dabei. Javier, würdest du die Geschützsteuerung übernehmen?«

»Mit Vergnügen.«

Javi und die Predigerin wechselten die Plätze; Javier machte die Kanone für den nächsten Schuss klar, die Predigerin hackte sich in die Energiesteuerung, um zu verhindern, dass die Pax das ganze Schiff lahm legten. Ich hielt den Atem an. Die Pax-Soldaten hämmerten noch immer gegen die Türen – sie würden jeden Moment durchbrechen. Wenn die Predigerin nicht irgendetwas unternahm, musste mindestens einer von uns einen Ausbruchsversuch unternehmen, und ich wusste auch schon, wer das sein würde.

Kopfschüttelnd ging sie zurück zur Geschützsteuerung. »Sie haben geahnt, dass wir das versuchen würden«, sagte sie. »Der Zugang wurde blockiert. Sie haben den Netzzugang zur Energieversorgung vollständig blockiert, vermutlich indem sie die Kabelverbindung gekappt haben.«

Ich hatte die Pax für bemerkenswert dumm gehalten, und bislang hatten sie sich auch dementsprechend verhalten, doch anscheinend hatten nicht alle an Bord bei der Gehirnwäsche ihr komplettes Denkvermögen verloren. »Dann muss also jemand dort runtergehen«, sagte ich.

»*Was?*«, sagte Esa. »Zwischen uns und dem Reaktor befinden sich mindestens *hundert* Soldaten …«

»Mindestens«, bestätigte ich und überprüfte mein Gewehr.

»Aber genau damit rechnen sie doch«, sagte sie. »Das … sie werden uns erwarten, sie werden …«

»Von ›uns‹ kann keine Rede sein, Kleine.« Ich schüttelte den Kopf. »Diesmal nicht. Du bist unsere beste Waffe; du musst hierbleiben und die Predigerin und Marus schützen. Es würde nichts bringen, wenn wir die Stellung neu erobern müssen, nachdem ich die Energieversorgung gesichert habe.«

»Also, du musst das nicht alleine machen«, sagte Javier. »Ich kann …«

»*Du* bleibst hier bei Esa. Zwei Zugangspunkte«, ich wies mit dem Daumen erst auf die eine Tür, dann auf die andere, »das bedeutet, zur Bewachung braucht es jeweils mindestens eine Person. Die ständig da sein muss.«

»Criat«, schlug Esa eifrig vor. »Criat und Sahluk. *Die* können doch zum Reaktor gehen …«

»Eben nicht. Sie befinden sich weiter vorn, zwischen uns und dem Großteil der Pax-Soldaten an Bord, und der Reaktor liegt achtern. Es gibt nur eine mögliche Vorgehensweise, und die …«

»Nächster Schuss«, sagte die Predigerin leise, worauf das Dröhnen der Kanone Esas Gegenargumente verschluckte. Wenn es mir nicht gelang, an den Reaktor heranzukommen, war dies womöglich unser letzter Schuss gewesen.

Ich zeigte auf das nach achtern weisende Sicherheitsschott. »Wenn sie da durchbrechen«, sagte ich – und die leuchtend blaue Linie, die langsam an Marus' unsauberer Schweißnaht nach oben wanderte, deutete darauf hin, dass es bald so weit sein würde –, »tust du alles, um sie zu stoppen.«

»Bitte, Jane – *bitte* …«

»Du tust alles, um sie zu stoppen«, wiederholte ich, »und dann hältst du die Stellung, während ich nach draußen durchbreche. Wenn es mir gelingt, die Bewachung des Reaktors auszuschalten, werde ich ihn zumindest eine Zeit lang halten können. So lange können wir dann weiter feuern.« Ich schulterte das Gewehr und legte ihr die Hände auf die Schultern. »Wir *können* das Sanktum retten, Esa, und so machen wir das.«

»Das ist nicht …«

»Glaub mir, Kleine. Ich habe schon viel erlebt. Das Richtige ist nicht immer die einfachste Wahl. Diesmal schon. Ich muss den Reaktor erreichen. Du musst hierbleiben und unsere Freunde schützen. So einfach ist das.«

Sie legte ihre Hand auf meine und drückte sie fest. »Bleib am Leben«, flüsterte sie.

»Ich werde mich bemühen.«

»Versprich es mir. Gib mir dein Wort«

Lächelnd schüttelte ich den Kopf. »Tut mir leid, Kleine. Ich gebe keine Versprechen ab, die ich nicht halten kann. Komm mir nicht nach.«

»Sie brechen durch!«, rief Javier, und die Tür barst.

105

Es blitzte, dann wurde es hektisch, und Schüsse fielen. Esa attackierte sie mit voller Wucht; ich spürte die Kraft, die von ihr ausging. Die durch die Bresche kletternden Pax wurden so heftig gegen die Wände geschleudert, dass ihnen die Knochen brachen. Ich löste mehrere Granaten von Javiers Gürtel und rollte sie durch die Öffnung, dann wandte ich mich ab, um mich vor der Druckwelle zu schützen.

Kurz bevor die Granaten detonierten, fasste Javier mich beim Handgelenk und küsste mich. Damit hatte ich nicht gerechnet, und für einen Moment schmolz ich dahin. Er war hier. Nach allem, was wir durchgemacht hatten, nach allem, was uns getrennt hatte, war er zu mir zurückgekehrt.

»Pass auf dich auf«, sagte er, als ich mich bereits von ihm löste.

Dann detonierte die letzte Granate, und ich rannte los.

Ich sprang durch die Überreste der Tür und feuerte, was das Zeug hielt. Damit hatten die Pax nicht gerechnet – sie hatten geglaubt, sie wären die Angreifer und nicht die Angegriffenen. Ein paar von ihnen rissen die Waffen hoch und erwiderten das Feuer, doch ihre Schüsse waren schlecht gezielt, und dann schleuderte Esa, die im Eingang aufgetaucht war, sie auch schon nach hinten, zurück in den Gang.

»Los!«, rief sie,

Ich rappelte mich auf und rannte weiter.

Ich hatte einen Übersichtsplan der Nemesis aufs HUD gelegt. Eine leuchtende Linie pulsierte auf dem Boden und markierte den kürzesten Weg zum Fusionsreaktor. Das war nur bedingt hilfreich, denn entweder die Pax oder die Leute, denen das Schiff gehört hatte, bevor es eingemottet worden war, hatten es stark modifiziert, und ich stieß ständig auf Wände, wo keine hätten sein sollen, auf versiegelte Türen und auf Gänge, wo mir der Plan eine Sackgasse anzeigte.

Und natürlich stieß ich überall auf Pax.

Die meisten waren mit Schutzschirmen ausgestattet, doch ich hatte mein Gewehr auf Vier-Schuss-Feuerstöße eingestellt – gerade so eben ausreichend, um einen typischen Intentionsschirm zu durchdringen, wenn jeder Schuss saß. Einige schaltete ich aus, andere gingen in Nebenräumen oder abgehenden Gängen in Deckung, während ich weiterlief. Das bedeutete, sie waren alle noch hinter mir, doch hier im Schiff würde ich *immer* Pax hinter mir haben. Ich hatte den Schutzschirm nach hinten verlagert, und jedes Mal, wenn eine längere gerade Strecke vor mir lag, schwirrten Kugeln an mir vorbei, und ein paar trafen auch den Schutzschirm. Jedes Mal hatte ich große Mühe, auf den Beinen zu bleiben.

Das verfluchte Schlachtschiff war ein richtiges Labyrinth.

Ich bog um eine Ecke und stieß auf einen Trupp, der zum Reaktor unterwegs war; die Soldaten waren ebenso überrascht wie ich. Ich ließ das Gewehr los, teilte knisternde Faustschläge aus und brach rechts und links Knochen. Mittendrin feuerte erneut die Hauptkanone, und das Dröhnen und die Vibrationen lähmten uns alle für einen Moment – das Scheißkanonenrohr befand sich anscheinend unmittelbar auf der anderen Seite des Schotts. Ich fasste mich als Erste wieder und erledigte sie alle, dann rannte ich weiter durch den von pulsierendem rotem Licht erhellten Gang, bevor die nachfolgenden Pax mich einholen konnten.

Ich hatte die Kämpfe nicht unbeschadet überstanden. Mindestens zwei Rippen waren gebrochen, und am Schädel hatte ich eine Verbrennung, die von einem Streifschuss herrührte – es würde Monate dauern, bis die Haare nachwuchsen, falls es überhaupt jemals dazu kommen würde –, und es waren auch ein paar Schnittverletzungen aufgeplatzt, die mir die Reint verpasst hatten. Besonders die gebrochenen Rippen machten mich langsamer.

Und das Schlachtschiff war tatsächlich ein verfluchtes Labyrinth.

Meinem HUD zufolge befand sich der Reaktor hinter der Wand, die vor mir lag. Dem Lageplan zufolge hätte es in der Wand auch eine gottverdammte *Tür* geben sollen. Stattdessen gabelte sich der Gang nach rechts und links. Ich warf eine virtuelle Münze, wandte mich nach links und blendete den Übersichtsplan aus – er war nutzlos. Ich brauchte einen Eingang.

Vor mir erstreckte sich der Gang scheinbar ins Endlose. Mein Intentionsschirm war noch immer nach hinten ausgerichtet, weshalb ich überlebte, als mich eine Kugel traf, die für meinen Hinterkopf bestimmt gewesen war. Ich ließ mich fallen – das war leicht, denn mein Schutzschirm verteilte die Wucht des Aufpralls, konnte sie aber nicht vollständig kompensieren – und rollte mich so ab, dass ich nach hinten blickte.

Zwei Pax näherten sich über den Gang, die Waffenläufe gesenkt; offenbar hielten sie mich für tot. Unmittelbar hinter ihnen war ihr Posten – sie hatten eine Tür bewacht. Den Zugang zum Reaktor. Ich hätte die rechte Abzweigung nehmen sollen. Hätten sie nicht auf mich geschossen, hätte ich nicht gemerkt, dass ich in die falsche Richtung ging.

Ich riss das Gewehr hoch – sie sahen, dass ich mich noch bewegte und reagierten entsprechend – und feuerte zwei Schüsse ab. Den größeren Soldaten schaltete ich aus, doch der andere zuckte zurück, bevor sein Schutzschirm vollständig zusammenbrach. Ich sprang auf, wollte abermals feuern, doch das Magazin war leer. Mein Schutzschirm war zusammengebrochen; wenn der Pax auf mich feuerte, war ich erledigt.

Er hob den Lauf. Ich ließ das Gewehr fallen, riss die Pistole aus dem Gürtelholster und feuerte aus der Hüfte. Die erste Kugel traf ihn an der Schulter und bespritzte die Wand hinter ihm mit fuchsienfarbigem Blut – offenbar verbarg sich unter all dem Leder und der Panzerung ein Vryiat. Die zweite Kugel pfiff an seinem Kopf vorbei und prallte von der Wand ab, während er weiterhin das Gewehr anzuheben versuchte, obwohl der eine Arm keine Kraft mehr hatte; anscheinend war er mit Schmerzmitteln vollgepumpt. Ich hatte ihn beinahe erreicht, als ich zum dritten Mal feuerte, diesmal direkt aufs Visier. Es sollte Splitter und Streifschüsse abwehren, doch einer großkalibrigen Pistole, abgefeuert aus nächster Nähe, hatte es nichts entgegenzusetzen.

Der Pax sackte tot zusammen. Ich hatte überlebt. Zumindest diesen Kampf. Hinter mir waren weitere Pax. Ich nahm das Gewehr des Soldaten an mich und wandte mich zur Tür. Sie glitt auf – die Idioten hatten sie nicht einmal versiegelt. Vielleicht würde der Plan tatsächlich funktionieren.

Die Kanone des Schlachtschiffs feuerte erneut; die Nemesis konnte *schnell* feuern. Vor mir erstreckten sich mehrere Laufgänge ins Nichts – der Fusionsreaktor nahm drei Ebenen ein, genau wie bei der Bravo-Kanone auf dem Planeten. Die Hauptsteuerung befand sich auf dieser Ebene, angeordnet um das leuchtende Zentrum des Raums, den eigentlichen Reaktor. Mehrere Techniker standen an den Konsolen und bemühten sich hektisch, ihn herunterzufahren.

Zwischen den Technikern und mir befanden sich drei Pax in Exoanzügen, die den Laufgang bewachten. Ich verfügte nur noch über vier Patronen in der Handfeuerwaffe und ein Pax-Gewehr, mein Schutzschirm hatte sich noch nicht wieder regeneriert. Aber ich war zu weit gekommen, um hier zu sterben. Ich legte das Gewehr an und eröffnete das Feuer.

106

Die Kugeln prallten von den Schutzschirmen der Exoanzüge ab, ohne Schaden anzurichten. Sie durchdrangen die Schirme nicht, doch zumindest lenkte der Feuerstoß die Pax so lange ab, dass ich in den Raum schlüpfen, die Tür hinter mir schließen und das Bedienfeld zerstören konnte – das würde meine Verfolger hoffentlich lange genug aufhalten.

Der erste Pax hatte sich wieder gefasst und hob die Waffe: einen Flammenwerfer. Obwohl mein Schutzschirm kaum mehr vorhanden war, konnte ich nicht viel tun. Ich feuerte aus dem entwendeten Gewehr die letzten Kugeln auf die anderen beiden ab, dann schleuderte ich die Waffe auf den Flammenwerfer. Der Pax aktivierte ihn in dem Moment, als das Gewehr dagegen prallte, sodass der Feuerschwall durch das Gitter des Laufwegs hindurchging und die Rohre und Kabel in der Tiefe beleuchtete.

Ich sprintete auf den Pax zu – die anderen beiden legten ihre Waffen an; einer von ihnen hatte einen Granatwerfer, der andere ein großes Gewehr –, lief durch die Flammen und versetzte dem ersten Pax einen Knöchelhieb direkt auf das Akkupack des Exoanzugs. Es tat höllisch weh – trotz der aktivierten Implantate schlug ich immerhin mit der bloßen Faust auf einen großen Metallkasten –, doch es funktionierte. Der Akku explodierte in einer Wolke aus Splittern und einem Schwall heißer Fusionsenergie. Der erste Exoanzug war zerstört, der Pax in dem klobigen Ungetüm gefangen.

Ich nutzte den Schwung, um ihn vom Laufgang zu schleudern. Er stürzte drei Stockwerke tief. Ich wusste nicht, ob er den Sturz überlebte, und es war mir auch egal; ich hatte es mit einem Kämpfer weniger zu tun.

Die anderen beiden Pax zielten mit ihren Waffen.

Der Granatwerfer feuerte zuerst. Wenn man den Großteil seines Lebens mit Bodenkämpfen, Weltraumgefechten oder an Bord gegnerischer Schiffe verbracht hat, sind nicht nur die Reflexe geschärft. Man trifft außerdem Entscheidungen unbewusst, ohne es überhaupt zu merken. Ich sah anderthalb Meter vor mir die Granate aus dem Lauf austreten und reagierte instinktiv.

Mit den kraftverstärkenden Knöcheln lenkte ich das Geschoss auf den anderen Pax ab.

Ich war mir ziemlich sicher, dass mein Handgelenk dabei brach, doch ich spürte kaum Schmerz, so vollgepumpt war ich mit Adrenalin. Die Granate traf mit einem irgendwie enttäuschenden Pling direkt auf das Visier des anderen Soldaten, dann fiel sie auf den Gitterost.

Einen Moment lang starrten wir alle die rotierende Granate an. Dann versuchten wir uns in Sicherheit zu bringen. Die Pax allerdings waren langsam; Exoanzüge machten einen stärker, schränkten aber die Beweglichkeit stark ein, was sich in der unmittelbaren Nähe eines scharfen Geschosses nachteilig auswirken konnte.

Als die Granate detonierte, durchschlug sie den Laufgang und auch einige Stabilisierungshalterungen. Ich hatte mich am Geländer eingehakt, deshalb stürzte ich nicht gleich ab – im Unterschied zu dem Pax, der die Granate abgefeuert hatte; er gesellte sich zu seinem Kameraden am Boden und wurde vermutlich von seinem eigenen schweren Anzug zerquetscht. Ich hingegen rutschte zusammen mit dem Laufgang ab, bis ich fast vertikal am Geländer hing.

Zwei weniger.

Der dritte Pax war ebenfalls davongekommen. Er stand vor der Tür, durch die ich hereingekommen war. Er verschaffte sich einen Überblick über die Schäden, die die Granate angerichtet hatte – sah mich gegenüber von ihm am Laufgang hängen – und richtete sein Scheißgewehr auf mich.

Während ich mich ans Geländer klammerte, zog ich mit der anderen Hand die Pistole.

Wir feuerten beide gleichzeitig.

Seine Kugeln durchschlugen das, was von meinem Schutzschirm noch übrig war, doch er hatte auf dem wackelnden, geneigten Laufgang einen schlechten Stand; der Rückstoß ließ ihn zurücktaumeln, sodass die Kugeln über mich hinwegflogen, während mein Schutzschirm flackernd erlosch. Ich traf seinen Schutzschirm, der die Kugeln jedoch ablenkte. Er schwenkte das Gewehr herum, während ich erneut feuerte. Der Rückstoß riss meine Hand nach oben. Ich senkte sie wieder und feuerte ein letztes Mal.

Die zuvor abgefeuerten Schüsse hatten seinen Schutzschirm geschwächt. Der dritte ließ ihn zusammenbrechen, sodass die Kugel ihn genau zwischen die Augen traf. Er sackte im Innern des Anzugs zusammen, dann kippte das Ganze – der Pax-Soldat mitsamt seinem Exoanzug – ganz langsam zur Seite und stürzte in die Tiefe.

Drei weniger.

Ich schob die Pistole ins Holster, noch immer am vertikalen Geländer baumelnd. Ich biss die Zähne zusammen und hangelte mich zu dem Teil des Laufgangs hoch, der noch nicht gebrochen oder geneigt war, wobei ich mich bemühte, die gebrochenen

Knöchel der Hand, mit der ich mich ums Geländer gehakt hatte, nicht zu belasten. Einen Moment lang saß ich einfach nur da, schöpfte Atem und bemühte mich, zu begreifen, dass es kein Traum gewesen war, sondern dass ich drei Pax mit Exoanzügen tatsächlich im Nahkampf besiegt hatte.

Dann traf mich etwas von hinten, unmittelbar unterhalb der Rippen, ein Gefühl, das mir nicht neu war.

Es hatte mich erwischt.

107

Ich wurde von der Wucht des Treffers nach vorn geschleudert und wäre beinahe über den Rand gefallen. Ich fing mich mit den Händen ab und konnte den Absturz gerade noch verhindern, doch vom gebrochenen Handgelenk ging ein stechender Schmerz aus, der in den Arm ausstrahlte.

Ich fuhr herum und zog die Pistole. Ein Techniker. Einer der gottverdammten Techniker hielt eine qualmende Pistole in der Hand – die Pax waren stets bewaffnet, auch die Zivilisten. Daran hätte ich denken sollen.

Mit der verletzten Hand tastete ich mich ab und spürte Blut. Der Schmerz durchzuckte mich wie ein Stromschlag – obwohl ich kaum die Wundränder berührt hatte, fühlte ich mich bereits wie betäubt.

Der Techniker, der auf mich geschossen hatte, starrte mich an, als könnte er selbst nicht glauben, was passiert war. Vermutlich hatte auch er irgendwann eine Kampfausbildung absolviert, aber bestimmt seit Jahren keine Waffe mehr abgefeuert.

Ich schoss ihm in den Kopf.

Damit war das Pistolenmagazin leer, doch das wussten die anderen beiden Techniker nicht. Ich schluckte Blut und Erbrochenes – als bräuchte ich noch eine Bestätigung, dass ich innere

Blutungen hatte. Schwankend stand ich auf und richtete die leer geschossene Pistole auf die beiden Techniker. Der eine hob die Hände, der andere machte sich weiter an der Steuerkonsole zu schaffen.

»Hände hoch!«, sagte ich und verspritzte blutigen Speichel. Der zweite Techniker rückte langsam von der Konsole ab. Ich näherte mich ihm mit schwankenden Schritten, trat vom Laufgang hinunter auf den Boden der Hauptkontrollstation, dann kniete ich mühsam nieder. Ich hatte das Gefühl, die Seite risse mir auf, doch ich schaffte es, meine Pistole ins Holster zu schieben und die Waffe aufzuheben, die der getötete Techniker fallen gelassen hatte. Einfacher – und auch schneller und sicherer – wäre es in der umgekehrten Reihenfolge gewesen, doch ich traute mir nicht zu, mit der verletzten Hand eine Waffe zu halten.

Einen Moment lang fixierten wir einander, die beiden Pax-Techniker und ich. Ich fragte mich, ob sie wohl wussten, dass ich tödlich verletzt war. Ich fragte mich, ob *ich* mir bewusst war, dass ich starb. Diese Information war noch nicht in meinen Kopf vorgedrungen. Mein Körper schrie noch immer »Schmerz *Schmerz SCHMERZ*«, die übergeordneten Prozesse wurden ausgeschaltet.

Die Kanone feuerte erneut. Der sprunghaft ansteigende Energiebedarf ließ den Reaktor aufleuchten; der erste Techniker nutzte die Gelegenheit und griff mich an, ohne die Pistole zu ziehen. Das war ein Fehler. Ich schoss ihm in die Brust, dann drehte ich mich herum und feuerte auf den zweiten Techniker. Er wollte flüchten; ich traf ihn in den Rücken.

Ein weiteres Verbrechen, mit dem ich würde leben müssen. Oder auch nicht.

Ich taumelte zu den Steuerkonsolen und stützte mich daran ab. Was zum Teufel wusste ich schon von Fusionsreaktoren?

Nicht viel, doch es reichte aus, um zu erkennen, dass ein Regler aus der Position »maximale Leistung« auf »niedrige Leistung« gekippt worden war. Ich drückte ihn bis zum Anschlag hoch und rutschte langsam an der Konsole hinunter, beschmierte sie mit meinem Blut, bis ich mit dem Rücken zum kühlen Metall auf dem Boden saß.

Es tat gut, zu sitzen. So tat mir die Seite nicht mehr so weh. Zwar hatte ich immer noch starke Schmerzen, doch ich hatte nicht mehr das Gefühl, ich stünde in Flammen. Ich spürte, wie die Nanotech im Blutkreislauf ausschwärmte und den Schaden zu beheben suchte. Vage erinnerte ich mich, dass an meinem Gürtel eine Dose mit Wundversiegelung befestigt war. Ich löste sie unbeholfen, biss die Zähne zusammen und sprühte den eiskalten Schaum auf beide Wunden, sowohl auf die Eintritts- als auch die Austrittsstelle.

Das würde zumindest den Blutverlust stoppen. Was die inneren Blutungen, die zerfetzten Organe und die Folgen des Schocks betraf – dagegen war ich machtlos.

Wie schon gesagt: Ich starb. Allmählich wurde mir das klar.

Ich ruckte ganz leicht mit dem Kopf und schaltete das Comm ein.

»Marus, Predigerin«, krächzte ich. »Esa. Javi. Der Reaktor … ist wieder online. Ihr solltet … es sollte klappen. Holt die Bastarde vom Himmel.«

108

»Verstanden«, meldete sich Javier. Er war klar und deutlich zu verstehen, doch einerseits klang seine Stimme eigentümlich fern, andererseits so, als stünde er neben mir. Einen Moment lang stellte ich mir vor, er wäre wirklich bei mir, und ich lehnte nicht an der kalten Konsole, sondern an seiner Brust, er halte mich in den Armen, wärmte und schützte mich, und ich befände mich an einem anderen Ort. »Die planetarischen Kanonen und die des Sanktums machen ihnen die Hölle heiß – wir haben ein weiteres Schlachtschiff aus dem Spiel genommen. Jane, ich glaube, es funktioniert *tatsächlich.*«

»Hab ich ja gesagt«, murmelte ich und rang mir ein Lächeln ab, denn ich wollte, dass er es hörte. Ich hatte nichts dergleichen gesagt.

»Sahluk und Criat haben den Weg vom Hangar zur Geschützsteuerung freigemacht«, sagte die Predigerin. »Hin und wieder werden wir noch aus dem Schiffsbereich angegriffen, in dem du dich befindest, doch ich glaube, die meisten machen Jagd auf dich.«

Ich schaute hoch; ich sah … *etwas,* eine Farbe oder eine Bewegung auf dem Laufgang gegenüber dem Eingang, doch ich konnte den Blick nicht scharf stellen. Etwas stimmte nicht mit meinen Augen oder hinter den Augen. Ich blinzelte, versuchte zu erkennen, was ich da sah: Funken, die von der versiegelten Tür herabfielen.

Jetzt kam es nicht mehr darauf an. Es erforderte Zeit, den Reaktor wieder herunterzufahren, Zeit, die die Pax nicht hatten. Und selbst wenn es ihnen gelänge – schließlich stellte ich in meinem gegenwärtigen Zustand kein großes Hindernis mehr dar –, hatten wir doch ein weiteres Schlachtschiff abgeschossen und feuerten auf die verbliebenen Superraumer.

Die Legitimierten hatten gesiegt. Das Sanktum war gerettet. Die Kämpfe waren noch nicht beendet und würden noch eine Weile weitergehen – wenn wir die von den Pax angerichteten Schäden behoben hätten, müssten wir immer noch die verbliebenen Schlachtschiffe aus dem System herausbekommen, darunter auch das, in dem ich mich befand. Es war zwar kampfunfähig, doch es befanden sich immer noch Hunderte Pax an Bord. Aber das war nur noch bloßes Aufräumen. Wir hatten den Krieg gewonnen.

Alles hatte seinen Preis. Mein Leben war nur ein Teil davon, ein Element der Gleichung. Erstaunlicherweise war ich mit dem Prinzip einverstanden. Im Laufe meines langen Lebens hatte ich viel erlebt. Es gab schlechtere Gründe, sein Leben zu lassen.

»Sollen wir dich holen?«, fragte Esa. Ich hörte, dass sie schluckte; sie wagte es nicht, die entscheidende Frage zu stellen, obwohl sie die Antwort bestimmt aus meiner Stimme heraushörte. »Sollen wir …«

»Negativ«, erwiderte ich. »Bleibt wo ihr seid.« Das Schlachtschiff erbebte; die anderen Pax-Schiffe gaben ihm mit ihren leichteren Geschützen noch immer Saures, um den Schaden zu begrenzen. Die Schutzschirme eines Schlachtschiffs waren ausgesprochen widerstandsfähig, doch einem permanenten Beschuss aus mehreren Richtungen konnten sie auf Dauer nicht standhalten. »Stoßt zu Sahluk und Criat vor, wenn John Henry euch sein Okay gibt. Verschwindet von hier.«

Einen Moment lang herrschte Stille. »Aber … was ist mit dir?«, flüsterte das Mädchen.

»Ich komme schon zurecht.« Ich hatte sie bereits aus schlechteren Gründen angelogen, und es machte mir nichts aus. »Zwischen unseren Positionen befinden sich Dutzende Pax-Soldaten. Ich finde schon einen Ausweg. Wenn ihr verschwinden könnt, tut das.«

Der Schneidbrenner arbeitete sich an der Tür immer weiter vor; in wenigen Minuten würden sie durch sein. Ich lud meine Pistole nach – unter Mühen, den Lauf zwischen die Knie geklemmt, denn auf meine verletzte Hand war kein Verlass mehr. Die Pistole des Pax legte ich neben mir auf den Boden. Ich konnte nicht mehr richtig kämpfen, aber ich wollte verdammt sein, wenn ich mich wehrlos ergab.

»Also«, sagte Javier, »das werden wir nicht tun.« Ich hörte Schüsse; offenbar war ich nicht die Einzige, die hier die Lage beschönigte.

»Javi …«

»Nein, Jane.«

»Javi, bitte …«

»*Nein*, Jane. Wenn du nicht in der Lage bist … wenn du glaubst, du kannst nicht zu uns kommen, kommen wir zu dir. Das ist nicht verhandelbar. Du kannst sagen, was du willst, aber es kommt gar nicht …«

»Ich sterbe, Javi.« Endlich hatte ich ihn zum Schweigen gebracht. »Ich habe einen Querschläger abbekommen, mein Zustand ist bereits kritisch. Es hat mich schlimm erwischt. Es hat keinen Sinn, hierherzukommen. Ich werde … vorher sterben. Schnapp dir Esa. Bring sie an Bord von Scheherazade, und dann macht, dass ihr verschwindet.« Meine Augenlider flatterten, trügerisch tröstliche Dunkelheit verengte mein Gesichtsfeld. Ich kämpfte dagegen an, konzentrierte mich auf das Licht der Schneidlaser an der Tür. Da ich meinen Blick nicht auf die Funken scharfstellen konnte, nahm ich darin beinahe so etwas wie Schönheit wahr. Die Pistole zitterte in meiner Hand. »Ich liebe dich«, flüsterte ich Javier zu. »Komm nicht her.«

»Nein«. Das war nicht Javier gewesen, sondern Esa. Ich hätte den Funkverkehr allein auf Javier beschränken sollen, doch das hatte ich vergessen. »*Nein.* Wir sind nicht so weit gekommen, um jetzt ...«

»Esa, es ist ...«

»Wir sind nicht so weit gekommen, wir haben nicht all das durchgemacht, sind durch die Hölle gegangen und haben die ganze Scheiße über uns ergehen lassen, nur damit du am Ende hier stirbst. Das ... lasse ich nicht zu. *Ich will nicht* ...«

»Esa. Es ist in Ordnung. Ich bin Soldatin. Soldaten sterben auf dem Schlachtfeld. Das ist unsere Bestimmung. Ich fühle mich ... geehrt.«

»Das ist doch Blödsinn.« Wieder Javier. Die Tür des Reaktorraums glitt ruckartig auf – offenbar hatten sie die Hydraulik durchtrennt –, und ich feuerte auf den ersten Pax, der den Kopf hindurchstreckte. Ich traf ihn in die Brust, ein kleines Wunder in Anbetracht meines eingeschränkten Gesichtsfelds und meiner zitternden Hand.

Der Schuss tötete ihn nicht – er hatte seinen Schutzschirm eingeschaltet –, schleuderte ihn aber auf den Arsch. Ich zielte erneut und drückte ab. Schaltete ihn aus. In Sekundenschnelle war es vorbei. Mir kam es vor wie eine kleine Ewigkeit.

Währenddessen redete Javier weiter auf mich ein. »Nicht mal du glaubst das, Jane, und du glaubst *eine Menge* verrückten Scheiß. Du stirbst *nicht.*« Seine Stimme brach; ich hörte, was ich ihm antat, hörte es in seiner Stimme. Das tat mir leid. »Nicht hier, nicht heute, nicht in diesem beschissenen Schiff, nicht in diesem verfluchten Krieg. Wir kommen dich holen, Jane. Halt durch.«

»Javier, bitte.« Ich feuerte erneut; die Kugel pfiff an dem anderen Pax vorbei, der im Gang in Deckung ging. »Es ist … wie es ist. Ich wusste, dass es so kommen würde. Aber ich bin froh … ich bin froh, dass wir uns wiedergefunden haben. Ich bin froh, dass wir …« Die Pax hatten sich entschieden, alle gleichzeitig durch die Tür zu stürmen. Es hätte möglicherweise auch funktioniert, doch sie wurden durch den eingestürzten Laufgang behindert und gaben perfekte Ziele ab. Ich feuerte das Magazin leer, dann ließ ich die Pistole fallen und versuchte die Pax-Pistole hochzuheben, doch der Arm gehorchte mir nicht mehr. Der Rückstoß der Pistole hatte meine Energiereserven aufgebraucht.

Die überlebenden Pax legten ihre Gewehre an. »Ich liebe euch beide«, flüsterte ich und schaute in die Mündungen, in denen ich mein eigenes Ende sah. »Und jetzt macht, dass ihr in den Hangar kommt, und lasst mich hier zurück.«

»Nein.« Esas Einwand erreichte mich nicht über Comm; ich spürte ihn körperlich, als Rammbock, der die Pax-Soldaten meines Hinrichtungskommandos von hinten traf. Sie wurden in den Reaktorraum geschleudert, und dann standen auf einmal Esa und Javi vor mir, zeichneten sich als Silhouetten vor dem hell erleuchteten Eingang ab.

Sie waren bereits unterwegs gewesen. Während sie mit mir gestritten hatten, waren sie bereits auf dem Weg hierher gewesen. Deshalb hatte ich Schüsse gehört. Sie hatten mich von Anfang an ignoriert.

Ich glaube, ich brachte sogar ein Lächeln zustande, bevor die Dunkelheit mich einhüllte. Diesmal kam ich nicht dagegen an und sackte bewusstlos zusammen.

109

Von der Flucht quer durchs Schlachtschiff bekam ich nicht viel mit. Die anderen erzählten mir später, es sei die Hölle gewesen, und alle hätten sich äußerst tapfer verhalten. Sie meinten, ich sei immer wieder zeitweilig bei Bewusstsein gewesen und habe einmal sogar meine Waffe abgefeuert, wenngleich sich alle einig darin waren, dass ich mein Ziel verfehlt hatte – man sollte also eigentlich meinen, dass ich mich daran erinnern könnte, doch das tat ich nicht.

Allerdings erinnere ich mich daran, dass ich Marus bat, mir ins Cockpit zu helfen, als wir zum Sanktum zurückkehrten. Ich weiß auch noch, dass ich mit ansah, wie das letzte einsatzfähige Schlachtschiff von unseren beiden verbliebenen Kanonen vernichtet wurde; die Alpha-Kanone hatten die Pax zerstört. Ich erinnere mich daran, dass spiralförmige Flammen aus den Rissen in der gewaltigen Schiffshülle brachen, dem Sauerstoff folgend, der sich im Vakuum verflüchtigte. Und ich erinnere mich an das verschwommene purpurfarbene Nachbild, als der Reaktor instabil wurde und das Schiff auseinanderflog.

Ich habe keine Ahnung, weshalb sie weitergekämpft haben, als das Blatt sich gewendet hatte und klar war, dass sie die Abwehr des Sanktums nicht würden durchbrechen können. Vielleicht waren die Pax einfach nur dumm. Oder aber sie hassten uns so sehr.

Doch das war jetzt nicht mehr wichtig. Wir hatten die Schlacht gewonnen. Wir mussten noch die Pax an Bord der beschädigten Schlachtschiffe ausräuchern, und das würde ein blutiges, grässliches Geschäft werden, doch bis dahin war noch Zeit. Die Pax liefen uns nicht weg, sie trieben mit ausgefallenem Antrieb durchs System, errichteten Barrikaden und bereiteten sich auf unser Eindringen vor.

Auf Pax-Schiffen herrschte ständig eine Atmosphäre der Paranoia und der Unterdrückung – zu *wissen*, dass der Gegner ihnen ans Leder wollte, machte die Situation an Bord bestimmt unerträglich, zumal ihr Vorrat an Narkotika irgendwann aufgebraucht sein würde. Es war durchaus möglich, dass sie sich bereits gegenseitig dezimiert hätten, wenn wir irgendwann an Bord gingen, um ihnen den Rest zu geben.

An die Landung im Sanktum erinnere ich mich nicht mehr und auch nicht an die anderen Verletzten, die sich in der medizinischen Einrichtung drängten. Irgendwann aber wachte ich in einem Krankenbett auf, über Kabel und Schläuche mit allen möglichen Geräten verbunden, die entweder ausgefallene Organe ersetzten oder Nanotech in meinen Blutkreislauf einleiteten.

Jetzt habe ich eine synthetische Leber, mein Darm wurde an mehreren Stellen geflickt, und eine zweite künstliche Niere hat sich zur ersten gesellt, die mir schon vor fünfzig Jahren nach einem üblen Kampf eingesetzt wurde. Als ich wieder sprechen konnte, fragte ich die Predigerin, ob ich jetzt einer synthetischen Lebensform ähnlicher sei als einer organischen. Sie verneinte; ganz gleich, wie viele künstliche Organe mir eingesetzt würden, ich würde nie mit einer Barischen vergleichbar sein, doch alles in allem hätte ich meine Sache gut gemacht. Für einen Sack voll übel perforiertem Fleisch.

Irgendwann kam Criat mich besuchen und teilte mir mit, der Rat wolle mir einen Orden verleihen. Ich sagte ihm, wohin er sich das Ding stecken solle. Er meinte, dazu könnte ich ihn nicht mal in kerngesundem Zustand zwingen, denn trotz seines Alters sei er immer noch zäher als ich. Offenbar hatte man auch alle anderen mit Orden eingedeckt: Criat, Sahluk, Marus und sogar Esa, sodass sie nun an der Schule die Erste unter Gleichen war. Auch Javier war nicht leer ausgegangen und konnte seine frühere Tätigkeit wieder aufnehmen. Um einer Anklage wegen Verrats zu entgehen, brauchte man anscheinend nur das Sanktum vor der totalen Zerstörung zu retten. Gut zu wissen.

Auch die Predigerin wurde bei der Ordensverleihung bedacht. Anscheinend hatte man ihr angeboten, sich den Legitimierten anzuschließen, und sie hatte eingewilligt. Unter der Bedingung, dass sie sich Acherons Forschungsprojekt anschließen dürfe, wozu sie aufgrund ihrer Vorgeschichte geradezu prädestiniert war. Auf diese Weise würde sie ihre Fragen zum Puls beantworten können – jedenfalls soweit man sie ließ – und könnte ein Auge auf Esa haben. Zumindest hoffte sie das.

Irgendwann besuchte mich auch Esa und berichtete mir, man habe ihr die gleiche Wahl gelassen wie all den anderen Kindern, die von Agenten wie mir ins Sanktum gebracht worden waren: entweder an der Universität zu studieren und sich den Legitimierten anzuschließen, oder irgendwoanders hinzugehen und nie mehr zurückzukehren. Die meisten anderen Kinder kannten weder das ganze Ausmaß unserer Verstrickung in die Ereignisse noch die genaue Position des Sanktums, deshalb bestand bei ihnen nur ein geringes Risiko – Esa hingegen war ein Sonderfall. Ich staunte, dass man ihr die Option überhaupt eröffnet hatte.

Anscheinend hatte sie eine dritte Möglichkeit vorgeschlagen. So jedenfalls drückte sie sich mir gegenüber aus; später erklärte Marus, sie habe die Vorschläge rundweg abgelehnt. Da sie ihre paranormale Begabung bereits besser nutzen konnte als die anderen Schüler (was nicht ganz stimmte, doch da unterschiedliche Begabungen keinen direkten Eins-zu-eins-Vergleich zuließen, ließ ich das so stehen), weil sie anders als manche anderen in einer besonders rauen und rückständigen Umgebung aufgewachsen war und da sie nun mal das Sanktum und dessen Bewohner gerettet hatte, war man ihr entgegengekommen und hatte ihr erlaubt, sich den Legitimierten anzuschließen, ohne studieren zu müssen.

Was sie eigentlich wollte, erfuhr ich erst, als ich mich wieder selbstständig bewegen konnte und Scheherazade aufsuchte.

Offenbar hatte Schaz während meiner Genesung jeden – einschließlich John Henry – schier verrückt gemacht, weil sie ständig Informationen über mich und Esa haben wollte und sogar damit drohte, sich in die Datenbanken des Sanktums zu hacken, wozu sie bestimmt nicht imstande war. Dabei spielte auch eine Rolle, dass sie Tage brauchte, um von MelWills Programmierung herunterzukommen; nicht einmal Javier konnte sie beruhigen.

Ich wollte sie vor allem deshalb besuchen, damit sie aufhörte, die Hangarcrews zu nerven, aber auch, weil Schaz, nun ja, meine Freundin war. Über lange Phasen meines Lebens hinweg war sie die *einzige* Freundin gewesen, die ich hatte, die einzige Stimme, mit der ich reden konnte. Sie fehlte mir sehr.

Als ich die Rampe hochging – oder vielmehr hinaufhumpelte –, fiel mir etwas Merkwürdiges auf.

»Jemand hat hier Unordnung gemacht«, sagte ich stirnrunzelnd zu Schaz. Das galt sowohl für die Waffenkammer als auch für den Wohnbereich.

»Nun … ja«, bestätigte Schaz.

»Du hast hier jemanden reingelassen und erlaubt, dass er meine Sachen anfasst? Das wundert mich, Scheherazade.«

»Setz dich; du siehst furchtbar aus.«

»Danke. Vielen Dank.« Ich ging ins Cockpit und setzte mich hin. »Übrigens freut es mich, dass du deine frühere Stimme wiederhast.« Aus purer Gewohnheit startete ich das Diagnoseprogamm – es war JackDoes durchaus zuzutrauen, dass er ihr zwar ihre alte Stimme zurückgeben, dafür aber irgendwelche anderen Änderungen in ihren Datenbanken vorgenommen hatte.

»Ich weiß! Ich bin ja so froh!«

»Sie klingt jetzt viel besser.« Esa ließ sich neben mir in den Navigationssessel fallen. »Diese Stimme passt besser zu ihr.«

»Als wir uns begegneten, hatte ich Sorge, unsere Beziehung könnte durch diese furchtbare, wirklich furchtbare Stimme beeinträchtigt werden«, sagte Schaz. »Wir werden jetzt hoffentlich lange Zeit zusammenarbeiten, und …«

»Schon vergessen, Schaz«, erwiderte Esa. »Jetzt klingst du genau so, wie es sein soll.«

Stirnrunzelnd musterte ich Esa und Scheherazades Inneres. »Moment«, sagte ich. »Liegt es an den Medikamenten, oder hat einer von euch soeben etwas Bedeutsames gesagt?«

»Habe ich das nicht bereits erwähnt?« Esa klimperte mit den Wimpern.

»Hör auf. Was erwähnt?«

»Ich habe Acheron – und dem Rat – gesagt, ich wolle mich den Legitimierten anschließen, hätte aber den Eindruck, dass die Universität der falsche Ort für mich sei. Ich meine, wenn es so weit ist – den Puls aufzuhalten oder so, du weißt schon –, dann helfe ich natürlich dabei. Aber bis dahin können noch hundert Jahre vergehen. Und in der Zwischenzeit? Ich finde, ich kann mich anderswo nützlicher machen als an der Uni.«

»Ja. Darüber haben wir gesprochen. Aber was hat das …«

»Ich habe Acheron gesagt, er soll den Rat bitten, dafür zu

sorgen, dass Criat mich dir zuteilt. Ich bin deine neue Partnerin.« Sie grinste.

Ich starrte sie an. Unablässig grinsend, zuckte sie mit den Schultern und sagte: »Na ja, jedenfalls deine Praktikantin. Aber ich weiß schon, wie man Schaz' Geschütze bedient, deshalb habe ich mir gedacht, wir könnten auf das Praktikum verzichten. Du brauchst mir nur noch zu zeigen, wie man sie fliegt, dann bin ich *wirklich* deine Partnerin. Das wird ein großer Spaß!«

Ich fixierte sie noch einen Moment, dann schloss ich die Augen und ließ mich zurücksinken. Sie hielt sich ja für so clever – kein Zufall, dass sie damit nicht gewartet hatte, bis ich wieder vollständig gesund war. Zeit sie daran zu erinnern, dass ich gerissener war, als sie dachte.

»Dann ist Criat also der Ansicht, du wärst bereit dafür, wie?«, fragte ich in mildem Ton.

»Ja«, antwortete sie vorsichtig – sie ahnte, dass ich auf irgendetwas hinauswollte. »Ich meine, ich soll noch den Orientierungskurs abschließen, warum auch immer, aber der dauert nur einen oder zwei Monate, und du musst dich sowieso erst noch erholen. Wenn wir im Hyperraum sind, kann ich Uni-Kurse belegen, Schaz hat schon Lehrbücher und was weiß ich alles runtergeladen.«

»Nun, wir werden sehen. Ich habe sowieso daran gedacht, in den Ruhestand zu gehen«, sagte ich. »Vielleicht ist der Zeitpunkt gekommen, da ich mich …«

»Nein! Das darfst du nicht!«

»Was? Ich dachte, du wärst jetzt erwachsen, bereit, einen Job zu übernehmen?«

»Ich meine … ja, schon, aber …«

»Esa?«

»Ja?«

»War bloß ein Scherz.« Ich lächelte, ohne die Augen zu öffnen.

Sie schnaubte. »Am liebsten würde ich dich schlagen, aber dann könnten ja deine Nähte aufplatzen. Deine vielen, vielen Nähte.«

»Warum?«, fragte ich.

»Warum ich dich schlagen will?«

»Warum hast du Criat gebeten, dich mir anschließen zu dürfen? Wenn du Agentin werden willst – wenn du andere Kinder wie dich suchen und die Arbeit tun willst, die ich mache –, gibt es Dutzende andere, von denen du lernen und bei denen du ein Praktikum machen könntest. Mit den meisten ist auch leichter auszukommen. Warum ich?«

Sie seufzte, und weil ich so viel Zeit mit Halbwüchsigen verbracht hatte, *hörte* ich, wie sie mit den Augen rollte. »Ich habe dich lieb, Jane.«

»Ja«, sagte ich. »Ich weiß.«

Ich und meine neue Partnerin saßen im Cockpit und schauten in den Sternenhimmel über dem Sanktum hoch. Sie hatte natürlich recht: Es gab noch viel zu tun. Erst einmal mussten wir die Pax auf den verbliebenen Schiffen ausräuchern, was eine Weile dauern würde, und dann mussten wir uns vergewissern, dass sie unsere Position nicht weitergegeben hatten; mussten herausfinden, woher ihre Ausrüstung kam und wie sie Esa aufgespürt hatten.

Auch sonst gab es einiges zu tun: Paranormal begabte Kinder mussten von strahlenverseuchten Welten gerettet werden, die Galaxis hatte auch noch hundert Jahre nach dem Puls unter dessen Folgen zu leiden, und es gab Bedrohungen für das Sanktum – Bedrohungen für die Legitimierten –, die wir nicht voraussehen konnten, denen wir jedoch würden begegnen müssen.

Vor allem aber drohte die Rückkehr des Pulses. Er war irgendwo dort draußen. In Lauerstellung.

Einstweilen aber saß ich im Cockpit, zusammen mit meiner »Praktikantin« – ich hatte noch nie eine gehabt; Criat war der Ansicht, ich sei charakterlich nicht dafür geeignet, und bis jetzt war ich auch dieser Meinung gewesen –, und wir betrachteten den momentan friedlichen Himmel über dem Sanktum.

Der Trümmerring funkelte im Licht der beiden Sonnen, ein Band aus glitzerndem Silber, das sich über den Nachthimmel erstreckte. Die Schwarzen Löcher zerrten an den Rändern des Horizonts. Zwischen und hinter ihnen lagen herrenlose Sterne, all die Welten, die durch den Puls ins Chaos gestürzt worden waren, wobei neue Grenzen, neue Konflikte, neue Aufgaben entstanden waren. Darunter auch die, so viele paranormal begabte Kinder wie möglich ins Sanktum zu bringen.

Wenn nur ein paar von ihnen so wurden wie Esa, würden wir schon klarkommen.

Danksagung

O Mann, das mit den Danksagungen ist harte Arbeit, ehrlich. Viel härter als die Niederschrift des Buches, das Sie soeben gelesen haben – das war eigentlich ganz einfach; aber alles, was danach passiert, erfordert eine Menge Helfer. (Zunächst möchte ich erst mal Ihnen danken, dem Leser, der bis zum Schluss durchgehalten hat! Ich danke Ihnen! Betrachten Sie dies als die Fanfare, die Sie jetzt im Kopf hören sollten, irgendwas mit Trompeten und Trommelwirbeln.)

Also fangen wir wohl am besten mit dem Anfang an, mit Robert und Nancy Williams, ohne die es dieses Buch nicht gäbe, nicht nur deshalb, weil es mich dann nicht gäbe, sondern weil sie mir in der Kindheit die Liebe zum Geschichtenerzählen eingeflößt und mich mit allen möglichen Sachen konfrontierten, die meinem jungen Bewusstsein die merkwürdige Prägung verliehen haben, der die vorliegende Geschichte entsprungen ist. Gleichermaßen dankbar bin ich auch den weit verstreuten Mitgliedern der Williams- und Barnacastle-Sippen, insbesondere Daniel und Janna Barnacastle: Daniel, weil er für meine geistige Gesundheit gesorgt hat, und Janna, weil sie das Gleiche für ihn getan hat.

Des Weiteren – noch immer in chronologischer Abfolge – möchte ich Paul und Dianne Seitz danken, die einen sechzehnjährigen Jungen ohne Referenzen, mit löchriger Jeans und den gesellschaftlichen Umgangsformen eines stark introvertierten Halbwüchsigen (die ansonsten typisch sind für einige Vertreter der Familie der Echsen, wie zum Beispiel den Salamander oder den Alligator) von der Straße weg eingestellt haben. Mein Dank gilt auch den Mitarbeitern von Little Professor, die, ob sie es wissen oder nicht, auf die eine oder andere Weise in mein Schreiben Eingang gefunden haben, denn Autoren sind unverbesserliche Diebe, die alles von Witzen über Augenblicke bis hin zu Silberbesteck entwenden.

Jetzt stoßen wir allmählich zum Kern vor: zu den Personen, die wissentlich und vermutlich in boshafter Absicht zum Entstehen dieses Buches beigetragen haben, was vor allem für Chris Kepner von der Kepner Agency gilt, der die Gelegenheit beim Schopf packte, als ihn die Anfrage eines Autors erreichte, der noch keine Veröffentlichungen vorzuweisen hatte und über keinerlei Beziehungen verfügte und dessen anfängliche Korrespondenz vermutlich durch den Computermonitor hindurch den Geruch von Verzweiflung und tief verwurzelter Verwirrung verströmte. Ich hätte mir keinen besseren Führer durch den Dschungel des Buchgeschäfts wünschen können, Chris, dafür danke ich Ihnen aus tiefstem Herzen.

Und das führt mich natürlich auf direktem Weg zu Devi Pillai – der äußerst fähigen Herausgeberin – und ihrer beharrlichen Assistentin Rachel Bass (Hey, Rachel? Würden Sie mal checken, ob »beharrlich« wirklich das bedeutet, was ich denke?), ohne die Sie jetzt einen deutlich minderwertigeren Roman in Händen hielten, eine schlecht strukturierte Geschichte voller Sätze, die ins Leere laufen, sozusagen ein Häufchen Elend. Das gilt auch für alle anderen bei Tor, die auf die eine oder andere Weise zur Gestalt des Buches beigetragen und es auf die grausamen Widrigkeiten der freien Wildbahn vorbereitet haben, sei es beim Korrekturlesen, beim Entwurf des umwerfenden Covers oder als es darum ging, Devi und Rachel die nötigen Ressourcen zur Verfügung zu stellen, damit sie einen Klapperkasten in einen Boliden verwandeln konnten.

Alles bisher Gesagte gilt auch für Anne Perry und ihr Team bei Simon & Schuster UK, jedoch in einem gemäßigteren, würdevolleren Sinn, denn dort arbeiten überwiegend Briten (oder Neubriten wie Anne), und starke Emotionen verursachen ihnen ein geradezu existenzielles Unbehagen.

Ich habe bestimmt viele Personen vergessen, denn ich bin ein furchtbarer, egozentrischer Mensch (verdammt noch mal, ich bin tatsächlich Schriftsteller), also, wenn Sie das lesen und gehofft haben, ich würde Ihnen danken: Sie haben es definitiv verdient, also danke. Vielen Dank.

Und noch ein Dank, so selbstverständlich, dass es kaum erwähnt zu werden braucht (außerdem ist das Buch ihr gewidmet), aber trotzdem: Ich danke dir, Sara. Du warst die erste Person, die dieses Manuskript und alles andere gelesen hat, was ich in den vergangenen zehn Jahren geschrieben habe, und seit ich dich kenne, warst du mir ein Quell der Inspiration, der Entschlossenheit und der Anmut. Danke.

Okay, das war's, wir sind am Ende angelangt: Stellen Sie das Buch ins Regal (oder schalten Sie das Gerät aus, auf dem Sie es gelesen haben) und machen Sie auf dem Weg nach draußen das metaphorische Licht aus – diese Welt wird immer noch da sein, sollten Sie zu ihr zurückkehren wollen. Sie wartet nur darauf, dass Sie den Buchrücken erneut knicken. Denn so ist das nun mal mit Büchern, nicht wahr? Sie sind nicht bloß Bücher: Sie sind Türen, Türen und Spiegel zugleich, Türen, die in neue Welten führen, und Spiegel, die uns selbst auf eine Weise zeigen, wie wir es uns sonst nie erträumt hätten.

Mein allerletzter Dank gilt all jenen Künstlern und Schriftstellern, die mir jemals eine Tür geöffnet haben. Danke euch allen.

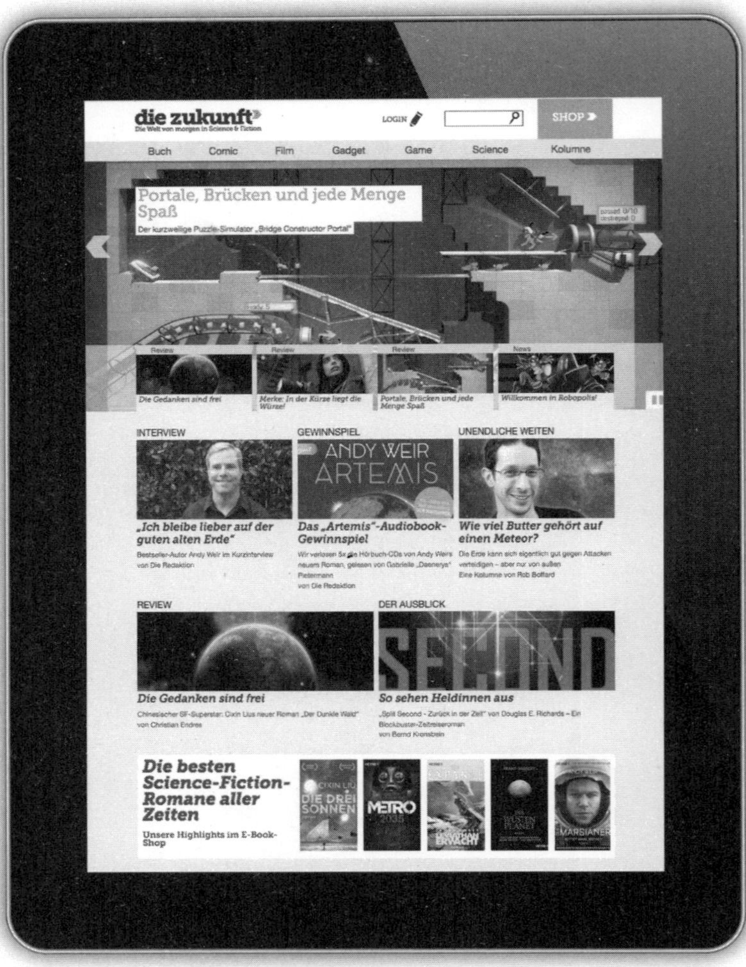
die zukunft
Die Welt von morgen in Science & Fiction
LOGIN
SHOP
Buch
Comic
Film
Gadget
Game
Science
Kolumne
Portale, Brücken und jede Menge Spaß
Der kurzweilige Puzzle-Simulator „Bridge Constructor Portal"
Die Gedanken sind frei
Portale, Brücken und jede Menge Spaß
Willkommen in Robopolis!
INTERVIEW
GEWINNSPIEL
UNENDLICHE WEITEN
ANDY WEIR
ARTEMIS
„Ich bleibe lieber auf der guten alten Erde"
Das „Artemis"-Audiobook-Gewinnspiel
Wie viel Butter gehört auf einen Meteor?
REVIEW
DER AUSBLICK
SECOND
Die Gedanken sind frei
So sehen Heldinnen aus
Die besten Science-Fiction-Romane aller Zeiten
Unsere Highlights im E-Book-Shop
METRO
MARSIANER